鲁迅研究教程

Lu Xun Yanjiu Jiaocheng

朱晓进　杨洪承　主编

高等教育出版社·北京

内容提要

本教程以全面系统地介绍、分析和研究鲁迅的生平、思想和创作等各方面情况和成就为主要内容，具体为：鲁迅在中国现代文化史上的意义；鲁迅的生活道路；鲁迅文化思想的主要内容及其独特价值；鲁迅的文艺观及其对中国现代文学理论批评发展的贡献；鲁迅小说、诗歌、散文创作的思想艺术成就及其文学史意义；鲁迅的学术研究工作及学术史价值；百年以来鲁迅研究的情况。本教程在介绍、分析和研究鲁迅时，注重将其放在中国现代文化发展史和中国现代文学发展史的背景中加以考察，以期读者能通过对鲁迅这一中国现代文化伟人和文学巨擘的较全面的了解和把握，加深对整个中国现代文化思想史和中国现代文学史的理解。

本教程适用于高校中文系教学，亦可供文学爱好者、研究者参考。

图书在版编目(CIP)数据

鲁迅研究教程 / 朱晓进，杨洪承主编. --北京：高等教育出版社，2015.10

ISBN 978-7-04-043807-9

Ⅰ.①鲁… Ⅱ.①朱… ②杨… Ⅲ.①鲁迅研究-高等学校-教材 Ⅳ.①I210

中国版本图书馆CIP数据核字(2015)第214727号

策划编辑 梅 咏　　责任编辑 梅 咏　　封面设计 张志奇　　版式设计 马 云

责任校对 李大鹏　　责任印制 朱学忠

出版发行	高等教育出版社	咨询电话	400-810-0598
社　　址	北京市西城区德外大街4号	网　　址	http://www.hep.edu.cn
邮政编码	100120		http://www.hep.com.cn
印　　刷	高教社(天津)印务有限公司	网上订购	http://www.landraco.com
开　　本	787mm×960mm　1/16		http://www.landraco.com.cn
印　　张	23.5	版　　次	2015年10月第1版
字　　数	420千字	印　　次	2015年10月第1次印刷
购书热线	010-58581118	定　　价	38.90元

本书如有缺页、倒页、脱页等质量问题，请到所购图书销售部门联系调换

物 料 号　43807-00

目 录

绪论

一、鲁迅对中国现代文化发展的历史贡献

(一) 鲁迅的文化史意义

在中国近现代文化发展史上,也许再也找不到第二个像鲁迅这样具有代表性的人物了。正如任何一个民族的文化伟人一样,鲁迅作为中华民族的文化精英,必然地具有丰富的典型性和"文化史"的意义。可以说,鲁迅的文化思想道路,较为充分地代表了20世纪初多数文化人所经历的思想历程。20世纪初一大批最优秀的知识分子,他们是沿着一条充满了苦闷与追求、彷徨与抉择、前进与倒退的艰难曲折的道路走过来的,他们经受了作为变革时期第一代文化人所必然要经受的痛苦的心灵历程。鲁迅身上具有这一代知识分子的共同特征,研究鲁迅有助于了解整整一代文化人。

而且,作为文化现象的鲁迅,其本身所显示的中国新旧文化转换期的一些基本特征,也使得对鲁迅的研究成为把握新旧文化转换期重要标记的有意义的工作。"五四"作为一个文化启蒙运动,是绵延了数千年的中国文化史上的一个伟大的转机,中国现代文化正是从这里开始了破旧立新的重建工程。如同任何一个国家、任何一种文化转换的伟大时代一样,这是一个"需要巨人而且产生了巨人"的时代。鲁迅正是应时代的召唤而产生的、代表中华民族现代文化意识在痛苦中觉醒、促成民族文化转换的一代巨人中的一个杰出的代表。他以其巨大的思想深度和坚毅的探索精神,以其博学多才和非凡的禀赋,无愧地承担起了这个文化转换时代所赋予他的艰难的历史任务。他不仅在总体上代表了"中华民族新文化的方向",而且以其杰出的文化业绩和在各具体文化领域中破旧立新的成就,树起了作为文化新与旧分野标记的里程碑。同时,鲁迅主体方面所包蕴的文化内容以及他自身所具有的全部的内在矛盾,也无疑在标示着一个特定的文化时代,昭示着特定历史时代的文化内涵。

与任何一个文化史上的巨人一样,鲁迅的文化意义绝不仅仅属于他所生

活的那个时代,而且也是属于他以后的时代的。鲁迅面对新的历史时代,站在文化转换时代可能达到的历史高度,着眼于未来所提出的诸多文化的基本命题,在其后相当长的历史时期直至当今时代,仍是并未过时的文化革新的重要内容。特别是鲁迅处于文化转折期时所表现出的一些基本的文化态度,对于同处于文化转折期的现在,仍有着极具价值的参考意义。正是在这个意义上,可以说,鲁迅在中国文化史上的典型意义还在于他对中国文化发展的久远的影响。

(二) 对待中外文化传统的基本态度

如何对待中外文化传统,如何从中外文化中汲取养分,这是任何一个处于新旧文化转换期,并立志促成这种转换的人都无法绕开的一个问题。

鲁迅这一代人都曾被这一问题困扰过。

自19世纪40年代开始,西方文化在愈来愈大的规模上撞击着中国的大门。但这种撞击不是中华民族自觉自愿地迎来的(不像中国历史上的盛唐时代,盛唐文化曾在强大的国势之下,气度雍容地接受印度佛教文化的撞击,并通过对外来文化的自觉自愿的融合达到自身的超越),而是在丧权辱国的处境中被迫接受外来文化的撞击的。这一历史的特点在中国人的心灵上投下了浓重的民族危机感和文化危机感的阴影。中国人从"宇宙中心""老大帝国"的幻梦中被惊醒了,他们忽然发现,自己时时沉醉于其中的对几千年文化的优越感颇有些值得怀疑,在许多文化领域中,中国已远远落后于西方。最先觉醒的知识分子首先表现出了一种对于中国可能面临的亡国灭种的灾难的历史焦灼感,他们起而对民族自身的文化进行严肃的反省。自19世纪末到20世纪初,在一些爱国的仁人志士们的脑中始终萦回着的问题就是:西方强盛、中国落后的原因是什么?中国应该向西方学习什么?什么是根本的民族复兴之道?这些问题集中到文化方面,人们的思考中心则是如何对民族文化进行现代化改造的问题。

浓重的文化危机阴影使许多知识分子在思考这些问题时常常走向两种极端,一种是对民族文化彻底失却信心,企冀以西方文化取代中国文化;另一种是缺乏对西方文化汲取、融合的能力和信心,试图以排斥外来文化影响来单方面振兴民族文化。这两种设想基本上都是行不通的。文化系统的形成,根源于特定民族的特定历史过程,文化会随历史的变迁而变迁,但完全以植根于别的区域、别的种族、别的历史过程的文化系统来取而代之,这是根本不可能的。因此,企冀以西方文化完全取代中国文化,其设想有革命性的一面,但实际上难以实行。另一方面,中国文化在几千年的发展过程中,形成了一种强大的惰性力,使整个文化系统呈现出超稳定结构状态,如果不借助外力的冲击,要想在其自身找寻根本变革的出路，试图排斥外国文化影响，关起门来单方面地振兴民族文化，这种设想也是不可能实现的。

在20世纪初的人们对西方文化挑战的种种反应中，鲁迅的态度是值得重视的。鲁迅很早就提出了一种充满进取精神的文化构想："外之既不后于世界之思潮，内之仍弗失固有之血脉，取今复古，别立新宗。"①这可以看作鲁迅在20世纪初面对西方文化挑战所采取的总体态度和对民族文化进行现代化改造的基本构想。鲁迅认为，对民族文化固有的血脉，在不失其信心的前提下，应加以辨析、扬弃和选择；对世界文化思潮，则在打破闭关锁国状态的基础上，应以积极的态度去占有、挑选和拿来；在这两条途径的相辅相成的结合中，去创建中华民族的新文化。从这一基本构想出发，形成了贯穿鲁迅一生的中外文化观：对中华民族优秀文化因素的传承和对外来文化中先进文化因素的"拿来主义"。这里，充分显示出了鲁迅所具有的崇高的情怀和开放的胸襟。鲁迅的这种文化构想在20世纪初有其代表性，正是鲁迅这一代文化人，通过这两条相辅相成的途径，架通了中华民族文化生命与世界文化进步思潮之间的桥梁。

鲁迅在深刻的文化反省中，始终坚持着"全面反传统"的精神，这应该看作他对上述文化构想的合理发展。"全面反传统"在鲁迅那里是一个具有战略性的口号。鲁迅目睹了中华民族两度失去跻身于世界先进行列的机会：一次是戊戌政变失败，失去了走日本明治维新道路的机会；一次是辛亥革命后的政局逆转，失去了走法、美民主共和道路的机会。痛定思痛之后的思考，使他不能不提出这样的问题：为什么社会与文化的进步，对于中国来说竟是如此的艰难曲折？鲁迅深刻地认识到，衰老的国度"正如人体一样，年事老了，废料愈积愈多，组织间又沉积下矿质，使组织变硬，易就于灭亡"②。这种历时数千年的文化沉积，形成了一种可怕的历史惰力，即畸形的民族文化同化力，使得任何先进的东西都或遭到拒绝，或被同化，改变成能适应于维系旧事物生命的东西。这种惰性严重阻碍着中国在世界文化交流中取优补劣。因此，鲁迅觉得，只有在整体格局以及整个体系上的全面反传统，先进的东西才会被真正接受过来，并充分发挥其效能。当然，鲁迅并非看不到中国文化的长处，但在他看来，多讲本国的优点容易使人陶醉，不思改进；而对弱点的批评，则能促人觉醒，激起人们改变现状的热情。鲁迅并不反对在打破传统文化的整体格局之后，对那些局部的、具体的积极性文化因素的传承和汲取。这里，正体现了民族自强精神与民族自我批判精神的高度统一。

---

① 鲁迅：《坟·文化偏至论》，《鲁迅全集》第1卷，人民文学出版社1981年版，第56页。

② 鲁迅：《华盖集·十四年的"读经"》，《鲁迅全集》第3卷，人民文学出版社1981年版，第130页。

站在文化转换的历史关头的人们，都无疑会遇到如何处置本民族传统文化与外来文化的关系的问题。能否正确处理好这种关系，对于能否推动这种文化转换有着极其重要的意义。鲁迅对于中国文化发展的历史贡献，他所取得的诸多文化业绩，在较大程度上正是取决于他的这种对待中外文化关系的正确态度。这种态度对于同样处于文化变革历史关头的当代中国人来说，其借鉴意义是不言自明的。

（三）文化革新主攻方向的选择

同样值得注意的是鲁迅在诸多文化层次中所选择的文化革新的主攻方向。

就鲁迅那一代知识分子而言，他们基本的历史使命是促进中国民族文化向现代化方向的转换。但在广阔的文化领域中，这种转换首先应该从哪里开始呢？在鲁迅之前的一些新派人物中，较为关注的是两个方面，即"物质文化"方面和"制度文化"方面。一部分人认为，西方之所以强盛，乃在于"物质文明"的发达，因此，中国文化的转换，关键也在"物质文化"方面。于是，他们纷纷"竞言武事"，热衷于"制造商估"等（如"洋务运动"的提倡者们。其后出现的"实业救国"论者实亦继承了这一思路）。另一部分人则认为，西方的强盛在于"社会民主政治"，因此中国文化的转换，关键是在"制度文化"方面。于是，他们纷纷"以众治为文明"，热心于"立宪国会之说"等（如主张"维新"，热心"共和"）。然而，鲁迅提出了与此不同的看法，他明确指出，"欧美之强，……根柢在人"，物质文明、民主政治等，"此特现象之末"。也就是说，鲁迅认为西方强盛之根本在于人自身，在人自身精神文明的高度发达；至于物质文明和民主制度等，都是在人自身精神文明发达的基础上才得以产生的。如果片面强调物质文化和民主政治，而忽略人的精神文化的发展这个首要因素，则无异于舍本逐末。事实也一直在证明着这一点。高度的物质现代化，如果没有具备高度现代化精神文明的人去掌握，就可能产生两种结果，一是现代化物质文明不能充分发挥其效能，二是高度的物质文明为愚昧所用，助长了野蛮、落后与丑恶。至于民主政治，也必须由具有民主意识的人去掌握，否则所谓民主政治终会落入少数人的掌握之中。鲁迅由此得出结论，中国文化的历史性转换的主攻方向，应该是在主体精神文化方面，即应注重人自身的精神文化变革。用鲁迅的话说，"其首在立人，人立而后凡事举；若道其术，乃必尊个性而张精神"，"国人之自觉至，个性张，沙聚之邦，由是转为人国"[①]。这里所谓"立人"，其内容主要是指人的个性意识的自觉和人的精神的张扬。鲁迅极力倡导这种主体精神文化的建设，主要是从两个方面着

① 鲁迅：《坟·文化偏至论》，《鲁迅全集》第1卷，人民文学出版社1981年版，第56～57页。

眼的。第一，鲁迅是从西方文化发展的历程着眼的。西方文化的突转性发展，是始于人的觉醒；西方近代文化与中世纪专制主义文化的根本对立，就在于对人的价值的肯定还是否定。正如马克思所说的，封建专制制度的唯一原则就是轻视人类，使人不成其为人；而使人真正摆脱中世纪桎梏的唯一途径，便是"从宣布人本身是人的最高本质这个理论出发的解放"①。如果没有这样的人的解放的运动，没有对主体精神文化建设的高度重视，则很难想象会有后来那样高度发达的"物质文化"和"制度文化"。第二，鲁迅是从中国文化的历史现状着眼的。在有着几千年封建专制文化传统的中国，对于人的价值的贬抑，个性的压制，思想的束缚，远比欧洲历史上的封建国家为甚。基于以上两个方面，人的价值的强调，重视人本身精神文化的建设，这对于冲破中国封建专制主义对人们的精神束缚，对于唤起民族自觉，对于创建一种迥异于封建旧文化的民族新文化，具有特殊的重要性和迫切性。

与倡导主体精神文化建设相联系，鲁迅以极大的精力关注并思考了"改造国民性"这一历史命题。"改造国民性"命题的提出，对清理封建专制文化在社会心理中的历史沉积，促进人的现代化是具有革命性意义的。改造国民性的思想，几乎贯穿了鲁迅的一生，他在对各具体文化领域进行反省时，都无一例外地涉及"国民性"问题。例如，在伦理文化批判中，鲁迅挖掘了中国人身上专制主义与奴隶主义根性的文化根源；在谈语言文字问题时，鲁迅也未忘记透过语言现象揭示中国人的落后文化心理；在剖析宗教问题、民俗问题时，鲁迅也总是与揭示中国人性格中潜隐的落后面相联系。这里值得强调的是，鲁迅在这一问题上所显示出的健康的文化态度：敢于直面现实、正视民族弱点，敢于触及为一般人所忌讳的中国人性格中的隐秘之处。鲁迅改造国民性的思想，在中国文化发展史上可以说是光彩夺目的一页。对于现今的中国来说，鲁迅所揭示的种种国民性弱点中的有些方面也许已成为历史，但鲁迅重视主体精神文化建设的做法，对今人却仍有很多启发。历史已经比鲁迅的时代更跨进了一步，我们有时间来从容地、更全面地考虑问题；而鲁迅所提供的历史思考，对我们无疑仍是一份宝贵的精神财富。尤其是当我们反复看到一些诸如高度现代化设备引进后产生不了高效率，先进的物质文明在中国却与传统迷信发生嫁接等社会现象时，我们不能不惊叹于鲁迅将人的现代化作为文化革新主攻方向所具有的文化战略眼光。

---

① ［德］马克思：《〈黑格尔法哲学批判〉导言》，《马克思恩格斯全集》第 1 卷，人民出版社 1956 年版，第 467 页。

(四)对整体文化发展的全局性眼光

在鲁迅的文化态度中,他对文化发展始终坚持采用的“全局性”眼光,也应引起我们的重视。鲁迅在各具体文化领域中对传统文化进行反省时也好,在提出建设性主张时也好,他的出发点都在于整体的中国文化的革新和发展。当他从事艺术活动时,他的考虑并非从纯粹的艺术出发,而是从有助于文化的进步着眼,并不惜为之作出种种自觉的牺牲(例如文艺创作中的“非艺术化”倾向);当他谈论语言问题时,他的思路却并不局限在语言文字本身,而是从文化革新的迫切性出发,甚至喊出了“消灭汉字”的偏激之论;当他涉及伦理文化问题时,他从整体文化进步的需要出发,对传统的伦理道德观念进行了无情的批判,等等。这种对于文化的“全局”眼光,使鲁迅的文化思考真正具有了文化史的价值;离开了文化发展史的尺度,往往难以对之作出中肯的评价。人们可以从文学“本体性”的角度去批评鲁迅的非艺术化倾向,可以从汉语言文字的种种长处去指责鲁迅的偏激,可以从中国家庭所特有的脉脉温情、融融之乐去反驳鲁迅对中国伦理文化的否定,等等;但是,我们却无法否认鲁迅从这些领域出发对中国整体文化进步所作出的杰出贡献。

鲁迅早在《文化偏至论》中就曾对文化的偏至现象作过分析,他指出,在不同的历史阶段,对文化有不同方面、领域的侧重,这种偏至具有不可避免性。其实还不仅如此,从文化发展的历史看,在文化发展的具体阶段上,文化的整体性、全局性的发展,常常会以牺牲一些具体的文化领域为代价,这也算是一种文化的“偏至”。更何况鲁迅处在那个特定的文化转折时期,当鲁迅面临的历史任务与具体文化领域的文化价值之间发生矛盾时,他是顺应历史的要求来作出选择的,他不惜放弃在具体文化领域中可能取得的更高成就,放弃对一些具体文化领域中有价值成分的张扬,去促进文化的全局性发展和转换。这种“全局性”眼光是真正的“文化”的眼光。仅仅从单个文化门类的纯领域价值去评判鲁迅的贡献,则可能忽视了鲁迅的真正的文化意义。

鲁迅对于整体文化发展的“全局性”眼光,对当今来说,也并非全无意义。如何正确处理好具体文化领域的价值与整体文化发展的历史任务之间的关系,也许正是当今的文化人所面临的一个难题。那么,鲁迅当年的选择以及做法,最起码是为今人提供了一种参照。总结其功过得失,对今人的借鉴作用是不言而喻的。

二、鲁迅的人格魅力[①]

(一) 文化伟人的成因

鲁迅以他的文化业绩,使自己卓然自立于中国现代文化史上优秀人物的最前列。说鲁迅是文化伟人,这只是指出了一个历史事实;如果我们能研究一下鲁迅之所以成为文化伟人的原因,将会有更多的收益。这是一个很有价值的"文化史研究"课题。

鲁迅生活的时代,适逢中国处于翻天覆地变化的阶段,这是一个文化面临着历史性转变的、可以同欧洲文艺复兴媲美的伟大时代。按照恩格斯的说法,一个"人类从来没有经历过的最伟大的、进步的变革时代",必然是一个"需要巨人而且产生了巨人"的时代。鲁迅正是应时代的要求而产生的这样的巨人。可以设想,如果时代尚未发展到这样一个历史的转折关头,那么,鲁迅这样一个士大夫家庭的子弟,也许会沿着历史的古道,或者是走所谓"读书应试"的"正路",或者是走"衰落了的读书人家子弟所常走的""学做幕友或商人"这条路。然而,时代的风云毕竟已经激荡起来了,时代为文人学子们已经或正在提供有异于这两条路的别样的路(例如"新学"勃兴,近代科学已经开始惠顾中国,新式学堂也在陆续建立等)。这使鲁迅有可能"走异路,逃异地,去寻求别样的人们"[②]。正是由于这样一个历史的机遇,才使鲁迅能够不断在接受新思想的过程中丰富自己,不断使自己走向成熟,终而至于成为一个文化伟人。斯诺曾把鲁迅称作"法国革命时的伏尔泰"和"苏俄的高尔基"[③],这个评价很有见地,而且也很能说明问题。伏尔泰和高尔基都是在本民族的文化转折时期成为文化巨人的。历史的机遇是产生文化伟人的前提和先决条件,正是时代造就了鲁迅。

如果从鲁迅开始上私塾感受中国文化算起,直至他逝世,时间的跨度大约是半个世纪。这半个世纪经历了我国近代历史上的三次思想大解放:"戊戌变法运动是思想的第一次解放";辛亥革命是第二次,"辛亥革命通过临时约法,建立

---

① 本节参考朱晓进:《历史转换期文化启示录》,辽宁教育出版社 1992 年版。

② 见鲁迅:《集外集·俄文译本〈阿 Q 正传〉序及著者自叙传略》,《鲁迅全集》第 7 卷,人民文学出版社 1981 年版,第 83 页。

③ [美]埃德加·斯诺:《中国的伏尔泰——一个异邦人的赞辞》,《鲁迅先生纪念集·悼文二集》,上海书店 1979 年 12 月据鲁迅先生纪念委员会 1937 年初版复印本,第 63 页。

起旧民主主义的观念来，知识分子受到影响，广大人民群众也受到影响，在思想解放运动中，这是较广泛较深刻的一次解放”；而从第三次即五四新文化革命起步，中国开始进入了伟大的新民主主义革命阶段，“中国人民群众的思想得到根本性的划时代的大解放”①。这三次思想大解放正反映着鲁迅所生活的年代的基本历史主题和时代精神。没有这种历史主题和时代精神，也就没有作为文化伟人的鲁迅。如果不是戊戌运动，鲁迅就不可能接触西方科学文化，不可能接触到对他思想有重大影响的进化论；也不可能决意到日本去，把眼光伸延到中国人过去看不到的另外一种世界。如果没有辛亥革命，就不会促使鲁迅从这一革命的过程和结果中生发出对中国社会的认识，产生对思想启蒙、启发民智重要性的认识。如果不是五四新文化运动的逐步崛起，鲁迅大概也还会在旧教育部里继续他寂寞的岁月，完全致力于古籍的整理，等等。但事实是，这一切都发生了，时代首先为鲁迅的发展准备了成熟的外部条件。

时代的机遇固然是鲁迅成为文化伟人的决定性因素，但绝不是唯一的因素。时代在每个人面前都平等地提供了条件，但并不是每个人都能成为文化伟人。因此，同样作为重要因素之一的，是个人的天才条件。这里所说的个人天才条件，并不是一般意义上的，而是特指能适应当时社会的需要的天才条件。普列汉诺夫曾就类似的问题发表过见解，他认为，历史伟人所具备的天才条件应该比别人所具备的天才条件更适合于当时社会的需要：“如果拿破仑所具备的不是他那种军事才能，而是贝多芬那样的音乐才能，那他当然就会做不成皇帝。”②当然，即使具备了这种天才条件，也还要同时具有一种将天才条件用于完成时代所赋予的使命的自觉性。每一个时代都有自己特定的历史任务与要求，能够在多大程度上满足历史提出的客观要求，决定着历史人物的价值。只有在最大程度上满足这种要求的人，才能成为历史上的伟人。鲁迅所具备的天才条件恰恰是包含了所有这些内容的。

那么，什么是文化转换时代所需要的天才条件呢？恩格斯曾经指出，一个历史变革的时代，需要的是“在思维能力、激情和性格方面，在多才多艺和学识渊博方面的”③巨人。换一个角度来说，谁在以上几方面具有最优秀的条件，谁就具有了成为伟人的可能。以这样的要求来考察鲁迅，我们会惊奇地发现，在鲁迅身上，恰恰是具备了以上几个方面条件的，而这些个人的天才条件也恰恰构成了

---

① 范文澜：《戊戌变法的历史意义》，《范文澜历史论文选集》，中国社会科学出版社 1979 年版，第 190 ~ 193 页。

② 《普列汉诺夫哲学著作选集》第 2 卷，生活 · 读书 · 新知三联书店 1984 年版，第 366 ~ 367 页。

③ ［德］恩格斯：《〈自然辩证法〉导言》，《马克思恩格斯选集》第 4 卷，人民出版社 1995 年版，第 262 页。

鲁迅人格魅力的主要方面。

(二)“多才多艺和学识渊博”

人们常常惊叹“五四”以后的中国第一代文化人在众多领域所取得的许多成就,诸如在文学创作、语言学研究、古典文学研究、历史研究等领域的某些方面,居然在很长一段时间内,甚至直到目前,仍然无人能够企及。在考察这种现象时,我们首先而且明显地能够见到的是,在以后年代的文化人中,很少能够有人在中西文化的素养方面超越“五四”一代文化人。这是什么原因呢?鲁迅等这一代文化人从青年时代开始,就遭逢中西文化汇流的大好时机,这使他们同时拥有旧学的根柢和新学的根柢,从而能在思想结构、知识结构等方面成为一种全新的类型。这不仅使他们学识的深度、广度能够超越前人,而且使他们有丰厚的实力在五四新文化运动中冲破传统,创立新说。这种学贯中西的机遇,以及自觉地融中西学说于一身的主观努力,并不是任何时代都能具有的。第二代文化人是在五四运动中成长起来而主要成熟于 20 世纪 30 年代的,这批文化人大多数在五四新文化运动的浪潮中开始接触中西文化,他们中虽有不少人或留洋攻西学,或在国内攻旧学,但常常比较单一,很少在两方面都特别用心;而更多的人则主要是从“五四”文化传统中间接地接触中西方文化的。加之 30 年代以后的政治风云,使历史的长期的文化改革任务,不时地因一些实际的政治革命而中断,第二代文化人大多数被卷入政治斗争的旋涡。因此,无论是就中西文化素养还是就文化各领域创造的业绩来说,第二代文化人均不如第一代。第三代主要是指成熟于抗战时期的包括国统区和解放区的文化人。他们之中虽不乏佼佼者,但是总体的文化素养上,未能超越前两代人。新中国成立以后,学科分工过于细密,使五四时期那种学贯中西的“通才”难以产生——虽然在某些具体的、单个的方面,取得较大成就的人是那么的众多。

不同时代对人才的要求是不同的,也许我们不应苛求其他的时代;但在“五四”这样一个处于文化转换期的历史时代,要能担当起历史所赋予的任务,恩格斯所说的“多才多艺和学识渊博”是绝对不可或缺的。作为第一代文化人的优秀代表,鲁迅的确具备了深厚的中西文化的素养。从鲁迅一生的经历来看,他最早从事自然科学学科的学习,并写有自然科学方面的论文,后来又从事文学和社会科学方面的研究。他所涉猎的领域几乎包容了精神文化的各个方面,他在文学创作、文艺研究、文学史研究、宗教研究、民俗研究、历史研究、古籍整理、语言研究、翻译等众多的领域中都取得过丰硕的成果。鲁迅的知识兴趣是极其广泛的,这从他的阅读和藏书中便可略窥一斑:他的藏书和日常阅读的书籍涉及文学、艺术学、历史学、哲学、美学、经济学、教育学、法学、逻辑学、伦理学、心理学、宗教学、民俗学、医学、农学、生物学、数学、化学、物理学、地质矿物学、天文学、地理学等众多方面。这里,不揣繁琐地列出这些学科,目的只是想说明,鲁迅在文化素养上不断充实自己,从而为自己创造了担当起文化巨人这一历史重任的条件。

当然,这种“多才多艺和学识渊博”,不仅是指文化素养,而且是指文化识见。在第一代文化人中有好多似乎也具备了一些成为文化巨人的条件和特点,如胡适、周作人等,但他们最终未能成为文化巨人。就恩格斯所说的“思维能力”和“多才多艺”等方面的条件而言,胡适、周作人等的确也具备了。尤其是周作人,在当时以及其后都有人将他与鲁迅并称为中国近代“深刻的思想家和战士”①。但将他们加以比较之后就会发现,在热情和性格方面(这一点将在后面论及),尤其是在文化识见即对“传统文化”和“活着的文化传统”的认识方面,周作人等均欠深刻。所以,在周氏兄弟中,历史选择了鲁迅。

反对封建文化传统,这是20世纪初文化转换的极其根本而又艰巨的任务,人们经常因为对传统文化的危害认识不足,对反对封建文化这一历史任务的艰巨性认识不足,因而受到历史的嘲弄。周作人作为一个资产阶级人道主义、自由主义的启蒙思想家,曾经与封建旧文化进行过英勇的奋战,曾对促进中华民族的文化觉醒起过积极的作用,但由于对传统文化的巨大惰力以及对很大程度上仍由传统文化起着支配作用的现实社会缺乏清醒的认识,致使他虽以反封建旧文化开始,却终于以摆不脱灵魂深处的封建阴魂并导致文化人格的堕落而告结束。鲁迅则不同,鲁迅作为中国封建社会最后的知识分子,他与封建传统文化实行了最彻底的决裂。这恰恰得力于他对“传统文化”以及“活着的文化传统”有着最深刻、最充分、最清醒的认识。在这个方面,无论是与鲁迅同时代的著名文化人,还是后代的著名文化人,都曾在极其钦佩之余给予高度评价。例如,郭沫若就曾经说过:“从事新文化运动的,在‘五四’前后,大抵都是青年,对于国内的现实未能有丰富的经验,其中有部分人是在外国受教育的,更远远地离开了本国的现实。……但如鲁迅则完全不同,在‘五四’以前早已把留学生活结束了,二十年中都在国内和现实保持着密切的联系。而且以他的年龄而论,对于生活的经验与批判都比我们充裕而确实,他之所以能够成功决不是偶然的。”②郭沫若的话可说是由衷之言。以郭沫若为代表的前期和后期创造社成员均与鲁迅发生过争论,但使创造社的同仁们佩服的是,鲁迅对于中国现实社会有着深刻认识,因而使他能十分敏锐地挖掘出现实社会中落后文化意识的病根。周扬也曾经说过:“鲁迅除了天才以外,主要的在于他对中国社会的深刻了解。我们‘左联’之中

① 康嗣群:《周作人先生》,《现代》1933年第4卷第1期。

② 郭沫若:《“民族形式”商兑》,重庆《大公报》1940年6月9—10日。

包括很多很好的同志，很有名的人，在这一点上是不如他的。他们谈鲁迅的功劳，一是对社会的了解确实深刻，一是丰富的历史知识，这两条非常厉害。"[1]鲁迅对包括中国历史在内的中国传统文化和对造成现实弊端的落后文化意识根源的深刻认识，是他在历次论战、论争中常常立于不败之地的重要原因。而对这些，往往连他的论争对手也十分佩服。

由于鲁迅对中国"传统文化"和"活着的文化传统"有着深刻的认识，因此带来了鲁迅一系列的重大而著名的"文化发现"。其中最有代表性的是对中国传统文化"吃人"本质的发现和对"活着的文化传统"所培育出的"阿 Q 现象"的发现。鲁迅曾对许寿裳讲过，他是"偶阅《通鉴》，乃悟中国人尚是食人民族"，因此写成《狂人日记》这篇作品的。他并且指出："此种发见，关系亦甚大，而知者尚寥寥也。"[2]鲁迅在一系列文学作品中均反映了这一发现，如小说《孔乙己》《白光》《明天》《祝福》等，以及他的诸多杂文。如果不是对中国传统文化有着非常深刻的认识，很难想象鲁迅会写出这么成功的作品。"阿 Q 现象"的发现也是如此，如果鲁迅没有超拔的、对于"活着的文化传统"的深刻认识，在中国文学史上也就不会有"阿 Q"形象的产生。"阿 Q 现象"所包含的社会思想内涵是极其广阔的，从这一现象中我们看到了现实生活中仍然起着潜在支配作用的落后文化意识。阿 Q 的精神胜利法所反映的文化传统的落后面，阿 Q 的恨假洋鬼子等所反映出的盲目排外的文化心态，阿 Q 的恨尼姑、恨和尚等所反映出的中国人的人生哲学的潜隐意识，还有阿 Q 的"革命理想"所反映的中国传统文化中的"帝王情结"等，这些发现都显示出了鲁迅的真知灼见。毫无疑问，鲁迅的文学创作中如果缺少了这一系列的"文化发现"，也就没有鲁迅作为"深刻的文学家"的地位。正是因为鲁迅对中国"传统文化"和"活着的文化传统"有着超出同时代人的深刻的认识，才使他取得了超越时人的文化业绩。

（三）"热情和性格"

恩格斯在谈"巨人"特征时，把"热情和性格"也作为内容之一，这是值得注意的。要成为文化伟人，要在特殊的新旧转换的环境中坚持战斗，没有超常的"热情和性格"是不行的。在鲁迅身上，这种超常的"热情和性格"是非常明显的。毛泽东称"鲁迅是在文化战线上，代表全民族的大多数，向着敌人冲锋陷阵

① 赵浩生：《周扬笑谈历史功过》，《新文学史料》1979 年第 2 辑。

② 鲁迅：《书信 · 180820 致许寿裳》，《鲁迅全集》第 11 卷，人民文学出版社 1981 年版，第 353 页。

的最正确、最勇敢、最坚决、最忠实、最热忱的空前的民族英雄”[①]。这可以说是对鲁迅超常的“热情和性格”的最好概括。在鲁迅身上,这种超常的“热情和性格”通常凝聚在一起,集中体现为韧性的战斗精神和雄伟的人格力量。

鲁迅的韧性战斗精神有多种表现形态,但最富有特色的是他那敢于在无路之中找寻出路的信念、勇气和毅力。鲁迅一生坚信这样一条真理:世界上本没有路,而走的人多了,便成了路。因此,鲁迅从不幻想走一条由别人铺平的舒坦的大道,而是在艰难的跋涉中自寻出路,甚至在绝望之中也仍不停步。鲁迅在《两地书》中曾经讲到,人生有两大难关,一个是歧路(十字路口),一个是穷途(穷途末路)。鲁迅恰恰是在冲破这两大难关而不屈不挠地前进时,显示了一种超常的韧性精神。墨子说过,遇歧路,则“恸哭而返”。鲁迅却不然,他说自己是既不哭也不返的,不知如何走的时候,就先休息、思考一下,然后选一条似乎可走的路再走下去。在穷途面前,他也决不绝望,决不后退,而是要在没有路的地方硬踏出路来,用他自己的话说,如果碰上穷途,就偏要在穷途中走一走。正是这种坚韧不拔的精神,才使鲁迅在那样一种社会环境中创造出前所未有的辉煌业绩。

鲁迅一生最恨那种“见胜兆则纷纷聚集,见败兆则纷纷逃亡”,“作鸟兽散”的投机心理,曾将此作为国民性弱点的重要方面来批判。[②] 直到30年代在《三闲集·铲共大观》中,他还这样说过:“不是正因为黑暗,正因为没有出路,所以要革命的么?倘必须前面贴着‘光明’和‘出路’的包票,这才雄赳赳地去革命,那就不但不是革命者,简直连投机家都不如了。”固然,看到了某种“光明”的目标,并以此作为自己的精神支柱,从而为接近那个目标而奋斗,这也是一种奋斗精神;但是,鲁迅的奋斗精神高居于这种精神之上,他是在看不到目标时仍在奋斗,在几乎无望的环境中找寻和创造出希望,这更加需要一种超群的毅力,而所谓“韧”的含义也正是在于此。

鲁迅的散文诗《过客》中所表现的,正是鲁迅自己的精神写照,在那“瓦砾场”和“荒凉破败的丛葬”中,展现在过客面前的只是黄昏中的一条似路非路的痕迹,连过客自己也不知道要到哪儿去,他只是凭借着心灵的召唤前行着,尽管前面可能是荒凉的坟场,他自己也已负了伤,但他仍奋然地向“野地里跄踉地闯进去”。当然,鲁迅并非盲目奋斗,鲁迅的韧性还体现在他的奋斗中总是包含着坚实而深沉的理性精神。鲁迅认为,成就任何业绩,均需有“坚实的工作”,必须有一种坚实而深沉的理性精神。鲁迅反对“匹夫之勇”,他认为,面对强敌,如果

---

① 毛泽东:《新民主主义论》,《毛泽东选集》第2卷,人民出版社1991年版,第698页(着重号为笔者所加)。

② 参见鲁迅:《华盖集·这个与那个》,《鲁迅全集》第3卷,人民文学出版社1981年版,第142页。

“没有智，没有勇，而单凭一股‘气’，实在是非常危险的”。所以，他提出了“打壕堑战”的战略战术，这正是鲁迅智勇结合的、坚实而深沉的理性精神的体现。

至于鲁迅的雄伟人格，则基本可以用毛泽东的一句话来概括，即“没有丝毫的奴颜和媚骨”[①]。鲁迅曾尖锐地批判过部分中国人身上染成的流氓气与奴才气，并且指出，这种人毫无“特操”，缺乏起码的人格水平。在许多杂文中，鲁迅都曾讥嘲、抨击过诸如“革命小贩”“捐班派文人学士”“文坛登龙术士”“帮闲文人”等“无特操的各类文人学士”。这种批判本身也多少折射出了鲁迅自身的伟大人格。鲁迅的人格有时还体现在他的蔑视一切名号、名声和桂冠，摆脱一切名利束缚的言行中。他曾说过，他不觉得他有名，即使有也毫不想因此做人更加郑重，来维持自己的名声以及别人的信誉。人格的力量常常是成就伟大事业的重要因素之一，尤其是文化事业。勃兰兑斯在《十九世纪文学主流》一书中就曾指出，在文化事业的竞争中，首先被淘汰的是缺乏才能而且为名利所诱的人；其次是缺乏人生所必需的“特殊综合品质”的人。这都与人格有关。鲁迅也讲过类似意思的话，他说：“美术家固然须有精熟的技工，但尤须有进步的思想与高尚的人格。”[②]正因为鲁迅对“人格”看重，所以他能在任何情况下保持尊严与纯洁的品性，由无私而无畏。没有这种雄伟的人格力量，也很难想象鲁迅会成为中国现代史上的文化伟人。

（四）“鲁迅式思维”

鲁迅的独特的思维方式是他成为文化伟人的重要天才条件，也是鲁迅之所以成为鲁迅的一个极其重要的文化特征。探讨和研究鲁迅思维方式的特点，是从文化的深层意识来理解他的一个重要方面。

鲁迅作为一个中国人，他的整体思维方式与中国文化精神有着必然的联系，但由于他在自身思维能力的锻炼方面有着高度的自觉性，这使他常常能避免中国人传统思维方式中的非科学性成分，而充分继承了中国人传统思维方式中有利于思想、判断的因素；同时，他又非常注意吸收一些外来的思维方式和方法，从而形成了被称为“鲁迅式思维”的特点。

第一，“鲁迅式思维”的特点首先体现为思维的开放性。鲁迅善于打破常人固有的习以为常的思维秩序，以一种全新的时空观念来思考问题。人们似乎不难发现，鲁迅写文章（尤其是杂文）善于联想，善于发现处于不同时间与空间的极不相同的事物之间的内在联系，而这种具有广阔性的联想，正是鲁迅的开放性

---

① 毛泽东：《新民民主主义论》，《毛泽东选集》第 2 卷，人民出版社 1991 年版，第 698 页。

② 鲁迅：《热风·随感录四十三》，《鲁迅全集》第 1 卷，人民文学出版社 1981 年版，第 330 页。

思维特点的显现。

开放性思维是一种建立在现代科学进步基础之上的现代思维，鲁迅也正是在接受近代西方科学思想后才形成这一思维特点的。早在1907年写作《人之历史》一文时，鲁迅就从西方一系列重大科学成就中得到一种启示："有生无生二界，且日益近接，终不能分，无生物之转有生，是成不易之真理。"[①]也就是说，近代科学的发展，如细胞学说、生物进化论、关于太阳系起源的星云假说等，在较大程度上发现了万物之间的内在联系，因而在打破人们封闭的生存空间的同时，也要求着人们思维空间的拓展。开放性思维是伴随着科学的发展而产生的。鲁迅这一思维特点的形成，是与他自觉地接受近代科学思想分不开的。

这种在思维中对固有的单一时空范围的自觉超越，带来了鲁迅思考问题的深刻性。例如，鲁迅特别注意"现在"与"过去"、"现实"与"历史"之间所存在的时间的交叉、渗透、转化等联系，他认为"人多是'生命之川'之中的一滴，承着过去，向着未来"[②]。历史虽已成为过去，但它又总是"指示着将来"[③]。这种对历史与现实的联系的关注，使鲁迅在思考时常常带有一种深沉的历史感和鲜活的、充满生气的当代性，即对于现实问题的思考、探索常常显示出一种历史的深度，而研究历史问题时又总是紧密地联系着现实。又如，鲁迅特别注意处于不同空间的事物之间的联系：现实世界与非现实世界、生存空间与精神空间、明意识与潜意识、看似相关的与看似不相关的。

特别值得提起的，是鲁迅的"两极相合"式的联想。鲁迅思考问题时常把两个对立的事物或对立的方面联系起来分析，使对问题的思考每每能达到惊人的深刻之处。例如，在批判极左派时，鲁迅指出："连续的向左转，结果碰见了向右转的朋友，那时候彼此点头会意，脸上会要辣辣的。"[④]这种"两极相合"的联想，显示出一种强烈的反差，使事物的本质特点更为真实地显露出来。诸如"才子"与"流氓"的相合，"革命"与"小贩"的相合等，均已成为人们口口相传的"妙语"。在鲁迅的联想的两端，一端是高贵者及其神圣殿堂，一端却是地上"最不干净的地方"，而二者经他的牵连，便以一种最新颖的组合，形成最意想不到的效果：文人雅士的小品文"遍满小报的摊子上"；/"烟花女子，已经不能在弄堂里拉扯她的生意，只好涂脂抹粉，在夜里躄到马路上来了。"[⑤]//"民族主义文学"的

---

① 鲁迅：《坟·人之历史》，《鲁迅全集》第1卷，人民文学出版社1981年版，第17页。

② 鲁迅：《集外集拾遗·〈十二个〉后记》，《鲁迅全集》第7卷，人民文学出版社1981年版，第300页。

③ 鲁迅：《华盖集·忽然想到(四)》，《鲁迅全集》第3卷，人民文学出版社1981年版，第17页。

④ 鲁迅：《伪自由书·透底》，《鲁迅全集》第5卷，人民文学出版社1981年版，第103页。

⑤ 鲁迅：《南腔北调集·小品文的危机》，《鲁迅全集》第4卷，人民文学出版社1981年版，第576页。

"发扬踔厉",或"慷慨悲歌"的文章;/"落葬的行列里","用热闹来掩过了这'死'"的"悲哀的哭声"和"壮大的军乐"[①]。如此等等,不一而足。

第二,"鲁迅式思维"的特点,最主要的是体现为思维的反叛性。鲁迅的思维方法是一种比较典型的反传统性思维、反习惯性思维。这种思维的最重要的表现形式就是"怀疑"。在中国文化人的思维定势中,有一种崇尚经典、崇尚"古已有之"的传统的习性,例如只许"我注六经",不许"六经注我",就是这种习性的集中体现。凡经典的东西不允许怀疑,在任何场合均可直接拿来作为不允驳难的可以代替论点的论据。长此以往,很难产生真正伟大的思想家。因此,对于一个真正的思想家来说,不囿于古人,不轻信表面现象,敢于大胆地怀疑,这是非常重要的。反叛性的"怀疑"方法,在鲁迅的思维方式中具有至关重要的意义。

鲁迅曾多次谈到自己的"多疑"。他说,"我看事情太仔细,一仔细,即多疑虑"[②]。"我的习性不大好,每不肯相信表面上的事情",常有"疑心"[③]。鲁迅还指出:关于多疑,"无论那一国人,都指这为可笑的缺点。然而怀疑并不是缺点"[④]。当然,鲁迅这里所说的"多疑""怀疑"是作为一种思维方式提出来的,而不是作为一种哲学观、世界观提出来的,因此,这与虚无的、悲观绝望的怀疑主义有着本质的区别。在鲁迅这里,"多疑""怀疑"所表明的是思维的周密性,即不肯相信表面观察得出的简单化结论,不肯顺从于"早已有之"的"古训",而努力于对事物矛盾的各个侧面的观察与思考,以求真正把握事物的本质。

鲁迅独特的生活经历,是他坚持"怀疑"式思维方式的重要原因。也就是说,鲁迅的"多疑"不是一种消极的病态,而是来自他自己的生活经验,来自他从血的代价中汲取的教训,来自他对社会事物的最清醒的认识。鲁迅说过,他之所以比别人多疑,是因为事实的教训,他说由于自己"见过辛亥革命,见过二次革命,见过袁世凯称帝,张勋复辟,看来看去,就看得怀疑起来"[⑤]。有时,他也曾设想,自己是不是太疑心了,是不是把人和事物看得太坏了,但事实如何呢?当他看到"三一八"惨案中,段祺瑞政府对赤手空拳的学生进行镇压时,他终于确信,对有些人和事,你怎么怀疑也不过头。他说:"我向来是不惮以最坏的恶意,

---

① 鲁迅:《二心集·"民族主义文学"的任务和运命》,《鲁迅全集》第4卷,人民文学出版社1981年版,第319~320页。

② 鲁迅:《两地书·第一集 北京》,《鲁迅全集》第11卷,人民文学出版社1981年版,第32页。

③ 鲁迅:《两地书·第一集 北京》,《鲁迅全集》第11卷,人民文学出版社1981年版,第39页。

④ 鲁迅:《且介亭杂文末编·我要骗人》,《鲁迅全集》第6卷,人民文学出版社1981年版,第486页。

⑤ 鲁迅:《南腔北调集·〈自选集〉自序》,《鲁迅全集》第4卷,人民文学出版社1981年版,第455页。

来推测中国人的,然而我还不料,也不信竟会下劣凶残到这地步。"[①]所以鲁迅一再声称,对任何人和事,"在未有更确的证明之前,我的'疑'是存在的"[②]。

怀疑性思维的运用,使鲁迅对事物的思考达到了惊人的深度。正是从这种怀疑性出发,鲁迅又常常能从人们习以为常、习焉不察的事物中发现问题。他凡事都喜欢问个为什么,他常用的思维表达方式是:"从来如此,便对么?""何尝如此?""也未必然?""为何……""何以……"等。鲁迅的怀疑式思维不光是表现在凡事问个为什么,更为绝妙的是,他常常采用"正面文章反看法",从反面来推测事物,即鲁迅称之为"推背图"式的思考方法。这种方法在鲁迅那儿的表述方式常常是:传统谈是的,倒可能非,公认的好,倒也许正是坏。鲁迅曾多次谈到:"自称盗贼的无须防,得其反倒是好人;自称正人君子的必须防,得其反则是盗贼。"[③]又说,看见显着正人君子模样的人物,竟会觉得他也许正是蜘蛛精了。鲁迅说他自己"对于正面的记载,是不大相信的,往往用一种另外的看法"[④]。例如,北平沦陷前夕,虽然国民党一再声称抗战到底,但鲁迅就是不信,他说:"报上说,北平正在设备防空,我见了并不觉得可靠;但一看见载着古物的南运,却立刻感到古城的危机。"[⑤]这种从反面得出的推测,常常被鲁迅"不幸而言中"。这种"正面文章反看法"的方式,正说明鲁迅特别善于窥探、洞察表面现象背后的本质特征,这确有其独特的功效。例如,鲁迅在《由中国女人的脚,推定中国人之非中庸,又由此推定孔夫子有胃病》这篇文章中,就是以这种"正面文章反看法"的"怀疑"性思维方式来说明"中国人之不中庸"的。他认为,由于中国的"圣人"们大呼"中庸"之道两千年,一般人就据此认为中国人在"古训"之下均有了"中庸"之风。其实不然。"人必有所缺,这才想起他所需";"圣人"们之所以大呼"中庸","正因为大家并不中庸的缘故",否则就没有必要呼吁"中庸"了。这一见解是很深刻的。"正面文章反看法"对揭示伪君子效果尤佳。鲁迅在与"正人君子"们的论战中常能一击而置敌于死地,就是常采用这种方法的结果。例如鲁迅在《马上支日记》中批判假道学们反对模特儿一事时曾这样说:"要证明中国人的不正经,倒在自以为正经地禁止男女同学,禁止模特儿这些事件上。"因为这恰恰证明了那些自以为正经的假道学们的神经兴奋点的所在,这

---

① 鲁迅:《华盖集续编·记念刘和珍君》,《鲁迅全集》第3卷,人民文学出版社1981年版,第275页。

② 鲁迅:《华盖集续编·关于〈三藏取经记〉等》,《鲁迅全集》第3卷,人民文学出版社1981年版,第388页。

③ 鲁迅:《而已集·小杂感》,《鲁迅全集》第3卷,人民文学出版社1981年版,第531页。

④ 鲁迅:《伪自由书·中国人的生命圈》,《鲁迅全集》第5卷,人民文学出版社1981年版,第98页。

⑤ 鲁迅:《伪自由书·中国人的生命圈》,《鲁迅全集》第5卷,人民文学出版社1981年版,第98页。

些看见女人赤足也会感奋起来的道学家，自然对模特儿一事更为感奋。这类例子在鲁迅的作品里，真是举不胜举。

总之，无情地怀疑，大胆地重新思考，这确实是鲁迅最为重要的思维特点之一，也是鲁迅在认识和思考问题时达到惊人的深刻之处的重要原因。

第三，"鲁迅式思维"的特点还表现为在思维中采用的简括、明快的判断方式。在鲁迅的思维判断中，很注重对事物的整体特征和本质特征作直截了当的揭示，常常是快刀斩乱麻式地排除偶然性和个别性，以最简括、明快的表达方式作判断式表述。如果说，上面讲的反叛性思维特点是以"疑"为特征的，那么，这里则主要是以"断"为特征。鲁迅在思维方式上是自觉追求"疑"与"断"之互相结合的。他指出："怀疑并不是缺点。总是疑，而并不下断语，这才是缺点。"①鲁迅思维中的判断，常常是简洁明快的，绝不拖泥带水，也绝不纠缠于具体现象的细枝末节，而是尽快地舍弃次要的东西，直逼本质——突出而集中、迅速而明确地发现并抓住事物的要害。尤其是我们在读鲁迅的论战文章时，常常会发现，鲁迅在面对对手洋洋洒洒的宏文大论时，一般并不还以长篇大论，而仅仅用短论杂感、三言两语便击中要害，使对手再无招架之功、还手之力，甚至找不到申辩的余地。这正是鲁迅简括、明快的思维判断所特有的威力。鲁迅曾说过，在论战中，"历举对手之语，从头至尾，逐一驳去，虽然犀利，而不沉重"；最好的方式是"正对'论敌'之要害，仅以一击给与致命的重伤者"②。

鲁迅的简括、明快的判断方式在他的文章中随处可见，例子俯拾皆是，由于这种判断过于赤裸，过于直截了当，以至于有人称鲁迅"尖刻""刻毒"，甚至骂鲁迅为"刑名师爷"。鲁迅的思维方式与他故乡绍兴的"师爷传统"，确实存在着某种继承关系。鲁迅曾谈到，绍兴是出"师爷"的地方，有着师爷传统。基于这一事实，可以推断该地区人们的思维中确有适宜于当师爷的地方。鲁迅曾把"刑名师爷"的判断方式称为"简括"，常用极少的语言就能将事物"形容得痛快淋漓"③。鲁迅生在出"师爷"的绍兴，自然不可能不受这种思维方式的影响。而且，鲁迅还确实研究过"刑名师爷"的一些判断方式。例如，鲁迅常用的"取诨名"，就是从那儿学来的。值得注意的是，鲁迅是把"取诨名"作为一种判断的方式来看待的，是借此来丰富自己的思维判断能力的。起"诨名"所表现的"简括"的思维，实质上也就是一种善于透过纷繁复杂的现象，迅速地切入本质，作出简

① 鲁迅：《且介亭杂文末编·我要骗人》，《鲁迅全集》第6卷，人民文学出版社1981年版，第486页。

② 鲁迅：《两地书·第一集　北京》，《鲁迅全集》第11卷，人民文学出版社1981年版，第40页。

③ 鲁迅：《华盖集续编·不是信》，《鲁迅全集》第3卷，人民文学出版社1981年版，第222页。

括、明确的判断的能力。鲁迅很看重这种判断能力,他说,“假使有谁能起颠扑不破的诨名的罢,那么,他如作评论,一定也是严肃正确的批评家,倘弄创作,一定也是深刻博大的作者”[①]。鲁迅自己,不仅经常在文章中不时为一些人和事取诨名,而且他也十分重视这种“诨名”的效果,并且断言,他创造的许多诨名(诸如“叭儿狗”“洋场恶少”“奴隶总管”“革命小贩”等)将会永久“流传”下去。

第四,在鲁迅的思维过程中,还常常采用一种由果溯因的反向分析方法。“由果溯因”是一种实践性很强的分析思维方式。在对事物的原因与结果二者的关系进行分析思考时,可以有两条途径,一条是考其因推其果,即先分析事物的原因,并根据原因来步步推导出结果,这是通常的逻辑演绎的分析方法。另一条途径是由其果溯其因,即首先认真考察现已成为事实的结果,然后反观结果形成的过程,考其因由。在这两种途径中,鲁迅更常采用的是后者。尤其是鲁迅在对中国传统文化进行价值评估时,更是经常采用由果溯因的分析方法。鲁迅以中国文化的落后状况这个“果”作为基本出发点,然后去思考形成这种现状的原因。这种“结果”,在鲁迅看来,并不是一个理论问题,而是一个实践问题,是一个现实存在的无需验证的事实:中国在各个方面的落后状况在20世纪初已是不言自明的事实。立足于这一“结果”,鲁迅再去找寻其形成原因,这样一个分析过程就必然地表现为一果多因的形式。也就是说,当鲁迅批判造成中国民族落后的文化根源时,就不可能停留于某一具体文化领域,而是涉及几乎所有的领域。正是由果溯因的分析思维方法,才使鲁迅提出必须全面反传统的结论。相反,如果采用“由因推果”的方法来分析,也许会得出相反的结论。由某一原因出发,可能推出一种结果,也可能推出几种结果。无论是“一因一果”或“一因多果”,都难以对传统文化作出准确的价值评估。例如,从儒家思想这个“因”,可以推出它导致中国文化封闭落后这一“果”,即使如此,这也只是找出了落后现状的某一方面的根源,而不是全部。而且,从儒家思想这个“因”也还可能推出多种“果”——它有导致文化落后封闭的一面,但从某种角度也可推导出它能致使人与人之间达到亲善和睦等的结论,如现在流行的“新儒学”就是如此。由因推果,从逻辑关系来说是可以言之成理的,但在面对有些事物时,却会失去实际意义,它无法找到现实结果的全部的根源,从而也就无助于改变现实状况。由果溯因是鲁迅反思传统文化的重要分析方法,这在鲁迅那里非常重要,这是鲁迅在评估中国传统文化时之所以比同时代人更深刻、更系统、更整体化的重要思维根源。

---

① 鲁迅:《且介亭杂文二集·五论“文人相轻”——明术》,《鲁迅全集》第6卷,人民文学出版社1981年版,第384页。

三、鲁迅的当代意义

（一）鲁迅文化遗产的真正价值

鲁迅研究界曾有一个喊了许多年的口号，即“让研究回到鲁迅自身去”。这个口号是基于研究中对鲁迅自身特征的偏离倾向而提出来的，但要将这个口号变为实践，首先遇到的就是这样一个问题：鲁迅自身最有意义、最有价值、最本质的特征是什么？美国人史沫特莱在《论鲁迅》一文中认为，“在所有中国的作家中，他恐怕是最和中国历史、文学和文化错综复杂地连在一起的人了”。这一评价是比较符合实际的。中国20世纪初这一特定历史阶段的时代特征，决定了鲁迅这一代文人学者在从事任何事业时都在实际上与时代赋予他们的文化思想启蒙的历史任务难以分离。他们学习、研究、思考、探索的领域常常超越于某一个具体的部门或领域的范围，显示出博大精深的特点。他们目光所及，几乎渗透到了诸如哲学、历史学、伦理学、宗教学、经济学、社会学、人类学、民俗学、语言学、心理学等一切的精神文化领域，而且各个方面的交相渗透，在一个人身上，常常是难以相互剥离开来的。因此，仅从任何一个具体领域出发，都无法揭示出他们的真正的、全部的意义和价值。

鲁迅的真正的意义、鲁迅遗产的真正价值，正越来越深刻地为人们所认识。随着时代的迁移，鲁迅在中国历史上作为文化思想家的地位日见显著，以致正在取代其作为单一的文学家的地位。虽然毛泽东早在1940年的《新民主主义论》中就指出“鲁迅不但是伟大的文学家，而且是伟大的思想家和伟大的革命家”，但对这三个“家”的理解，若仅从鲁迅在这三个具体领域中的贡献出发来分而论之，就会缺少对三者内在统一性的把握。其实，在鲁迅那儿，最初的出发点和最终的目的，都是在于促进中国文化顺利完成发端于20世纪初的伟大的历史性转换，至于他所涉猎较多的三个领域，只是他为完成最终的文化目的而选择的具体的渠道。鲁迅之为革命家，不同于人们通常所理解的从事革命理论的研究、阐述或从事实际的革命运动的那些所谓政治革命家，而是一个致力于文化战线上的斗争的“文化革命”家。由于文化问题与中国20世纪以来的社会变革关系异常密切，所以鲁迅的“文化革命”斗争与实际的社会斗争是相辅相成的，但如果用一般政治革命家、社会革命家的特征来解释鲁迅，则难以把握鲁迅之为“革命家”的独特的方面。

同样,鲁迅之为思想家,也不是人们通常所理解的那些专门从事思辨的哲学研究的思想家。如果以“深邃的哲学”“抽象的思辨”等作为衡量思想家的标准的话,鲁迅绝不是一个典型意义上的思想家。鲁迅比较执着于现实人生,注重对于社会的文明批判,注重对于伦理道德的探索,而这一切正体现出一个文化思想家的特点。至于文学,鲁迅更不是一个纯粹的文学家。他的文学创作的价值并非止于文学自身领域,鲁迅从根本上就是带着一种鲜明的文化目的去从事文学活动的。在鲁迅那里,文学艺术绝不是一个孤立的存在,如果仅把鲁迅的文学艺术活动当作一个封闭的系统来研究,事实上是不可能把握其文学艺术活动的全部意义和价值的。这一点不仅正在得到国内学者越来越充分的肯定,而且在国外,人们也早已认识到了。早在鲁迅逝世时,埃德加·斯诺就曾说过:“我总觉得,鲁迅之于中国,其历史上的重要性更甚于文学上的。”①其实,鲁迅在国外受到的关注,常常就是超越纯文学的界限的,外国学者常常是通过鲁迅来了解和分析中国社会和中国文化的。例如,“一个日本人,他可能不了解中国的文学、历史和哲学,可是,他却知道鲁迅的名字。他常常饶有趣味地阅读鲁迅的作品,通过这些作品,他懂得了中国近代文明与文化的意义”②。对于中国人来说当然也是如此,诚如有些学者所说的那样,“不懂得鲁迅,就不懂得中国”。而从鲁迅研究的角度来说,如果不从鲁迅所包蕴的整体性中国文化内涵出发,也许就难以理解鲁迅的真正价值。

(二)鲁迅精神和思想对当代的启迪意义

在中国近现代文化发展史上,作为文化现象的鲁迅,其本身就带有新旧文化转换的标记性特征,这对后人研究这个时代的文化思想特点有着极其重要的意义。同时,鲁迅的文化精神与他的文化业绩一道,不仅具有文化史的意义,也有着诸多的现实启迪作用。

由于现在也正处于与五四时期相类似的文化变革的历史性转换时期,因此,我们也面临着与五四时期相类似的历史任务,虽然这种类似并非等同,而是在更高意义上的同构。时代特点和历史任务的某种同构性,使五四时期文化先驱们对民族文化的反省以及由此留下的思想资料,对于当今来说显得格外宝贵;而作为五四新文化运动重要代表者的鲁迅对中国文化的深刻反思,尤应引起重视。鲁迅对民族文化的反省和思考,几乎涉及了中国精神文化的一切领域,这种反省

① [美]埃德加·斯诺:《中国的伏尔泰——一个异邦人的赞辞》,《鲁迅先生纪念集·悼文二集》,上海书店1979年12月据鲁迅先生纪念委员会1937年初版复印本。

② 严绍璗:《日本鲁迅研究名家名作述评》(一),《中国现代文学研究丛刊》1981年第3期。

和思考为今天的文化革新提供了诸多有益的、可供借鉴的东西。当然，这种借鉴既包括对鲁迅精神的“拿来”，也包括对鲁迅思想成果的评价中引发出的新的启示。

鲁迅精神首先体现为清醒的现实主义精神。清醒的现实主义的主要特征是从实际出发，面向现实，实事求是，绝不回避矛盾。鲁迅毫不留情地暴露旧社会的黑暗和虚伪，指出其“陷入瞒和骗的大泽中，甚而至于已经自己不觉得”，“于是无问题，无缺陷，无不平，也就无解决，无改革，无反抗”。他呼吁人们“取下假面，真诚地，深入地，大胆地看取人生”①。正视现实，是进行改革的基础和前提，只有承认矛盾才有可能解决矛盾，因此鲁迅强调“一到不再自欺欺人的时候，也就是到了看见希望的萌芽的时候”②。在强调正视现实的同时，鲁迅还特别重视要努力用行动来改变现实，他指出：“现在的青年最要紧的是‘行’，不是‘言’。”③他强调路是人走出来的，“遇见深林，可以辟成平地的，遇见旷野，可以栽种树木的，遇见沙漠，可以开掘井泉的”④。今天，中国人民正在走着一条适合中国国情的、中国式的现代化道路，因而发扬实事求是的清醒的现实主义精神，仍具有十分重要的现实意义。韧性的战斗精神，这也是鲁迅精神的重要方面。鲁迅的韧性战斗精神的主要特征，一是体现为敢于在无路中找寻出路，在几乎无望的环境中找寻和创造希望，在艰难险阻面前显示出不屈不挠的坚韧毅力；二是体现为反对匹夫之勇，坚持智勇结合的、坚实而深沉的理性精神。今天，中国大地的改革已进入攻坚阶段，鲁迅的韧性战斗精神对于现实中的中国人来说，无疑有着积极的精神导向作用。

鲁迅精神有着极其丰富的内涵，它还包括诸如“横眉冷对千夫指，俯首甘为孺子牛”的硬骨头精神和自我牺牲的精神；严于解剖自己往往甚于解剖别人的与民族共忏悔的自我批评精神；时时想到中国、想到中国的未来的强烈的爱国主义精神等内容。这些精神对于每一个中国人来说，都将是一笔取之不尽、用之长久的精神财富。发扬鲁迅精神，对于增强民族自信心与民族自尊心，对于重铸民族精神，对于中华民族的伟大崛起，有着深远的历史意义。

至于鲁迅在各个具体精神文化领域中对民族文化所作的深刻反省和思考，则更是直接为当今的精神文化建设提供了诸多思想资料。鲁迅对中国伦理文化所作的深入而系统的批判以及他所提出的新的伦理道德的设想，鲁迅对宗教文

---

① 鲁迅：《坟·论睁了眼看》，《鲁迅全集》第1卷，人民文学出版社1981年版，第238、241页。

② 鲁迅：《华盖集·补白》，《鲁迅全集》第3卷，人民文学出版社1981年版，第101页。

③ 鲁迅：《华盖集·青年必读书》，《鲁迅全集》第3卷，人民文学出版社1981年版，第12页。

④ 鲁迅：《华盖集·导师》，《鲁迅全集》第3卷，人民文学出版社1981年版，第56页。

化的深刻分析,鲁迅对民俗文化的探讨,鲁迅对国民性的批判和改造国民性的设想,鲁迅对传统文学的解析,鲁迅对语言文化的透视,鲁迅的文学观念等,不仅其观点精辟,振聋发聩,而且分析透彻,发人深省。这些都无不从思想观念到思想方法等多个方面给今人以启示。

第一章　鲁迅的人生选择与创作道路

第一节　生命的漂泊与精神的追寻(1881.9—1909.5)

一、幸福的起点

1881 年 9 月 25 日,鲁迅出生在绍兴城内一个周姓的大户人家。

鲁迅,姓周,本名樟寿,字豫才,于 1898 年在南京求学时改名树人,"鲁迅"是他 1918 年发表小说《狂人日记》时起用的笔名。

从个人的成长经历来看,鲁迅的人生起点是算得上幸运了。周家在绍兴城是一门望族,人丁兴旺,书香门第。鲁迅的祖父周福清(介孚)翰林出身,曾经在江西放过一任知县。后到北京,做了内阁中书的京官。后来鲁迅在自传中说:"在我幼小时候,家里还有四五十亩水田,并不很愁生计。"①可见,鲁迅儿时的生活还是相当优裕和幸福的。家里的四五十亩水田,维持日常生计是绰绰有余了。周家是有读书传统的,祖父周福清对儿孙们的读书是十分的关注和讲究的。鲁迅的父亲周伯宜,尽管没有在科举之路上获取功名,但他是一个本本分分的读书人。

在这样的氛围中,幼年的鲁迅开始了自己的阅读生涯。早年鲁迅家里有两只大书箱,从《十三经注疏》和"前四史",到《王阳明全集》、章学诚《文史通义》,从《古文析义》和《中晚唐诗叩弹集》,再到科举专用的《经策统纂》,并不缺乏。就连《封神榜》《三国演义》等小说闲书也赫然在列。

由于孩子的好奇天性加之祖父的鼓励引导,儿时的鲁迅开始阅读正统读物之外的杂著小说等。这种阅读选择和习惯的养成,对于鲁迅的思想形成不能不说起到了潜在的影响作用。父亲周伯宜是个平正温和的读书人,尽管对鲁迅兄弟的家教极严,但是从不打孩子。在日常管教上常常表现得很宽容,对儿子们的

---

① 鲁迅:《集外集·俄文译本〈阿 Q 正传〉序及著者自叙传略》,《鲁迅全集》第 7 卷,人民文学出版社 1981 年版,第 82 页。

读书监督得并不紧。

鲁迅的祖母[①]对孙儿们是非常和蔼、慈祥的。她是一个讲故事的好手。“那是一个我的幼时的夏夜,我躺在一株大桂树下的小板桌上乘凉,祖母摇着芭蕉扇坐在桌旁,给我猜谜,讲述故事。”[②]

鲁迅儿时就特别喜欢书画,“这并不是书家画师的墨宝,乃是普通的一册一册的线装书与画谱”[③]。最初买不起书,就只好借了绣像小说来看。在祖父被下狱之后,鲁迅被迫去大舅父家里寄住。尽管鲁迅对此事一直耿耿于怀,后来所说“有时还被人称为乞食者”,但是毕竟作为小孩子,还是受到了相当的优待。鲁迅向表兄借来《荡寇志》的绣像一张张地影描,订成了一大本。回家以后,鲁迅又影描了许多画谱。

1892 年春天,鲁迅到三味书屋去跟着寿怀鉴(寿镜吾)读书。在三味书屋学习期间,鲁迅的功课很好,常常在规定的时间以前就做好了老师布置的作业。寿镜吾很欣赏他的聪明与勤勉。鲁迅从 5 岁开始读书,到 17 岁离开家乡,这期间他读了不少的中国古籍,尤其是读了不少野史杂集。在差不多年龄的少年中间,鲁迅毫无疑问是读书极多、学识很广的一个。

二、风暴袭来

鲁迅乘坐的这条幸福的小舟,在 1893 年秋天里,被一场大变故抛到了命运之海的汹涌波涛中。这一年的年初,在北京做官的祖父因母亲去世而奔丧归家。到了秋天,周介孚因科场案事发而最终入狱。

这就是鲁迅所说“到我十三岁时,我家忽而遭了一场很大的变故,几乎什么也没有了”[④]的变故的过程。于是,祖父被判了“斩监候”的重刑,关在杭州府狱里。从此周家的社会地位和经济状况一下子败落了。败落之后所遭受的冷遇,深深地刺激着鲁迅。直到后来鲁迅在回忆中还说:“有谁从小康人家而坠入困顿的么,我以为在这途路中,大概可以看见世人的真面目。”[⑤]也大概从这个时候开始,少年鲁迅开始埋下了对旧社会的憎恨、对理想社会的憧憬。

“漏屋又遭连阴雨。”正在祖父下狱的时候,鲁迅的父亲又身患重病,大约捱了三年时间,于 1896 年丢下鲁迅弟兄几个撒手西去了。这三年中间,鲁迅家里

---

① 鲁迅的祖母孙氏是鲁迅父亲的生母,早死。后来鲁迅看到的祖母蒋氏,是父亲的继母。

② 鲁迅:《朝花夕拾·狗·猫·鼠》,《鲁迅全集》第 2 卷,人民文学出版社 1981 年版,第 236 页。

③ 周作人:《关于鲁迅》,《周作人文类编·八十心情》,湖南文艺出版社 1998 年版,第 110 页。

④ 鲁迅:《集外集拾遗补编·鲁迅自传》,《鲁迅全集》第 8 卷,人民文学出版社 1981 年版,第 304 页。

⑤ 鲁迅:《呐喊·自序》,《鲁迅全集》第 1 卷,人民文学出版社 1981 年版,第 415 页。

的惨状可想而知。祖父关在杭州狱中需要用钱,父亲治病需要用钱。于是,卖田地、当衣物。少年鲁迅,从高过自己的柜台那边接过抵押来的钱,然后匆匆奔往药铺抓药,如此奔走于当铺与药铺之间。这种生活的巨大重担过早地压在了本该天真烂漫、无忧无虑的少年稚嫩的肩头,这也极大地影响了鲁迅的性格,锻造了他的坚毅的灵魂,培养了同情弱者的情感。

正如鲁迅的家庭遭受的毁灭性打击一样,晚清的中国也风雨飘摇、岌岌可危。这是中华民族多灾多难的年代。1840 年,亦即鲁迅出生前 40 年,英帝国主义用鸦片和炮舰打开了清王朝"闭关自守"的大门,从此,美、法、俄等十多个资本主义国家蜂拥而上、趁火打劫,短短的数十年间,中国被迫签订了上百个不平等条约,逐渐沦为半殖民地半封建社会,陷入了受人欺凌、任人宰割的悲惨境地。1894 年,在中日甲午战争中,中国战败,这场战争对国人产生了极大的震动,祖国正面临深刻的危机,风雨如晦。家庭败落、国家危难,双重的危机与焦虑深深地压在鲁迅的内心,让他窒息,让他忧虑,更促使他奋起。

三、求学南京

在母亲的支持下,鲁迅决定外出求学。可是,父亲去世后,家里的日子更加难捱,"渐至于连极少的学费也无法可想",于是只能"去寻无需学费的学校去"①。这学校就是南京的江南水师学堂。后来鲁迅动情地回忆道:"我要到 N 进 K 学堂去了,仿佛是想走异路,逃异地,去寻求别样的人们。我的母亲没有法,办了八元的川资,说是由我的自便;然而伊哭了,这正是情理中的事,因为那时读书应试是正路,所谓学洋务,社会上便以为是一种走投无路的人,只得将灵魂卖给鬼子,要加倍的奚落而且排斥的,而况伊又看不见自己的儿子了。然而我也顾不得这些事,终于到 N 去进了 K 学堂了。"②

"路漫漫其修远兮,吾将上下而求索。"鲁迅在母亲婆娑的泪眼中挥手告别了亲人,告别生活了 17 年的故乡,到一个完全陌生的城市去,从此踏上了自己的奋斗求索的人生道路。

这一年是 1898 年。当年的 5 月,鲁迅考进了南京的江南水师学堂,分在机关科学习。

四年前,中日甲午海战的失败,进一步暴露了晚清中国的腐朽的全部事实,更震动了所有有良知的中国知识分子。1898 年,中国历史上发生了轰动一时、

---

① 鲁迅:《集外集拾遗补编·鲁迅自传》,《鲁迅全集》第 8 卷,人民文学出版社 1981 年版,第 304 页。

② 鲁迅:《呐喊·自序》,《鲁迅全集》第 1 卷,人民文学出版社 1981 年版,第 415~416 页。

影响深远的事件——“戊戌变法”。以康有为为代表的中国先进知识分子上书光绪皇帝，提出变法维新的建议，改变现实、救亡图存，成为他们共同的愿望。然而他们的努力最终以失败而告终。尽管变法运动失败了，但是促成了思想启蒙的运动，其影响比政治运动更为深远。这一段时间里，中国掀起了译介外国思想文化、现代观念的大规模的潮流。西方的文学作品通过林纾等人的翻译进入中国人视野，以严复为代表的对西方政治、经济、文化、哲学等方面的论著的翻译也蔚成风气。严复翻译介绍进来了诸如赫胥黎的《天演论》、亚当·斯密的《原富》、孟德斯鸠的《法意》等著作，新的思想不断地撞击着天朝帝国中人们的思想意识。

怀着变革梦想初到南京的少年鲁迅当然也不例外。相比闭塞偏僻的绍兴小城，南京一下子给鲁迅打开了崭新的天地。到达南京的时候，正是维新变法运动如火如荼地展开之际。鲁迅开始接触到大量的宣传维新思想的新书刊。

然而，江南水师学堂的状况却并不令人满意。学堂虽然是新式学堂，但风气却是落后保守的，以至于鲁迅曾用“乌烟瘴气”表达自己的不满与厌恶之情。终于，鲁迅只读了一学期就决定离开这所学校，转学到了江南陆师学堂学习采矿。

陆师学堂比水师学堂的氛围好多了，学堂甚至还设立阅报处，有《时务报》《译学汇编》等新学书刊。在这样的环境里，鲁迅有了更多的机会接触新思想、新学说。特别是赫胥黎的《天演论》一下子就吸引了鲁迅，书中的进化论理论深深打动了他。他曾有一段话记录初读《天演论》的心情：

> 看新书的风气便流行起来，我也知道了中国有一部书叫《天演论》。星期日跑到城南去买了来，白纸石印的一厚本，价五百文正。翻开一看，是写得很好的字，开首便道：“赫胥黎独处一室之中，在英伦之南，背山而面野，槛外诸境，历历如在机下。乃悬想二千年前，当罗马大将恺彻未到时，此间有何景物？计惟有天造草昧……”哦！原来世界上竟还有一个赫胥黎坐在书房里那么想，而且想得那么新鲜？一口气读下去，“物竞”“天择”也出来了，苏格拉第，柏拉图也出来了，斯多噶也出来了。[1]

在此后很长的时间里，进化论思想很大程度上影响着鲁迅。同时，学堂还有生产实习，增加了鲁迅对生活的更多体验，也激发了对底层劳动人民的同情和理

① 鲁迅：《朝花夕拾·琐记》，《鲁迅全集》第2卷，人民文学出版社1981年版，第295～296页。

解。鲁迅曾回忆他们到南京附近的句容青龙山煤矿实习的见闻,那情景让他永远难忘:“到第三年我们下矿洞去看的时候,情形实在颇凄凉,抽水机当然还在转动,矿洞里积水却有半尺深,上面也点滴而下,几个矿工便在这里面鬼一般工作着。”①在南京的四年中,鲁迅学习到了科学知识,接触到国外的哲学、政治等思想,阅读了外国文艺作品,而这一切“使青年鲁迅对祖国的现状和前途思考得更多,了解得更多,也关心得更多了。这几年对于他后来的发展,是一个重要的准备”②。

1902年,鲁迅从矿路学堂毕业。毕业生中有五名被派往日本官费留学,鲁迅是其中一个。于是,鲁迅又开始踏上了异国他乡求学寻梦的旅程。

四、别求新声于异邦

鲁迅怀着探求救国救民的真理、掌握济世用世的才能的迫切愿望离开祖国,远赴东瀛求学。正如鲁迅在水师学堂的同学胡朝栋为他送行而作的诗中所说:

> 乘风破浪气豪哉,上国文光异地开。
> 旧域江山几破碎,劝君更展济世才。

鲁迅最初进了弘文学院学习,这是一所专门为初来日本的中国留学生设立的学习日语和基础课的预备学校。在这里,鲁迅拼命地汲取知识,课余时间就是逛书店买书、读书。在此期间结识的许寿裳后来回忆说:“他平生极少游览,留东七年,我记得只有两次和他一同观赏上野的樱花,还是为了到南江堂买书之便。其余便是同访神田一带的旧书铺,同登银座丸善书店的书楼。他读书的趣味很浓厚,决不像多数人的专看教科书;购书的方面也很广,每从书店归来,钱袋空空,相对苦笑,说一声‘又穷落了’。”③也就是从这时开始,孜孜不倦的鲁迅基于变革中国现实的考虑,开始了对国民性问题的思索。他希望从国民性问题的研究中能找出中国积贫积弱的深层原因来。1902年秋,浙江籍的留学生开始创办杂志《浙江潮》,后来鲁迅在上面发表了《斯巴达之魂》等文章。从这些饱含强烈情感的文字中,分明能感觉到青年鲁迅热切的呼喊、灵魂的跃动。

从弘文学院毕业后,鲁迅厌恶在东京的中国留学生们游手好闲的丑态,“到

① 鲁迅:《朝花夕拾·琐记》,《鲁迅全集》第2卷,人民文学出版社1981年版,第297页。
② 朱正:《鲁迅传略》,人民文学出版社1982年版,第24页。
③ 许寿裳:《回忆鲁迅》,《我所认识的鲁迅》,人民文学出版社1978年版,第61页。

别的地方去看看,如何呢？我就往仙台的医学专门学校去”[①]。之所以选择学医,鲁迅后来这样解释:“知道了日本维新是大半发端于西方医学的事实。因为这些幼稚的知识,后来便使我的学籍列在日本一个乡间的医学专门学校里了。我的梦很美满,预备卒业回来,救治像我父亲似的被误的病人的疾苦,战争时候便去当军医,一面又促进了国人对于维新的信仰。”[②]然而,在仙台的学习生活也并非最初想象的那样。在第一学年的考试成绩公布之后,鲁迅受到了日本学生的污蔑。这深深地刺激了鲁迅:“中国是弱国,所以中国人当然是低能儿,分数在六十分以上,便不是自己的能力了:也无怪他们疑惑。”[③]在这样充满了白眼和冷语的环境中,教授骨科的教师藤野严九郎的关心和帮助,让鲁迅感到分外的温暖。

课余时间鲁迅依然发愤读书,广泛阅读大量的文学、哲学著作,他读到了更多的西方文学名著,现实的境遇更让鲁迅对那些充满反抗与斗争精神的弱小民族的作品产生强烈的共鸣。于是,渐渐地,用文艺来改良人的精神的想法越来越强烈了。鲁迅决定弃医从文。这个重大人生的选择,其直接的原因是一次“幻灯片事件”的刺激。在仙台医专的第二年,学校开设细菌学的课程。当时教授细菌学是用幻灯手段。在课间,教师都要放映一些其他的影片给学生看,多是些风景片或时事影片。那时在中国的领土上发生的日俄战争刚刚结束不久,因此关于这些内容的影片自然较多,而且都是日本战胜俄国的场面,每当看到这些场景的时候,日本学生就会欢呼雀跃,而作为中国留学生的鲁迅都有难言的隐痛。有一次,幻灯片上忽然出现了许多中国人,“一个绑在中间,许多站在左右,一样是强壮的体格,而显出麻木的神情。据解说,则绑着的是替俄国做了军事上的侦探,正要被日军砍下头颅来示众,而围着的便是来赏鉴这示众的盛举的人们”[④]。这场景深深地撕裂着鲁迅的内心,他的心在流血。从那一刻起,鲁迅坚定了从事文学创作的信念,因为他明白了,“医学并非一件紧要事,凡是愚弱的国民,即使体格如何健全,如何茁壮,也只能做毫无意义的示众的材料和看客,病死多少是不必以为不幸的。所以我们的第一要著,是在改变他们的精神,而善于改变精神的是,我那时以为当然要推文艺,于是想提倡文艺运动了”[⑤]。

有了这样的信念之后,鲁迅决定退学了。1906年年初,鲁迅离开了仙台。这一年夏天,在母亲的安排下,鲁迅回国与朱安女士结婚。由于这是母亲一手包

---

① 鲁迅:《朝花夕拾·藤野先生》,《鲁迅全集》第2卷,人民文学出版社1981年版,第302页。
② 鲁迅:《呐喊·自序》,《鲁迅全集》第1卷,人民文学出版社1981年版,第416页。
③ 鲁迅:《朝花夕拾·藤野先生》,《鲁迅全集》第2卷,人民文学出版社1981年版,第306页。
④ 鲁迅:《呐喊·自序》,《鲁迅全集》第1卷,人民文学出版社1981年版,第416页。
⑤ 鲁迅:《呐喊·自序》,《鲁迅全集》第1卷,人民文学出版社1981年版,第417页。

办的没有感情的封建婚姻,鲁迅就把“母亲送给我的”新娘留在家里,于当年秋天与二弟周作人一起回到日本东京。

此后,鲁迅在《河南》杂志上先后发表了《人之历史》《科学史教篇》《文化偏至论》《摩罗诗力说》《破恶声论》等文章。这些文章表明了鲁迅早期的思想观念和文学观念,其中不仅洋溢着一贯的爱国主义热情,同时在哲学、社会学、文学等方面都有相当深入、系统的思考。1908 年,鲁迅和周作人开始着手编译《域外小说集》。关于编译《域外小说集》的目的,鲁迅曾说:“我们在日本留学的时候,有一种茫漠的希望:以为文艺是可以转移性情,改造社会的。因为这意见,便自然而然的想到介绍外国新文学这一件事。”[①]尽管此部翻译小说集的销路并不好,但毕竟这也是鲁迅文学生涯中极重要的一个工作,也初步奠定了鲁迅的文学观。

在日本留学的七年,对于鲁迅而言是极为重要的。这期间,他广泛地接触到西方的思想、学说及文学艺术,奠定了他一生的思想基础,并且开始了他最初的文学活动。当然,这一切都是到回国以后才发挥出了极大的作用,产生了深远的影响。

第二节 “新青年”的呐喊与彷徨(1909.6—1926.7)

一、归国之初

鲁迅于 1909 年 6 月回国,先在杭州两级师范学堂当生物学和化学教员,一年后到绍兴府中学堂任监学,兼任博物学、生理卫生学教员。1911 年 10 月辛亥革命爆发,11 月 4 日杭州新军起义,宣告杭州光复。消息传到绍兴,全城欢腾,鲁迅为之振奋。在一次群众集会上,他被公举为主席,当即提议若干临时办法,例如组织讲演团分赴各地演说,阐明革命意义,鼓动革命情绪等。鲁迅还亲自召集全校师生,手持长刀,到街上游行、讲演、张贴标语。几天后,鲁迅的朋友、光复会的王金发带兵进驻绍兴,成立绍兴军政府,王任军政府都督,鲁迅欣然同意担任山会初级师范学堂的监督(校长),鲁迅的朋友范爱农任监学。1911 年冬,鲁迅创作了文言小说《怀旧》,作品描写辛亥革命前夜社会动荡中农村各阶层人物不同的精神面貌和性格特征,初步表现出反封建的精神和讽刺的艺术才能。

---

① 鲁迅:《译文序跋集·〈域外小说集〉序》,《鲁迅全集》第 10 卷,人民文学出版社 1981 年版,第 161 页。

但是,这希望与热情不久即转化为巨大的失望。辛亥革命虽然推翻了统治中国两千多年的封建王朝,然而伴随这种胜利的是资产阶级革命的软弱与妥协。对此,鲁迅早在绍兴时就已亲眼目睹,随着革命形势的发展,他的这种感受越来越深。

1911 年 12 月,中华民国临时政府成立。1912 年 2 月,鲁迅应时任教育总长的蔡元培邀请,到南京教育部任部员。不久,软弱的革命派同意袁世凯在北京就任临时大总统,临时政府迁都北京,鲁迅随教育部迁往北京,任教育部佥事、社会教育司第一科科长,主管图书馆、博物馆、美术馆等业务。总之,资产阶级领导的辛亥革命曾给鲁迅带来了极大希望,他曾对这一革命表现出巨大的热情。这期间,其工作主要分为两个段落,以《新青年》为界。上期重在辑录研究,下期重在创作,可精神还是一贯的,用旧话说可谓不求闻达。

到北京之后,鲁迅住在绍兴会馆的补树书屋里,勤苦做事。相传这绍兴会馆院子里的槐树上缢死过一个女人,来客很少。夏夜,蚊子多了,便摇着蒲扇坐在槐树下,从密叶缝里看那一点一点的青天,槐蚕每每落在头颈上,冰冷、冰冷。鲁迅利用这段时间在这里默默地辑校古籍,搜集和研究金石拓本、造像和古砖、古钱等。他一面翻古书抄唐以前的小说遗文,一面又抄唐以前的越中史地书。这方面的成绩第一是一部《会稽郡故书杂集》,并且辑校了谢承的《后汉书》《嵇康集》等。周作人评价鲁迅:“他做事全不为名誉,只是由于自己的爱好。这是求学问弄艺术的最高的态度,认得鲁迅的人平常所不大能够知道的。”①当时的政治环境日趋恶化,孙中山“二次革命”失败,袁世凯准备窃国称帝。后来鲁迅曾这样描述当时的情况:“北京城里,连饭店客栈中,都满布了侦探;还有‘军政执法处’,只见受了嫌疑而被捕的青年送进去,却从不见他们活着走出来。”②“见过辛亥革命,见过二次革命,见过袁世凯称帝,张勋复辟,看来看去,就看得怀疑起来,于是失望,颓唐得很了。”③在这种情况下,鲁迅十分苦闷,加之为了避祸,于是鲁迅更多的时间是投入到抄录古碑、整理旧籍中。

二、呐喊中战斗

历史毕竟在前进。随着新式学堂的增加,留学生增多,一个新的知识分子阶层正在形成。“在王纲解纽的时代,担当推动历史前进的一代先觉的知识者们,

---

① 周作人:《关于鲁迅》,《周作人文类编·八十心情》,湖南文艺出版社 1998 年版,第 114 页。

② 鲁迅:《伪自由书·〈杀错了人〉异议》,《鲁迅全集》第 5 卷,人民文学出版社 1981 年版,第 94 页。

③ 鲁迅:《南腔北调集·〈自选集〉自序》,《鲁迅全集》第 4 卷,人民文学出版社 1981 年版,第 455 页。

以不同的独立思想建构的个体,率先接受西方新思潮的影响,不仅仅自觉地铸造了自己新的文化人格,而且自觉地参与了文化群体的建设。恰恰是一种自觉与不自觉的文化群落的形成和发展,即聚合与散落的过程,将中国新一代知识阶层推向了与传统彻底决裂的漫漫旅途。在痛苦的精神蜕变中,形成了新型现代知识分子群的雏形。”①现代知识分子普遍认识到了文化启蒙的重要作用。

也正是在这种背景下,陈独秀于1915年在上海创办了《青年杂志》,第2卷起改名《新青年》。随后,1916年秋,被迫游历欧洲的蔡元培回国出任北京大学校长一职。蔡元培以“兼容并包”为办学原则,大刀阔斧地进行改革,延请当时许多新派人物来校任教。陈独秀被聘为北京大学文科学长。于是,《新青年》杂志也随之迁至北京。一时间,胡适、钱玄同、李大钊、刘半农、周作人、沈尹默等都来到北京大学,可谓群贤毕至,逞一时之盛况。北京大学的人文资源与《新青年》杂志的发表阵地结成了极好的联盟。一场以“民主”与“科学”为旗帜的新文化运动酝酿并展开。

1917年1月,《新青年》第2卷第5号上发表胡适的《文学改良刍议》,2月又发表了陈独秀的《文学革命论》,正式提出了“文学革命”的口号,为五四文学革命拉开了大幕。前有辛亥革命给了他如此深刻的教训,所以,面对时代的大潮,起初鲁迅并未立即作出反应,思想上还不无疑虑。他的朋友、《新青年》编辑部的成员钱玄同前来劝他不要再抄那些古碑,应当加入他们的战线。鲁迅说:“假如一间铁屋子,是绝无窗户而万难破毁的,里面有许多熟睡的人们,不久都要闷死了,然而是从昏睡入死灭,并不感到就死的悲哀。现在你大嚷起来,惊起了较为清醒的几个人,使这不幸的少数者来受无可挽救的临终的苦楚,你倒以为对得起他们么?”②然而,经钱玄同的劝说,鲁迅终于答应“听将令”,写文章投入这场新的文化和文学的革命运动,并参与《新青年》编辑部的工作。正是由于鲁迅超常地冷静、沉稳,经过深思熟虑,所以一旦行动起来,便表现出超常的威力与决心。1918年5月,他在《新青年》第4卷第5号上以“鲁迅”为笔名,发表了他的第一篇白话小说《狂人日记》,将批判的矛头直接指向了几千年来吃人的封建制度和封建礼教。从此,鲁迅便“一发而不可收”,创作了大量的小说、杂文,集中体现了反帝反封建的“五四”时代精神,卓越地显示了文学革命的实绩。一个文学家的鲁迅开始屹立于文坛。

1919年5月4日,在北京的专科以上的学校的学生在天安门前集合,自发地举行游行示威活动,以反对、谴责中国政府在巴黎和会上签字。此时,鲁迅密

① 杨洪承:《废墟上的精灵:前现代知识分子思想文化的理路》,人民出版社2006年版,第106页。

② 鲁迅:《呐喊·自序》,《鲁迅全集》第1卷,人民文学出版社1981年版,第419页。

切地关注着青年学生,关注着这场运动。

1919年8月,鲁迅兄弟用卖掉绍兴故居的钱在北京西直门内公用库八道湾合买了一座宅子,将长期住在绍兴老家的母亲、朱安等接来,也把周作人的妻子及几个孩子从日本接来同住。于是,鲁迅结束了七八年的独自生活的状态,和家人生活在一起。

此时,五四文学革命正如火如荼地展开。文学研究会、创造社等新文学社团纷纷涌现。特别是文学研究会以沈雁冰改良后的《小说月报》为代用刊物,努力发表新文学创作,介绍西方文学思潮。鲁迅对文学研究会的支持是毫无疑问的。尽管当时的发起人里没有鲁迅的名字,但是鲁迅参与了其中的实际工作。因为鲁迅当时在教育部任职,根据规定政府官员不能与社团发生关系。然而据说,《文学研究会宣言》是经鲁迅修改过的。而且,从此鲁迅也开始在《小说月报》上发表文章,如《端午节》《社戏》《在酒楼上》等,他所翻译的《爱罗先珂童话集》曾列为"文学研究会丛书"。可以说,鲁迅的思想与创作对文学研究会产生着直接的影响。

继《狂人日记》后,鲁迅发表了《孔乙己》《药》等十多篇小说。五四运动刚刚过去,鲁迅继续着自己的创作热情,陆续发表《明天》《一件小事》《故乡》等。特别需要提及的是,1921年12月起在《晨报副刊》上,鲁迅用"巴人"的笔名开始发表小说《阿Q正传》。在这部小说中,鲁迅用生动而深刻的笔法塑造了阿Q这个具有普遍意义的典型艺术形象,揭示了国人的精神病苦。这显示了鲁迅对中国"国民性"问题的探索思考的深度,指出在中国进行思想启蒙的艰难与迫切,直接将矛头指向了辛亥革命等中国变革的不彻底性。以至于在后来鲁迅逝世后,筹备编印《鲁迅全集》时,国民党中央宣传部还曾提出要删去《阿Q正传》,理由是该作品歪曲了辛亥革命。

1923年8月,鲁迅第一部小说集《呐喊》出版,收入他在1918年4月到1922年11月创作的15篇小说。后来在1930年1月《呐喊》第13次印刷时,鲁迅将《不周山》抽出,改名《补天》移入《故事新编》中。故此后《呐喊》的历次版本都是14篇小说了。

除了创作小说外,鲁迅还在《新青年》等刊物发表观点犀利的论文,如《我之节烈观》《我们现在怎样做父亲》等,就当时的许多社会热点,如妇女问题、青年问题、家庭问题、文学革命问题等,尖锐地批判了传统的封建社会与"文明",反对礼教,要求妇女解放,这些都有力地推动了新文化运动和文学革命。

五四时期的鲁迅,与胡适、陈独秀、钱玄同、刘半农、周作人等一起,站在新文化运动的阵营,与当时的很多不同文化理念、文化主张的流派展开了论争。他们以激进的姿态,"不容他人之匡正之"的决绝,与以林纾为代表的复古派进行斗争,与以“学衡派”为代表的文化保守主义者进行论争。

三、彷徨中求索

五四运动之后不久,新文化阵营内部开始出现了分化。《新青年》杂志开始更多地介绍马克思主义、俄国革命以及工人运动等内容。而胡适等则在《每周评论》上发表了《多研究些问题,少谈些主义》的文章,主张“多多研究这个问题如何解决,那个问题如何解决,不要高谈这种主义如何新奇,那种主义如何奥妙”。李大钊随后写了《再论问题与主义》一文加以反驳。于是在《新青年》同仁中间,展开了一次关于“问题”与“主义”的论战。这一论战实际上就是新文化运动内部分化的体现,也表明新文化运动内部的分裂在所难免。

终于《新青年》于1922年停刊。后来鲁迅描写这一时间自己的孤寂的心情时说:“后来《新青年》的团体散掉了,有的高升,有的退隐,有的前进,我又经验了一回同一战阵中的伙伴还是会这么变化,并且落得一个‘作家’的头衔,依然在沙漠中走来走去。”[①]就在这当口,鲁迅与二弟周作人因家庭矛盾而失和,终于分道扬镳,再也寻不到过去兄弟怡怡的情形了。这对于身为周家长子的鲁迅的打击也是巨大的。鲁迅为扩大新文学阵地,壮大作家队伍,积极带领一批文学同仁和文学青年组织文学社团,取得了丰硕的成绩。1924年成立语丝社,创办《语丝》杂志,主要成员有鲁迅、周作人、钱玄同、林语堂、孙伏园、川岛等,鲁迅被称为“语丝派”的主将。《语丝》多发表杂文、小品、随笔,形成了生动、泼辣、幽默的“语丝文体”,对中国现代散文的发展作出了重要贡献。特别是《语丝》杂志,“任意而谈,无所顾忌,要催促新的产生,对于有害于新的旧物,则竭力加以排击”。1925年成立的莽原社和未名社,鲁迅是发起人和领导者。莽原社主要成员除了鲁迅外,还有高长虹、向培良、荆有麟、韦素园等,该社还创办了《莽原》杂志。《莽原》提倡社会批评和文明批评,与《语丝》站在一条战线,向旧势力、旧文明发起攻击。鲁迅的著名杂文《灯下漫笔》《论“费厄泼赖”应该缓行》及回忆散文《朝花夕拾》各篇均发表于此。未名社成员除鲁迅外,还有韦素园、李霁野、台静农、韦丛芜、曹靖华。这是一个着重翻译和介绍外国文学尤其是俄罗斯文学的团体。未名社出版《未名月刊》,另曾印行专收翻译作品的《未名丛刊》和专收创作的《未名新集》。

也就是在这个时候,一个女孩子闯进了鲁迅的生活中,她就是许广平。1925年3月11日,鲁迅收到时为女师大学生许广平的一封信,当天鲁迅写了回信。

---

① 鲁迅:《南腔北调集·〈自选集〉自序》,《鲁迅全集》第4卷,人民文学出版社1981年版,第456页。

从此,二人的通信越来越频繁。

然而外面的世界绝不平静。这期间,中国社会发生了一系列的重大事件。段祺瑞执政府执掌北京,孙中山逝世,“五卅惨案”,女师大风潮……鲁迅十分关注外界的动向,并加以抨击。特别是在女师大风潮中,鲁迅态度十分鲜明,公开地与学生站在一边,并且两次为女师大学生代拟呈教育部文,历数校长杨荫榆的罪状劣迹。之后,鲁迅与马裕藻、沈尹默、李泰棻、钱玄同、沈兼士、周作人等联名发表《对于北京女子师范大学风潮宣言》。1926 年,在女师大风潮之后不久,北京城里又发生了“三一八惨案”。对此鲁迅大声疾呼:“血债必须用同物偿还。拖欠得愈久,就要付更大的利息!”[①]惨案发生后一些刊物上发表文章说,游行群众是受了群众领袖的欺骗、蛊惑,如陈西滢就持这样的观点:群众领袖的罪孽当然不下于开枪杀人者。对此,鲁迅则驳斥说:“群众领袖本没有和段祺瑞等辈心心相印,也未曾互相钩通,怎么能够料到这阴险的辣手。这样的辣手,只要略有人气者,是万万豫想不到的。我以为倘要锻炼群众领袖的错处,只有两点:一是还以请愿为有用;二是将对手看得太好了。”[②]在这次大屠杀中,女师大的学生刘和珍、杨德群死在了执政府的枪口之下。她们的死,让鲁迅出离愤怒了,他怀着悲愤的心情写下了感人至深的《记念刘和珍君》,文章中说:“苟活者在淡红的血色中,会依稀看见微茫的希望;真的猛士,将更奋然而前行。”鲁迅在这两年间写作了很多杂文,这些杂文战斗性极强,绝大多数收在《华盖集》《华盖集续编》中。

鲁迅在这样的笔战中,依然积极进行小说创作。在 1924 年到 1925 年,他创作了 11 篇小说,如《祝福》《在酒楼上》《孤独者》《伤逝》等,结集为《彷徨》,于 1926 年 8 月出版。这些创作锋芒有所收敛,但技巧更为纯熟,思想更为深沉,思考更为深刻。

“五四”退潮以后,原来步调似乎统一的战线不断出现矛盾以至分化,“有的高升,有的退隐,有的前进”,那么,“新的战友在那里呢”[③]? 他不清楚。在这种情况下,他对自己原来信奉的进化论也产生了怀疑,然而又尚未确立新的思想体系,这也加深了他的苦闷。

《彷徨》扉页上引有屈原《离骚》的诗句:“路漫漫其修远兮,吾将上下而求索。”1933 年他曾写《题〈彷徨〉》一诗,更直接地表露了当时鲁迅寂寞、彷徨的复杂心情。

---

① 鲁迅:《华盖集续编·无花的蔷薇之二》,《鲁迅全集》第 3 卷,人民文学出版社 1981 年版,第 263 页。

② 鲁迅:《华盖集续编·空谈》,《鲁迅全集》第 3 卷,人民文学出版社 1981 年版,第 279 页。

③ 鲁迅:《南腔北调集·〈自选集〉自序》,《鲁迅全集》第 4 卷,人民文学出版社 1981 年版,第 456 页。

寂寞新文苑，平安旧战场。
两间余一卒，荷戟独彷徨。

鲁迅对自己的《彷徨》有着清醒的认识：“技术虽然比先前好一些，思路也似乎较无拘束，而战斗的意气却冷得不少。”①读完以后，鲁迅更为沉重的思索，更为矛盾的焦虑，让人难以释怀。

鲁迅这种苦闷、彷徨的情绪，在写于《彷徨》同时期的散文诗《野草》里表现得十分曲折，但也更为充分，其中有不少篇章表现了“在沙漠里走来走去”的孤独心情，反映了鲁迅精神上深刻的矛盾与苦痛，一个个体独异生命的挣扎与反抗。所以有学者说《野草》是“心灵的炼狱中熔铸的鲁迅诗”②。正如鲁迅所言：“那是我碰了许多钉子之后写出来的。”③《野草·过客》最具象征意味，这实际上是鲁迅生命哲学的集中概括。正如文中的过客一样，鲁迅将坚定地向着无归路的人生继续走下去。

第三节　“横站”中的苦斗(1926.8—1936.10)

一、从厦门到广州

“三一八”惨案后，北京的政治环境更恶劣，鲁迅有遭到通缉的危险，在这种情况下，鲁迅动身到南方去了。按照鲁迅自己的解释：“因为做评论，敌人就多起来，北京大学教授陈源开始发表这‘鲁迅’就是我，由此弄到段祺瑞将我撤职，并且还要逮捕我。我只好离开北京，到厦门大学做教授。”④这种说法是最为通

① 鲁迅：《南腔北调集·〈自选集〉自序》，《鲁迅全集》第4卷，人民文学出版社1981年版，第456页。

② 钱理群、温儒敏、吴福辉：《中国现代文学三十年》(修订本)，北京大学出版社1998年版，第41页。

③ 鲁迅：《书信·341009致萧军》，《鲁迅全集》第12卷，人民文学出版社1981年版，第532页。

④ 鲁迅：《集外集·俄文译本〈阿Q正传〉序及著者自叙传略》，《鲁迅全集》第7卷，人民文学出版社1981年版，第85页。

行的。[①] 他于1926年8月26日和许广平离京南下,29日至上海。9月1日夜半,鲁迅登上开往厦门的轮船,许广平则坐上去往广州的客船。二人约定两年后再汇合在一起,期间两人只能鸿雁传书。

鲁迅到厦门大学担任文科教授,开始了为期四个半月的厦门生活。厦门大学的情况并不如意。当然鲁迅起初也并没有长久待下去的想法。厦门大学薪水颇为优厚,只是校内学术空气淡薄,交通不便,同事之间也互相倾轧,殊为气闷。鲁迅在教学之余,继续撰写在北京已经开始动笔的一组散文,后来收入《朝花夕拾》。为应教学需要,他还编定了《汉文学史纲要》的前十篇。他支持厦门和厦门大学青年成立文艺社团"泱泱社"和"鼓浪社",鼓励他们出版文学刊物《波艇》和《鼓浪》。1926年10月23日鲁迅在给许广平的信中曾说:"此地的几个学生,已组织了一种出版物,叫做《波艇》,要我看稿,已经看了一期,自然是幼稚,但为鼓动空气计,所以仍然怂恿他们出版。"

厦门让人并不满意,当时的北伐军却在节节胜利,第一次国内革命战争的形势振奋人心。鲁迅在与许广平的通信中,多次谈到关于战争的消息。如他在1926年9月14日写给许广平的信中说:"此地北伐顺利的消息也甚多,极快人意。"当时鲁迅为北伐形势欢欣鼓舞的心情洋溢在给许广平通信的字里行间。还不到鲁迅与许广平约定的两年之期,鲁迅就前往广州中山大学了。

鲁迅在厦门大学颇得学生信任,他向厦门大学请辞,竟引起一次学生风潮。于是,鲁迅提前于1927年1月18日到达广州,还有几个厦门大学的学生跟着鲁迅转学至中山大学。鲁迅任中山大学文学系主任兼教务主任。鲁迅到达广州,受到广大青年的热烈欢迎。关于欢迎会的盛况,鲁迅在致李小峰的信中曾有记述:

> 我到中山大学的本意,原不过是教书。然而有些青年大开其欢迎会。我知道不妙,所以首先第一回演说,就声明我不是什么"战士","革命家"。倘若是的,就应该在北京,厦门奋斗;但我躲到"革命后方"的广州来了,这就是并非"战士"的证据。
>
> 不料主席的某先生——他那时是委员——接着演说,说这是我太谦虚,就我过去的事实看来,确是一个战斗者,革命者。于是礼堂上劈劈拍拍一阵

---

① 朱正在《鲁迅传略》中则提出了不同的看法,他认为鲁迅和许广平的恋爱关系的确立,准备建立共同的生活的想法,是鲁迅南下的重要原因。鲁迅和许广平在离京之前已经商定了一个分头苦干两年的计划,"为自己生活积聚一点必需的钱",实是为二人日后共同的生活积累必需的钱。参见朱正:《鲁迅传略》,人民文学出版社1982年版,第186～193页。

拍手,我的“战士”便做定了。①

在中山大学任教期间,鲁迅为学校的教务奔忙的同时,完成了《唐宋传奇集》的编辑工作,创作了小说《铸剑》。在广州,鲁迅还应邀作了多次演讲。比如受应修人等人的邀请到黄埔军校发表了《革命时代的文学》的精彩演说。鲁迅说:“中国革命对于社会没有多大的改变,对于守旧的人没有多大的影响,所以旧人仍能超然物外。广东报纸所讲的文学,都是旧的,新的很少,也可以证明广东社会没有受革命影响;……广东仍然是十年前底广东。”②后来鲁迅更为敏锐地直接指出:“广州的人民并无力量,所以这里可以做‘革命的策源地’,也可以做反革命的策源地。”③

在1927年3月底,国民革命军相继攻克了上海、南京。为此,广州举行了盛大的庆典。而就在几乎所有人都沉浸在革命胜利的巨大的、盲目的喜悦中的时候,鲁迅写了《庆祝沪宁克复的那一边》,指出了在革命节节胜利的时候危机的存在:

> 最后的胜利,不在高兴的人们的多少,而在永远进击的人们的多少……庆祝和革命没有什么相干,至多不过是一种点缀。庆祝,讴歌,陶醉着革命的人们多,好自然是好的,但有时也会使革命精神转成浮滑。革命的势力一扩大,革命的人们一定会多起来。……我对于佛教先有一种偏见,以为坚苦的小乘教倒是佛教,待到饮酒食肉的阔人富翁,只要吃一餐素,便可以称为居士,算作信徒,虽然美其名曰大乘,流播也更广远,然而这教却因为容易信奉,因而变为浮滑,或者竟等于零了。革命也如此的,坚苦的进击者向前进行,遗下广大的已经革命的地方,使我们可以放心歌呼,也显出革命者的色彩,其实是和革命毫不相干。这样的人们一多,革命的精神反而会从浮滑,稀薄,以至于消亡,再下去是复旧。

这篇文章本是应《国民新闻》的约稿而作,完全可以写成应景文章,但是深刻而且坦诚的鲁迅并没有那样做,而是泼欢庆胜利的人们的冷水,把自己与喜庆气氛极不合拍的观点和盘托出。这就是鲁迅,他总要和主流、和现实“捣一下乱”。鲁迅就是以一位知识分子的敏锐和深刻,给人们以提醒。

然而,紧接着的事实竟然不幸为鲁迅所言中。1927年4月12日,蒋介石在

---

① 鲁迅:《而已集·通信》,《鲁迅全集》第3卷,人民文学出版社1981年版,第446页。

② 鲁迅:《而已集·革命时代的文学》,《鲁迅全集》第3卷,人民文学出版社1981年版,第421页。

③ 鲁迅:《三闲集·在钟楼上》,《鲁迅全集》第4卷,人民文学出版社1981年版,第33页。

上海发动了政变。4 月 15 日,广州也开始了搜捕和屠杀。中山大学就有 40 多名学生被捕。当天下午,鲁迅主持召集了各科主任紧急会议,会上他提议校方出面营救学生,但是应者寥寥,未获通过。这就是知识分子的鲁迅,他还以为这是在当年的"五四"时期。然而,这个时候已早不是"五四"时代了,中山大学也不是当年的北京大学了,没有人再像蔡元培、胡适、陈独秀以及鲁迅自己那样去为青年学子奔走营救了。

事实再一次让鲁迅陷入深深的失望情绪之中,尽管鲁迅并非完全没有心理准备。现实让鲁迅不得不"不惮以最坏的恶意,来推测中国人的"。后来,他对冯雪峰曾谈及在广州的种种经历,言下犹恨:

> ……倘若有人问我,可曾预料在"革命"的广州也会有那样的屠杀?我直说,我真没有料到。姑不论我也是抱着"美梦"到广州去的,在那里,还在"合作"时候,我就亲眼见过那些嘴脸,听过那些誓言。说我深于世故,一切世故都会没有用的。……还是太老实,太相信了"做戏的虚无党",真上了大当……我终于吓得目瞪口呆……血的代价,得的教训就只明白了这上当。[①]

在此段时间里,全国政局风云突变。鲁迅在此前后辞去了中山大学的教职。以往的很多研究者都认为,鲁迅的辞职是为抗议国民党当局的"清党"屠杀而作出的。事实并非如此。鲁迅在给章廷谦的信中说:"不过事太凑巧,当红鼻(按:此指顾颉刚)到粤之时,正清党发生之际,所以也许有人疑我之滚,和政治有关,实则我之'鼻来我走'……之宣言,远在四月初上也。然而顾傅为攻击我起见,当有说我关于政治而走之宣传,闻香港《工商报》,即曾说我因'亲共'而逃避云云。"[②]事实上,鲁迅之辞职,其直接原因确是因为顾颉刚之来中山大学。当然必须指出的是,鲁迅之辞职也不能说与当时政治环境没有一点关系。

辞职后的大半年中,鲁迅在广州的生存环境是比较恶劣的,在给李小峰的一封信中,鲁迅谈及当时的境况:"要我做序的书,已经托故取回。期刊上的我的题签,已经撤换。"[③]在这种情况下,鲁迅蛰居广州白云楼,要做一些事情才是。于是,他就着手整理旧稿,把发表在《语丝》上的散文诗编辑成集,即《野草》;把发表在《莽原》上的散文整理成《朝花夕拾》。特别是《野草》,其中含蓄曲折的

① 冯雪峰:《回忆鲁迅》,《雪峰文集》第 4 卷,人民文学出版社 1985 年版,第 149 页。
② 鲁迅:《书信·270530 致章廷谦》,《鲁迅全集》第 11 卷,人民文学出版社 1981 年版,第 545 页。
③ 鲁迅:《而已集·通信》,《鲁迅全集》第 3 卷,人民文学出版社 1981 年版,第 448 页。

语言,也难掩鲁迅心中的愤懑。

除了整理旧稿,鲁迅也做了两次公开的演讲。一是在知用中学讲的《读书杂谈》,一是在夏令学术讲演会讲的《魏晋风度及文章与药及酒之关系》。在那样的环境中,尽管鲁迅演讲内容无涉当时的政治,但是其用意还是极明显的。在政治动荡、军阀擅权的时代,文人显得更为无力,其命运并不能掌握在自己手里,朝不保夕,随时可能被杀。魏晋时期如此,而如今呢?其借古喻今的用意一览可知。在这次演讲中鲁迅指出:“魏晋时代,崇奉礼教的看来似乎很不错,而实在是毁坏礼教,不信礼教的。表面上毁坏礼教者,实则倒是承认礼教,太相信礼教。因为魏晋时所谓崇奉礼教,是用以自利,那崇奉也不过偶然崇奉,如曹操杀孔融,司马懿杀嵇康,都是因为他们和不孝有关,但实在曹操司马懿何尝是著名的孝子,不过将这个名义,加罪于反对自己的人罢了。于是老实人以为如此利用,亵黩了礼教,不平之极,无计可施,激而变成不谈礼教,不信礼教,甚至于反对礼教。——但其实不过是态度,至于他们的本心,恐怕倒是相信礼教,当作宝贝,比曹操司马懿们要迂执得多。”[①]难怪鲁迅在给朋友的信中说:“弟在广州之谈魏晋事,盖实有慨而言。‘志大才疏’,哀北海之终不免也。”[②]

当初鲁迅抱着美好的希望来到广州,就像他未来广州之前给许广平的信中说的:“其实我也还有一点野心,也想到广州后,对于‘绅士’们仍然加以打击,至多无非不能回北京去,并不在意。第二是与创造社联合起来,造一条战线,更向旧社会进攻,我再勉力写些文字。”[③]然而几个月的经历,让鲁迅“妄想破灭了”,“从梦境放逐了,不过剩下些索漠”[④]。现实再一次重击了鲁迅。离开广州,到异地,寻找新的别样生活,自然是必须的。

二、“横站”中的苦斗

1927年10月3日,鲁迅和许广平抵达上海。二人在周建人的帮助下在宝山路东横浜路景云里23号住了下来。从此,两个相爱已久的人开始了新的生活。

到了上海之后,一些大学请鲁迅去讲课,但是鲁迅对教书兴趣全无,对于这些学校的聘请都推却了。搞文艺、办杂志,依然是鲁迅放不下的。1928年起受

---

① 鲁迅:《而已集·魏晋风度及文章与药及酒之关系》,《鲁迅全集》第3卷,人民文学出版社1981年版,第513页。

② 鲁迅:《书信·281230致陈濬》,《鲁迅全集》第11卷,人民文学出版社1981年版,第646页。

③ 鲁迅:《两地书·第二集　厦门——广州》,《鲁迅全集》第11卷,人民文学出版社1981年版,第191页。

④ 鲁迅:《三闲集·在钟楼上》,《鲁迅全集》第4卷,人民文学出版社1981年版,第33页。

李小峰之请，鲁迅编辑《语丝》杂志，1928 年到 1929 年又与郁达夫一起创办、主编文艺刊物《奔流》。期间，鲁迅与创造社、太阳社之间发生了一场非常激烈的论战。本来鲁迅从去广州到离开广州之前，对创造社同仁多次表示好感，比如他在离开广州的前两天给李霁野的信中还说："创造社和我们，现在感情似乎很好。他们在南方颇受迫压了，可叹。看现在文艺方面用力的，仍只有创造，未名，沈钟三社。"①而在创造社这一方，也有联合鲁迅之意。但是终于由于其他成员的反对而未果。"最初提出和鲁迅合作的是郑伯奇；创造社后期的'新兴力量'此时却表示不能与鲁迅合作，不但不能合作，相反还要将鲁迅作为打倒的对象。"②接着，鲁迅等来的不是创造社、太阳社成员的邀约，而是他们猛烈的攻击。有学者研究统计，"从 1928 年初到 1929 年底，发表有关革命文学论争的文章有 270 篇，而直接与鲁迅既'论'且'战'亦过百篇之多"③。

尽管事情很突然，大大出乎鲁迅的意料，但是，论战的原因也并非仅仅因为后人所说的误会。其原因一方面是由于后期创造社、太阳社要在上海乃至中国的文坛上确立自己的地位，其直接的、快速有效的办法就是对"五四"时期就已成名的作家进行逐一批判，从而使自己进入文学场域的核心位置。正如当时创造社的发起人之一郑伯奇说："后期创造社对于当时的文学界和成名作家采取了严峻的批判态度。"④另一方面的原因，也是更深层次的原因，还在于鲁迅与创造社、太阳社对"革命""文学"所持的观念存在着根本的分歧。鲁迅对于"革命"一词，是取其变革、进步、革新的普遍意义的。如他说："'革命'这两个字，……有些地方是一听到就害怕的。但这和文学两字连起来的'革命'，却没有法国革命的'革命'那么可怕，不过是革新，改换一个字，就很平和了，我们就称为'文学革新'罢。"⑤对于精神革命，则是不断地追求超越的精神状态，而社会意义上的革命，在鲁迅看来也是社会朝着一个理想、健全的社会变革迈进的过程。所以鲁迅对于"革命"的意识形态化历来是保持着极高的警惕的。比如他在一篇文章中说：

> 革命，反革命，不革命。
>
> 革命的被杀于反革命的。反革命的被杀于革命的。不革命的或当作革命的而被杀于反革命的，或当作反革命的而被杀于革命的，或并不当作什么

---

① 鲁迅：《书信 · 270925 致李霁野》，《鲁迅全集》第 11 卷，人民文学出版社 1981 年版，第 583 页。

② 钱理群：《与鲁迅相遇》，生活 · 读书 · 新知三联书店 2003 年版，第 297 页。

③ 卫公：《鲁迅与创造社关于"革命文学"论争始末》，《鲁迅研究月刊》2000 年第 2 期。

④ 郑伯奇：《略谈创造社的文学活动》，《文艺报》1959 年第 8 期。

⑤ 鲁迅：《三闲集 · 无声的中国》，《鲁迅全集》第 4 卷，人民文学出版社 1981 年版，第 13 页。

而被杀于革命的或反革命的。

革命,革革命,革革革命,革革……。①

鲁迅对现实中打着革命旗号行专制、血腥、卑鄙之实的做法是有着极深刻、清醒的认识的。所以,“革命”一词,在鲁迅看来,更多是基于人道主义的。

而在创造社、太阳社的成员们看来,“革命”则是有其特殊的含义和特殊的被革命的“对象”的,他们的革命是指对资本主义的革命,是指无产阶级对资产阶级、封建地主阶级的革命。自然,反对“资本主义”“资产阶级”,就必然导致对五四新文化运动的彻底否定,必然导致对胡适、鲁迅等“五四”代表人物的批判和否定。

尽管这次对鲁迅的抨击是错误的,但同时也促使鲁迅去钻研马克思主义的相关著作。以致后来鲁迅说:“我有一件事要感谢创造社的,是他们‘挤’我看了几种科学底文艺论,明白了先前的文学史家们说了一大堆,还是纠缠不清的疑问。”②他陆续买来一批介绍马克思主义的日文书,认真地研读起来。单在1928年内,他就读了十多部这方面的书。他甚至花大力气将卢那察尔斯基的《艺术论》翻译过来。自己的笔下也逐渐出现了用他理解的唯物主义论点来分析人、事、文的文字。到后来连和青年人聊天,口中也时不时会说出“阶级斗争”“社会主义”等新词了。③

时至1928年年底,在中共的干预下,创造社、太阳社同鲁迅之间的论争已经平静下来了。1929年下半年,一个统一的革命文学团体开始酝酿。1930年3月,在上海正式成立了“中国左翼作家联盟”(以下简称“左联”),鲁迅列为发起人之一,此外主要包括创造社、太阳社的成员。

左联成立大会上,通过了冯乃超起草的左联纲领。鲁迅在成立大会上发表了讲话《对于左翼作家联盟的意见》④。在这个讲话中,鲁迅尖锐地指出文艺家要和实际的社会斗争接触,要培养、造就大批的文艺战士,要扩大统一战线,要抛弃原先的宗派主义、小集团观念,确立共同的目标,确立为大众鼓与呼的战斗目

① 鲁迅:《而已集·小杂感》,《鲁迅全集》第3卷,人民文学出版社1981年版,第532页。

② 鲁迅:《三闲集·序言》,《鲁迅全集》第4卷,人民文学出版社1981年版,第6页。

③ 参见王晓明:《无法直面的人生——鲁迅传》,上海文艺出版社2001年版,第165页。

④ 这个讲话后来以《对于左翼作家联盟的意见》为题发表在当年4月1日的《萌芽月刊》杂志第1卷第4期上,注明是“王黎民记”。据冯雪峰说:“鲁迅先生在左联成立大会上的讲话,当天,没有布置做记录,因为在秘密环境中开会。我个人当天也没有做记录,这是过了三四天后我凭记忆追记的,其中有些话在大会上未说过,是他平日谈话时说的,鲁迅先生同意补充进去,于是也就插记进去。鲁迅先生自己看过,改过几个地方。”[参见《冯雪峰致薛绥之的信(1973年9月11日)》,载《新文学史料》第五辑。]

标等。

在 1930 年年初,鲁迅还作为发起人参加中国自由大同盟。即使如此,鲁迅还是保持自己作为知识分子的独立思考和独立判断。毕竟鲁迅是独立的知识分子,他的身上流淌的是“五四”独立、个性、自由的血脉。

鲁迅以《萌芽月刊》为阵地,与新月派发生了论战。新月派的理论家梁实秋宣传人文主义思想,与鲁迅的革命文学理论有着明显的不同。梁实秋持人性论的观念,他认为,“人性的质素是普遍的,文学的品味是固定的”,“而普遍的人性是一切伟大作品之基础”。梁实秋发表《文学与革命》《文学是有阶级性的吗?》等论文,认为“文学就是表现这最基本的人性的艺术”,不论是资产阶级还是无产阶级,“他们的人性并没有两样”。无产阶级的文学理论是硬“把阶级的束缚加在文学上面”,因而是错误的,“好的作品永远是少数人的专利品,大多数永远是蠢的,永远和文学无缘”。对此,鲁迅发表了《文学和出汗》《“硬译”与“文学的阶级性”》等文章,对梁实秋的超阶级的文学理论进行反驳:“文学不借人,也无以表示‘性’,一用人,而且还在阶级社会里,即断不能免掉所属的阶级性,无需加以‘束缚’,实乃出于必然。……倘说,因为我们是人,所以以表现人性为限,那么,无产者就因为是无产阶级,所以要做无产文学。”梁实秋的“文章,原意是在取消文学上的阶级性,张扬真理的。但以资产为文明的祖宗,指穷人为劣败的渣滓,只要一瞥,就知道是资产家的斗争的‘武器’”。由此可见,鲁迅是在用马克思主义的观点和方法来分析文学问题。

1931 年 1 月,李求实、柔石、冯铿、胡也频、殷夫等人在开会时,由于叛徒告密,他们被国民党逮捕,在 2 月初被秘密杀害于上海龙华国民党警备司令部的一个荒场里。鲁迅得到这个消息后非常悲愤,写下了一首诗纪念他们:

惯于长夜过春时,挈妇将雏鬓有丝。
梦里依稀慈母泪,城头变幻大王旗。
忍看朋辈成新鬼,怒向刀丛觅小诗。
吟罢低眉无写处,月光如水照缁衣。

辛亥革命的失败曾使鲁迅深感矛盾与苦恼,“五四”高潮过后,新文化统一战线的分化曾使鲁迅陷于彷徨与孤独,然而,“四一二”“四一五”这样的大屠杀并没有给鲁迅的思想发展带来丝毫的消极作用。可见,经过几十年社会动荡的风风雨雨,鲁迅确实成熟了。所以,这场“血的游戏”过后,鲁迅的心情虽然是沉重的,但是他很镇静、踏实,对自己的过去看得比任何时候都清楚,对自己的未来满怀信心。这时,对于中国社会的各个阶级,他明确地“以为惟新兴的无产者才有将来”[①]。在他生命的最后十年中,他青少年时期就已形成的爱国热情,中年时期怀抱的激进的革命民主主义思想,在新的历史条件下得到最大限度的发展。

鲁迅还在追寻真理,努力战斗。为了纪念烈士,鲁迅与冯雪峰合编了秘密发行的左联机关刊物《前哨》,并发表了《中国无产阶级革命文学和前驱的血》的悼文。鲁迅还应史沫特莱之约,为美国《新群众》杂志作《黑暗中国的文艺界的现状》。左联五烈士被害两周年之际,鲁迅又写了《为了忘却的记念》,再次表达对中国现状的深沉忧虑和愤懑之情。

20 世纪 30 年代,日本帝国主义发动了对中国的武装侵略,国民党反动派对外消极抵抗,对此,鲁迅写了《“友邦惊诧”论》《战略关系》《文章与题目》《中国人的生命圈》《“以夷制夷”》等杂文,对中外反动势力的阴谋作了深刻的揭露和剖析。

1932 年 11 月,鲁迅接到周建人的电报说“母病速归”,就匆匆赶往北平探望。后周母病愈。此次来北平之后,应原来老友们的邀请,鲁迅先后到北京大学第二院、辅仁大学、北平大学女子文理学院、北京师范大学、中国大学等演讲,即著名的“北平五讲”。

在对现实的揭露和反抗中,鲁迅和许多进步人士结下了深厚的友谊。鲁迅与瞿秋白的友谊就是明证。1932 年 11 月至 1933 年 7 月,瞿秋白三次到鲁迅家中避难,此外还曾多次相聚。瞿秋白编选了一本《鲁迅杂感选集》,并为之写了长篇序言。这篇《〈鲁迅杂感选集〉序》在现代文学批评史上第一次用马克思主义的观点对鲁迅杂文的意义以及鲁迅思想的发展道路作了全面、系统的分析。鲁迅曾将清代道光年间何瑧的一副对联书赠瞿秋白:“人生得一知己足矣,斯世当以同怀视之。”1935 年 6 月,瞿秋白就义,鲁迅万分悲痛,为了哀悼这位殉难的知己,他负责编校、装帧瞿秋白的翻译遗著,并将这部译稿定名为《海上述林》。

鲁迅还参加了多个反帝反战、争取民主自由的群众团体,如革命互济会、中国自由运动同盟、中国民权保障同盟和反帝反战同盟。1933 年 6 月 18 日,杨杏佛被特务暗杀。20 日,杨杏佛入殓仪式在万国殡仪馆举行。国民党特务四处散布谣言,声称还要暗杀蔡元培和鲁迅。但鲁迅置生死于度外,毅然前往送殓。为表示随时都可作出牺牲的决心,他出门时连钥匙也不带。杨杏佛被害事件惊动了国内外不少关心、惦念鲁迅的朋友,他们纷纷来信问候。鲁迅的回信充满乐观精神和战斗到底的决心。他在给一位日本朋友的信中说:“近来中国式的法西斯开始流行了。朋友中已有一人失踪,一人遭暗杀。此外,可能还有很多人要被

---

① 鲁迅:《二心集·序言》,《鲁迅全集》第 4 卷,人民文学出版社 1981 年版,第 191 页。

暗杀，但不管怎么说，我还活着。只要我还活着，就要拿起笔，去回敬他们的手枪。"[①]这里说的"一人失踪"指的是丁玲被绑架，"一人遭暗杀"指的是杨铨被暗杀。

在这样的动荡和危险的环境中，鲁迅不可能有从容的心境去创作小说等，他一直处于紧张、峻急、悲愤的情绪中，所以鲁迅晚年再也没有创作出像早年的《呐喊》《彷徨》等小说，而是写出了大量的直接反映现实的杂文。

1936 年年初，在鲁迅毫不知情的情况下，左联宣布解散，成立了包括范围更广的文艺家协会。解散左联，其实是中国共产党在上海文艺界的基层组织根据第三国际中共代表王明的指令决定的。鲁迅不愿参加文艺家协会。主张成立文艺家协会的一些作家如周扬等提出了"国防文学"的口号，鲁迅认为这一口号在文学思想的意义上并不够明确，且又做了许多不够正确的解释，这些都令鲁迅感到非常地不满。后来鲁迅在和冯雪峰、胡风的讨论下，提出了"民族革命战争的大众文学"的口号，并将之作为当前文学运动的口号。文章由胡风写出来发表，发表前并没有给鲁迅看。胡风的文章一出，就引起了"国防文学"口号赞同者的反驳，也有一些作家撰文赞成胡风的文章。于是文学史上所谓"两个口号的论争"就开始了。当时鲁迅重病在身，由冯雪峰代笔，经自己审定，发表了《论现在我们的文学运动》《答徐懋庸并关于抗日统一战线问题》等文，对文艺界的联合抗日提出了许多中肯的意见。

鲁迅晚年的肺病日益加重。许多友人十分关心鲁迅的病情，特别是宋庆龄专门为此给鲁迅写信，语重心长地恳请鲁迅以革命的名义珍重和爱护自己的生命："我恳求你立即入医院医治！因为你延迟一天，便是说你的生命增加了一天的危险！！你的生命，并不是你个人的，而是属于中国和中国革命的！！！为了中国和革命的前途，你有保存、珍重你身体的必要，因为中国需要你，革命需要你！！！"可是鲁迅依然拼命地工作。在病重期间，他校对了《花边文学》的稿子，翻译了果戈理的《死魂灵》第二部的残稿，商讨《译文》杂志的复刊及"译文丛书"的出版等事宜，还编印《凯绥·珂勒惠支版画选集》等，特别是鲁迅在临终前抱病编辑瞿秋白的译文遗集《海上述林》上、下两卷。他为亡友瞿秋白惨淡经营的这部书，上卷印成的时候已经是 1936 年 10 月 2 日，距离鲁迅去世只有十几天，而鲁迅已经等不到下卷的出版了。

10 月 17 日下午，鲁迅外出途中偶感风寒，病又发作了。当天晚上他写《因太炎先生而想起的二三事》一文，疲劳得不能支持，这篇未完成的文章成了他的绝笔。1936 年 10 月 19 日晨 5 时 25 分，鲁迅的心脏停止了跳动，一个痛苦、幽愤

① 鲁迅：《书信·330625 致山本初枝》，《鲁迅全集》第 13 卷，人民文学出版社 1981 年版，第 524 页。

的灵魂终于可以安息了。

鲁迅的逝世震动了中华大地。全国各界人士自发沉痛悼念这位文化伟人。在上海万国殡仪馆中,每天前来吊唁的人从早到晚络绎不绝。23日下午出殡时,自发送葬的人们在七八千人以上。鲁迅遗体上覆盖着“民族魂”的旗帜。“民族魂”——这是对鲁迅精神的极好概括。鲁迅去了,但他留下的著作,成为中华民族极其宝贵的财富。他的文学创作成为中国文学史上永恒的存在,他的精神永远在历史的天空中放射最夺目的光芒。

第二章　鲁迅的文化思想

第一节　鲁迅的文化哲学思想[①]

鲁迅对民族文化的反省几乎涉及中国精神文化的一切领域。从表面上看，鲁迅常常是就某个具体的文化现象发表见解，但在这些看似零散的见解背后却隐藏着一个属于形而上的评判标准的体系，可把这个体系称为鲁迅的“文化哲学思想”。这个体系主要包括鲁迅文化反省的价值依据、鲁迅的文化发展观以及属于方法论范畴的文化反省方法特性这三方面的内容。

一、文化反省的价值依据

民族文化的觉醒首先应该是人的觉醒，而作为民族文化进步准则的，也只能是对人的价值的认识。鲁迅从一开始就紧紧抓住了“重视人”这个根本，并以此来确立自己对民族文化进行反省的价值依据。鲁迅认为，中国传统哲学的“天人合一”命题虽然似乎也涉及人，但这一命题的导向在于“人和于天”，即不是为了张扬人性，鼓励人“与天争胜”，而是要人“矫治”自身，“修养”自身，以“唯上”“唯他”作为行为尺度。这种思想影响了中国文化，使中国文化在很大程度上表现为一种丧失主体性、缺少创造性、罕有生气的文化。鲁迅认为，对于人的价值的否定，恰恰是中国文化落后的一个本质性原因，要使中国文化有一个根本性的改变，能够真正由旧向新转换，这将取决于整个民族对人的价值的重视程度。

鲁迅考察过当时两种比较流行的关于“人的价值”的观念，一种是鲁迅称之为“社会民主之倾向”的观念，即把人首先看作是社会的一分子，从而将人的社会责任放在第一位，把社会平等与民主的要求置于人的个性解放之前；另一种，鲁迅称之为“极端之个人主义”的倾向，即“以己为中枢，亦以己为终极”，“立我

---

① 本节参考朱晓进：《鲁迅的文化哲学思想及其文化反省的方法特性》，《鲁迅研究月刊》1989 年第 10 期。

性为绝对之自由者也”,以“发挥个性,为至高之道德”①,以个性解放为社会进步之前提。鲁迅的思考并未停留在哪一个方面,在他看来,从爱国主义、民族主义的角度看,应重视人的社会责任;但从人性解放的角度看,则应把人性解放看作社会解放的前提。这二者看似矛盾,实为一种辩证关系,在理论上简单地肯定哪一方面都是片面的。为此,鲁迅从文化发展的历史要求来看待二者,他认识到在不同的文化发展阶段,面对不同的文化历史任务,对这二者的选择应有不同的侧重面。五四时期是一个文化反拨时期,针对传统文化中忽视人的价值的“物反于极”倾向,鲁迅认为在当时首先应强调人的个性解放。几千年的封建文化“灭人之自我,使之混然不敢自别异,泯于大群”②,打着“国家”“社会”的旗号来贬抑个人价值。作为对此的反拨,强调个人超越于社会的“无上价值”,无疑具有历史的必要性和文化的进步性。而当时代发展到 20 世纪 30 年代,普遍的社会革命日益高涨,使社会革命成为压倒一切的文化发展的关键。在这个时期,强调个性解放服从于社会解放的要求,又是十分恰当的。因此,在 30 年代,鲁迅将个性解放与社会解放辩证统一起来,从而依据时代的需要作出正确的选择。

虽然在不同的历史任务面前,要求有不同的个人与社会的关系,但能否重视人,始终是任何时代衡量文化进步的准则。个体的人也好,群体的“人”也好,作为文化的主体,都必须“使自己的生命活动本身变成自己的意志和意识的对象”③。因此,鲁迅在对待“个人主义”的态度上虽在前后期有所差异,但他始终把对人的价值的肯定、对人性的张扬看作衡量和评价文化现象的价值依据。鲁迅曾指出:“保存我们,的确是第一义。只要问他有无保存我们的力量,不管他是否国粹。”④他还讲过:“一要生存,二要温饱,三要发展。苟有阻碍这前途者,无论是古是今,是人是鬼,是《三坟》《五典》,百宋千元,天球河图,金人玉佛,祖传丸散,秘制膏丹,全都踏倒他。”⑤在鲁迅这里,人的意义高于一切,即如他所谓的“其首在立人,人立而后凡事举”⑥。可以说,以人为本位,是鲁迅的文化哲学思想的最本质的特征。

鲁迅常为中国人的生存状态感到悲凉。他指出,中国人从来就没有争得过做人的地位,中国人的几千年生存历史仅仅是“欲做奴隶而不得”和“暂时做稳了奴隶”这两种状况的交叉更替。这正是“非人”的文化缺陷造成的。更可悲的

---

① 鲁迅:《坟·文化偏至论》,《鲁迅全集》第 1 卷,人民文学出版社 1981 年版,第 51 页。

② 鲁迅:《集外集拾遗补编·破恶声论》,《鲁迅全集》第 8 卷,人民文学出版社 1981 年版,第 26 页。

③ 《马克思恩格斯全集》第 42 卷,人民出版社 1956 年版,第 96 页。

④ 鲁迅:《热风·三十五》,《鲁迅全集》第 1 卷,人民文学出版社 1981 年版,第 306 页。

⑤ 鲁迅:《华盖集·忽然想到(六)》,《鲁迅全集》第 3 卷,人民文学出版社 1981 年版,第 45 页。

⑥ 鲁迅:《坟·文化偏至论》,《鲁迅全集》第 1 卷,人民文学出版社 1981 年版,第 57 页。

是,在这种文化的长期浸染下,中国人麻木于自己的生存状态,他们几乎失去了对痛苦的感觉。鲁迅曾把整个中国比作一个“铁屋子”,这个屋子“是绝无窗户而万难破毁的,里面有许多熟睡的人们,不久都要闷死了,然而是从昏睡入死灭,并不感到就死的悲哀”①。鲁迅对中国人这种带有荒谬性的生存形式极为愤慨,他殷切希望人们能醒悟过来,捣毁这铁屋子,去创造一种全新的生存环境,即“创造第三样时代”。

但要人们能醒悟,以至于能自觉地去改造自己的生存环境,首先就必须使他们懂得人的价值和尊严,恢复对痛苦的感觉,这样才能由痛苦激发出一种伟大的主观能动力量。为了恢复中国人对痛苦的感觉,鲁迅提出了“人间苦”这样一个多少带有形而上意味的人生哲学命题。鲁迅认为,在中国这样的文化氛围中,人间充满了痛苦,苦痛是总与人生相伴的,唯有“熟睡”时才会感觉不到。鲁迅曾对许广平说过:“我是诅咒‘人间苦’而不嫌恶‘死’的,因为‘苦’可以设法减轻而‘死’是必然的事,虽曰‘尽头’,也不足悲哀。”②在《朝花夕拾·无常》里,他又说过,“想到生的乐趣,生固然可以留恋;但想到生的苦趣,无常也不一定是恶客”。鲁迅提出的“人间苦”的命题是与中国传统文化灌输给人们的人生观针锋相对的。中国古训中教人苟活的格言太多,诸如“知足常乐”“人生如梦”“好死不如赖活着”等,都是要人们知天乐命,“麻木到不想‘将来’也不知‘现在’”,中国文化的无进步,也正由此而造成。因此,鲁迅认为,知“苦痛”是人的觉醒的第一步,因为“人若一经走出麻木境界,便即增加苦痛”③。鲁迅的文化反省,在很多情况下就是从人生的残缺中生发出来的。从这里,我们似乎也多少可以理解,为什么鲁迅总是那么毫不留情地揭示出淋漓的鲜血和人间的种种丑恶。鲁迅的目的正在于唤起人们的痛苦感,以引起疗救的注意。可以说,对人的思考,重视人的价值,使人真正成其为人,是鲁迅进行文化反省的出发点,也是最终的目的,而且还是他反省中国传统文化的根本性的价值依据。

二、对文化发展的基本认识

鲁迅认为,文化的核心问题是“人”的问题,因此,所谓文化的发展也必然是人自身的发展,即人的内心要求和人的能力的发展。这是鲁迅的文化发展观的核心。

鲁迅认为,人对于自身发展的各种欲求是文化发展的内在动力:当人们对于

① 鲁迅:《呐喊·自序》,《鲁迅全集》第1卷,人民文学出版社1981年版,第419页。

② 鲁迅:《两地书·第一集　北京》,《鲁迅全集》第11卷,人民文学出版社1981年版,第79页。

③ 鲁迅:《两地书·第一集　北京》,《鲁迅全集》第11卷,人民文学出版社1981年版,第25页。

物质生活条件有需求时,才会有物质文化的发展;而当人们在物质生活方面有了“余裕”,增长了对精神生活的要求时,也才有精神文化的发展。鲁迅曾这样分析“赛会”文化的发达原因:“农人耕稼,岁几无休时,递得余闲,则有报赛,举酒自劳,洁牲酬神,精神体质,两愉悦也。”[①]鲁迅把人有了“余裕”从而追求精神生活看作是文化发展的动力,这在某种程度上是符合马克思主义关于文化发展的观点的。马克思认为,剥削阶级正是剥夺了劳动人民的一切“余裕”,陷他们于终年劳役之中,从而也就垄断了精神文化的生产。而新的社会制度应在发展物质生产的基础上,把人们从单纯谋生的劳作中解脱出来,给他们更多的余裕,使他们有更多的精神要求,从而刺激文化的进一步发达。鲁迅从自己的独特角度(即对“人”的把握)出发,在文化发展观上取得了与马克思主义的文化发展观相接近的结论。

当然,鲁迅对人与文化发展的关系的考察并不是单向的。鲁迅认为,人的欲求刺激了文化的发展,这是文化发展的内生动力,没有这种动力,也就没有文化的发展;但文化发展到一定阶段又会反作用于人,当文化形成某种相对稳定的状态时,它又限制、改变人们可能增长的欲求,它以固定的形式将人的欲求固定在一定水平上,遏制了文化的内生动力,这就是文化的停滞。要推动这种“停滞”的文化继续发展,固然依赖人的愿望、欲求的张扬,依赖人的内生动力的调动,但要使人的愿望、欲求得以张扬,使人的内生动力得以调动,又必须首先打破束缚人的欲求发展的停滞着的文化系统。这样,鲁迅在考察整体文化发展时,又发现了一种文化发展的外在动力:当一种文化已处于停滞状态,靠自身的内部动力已难以推其前进时,那么,借助于外力推动就变得很有必要。鲁迅认为,尤其像中国文化这样,历史长久,背景深远,积累丰厚,正处于一种极端稳定性状态,甚至是处于衰落的情势之中,就更需要从一些健康向上而具有蓬勃生机的文化中摄取有益成分。

他认为,两种不同系统的文化之间,高位文化对低位文化的影响力、作用力要远远超过后者之对于前者。鲁迅以此来解释一些文化现象。他首先对中国文化史上常常出现,而又为当今的守旧派们所津津乐道的“文化同化”现象进行过分析。鲁迅指出,在中国历史上,汉族虽常常是受侵略的,但在文化上始终未被异族所同化,反而同化了侵略进来的异民族。那么“我们为甚么能够同化蒙古人和满洲人呢?是因为他们的文化比我们的低得多”[②]。在鲁迅看来,“同化”

① 鲁迅:《集外集拾遗补编·破恶声论》,《鲁迅全集》第8卷,人民文学出版社1981年版,第29页。

② 鲁迅:《集外集拾遗·老调子已经唱完》,《鲁迅全集》第7卷,人民文学出版社1981年版,第310页。

就是一个民族的文化将另一个民族的文化“化”掉,使其原有的文化解体和消亡。这种“同化”是必须具备特定条件的,即“同化”别人者的文化比别人的文化高。这个观点虽然马克思在很早以前就已经阐述过,他说,“野蛮的征服者总是被那些他们所征服的民族的较高文明所征服,这是一条永恒的历史规律”[①],但鲁迅在当时阐述这一问题,是直接针对中国历史和中国的现实的。当时流行着两种情绪,一种是害怕中国文化被外国文化所同化,产生了对外来文化的排斥心理;一种是笃信中国文化有着很强的同化力,因而认为国势强弱并无关系,受外国侵略也无所谓,只要死抱住中国的文化,国家虽破犹存,我们将会同化一切侵略我们的国家,中国亦因中国文化的永存而永存。鲁迅批驳了这两种观点。他指出,历史上我们能“同化”异民族,那说明我们的文化处于高的地位,但“倘使别人的文化和我们的相敌或更进步,那结果便要大不相同了。他们倘比我们更聪明,这时候,我们不但不能同化他们,反要被他们利用了我们的腐败文化,来治理我们这腐败民族”。而现在的事实是,“外国人,不比蒙古人和满洲人一样,他们的文化并不在我们之下”[②]。陶醉于遥远的古代中国文化的“同化”力,以至于麻木不仁,对民族危机满不在乎,误认为中国文化会永远长存,这简直是糊涂之极。同时,鲁迅又指出,因担心被外国“同化”而排斥外来文化的影响,也是缺少民族自信心的表现。

鲁迅认为,我们应以宽阔的胸怀汲取外来文化中的有益东西,不是等别人来同化我们,而是我们自觉地拿来有益的东西,用于改造我们自己的文化,使中国文化向高的方向发展。中国既然是世界上的一国,则受点别国的影响自然难免。拒绝这种外来文化的影响,实际上也就是自觉放弃了能促使自身文化发展的重要外部动力。所以鲁迅认为,“排外则易倾于慕古,慕古必不免于退婴”[③]。所谓文化的“退婴”,就是文化的倒退和衰落。

鲁迅的这种注重人与文化的辩证关系的文化发展观,在他的文化反省中始终被贯彻着。

三、文化反省的方法特性

鲁迅从自己的文化哲学思想出发,形成了一些独特的文化反省的方法特性。

---

① [德]马克思:《不列颠在印度统治的未来结果》,《马克思恩格斯全集》第9卷,人民出版社1961年版,第247页。

② 鲁迅:《集外集拾遗·老调子已经唱完》,《鲁迅全集》第7卷,人民文学出版社1981年版,第310~311页。

③ 鲁迅:《集外集拾遗·〈新俄画选〉小引》,《鲁迅全集》第7卷,人民文学出版社1981年版,第343页。

概其要,主要表现为如下几个方面:

第一,鲁迅文化反省的多元性和多层次性特征。鲁迅生活在中西文化交流碰撞、中国文化面临新旧转换之际,他是站在文化的十字路口来谈论文化问题的。新、旧、东、西各种文化因素的影响,以及鲁迅对新、旧、东、西文化的自觉思考、批判与吸收,就构成了鲁迅文化反省的多元性。因此,鲁迅对一切文化现象,总是立足于把问题摆到促进中西文化交流、加快中国文化由旧向新的转换这个立场上来看待。在分析鲁迅对民族传统文化的反省时应看到,在鲁迅的文化分析中,其内涵都绝不是单一的,而是表现为各种文化因素的相互作用。如果不注意这种多元性特征,就很难理解鲁迅文化意识的丰富性内容。在鲁迅的文化意识世界里,密集着从历史到现代,从四面八方集拢而来的文化意识内容。试图从某个单一的文化侧面去理解鲁迅的文化反思,是不可能真正把握其精髓的。鲁迅的文化分析不仅是多元的,而且是多层次的,既有形而上的层次,也有实体性的层次;有自觉意识的层次,也有非自觉意识的层次。当然,在每个层次中都必然地参与着鲁迅的整个精神活动,在把握他的文化反省的深刻内涵时,如果仅仅停留在某一固定层次上,则势必会带来不可避免的片面性。

第二,鲁迅文化反省的批判性特征。鉴于鲁迅所处的时代,他首先面临的任务是以批判为武器,通过文化批判来达到文化革新的目的。因此,鲁迅文化反思的一个重要特点就是强烈的批判性,这种批判性特征贯穿于鲁迅一生的文化事业中。在前期,鲁迅置身于文化批判的战斗之中,以极其坚决的态度否定封建旧文化,抓住了反封建的大题目,对旧文化进行猛烈的批判,这些是比较明显的。到了后期,鲁迅仍没有放下文化批判的武器,只是用以作为依据的指导思想中,增加了马克思主义的内容。在理解鲁迅文化反思中的批判性特征时,应从较为广阔的文化发展背景和文化发展前途着眼,否则会引起理解上的狭隘性。鲁迅那样激烈地攻击中国固有的精神文明,当年就曾受到一些以“爱国者”自居的人的谴责,要鲁迅“搬出中国去”。这就涉及什么是真正的“爱国”的问题。“爱国”不是一个空泛的概念,也不是一种情绪,它的实质性内容应该是促使民族的进步和富强。不管从什么角度,以什么方式,只要是有利于民族的进步与富强的,就是“爱国”的;反之,光有情绪,光喊口号,而于实际的民族进步无益,甚至适得其反,则根本谈不上爱国,这是一个简单的道理。鲁迅在批判中国固有的精神文明时所使用的语言确实异常激烈,甚至十分偏激,但在一个特定的批判时代中,只要是立志献身于时代的人,就不可能仅仅满足于说出一些“温吞水”似的话语。正是在这种看似过激的批判中,才能体现出一种对于真正的前途的思考。列宁曾经这样评价过车尔尼雪夫斯基:“我们记得,献身于革命事业的大俄罗斯民主主义者车尔尼雪夫斯基在半个世纪以前说过:‘可怜的民族,奴隶的民族,上上下下都是奴隶。'大俄罗斯人中的公开的和不公开的奴隶(沙皇君主制度的奴隶)是不喜欢想起这些话的。然而我们认为,这些话表达了他对祖国的真正的爱。"[①]这段话可以作为我们评价鲁迅的参照。

鉴于鲁迅文化反思的批判性特征,我们在把握和理解鲁迅对各种具体文化现象的分析时,必须从这一特征出发,善于从批判过程和批判时的价值标准去发现鲁迅的文化思想的本质。鲁迅一系列有关文化问题的见解,常常是以文化批判的形式呈现出来的。他很少专门地直接论述文化应该如何,多数情况下是在"不应该如何"的批判性评价中透露出理应如何的思想。批判本身就是一种价值观念的显现。

第三,鲁迅文化反省的辩证性特征。鲁迅的文化观常常显示出形式上的偏激,但在根本上,在对实质性问题的论述中,又总是显出一种辩证的科学性。鲁迅认为,作为文化发展的阶段性特点,"偏至"是一个必然的现象:新文明的产生,一方面是"根旧迹而演来";但另一方面,又正因为其"新",就势必"以矫往事而生偏至"[②]。没有这种偏至,没有对旧文明、旧文化的偏激态度,就难以生发出新的文化来,这是文化发展的带规律性的现象。鲁迅深刻认识到这一点,因而以一种全异于旧文化的偏激态度来谈论文化;但鲁迅在根本上并未真正割断新文化与旧文化的联系,他的偏激仅仅是一种战略的考虑。在对新文化构成进行科学分析时,鲁迅总是能以辩证的态度思考各种文化因素的关系问题。鲁迅认为,在文化建设上,必须采取辩证的态度,即"去其偏颇",例如,对于新兴的木刻艺术,就"不必问是西洋风或中国风,只要看观者能否看懂,而采用其合宜者"[③]。鲁迅曾经指出:"因为新的阶级及其文化,并非突然从天而降,大抵是发达于对于旧支配者及其文化的反抗中,亦即发达于和旧者的对立中,所以新文化仍然有所承传,于旧文化也仍然有所择取。"[④]吸收固有文化中的某些优化因素的目的不是在于延续旧文化的生命,而是在于建设新文化的需要。

有时,我们会发现鲁迅文化观中有不少矛盾的现象,这种矛盾现象也许只有从其辩证性特征来加以考察才能获得理解。因为鲁迅常常以辩证的眼光去看问题,因而他所看到的就绝不是事物的某一单个的侧面,而是多侧面的。同一事物的不同侧面相互矛盾的情况是普遍存在的,因而,鲁迅的一些评价上的矛盾恰恰

---

① ［俄］列宁:《论大俄罗斯人的民族自豪感》,《列宁选集》第 2 卷,人民出版社 2012 年版,第 450 页。

② 鲁迅:《坟·文化偏至论》,《鲁迅全集》第 1 卷,人民文学出版社 1981 年版,第 49 页。

③ 鲁迅:《书信·340328 致陈烟桥》,《鲁迅全集》第 12 卷,人民文学出版社 1981 年版,第 365 页。

④ 鲁迅:《集外集拾遗·〈浮士德与城〉后记》,《鲁迅全集》第 7 卷,人民文学出版社 1981 年版,第 355 页。

是他多角度、多侧面辩证地看问题的结果。关键的问题是要把握鲁迅发表文化见解的不同场合、时机和不同的战略考虑，不了解鲁迅文化反省的辩证性特征，就会带来对鲁迅文化观的误解。

第四，鲁迅文化反省的过渡性特征。这种过渡性主要是由时代的过渡性特点决定的。鲁迅始终站在新的历史时代的制高点上，因而得以对以往的文化进行高瞻远瞩的观照。但是，由于他所处的时代毕竟是一个转折的时代，它与未来时代相比，毕竟是一个不成熟的且充满了历史局限的时代。所以鲁迅固然有不少方面超越了自己的时代，而作为这个时代的产物，在他的文化观上依然不可能不打着时代的鲜明烙印。因此，鲁迅的文化反省，一方面显示出代表未来方向的先进性，同时也有着不少的不成熟性，尤其是那些在当时特定时代要求之下所发表的见解，更不可能不带有某些时代的或个人的局限。

我们在理解鲁迅的具体文化分析时，既要把它摆到特定的历史背景中加以考察，以便认清它的价值，把握它对推动文化发展所能起到的作用；但同时，又要尽可能站在今天的思想高度，在找出鲁迅文化观中对今天的文化发展具有积极意义的成分的同时，也应指出它们的不足之处。对此，应有一个辩证的态度，任何故意贬损鲁迅的文化思想或任意拔高鲁迅的文化思想的做法都是不可取的。

第二节　鲁迅的改造国民性思想[①]

一、以“立人”为出发点

鲁迅的改造国民性思想与他的“立人”主张分不开。在他早期的几篇文言论文中，他一再强调了“致人性于全”[②]的人性理想。他十分重视人的价值和人的社会作用，认为要振兴民族，“其首在立人，人立而后凡事举”，“国人之自觉至，个性张，沙聚之邦，由是转为人国。人国既建，乃始雄厉无前，屹然独见于天下”[③]。鲁迅之所以强调“立人”的重要性，是因为他从中国当时的现实状况出发，深切感到人性的受压制，感到了人性压制之下国民性的病弱。要实现“立人”的理想，一方面有赖于国民的高度自觉，使其人格、个性获得独立，并使独立

① 本节主要参考王瑶：《谈鲁迅的改造国民性思想》，《鲁迅作品论集》，人民文学出版社 1984 年版；易竹贤：《关于“国民性”问题的探讨》，《中国现代文学研究丛刊》1981 年第 2 期。

② 鲁迅：《坟·科学史教篇》，《鲁迅全集》第 1 卷，人民文学出版社 1981 年版，第 35 页。

③ 鲁迅：《坟·文化偏至论》，《鲁迅全集》第 1 卷，人民文学出版社 1981 年版，第 56 页。

的人格、个性得到充分、健康的发展，使人成为“真的人”。但另一方面，由于国民性的病弱已经成为国民自觉的最大障碍，所以就不能不首先揭出病苦以引起疗救的注意。在鲁迅那里，由“立人”主张出发，而引出了改造国民性的话题。

早在日本弘文学院学习时期，鲁迅就经常和许寿裳讨论与人性、国民性相关联的问题，这已经显示出在他的心目中，实现理想的人性是与揭示国民性的弱点及其根源分不开的。鲁迅前期的“立人”思想还带有空想的性质，对于如何去“立人”，他的观念也还很朦胧。但是，鲁迅立足于现实，拣能做的事情先做，他说，“国民性可改造于将来”，而当前“中国的改革，第一著自然是埽荡废物，以造成一个使新生命得能诞生的机运”①。于是他选择积极从事“埽荡废物”的战斗，致力于批判国民性的实际工作，并在实践中探索到了通向“彼岸”的桥梁，找到了获得理想人性的途径，从而使他的“立人”思想获得了科学的基础。

鲁迅的“立人”思想经历了一个从空想到科学的发展过程。他曾回顾说：“我们在日本留学时候，有一种茫漠的希望：以为文艺是可以转移性情，改造社会的。”②他在谈到文学革命的历程时又说：“最初，文学革命者的要求是人性的解放，他们以为只要扫荡了旧的成法，剩下来的便是原来的人，好的社会了，于是就遇到保守家们的迫压和陷害。大约十年之后，阶级意识觉醒了起来，前进的作家，就都成了革命文学者。”③显然，鲁迅早期的“立人”思想中带有“茫漠”的“人性解放”的空想性质，他想通过“立人”建立强盛的“人国”，而对“人”和“人性”却缺少阶级分析；对于“人国”究竟是一种什么样的社会形态，这种社会形态究竟应该怎样建立，他都相当“茫漠”。到了后期，鲁迅不再简单化地主张通过“立人”来建立“人国”，而是对“人”“人性”注入了阶级性内涵，并把“人”的改造与社会改造、把“人”的解放与社会解放密切地联系起来。与“立人”思想紧密相关，鲁迅早期在改造国民性问题上，致力于揭露和攻击国民性的弱点及其病根；而在后期，则能运用阶级观点分析国民性，不仅揭露缺点，而且注重揭示民族性中的优点，歌颂人民群众的伟大。无论是批评缺点还是张扬优点，均能从唯物史观的角度去把握问题的实质。

二、鲁迅所提“国民性”的含义

在鲁迅著作中最早提到“国民”一词的是《斯巴达之魂》(1903 年)。“国民”

① 鲁迅：《译文序跋集·〈出了象牙之塔〉后记》，《鲁迅全集》第 10 卷，人民文学出版社 1981 年版，第 244 页。

② 鲁迅：《译文序跋集·〈域外小说集〉序》，《鲁迅全集》第 10 卷，人民文学出版社 1981 年版，第 161 页。

③ 鲁迅：《且介亭杂文·〈草鞋脚〉小引》，《鲁迅全集》第 6 卷，人民文学出版社 1981 年版，第 20 页。

一词与“国人”同义，指全国的居民，后来在《文化偏至论》《摩罗诗力说》等文章中仍沿袭该用法。在五四时期和“五四”以后的许多文章中，鲁迅使用“国民”一词，大多数情况下仍是泛指，并无明确的阶级区分。直到20世纪30年代，鲁迅对国民能用阶级分析的观点和方法去认识了，但对于“国民”一词，他仍然是在泛指的意义上来使用的，即虽认识到“国民”中包括压迫者和被压迫者两个对立阶级的人们，但使用“国民”一词时的词意所指仍是一种泛称。

“国民性”一词的含义与“国民”相联系。鲁迅最早在《摩罗诗力说》中两处使用“国民性”一词，在这两处，国民性即等于民族性，不涉及阶级的分野。到五四时期，鲁迅基本上还是把“国民性”当作民族性来看待的。他在解剖所谓“民族根性”时，曾笼统地称一些民族为“不长进的民族”，有时还把中国国民性的弱点称为“华夏传统”，称为“没落的古国人民的精神”。他所谓的国民性的弱点就是指民族性的弱点，或一个时期国民精神的弱点，这里面也并没有明确的阶级内容。鲁迅后期接受了马克思主义，能以鲜明的阶级观点和阶级分析的方法来科学而深刻地分析国民性病根，并注意到民族性中的积极因素，但他没有否定共同的民族性的存在，因而在使用“国民性”一词时，基本上仍是指整个民族性。

从鲁迅作品的实际情况可以看出，鲁迅所提的“国民性”问题，一般是指一定历史时期国民的精神状态的问题，也就是民族性的问题。在大多数情况下，他谈“国民性”时总是把统治阶级与被统治阶级作为一个民族整体来考察的。

三、鲁迅所批判的“国民性”弱点

鲁迅的改造国民性的思想，首先体现在他对国民性弱点的揭露和批判方面。鲁迅在寻求民族觉醒和解放的道路时，深深地感到了民族性的弱点和劣点，他认为，“这些现象，实在可以使中国人败亡”；因此他决心“先行发露各样的劣点，撕下那好看的假面具来”①，以引起疗救的注意。鲁迅解剖、批判国民性弱点，正是为了改造国民性。

鲁迅批判国民性弱点时所涉及的方面很多，归纳起来看，主要集中在这样一些方面：

第一，是“瞒和骗”。鲁迅痛感中国人的不敢正视现实人生，“万事闭着眼睛”，尤其对于人生的痛苦、社会的缺陷没有正视的勇气，于是只好自欺欺人，这方法便是瞒和骗。在《论睁了眼看》一文中，鲁迅指出：“中国人的不敢正视各方面，用瞒和骗，造出奇妙的逃路来，而自以为正路。在这路上，就证明着国民性的怯弱，懒惰，而又巧滑。一天一天的满足着，即一天一天的堕落着，但却又觉得日

① 鲁迅：《华盖集·通讯》，《鲁迅全集》第3卷，人民文学出版社1981年版，第26页。

见其光荣。”鲁迅认为，正是由于不敢正视现实，用瞒和骗来掩盖社会矛盾，粉饰生活缺陷，“于是无问题，无缺陷，无不平，也就无解决，无改革，无反抗”[①]，使社会永远停滞在一潭死水之中。

由瞒和骗的国民性，又产生出一种“瞒和骗的文艺”，“由这文艺，更令中国人更深地陷入瞒和骗的大泽中”[②]。鲁迅曾一再揭露这种瞒和骗的文艺的虚妄和恶劣影响，批评中国旧文艺中典型的“团圆”结局。他说，历代才子佳人小说的“才子及第，奉旨成婚”，必令“生旦当场团圆”等，都是“自欺欺人”，“闭眼胡说”。他指出：“这是因为中国人底心理，是很喜欢团圆的，所以必至于如此，大概人生现实底缺陷，中国人也很知道，但不愿意说出来；因为一说出来，就要发生‘怎样补救这缺点’的问题，或者免不了要烦闷，要改良，事情就麻烦了。……所以凡是历史上不团圆的，在小说里往往给他团圆；没有报应的，给他报应，互相骗骗。——这实在是关于国民性底问题。”[③]为此，鲁迅大声疾呼：“世界日日改变，我们的作家取下假面，真诚地，深入地，大胆地看取人生并且写出他的血和肉来的时候早到了；早就应该有一片崭新的文场，早就应该有几个凶猛的闯将！”“没有冲破一切传统思想和手法的闯将，中国是不会有真的新文艺的。”[④]

第二，自我安慰的“精神胜利法”。鲁迅在《随感录三十八》里列举出的“爱国的自大家”的五种谬见，可说是这种自我安慰的“精神胜利法”的典型表现：(1)“中国地大物博，开化最早；道德天下第一”。(2)“外国物质文明虽高，中国精神文明更好”。(3)“外国的东西，中国都已有过；某种科学，即某子所说的云云”。(4)“外国也有叫化子，——(或云)也有草舍，——娼妓，——臭虫”。(5)“中国便是野蛮的好”。这种种说法无非都是以夸耀中国固有的“精神文明”来掩饰当下的落后现状，甚至以丑恶骄人，以“国粹”的“祖传老病”为荣光，只要是祖传的，哪怕是疮疤，也“红肿之处，艳若桃花；溃烂之时，美如乳酪”[⑤]。在这种自我安慰的“精神胜利法”之下，许多中国人虽然面临事实上的落后、失败，却能从过去、从精神上求得慰藉与解嘲，因而也就不思改革。《阿 Q 正传》中的不朽的艺术典型阿 Q，便是这种“精神胜利法”的集中代表。

第三，“做戏”和讲“体面”。鲁迅在《马上支日记》中，曾引述美国传教士斯密斯所著《支那人气质》里的一段话，这段话说中国人“是颇有点做戏气味的民

---

① 鲁迅：《坟·论睁了眼看》，《鲁迅全集》第 1 卷，人民文学出版社 1981 年版，第 240、238 页。

② 鲁迅：《坟·论睁了眼看》，《鲁迅全集》第 1 卷，人民文学出版社 1981 年版，第 240～241 页。

③ 鲁迅：《中国小说的历史的变迁·第三讲　唐之传奇文》，《鲁迅全集》第 9 卷，人民文学出版社 1981 年版，第 316 页。

④ 鲁迅：《坟·论睁了眼看》，《鲁迅全集》第 1 卷，人民文学出版社 1981 年版，第 241 页。

⑤ 鲁迅：《热风·随感录三十九》，《鲁迅全集》第 1 卷，人民文学出版社 1981 年版，第 318 页。

族”,装模装样,总想将自己的体面弄得十足,认为中国人的“重要的国民性所成的复合关键,便是这‘体面’”。鲁迅评价道:“这话并不过于刻毒。相传为戏台上的好对联,是‘戏场小天地,天地大戏场’。大家本来看得一切事不过是一出戏,有谁认真的,就是蠢物。”鲁迅还把“中国的一些人”称为“做戏的虚无党”或“体面的虚无党”。他把“做戏”与讲“体面”作为中国国民性的弱点来揭露,是因为他深切地感到,我们已经被这种“做戏”与“体面”耽误得太久了,只有结束这“做戏”和讲“体面”的日子,认真而努力地让坦诚、真切、不掩饰、不虚夸的品格在中国人身上复活,中国才会有希望。

第四,“看客”式的无聊。鲁迅最先感到中国国民精神的沉滞和麻木,是在“幻灯事件”中看到那些“赏鉴示众的盛举的人们”,即“看客”。他深感中国人不仅把万事当作一出戏,而自己又“永远是戏剧的看客”①。他们不能感受到别人精神上的痛苦,甚至也忘记了自己的痛苦,而对人生抱着“袖手旁观”的态度,精神上表现出极度的空虚和无聊。鲁迅曾多次沉痛地描述过国民的这一病态:北京的羊肉铺子前,一些人“张着嘴看剥羊,仿佛颇愉快”②;广漠的旷野之上,一男一女持刀对立,于是“路人们从四面奔来”,“而且拚命地伸长颈子”③,来赏鉴他们的拥抱或杀戮。鲁迅后来说,他创作《野草·复仇》的动机,就是“因为憎恶社会上旁观者之多”④。他的小说《示众》也是一篇集中地揭露这种“旁观者”“无聊人”的作品,而且同样突出地写到看客们“嘴都张得很大,像一条死鲈鱼”的麻木神态。针砭这种病态是鲁迅一贯的思想,直到30年代,他在《准风月谈·推》一文中,对于“人山人海”地“嘻开嘴巴”去当看客的市民们,同样表现了愤慨和憎恶。

第五,卑怯和势利。鲁迅认为,中国人由于“受强者的蹂躏”,蕴蓄着许多“怨愤”,“但他们却不很向强者反抗,而反在弱者身上发泄”,这便是“卑怯”⑤。他曾用很形象的比喻来揭露国民性的这种卑怯的特点:对于羊显凶兽相,而对于凶兽则显羊相。⑥ 卑怯常常是同势利紧密相连的,遇见强者,不敢反抗,并且趋炎附势,现出奴颜婢膝的丑态;而对于弱者,则多是凶残横恣,宛然一个暴君。鲁迅认为,正是由于国民性的这种卑怯与势利,“所以中国一向就少有失败的英

---

① 鲁迅:《坟·娜拉走后怎样》,《鲁迅全集》第1卷,人民文学出版社1981年版,第163页。

② 鲁迅:《坟·娜拉走后怎样》,《鲁迅全集》第1卷,人民文学出版社1981年版,第163页。

③ 鲁迅:《野草·复仇》,《鲁迅全集》第2卷,人民文学出版社1981年版,第172页。

④ 鲁迅:《二心集·〈野草〉英文译本序》,《鲁迅全集》第4卷,人民文学出版社1981年版,第356页。

⑤ 鲁迅:《坟·杂忆》,《鲁迅全集》第1卷,人民文学出版社1981年版,第225页。

⑥ 见鲁迅:《华盖集·忽然想到(七)》,《鲁迅全集》第3卷,人民文学出版社1981年版,第61页。

雄，少有韧性的反抗，少有敢单身鏖战的武人，少有敢抚哭叛徒的吊客；见胜兆则纷纷聚集，见败兆则纷纷逃亡”①。无论在历史上还是在现实中，这种见强者便蜂聚拥戴，遇挫败则“纷纷作鸟兽散”，甚至于墙倒众人推，落井下石，都是非常普遍的。

第六，因自利而不惜破坏公众利益，乃至对断送国家、民族也无动于衷。鲁迅将中国人的这一毛病称为“奴才式的破坏”，并指出这种破坏不同于“革除者的志在扫除”，也不同于“寇盗的志在掠夺或单是破坏”。他由杭州西湖的雷峰塔倒掉这件事，指出“奴才式的破坏”的特点是：“仅因目前极小的自利，也肯对于完整的大物暗暗的加一个创伤。人数既多，创伤自然极大，而倒败之后，却难于知道加害的究竟是谁。……共有的塔失去了，乡下人所得，却不过一块砖，这砖，将来又将为别一自利者所藏，终究至于灭尽。”②鲁迅还列举了一些类似的事实证明这种破坏的普遍存在：龙门的石佛，大半肢体不全；图书馆中的书籍，插图须谨防撕去；凡是公物或无主的东西，倘难于移动，能够完全的即很不多。这种奴才式的破坏，在老百姓如此，在统治阶级更是如此。鲁迅曾揭露说：“中国公共的东西，实在不容易保存。如果当局者是外行，他便将东西糟完，倘是内行，他便将东西偷完。”③而且岂止是盗窃公共的图书、古董等财物而已，鲁迅愤慨地指出：“日日偷挖中华民国的柱石的奴才们，现在正不知有多少！”他一方面深刻地批判这种“只能留下一片瓦砾，与建设无关”的自利的奴才式的破坏，另一方面又热烈地希望和呼唤着“革新的破坏者”，因为“他内心有理想的光”④。只有这种“革新的破坏者”多起来，才有希望破坏旧世界，建立新生活。

第七，安于命运、安于现状的奴才心理。鲁迅特别痛恶那种安于命运的奴才心理。他认为，正是这种对于奴隶生活无不平，无抗争，而且满足以至“含笑”的心态，才使中国停滞、落后。罗素在《中国问题》一书中，曾说到他于 1920 年来中国讲学，游览西湖时见到“轿夫含笑”的事，一些中国文人便以此吹嘘中国如何“文明”。鲁迅却深刻地指出：“轿夫如果能对坐轿的人不含笑，中国也早不是现在似的中国了。”这种中国固有的“文明”，“不但使外国人陶醉，也早使中国一切人们无不陶醉而且至于含笑”⑤；“纵为奴隶，也处之泰然，但又无往而不合于

---

① 鲁迅：《华盖集·这个与那个》，《鲁迅全集》第 3 卷，人民文学出版社 1981 年版，第 142 页。

② 鲁迅：《坟·再论雷峰塔的倒掉》，《鲁迅全集》第 1 卷，人民文学出版社 1981 年版，第 194 页。

③ 鲁迅：《而已集·谈所谓“大内档案”》，《鲁迅全集》第 3 卷，人民文学出版社 1981 年版，第 567 页。

④ 鲁迅：《坟·再论雷峰塔的倒掉》，《鲁迅全集》第 1 卷，人民文学出版社 1981 年版，第 194 页。

⑤ 鲁迅：《坟·灯下漫笔》，《鲁迅全集》第 1 卷，人民文学出版社 1981 年版，第 216 ~ 217 页。

圣道”[①]。这就把造成国民性中安于命运的奴才心理的弱点也置于批判中国固有精神文明的锋芒之下。不仅安于命运,而且安于现状,因循守旧,抗拒改革,这也是国民性的弱点之一,对此鲁迅也不断加以鞭挞。他曾说:“中国太难改变了,即使搬动一张桌子,改装一个火炉,几乎也要血;而且即使有了血,也未必一定能搬动。”[②]即使办一点事,也是“悠悠然”,“慢慢交”,“懒散,死样活气”,“一个人活五六十岁,在中国实在做不出什么事来”[③]。中国人的这种安于现状,有时还体现为“将新事物变得合于自己”[④]的保守与善变。鲁迅指出,只要中国人不努力去除这些安于命运、安于现状的奴才心理,中国的改革就难有希望。

此外,还有诸如“五分钟热”“中庸折衷”“骄和谄相结合”的洋奴思想等,也都是鲁迅所痛心疾首并竭力加以抨击的国民性弱点。

四、鲁迅改造国民性思想的意义

国民性的弱点是一种客观存在,鲁迅对此进行的揭露和解剖在当时具有强烈的现实意义,在其后相当长的时期内,仍具有深远的历史意义。“国民性”或民族性并非虚无缥缈、不可捉摸的东西,而是由于长期共同的生活条件所形成,表现于共同文化特点上的,可以感受和体验到的一种具体的精神上的和心理上的客观存在。中华民族的民族性格中有着诸多的极其优秀的一面,但同时,在漫长的封建社会中,小生产的自然经济,绝对的君主专制和封建思想统治,又使人们在思想上造成了保守、狭隘、自利、麻木以至愚昧的消极的一面。近代以来,帝国主义侵略的淫威及其腐朽文化和封建主义的专制统治及封建文化的熏染,造成一种带着半殖民地半封建特性的共同的“生活条件”,这也在中国国民的思想意识中播下并催发了种种消极、丑恶的病根,以致形成相当普遍地存在于各阶层中的种种精神病症。鲁迅所揭露和解剖的国民性的弱点,正是中国国民的这种精神病症的深刻反映,因而具有尖锐的、强烈的现实意义。鲁迅对国民性弱点的揭露和批判像一面明镜,照出了老中国儿女们躯体上和心灵上的种种污垢和伤痕,在当时的社会,在当时人们的思想上,引起过强烈的震动,起到了令人警醒、引起疗救注意的作用。又由于鲁迅真实揭示出的种种国民性弱点在“一定的时期内”仍会或多或少地存在,因而在此后相当长的时期内,鲁迅对国民性弱点的批判仍具有深远历史意义。即使是在今天,人们仍可以从中窥见某些现代人的

① 鲁迅:《华盖集·通讯》,《鲁迅全集》第3卷,人民文学出版社1981年版,第26页。
② 鲁迅:《坟·娜拉走后怎样》,《鲁迅全集》第1卷,人民文学出版社1981年版,第164页。
③ 鲁迅:《书信·350410致曹聚仁》,《鲁迅全集》第13卷,人民文学出版社1981年版,第107页。
④ 鲁迅:《华盖集·补白》,《鲁迅全集》第3卷,人民文学出版社1981年版,第102页。

影子。

鲁迅对国民性弱点的批判的深刻性,不仅表现在对国民性种种弱点的揭示和披露上,而且还表现在他对病根的探究方面。对于国民性弱点产生的原因,鲁迅谈得最多的主要有三个方面:首先是封建等级制度。"天有十日,人有十等","一级一级的制驭着",人们在被压迫的地位下"所蕴蓄的怨愤"不是"向强者反抗,而反在弱者身上发泄",直到怨愤已消,"天下也就成为太平的盛世"[①]。欺弱怕强之类的奴性思想和苟活心理就是由此产生的。其次是封建思想的毒害。中国的封建思想历史长久,发展得极为完备,它与封建专制主义的政治力量结合在一起,形成了一种强大的思想统治力量。鲁迅曾说过,我国的"古书实在太多,倘不是笨牛,读一点就可以知道,怎样敷衍,偷生,献媚,弄权,自私,然而能够假借大义,窃取美名。再进一步,并可以悟出中国人是健忘的,无论怎样言行不符,名实不副,前后矛盾,撒诳造谣,蝇营狗苟,都不要紧,经过若干时候,自然被忘得干干净净;只要留下一点卫道模样的文字,将来仍不失为'正人君子'"[②]。第三,鲁迅把我们民族屡受外来侵略看作是形成国民性弱点的重要原因。中国历史上"历受游牧民族之害",所形成的是"满是血痕"[③]的民族心理,加上近代帝国主义的侵略,国民才逐渐变成"愚弱的国民",失败主义、自欺欺人、自轻自贱、麻木健忘一类的国民弱点才得以滋生和蔓延,才形成了鲁迅所说的"现代的我们国人的魂灵"。

鲁迅的改造国民性思想包括两方面内容:一方面是揭露和批判国民性的弱点,另一方面是肯定和发扬国民性的某些优点,其目的都在于促进一种新的、向上的、符合时代要求的民族精神的诞生。虽然鲁迅对国民性问题认识的深度和侧重点前后期有所不同,但这两个方面的内容无论前期或后期都是存在的。为了正视现实和推动改革,他前期着重批判国民性的弱点,而且问题提得很尖锐,使人不能不惊醒;但就在前期,他也不是对中国的国民性采取全面否定的态度,而是努力挖掘出一些值得肯定的和宝贵的东西。早在《摩罗诗力说》里,鲁迅就赞美了屈原的爱国主义精神和"放言无惮"的热情;在《华盖集·补白(三)》《这个与那个》中,他称赞过韩非子的"不耻最后"的精神;在《学界的三魂》中,鲁迅积极主张发扬"民魂",认为"惟有民魂是值得宝贵的,惟有他发扬起来,中国才有真进步";在小说《一件小事》中,他赞扬了人力车夫的高尚品德。可见鲁迅前期的改造国民性思想并非只限于批判国民性弱点。鲁迅后期着重写了赞扬老百

---

① 鲁迅:《坟·杂忆》,《鲁迅全集》第1卷,人民文学出版社1981年版,第225~226页。

② 鲁迅:《华盖集·十四年的"读经"》,《鲁迅全集》第3卷,人民文学出版社1981年版,第129页。

③ 鲁迅:《书信·附录6致尤炳圻》,《鲁迅全集》第13卷,人民文学出版社1981年版,第683页。

姓的文字，侧重于发扬民族精神的积极方面，但并不等于他不再揭露和批判国民性的弱点了。在 1936 年 3 月 4 日《致尤炳圻》的一封书信中，鲁迅表示，“我们生于大陆，早营农业，遂历受游牧民族之害，历史上满是血痕，却竟支撑以至今日，其实是伟大的。但我们还要揭发自己的缺点，这是意在复兴，在改善”①。在写于 1936 年的《“立此存照”（三）》中，他仍在批评中国人自欺欺人的毛病，等等。可见，无论前期或后期，鲁迅对于国民性的积极面和消极面是分得很清楚的，他的改造国民性的思想是一贯的，只是认识的深度和侧重点前后期有所不同而已。

第三节　鲁迅的伦理文化观

一、抓住反封建伦常的大题目

五四新文化运动是以反对旧思想、旧道德和提倡新思想、新道德为其主要内容的。鲁迅作为这场运动的后起者②而终于成为这场运动的主将，是与他紧紧抓住“反对封建伦常的大题目”分不开的。正是鲁迅在批判封建伦理文化方面所取得的突出的成就，奠定了他在中国新文化史上的地位。

在某种意义上可以说，中国的文化是一种政治化了的伦理文化，因此，抓住了伦理道德问题，也就是抓住了牵一发而动全身的文化关键。也正是出于这一角度的思考，在五四时期，伦理革命的呼声最高。当新文化运动的倡导者们试图发动一场深刻而彻底的思想革命时，最初几乎都是不约而同地将抨击目标定在中国的伦理文化这一核心点上。例如，陈独秀在《吾人最后之觉悟》一文中就声称：“吾敢断言曰，伦理的觉悟，为吾人最后觉悟之最后觉悟。”李大钊在《由经济上解释中国近代思想变动的原因》《自然的伦理观与孔子》等文中，也把反对封建正统文化观念归结为对封建伦理文化的批判。在李大钊看来，中国的“一切政治、法度、伦理、道德、学术、思想、风俗、习惯都建筑在大家族制度上”，“纲常、名教、道德、礼义”无一不是“本着大家族制度下子弟对于亲长的精神”，正是这种封建的伦理精神在支配着中国人的物质和精神生活的方方面面，因此打倒这种以家族制度为基础的封建伦理秩序，是新文化运动的重要任务。对中国文化

① 鲁迅：《书信·附录 6 致尤炳圻》，《鲁迅全集》第 13 卷，人民文学出版社 1981 年版，第 683 页。

② 如果以 1915 年《新青年》的创刊为新文化运动发端的标志，那么，鲁迅直到 1918 年 8 月才发表文章投入新文化运动。

中封建伦理道德弊害的认识程度，事实上也能标示出文化觉醒的程度。中国文化发展到“五四”，正是由于有一大批文化人对封建伦理文化进行清醒的揭露和尖锐的批判，从而才使中国文化在整体上开始了由旧向新的本质性变化。在这场伦理革命中，鲁迅的功绩是很显著的。

鲁迅曾在比较了中西社会对于人伦关系和对于家庭的不同观念之后指出：“欧美的家庭，专制不及中国。”[①]这是因为，中国的家庭结构形态是一种“人伦”格局。在中国人的观念中，“伦”是不可违逆的。因此，中国的家庭特别注重以辈分、年龄区分亲疏贵贱。这养成了中国人文化心态中的名分思想和等级观念。既然伦有差序，划分等级就特别使中国人感兴趣。用鲁迅的话说是：“天有十日，人有十等”，“有贵贱，有大小，有上下……一级一级的制驭着。”[②]这种伦常秩序延伸到整个社会，就使中国的社会成了一张由人伦关系构织的网络，家庭的专制也扩大成为社会的专制。因此，在中国封建社会中，向来缺少一种全社会共同遵守的平等的道德，道德评价的价值标准也是随着被评价对象在人伦关系中的地位而加以相当程度的伸缩，所谓“下不责上”“为亲者讳”等，都是其具体表现。鲁迅在《二十四孝图》一文中曾举“老莱子娱亲”“郭巨埋儿”这两件事来抨击中国封建道德的虚伪性。中国封建社会的道德规范中，向来有要求人们克制自己、为人端庄的一面，由此看老莱子“常着斑斓之衣”“手拿‘摇咕咚’”“僵扑为婴儿啼”的矫作行为，当属违背正常行为规范的“老不正经”。但由于老莱子这一切所作所为都是为了“娱亲”，为了“遵上”，于是便也被人们肉麻当有趣地称颂赞扬了。“仁”原本是中国封建道德中的一个重要内容，由此看“郭巨埋儿”当属不仁。但郭巨乃为了不使儿子“分母之食”，便也被认为“埋”得有理。由此可见，在一个由人伦关系构成网络的社会中，社会道德也只有在人伦关系中才发生意义，而所有的道德观念都无不具体地体现在某一种人身依附关系中。君臣、父子、夫妻、长幼之间所谓理想的道德关系是忠、孝、节、悌，这里没有平等可言，只有依据一定的人伦关系而必须单向遵循的礼教。对此，鲁迅给予了猛烈的抨击和批判。

二、解剖封建家族制度的弊端

鲁迅解剖了家族制度的弊端。他指出，“历朝大抵‘以孝治天下’”[③]，所以形成了以家族为本位的伦理文化特征。这种家族制度对人们各方面的发展都起

---

① 鲁迅：《坟·我们现在怎样做父亲》，《鲁迅全集》第1卷，人民文学出版社1981年版，第136页。

② 鲁迅：《坟·灯下漫笔》，《鲁迅全集》第1卷，人民文学出版社1981年版，第215页。

③ 鲁迅：《华盖集·补白》，《鲁迅全集》第3卷，人民文学出版社1981年版，第103页。

着严重的束缚作用。鲁迅曾以切肤之痛发过这样的感慨:“中国的家族制度,真是麻烦,就是一个人关系太多,许多时间都不是自己的”①,甚至连生命也不是自己的。鲁迅认为,中国人并非没有一点想改变现状,想有所进步的愿望,问题是受家族制度的牵累,对于老家,却总是死也不肯放,这不仅限制了人们改变现状的愿望的实现,而且把仅有的才智也无端地耗散于家族中无聊的事情上。外国人可以用火药发展工业、制造利器,可以用指南针发展航海业,促进文明的发展;而中国,“火药只做爆竹,指南针只看坟山”,中国文化之所以发展缓慢,“恐怕那原因就在此”②。

鲁迅对以家族制为本位的伦理中心主义文化有着深刻的认识,他曾就这种文化氛围必然产生的社会后果作过精到的分析。鲁迅指出,以差等的人伦关系为基础的社会结构形态中,必然产生封建专制主义和封建性的奴隶主义。因为人伦关系的无法超越,使尊卑、上下、贵贱成为不可逾越的等级秩序,于是这样“一级一级的制驭着,不能动弹”,“有敢非议者,其罪名曰不安分”③。这种秩序给上对下以绝对的专制权,而下对上只有绝对服从的义务。这是一条等级的长链,顺向看,是一级驱使一级,每人都有施行专制的对象,因而每人身上均有一种“专制性”;而逆向看是一级顺从一级,每人都必须无条件地作顺民,因而每人身上又均具“奴性”。因此,专制性和奴性这两种对立的性格特点常常紧密地统一于一人身上,成为深藏于中国人身上的某种根性。用鲁迅的话说,“古人的良法美意”,是“王臣公,公臣大夫,大夫臣士,士臣皁,皁臣舆,舆臣隶,隶臣僚,僚臣仆,仆臣台”,“但是‘台’没有臣,不是太苦了么?无须担心的,有比他更卑的妻,更弱的子在。而且其子也很有希望,他日长大,升而为‘台’,便又有更卑更弱的妻子,供他驱使了”④。至于“妻”,也还有“希望”,这就是苦媳妇熬成婆,可以驱使儿媳妇、孙媳妇等。由此来看鲁迅塑造的阿Q形象,有些方面就可以理解得更为深切:为什么阿Q遭赵太爷打,显出一种无可奈何的奴性,而遇上更弱小的小D,则又加以欺压,显示出一种理所当然的专制性?鲁迅塑造这一形象,正是要揭出在封建伦理文化氛围下所养育的集奴性与专制性为一体的国民精神病态。在鲁迅看来,正是由于这种伦理中心主义文化的长期浸染,使得中国人的文化观念中特别缺乏两样东西:一是与专制主义相对立的民主意识;一是与奴隶主义相对立的自主意识。鲁迅的分析,从中国文化特性中所缺乏的因素方面,为在

① 鲁迅:《书信·350319致萧军》,《鲁迅全集》第13卷,人民文学出版社1981年版,第86页。

② 鲁迅:《南腔北调集·家庭为中国之基本》,《鲁迅全集》第4卷,人民文学出版社1981年版,第620页。

③ 鲁迅:《坟·灯下漫笔》,《鲁迅全集》第1卷,人民文学出版社1981年版,第215~216页。

④ 鲁迅:《坟·灯下漫笔》,《鲁迅全集》第1卷,人民文学出版社1981年版,第215~216页。

中国提倡民主、科学的迫切性提供了有力的论证。

三、批判封建孝道观念

正因为中国封建社会的伦理道德是建立在差等的人伦关系上的,因此,在五四新文化运动中,先驱者们"反对旧道德,提倡新道德"的主要内容实际上就是集中批判和反对建立在这种人伦关系之上的差等的道德规范,提倡人与人相互平等的新的人伦关系和人际关系,提倡在此基础上建立起大家都能执行的平等的社会道德规范。为了使这种反对和提倡不流于浮泛化和表面化,鲁迅对一些具体的"伦常"关系进行了认真的剖析,从而使伦理文化批判建立在更为坚实的基础之上。

鲁迅首先从"父子"关系入手,分析了封建伦理道德观念中的"孝道"。他在写《我们现在怎样做父亲》一文时,就曾开宗明义,说明自己的本意"其实是想研究怎样改革家庭","因为中国亲权重,父权更重,所以尤想对于从来认为神圣不可侵犯的父子问题,发表一点意见。总而言之:只是革命要革到老子身上罢了"。所谓革老子的命,意思即是指革"孝道"的命。

鲁迅认为,"孝道"是一种以长者为本位的"古传的谬误思想"。其谬误之处在于它是本末倒置的,它违背了生物进化的规律:"本位应在幼者,却反在长者;置重应在将来,却反在过去。前者做了更前者的牺牲,自己无力生存,却苛责后者又来专做他的牺牲,毁灭了一切发展本身的能力。"①因此,鲁迅斥孝道为"一味收拾幼者弱者的方法"②,是培养"弯腰曲背,低眉顺眼","老成的子弟,驯良的百姓"③的方法。

为了从根本上批倒所谓"孝道",鲁迅对"孝道"赖以成立的所谓"依据"进行了彻底清算。鲁迅指出,中国的旧见解认为父亲对儿子有恩,"以为父子关系,只须'父兮生我'一件事,幼者的全部,便应为长者所有"④。对此,鲁迅提出了截然相反的惊世骇俗的见解。他说,生育是一种人类"继续"自身生命的"本能"。"因性欲"而"性交","发生苗裔,继续了生命",这与因"食欲"而"饮食",保存个体生命是一样的。父与子的"生命的价值和生命价值的高下,现在可以不论",但就其个体来说,都只是人类生命发展过程中的一个环节,"仅有先后的不同,分不出谁受谁的恩典"。那么,有人不禁要问,就算父子之间不存在生育

---

① 鲁迅:《坟·我们现在怎样做父亲》,《鲁迅全集》第1卷,人民文学出版社1981年版,第132页。

② 鲁迅:《坟·我们现在怎样做父亲》,《鲁迅全集》第1卷,人民文学出版社1981年版,第137页。

③ 鲁迅:《坟·论睁了眼看》,《鲁迅全集》第1卷,人民文学出版社1981年版,第237页。

④ 鲁迅:《坟·我们现在怎样做父亲》,《鲁迅全集》第1卷,人民文学出版社1981年版,第132页。

这种恩，那么父亲将儿子抚养成人，这总有一种养育之恩吧？鲁迅的回答仍然是否定的，他认为，自然界赋予生物一种结合长幼的“天性”，这种天性不是“施恩”与“报恩”，而是一种“爱”，“不但绝无利益心情，甚或至于牺牲了自己，让他的将来的生命，去上那发展的长途”。生物如此，“人类也不外此”，“只要心思纯白，未曾经过‘圣人之徒’作践的人，也都自然而然的能发现这一种天性。例如一个村妇哺乳婴儿的时候，决不想到自己正在施恩；一个农夫娶妻的时候，也决不以为将要放债。只是有了子女，即天然相爱，愿他生存；更进一步的，便还要愿他比自己更好，就是进化”。所以父子之间正确的关系，鲁迅“心以为然的，便只是‘爱’”，是“离绝了交换关系利害关系的爱”，如果“抹煞了‘爱’，一味说‘恩’，又因此责望报尝”，那就“大反于做父母的实际的真情”，这“在人伦道德上，丝毫没有价值”。而所谓“孝道”，恰恰是建立在“一味说恩”，认为长者对幼者有一种天然的权力的观念之上的。因此“孝道”从自然界进化的角度看，是“逆天行事”的。这种“逆天行事”的结果是使“人的能力，十分萎缩，社会的进步，也跟着停顿”①。鲁迅对“孝道”的批判，十分合乎逻辑地上升到了社会进化和文化发展的高度，因而是雄辩有力的。

四、批判封建“女德”

有一个很值得注意的问题，即在鲁迅的小说和其他一些作品中，对妇女命运的关注占了相当的比重。其实，这是与他在新文化运动中对中国伦理文化问题的思考紧密相连的。

在中国封建的“伦常”关系中，妇女的地位是最低的。中国传统的人伦关系遵循的是“父系原则”，家庭结构也是按父系亲属的原则组成的。这种家庭，其发展的主轴是纵向的，即在父子、子孙之间传承；而夫妻之间是配轴关系。因此，在家庭关系中，夫妇之间缺少凝聚力，夫妇之间的感情问题也向来不受重视。由此造成了中国人在感情上，尤其是在两性间，显得特别矜持和保留。鲁迅曾指出，在中国的夫妇间，“性交是常事，却以为不净”，“人人对于婚姻，大抵先夹带着不净的思想”，因此每遇这类事，“亲戚朋友有许多戏谑，自己也有许多羞涩，直到生了孩子，还是躲躲闪闪，怕敢声明”②。在中国伦理文化中，特别强调“男女有别”，这种“有别”，并不是指生理上的差异，而是指一种“隔离原则”。这不仅是在生活上加以隔离，而且是以所谓“男女授受不亲”的观念，造成一种心理上的隔离。这种“隔离原则”施行的结果是造成了一种普遍的社会性心理障碍，

① 鲁迅：《坟·我们现在怎样做父亲》，《鲁迅全集》第1卷，人民文学出版社1981年版，第132页。

② 鲁迅：《坟·我们现在怎样做父亲》，《鲁迅全集》第1卷，人民文学出版社1981年版，第131页。

不仅每个人自觉压抑自己对异性的感情，不敢在这方面有自由的表达和追求，而且对于胆敢在这方面有自由表达和追求的人施以舆论的谴责。由于中国家庭的父系亲属组织原则，又由于中国人在家庭中不重视夫妇间的感情，因此中国妇女的家庭地位也就特别低下。所谓“三从四德”，正是将妇女低下的地位加以伦理道德化的结果。正是从中国妇女的社会地位方面，鲁迅得出了中国封建伦理道德是专门“收拾弱者”的道德的结论。鲁迅认为，中国的妇女所有的桎梏太多，这正说明中国的家族制度未经改革；而只要这种状况依旧，中国女子的痛苦便是“永远不会消灭的”①。

在强加于妇女身上的诸多“桎梏”中，最野蛮、最不人道的，就是要求女子单方面地保持“贞操”、单方面地讲“节烈”。因此，在鲁迅的伦理文化批判中，有很大一部分是针对封建的“贞操”和“节烈”观念的。

鲁迅曾以嘲讽的口吻述说了所谓“节烈”的内容：“节是丈夫死了，决不再嫁，也不私奔，丈夫死得愈早，家里愈穷，他便节得愈好。烈可是有两种：一种是无论已嫁未嫁，只要丈夫死了，他也跟着自尽；一种是有强暴来污辱他的时候，设法自戕，或者抗拒被杀，都无不可。这也是死得愈惨愈苦，他便烈得愈好，倘若不及抵御，竟受了污辱，然后自戕，便免不了议论。”“如此畸形道德”之所以日见其“发达”，“日见精密苛酷”，正因为它迎合了向来的差等的人伦关系。鲁迅指出，“即如失节一事，岂不知道必须男女两性，才能实现”，“专责女性；至于破人节操的男子，以及造成不烈的暴徒，便都含糊过去”，这便是中国封建伦理道德的卑鄙之处。为此，鲁迅愤然地说道：这样的事，“只要平心一想，便觉不像人间应有的事情，何况说是道德”②！鲁迅还进而指出，由于男子们对女子抱有一种完全占有的欲望，所以他们常常是以对待自己的私有财产的心理来对待女子的：“女子既是男子所有”，男子自己如果活着，“自然更不许被夺”，而即使“自己死了”，也像不甘心自己的私有财产流失一样，决不希望女子重新嫁人，于是就起劲地鼓吹起“节烈”来。出于同样的心理，当遇到暴力时，男子“没有勇气反抗”，又“没有力量保护”女子，于是便像对待将要被剥夺的财产一样，宁可毁掉，也不让别人占有，这样，“只好别出心裁，鼓吹女人自杀”。这种畸形的男性心理的形成，根源还在中国封建社会差等的人伦关系，在这种差等的人伦关系中，男子根本不可能把女子当作有平等地位的人来看待。所以，鲁迅认为，要消除这种不人道的、要求女子单方面遵循的所谓道德，关键还在于求得男女平等。“既然平等，

---

① 鲁迅：《南腔北调集·关于妇女解放》，《鲁迅全集》第4卷，人民文学出版社1981年版，第598页。

② 鲁迅：《坟·我之节烈观》，《鲁迅全集》第1卷，人民文学出版社1981年版，第120页。

男女便都有一律应守的契约。男子决不能将自己不守的事，向女子特别要求。”①

鲁迅批判的锋芒并未止于封建的“节烈”观念。他认为，中国封建社会不仅以道德的形式规范女子，让其单方面“节烈”，而且这种道德心理在很大程度上延伸到了其他方面，不仅“失节”之事全归罪于女子，而且“别的事情，也是如此。所以历史上亡国败家的原因，每每归咎女子”。就这样，由女子来“糊糊涂涂的代担全体的罪恶，已经三千多年了”②。在中国历史上，凡涉及亡国和动乱，都要找出几个女性做替罪羊。“譬如罢，关于杨妃，禄山之乱以后的文人就都撒着大谎，玄宗逍遥事外，倒说是许多坏事情都由她”；“就是妲己，褒姒，也还不是一样的事？女人的替自己和男人伏罪，真是太长远了。”③更有甚者，把女子的一些言行看成是不祥之兆：“西汉末年，女人的‘堕马髻’，‘愁眉啼妆’，也说成是亡国之兆。其实亡汉的何尝是女人！”④鲁迅指出，这种把一切罪责转嫁到女人头上的做法，实际上是差等的人伦关系下形成的一种“罪责转嫁”心理的体现。大凡在等级性专制制度下，下不能责上，而上则可以任意将任何过错归罪于下。而女性在中国封建社会所处的低下的地位，则使受“罪责转嫁”心理支配者几乎是出于习惯地“把种种罪名加在她头上”。鲁迅幽默地说：“只要看有人出来唉声叹气的不满意女人的妆束，我们就知道当时统治阶级的情形，大概有些不妙了。”⑤因为当人们看到社会动乱在即，既不敢责上，又无勇气自责时，自然要找出替罪的弱者来出出气；责骂一下女子，男人们的责任似乎也尽了。鲁迅尖锐地讽刺了这种转嫁罪责的行为的荒谬性，他说，“政界军界学界商界等等里面，全是男人，并无不节烈的女子夹杂在内”，那么“女子如何害了国家”⑥呢？鲁迅曾引述一首“为某女士鸣不平”的古诗：“君王城上竖降旗，妾在深宫那得知？二十万人齐解甲，更无一个是男儿！”⑦鲁迅对这首诗给予罪责转嫁的社会心理的辛辣嘲讽颇为激赏。有时，“罪责转嫁”的社会心理还会以“责任推诿”的形式表现出来：每有困难，男人们无法，于是总忽发奇想，希望能出几个神奇女子来替代男子，挽救大厦之将倾的危局。鲁迅指出，这“并不是说，‘女士’们都得在绣房里

---

① 鲁迅：《坟·我之节烈观》，《鲁迅全集》第1卷，人民文学出版社1981年版，第120页。

② 鲁迅：《坟·我之节烈观》，《鲁迅全集》第1卷，人民文学出版社1981年版，第123页。

③ 鲁迅：《花边文学·女人未必多说谎》，《鲁迅全集》第5卷，人民文学出版社1981年版，第425页。

④ 鲁迅：《南腔北调集·关于女人》，《鲁迅全集》第4卷，人民文学出版社1981年版，第516页。

⑤ 鲁迅：《南腔北调集·关于女人》，《鲁迅全集》第4卷，人民文学出版社1981年版，第516页。

⑥ 鲁迅：《坟·我之节烈观》，《鲁迅全集》第1卷，人民文学出版社1981年版，第118页。

⑦ 鲁迅：《花边文学·女人未必多说谎》，《鲁迅全集》第5卷，人民文学出版社1981年版，第426页。

关起来”,而在于文人们、男子们这种寄希望于女士挽救危局的心理所显示出的怯懦和不负责任:“练了多年的军人,一声鼓响,突然都变了无抵抗主义者。于是远路的文人学士,便大谈什么‘乞丐杀敌’,‘屠夫成仁’,‘奇女子救国’一流的传奇式古典,想一声锣响,出于意料之外的人物来‘为国增光’。”中国人向来喜欢在关键时刻“以下激上”,“以贱激尊”,而颂扬“奇女子救国”,看似歌颂了女人,实际上仍是在普遍的潜意识中将女性摆在“下”与“贱”的位置上。正是出于这一角度的分析和思考,鲁迅对抗战前夕“占据舞台”的、被“看客称之为‘女将’”的剧目以及画有“白长衫的看护服,或托枪的戎装的女士们”的传奇的插画等很不以为然。他讽刺道:“雄兵解甲而密斯托枪,是富于戏剧性的。”①

鲁迅对于封建伦理道德对女性的戕害的认识是非常深刻的。他曾揭示出一个更为残酷的事实:封建伦理道德不仅使中国妇女在身体上深受其害,而且在精神上也深受其毒化。她们虽然承受着不公正的道德规范,但她们本身“毫无异言”,因为她们的精神“也同他体质一样,成了畸形。所以对于这畸形道德,实在无甚意见”②,这是更为深刻而残酷的悲剧。鲁迅在他的小说名篇《祝福》中就揭示了这样一个问题。祥林嫂之死因,远非仅止于贫穷和肉体的折磨,她是死于作为社会舆论的道德谴责和她自己内心对于因不由自主地违反了封建伦理道德(未能从一而终)而产生的一种恐惧感和怀罪感。这说明,封建伦理道德观念对于社会、对于人的意识施加影响的力量是很大的。

封建伦理道德要求女子守贞操,讲节烈,这在道德家们看来也确非易事,因为生存的困窘是可以想象的,女性在“精神上的惨苦”也是可以料到的。为此,提倡禁欲,就成了封建的女性道德的补充。这种禁欲的要求也是单方面的,男子一方面要对她们胡作非为,另一方面又要她们能守住节操,于是想出一种两全的办法,即要求她们当身体在满足着男人的欲望时,心里则勿动“邪念”;“即使‘只在心里动了恶念,也要算犯奸淫’的”。鲁迅指出,这种手段“巧妙而严厉”,使女人无法可想,只能或是“跳井”或是“当节妇,贞女,烈女去”。“男人会用‘最科学的’学说,使得女人虽无礼教”,但仍一方面“深信”应克制性欲,另一方面“也能心甘情愿地从一而终”③。这种灭人欲的教化,使得女性只能处处压抑自己,以便修成正果,成为一个被社会承认的好女人。结果是,年轻女子缺乏“朝气”,精神“萎缩”,“眼光呆滞,面肌固定”,“失了青春的本来面目,成为精神上的‘未

① 鲁迅:《二心集·新的“女将”》,《鲁迅全集》第4卷,人民文学出版社1981年版,第336页。

② 鲁迅:《坟·我之节烈观》,《鲁迅全集》第1卷,人民文学出版社1981年版,第122页。

③ 鲁迅:《准风月谈·男人的进化》,《鲁迅全集》第5卷,人民文学出版社1981年版,第284页。

字先寡'"[①];而结了婚的女子,也只是一味服从,"嫁鸡随鸡,嫁犬随犬",夫妇间缺少一种凝聚力,缺少真正的乐趣;至于一旦不幸,失去丈夫的寡妇,则更得处处小心,不仅要在内心时时压抑、克制自己可能萌动的春情,即使在举手投足上,也得防止可能遭到的非议。鲁迅认为,这种单方面要求妇女禁欲的做法,最集中地体现了封建伦理道德的虚伪性,因为社会道德一方面要求女子单方面禁欲,讲"贞操""节烈",另一方面又毫不谴责男性对女子的胡作非为。一方面"把女人看做一种不吉利的动物,威吓她,使她奴隶般的服从;同时又要她做高等阶级的玩具。正像现在的正人君子,他们骂女人奢侈,板起面孔维持风化,而同时正在偷偷地欣赏着肉感的大腿文化"[②]。这就使女子实在难以做人:又要禁欲、讲节操,而又要对作为丈夫的男人服从,要面对社会所怂恿的"破人节操的男子","所以女子身旁,几乎布满了危险","除却他自己的父兄丈夫以外,便都带点诱惑的鬼气"[③]。由此可见,所谓的"女德"实际上仅仅是对于女性的"苛酷"。鲁迅认为,中国封建社会的一切强加于女性的、要求女性单方面遵循的道德规范都是极不人道的,这正是中国伦理文化畸形的体现。

五、新伦理道德观的提倡

鲁迅在猛烈抨击这些畸形道德的同时,提出了建立新型的道德观念的主张。他认为,新的道德观念应是建立在人格独立、相互间地位平等的基础之上的。必须首先去除"孝道"观的毒害,"此后觉醒的人,应该先洗净了东方古传的谬误思想,对于子女,义务思想须加多,而权利思想却大可切实核减,以准备改作幼者本位的道德"。在鲁迅看来,长者对幼者主要是尽义务的问题,因为这是一个必然的过程,"幼者受了权利","并非永久占有,将来还要对于他们的幼者,仍尽义务"。对于义务和权利,每个人都只是"前前后后""过付的经手人"而已。正因为如此,父母对子女赖以结合在一起的,绝不是长者对幼者施恩、再由幼者报恩的关系,而应是一种出于天性的爱。并且还要"将这天性的爱,更加扩张,更加醇化;用无我的爱,自己牺牲于后起新人"[④]。这就是鲁迅所倡导的新型的"爱"的道德。这种爱的道德,鲁迅将它具体化为三个方面的内容。"开宗第一,便是理解。"鲁迅认为,科学的研究证明,"孩子的世界,与成人截然不同;倘不先行理解,一味蛮做,便大碍于孩子的发达。所以一切设施,都应该以孩子为本位"[⑤]。

---

① 鲁迅:《坟·寡妇主义》,《鲁迅全集》第1卷,人民文学出版社1981年版,第266页。

② 鲁迅:《南腔北调集·关于女人》,《鲁迅全集》第4卷,人民文学出版社1981年版,第516页。

③ 鲁迅:《坟·我之节烈观》,《鲁迅全集》第1卷,人民文学出版社1981年版,第123页。

④ 鲁迅:《坟·我们现在怎样做父亲》,《鲁迅全集》第1卷,人民文学出版社1981年版,第135页。

⑤ 鲁迅:《坟·我们现在怎样做父亲》,《鲁迅全集》第1卷,人民文学出版社1981年版,第135页。

中国人过去有许多“误解”，把孩子看成是“缩小的成人”，以成人的要求来对待孩子，这是扼杀孩子的天性。对此，鲁迅曾深有痛感，他在《野草·风筝》《朝花夕拾·五猖会》《朝花夕拾·从百草园到三味书屋》等作品中都有描写。鲁迅最反对“少年老成”，而这种“少年老成”正是长者以成人要求来束缚孩子的结果。鲁迅认为，幼稚，是孩子的必经阶段，完全是一种必然，所以“幼稚对于老成”，不应“有什么耻辱”[①]。处处刁难幼者，动辄责罚，只能使孩子过早地“萎缩”。“第二，便是指导。”鲁迅认为，“时势既有改变，生活也必须进化”，“后起的人物”应超越于前辈，因此对人的发展“决不能用同一模型，无理嵌定”。长者决不能将自己既成的生活模式强加于后辈身上，他们的任务是对幼者“除了养育保护以外，往往还教他们生存上必需的本领”。但这种“教”必须以“指导者协商者”的身份来进行，而“不该是命令者”。这种“指导”，必须是无私的，不是教会幼者如何“供奉自己”，而是“专为他们自己，养成他们有耐劳作的体力，纯洁高尚的道德，广博自由能容纳新潮流的精神，也就是能在世界新潮流中游泳，不被淹没的力量”。“第三，便是解放。”因为父母对子女有着挚爱，所以父母应“尽教育的义务，交给他们自立的能力”。又因为父母与子女之间关系的连接仅凭着爱，因此同时也应将子女看成“是人类中的人”，承认他们有独立的人格，“完全的解放”他们，使他们的一切权利“全部为他们自己所有”。总之，在父母与子女之间，鲁迅认为，合理的伦理关系“便是父母对于子女，应该健全的产生，尽力的教育，完全的解放”。只有这样，才是顺应了世界文化潮流。从文化发展和社会进步的角度看，“这样做的可以生存，不然的便都衰落”[②]。

鲁迅在提出以上新的父子间的伦理关系和新的道德主张的同时，还进一步告诉人们：这种新伦理道德的真正实行，“是一件极伟大的要紧的事，也是一件极困苦艰难的事”，因为这种新的伦理道德的本质是“利他的，牺牲的”，所以“很不易做；而在中国尤不易做”。必须有一批真正“觉醒”的中国人，“觉醒的父母”，勇于“尽义务”，勇于作“牺牲”，为实现“长者解放幼者”，“一面清结旧账，一面开辟新路”，即“自己背着因袭的重担，肩住了黑暗的闸门，放他们到宽阔光明的地方去；此后幸福的度日，合理的做人”[③]。鲁迅不仅这样讲了，而且自己是身体力行的。例如鲁迅与海婴的关系，就可以称得上是一种新型的父子关系。[④]

---

① 鲁迅：《坟·未有天才之前》，《鲁迅全集》第1卷，人民文学出版社1981年版，第168页。

② 鲁迅：《坟·我们现在怎样做父亲》，《鲁迅全集》第1卷，人民文学出版社1981年版，第135、136、139页。

③ 鲁迅：《坟·我们现在怎样做父亲》，《鲁迅全集》第1卷，人民文学出版社1981年版，第140页。

④ 参见许广平：《欣慰的纪念·鲁迅先生与海婴》，人民文学出版社1951年版。

针对畸形的女性道德，鲁迅指出："此后觉醒的人，应该先洗净了东方固有的不净思想，再纯洁明白一些，了解夫妇是伴侣，是共同劳动者，又是新生命创造者的意义。"[①]唯其如此，夫妇间才会产生真正的情感，才有真正使之凝结在一起的聚合力，也只有这样的夫妇关系才是真正道德的。鲁迅在与许广平结合后，的确也是努力实践着他所提倡的新道德的。可以说，鲁迅与许广平共同生活的日子，是在"随时随地，略尽其分忧、慰藉之忱"，或"共话喜悦，相与一笑" [②]的互相鼓舞中度过的。鲁迅直到临逝世前，想到的也首先是许广平的幸福，他有一条遗嘱是这样写的："忘记我，管自己生活。——倘不，那就真是胡涂虫。"[③]这是鲁迅对许广平的最深切的关怀，也是鲁迅思想彻底解放、最为开明的体现。鲁迅以自己的行动，实施了自己所提倡的夫妇间"完全的平等""相互的关怀""深切的爱"的新道德。

综上所述，鲁迅的伦理文化观中，具有特别丰厚的内容。这里面既有对中国封建伦理文化的深刻认识，又有对具体伦常关系及其相应的封建道德观念的精到分析和尖锐批判；既有针对封建伦理道德"畸形""野蛮"的特征所提出的建立新的伦理道德的主张，又有鲁迅对新道德的亲自实践。鲁迅的伦理文化批判与对新伦理道德的提倡，在五四新文化运动中起了巨大的作用，为推动新文化运动的发展作出了杰出的贡献。

第四节　鲁迅的宗教文化观[④]

在一个对传统文化进行全面反省的历史时期，是无法回避对宗教文化作出评判的。虽然，宗教在中国政治、思想、文化中所占的地位远不像西方社会那样重要，宗教思想也并未像西方国家那样曾在整体上成为占统治地位的思想，但它毕竟是中国传统文化的一个重要组成部分。作为一种"在野"文化，它一方面起着经典文化、正统文化与"俗"文化之间的连接、整合的作用，另一方面，它本身也有许多与经典文化和"俗"文化相重叠的地方。况且，宗教对于社会生活的影

① 鲁迅：《坟·我们现在怎样做父亲》，《鲁迅全集》第1卷，人民文学出版社1981年版，第131页。

② 转引自黄中海、张能耿：《鲁迅书话》，福建人民出版社1982年版，第218页。

③ 鲁迅：《且介亭杂文末编·死》，《鲁迅全集》第6卷，人民文学出版社1981年版，第612页。

④ 本节参考朱晓进：《鲁迅的佛教文化观》（《鲁迅研究月刊》1990年第11期）和《鲁迅的道教文化观》（《鲁迅研究月刊》1991年第3期）。

响具有一种广泛性和渗透性的特点，因此常常以特有的方式，在一定程度上广泛地反映出尊奉这种宗教的民族的思想方式和民族心理结构。一个民族对于不同宗教的选择，一个时代对于不同宗教的不同评价，这都与民族文化和时代风尚有着内在的联系。中国近代以来的文化人对宗教文化所表现出的极大的“兴趣”，正是与近代以来先驱者们所进行的文化反省联系在一起的。鲁迅作为历史转折期文化的重要代表人物，他的宗教文化观具有典型的意义。鲁迅对宗教文化的反省也是他对整体中国文化进行反省的重要方面。

一、对宗教文化的总体认识

鲁迅对世界上主要的几大宗教进行研究之后，首先在理论上形成了对宗教文化的独特看法。虽然鲁迅对各种不同宗教的具体评价是不一样的，但他也看到了宗教作为一种文化形态，它们有着一些共有的特征和规律。鲁迅认为，宗教是特定历史阶段文化发展的产物，因此，它很可能随着文化的进一步发展而成为过去，例如“佛教”，就“已死亡，永不会复活了”①。宗教的产生，源于人们认知世界的探索精神和征服世界的美好愿望，当人们自身能力的发展尚难以与自然力抗争时，便用想象把人们的愿望加以“外化”，并对自然力“施以人化”的想象，这就产生了“神话”和原始宗教。人类从没有宗教到有宗教，是文化的一大进步。宗教的产生是人类认识能力发展中的一个重要环节，但宗教一旦被以一种教义和仪式固定下来，便把处于原始状态的人们观照世界的方式也神圣化了。这样，随着文化的发展，尤其是科学的发展，宗教与科学之间便产生了矛盾和对立。同时，一种宗教一旦形成，它会对文化发生反作用力，即以其特有的方式影响人心，影响社会，乃至在一定程度上制约着文化的进步和发展。因此，鲁迅认为社会发展到一定的水平，宗教的蒙昧主义的特征就显示出来了。例如中世纪的罗马教会，就曾用蒙昧主义“梏亡人心”，使“思想之自由几绝，聪明英特之士，虽摘发新理，怀抱新见，而束于教令，胥缄口结舌而不敢言”，“其有毅然表白于众者，每每获囚戮之祸”②。鲁迅指出，宗教宣扬的蒙昧主义是科学发展的大敌，西方国家在中世纪因“宗教暴起，压抑科学”，致使“科学之光，遂以黯淡”③。而近代以来，西方社会由于科学战胜了宗教，才最终完成了文化由中世纪的落后向近代的先进的转化。由此来观照中国的社会，鲁迅也深切希望能去除宗教蒙昧，去除迷信，张扬科学，使“和尚，道士，巫师，星相家，风水先生……的宝座，就

① 转引自许寿裳：《亡友鲁迅印象记》，人民文学出版社1953年版，第44页。

② 鲁迅：《坟·文化偏至论》，《鲁迅全集》第1卷，人民文学出版社1981年版，第47~48页。

③ 鲁迅：《坟·科学史教篇》，《鲁迅全集》第1卷，人民文学出版社1981年版，第28页。

都让给了科学家”[①],中国的文化才能够完成由旧向新的转换。正是在这个意义上,鲁迅对宗教是持整体反对的态度的。在新文化运动中,鲁迅文化批判的内容有相当一部分就是针对那些作为佛教、道教的宗教仪式的东西,如巫祝术、神仙术、扶乩打拳、鬼画符等迷信行为的。鲁迅明确认识到,历史发展到了今天,作为具有整体功能的完整的宗教应成为过去的东西,它们的继续存在,对科学的发展是不利的。

但是,鲁迅对待宗教的态度又是十分审慎的,他并没有停留在简单地提出反宗教的口号,或简单地将之视为“已成为过去”的东西而不再理会它。鲁迅看到了宗教文化的复杂性,它与任何一种精神文化一样,有着与人们的精神生活难以剥离的因素。任何一种具体的宗教,随着文化的发展,必然会成为过去的东西,但作为宗教文化中所包含的一些精神内容,也许仍会深藏于人们的精神生活之中。因此,所谓“成为过去”,只是指宗教之整体功能上的失却,如果在打破了宗教的结构格局、去除了它的整体功能之后,宗教文化中不乏可以汲取、借鉴的具体有益因素。例如,任何一种宗教文化中事实上都有一种“足充人心向上之需要”[②]的精神吸引力,这种精神吸引力可以起净化人心的作用,可以使人们从物质利欲的狗苟蝇营中解脱出来。如果利用得好,即不是以这种精神吸引力把人们从现实世界中引向虚幻的“天国”,引向蒙昧,而是以这种精神吸引力使人“一扬其精神”,避免“沦溺嗜欲”[③],则是有意义的。宗教是以特有的方式对人们施加影响的,只要去除了这影响的内容而借鉴这种影响方式,对于新文化运动中的思想启蒙还是很有用的。

况且,宗教文化即使在内容方面,也不全是荒谬和消极的东西。鲁迅是很注意从宗教文化中挖掘这种真理性因素的。例如,鲁迅就曾高度评价过佛教教义中的平等观念。佛教提出:“虽复上同如来,不以为尊,下等六师,不以为卑。”[④]鲁迅认为这是对建立在封建伦常观念基础上的等级制度的反叛,正是因为这种反叛性的内容,导致了“自六朝至唐宋,凡攻击佛教的人,往往说他不拜君父,近乎造反”[⑤]。又如,鲁迅对基督教宣扬的博爱精神也曾加以首肯,他在《野草·复仇(其二)》中,对体现在耶稣身上的那种拯救世人、牺牲自我的博爱精神给予了肯定性的审美评价。

鲁迅认为,宗教文化作为精神文化的一种,它与其他精神文化有着密切的联

① 鲁迅:《且介亭杂文·运命》,《鲁迅全集》第6卷,人民文学出版社1981年版,第131页。
② 鲁迅:《集外集拾遗补编·破恶声论》,《鲁迅全集》第8卷,人民文学出版社1981年版,第28页。
③ 鲁迅:《集外集拾遗补编·破恶声论》,《鲁迅全集》第8卷,人民文学出版社1981年版,第30页。
④ 《维摩诘经·弟子品(第三)》。
⑤ 鲁迅:《热风·三十三》,《鲁迅全集》第1卷,人民文学出版社1981年版,第300页。

系,研究宗教文化,不仅可以通过揭示宗教文化与其他精神文化的关系进而了解其他精神文化的一些内容和特点,而且也可以以宗教文化为“窗口”,进而把握作为宗教文化氛围的整体中国文化的诸多特点。鲁迅之所以对宗教文化感兴趣,其中很重要的原因也正是在于通过宗教文化来把握产生这种宗教文化的整个文化传统,以及加深了解与之相关联的其他精神文化。

鲁迅在分析中国的艺术文化时,非常注意宗教文化的影响和作用。他认为,宗教与神话是同源的,原始宗教有时就是与神话传说纠结在一起的:由“初民”解释“变异无常”的自然现象而产生神话,又由于对神的“信仰敬畏”,“于是歌颂其威灵,致美于坛庙,久而愈进”,所以,神话“为宗教之萌芽”①。不仅如此,而且宗教对文学艺术的发展有着直接影响,这种情况各国都普遍存在。欧洲文学的源头常常可以追溯到《圣经》,印度的佛教也多有寓言,“他国艺文,往往蒙其影响”②。鲁迅还认为,宗教在其发展中,产生了特有的宗教艺术,如“著名之建筑”“伽蓝宫殿”,“壁画及造像”③等。由于宗教的目的是劝善,而枯燥的教义是难以被人接受的,因此就产生了以“娱心”为手段的宗教文学。鲁迅在其著作中曾多处直接分析了宗教对中国艺术文化的发展所产生的巨大影响。例如,唐代佛教在中国流传日广,致使产生了“灿烂”的“佛画”④和精美的石雕。鲁迅在分析六朝志怪小说盛行这一文学现象时又曾指出:“中国本来信鬼神的,而鬼神与人乃是隔离的,因欲人与鬼神交通,于是乎就有巫出来。巫到后来分为两派:一为方士;一仍为巫。巫多说鬼,方士多谈炼金及求仙,秦汉以来,其风日盛,到六朝并没有息,所以志怪之书特多。”加以“印度思想之输入”,伴随佛教而来的“鬼神奇异之谈也杂出”,“所以当时合中,印两国底鬼怪到小说里,使它更加发达起来”⑤。鲁迅在分析明代神魔小说的盛行时也曾指出:“此思潮之起来,也受了当时宗教,方士之影响的。”⑥

总之,鲁迅对待宗教文化的态度是特别谨慎的,其否定性态度远不如对待其

---

① 鲁迅:《中国小说史略·第二篇　神话与传说》,《鲁迅全集》第 9 卷,人民文学出版社 1981 年版,第 17 页。

② 鲁迅:《集外集·〈痴华鬘〉题记》,《鲁迅全集》第 7 卷,人民文学出版社 1981 年版,第 101 页。

③ 鲁迅:《集外集拾遗补编·儗播布美术意见书》,《鲁迅全集》第 8 卷,人民文学出版社 1981 年版,第 48 ~ 49 页。

④ 鲁迅:《且介亭杂文·论“旧形式的采用”》,《鲁迅全集》第 6 卷,人民文学出版社 1981 年版,第 23 页。

⑤ 鲁迅:《中国小说的历史的变迁·第二讲　六朝时之志怪与志人》,《鲁迅全集》第 9 卷,人民文学出版社 1981 年版,第 307 ~ 308 页。

⑥ 鲁迅:《中国小说的历史的变迁·第五讲　明小说之两大主潮》,《鲁迅全集》第 9 卷,人民文学出版社 1981 年版,第 327 页。

他领域的封建文化那么强烈、决绝、干脆。这也许与宗教文化在中国所具有的特殊地位有关。在中国，正因为宗教从来未成为能行使统治权力的国教，它对于中国人各方面的影响与中国经典的传统文化如儒家思想等相比要小得多。所以，鲁迅在整体格局上对宗教文化进行批判的同时，在有些场合是对宗教文化中的积极因素持肯定和“拿来”的态度的。掌握了鲁迅这一总的态度，再来分析鲁迅与作为中国主要宗教的佛教、道教的关系，就能够有一个基本的出发点。鲁迅的宗教文化观，在很大程度上具体体现在他对佛教和道教的评价上。

二、与佛教文化的关系

鲁迅在《我的第一个师父》一文中曾讲到自己与佛教的结缘：“我生在周氏是长男，‘物以稀为贵’，父亲怕我有出息，因此养不大，不到一岁，便领到长庆寺里去，拜了一个和尚为师了。……由此得到一个法名叫作‘长庚’，后来我也偶尔用作笔名……”但鲁迅真正开始接触佛教，是在日本留学时。当时他师从章太炎，因而受其影响，开始重视佛学研究。从1912年以后的鲁迅日记中，可以看出他在一段时期内大量购买佛经典籍的情况。五四时期及以后，鲁迅虽不再专心从事佛学研究，但对佛教问题仍发表了不少见解。

鲁迅对佛学发生兴趣，原因是多方面的。有人认为这是鲁迅看到辛亥革命失败后，心境较为苦闷，因而借研究佛经作为一种排解；也有人认为是鲁迅的不幸家庭生活和个人坎坷遭遇，使他想借研究佛经以“代醇酒妇人”。也许这两种情况都存在，内外夹击，把鲁迅一时追逼到了佛教的边缘，以至于使他对以“苦”来认识人世的存在，以“渴爱”来创导解脱苦恼的“释迦”的教义，在内心深处引起了某些共鸣。鲁迅曾对许寿裳说，释迦牟尼是一位伟大的哲人，他平时对人生的许多难解问题，释迦牟尼大部分早已明白启示了。这说明鲁迅之接触佛教文化，是想从中汲取人生哲理的启悟和其精神养料的。同时，作为一个对中国文化特别关切的人，当他真正深入佛教研究中去时，他实际上已不可能不把它当作一种文化研究的现象来对待了。

从反对以儒家思想为主要精神支柱的专制制度和非人的伦理道德出发，鲁迅强调佛教中的平等观念；为呼吁反封建的勇猛的精神界战士，鲁迅希望佛教所张扬的“普度众生”“唯识无境”等观点能够强化先觉者们的对外界压力的承受心理和主观战斗精神；而从改造国民性的愿望出发，鲁迅则又看到了佛教的“足充人心向上之需要”①的一面。鲁迅认为，中国国民性的一大弱点是“无特操”、无专一的信仰，狗苟蝇营。他指出，“中国人自然有迷信，也有‘信’，但好像很少

① 鲁迅：《集外集拾遗补编·破恶声论》，《鲁迅全集》第8卷，人民文学出版社1981年版，第28页。

‘坚信’”①。而“佛教崇高”，对于纯净人们的道德，使人清净专一等有积极的作用。鲁迅认为，佛教寺庙里的僧侣，比起那种“志操特卑下，所希仅在科名”的人物来，“其清净远矣”②。

鲁迅不仅以佛教思想中有益的东西为武器，用来批判封建儒家文化，也不仅试图通过运用佛教净化人心和道德的方法、方式，来为完成改造国民性的任务服务，更具意义的是，他还从佛教中汲取了许多有益的精神养料，这种汲取对鲁迅的人格形成是很重要的。从鲁迅那种勇于探索、坚韧不拔、牺牲自己以拯救民众等精神人格中，可以看到佛教精神的有益影响。例如，鲁迅就曾高度称赞唐代僧人、佛教唯识宗的创始人之一的玄奘身上所体现的宗教精神：对信仰的忠贞，为实现理想而艰苦奋斗的献身精神。鲁迅曾将“舍身求法”的玄奘列为“中国的脊梁”③之列，鲁迅人格中的勇于探索、坚韧不拔，与这“舍身求法”的品格有着一种精神上的联系。鲁迅曾多次以称赞的口吻提及释迦牟尼“投身饲虎”的故事。鲁迅人格中牺牲自我而利他人的殉道精神（自己肩住黑暗闸门，让别人到更广阔的地方去生存），与释迦牟尼牺牲自我普度众生的精神亦有相近之处。从鲁迅的人格，如对自己信仰的忠贞，反对朝令夕改的无特操等方面，都可以看出佛教的积极影响。在人生观上，亦可看出鲁迅所受佛教思想的影响。许寿裳曾说过，鲁迅研究佛教，其目的之一是“借以研究其人生观”④。例如鲁迅的“人间苦”思想，多少运用了佛教参悟人生的思想方法，多少反映着“现世苦难”的佛教观世态度的影响。这种思想方法和观世态度，对鲁迅的心理结构的形成起了不小的作用。鲁迅对于人生苦难的大彻大悟，对于人类生存状况的绝望反抗，对于生死的豁达大度等方面，都明显有着佛教思想影响的痕迹。

佛教思想的影响，还在一些方面带来了鲁迅作为文学家的某种深刻性。这种深刻性不仅体现在鲁迅的文学创作上，也体现在他对文学现象的认识和分析上。关于这一点，许寿裳曾作过评论，他说：“鲁迅读佛经，当然是章先生的影响。……先生和鲁迅师弟二人，对于佛教的思想，归结是不同的：先生主张以佛法救中国，鲁迅则以战斗精神的新文艺救中国。”⑤这里多少指出了鲁迅与章太炎的不同之处。章太炎试图把佛教作为拯救国民的理论归宿，即所谓“非说无生则不能去畏死心，非破我所则不能去拜金心，非谈平等则不能去奴隶心，非示

---

① 鲁迅：《且介亭杂文·运命》，《鲁迅全集》第6卷，人民文学出版社1981年版，第131页。

② 鲁迅：《集外集拾遗补编·破恶声论》，《鲁迅全集》第8卷，人民文学出版社1981年版，第29页。

③ 鲁迅：《且介亭杂文·中国人失掉自信力了吗》，《鲁迅全集》第6卷，人民文学出版社1981年版，第118页。

④ 许寿裳：《亡友鲁迅印象记》，人民文学出版社1953年版，第44页。

⑤ 许寿裳：《亡友鲁迅印象记》，人民文学出版社1953年版，第46页。

众生皆佛则不能去退屈心，非举三轮清净则不能去德色心”[①]。在这里，章太炎几乎把佛教作为拯救中国的唯一思想武器。而鲁迅则是看到了佛教影响人们精神的作用，试图以此为途径之一，去改换人心。而在影响人心这一点上，佛教的作用与文学相同，它们都不是拯救国民的最后理论归宿，而仅是手段之一。正是从这一目的出发，鲁迅曾把佛教“顾瞻百昌，审谛万物”的充满“灵觉妙义”的观照事物和影响人心的方式看成是与“诗歌”有着同样的“美妙”[②]之处。佛教文化与鲁迅的文学创作，仅就最为明显的诸多作品中所运用的佛学典故、思想材料等，便可看出二者之间的联系。正是对佛教典故、词汇、寓言等的运用，常常增强了鲁迅作品的寓意、思想深度和艺术感染力。诸如刹那、涅槃、轮回、华盖、摩罗等佛教用语，在鲁迅作品中均可随手拈来。佛教典故、寓言的运用也随处可见，例如用“狮子身中的害虫”[③]比喻混入革命阵营中的投机分子；用“故鬼，新鬼，游魂，牛首阿旁，畜生，化生，大叫唤，无叫唤”及“重迭的黑云”[④]等来形容地狱一般的华夏；用“释迦出世，一手指天，一手指地曰：‘天上地下，惟我独尊！’”[⑤]来形容国民党反动派的独裁统治；用“布袋和尚”[⑥]的举动来鼓励人们勇于解剖自己，等等。

佛教对于作为文学家的鲁迅的影响，不仅体现于具体的文学创作上，而且体现在他对各种历史和现实的文学现象的分析眼光上。在写作《中国小说史略》《汉文学史纲要》等文学研究论著时，鲁迅都曾分析了佛教与中国文学艺术的关系。鲁迅对六朝志怪小说、明清神魔小说等文学现象的精到分析，正是得力于对佛教的精通。他论述宋人说话的产生与讲述佛经故事的变文的流行这二者之间的关系、《红楼梦》的主题思想与佛家色空观念的关系等，都具有特别的精到之处。佛学知识对鲁迅考证历史作品的真伪亦有很大帮助，如他曾经考证出六朝六种小说（《神异经》《十洲记》《汉武故事》《汉武帝内传》《洞溟记》《西京杂记》）系后人所作而谬托汉人，其依据就在于一是与汉人“笔调不类”，再则“中间夹杂佛家语，——彼时佛教尚不盛行，且汉人从来不喜说佛语——可知也是假的”[⑦]。鲁迅的这种判断力，正是来自他对中国佛学不同时期特点的精到研究

---

① 章太炎：《建立宗教论》，《民报》1906年第9号。

② 鲁迅：《集外集拾遗补编·破恶声论》，《鲁迅全集》第8卷，人民文学出版社1981年版，第28页。

③ 鲁迅：《伪自由书·后记》，《鲁迅全集》第5卷，人民文学出版社1981年版，第182页。

④ 鲁迅：《华盖集·“碰壁”之后》，《鲁迅全集》第3卷，人民文学出版社1981年版，第68页。

⑤ 鲁迅：《伪自由书·天上地下》，《鲁迅全集》第5卷，人民文学出版社1981年版，第138页。

⑥ 鲁迅：《书信·230612致孙伏园》，《鲁迅全集》第11卷，人民文学出版社1981年版，第417页。

⑦ 鲁迅：《中国小说的历史的变迁·第一讲　从神话到神仙传》，《鲁迅全集》第9卷，人民文学出版社1981年版，第305页。

和准确把握。

毫无疑问，鲁迅关注佛教，研究佛学，这是有着积极意义的，这种意义不仅仅属于鲁迅，而且属于自近代到“五四”整整两代的文化先驱者。在近代到“五四”这段历史时期佛教文化受到推重，无论从哪方面来说，都只能是文化转折时期的必然现象：在文化转折中产生的失落感，使一些人从佛教中寻找精神依托；从反对旧文化传统的需要出发，使一些人从佛教中找寻思想武器；出于建立新的伦理文化的要求，使一些人从佛教中找寻有益的可供借鉴的道德内容；为了适应文化转换的需要，为了对付作为文化先驱者所必然面临的环境压力，使有些人试图从佛教中汲取一些精神力量，以强化自己的心态，修炼自己的人格。而在鲁迅身上，这几个方面都有所体现，同时又不仅仅是这些。这也正是鲁迅的博大精深之处。在很多的情况下，鲁迅对佛教问题的评价，其目的其实往往与佛教自身无关，而只是以佛教为一“窗口”，由此作文化的延伸，以达到文化批判的目的。例如鲁迅对“大乘、小乘”和“居士、佛子”的有关论述就是这样的。鲁迅认为，大乘使佛教变得浮滑，失去了自己的本来面目。而小乘主张自行解脱，要求苦行修炼，在很大程度上保持了早期佛教的精神。大乘佛教主张“普度众生”，强调人尽皆能成佛，一切修行以简便、见效快为主，戒律比较松弛。由于大乘佛教简便易行，又人尽皆能成佛，故在我国流行和产生影响的是大乘佛教。鲁迅对小乘向大乘的发展谈了自己的看法：“我对于佛教先有一种偏见，以为坚苦的小乘教倒是佛教，待到饮酒食肉的阔人富翁，只要吃一餐素，便可以称为居士，算作信徒，虽然美其名曰大乘，流播也更广远，然而这教却因为容易信奉，因而变为浮滑，或者竟等于零了。”[①]当然，鲁迅分析佛教的这种变迁，其目的并非止于佛教史的研究本身，而是通过这种宗教现象，分析中国“文化—心理”的特点：要想成正果，又不愿付出代价；缺少奋斗与牺牲精神，而又偏偏想获取非艰苦不能获得的超度；于是便想方设法投机取巧，走捷径。在鲁迅看来，大乘佛教之所以在中国流行并产生巨大影响，就是因为大乘佛教教义迎合了中国人的这种“文化—心理”。大乘不要人艰苦修行，把小乘佛教中具体的苦行变为大乘中大而无当、无所不可以成佛的教义，迎合了中国“文化—心理”中不求实干、不求力行、不认真、万事笼而统之、自欺欺人等特点。透过佛教现象，看到中国文化的特征和根源，以宗教现象为引子，作文化延伸，进行文化批判，这正是鲁迅的深刻而独特的地方。鲁迅对“居士”和“佛子”的分析也带有同样的意义。他认为，居士者，乃并不真心向佛者，心中既无信仰，也就不想为信仰作任何牺牲，只是又不肯放弃

① 鲁迅：《集外集拾遗补编·庆祝沪宁克复的那一边》，《鲁迅全集》第8卷，人民文学出版社1981年版，第163页。

那向佛的一点点"好处",即成佛、成仙的诱惑和"脱俗""向善"的美名,于是采取了一种变通的方法,既不受苦,又能享受那可能的好处。鲁迅对中国"文化—心理"中的这种投机性、见利忘义的特点是有充分认识的,在《庆祝沪宁克复的那一边》一文中,就曾借用佛教大乘、小乘及居士和佛子的议论,告诫人们在革命不断胜利的情况下,要防止投机分子钻进革命队伍:中国国民性中向来有见胜兆纷纷而上,见失败纷纷逃亡的习性,这是投机意识的表现,因为"见胜利"时,已不必冒风险,而又可分享胜利果实;这与"大乘、小乘"和"居士、佛子"的宗教现象所反映出的中国"文化—心理"是一致的。

总之,鲁迅与佛教文化的关系中,有着特别丰富的"文化"内容,这不仅是了解鲁迅的整体文化观的一个不可缺少的方面,而且,从鲁迅对佛教文化的种种分析中,可以得到诸多文化启示。同时,透过鲁迅的宗教文化观,还可以从一个侧面了解到近代思想文化的发展情况。

三、对道教文化的态度

与对待佛教的态度不同,关于道教,无论就其思想,还是仪式和方法等各个方面,鲁迅都是坚决反对的。鲁迅对道教文化问题非常重视,早在1918年,五四新文化运动正处于高潮中时,他就在给许寿裳的信中说:"前曾言中国根柢全在道教,此说近颇广行。以此读史,有多种问题可以迎刃而解。"①此后,鲁迅曾在多处表示这种看法,直到1927年,鲁迅还说过:"人往往憎和尚,憎尼姑,憎回教徒,憎耶教徒,而不憎道士。懂得此理者,懂得中国大半。"②很明显,鲁迅是把道教文化作为理解中国文化的一个重要方面来认识的,而且确认,在这一方面较多地包蕴了中国文化的内容。鲁迅所谓"中国根柢"者,亦即主要指中国封建文化的根柢。既然道教最充分、集中地体现了这种文化根柢,那么要理解中国文化,道教无疑是一个重要"窗口";不仅是道教本身,而且从人们对待道士的态度中,也可以观出中国人普遍的"文化—心态"。在新文化运动中及以后,鲁迅致力于对中国封建文化的批判和对中国国民性(包括"文化—心态")的揭示,因此,对道教文化的评判就附带成了鲁迅文化批判的重要内容之一。

鲁迅对道教内在的不同层次加以深入剖析,从而揭示并批判了道教所体现的中国传统文化。鲁迅论道教文化,通常是将它分为两个层次,一是指"道士思想",主要指道教仪式部分,如科仪和方术等所体现的文化思想;二是指作为道教形而上思想的核心的"道家(老庄)思想"。

① 鲁迅:《书信·180820 致许寿裳》,《鲁迅全集》第11卷,人民文学出版社1981年版,第353页。

② 鲁迅:《而已集·小杂感》,《鲁迅全集》第3卷,人民文学出版社1981年版,第532页。

关于“道士思想”。鲁迅曾经指出,中国人研究自己,可从多方面入手,可研究的东西也很多,其中之一就是“道士思想(不是道教,是方士)与历史上大事件的关系,在现今社会上的势力”①。鲁迅这里所谓的道士思想,不是整体的“道教”思想,它不包括道教中形而上的思想理论,而主要指道教中形而下的“方士”思想。鲁迅曾分析过方士思想对历代君王及由此而对历代邦国大事的影响。中国道教虽攀附老庄,但其一整套得以形成完整宗教体系的内涵却集中了众多粗陋鄙俗的巫觋方术。由于这个原因,在影响方面,道教势力在最初远不如儒、释两家。儒学在中国源远流长,积蓄已久,佛教声势浩大,花样百出,而道教能与这二者抗衡,最终争得与儒、释相对应的鼎足之地位,这是因为道教采用了特殊的方法:一方面靠道士们走上层路线,道教徒们常常找些统治者(直至皇帝)吹喇叭、抬轿子,并使出中国巫师方士早已惯熟的一套鬼把戏,如献符命、谶言之类来讨好卖乖,投机政治,这使得道教有时借助政治力量与佛教分庭抗礼,道士们自己也一下子飞黄腾达;另一方面,道教徒们抓住人的欲望大做文章,使道教宗旨具有诱惑力——与社会心理条件相契合,使道教渗透到各个阶层。道教利用方术对统治者施以影响,常常在很大程度上左右了中国的政治和文化。此外,道士思想在历史的某些阶段对一些著名文人及作品也产生过很大影响。鲁迅在《魏晋风度及文章与药及酒之关系》中就谈到了魏晋文人的服药,在《中国小说史略》中谈到《封神演义》产生于“方士之见”。鲁迅认为,这种“道士思想”的影响不仅存在于中国历史上,也存在于现实中。鲁迅之所以把“道士思想”专门提出来,并特地说明它“不是道教,是方士”,就是为了提醒人们,作为“道教”,在明清之后基本走向衰落,但那一套方士思想仍有很多的市场。例如鲁迅指出的一些现象:社会上散布着“妖气”,充斥着“鬼话”,幻想着“成仙”“扶乩”“降坛”者有之,“迎尸拜蛇”者有之,卖“推背图”者有之,声称“张天师传言自山东来”者有之,甚至有人“把科学东扯西拉,羼进鬼话,弄得是非不明,连科学也带了妖气”②。这些显然是道士思想在起着作用。由于这种道士方术有欺骗作用,因此它向来是统治者愚弄人民的有力武器。且不说被道教徒称为“张天师”、奉为道教创始人(东汉五斗米道的创立者)的张道陵曾被历代君王多次授予各种封号,并封其子孙以“天师”“真人”之称;直到 1934 年,统治者当局仍在尊奉“张天师”的妖法(灾区几及全国,旱灾有 14 省之多,当局为平民愤,请道士作法求雨)。鲁迅在这年 8 月给友人的信中对此加以讽刺道:“张天师作法无效,西湖之水

① 鲁迅:《华盖集续编·马上支日记》,《鲁迅全集》第 3 卷,人民文学出版社 1981 年版,第 333 页。

② 鲁迅:《热风·随感录三十三》,《鲁迅全集》第 1 卷,人民文学出版社 1981 年版,第 298 页。

已干。”[1]

鲁迅不仅指出了道士思想在历史和现实社会中所具有的影响,而且就这种影响加以分析,从而达到了文化批判的目的。鲁迅指出:“方士的最高理想是仙道。”[2]这个“仙道”,实质上是极端的享乐主义、利己主义的体现:既要求“飞升”之后的享乐(得道升天),又不放弃俗世的享乐(以种种供其享乐的方术,充分放纵他们的享乐欲望)。道教作为一个宗教,它与其他宗教诸如伊斯兰教、基督教、佛教等在教义上最大的不同点,就在于道教特别注重现世的享乐,并且要把这种享乐无限地延续下去,因而有了种种炼丹服药的方士之术,以求“长生不老”。从这个方面来看,道士思想几乎可说是代表了道教的思想。葛洪在《抱朴子·内篇》中这样描述道教鼓吹的理想:“登虚蹑景,云舆霓盖,餐朝霞之沆瀣,吸玄黄之醇精。饮则玉醴金浆,食则翠芝朱英,居则瑶堂瑰室,行则逍遥太清。”有人曾指出中国文化属于“乐感文化”(即重现世、来世享乐,重圆满,而缺少悲剧意识等),那么道教文化就是最集中、最充分地显示了这一文化特征。道教在最大程度上顺应了人的要求享乐的欲望:“孰不乐生而畏死?”那么,道教这里就有的是长生不死的丹药与方术;谁不想过上能超越现实的神仙日子?于是道教就提供了导引吐纳、食气、辟谷、升仙、羽化的方法;人们不是都害怕病疟、鬼魅、水旱之灾吗?那也好办,道教这里有的是斋醮、祈禳、禁咒、符箓供人挑选。总之,道教是“主生”“主乐”的门径,会让人其乐无比。要钱用,它能点石成金,化铜成金;要女人,它能教你房中御女合气之术。[3] 这些,本来都是很荒唐的,诚如鲁迅所说,“卖仙药的道士,将来都与白骨是‘一丘之貉’”,向他们“求上升的真传,岂不可笑”[4]。但由于它顺应了人们的享乐心理,故全然没有人去考虑它的可笑之处。而相比之下,其他宗教却正好相反。道教是以生为乐,以长寿为大乐,以不死成仙为极乐;而佛教却以生为苦。佛教也注意到现世人的生活欲念,但不是顺应这种欲念(更不像道教把这种欲念加以张扬以至于发展到变态的地步,即如鲁迅所说的“纯粹兽性方面的欲望的满足——威福,子女,玉帛……”[5]),而是要人抛弃这种欲念。除了道教以外,大多数宗教都主张克制现世的欲望去追求彼岸世界,而彼岸世界的获得又总以现世的克制、修行为代价。诸如“和尚”“尼姑”

---

① 鲁迅:《书信·340831 致姚克》,《鲁迅全集》第 12 卷,人民文学出版社 1981 年版,第 511 页。

② 鲁迅:《且介亭杂文·关于中国的两三件事》,《鲁迅全集》第 6 卷,人民文学出版社 1981 年版,第 11 页。

③ 参见葛兆光:《道教与中国文化》,上海人民出版社 1987 年版,第 166 ~ 167 页。

④ 鲁迅:《华盖集·导师》,《鲁迅全集》第 3 卷,人民文学出版社 1981 年版,第 55 页。

⑤ 鲁迅:《热风·随感录五十九　“圣武”》,《鲁迅全集》第 1 卷,人民文学出版社 1981 年版,第 355 页。

“回教徒”“耶教徒”的修行,总会给人以一种克制自己到了特别过分的地步的感觉,尤与一般人的享乐欲望相违逆,他们甘愿“入地狱”,背十字架,弃俗出家,或终身作修女、修士,剃发易服,戒荤腥,绝婚配,等等。而道教教旨是让人享乐,而且永远地享乐,且不须付出很大代价,对于世俗人们来说,它是事实上存在的种种人生缺憾的心理补偿。因此,在世俗人的心目中,较之“和尚”“尼姑”“回教徒”“耶教徒”,道士似乎更能受到乐感文化氛围中的世俗人的青睐。这就是人们往往憎“和尚”“尼姑”“回教徒”“耶教徒”而不憎道士的由来。所以,鲁迅说:“懂得此理者,懂得中国大半。”

此外,鲁迅还指出了道教所体现的中国“文化—心态”中的惰性、“无特操”等特点。鲁迅在谈到中国“文化—心态”中的排外性时,曾举过这样的例子:“佛教东来时有几个佛徒译经传道,则道士们一面乱偷了佛经造道经,而这道经就来骂佛经,而一面又用了下流不堪的方法害和尚,闹得乌烟瘴气,乱七八遭。”①道教的形成过程以及道士的这种所作所为,正是体现了深藏于中国人性格中的守旧、排外的文化心态以及“无特操”的人性弱点。中国人的憎“和尚”“尼姑”“回教徒”“耶教徒”而不憎道士,也包含了这样一个原因,即唯有道教是“国粹”,是土生土长的,而其他都是外来的,几乎出于一种本能的排外和守旧,使他们对一切外来的东西都抱着一种厌恶。

总之,鲁迅通过对道士思想的批判,一方面揭示了道教所体现的中国文化的特征,另一方面达到了批判中国传统文化的目的。

关于“道家思想”。由于老庄被道教当作偶像,道家思想为道教所攀附,且在道教的形而上的理论中占有重要的位置,因此,要全面分析和理解道教,当然不能避开对道家思想的评判。道教之受历代统治者的青睐,一方面是它以其方术让统治者们极享现世之快乐,另一方面则是由于道教为统治者提供了所谓“君王南面之术”,即耍权术、搞阴谋的统御之术,而后者则主要是从道家思想中汲取来的。

在长期的封建社会中,政权的更替主要体现于统治阶级内部。不同的政治集团之间的争权斗争,君王、皇储、外戚、宦官之间的争权夺利,此起彼伏,从未间歇。儒家的“德治”思想,只是在治世方能通行,在一系列的争权斗争中则显得“迂阔”;而道家思想很浓的“君王南面之术”则可以收到较好的效果。老子所谓“将欲歙之,必固张之;将欲弱之,必固强之;将欲废之,必固兴之;将欲取之,必固与之”。还有“知其雄,守其雌”;“知其白,守其黑”;“知其荣,守其辱”,等等。

---

① 鲁迅:《集外集拾遗补编·关于〈小说世界〉》,《鲁迅全集》第8卷,人民文学出版社1981年版,第111页。

简言之,就是在权谋之中,欲擒故纵,不示人以真相,搞"骗术"。这种"君王南面之术",不仅在统治者的争权夺利中被运用着,而且作为统治者统治广大人民的"统御"之术被运用着。鲁迅指出:"中国之治,理想在不撄,……有人撄人,或有人得撄者,为帝大禁,其意在保位,使子孙王千万世,无有底止。"①而老子的言论,恰恰是顺应帝王统御人民的需要的。鲁迅认为:"老子书五千语,要在不撄人心;以不撄人心故,则必先自致槁木之心,立无为之治;以无为之为化社会,而世即于太平。其术善也。"②正因为老子学说符合历代帝王之需要,所以在实际上对历代统治者起着很大的影响作用。因此,要理解中国封建统治的政治文化,以老子为代表的道家思想也是一个重要的渠道。不仅如此,老子的这种"不撄人心"的思想,也在很大程度上体现了比较普遍的中国人的"文化—心态"。鲁迅指出:"有人撄我,或有能撄人者,为民大禁,其意在安生,宁蜷伏堕落而恶进取,故性解之出,亦必竭全力死之。"③鲁迅从中国政治文化的特点和中国人普遍的"文化—心态"特点来分析道家"不撄人心"的思想,从而又再次揭示出中国文化根柢全在道教。

鲁迅还曾指出,老庄道家思想深深影响了中国人的生活态度,或者说是体现了中国人的生活态度。首先,在生活理想上,中国人身上那种"知足常乐""不求进取""勿抗命""勿抗天""不争"等传统心态,均可以在老庄那里找到源头。例如道家竭力提倡所谓"知足常乐,终身不辱","祸莫大于不知足","知足之足,常足矣",用自我的知足来代替对各种精神和物质方面的追求,同时也就形成了不求进取的文化心态。其次,在处世态度上,中国人那种"少交往""无是非"等传统观念,亦可在老庄那里找到源头。例如老子所崇尚的"小国寡民"的人生处世态度:"甘其食,美其服,安其居,乐其俗,邻国相望,鸡犬之声相闻,民至老死不相往来。"中国人的守旧、排外心态,正与这种生活理想有关。庄子所鼓吹的处世哲学,则是"彼亦一是非,此亦一是非",混淆真与假之间、正直与虚伪之间、高尚与卑鄙之间的界限,不讲德操,不讲信仰等,与中国国民性中的巧滑、虚无等特征有着血缘关系。所以鲁迅指出:中国人正是从"孔二先生的先生老聃的大著作里",以及"此后的书本子里",悟出了"怎样敷衍,偷生,献媚,弄权,自私,然而能够假借大义,窃取美名",并且还学会"无论怎样言行不符,名实不副,前后矛盾,撒谎造谣,蝇营狗苟,都不要紧",均可以"健忘"处之,只要有"目下的实利"

① 鲁迅:《坟·摩罗诗力说》,《鲁迅全集》第1卷,人民文学出版社1981年版,第68页。
② 鲁迅:《坟·摩罗诗力说》,《鲁迅全集》第1卷,人民文学出版社1981年版,第67页。
③ 鲁迅:《坟·摩罗诗力说》,《鲁迅全集》第1卷,人民文学出版社1981年版,第68页。

就行。[1] 鲁迅曾引用美国人斯密斯《支那人气质》一书中的话："支那人是颇有点做戏气味的民族，精神略有亢奋，就成了戏子样，一字一句，一举手一投足，都装模装样。"鲁迅进而指出，因为"大家本来看得一切事不过是一出戏，有谁认真的，就是蠢物"，所以这一套处世态度和人生哲学在有些中国人那儿就发展到了极致，简直可以称为"做戏的虚无党"[2]。因此，鲁迅认为，中国文化主要受儒家思想影响，但在很多方面，不能忽视道家思想的影响。鲁迅说："我们虽挂孔子的门徒招牌，却是庄生的私淑弟子。'彼亦一是非，此亦一是非'，是与非不想辨。"[3]越是到后期，鲁迅越加重视对道家思想的批判，这是因为他对"中国根柢全在道教"的认识越来越明确。鲁迅写《出关》和《起死》这两篇小说，其目的就是想要挖一挖一切坏种的"祖坟"。当然，鲁迅对老庄这两个被道教奉为"太上老君"和"南华真人"的"祖师爷"的批判和讽刺，其目的仍在挖掘中国封建文化及其现在的承续者的根柢。

从以上分析中可以看到，鲁迅将文化批判的火力从对正统儒家思想的批判延伸到对道教思想的批判上来，这绝不是偶然的现象。这不仅显示了鲁迅文化批判视野的扩大，也体现了文化批判的深度。而这一切又是与鲁迅对国民性问题探讨的深入发展有关的。当鲁迅深入分析中国国民性中文化积淀的构成时，他发现，除正统的儒家思想外，道教与中国人的普遍的"文化—心态"亦有着不可忽略的血缘关系。在与封建旧文化的决战中，很少有人像鲁迅这样，能如此多角度、多侧面、全方位地对旧文化发起冲击。也许，这就是鲁迅作为文化巨人的伟大之处。

第五节　鲁迅的民俗文化观[4]

一、对民俗文化的关注

当鲁迅进行最广泛的文化反省时，首先关注的是封建正统文化，但同时，他

---

① 鲁迅：《华盖集·十四年的"读经"》，《鲁迅全集》第 3 卷，人民文学出版社 1981 年版，第 128～129 页。

② 鲁迅：《华盖集续编·马上支日记》，《鲁迅全集》第 3 卷，人民文学出版社 1981 年版，第 326～328 页。

③ 鲁迅：《南腔北调集·"论语一年"》，《鲁迅全集》第 4 卷，人民文学出版社 1981 年版，第 570 页。

④ 本节参考朱晓进：《鲁迅与民俗文化》，《鲁迅研究月刊》1991 年第 10 期。

也没有忽略“俗”文化这一领域。鲁迅曾很明确地指出过：“真实的革命者，自有独到的见解，例如乌略诺夫先生（即列宁——引者注），他是将‘风俗’和‘习惯’，都包括在‘文化’之内的，并且以为改革这些，很为困难。我想，但倘不将这些改革，则这革命即等于无成，如沙上建塔，顷刻倒坏。”[①]鲁迅很同意列宁将“风俗”和“习惯”归入“文化”范畴的观点，并认为这些方面同属于文化革新的范围。归入“文化”范畴的“风俗”“习惯”，实际上就是文化人类学家称之为“民俗文化”的那部分内容。民俗文化是指与一个民族的正统的经典文化相对应的，普遍存在于民间的，存在于基层人民生活中间的“俗”文化。它包括风俗、习惯、民间礼仪、民间信仰乃至民间艺术、民间文学等。当鲁迅从全面反省中国民族文化这个大目标出发，并深入到各具体文化领域中进行研究、思考时，自然不可能忽略这一重要的方面。鲁迅文化反省的广泛性，由此可见一斑。

民俗文化在中国受到文化研究者的重视，这是从20世纪才开始的，这与20世纪初中国文化所面临的历史转换这一伟大任务有着密切的关系。鲁迅曾说过：“旧文学衰颓时，因为摄取民间文学或外国文学而起一个新的转变，这例子是常见于文学史上的。”[②]其实，不仅限于文学，其他文化领域的发展也有类似情况。当传统的“经典文化”走向衰颓，文化的变革已不可能在“经典文化”自身中完成之时，对民俗文化的汲取也能有助于文化由旧向新的转换。显然，从20世纪初开始的对民俗文化研究的兴趣包含着当时的文化人的这种考虑。但更为重要的是，在长期的封建社会形态中，正统文化与民俗文化的相互渗透，使得民俗文化基本上也只能是属于封建文化范畴的东西。虽然其中不乏民主性的精华，但这种精华裹挟在大量的封建尘垢中。因此，近现代文化人之于民俗文化，一方面固然是想从中摄取有益因素，另一方面又是将之从整体上作为文化反省、文化变革的对象的。

正如我国现代众多文化研究领域的开创总是与鲁迅的名字联系在一起一样，我国民俗文化研究的开端与鲁迅的倡导也是分不开的。早在1913年，他就在《儗播布美术意见书》一文中提出：“国民文术　当立国民文术研究会，以理各地歌谣，俚谚，传说，童话等；详其意谊，辨其特性，又发挥而光大之，并以辅翼教育。”[③]鲁迅所列的“国民文术”的内容，就属于民俗文化内容。鲁迅的这篇文章，曾被许多民俗学家认为是中国现代最早涉及“民俗学（Folklore）”的文章。当

① 鲁迅：《二心集·习惯与改革》，《鲁迅全集》第4卷，人民文学出版社1981年版，第224页。

② 鲁迅：《且介亭杂文·门外文谈》，《鲁迅全集》第6卷，人民文学出版社1981年版，第95页。

③ 鲁迅：《集外集拾遗补编·儗播布美术意见书》，《鲁迅全集》第8卷，人民文学出版社1981年版，第49页。

然，严格地说来，鲁迅这里还只是涉及了民俗文化中的“民间文艺”部分，但这毕竟体现出鲁迅对于民俗文化的重视。其后，鲁迅与周作人、蔡元培等人倡导在北京大学成立了“歌谣研究会”，从征集、整理民间歌谣入手，开展对民俗文化的研究。据当时北大歌谣研究会会刊《歌谣周刊》主编之一的常惠先生的回忆，“北大征集歌谣就实在是响应鲁迅先生的号召而来的”[①]。1922 年，鲁迅还专为《歌谣周刊》“纪念北大二十五周年校庆”增刊设计封面。[②]《歌谣周刊》第 71 期(1924 年 12 月 7 日出版)刊出民俗征文题目《雷峰塔与白蛇娘娘》，曾以鲁迅已发表的杂文《论雷峰塔的倒掉》作为范例。鲁迅对民俗文化的研究一直保持着浓厚的兴趣。1925 年，他在写给一位有志于从事民俗文化研究的学生的信中，曾就神话的整理、分类和研究方法等问题给予指导；[③] 1926 年，鲁迅创作的《朝花夕拾》中，有多篇是记述生动有趣的民俗活动的；1927 年后，鲁迅在上海，曾给一些从事民俗文化研究的学者，诸如江绍原、赵景深等以不少指导，为他们提供了一些民俗文化研究的资料，[④]与他们共同探讨有关民俗文化的问题；[⑤]到了 30 年代，鲁迅则更为自觉地把民俗文化研究与对社会改革问题的思考紧密结合起来，对民俗文化中的诸如“风俗”“习惯”等给予重视，将这方面的改革视为社会改革和文化革新的重要工作，并告诫人们，若不改革旧有的风俗和习惯，则任何革命“即等于无成”[⑥]。

二、鲁迅文学创作与民俗文化的关系

如果客观地来看鲁迅与民俗文化的关系，最为明显的莫过于他的生平和创作。就生平经历而言，鲁迅自出生之后，就与绍兴的地方民俗结下了缘分。例如，出生后，“按绍兴的习惯，家人依次给他尝了五种东西：醋、盐、黄连、钩藤、糖，象征他在未来的生活道路上要先备尝酸辛、经历苦痛和磨难，最终才能品味到人生的甘甜”[⑦]。又如，鲁迅不到一岁，“便领到长庆寺里去，拜一个和尚为师”，这也是一种民俗：中国民间认为，鬼神“专喜欢杀害有出息的人，尤其是孩

---

① 常惠：《鲁迅与歌谣二三事》，《民间文学》1961 年第 9 期。

② 常惠：《鲁迅与歌谣二三事》，《民间文学》1961 年第 9 期。

③ 参见鲁迅：《书信 · 250315 致梁绳祎》，《鲁迅全集》第 11 卷，人民文学出版社 1981 年版，第 437 ~ 438 页。

④ 参见鲁迅：《书信 · 270727 致江绍原》，《鲁迅全集》第 11 卷，人民文学出版社 1981 年版，第 561 页。

⑤ 参见鲁迅：《书信 · 281104 致赵景深》，《鲁迅全集》第 11 卷，人民文学出版社 1981 年版，第 640 页。

⑥ 鲁迅：《二心集 · 习惯与改革》，《鲁迅全集》第 4 卷，人民文学出版社 1981 年版，第 224 页。

⑦ 陈漱渝：《民族魂》，《中国青年报》1981 年 8 月 27 日。

子;要下贱,他们才放手,安心”[①],所以拜和尚为师实为使孩子“变得”贱一些,以便容易养大。再如,鲁迅曾说起过他小时候家人给做的一件“衲衣”(“百家衣”)以及小时佩带的“避邪物”等,这些也都是民间信仰的物化。[②] 鲁迅直到很久以后,仍保存着那只“银筛”似的“避邪物”,并在1934年将这个“银筛”作为礼物由内山完造的朋友带回国赠给增田涉。[③]

当然,鲁迅与民俗文化的关系,更为重要的是他在文学创作上所受绍兴地方民俗文化的影响。这种影响,首先体现在创作素材上:在鲁迅的文学作品中,大量运用了民俗文化的资料。鲁迅的小说创作,有许多细节均取自民俗,比较明显的如《药》中的以人血馒头治痨病,《风波》中的以出生的重量取人名,《故乡》中的大祭祀,《阿Q正传》中阿Q所唱的地方戏文,《社戏》中的社戏,《祝福》中的祝福场景,《长明灯》中的燃长明灯,《离婚》中的娘家人闹事、拆人家炉灶等。可以说,在鲁迅的大部分小说中都运用了民俗资料。不能设想,如果抽掉了民俗文化方面的细节和描写,这些作品还能依然不减其魅力。例如《祝福》中几次写到的祝福,作品将这一风俗作为背景,对作品表达主题、刻画人物以及渲染气氛等起了重要的烘托作用。《阿Q正传》中阿Q挂在嘴边的戏文“手执钢鞭将你打”,取自绍兴大班(绍剧)的《龙虎斗》,这句唱词对塑造阿Q形象亦有重要作用:一是阿Q性格中欺侮弱小者的特点在此可以见出;二是阿Q精神上的亢奋、自我强化的特点由此得到显现;三是从一个侧面向人们昭示了阿Q身上封建意识的来源,民俗文化与封建正统文化在深层意识上有着相通之处。因此,像阿Q这样的不识字、不知礼,其全部教养仅从民俗文化中获得的无业游民,也就会存在着正统的圣君贤相及“不孝有三,无后为大”等观念意识。再如《离婚》中的“解放脚”(勾刀式的脚)则是民俗变化的一种迹象,通过这一变化中的民俗现象的描写,就较好地揭示了爱姑的反抗性所具有的时代特征和反抗性格中必然会出现的历史局限(处于新旧之间的过渡性时代和性格)。如此等等,不一而足。至于散文创作,鲁迅直接以民俗文化内容为素材写成的作品则更不在少数。例如《送灶日漫笔》中写到的送灶神,《论雷峰塔的倒掉》中写到的白蛇娘子的民间故事,《风筝》中的放风筝,《五猖会》中的迎神赛会,《无常》中写到的迎神赛会以及由乡下人扮演的无常鬼,《女吊》中的女吊神等,都是属于民俗文化范畴的

---

① 鲁迅:《且介亭杂文末编·我的第一个师父》,《鲁迅全集》第6卷,人民文学出版社1981年版,第575页。

② 参见鲁迅:《且介亭杂文末编·我的第一个师父》,《鲁迅全集》第6卷,人民文学出版社1981年版,第576页。

③ 参见鲁迅:《书信·340227致增田涉》,《鲁迅全集》第13卷,人民文学出版社1981年版,第563~564页。

内容。如果说,前述有关小说中,若删除有关民俗资料,会使作品在主题表达、人物塑造、气氛渲染上有所削弱的话,那么,在这些散文中若舍去民俗内容,则作品就根本不存在了。1928年,《文学周报》曾登出一则消息说:"鲁迅近来搜集了许多中国的民间故事来看,预备按照它们的大意,自己创作一些童话来。我们焦急的,诚恳的盼望他能够早日写出,使我们欣赏他的艺术。现在先把这个中国文坛的好消息告诉给爱读鲁迅作品的读者。"①这条消息也从一个侧面说明了鲁迅当时对民间艺术的重视。从上述事实中可以看出民俗文化对鲁迅创作的影响,尤其是在创作素材上的影响。

鲁迅的文学创作之于民俗文化,还体现在创作技巧上所受民间文学、民间艺术的影响。鲁迅最初关注民俗,是从注意民间文学艺术开始的,其目的在于让"衰颓"的"旧文学""因为摄取民间文学或外国文学而起一个新的转变"②。从鲁迅的创作中,可以明显地看到,他在艺术技巧上除受外国文学和中国优秀古典文学的影响外,民间文学的影响也占有相当比重。例如鲁迅创作中最善用的白描手法,就来源于民间艺术。他自己就曾讲过:"我力避行文的唠叨,只要觉得够将意思传给别人了,就宁可什么陪衬拖带也没有。中国旧戏上,没有背景,新年卖给孩子看的花纸上,只有主要的几个人……,我深信对于我的目的,这方法是适宜的……"③鲁迅所接触的中国旧戏主要是绍兴地方戏,而所谓过新年买的花纸,也是一种民间艺术。鲁迅深得民间艺术之精髓,因为白描手法恰恰在最大程度上体现了民间文艺的一个重要的审美特征以及民间的审美习惯。关于这一点,鲁迅曾说过:"我所遇见的农民,十之九不赞成西洋画及照相,他们说:人脸那有两边颜色不同的呢?"④这里多少指出了民间艺术没有陪衬拖带的简洁的艺术特点与民间传统审美习惯之间的关系。鲁迅受民间文艺审美特征影响,从而形成了自己独特的白描技巧。再如,鲁迅在《故事新编》创作中所采用的"油滑"的写法与鲁迅汲取绍兴戏中的"二丑艺术"有很大关系,在《故事新编》的许多穿插性喜剧人物身上有着绍兴戏中"二丑"角色的特点。又如,汲取民间歌谣、打油诗的表现手法用来写新诗等,在鲁迅也是常有的事。总之,在分析鲁迅艺术渊源的构成时,决然离不开他对民间艺术养分的汲取。

鲁迅如此热心于在文学作品中表现民俗,并在技巧中汲取民间艺术养分,这多少也有着鲁迅对地域文化与世界文化关系的某种思考。鲁迅曾多次谈到文学

---

① 《文坛近讯》,《文学周报》第7—17期合订本,第337～338页。

② 鲁迅:《且介亭杂文·门外文谈》,《鲁迅全集》第6卷,人民文学出版社1981年版,第95页。

③ 鲁迅:《南腔北调集·我怎么做起小说来》,《鲁迅全集》第4卷,人民文学出版社1981年版,第512页。

④ 鲁迅:《且介亭杂文·连环画琐谈》,《鲁迅全集》第6卷,人民文学出版社1981年版,第27页。

作品的地方色彩问题："现在的世界，环境不同，艺术上也必须有地方色彩，庶不至于千篇一律。"[①]而作品中以民俗为素材或汲取地方民间艺术技巧，是使之"有地方色彩"的途径之一。有地方色彩，不仅可以增添作品的魅力："自己生长其地，看惯了，或者不觉得什么，但在别地方人，看起来是觉得非常开拓眼界，增加知识的"[②]；而且有利于促进中国与世界的文化交流："现在的文学也一样，有地方色彩的，倒容易成为世界的，即为别国所注意。打出世界上去，即于中国之活动有利。"[③]鲁迅对于木刻艺术之"主张杂入静物，风景，各地方的风俗，街头风景，就是为此"[④]。由此可见，在鲁迅的文学创作与民俗文化的联系中，正包含着鲁迅深远的文化考虑。

三、对民俗文化现象的解析和研究

当然，鲁迅与民俗文化的关系远不止于上述举证，更为深刻的、更具文化意义的是鲁迅对各种民俗文化现象的分析。

作为民俗文化，在其形成过程中，它始终交织着两条源流：一条是生于斯长于斯的人民，在长期的历史过程中逐步积累和形成的生存方式和生活方式；一条是处于统治地位的文化，以其理论和观念的形态对土生土长的固有的传统性生存、生活方式所作的调整。因此，在民俗文化中常常会出现这样的现象：在许多看似与正统的文化观念相矛盾、相偏移的现象中，却又总能找到其与正统文化观念在深层意识上的同一性。就拿浙东地区的民俗来说，许多浙东作家都曾写到一个民俗现象——典妻（如：许杰——浙江天台人，作品《赌徒吉顺》；柔石——浙江宁海人，作品《为奴隶的母亲》）。从正统的儒家伦理道德观念看来，典妻无疑是与封建贞操、节烈观念相违背的；但典妻的目的是为了子嗣，而子嗣观念恰恰又是与封建的正统观念——不孝有三，无后为大之类具有了同一性。所以，对民俗现象的分析，事实上有利于挖掘出封建文化思想意识在更广大的层面上所施加的影响。鲁迅正是敏锐地看到了占统治地位的文化思想对民俗文化所起的调整作用，以及二者在深层意识上的大幅度重合，从而令人信服地揭示出：像阿Q、柳妈等这样一些不知不识、无缘直接接受封建文化正规教育的下层国民，其头脑中也会有着根深蒂固的封建思想意识。因而，文化革新者的任务绝不能止于批倒正统的儒家文化这单一的文化范式，还应深入到更广阔的范围中去进行

---

① 鲁迅：《书信·340108 致何白涛》，《鲁迅全集》第 12 卷，人民文学出版社 1981 年版，第 317 页。
② 鲁迅：《书信·331226 致罗清桢》，《鲁迅全集》第 12 卷，人民文学出版社 1981 年版，第 308 页。
③ 鲁迅：《书信·340419 致陈烟桥》，《鲁迅全集》第 12 卷，人民文学出版社 1981 年版，第 391 页。
④ 鲁迅：《书信·340419 致陈烟桥》，《鲁迅全集》第 12 卷，人民文学出版社 1981 年版，第 391 页。

更为彻底的革命。

鲁迅对民俗文化的思考，正是他对整个中国文化思考的一个组成部分。尤其是在“五四”反封建浪潮过去之后，儒家封建思想在名分上已从统治地位上跌落下来，但中国的改革依然艰难，而阻力似乎已主要不再来自那些封建主义的卫道者了。鲁迅终于发现，由民俗文化所养育成的“风俗”和“习惯”，在造成最广大阶层的民众对改革的抗拒性心理。“体质和精神都已硬化了的人民，对于极小的一点改革，也无不加以阻挠”，其根源就在于“有风俗和习惯的后援”，使“较新的改革”“著著失败，改革一两，反动十斤”。鲁迅终于得出结论：风俗和习惯的改革，将是更深层次的、更加艰难的改革。鉴于风俗和习惯的惰性力量，鲁迅指出：“倘不深入民众的大层中，于他们的风俗习惯，加以研究，解剖，分别好坏，立存废的标准，而于存于废，都慎选施行的方法，则无论怎样的改革，都将为习惯的岩石所压碎，或者只在表面上浮游一些时。”①鲁迅的这种认识，应该说是他对文化问题理解的深化。如果说，在五四时期他集中力量批判封建儒道文化，是为了彻底推倒封建传统文化的理论支柱，那么，这个目的似乎是达到了；但封建文化意识已在长期的潜移默化过程中融入民俗文化，因此对封建文化的纯粹理论批判，并不能终止它在广泛的民众阶层中对人们行为方式和生活方式的继续规范和制约。正是基于这样的认识，鲁迅将改革民俗文化的意义提到相当的高度，他呼吁有志于社会改革的人们：“必须先知道习惯和风俗，而且有正视这些的黑暗面的勇猛和毅力。因为倘不看清，就无从改革。仅大叫未来的光明，其实是欺骗怠慢的自己和怠慢的听众的。”②当然，鲁迅明确地把民俗中的风俗和习惯等摆进自己文化批判的范围内，并强调其与改革的关系，是在 30 年代，但是，他对这一问题的认识在更早些时候便开始了。在 20 年代中后期，鲁迅对一批致力于用文学作品表现自己故乡风俗习惯的乡土文学作家悉心扶持，鲁迅称赞蹇先艾的作品“展示了‘老远贵州’的乡间习俗的冷酷”，赞扬台静农“将乡间的生死，泥土的气息移在纸上”等，正包含了鲁迅对以文学来“研究”“解剖”“正视”“风俗习惯”的做法的支持。

在鲁迅的有关论述中，对于作为民俗文化重要内容的“风俗”和“习惯”，主要从文化批判的角度去加以认识，即主要是抓住其“黑暗面”进行剖析的。例如，对民间的“迎神赛会”，鲁迅曾发表过自己的看法。早年，在《破恶声论》中，鲁迅曾论及这种民俗：“农人耕稼，岁几无休时，递得余闲，则有报赛，举酒自劳，

① 鲁迅：《二心集·习惯与改革》，《鲁迅全集》第 4 卷，人民文学出版社 1981 年版，第 223～224 页。
② 鲁迅：《二心集·习惯与改革》，《鲁迅全集》第 4 卷，人民文学出版社 1981 年版，第 224 页。

洁牲酬神，精神体质，两愉悦也。”[①]在《五猖会》这篇作品中，鲁迅也曾饶有兴趣地记述了故乡迎神赛会的盛况。但鲁迅对迎神赛会这种民俗现象并未止于对其作一般的表层结构的展示，而是深入到民俗文化的深层结构中去看问题，即挖掘风俗习惯中所潜藏的民族性格、思维方式与价值观念。在迎神、祭祀、赛会等活动中，中国普通人民身上的潜隐的性格欲望都明显表现出来了，例如人们那种对于鬼神虔信的狂热，是与中国人身上似乎非常明显的善良、老实、本分、知足等性格大不一致的，由此可见出中国人性格的二重性。一方面，中国人在生活中是那样善良、老实、谦让、本分，如牛负重似地在土地上耕耘，欲望很少，性格温和，内向克制；另一方面，却在狂热的虔信之中表现出一种极其迷醉的冲动，甚至表现出一种由潜藏极深的欲望的驱力而导致的刻毒、自私和具有攻击性。鲁迅对这点看得很清楚，因此，他认为，赛会的确是中国下层人民潜隐性格欲望发泄的一种方式，不能随意禁止，否则普遍存在于人们身上的这种潜隐性格欲望“必别有所以发泄者矣”[②]。鲁迅在《迎神和咬人》一文中，透过“迎神”这一民俗现象，挖掘了中国人性格中愚昧、野蛮、迷信、落后的一面，并且指出，这些落后面恰恰又总是与封建正统文化有着重叠之处。文中写道：“报载余姚的某乡，农民们因为旱荒，迎神求雨，看客有带帽的，便用刀棒乱打他一通。”[③]鲁迅对此深有感慨。他首先指出，这种民间迷信由来已久，与儒家文化也不无关系：“汉先儒董仲舒先生就有祈雨法，什么用寡妇，关城门，乌烟瘴气……而未尝为今儒所订正。”[④]一方面，鲁迅通过分析迎神求雨这一民俗现象的渊源来批判封建儒家思想中的落后愚昧因素，另一方面也通过对这一民俗现象的分析来挖掘民众之中的落后意识和愚昧思想。鲁迅认为，在迎神求雨赛会中的“打帽”，正是一种虔信的狂热和从众心理使然：“因为恐怕神看见还很有人悠然自得，不垂哀怜”，出于对神的虔诚，出于对要实现的欲望的迫切心理，因而要严惩那些对神不太恭敬的人；同时，“则也憎恶他的不与大家共患难”[⑤]，别人在求神，他却不与大家心情一致，故要受到严惩。为此，鲁迅哀叹道：“迎神，农民们的本意是在救死的——但可惜是迷信，——但除此之外，他们也不知道别一样。”而就在这只知如此的迷信中，最大限度地张扬了民众的落后和愚昧的一面，即潜隐欲望的无节制地释放所导致的理性的丧失而引发出刻毒的攻击性。鲁迅还曾引证另一条报载的消息：“有一个六十多岁的老党员，出而劝阻迎神，被大家一顿打，终于咬断了喉

---

① 鲁迅：《集外集拾遗补编 · 破恶声论》，《鲁迅全集》第 8 卷，人民文学出版社 1981 年版，第 29 页。
② 鲁迅：《集外集拾遗补编 · 破恶声论》，《鲁迅全集》第 8 卷，人民文学出版社 1981 年版，第 30 页。
③ 鲁迅：《花边文学 · 迎神和咬人》，《鲁迅全集》第 5 卷，人民文学出版社 1981 年版，第 547 页。
④ 鲁迅：《花边文学 · 迎神和咬人》，《鲁迅全集》第 5 卷，人民文学出版社 1981 年版，第 547 页。
⑤ 鲁迅：《花边文学 · 迎神和咬人》，《鲁迅全集》第 5 卷，人民文学出版社 1981 年版，第 547 页。

管，死掉了。”对此，鲁迅又哀叹道：“咬人，农民们的本意是在逃死的——但可惜是妄信，——但除此之外，他们也不知道别一样。”“想救死，想逃死，适所以自速其死，哀哉！”①鲁迅确实是未止于对一般民俗现象的评价，而是透过现象挖掘其文化深层意识，揭示出深藏于民众身上的野蛮、愚昧和落后的因素，以呼吁人们对改革民俗文化的重视。鲁迅认为：“自从由帝国成为民国以来，上层的改变是不少了，无教育的农民，却还未得到一点什么新的有益的东西，依然是旧日的迷信，旧日的讹传，在拚命的救死和逃死中自速其死。”只要一天不彻底改革影响民众生活方式和思维方式的民俗文化，这种状况就依然会存在，“依然是迎神，咬人”，“这悲剧”就依然不会“完结”②。

当然，鲁迅对民俗文化的论述和分析，与他对其他文化领域的研究和阐释相比，尚欠系统性。鲁迅虽然在理论上认清了“研究”“解剖”民俗文化的重要性，并且在理论上论证了它与社会改革、文化革新的关系，但由于特定的历史条件的限制，鲁迅自己尚未能真正着手对民俗进行深入的调查，他只能通过自己经历中所接触到的民俗现象以及报载的民俗现象加以分析和解剖。尽管如此，这也已给我们留下了诸多精辟的见解，尤其是鲁迅对民俗文化的重视，对民俗与文化革新关系的论述，对民俗文化深层意识进行剖析的尝试，给人以深刻的启示。甚至鲁迅的创作与民间文艺之间的关系，也能给人以启发。

我们往往注重那些文化的显性方面的东西，而忽略隐性方面的东西；我们常常过多地重视那些可以用现成理论来分类、界定的思想意识，而忽略更为众多的以民俗文化的方式（风俗、习惯等）影响着人们的思想意识。因此，我们也时常会感到，虽然一再地、明确地提倡过不少东西，也明确地批判过不少东西，但一种无形的改革阻力依然很大。从这个角度来看，鲁迅对民俗文化的论述，对今天的文化改革乃至文化研究，理应还有借鉴意义。

① 鲁迅：《花边文学·迎神和咬人》，《鲁迅全集》第5卷，人民文学出版社1981年版，第547～548页。

② 鲁迅：《花边文学·迎神和咬人》，《鲁迅全集》第5卷，人民文学出版社1981年版，第548页。

第三章　鲁迅的文艺观[①]

作为文学家的鲁迅，他的历史功绩不仅在于为新文化提供了大量的文艺创作精品，而且还在于为中国现代文艺理论批评的发展作出了巨大的贡献。虽然鲁迅“不是像一个理论家似地常常注意到逻辑的完整性，而是更多地注意实际的用处和更多地受事实的教训所影响”[②]，但是，在长期的文学生涯中，鲁迅概括了自己从文艺实践和社会实践中积累起来的丰富经验，汲取了古今中外文艺理论批评的精华，对文艺问题发表了一系列独特的见解，并大体形成了他自己的相对完整的文艺思想体系。本章着重从文艺本质论、文艺创作论、文学文体论、文学欣赏论和文学批评论这五个方面来尽可能全面地介绍鲁迅的文艺观。

第一节　鲁迅的文艺本质论

一、早期对文艺本质的认识

鲁迅对文艺本质的认识，有一个历史的发展过程。随着对于社会的认识越来越深入，他的文艺本质论也越来越完善，越来越深刻。

在“五四”以前，鲁迅对文艺本质的见解主要反映在《摩罗诗力说》和《儗播布美术意见书》两篇论文中。这个时期，鲁迅对文艺本质的认识主要体现在三个方面：

第一，鲁迅注意到了文艺的社会功利性，看到了文艺能改变人的精神。他认为：“涵养人之神思，即文章之职与用也。”并且说，假如去读荷马以来的一切优秀文学作品，就会从中受到极大的教育，增强“自觉勇猛发扬精进”的精神。他甚至认为文艺的这种作用“决不次于衣食，宫室，宗教，道德”[③]。

---

① 本章参考朱晓进：《鲁迅文学观综论》，陕西人民教育出版社 1996 年版。

② 冯雪峰：《回忆鲁迅》，人民文学出版社 1952 年版，第 39 页。

③ 鲁迅：《坟·摩罗诗力说》，《鲁迅全集》第 1 卷，人民文学出版社 1981 年版，第 71 页。

第二,鲁迅也认识到了文艺的愉悦作用。为了强调这一点,他有时甚至把文艺看成是与个人、国家的存亡无直接关系、无实利性的东西。他指出:“由纯文学上言之,则以一切美术之本质,皆在使观听之人,为之兴感怡悦。文章为美术之一,质当亦然,与个人暨邦国之存,无所系属,实利离尽,究理弗存。”①

第三,鲁迅看到了文艺区别于科学的独特性。他认为,文学艺术直语人生之“事实”的“法则”即“人生之閟机”,是“为科学所不能言者”;而且文学艺术也不像科学那样“缕判条分”,其目的也不是为了追求“理密”,前面所引的“究理弗存”也正是这个意思。鲁迅认为,文学艺术也讲“诚理”,但这种诚理,“微妙幽玄,不能假口于学子”,而存在于“直语”之中。说到底,文学艺术的诚理是存在于感性形象之中的,它与科学用“缕判条分”②来揭示道理不尽相同。

鲁迅这时期对文艺本质的认识出现了矛盾现象,一方面他肯定了文艺的社会功用,另一方面又认为文艺的目的只在于“兴感怡悦”,与国家存亡“无所系属”。鲁迅当时还未能对文艺的愉悦性和功利性的对立统一关系作出恰当的分析。但在鲁迅早期文艺思想中,占据主导地位的仍然是“有功利”的观点,只不过他当时还没有在理论上作出较为深入的阐述而已。鲁迅弃医从文的目的,就是企冀用文艺来改造国民性,以拯救“沉沦益速”的中华民族,这就决定了他必然在实际上要承认和维护文艺的社会功利性。

总之,鲁迅在“五四”之前对文艺本质的论述,基本上还是零散的,尚未形成较为系统的理论。

二、革命功利主义文艺观的形成

“五四”以后一直到 30 年代,鲁迅对于文艺本质的认识有了很大的发展。随着对社会认识的日渐深刻,鲁迅对文艺本质的认识也日臻成熟、深刻,并且也更具有系统性和明确性。

鲁迅突出发展了“五四”以前对文艺的社会功用的见解,并且在理论上对之加以深刻的阐发、论述,形成了作为鲁迅文艺思想核心的革命功利性的文艺观。

五四时期,鲁迅从反帝反封建斗争的需要出发,主张文艺创作应当“遵奉”“革命的前驱者的命令”,要为改革社会而斗争。他反对“为艺术而艺术”的文艺观,认为文艺应“是国民精神所发的火光,同时也是引导国民精神的前途的灯火”③,文艺“必须是‘为人生’,而且要改良这人生”。正是在这个意义上,鲁迅

① 鲁迅:《坟·摩罗诗力说》,《鲁迅全集》第 1 卷,人民文学出版社 1981 年版,第 71 页。

② 鲁迅:《坟·摩罗诗力说》,《鲁迅全集》第 1 卷,人民文学出版社 1981 年版,第 72 页。

③ 鲁迅:《坟·论睁了眼看》,《鲁迅全集》第 1 卷,人民文学出版社 1981 年版,第 240 页。

“将‘为艺术的艺术’,看作不过是‘消闲’的新式的别号”而“深恶”[①]之。他并且指出,好的艺术品,应当使人“不但欢喜赏玩,尤能发生感动,造成精神上的影响”[②],要“揭出病苦,引起疗救的注意”[③]。可以看出,鲁迅在这个时期,已自觉地将文艺看作“改革社会的器械”[④]了。

到了30年代,鲁迅革命功利性文学观进一步发展,更注重从阶级论的立场去论述文艺的本质。在《〈艺术论〉译本序》一文中,鲁迅曾高度肯定和赞许普列汉诺夫的“并非人为美而存在,乃是美为人而存在”的“社会,种族,阶级的功利主义底见解”。可以说,在这个时期,鲁迅对文艺的社会性和阶级性问题所发表的一系列精到的见解,较充分地显示出了他所达到的马克思主义文艺理论水平的高度。

关于文学的阶级性问题,鲁迅反复强调一点:既然文学创作都是通过作者头脑对现实所作出的或直接或间接、或正确或歪曲的反映,那么就必然与作者的“思想和眼光”有关,与作者的阶级“地位”,“尤其是利害”[⑤]有密切的关系。因此,“忠实于他自己的艺术的人,也就是忠实于他本阶级的作者,在资产阶级如此,在无产阶级也如此”[⑥]。作家的阶级性决定了文艺作品必然带有阶级性。如何辩证地来看待文艺的阶级性呢?鲁迅在《文学的阶级性》一文中,当论述了人的性格感情等一定都带有阶级性,因而反映作者思想感情的文艺作品也必然带有阶级性这一命题之后,紧接着便强调指出:“但是‘都带’,而非‘只有’”[⑦],从而避免了“绝对化”的倾向。

对于文学的社会性问题,鲁迅更是坚定地站在无产阶级革命的立场,对之作了深刻、透彻的阐述。鲁迅认为,只要是文艺创作,就必然是有“社会性的”[⑧],“只要你一给人看”,“一写出”,“即使个人主义的作品”,也“有宣传的可能”[⑨],

---

① 鲁迅:《南腔北调集·我怎么做起小说来》,《鲁迅全集》第4卷,人民文学出版社1981年版,第512页。

② 鲁迅:《热风·随感录四十三》,《鲁迅全集》第1卷,人民文学出版社1981年版,第330页。

③ 鲁迅:《南腔北调集·我怎么做起小说来》,《鲁迅全集》第4卷,人民文学出版社1981年版,第512页。

④ 鲁迅:《且介亭杂文二集·〈中国新文学大系〉小说二集序》,《鲁迅全集》第6卷,人民文学出版社1981年版,第239页。

⑤ 鲁迅:《且介亭杂文二集·内山完造作〈活中国的姿态〉序》,《鲁迅全集》第6卷,人民文学出版社1981年版,第266页。

⑥ 鲁迅:《南腔北调集·又论“第三种人”》,《鲁迅全集》第4卷,人民文学出版社1981年版,第532页。

⑦ 鲁迅:《三闲集·文学的阶级性》,《鲁迅全集》第4卷,人民文学出版社1981年版,第127页。

⑧ 鲁迅:《而已集·小杂感》,《鲁迅全集》第3卷,人民文学出版社1981年版,第532页。

⑨ 鲁迅:《三闲集·文艺与革命》,《鲁迅全集》第4卷,人民文学出版社1981年版,第84页。

“凡有文学,都是宣传,因为其中总不免传布着什么”[①]。基于对文艺这种社会性的认识,鲁迅指出,文艺“用于革命,作为工具的一种,自然也可以”[②],甚至可以而且也应该将无产阶级的文艺看作是“无产阶级解放斗争底一翼”,因为无产阶级文艺与整个革命事业有着密不可分的联系,一方面,“它跟着无产阶级的社会的势力的成长而成长”[③],另一方面,它又可以“助革命更加深化,展开”[④]。应该说,鲁迅这些有关文艺社会性问题的认识,的确达到了当时所能达到的马克思主义的理论高度。不过,在理解鲁迅的这些见解时,仍有两点应特别引起注意。其一,鲁迅在强调文艺的阶级性和社会性的同时,并没有忽视文艺的审美特性。对文艺的美感作用以及文艺的独特性,鲁迅同样作了必要的强调和极为精到的论述。其二,鲁迅的以上关于文艺阶级性和社会性的认识,是特定历史环境和背景之下的产物。在一个阶级对立和革命斗争空前激烈的时代,人民所期望的便是能在文艺作品中听到自己愤怒的呐喊和良心的呼声。鲁迅正是顺应了时代的要求,自觉地以文艺为武器,投身于人民革命之中去的。鲁迅曾说过,他写作是为了“适应社会的需要”[⑤],是为了“对于有害的事物,立即给以反响或抗争”[⑥]。因此,离开了特定的历史时代的要求,就很难正确评价鲁迅的革命功利性的文艺观。

鲁迅从文艺的社会功利性出发,对艺术的起源以及制约着文艺的发展的时代性问题,作了深入的研究和阐述。

早在《中国小说的历史的变迁》中,鲁迅就试图对艺术的起源作出解释。他认为:“诗歌起于劳动和宗教。其一,因劳动时,一面工作,一面唱歌,可以忘却劳苦,所以从单纯的呼叫发展开去,直到发挥自己的心意和感情,并偕有自然的韵调;其二,是因为原始民族对于神明,渐因畏惧而生敬仰,于是歌颂其威灵,赞叹其功烈,也就成了诗歌的起源。”这里,鲁迅已经把艺术的起源与劳动联系起来了。到1930年,鲁迅译介了普列汉诺夫的《艺术论》后,深受普列汉诺夫“劳动起源说”的影响,更加深了自己对这个问题的认识。后来,他在《门外文谈》中,对艺术源于劳动生活与生产斗争的问题作了较系统的论述。鲁迅以通俗易懂的生动比喻,阐明了我们祖先最早的文艺创作活动,或直接产生于劳动的过程

① 鲁迅:《书信·350920致蔡斐君》,《鲁迅全集》第13卷,人民文学出版社1981年版,第220页。

② 鲁迅:《三闲集·文艺与革命》,《鲁迅全集》第4卷,人民文学出版社1981年版,第84页。

③ 鲁迅:《二心集·对于左翼作家联盟的意见》,《鲁迅全集》第4卷,人民文学出版社1981年版,第236页。

④ 鲁迅:《伪自由书·后记》,《鲁迅全集》第5卷,人民文学出版社1981年版,第182页。

⑤ 鲁迅:《书信·330301致增田涉》,《鲁迅全集》第13卷,人民文学出版社1981年版,第514页。

⑥ 鲁迅:《且介亭杂文·序言》,《鲁迅全集》第6卷,人民文学出版社1981年版,第3页。

中，成为协调与鼓舞劳动的一种手段；或模仿与再现劳动生活的情景，以娱乐和教育周围的人们；或以幻想的形式来表现当时人们战胜自然、争取丰收的理想与愿望。鲁迅还有意识地从阐明艺术起源的角度来批判“为艺术而艺术”的观点，进一步论证文艺的社会功利性。

从功利性的文艺观出发，鲁迅也很强调文艺的时代性。他曾通过对“文风”的变异、文体的盛衰的分析，来论证文艺的时代性特征。他指出，西欧“十九世纪以后的文艺，和十八世纪以前的文艺大不相同”，它由“供给太太小姐们的消遣”而“完全变成和人生问题发生密切关系”，其原因就在于西欧的19世纪“是一个革命的时代”①。而在我国历史上，不同时期“文风”的变异，如汉末魏初文章的“清峻”“通脱”②，明清之盛行“抒写性灵”③等，也都与当时的时代风尚有着必然的联系。至于文体，也是如此。五四运动以后短篇小说的兴起，很重要的原因就是“由于社会的要求”④。正是出于对文艺时代性的认识，鲁迅明确指出，文艺“有着时代的眉目”，才能够让人们“从中寻出合于他的用处的东西”⑤。正是由于鲁迅对文艺的时代性问题有较为自觉而深刻的认识，因此在他的作品中才那么强烈地闪烁着时代精神的光芒，具有唤起一代人的激情的精神力量。

三、对文艺审美特性的强调

鲁迅在阐述文艺的本质时，一方面强调文艺的社会功利性，另一方面却始终未忽视文艺的独特性。鲁迅特别强调文艺的审美特性，认为文艺的社会功用是通过文艺的美感作用来实现的。

鲁迅在顺应时代要求，自觉地将文艺当作无产阶级斗争的武器的同时，一直注意提醒人们：“万不要忘记它是艺术”⑥，即不要忽视文艺自身的规律。他辩证地分析了文艺的审美特性与它的社会功用之间的关系，强调“一切文艺固是宣传，而一切宣传却并非全是文艺”，“革命之所以于口号，标语，布告，电报，教科书……之外，要用文艺者，就因为它是文艺”⑦。因此，不应当将文学创作“故

---

① 鲁迅：《集外集·文艺与政治的歧途》，《鲁迅全集》第7卷，人民文学出版社1981年版，第118页。

② 鲁迅：《而已集·魏晋风度及文章与药及酒之关系》，《鲁迅全集》第3卷，人民文学出版社1981年版，第502页。

③ 鲁迅：《且介亭杂文二集·杂谈小品文》，《鲁迅全集》第6卷，人民文学出版社1981年版，第417页。

④ 鲁迅：《且介亭杂文·〈草鞋脚〉小引》，《鲁迅全集》第6卷，人民文学出版社1981年版，第20页。

⑤ 鲁迅：《且介亭杂文·序言》，《鲁迅全集》第6卷，人民文学出版社1981年版，第4页。

⑥ 鲁迅：《书信·350616致李桦》，《鲁迅全集》第13卷，人民文学出版社1981年版，第151页。

⑦ 鲁迅：《三闲集·文艺与革命》，《鲁迅全集》第4卷，人民文学出版社1981年版，第84页。

意做成宣传文字的样子”[①]。文艺有其自身独特的规律和要求，它以“热烈的感情的奔迸”来发抒自己的热情。“诗歌不能凭仗了哲学和智力来认识，所以感情已经冰结的思想家，即对于诗人往往有谬误的判断和隔膜的揶揄。”[②]文艺独特的审美特性就在于“意美以感心”“音美以感耳”“形美以感目”[③]。因而，文艺之所以作为“宣传工具”“武器”，也有其区别于别的工具、武器的特殊性：它是通过对丰富多彩的社会生活进行生动、具体的“具象化”[④]的再现，使人们“发生感动，造成精神上的影响”[⑤]。正是出于对文艺审美特性的这一深刻认识，鲁迅对那种忽视文艺特点，为宣传而摒弃艺术性的标语口号式的倾向进行了批评。他认为，当时“有许多诗歌小说，填进口号和标语去，自以为就是无产文学”，“实际上也并非无产文学”，因为这种文学只是一时“坐在‘阶级斗争’的掩护之下，于是文学自己倒不必着力”，所以它“于文学”就很“少关系”。[⑥]从这里可以看出，鲁迅对文艺本质的认识，越到后期越加深刻、全面。他不再是割裂地来看待文艺的本质，而是用对立统一的观点来看待文艺社会功能与审美特性的关系。在《〈艺术论〉译本序》中，鲁迅作了如此清晰的表述：“在一切人类所以为美的东西，就是于他有用——于为了生存而和自然以及别的社会人生的斗争上有着意义的东西。功用由理性而被认识，但美则凭直感底能力而被认识。享乐着美的时候，虽然几乎并不想到功用，但可由科学底分析而被发见。所以美底享乐的特殊性，即在那直接性，然而美底愉乐的根柢里，倘不伏着功用，那事物也就不见得美了。”[⑦]可以说，鲁迅在其文艺思想发展过程中，逐步形成了唯物的辩证的文艺本质论。

四、对艺术美的基本形态所作的阐释

从文艺的功利性和文艺的审美特性出发，鲁迅还对艺术美的几种基本形态作了颇为精到的论述。

艺术的美是丰富多样的，按其形态划分，则基本上有四种：崇高、优美、悲剧性和喜剧性。鲁迅虽然没有对这些美的形态作系统的、直接的美学论证，但在其

① 鲁迅：《书信·350920致蔡斐君》，《鲁迅全集》第13卷，人民文学出版社1981年版，第220页。

② 鲁迅：《集外集拾遗·诗歌之敌》，《鲁迅全集》第7卷，人民文学出版社1981年版，第236页。

③ 鲁迅：《汉文学史纲要·第一篇　自文字至文章》，《鲁迅全集》第9卷，人民文学出版社1981年版，第344页。

④ 鲁迅：《书信·360221致徐懋庸》，《鲁迅全集》第13卷，人民文学出版社1981年版，第318页。

⑤ 鲁迅：《热风·随感录四十三》，《鲁迅全集》第1卷，人民文学出版社1981年版，第330页。

⑥ 鲁迅：《二心集·“硬译”与“文学的阶级性”》，《鲁迅全集》第4卷，人民文学出版社1981年版，第206～208页。

⑦ 鲁迅：《二心集·〈艺术论〉译本序》，《鲁迅全集》第4卷，人民文学出版社1981年版，第263页。

众多零散的论述中,可以归纳出他对艺术美的基本看法以及了解到他对不同形态的美的喜好、偏爱。鲁迅的这些对美的不同形态的见解,恰恰又反映出他对于艺术本质的认识。

关于崇高。崇高,也称作雄伟、壮美、伟美,亦即中国美学思想史上所说的"阳刚之美"。艺术的崇高,是指艺术作品中,不但显示出一般的美,而且还带有一种特殊的威力,能引起人们的敬畏、赞叹和紧张的情绪,使人们产生一种高居于平庸和渺小之上的感情,催人奋发,促使人们去同卑鄙的事物进行斗争。崇高这一美的形态,深为鲁迅所喜爱。鲁迅认为,美和艺术深深地扎根于现实社会生活的土壤里,有什么样的社会,就会有什么样的美和艺术的时尚。对于20世纪二三十年代国民党统治下的旧中国来说,最需要的是能够"呼唤血与火"的文艺,是能够鼓舞人心的"力之美"的艺术。鲁迅曾说:"在风沙扑面,狼虎成群的时候,谁还有这许多闲工夫,来赏玩琥珀扇坠,翡翠戒指呢。他们即使要悦目,所要的也是耸立于风沙中的大建筑,要坚固而伟大,不必怎样精;即使要满意,所要的也是匕首和投枪,要锋利而切实,用不着什么雅。"[①]鲁迅在评价30年代的一些作家、作品时,就常常从这一美学偏爱出发。例如,他在给萧红的小说《生死场》作序时,就是从"力之美"的要求出发给予了较高的评价。鲁迅认为这部作品最大的成功之处就在于,作者将"北方人民的对于生的坚强,对于死的挣扎","力透纸背""明丽和新鲜"[②]地展现在读者眼前,因而深深感动着人们。又如对白莽的作品的评价也是如此。他把白莽的诗比作"东方的微光""林中的响箭""冬末的萌芽""对于前驱者的爱的大纛""对于摧残者的憎的丰碑",在它面前,"一切所谓圆熟简练,静穆幽远之作,都无须来作比方,因为这诗属于别一世界"[③]。对于这种伟美——力之美的偏爱,在鲁迅对外国艺术的评价方面也表现得较为突出。鲁迅赞赏德国木刻的"豪放",推崇苏联早期版画的"真挚""美丽""有力"[④]。鲁迅给予德国女艺术家凯绥·珂勒惠支以很高的评价,认为她具有"丈夫气概",她的版画线条奔放,黑白对比强烈,刻画人物沉郁而坚实,"集

---

① 鲁迅:《南腔北调集·小品文的危机》,《鲁迅全集》第4卷,人民文学出版社1981年版,第575页。

② 鲁迅:《且介亭杂文二集·萧红作〈生死场〉序》,《鲁迅全集》第6卷,人民文学出版社1981年版,第408页。

③ 鲁迅:《且介亭杂文末编·白莽作〈孩儿塔〉序》,《鲁迅全集》第6卷,人民文学出版社1981年版,第494页。

④ 鲁迅:《且介亭杂文末编·记苏联版画展览会》,《鲁迅全集》第6卷,人民文学出版社1981年版,第483页。

中于强韧的力量”[①],让人们“看见了别一种人,虽然并非英雄,却可以亲近,同情,而且愈看,也愈觉得美,愈觉得有动人之力”[②]。可见,鲁迅的这些评价多是从艺术的“力度”出发的。

关于优美。优美亦即中国美学思想史上所称的“阴柔之美”。艺术上的优美,指作品内在的平衡、和谐以及所具有的自然、柔和、冲淡、纤巧、谐调、悦目的特色,能使观赏者怡然自得。鲁迅为了转变当时的社会风尚,希望以艺术的美激发起人民群众特别是青年一代的奋发昂扬的精神状态,因而他对艺术美的要求便自然而然地侧重于伟美。与此相反,鲁迅虽然不否认优美的存在意义,但对优美这种形态并不像对伟美那样的推崇、提倡。鲁迅不大满意于纤巧的艺术,他曾说过这样的话:“在方寸的象牙版上刻一篇《兰亭序》,至今还有‘艺术品’之称,但倘将这挂在万里长城的墙头,或供在云冈的丈八佛像的足下,它就渺小得看不见了。”[③]鲁迅还曾对“多是削肩的美人,枯瘦的佛子”[④]的流行装饰画表示不满,对法国木刻的“多为纤美”[⑤]也似有微词。以这种对“纤巧”艺术的不满来论及作家及艺术家时,鲁迅曾明确表示过,他本人是最讨厌江南才子那种扭扭捏捏,没有人气的模样的,唯“有精力弥满的作家和观者,才会生出‘力’的艺术来”[⑥]。当然,在对待优美这种美的形态的态度上,鲁迅有时不免过于偏激。但对于这种偏激,我们也只有将之摆到特定历史背景之下才能够理解。鲁迅的抑优美,扬崇高,是从他的革命的功利主义文艺观出发的。这里包含了历史的原因和时代的特点。鲁迅认为,对优美这一艺术美形态的欣赏,是必须有余裕的,“花呀月呀”不出于啼饥号寒者之口。那种心地晶莹的雅致,必须有与之相应的好境遇。身处黑暗社会的压榨之下,哪里还会有欣赏纤美艺术的兴趣,当务之急首先是奋发昂扬起来,进行坚韧的斗争,改变黑暗的现状,进向英勇、豪迈、宏伟、坚实的建设的大时代。正是由于这个根本原因,鲁迅不能不把目光注向崇高和壮美,而暂时

---

① 鲁迅:《且介亭杂文末编·〈凯绥·珂勒惠支版画选集〉序目》,《鲁迅全集》第6卷,人民文学出版社1981年版,第471页。

② 鲁迅:《且介亭杂文末编·写于深夜里》,《鲁迅全集》第6卷,人民文学出版社1981年版,第501页。

③ 鲁迅:《南腔北调集·小品文的危机》,《鲁迅全集》第4卷,人民文学出版社1981年版,第575页。

④ 鲁迅:《集外集拾遗·〈近代木刻选集〉(2)小引》,《鲁迅全集》第7卷,人民文学出版社1981年版,第333页。

⑤ 鲁迅:《且介亭杂文末编·记苏联版画展览会》,《鲁迅全集》第6卷,人民文学出版社1981年版,第483页。

⑥ 鲁迅:《集外集拾遗·〈近代木刻选集〉(2)小引》,《鲁迅全集》第7卷,人民文学出版社1981年版,第333页。

不能顾及优美了。

鲁迅的悲剧观。一提到悲剧,人们往往要征引鲁迅的这句话:“悲剧将人生的有价值的东西毁灭给人看。”[①]这几乎成了被许多人认可的悲剧定义。的确,这句论述从本质上揭示了悲剧内容的特点,集中反映了鲁迅的悲剧观。首先,鲁迅认为,悲剧反映的对象是实体性的,是人类社会生活中客观存在着的。在一个充斥着苦难与不幸的世界上,悲剧艺术是不可避免的,而悲剧描写的也正是这个世界上人生有价值的东西的毁灭。在这里,鲁迅强调了悲剧同社会生活的联系,从而与“表现神秘的命运”的原始悲剧观以及与“表现两种绝对理念的矛盾冲突”的唯心主义悲剧观划清了界线。其次,鲁迅指出悲剧是一个“毁灭”的过程,毁灭的对象是“人生的有价值的东西”。构成悲剧冲突的一方是“人生的有价值的东西”,另一方则是“人生的有价值的东西”的毁灭者,冲突的最后结果是前者的毁灭。这里值得注意的是,鲁迅强调的悲剧性的毁灭,不是指以往一些美学家所概括的悲剧人物——“好人”“伟大人物”——的灭亡,而是不拘什么人物身上的“有价值的东西”的毁灭;而且,“有价值的东西”也不拘是物质的还是精神的,从而扩大了悲剧表现的对象,使悲剧有了广阔的描写领域。同时,在鲁迅的悲剧观中较为明显地体现出他对文艺社会功用的认识。他认为,悲剧将“人生的有价值的东西”的毁灭反映出来是要“给人看”的。“给人看”势必会产生效果。人们从这种悲剧中看到的正是这个社会的缺陷和在这缺陷下所生出的种种痛苦,这可以促使人们正视现实生活中的“困苦,饥饿,流离,疾病,死亡”等,并激发起人们的“呼号,挣扎,联合和奋起”[②]。显然,悲剧的认识作用,以及与认识作用相联系的教育鼓舞作用,同样受到了鲁迅的重视。能用十多个字对悲剧作出如此简明、深刻的概括,这充分表明了鲁迅对悲剧美学问题在理论认识上的深刻和成熟。

鲁迅对悲剧的论述涉及面较广,他从以上对悲剧内容的美学特征的理解出发,还在许多方面对悲剧创作提出了一系列的主张。例如,鲁迅要求悲剧创作能够敢于直面惨淡的人生,敢于正视淋漓的鲜血,而切忌走向人为的“团圆主义”。鲁迅曾给予《红楼梦》的作者曹雪芹以极高的评价,其原因就在于他在作品中不加讳饰地描写了“悲凉之雾,遍被华林”的景象,而且他构思中的《红楼梦》是“白茫茫大地一片真干净”的悲剧结局。[③] 相形之下,鲁迅认为续作者高鹗的后四十

---

① 鲁迅:《坟·再论雷峰塔的倒掉》,《鲁迅全集》第1卷,人民文学出版社1981年版,第192～193页。

② 鲁迅:《且介亭杂文末编·〈凯绥·珂勒惠支版画选集〉序目》,《鲁迅全集》第6卷,人民文学出版社1981年版,第471～472页。

③ 参见鲁迅:《坟·论睁了眼看》,《鲁迅全集》第1卷,人民文学出版社1981年版,第237～241页。

回“虽亦悲凉，而贾氏终于‘兰桂齐芳’，家业复起，殊不类茫茫白地，真成干净者矣”[①]。又如，鲁迅提倡写几乎无事的悲剧。鲁迅认为：“这些极平常的，或者简直近于没有事情的悲剧，正如无声的言语一样，非由诗人画出它的形象来，是很不容易觉察的。”[②]几乎无事的悲剧，当然势必包含着“人生的有价值的东西”的毁灭，但这种毁灭发生在极其平常的事件之中，人们在日常生活中司空见惯，习以为常，渐生麻木，于焉不察。而将这类悲剧写出，可以振聋发聩，引导人们透过平淡无奇去认识其有价值的东西遭受毁灭的惊心动魄的事实。又因为这种悲剧过于平常，而“事情越平常，就越普遍”[③]，“和我们更密切，更有大关系”[④]，所以将这种悲剧写出，能够“使读者摸不着在写自己以外的谁，一下子就推诿掉，变成旁观者”，并“由此开出反省的道路”[⑤]。总之，从鲁迅对悲剧的一系列精辟的富有创造性的见解中，可以看到鲁迅自己独特的悲剧观。

鲁迅的喜剧观。与其对悲剧的见解一样，鲁迅所说的“喜剧将那无价值的撕破给人看”[⑥]这句话，也几乎成了许多人认可的喜剧定义。所不同的是，鲁迅对喜剧问题的论述，远较对悲剧的论述要丰富、系统得多。鲁迅对喜剧的实质作了明确的揭示。首先，他认为喜剧所描写的对象是“无价值的”东西。那么“无价值的”东西主要是指什么呢？在这个问题上，鲁迅从总结中国当时社会的现实出发，认为喜剧描写的“无价值的”东西，主要是指上流社会的“伪”（即政治道德的“伪善”），以及下层社会的“愚”（而这“愚”也仍然是上层的虚伪的政治道德毒害的产物）。其次，鲁迅在指出喜剧对象的“无价值”性的同时，还通过探究分析，指出了之所以“无价值”的原因。鲁迅指出，喜剧所描写的事情，虽然都是一些公然和常见的，但“这事情在那时却已经是不合理，可笑，可鄙，甚而至于可恶”[⑦]。很清楚，这种“无价值”的原因就在于它落伍于时代，并因为过时而变得“不合理”，从而引起“可笑”“可鄙”甚至“可恶”之感。其三，鲁迅还指出，喜剧

---

① 鲁迅：《中国小说史略·第二十四篇　清之人情小说》，《鲁迅全集》第9卷，人民文学出版社1981年版，第237页。

② 鲁迅：《且介亭杂文二集·几乎无事的悲剧》，《鲁迅全集》第6卷，人民文学出版社1981年版，第371页。

③ 鲁迅：《且介亭杂文二集·什么是“讽刺”？》，《鲁迅全集》第6卷，人民文学出版社1981年版，第329页。

④ 鲁迅：《且介亭杂文二集·叶紫作〈丰收〉序》，《鲁迅全集》第6卷，人民文学出版社1981年版，第220页。

⑤ 鲁迅：《且介亭杂文·答〈戏〉周刊编者信》，《鲁迅全集》第6卷，人民文学出版社1981年版，第146页。

⑥ 鲁迅：《坟·再论雷峰塔的倒掉》，《鲁迅全集》第1卷，人民文学出版社1981年版，第193页。

⑦ 鲁迅：《且介亭杂文二集·什么是“讽刺”？》，《鲁迅全集》第6卷，人民文学出版社1981年版，第328页。

对象的独特性在于它不是赤裸裸的丑恶事物，而是“把自己的过错加以隐瞒而勉强作出一派正经的面孔”，即以假象掩盖丑恶本质的事物、事情。一句话，是“不以坏事为坏，不省悟，不认罪，而摆出道理来掩饰过错”的“极为卑鄙的伪善”[①]。其四，鲁迅指出，揭穿“伪善”假象，是喜剧的任务。鲁迅号召作家要“取下假面，真诚地，深入地，大胆地看取人生并且写出他的血和肉来”[②]。他主张对“无价值的”东西的伪装必须“撕破”，喜剧作品就是要“刻划伪妄”，使其“情伪毕露”。[③]

喜剧是一个宽泛的概念，它具有不同的表现形式，如幽默、讽刺等。鲁迅对幽默的论述较少，因为他认为，当时中国“实在是难以幽默的时候”，而且“‘幽默’既非国产，中国人也不是长于‘幽默’的人民”，“于是虽幽默也就免不了改变样子了”，常易流于“为笑笑而笑笑”，忽视了“对社会的讽刺”，“堕入传统的‘说笑话’和‘讨便宜’”。[④] 当然，鲁迅并不是反对幽默本身，而是反对那种对幽默的歪曲，以及对幽默的不适当的推广。事实上，鲁迅本人不仅能够鉴赏马克·吐温、萧伯纳等杰出的幽默大师的幽默作品，而且他自己的作品也常常流露出真正的幽默。但是，出于历史、时代的要求，出于批判社会的需要，鲁迅更为强调“对社会的讽刺”。鲁迅有关讽刺的论述很多，这些论述充分体现了鲁迅的喜剧观。

鲁迅认为，讽刺是喜剧的重要形式，“是喜剧的变简的一支流”[⑤]，因此在鲁迅的论述中，讽刺与喜剧不仅在实质上是相同的，而且其美学特征——以笑为特点的喜剧美——也是一致的。鲁迅曾用“笑中有刺”[⑥]四字，对讽刺的美学特征作了最精确的概括。这里包含着两个方面的意思：第一，对丑恶的事物进行的鞭挞、贬斥是通过“笑”来体现的，“以笑叱正世态”[⑦]，通过所引起的“笑”来达到批判时弊、发人深省、引起疗救注意的社会效果。当然，这是一种具有独特艺术魅力的“笑”，它以直刺社会痼弊而获得意义，以揭发生活中的“隐情”而获得深刻性。所以鲁迅说：“不会有隐情，便也不至于有深刻”[⑧]，只有揭出掩藏在假象之下的“隐情”，剥去“伪装”，披露“隐衷”，才能产生深刻的“笑”。第二，既然是笑

---

① 《鲁迅研究资料》（三），文物出版社 1979 年版，第 50 页。

② 鲁迅：《坟·论睁了眼看》，《鲁迅全集》第 1 卷，人民文学出版社 1981 年版，第 241 页。

③ 鲁迅：《中国小说史略·第二十三篇　清之讽刺小说》，《鲁迅全集》第 9 卷，人民文学出版社 1981 年版，第 223 ~ 224 页。

④ 鲁迅：《伪自由书·从讽刺到幽默》，《鲁迅全集》第 5 卷，人民文学出版社 1981 年版，第 43 页。

⑤ 鲁迅：《坟·再论雷峰塔的倒掉》，《鲁迅全集》第 1 卷，人民文学出版社 1981 年版，第 193 页。

⑥ 鲁迅：《南腔北调集·“论语一年”》，《鲁迅全集》第 4 卷，人民文学出版社 1981 年版，第 568 页。

⑦ ［日］厨川白村：《出了象牙之塔》，《鲁迅译文集》第 3 卷，人民文学出版社 1958 年版，第 233 页。

⑧ 鲁迅：《译文序跋集·〈信州杂记〉译者附记》，《鲁迅全集》第 10 卷，人民文学出版社 1981 年版，第 446 页。

中有“刺”,那么在对“隐情”进行揭露时,就必须具有尖锐性,不调和,不折中,不遮掩,不姑息,以匕首般的锋利,“撕得鲜血淋漓”,“使麒麟皮下露出马脚”,“露出真价值来”。[①]但值得注意的是,鲁迅在强调讽刺的尖锐性的同时,特别提醒人们要正确区分“有情的讽刺”与“无情的冷嘲”这二者的界限,鲁迅提倡前者而反对后者。他认为:“如果貌似讽刺的作品,而毫无善意,也毫无热情,只使读者觉得一切世事,一无足取,也一无可为,那就并非讽刺了,这便是所谓‘冷嘲’。”[②]很明显,二者的根本区别就在于有无“善意”和“热情”。“无情的冷嘲”,是以冷漠的嘲弄态度来对待社会和社会痼弊,它虽然也旨在批判和否定“无价值的东西”,但因其冷眼旁观的态度和无“热情”、无“善意”,而使人看不到理想和希望,从而给人以虚无和绝望之感。而“有情的讽刺”却不一样,它虽然揭发了人们身上的丑恶和社会的痼弊,却仍能以作家的理想和热情,给人以希望。鲁迅主张以“哀其不幸,怒其不争”的态度去对待人民的缺点、错误,用这种“含泪的微笑”式的讽刺,去达到对妨害人民前进的“精神不幸”进行针砭和帮助人民前进的目的。而对于敌人,则从爱人民的“善意”出发去憎恨之,爱人民愈烈,恨敌人愈深,这里“有情”则表现为“憎恶”之情。鲁迅曾把嬉笑怒骂之情多而共同忏悔之心少看作是中国谴责小说的通病,可见鲁迅对讽刺中的情感态度的看重。革命或进步的讽刺作家必然和人民同命运,与民族共忏悔,“他得像热烈地主张着所是一样,热烈地攻击着所非,像热烈地拥抱着所爱一样,更热烈地拥抱着所憎”[③],而绝不能置身事外,对社会人生采取消极、恨世的冷嘲态度。

除此之外,鲁迅对讽刺的真实性、典型性以及技巧手法等一系列问题有过不少精辟的论述。如果说,鲁迅的悲剧观还只是在一些分散、零碎的论述中显现出来,那么鲁迅的喜剧观则是从较为系统的论述,尤其是从对讽刺艺术的具体阐述中体现出来的。

由此可见,鲁迅关于文艺本质的见解是深刻而全面的。一方面,鲁迅始终强调文艺的历史使命,按时代的要求去把握文艺,另一方面,鲁迅又始终未忽视文艺的审美特性,社会功利性和审美特性这二者在鲁迅的文艺本质论中得到了较为完美的统一,达到了在当时的时代条件下所能达到的历史高度。鲁迅对文艺本质问题的许多见解,不仅没有随着他那个时代而成为过去,相反,它们对今天

---

① 鲁迅:《华盖集续编·我还不能“带住”》,《鲁迅全集》第3卷,人民文学出版社1981年版,第243~244页。

② 鲁迅:《且介亭杂文二集·什么是“讽刺”?》,《鲁迅全集》第6卷,人民文学出版社1981年版,第329~330页。

③ 鲁迅:《且介亭杂文二集·再论“文人相轻”》,《鲁迅全集》第6卷,人民文学出版社1981年版,第336页。

的文艺发展仍具有宝贵的指导和借鉴的作用。

第二节　鲁迅的文艺创作论

鲁迅是一个伟大的作家，他从自己的创作实践中提炼出来的文艺创作思想，是他整个文艺思想中非常重要的组成部分。鲁迅有关创作的论述很多，这里着重从文艺创作的独特性、文艺创作的真实性、文艺的创作方法以及在创作中写什么和怎样写等几个不同的侧面来介绍鲁迅的文艺创作论。

一、文艺创作的独特性

文艺创作作为精神领域里的创造活动，有着不同于一般的理性创造活动的独特性，这种独特性用鲁迅的话来说就是创作"抒写自己的心"①。所谓"心"，当然包含着思想和情感这两个方面，但文学和学说不同，学说的功效是启人思，文学的功效是增人感，所以文学创作活动更主要的是一种情感活动，思想是化为情感表达出来的，情感活动的规律在文艺创作活动中起着主要的或决定性的作用。

鲁迅认为，创作必须有情感，至少总得"发点热"。因为创作活动是人的活动，人非木石，所以作家在创作中并不是对生活现象作直观的反映，而是对生活现象进行"人化"，在反映这种"人化"了的社会生活现象的同时，也熔铸进作家自己的心血、生命和情感。而且，对于感情常常较一般人更为丰富的作家来说，要在创作中排除情感的决定作用似乎是完全不可能的，因为作家"既然还是人，他心里就仍然有是非，有爱憎；但又因为是文人，他的是非就愈分明，爱憎也愈热烈"②。正是这种热烈的爱憎情感催促作家们去从事创作，也正是因为融入了作家的这种爱憎情感，才使其作品具有了感人的力量。作品中所熔铸的作家的真实感情越丰富，作品的艺术性便越高。鲁迅的《彷徨》较《呐喊》在艺术上更成熟，其原因不仅仅在于表现技法的进步，更重要的原因是在《彷徨》中虽减少了《呐喊》式的热情，但更多地融入了自己独特的苦闷心情，且其情感的内蕴更为丰富，更深沉，也更有力度。鲁迅曾对自己的《野草》表现出极大的偏爱，认为它

① 鲁迅：《而已集·小杂感》，《鲁迅全集》第3卷，人民文学出版社1981年版，第532页。

② 鲁迅：《且介亭杂文二集·再论"文人相轻"》，《鲁迅全集》第6卷，人民文学出版社1981年版，第335页。

才算是真正的艺术，这或许与《野草》最集中、深沉地表达了作者内心深处的寂寞、苦闷的情感不无关系。因为，鲁迅认为，“创作总根于爱”，“人感到寂寞时，会创作；一感到干净时，即无创作，他已经一无所爱”①。

寂寞、苦闷、爱都是主观情感的东西，强调文学创作根源于主观情感，是为了突出文学创作的独特性。这与“文艺是生活的反映”这一命题并不矛盾，鲁迅并未否定社会生活作为文艺的终极根源的意义，他认为，人的情感不是无本之木，无源之水，它也来自社会生活。鲁迅曾这样分析人的受压抑的情感的由来：“人为什么被压抑的呢？这就和社会制度，习惯之类连结了起来……”②但是鲁迅认为，在肯定文艺的终极根源是社会生活的同时，更应该充分注意社会生活与文艺的独特关联方式：文艺与社会生活之间必不可少的中介环节是创作者主体的情感活动。鲁迅对此曾做这样的表述：“我以为文艺大概由于现在生活的感受，亲身所感到的，便影印到文艺中去。”③很明确，影印到文艺中的，不是原原本本的社会生活，而是作家、艺术家在生活中的感受。离开了作为作家情感活动结果的感受，也就谈不上文艺创作，如果简单地强调“艺术是生活的反映”，而忽视二者之间的中介环节，则有可能陷入机械唯物论的泥坑。马克思曾在《关于费尔巴哈的提纲》中批评过机械唯物论的片面性，认为其主要缺点是：对事物、现实、感情，只是从客体的或直观的形式去理解，而不是把它们当作人的感情活动，当作实践去理解，不是从主体方面去理解。艺术创作是人的活动，离开了人的主观因素当然无法对之作出合理的解释。鲁迅注重人的情感在文学创作中的作用，正是抓住了文学创作的关键。

鲁迅这样谈到自己的创作：“所写的事迹，大抵有一点见过或听到过的缘由，但决不全用这事实，只是采取一端，加以改造，或生发开去，到足以几乎完全发表我的意思为止。”④这段话说得非常明白，为表达自己“意思”的需要去取舍生活，甚至对生活现象加以生发、改造。说到底，在文学创作过程中就是必须遵循情感活动的规律。“生活本来是没有主题，一切都搀混着：深刻的和浅薄的，伟大的和渺小的，悲惨的和滑稽的。”⑤艺术家的任务就是“用那富有创造的感情补足他抓住的那一刹那的连贯性，在自己的心灵中把一些局部的现象概括起

① 鲁迅：《而已集·小杂感》，《鲁迅全集》第3卷，人民文学出版社1981年版，第532页。

② 鲁迅：《南腔北调集·听说梦》，《鲁迅全集》第4卷，人民文学出版社1981年版，第469页。

③ 鲁迅：《集外集·文艺与政治的歧途》，《鲁迅全集》第7卷，人民文学出版社1981年版，第115页。

④ 鲁迅：《南腔北调集·我怎么做起小说来》，《鲁迅全集》第4卷，人民文学出版社1981年版，第513页。

⑤ ［俄］契诃夫：《契诃夫论文学》，汝龙译，人民文学出版社1958年版，第408页。

来”[①]。文学艺术作品是依据作家、艺术家情感表达的需要而构筑起来的独特的世界，在这里，各种社会生活现象都依据作家、艺术家情感作用的方向而组合成一个有序的统一体。在这个统一体中，情感活动的规律起着决定的作用。鲁迅的《阿Q正传》发表后，曾有人嫌“阿Q之收局太匆促”，怪鲁迅“如此随便给他一个‘大团圆’”。鲁迅解释说：“其实‘大团圆’倒不是‘随意’给他的；至于初写时可曾料到，那倒确乎也是一个疑问。我仿佛记得：没有料到。不过这也无法。”[②]这说明，阿Q的命运、阿Q形象的发展，不是事先有意设定的，而是作者对阿Q这个人物的“哀其不幸，怒其不争”的情感态度在阿Q形象的创造过程中不自觉地、自然而然地发挥着作用。如果忽视情感活动的规律，人为地按照观念去进行创作，其作品势必会显得生硬、造作。

简言之，鲁迅认为文艺创作的独特性就在于它的情感性；创作根源于人的情感，必须是有感而发；创作过程也是人的情感活动的过程，因此，创作必须遵循情感活动的规律。

二、文艺创作的真实性

鲁迅曾就艺术的真实性问题发表过不少见解，但他常常是就具体的问题，站在不同的层次上来讲真实性问题的。例如，有时是就作品人物的真实性而言的，有时是讲作家对待现实的真实态度的，有时则论及作品情节、细节的真实，而有时又是在谈作品的真实性意义和效果。如何从一个相对统一的角度把握鲁迅的艺术真实观呢？他对文艺创作独特性的论述为我们提供了可作依据的线索。鲁迅曾说：“文艺大概由于现在生活的感受，亲身所感到的，便影印到文艺中去 。”[③]这就告诉我们，文艺创作基本可分为两个层面。第一个层面是作家、艺术家在现实的审美关系中所产生的感受，这种感受包含着作者对现实的审美情感态度，将这种感受、情感表达出来，才有所谓艺术。这是在艺术创作中起决定作用的层面。第二个层面是作家、艺术家为了将这种感受影印到文艺中去所找寻的情感的载体，即由线条、色彩、节奏、言辞所构筑的生活的具体形象，这里自然就包括作品的人物、情节、细节等。我们可以从文艺创作中的这两个不同的层面，来理解鲁迅关于艺术真实的论述。艺术创作的真实性首先表现为情感的真实。所谓

---

① ［俄］杜勃罗留波夫：《杜勃罗留波夫选集》第2卷，辛未艾译，上海译文出版社1983年版，第454页。

② 鲁迅：《华盖集续编·〈阿Q正传〉的成因》，《鲁迅全集》第3卷，人民文学出版社1981年版，第380页。

③ 鲁迅：《集外集·文艺与政治的歧途》，《鲁迅全集》第7卷，人民文学出版社1981年版，第115页。

情感的真实，也就是在创作中，作家必须表达自己的真情实感，而忌虚情、矫性和造作。鲁迅向来反对没有真情的创作，认为“无真情，亦无真相也”①。何谓真情？这种真情就是指作家、艺术家自己从生活体验中亲身感受到的情感经验，鲁迅认为，如果没有这种亲身体验，没有这种切身的感受，作家、艺术家也就无法表现，假使想当然地去“表现”，那就绝不能真切、深刻，也就不能成为艺术。不是亲自获得的而是转达他人的情感，这只能是一种“依傍和模仿，决不能产生真艺术”②。鲁迅曾这样谈起过自己对《阿Q正传》的写作：“我也只得依了自己的觉察，孤寂地姑且将这些写出，作为在我的眼里所经过的中国的人生。”③可以想见，如果没有对中国人生的深切感受，鲁迅就不会写出《阿Q正传》这样的真正的艺术作品来。1932年前后，曾经有人劝鲁迅写一些反映红军艰苦斗争的小说和报告，他自己也曾热忱地收集了一些材料，但后来终于没有写，其原因，用鲁迅的话说是“因为我不在革命的旋涡中心，而且久不能到各处去考察，所以我大约仍然只能暴露旧社会的坏处”④。他坚持从真实的情感体验出发从事创作，没有亲身的经历，不能产生深切的感受，宁可不作。

什么是亲身的经历呢？鲁迅认为：“作者写出创作来，对于其中的事情，虽然不必亲历过，最好是经历过。诘难者问：那么，写杀人最好是自己杀过人，写妓女还得去卖淫么？答曰：不然。我所谓经历，是所遇，所见，所闻，并不一定是所作，但所作自然也可以包含在里面。”⑤也就是说，作家、艺术家要获得情感体验，并不一定要凡事都亲历亲为，通过所遇、所见、所闻，也能产生情感体验。作家、艺术家对所写事物，不管是所作所为还是所遇、所见、所闻，都必须由之产生了真切的情感体验。这种情感必须是自己直接感受过的，是独到的，否则，一切事物之于他都不能成为艺术表现的对象。其实就生活经历来说，每个人都是具备的，因为每个人都在“生活”着，但并非每个人都能创造出艺术来。其重要原因之一是，并非每个人都能在生活经历中产生独到的感受和感情。艺术家只有表现自己对之感动过、产生过审美情感的事物，才能以感情呼唤读者，从而引起共鸣。

---

① 鲁迅：《书信·340430致曹聚仁》，《鲁迅全集》第12卷，人民文学出版社1981年版，第397页。

② 鲁迅：《且介亭杂文末编·记苏联版画展览会》，《鲁迅全集》第6卷，人民文学出版社1981年版，第482页。

③ 鲁迅：《集外集·俄文译本〈阿Q正传〉序及著者自叙传略》，《鲁迅全集》第7卷，人民文学出版社1981年版，第82页。

④ 鲁迅：《且介亭杂文·答国际文学社问》，《鲁迅全集》第6卷，人民文学出版社1981年版，第18页。

⑤ 鲁迅：《且介亭杂文二集·叶紫作〈丰收〉序》，《鲁迅全集》第6卷，人民文学出版社1981年版，第219页。

正如鲁迅所说:“只有真的声音,才能感动中国的人和世界的人。”①

有没有作家、艺术家的真情实感,这是衡量一部作品是否堪称艺术品的最起码的标准。我们之所以不把那种纯粹客观性描述事物现象的作品,诸如一般历史记事、通讯报道文章等称为艺术,其原因就在于它们缺少透过一般事物形象所表现出的作家的主观情感。鲁迅指出:“新闻上的记事,拙劣的小说,那事件,是也有可以写成一部文艺作品的,不过那记事,那小说,却并非文艺。”②同样的事件,可以写成艺术品,也可能成不了艺术品,这里的分别并不在于艺术形式与非艺术形式的区别,而在于其中有没有倾注作家、艺术家的真情实感。也有一些非艺术形式的作品,如司马迁的《史记》,虽是史书,但由于其中表达了作者真诚和鲜明的爱憎情感,历代文学史家均称之为“郁愤”之作,作者对史实的取舍和评价中都包蕴了自己的情感态度,因此,它常被人们当作文学作品来读,鲁迅就认为,《史记》“不失为史家之绝唱,无韵之《离骚》”③。

作家、艺术家有了从亲身的体验中得来的真情实感,还要敢于、善于将这种情感大胆地、真切地表现出来。鲁迅认为,“文艺家至少是须有直抒己见的诚心和勇气”④,没有这种表达真情实感的“诚心”和“勇气”,文艺创作中的情感真实也就成了一句空话,而要做到这一点,并不是很容易的事。鲁迅就曾指出:“中国人向来因为不敢正视人生,只好瞒和骗,由此也生出瞒和骗的文艺来,由这文艺,更令中国人更深地陷入瞒和骗的大泽中,甚而至于已经自己不觉得。”鲁迅真切、恳挚地呼吁:“世界日日改变,我们的作家取下假面,真诚地,深入地,大胆地看取人生并且写出他的血和肉来的时候早到了;早就应该有一片崭新的文场,早就应该有几个凶猛的闯将!”⑤鲁迅自己在这方面堪称表率,他“论时事不留面子”,有正视现实的“勇猛和毅力”,在他的创作中,也真正体现了“有真意,去粉饰,少做作,勿卖弄”⑥的原则。

“有直抒己见的诚心和勇气”,也就是指作家、艺术家在创作中能坚持从自己的独特感受出发,而不见风使舵,人云亦云。鲁迅并不反对作家、艺术家适应革命的要求,遵奉“革命的前驱者的将令”去从事创作,但他认为,那也必须是

---

① 鲁迅:《三闲集·无声的中国》,《鲁迅全集》第4卷,人民文学出版社1981年版,第15页。

② 鲁迅:《且介亭杂文二集·不应该那么写》,《鲁迅全集》第6卷,人民文学出版社1981年版,第312页。

③ 鲁迅:《汉文学史纲要·第十篇　司马相如与司马迁》,《鲁迅全集》第9卷,人民文学出版社1981年版,第420页。

④ 鲁迅:《三闲集·叶永蓁作〈小小十年〉小引》,《鲁迅全集》第4卷,人民文学出版社1981年版,第147页。

⑤ 鲁迅:《坟·论睁了眼看》,《鲁迅全集》第1卷,人民文学出版社1981年版,第240~241页。

⑥ 鲁迅:《南腔北调集·作文秘诀》,《鲁迅全集》第4卷,人民文学出版社1981年版,第614页。

“自己所愿意遵奉的命令”，而且首先自己在情感态度上“必须与前驱者取同一的步调”[①]，发自本心地站在革命的前列，“至少是必须和革命共同着生命，或深切地感受着革命的脉搏的”[②]，否则，也很容易写出观念化的东西来。

作家、艺术家在创作中表达自己的真情实感的同时，也要再现出作为这种情感载体的生活具象，即在作品中再现“描写对象”。文艺创作中的真实性当然也包括这种再现的生活具象或描写对象的真实性。文艺创作中，采取不同的艺术形式、艺术方法和表现手法，甚至采用不同的题材，其作品对生活具象和描写对象的真实性都有着不尽相同的要求。但有一点是基本一致的，这就是在每一部具体作品所规定的艺术情境中，作品所再现和描写的对象必须与这一艺术情境的整体相和谐。也就是说，对各种生活现象的描写，在规定的艺术情境中必须顺乎事理。

在写实的作品中，要求描写的事物取现实本来的形式，要求人物、情节、细节的真实，否则就不符合事理。鲁迅很反对在写实的作品中对生活现象作不必要的夸张。例如他曾就绘画、木刻作品中刻画劳动者的形象发表了这样的见解：“我以为画普罗列塔利亚应该是写实的，照工人原来的面貌，并不须画得拳头比脑袋还要大。”[③]“刻劳动者而头小臂粗”，易“使看者有‘畸形’之感”[④]。要在写实的作品中真实地再现生活现象，作家、艺术家对于生活的实际经验和准确地把握自然的能力是十分重要的。鲁迅曾这样称赞《毁灭》一书中真实的人物、情节和细节，认为这些“非身历者不能描写，即开枪和调马之术，书中但以烘托美谛克的受窘者，也都是得于实际的经验，决非幻想的文人所能著笔的”[⑤]。

当然，对写实作品中描写对象的真实性，不可作机械的理解，它不是简单的照相式的酷似，而是要符合事理的真实。作品所写“不必是曾有的实事，但必须是会有的实情”[⑥]。作者可以根据作品所规定的艺术情境的需要，把各种分散的、不相关的众多社会生活现象，通过抽取、缀合，然后写出。当然，这所据以缀合、抒写的材料，都是社会上的存在，从这些目前的人、事加以推断，使之发展下去，这便好像预言，因为后来此人此事，确也正如所写那样。相反，依靠对事实的

---

① 鲁迅：《南腔北调集·〈自选集〉自序》，《鲁迅全集》第 4 卷，人民文学出版社 1981 年版，第 455 页。

② 鲁迅：《二心集·上海文艺之一瞥》，《鲁迅全集》第 4 卷，人民文学出版社 1981 年版，第 300 页。

③ 鲁迅：《二心集·上海文艺之一瞥》，《鲁迅全集》第 4 卷，人民文学出版社 1981 年版，第 293 页。

④ 鲁迅：《书信·340405 致陈烟桥》，《鲁迅全集》第 12 卷，人民文学出版社 1981 年版，第 375 页。

⑤ 鲁迅：《译文序跋集·〈毁灭〉后记》，《鲁迅全集》第 10 卷，人民文学出版社 1981 年版，第 331 页。

⑥ 鲁迅：《且介亭杂文二集·什么是“讽刺”？》，《鲁迅全集》第 6 卷，人民文学出版社 1981 年版，第 328 页。

酷似来获得的真实性,反而容易失去:如果“一与事实相左,那真实性也随即灭亡”[①]。追求这种酷似实物的真实性,其失望是必然的,因为任何高明的艺术描写也不可能穷尽客观事物的各个方面。鲁迅曾以绘画为例来说明这一问题:“艺术上的真,倘必如实物之真,则人物只有二三寸,就不真了,而没有和地球一样大小的纸张,地球便无法绘画。”[②]同样,对于读者和批评者也是如此,他不应当要求作品的描写都完完全全符合事实,如果只求符合具体事实,“只求没有破绽,那就以看新闻记事为宜”,而他要看文艺,则“活该幻灭”。这种“幻灭”的性质,与“查不出大观园的遗迹,而不满于《红楼梦》者”[③]一样可笑。说到底,艺术以表现作家、艺术家的情感为目的,描写对象常常要依据所表达的情感的需要而加以取舍、改造、糅合。

至于非写实作品,所描写的对象则可以不必取生活本身的形式。作者为把自己的感情用特殊的方式表达出来,他可以幻想、虚构一些现实中并不存在的事物。例如鲁迅的《野草》中所描述的事物和现象,有些根本不可能在现实中找到,如狗的“驳诘”,人死后的“思想”等。如何来判断非写实作品中描写对象的真实性呢?鲁迅认为,非写实作品中的描写对象虽然“可以专靠了神思,所谓‘天马行空’似的挥写”[④],但它最终必须为表达作家的情感服务,而且所写的东西仍须在其精神实质上与现实中的某一类人事相像。也就是说,尽管作品所写题材是非人间的,但精神必须是人间的。如鲁迅写狗的“驳诘”,实际是借狗来暗喻人,而写人死后有“思想”,则也是把对活人“思想”的合理推断借“死人”表达出来,在现实的人中可以找到这类“狗”和“死人”的影子。因此,非写实作品中描写对象的真实性,说到底,取决于它是否具有现实精神,它是否以社会人性为基础。鲁迅曾给予《聊斋志异》以很高评价,其出发点也就在此。他认为,《聊斋志异》虽“出于幻域”,却能“顿入人间”,“使花妖狐魅,多具人情,和易可亲,忘为异类”[⑤]。这里的“人情”“人间”都是对以社会人性为基础的最好注解。鲁迅曾这样评价《西游记》及其作者吴承恩的成就:“承恩本善于滑稽,他讲妖怪的喜,怒,哀,乐,都近于人情,所以人都喜欢看!这是他的本领。”[⑥]在谈到高尔基

---

① 鲁迅:《三闲集·怎么写》,《鲁迅全集》第4卷,人民文学出版社1981年版,第23页。

② 鲁迅:《且介亭杂文·连环图画琐谈》,《鲁迅全集》第6卷,人民文学出版社1981年版,第28页。

③ 鲁迅:《三闲集·怎么写》,《鲁迅全集》第4卷,人民文学出版社1981年版,第23页。

④ 鲁迅:《且介亭杂文二集·叶紫作〈丰收〉序》,《鲁迅全集》第6卷,人民文学出版社1981年版,第219页。

⑤ 鲁迅:《中国小说史略·第二十二篇 清之拟晋唐小说及其支流》,《鲁迅全集》第9卷,人民文学出版社1981年版,第209页。

⑥ 鲁迅:《中国小说的历史的变迁·第五讲 明小说之两大主潮》,《鲁迅全集》第9卷,人民文学出版社1981年版,第328页。

的童话时，鲁迅也曾说过："这种童话里所写的却全不像真的人，所以也不像事实，然而这是呼吸，是痱子，是疮疽，都是人所必有的，或者是会有的。"[①]这里的"人所必有"或人所"会有"等，都说明了描写对象所具有的现实可能性。正是描写对象根基于社会人性和它所具有的现实可能性，才使之具有真实感。相反，如果离开了这样一些基本点，一味追求奇幻，瞎编乱造，为夸张而夸张，则会影响作品的艺术真实性。例如描画鬼神，虽可以驰骋想象，使之奇幻异常，但如果既不为表现社会人性，也不为暗喻现实人生，尽管写出，最多"也不过是"向人们展示"三只眼，长颈子"的东西，无非"就是在常见的人体上，增加了眼睛一只，增长了颈子二三尺而已"，鲁迅认为这算不了"什么本领""什么创造"。[②]他对《封神演义》评价甚低，其原因也就是因为它"似志在于演史，而侈谈神怪，什九虚造，实不过假商周之争，自写幻想，较《水浒》固失之架空，方《西游》又逊其雄肆"[③]。

综上所述，鲁迅所论述的文艺创作中的真实性包括两个方面，一是作家、艺术家所表达的情感的真实性，二是作为情感表达载体的描写对象的真实性。情感的真实主要指作家、艺术家在作品中所表达的必须是亲自体验过的情感经验和真诚的生活感受，同时在表达这种感情的过程中必须有诚心和勇气。描写对象的真实则依据不同性质（写实或非写实）的作品而有着不同的要求，但都必须在规定的艺术情境中符合事理的真实。

三、文艺的创作方法

在西方文艺发展史上曾先后出现过以不同创作方法为标志的流派和思潮，这些文艺流派和思潮的创作理论及优秀作品在"五四"以后均大量被介绍到中国，但由于中国社会发展的历史特殊性（在短短几年中走完了西方国家几百年所走过的路程），使之对中国文艺发展的影响主要不是体现在流派、思潮的整体性重演上，而更多的是体现在对各种流派、思潮的具体创作方法、手法的借鉴上。因此，在鲁迅的艺术创作论范围内，创作方法主要是指艺术表现的方法。

鲁迅论述得较多的是现实主义创作方法。他早在《儗播布美术意见书》等文章中，就指出了现实主义反映现实的基本特点是"再现"客观事物。鲁迅认为，艺术作品是人"受"了生活之后的"作"，而现实主义的"作"的特点是以客观

---

① 鲁迅：《集外集拾遗补编·〈俄罗斯的童话〉》，《鲁迅全集》第8卷，人民文学出版社1981年版，第457页。

② 鲁迅：《且介亭杂文二集·叶紫作〈丰收〉序》，《鲁迅全集》第6卷，人民文学出版社1981年版，第219页。

③ 鲁迅：《中国小说史略·第十八篇　明之神魔小说（下）》，《鲁迅全集》第9卷，人民文学出版社1981年版，第170页。

现实生活为反映对象,按照生活的本来面目"再现"生活。同时鲁迅还认为,现实主义在"再现"生活的过程中,又必须加以改造,即必须经过一个由"天物"到"思理"和"美化"的过程。鲁迅反对无创造的"模仿之作",从而划清了创作与"匠气"的界限,同时也指明了现实主义与自然主义的界限。不仅如此,鲁迅还多少涉及了现实主义典型论的有关问题,如指出作家、艺术家必须以"特殊相"来表现"共通之表象",亦即通过个别表现一般,这可以说是触到了现实主义典型论的核心。

以上对现实主义创作方法的认识,在鲁迅的创作论中一直被坚持着,并不断得到丰富和发展。在写于1926年的《〈穷人〉小引》一文中,鲁迅发挥了陀思妥耶夫斯基"显示灵魂的深"的命题,并以此来丰富和深化自己的现实主义论。陀思妥耶夫斯基曾在一则手记中讲到,他自己是"以完全的写实主义在人中间发见人","是在高的意义上的写实主义者",是"将人的灵魂的深,显示于人的"①。鲁迅不仅很赞同陀氏这种对自我的估价,而且把"显示灵魂的深"作为现实主义的重要原则作了阐释和发挥。首先,鲁迅认为,能不能写出"灵魂的深",直接标示了作者对于现实的态度,因为人的"灵魂的深处并不平安,敢于正视的本来就不多,更何况写出"?而敢于写出,才是"在高的意义上的写实主义者"。其次,鲁迅指出,能不能写出"灵魂的深",直接关系到文艺作品能否起到净化人心的作用,能否真正发挥出对于社会的功用,"因为显示着灵魂的深",才能"一读那作品,便令人发生精神的变化","使人受了精神底苦刑而得到创伤,又即从这得伤和养伤和愈合中,得到苦的涤除,而上了苏生的路"。再次,鲁迅还指出,要"显示灵魂的深",必须"所处理的乃是人的全灵魂",既要显示出灵魂中"精神底苦刑",又要"送他们到那反省,矫正,忏悔,苏生的路上去"。由此,也要求作家必须"是人的灵魂的伟大的审问者,同时也一定是伟大的犯人。审问者在堂上举劾着他的恶,犯人在阶下陈述他自己的善;审问者在灵魂中揭发污秽,犯人在所揭发的污秽中阐明那埋藏的光耀"。也就是说,要"显示灵魂的深",作家要以冷峻的现实主义的态度,"毫无顾忌地解剖"人物的灵魂,但同时又必须对人类抱有深沉、热烈的"同情"和"爱"。②

鲁迅对现实主义创作方法的理解,更多地体现于他的创作之中。基于对中国社会历史的透辟了解,鲁迅一贯坚持清醒的现实主义原则,坚持艺术内容的真实性,他从不赞成违背生活逻辑,硬塞给读者一些廉价"乐观"的东西。在他的

---

① 鲁迅:《集外集·〈穷人〉小引》,《鲁迅全集》第7卷,人民文学出版社1981年版,第103页。

② 鲁迅:《集外集·〈穷人〉小引》,《鲁迅全集》第7卷,人民文学出版社1981年版,第103~105页。

一些小说中,宁可只“提出一些问题”[①],绝不轻易提供正面答案。而且,鲁迅在以塑造典型人物来反映社会现实时,常以“哀其不幸,怒其不争”的态度去揭示人物的“全灵魂”,显示出现实主义的深度。鲁迅的创作实践,为人们提供了“高的意义上的写实主义”[②]创作的典范。

鲁迅在创作方法上虽主要以现实主义为主,但他并没有因此排斥其他创作方法,一向主张“博采众家,取其所长”[③]。他认为“必须如蜜蜂一样,采过许多花,这才能酿出蜜来,倘若叮在一处,所得就非常有限,枯燥了”[④]。他绝不局限于接触自己所喜欢的少数几个现实主义作家(如果戈理、契诃夫、显克微支)的作品,而是广泛阅读,择取一切有用的创作方法和表现手法。在鲁迅的创作中,除了作为主体的现实主义外,还采取了其他的创作方法,其中尤以象征主义、浪漫主义最为显著。

浪漫主义曾经是鲁迅早年文艺思想中十分重要的一面。在他写于 1907 年的洋洋两万言的文艺专论《摩罗诗力说》中,所推崇的所谓摩罗诗派,大多是 19 世纪初叶至中叶在欧洲兴起的积极浪漫主义文学流派。鲁迅不但颂扬他们“立意在反抗,指归在动作”的革命精神,而且从创作方法上赞许他们“超脱古范,直抒所信,其文章无不函刚健抗拒破坏挑战之声”[⑤]。鲁迅后来回忆拜伦等“摩罗诗派”对自己早年的影响时说:“他们的名,先前是怎样地使我激昂呵。”[⑥]“时当清的末年,在一部分中国青年的心中,革命思潮正盛,凡有叫喊复仇和反抗的,便容易惹起感应。”[⑦]其实,“刚健抗拒破坏挑战”的浪漫主义精神特质不仅在“五四”前,即使在“五四”以后的时期,也一直在对鲁迅发生影响。例如在其写于 1926 年的小说《奔月》和《铸剑》中,就精心塑造出了具有“复仇和反抗”的精神以及冷峻、孤独的性格特征的浪漫主义英雄人物,设置了不少奇特、怪诞的情节,而且在艺术表现上,也多采用飞跃神思、驰骋想象、虚构幻化的方法,使这两篇作品几乎成了公认的典型的浪漫主义杰作。此外,在鲁迅的其他创作中,也都留下了浪漫主义的痕迹。

除了浪漫主义外,象征主义创作方法也曾经是鲁迅颇感兴趣的。在他看来,

---

① 鲁迅:《集外集拾遗·英译本〈短篇小说选集〉自序》,《鲁迅全集》第 7 卷,人民文学出版社 1981 年版,第 389 页。

② 鲁迅:《集外集·〈穷人〉小引》,《鲁迅全集》第 7 卷,人民文学出版社 1981 年版,第 103 页。

③ 鲁迅:《书信·330813 致董永舒》,《鲁迅全集》第 12 卷,人民文学出版社 1981 年版,第 212 页。

④ 鲁迅:《书信·360415 致颜黎民》,《鲁迅全集》第 13 卷,人民文学出版社 1981 年版,第 357 页。

⑤ 鲁迅:《坟·摩罗诗力说》,《鲁迅全集》第 1 卷,人民文学出版社 1981 年版,第 66、73 页。

⑥ 鲁迅:《坟·题记》,《鲁迅全集》第 1 卷,人民文学出版社 1981 年版,第 3 页。

⑦ 鲁迅:《坟·杂忆》,《鲁迅全集》第 1 卷,人民文学出版社 1981 年版,第 220 ~ 221 页。

象征主义作为一种流派，浸透着世纪末的悲观主义、神秘主义的苦汁，不应无批判地照搬；而象征主义作为一种创作方法，则有其合理性，可加以吸取。俄国作家安德列夫曾对鲁迅有所影响，鲁迅特别欣赏这位作家能成功地将象征主义与现实主义融合起来。他曾在《〈黯澹的烟霭里〉译者附记》中赞许说："安特来夫的创作里，又都含着严肃的现实性以及深刻和纤细，使象征印象主义与写实主义相调和"，"他的著作是虽然很有象征印象气息，而仍然不失其现实性的。"在鲁迅看来，只要作品在本质上不脱离社会现实，对象征主义创作方法的采用应该是无可非议的。鲁迅后来通过译介厨川白村的《苦闷的象征》，更多地接受了象征主义的影响。在翻译过程中，他较多地接触了欧洲象征派的作品，特别是波德莱尔用象征主义方法写的散文诗。此外，鲁迅 1926 年还曾译介苏联"象征派诗人"勃洛克的作品，认为他的《十二个》作为"十月革命的重要作品，还要永久地流传"[①]。由此可见，鲁迅并不排斥象征主义的创作方法。不仅如此，在他的创作中，对象征主义创作方法也有所实践。例如，波德莱尔的象征主义方法直接影响了鲁迅《野草》的创作。他的部分小说中，象征主义的成分也是较为明显的，如《狂人日记》就是现实主义与象征主义相结合的作品。一方面，它严格地按照生活的情理刻画了一个真实的狂人；另一方面，它又运用了象征主义的方法，在意象的经营中和狂人一些关键性的疯话里，精心安排了双关的、多义的揭露封建制度本质的内容，从而赋予已有的现实主义骨架和血肉以新的生命和光彩。此外，像《药》《白光》等作品，也在现实主义方法基础上多少采用了一些象征主义方法，而《长明灯》则基本是通篇采用象征主义创作方法的作品。[②] 可以说，象征主义作为一种艺术表现的方法而为鲁迅所采用，无疑增加了其作品的艺术表现力，深化了作品的思想内容。

综上所述，鲁迅基于中国社会现实的考虑，特别注意提倡现实主义精神，但作为艺术表现的方法，鲁迅在提倡现实主义方法的同时，也兼容浪漫主义、象征主义等多种多样的创作方法。鲁迅一向认为介绍外国文学作品，"不但在输入新的内容，也在输入新的表现法"[③]，只要有利于更好地表达作家的思想情感，有利于写出成功的作品，任何表现手法都可以"拿来"、采用。鲁迅在这方面的主张以及创作实践，对于今天的文学创作仍具有指导意义和借鉴作用。

---

① 鲁迅：《集外集拾遗·〈十二个〉后记》，《鲁迅全集》第 7 卷，人民文学出版社 1981 年版，第 300 页。

② 参见严家炎：《求实集·鲁迅小说的历史地位》，北京大学出版社 1983 年版。

③ 鲁迅：《二心集·关于翻译的通信》，《鲁迅全集》第 4 卷，人民文学出版社 1981 年版，第 382 页。

四、应该写什么和怎样写

鲁迅除了对以上一些有关文艺创作的总体性问题作了论述之外，还就创作中的许多具体问题发表了意见。这些论述的涉及面较为宽泛，就其主要部分而言，大体可以归纳为写什么和怎样写的问题。

写什么的问题，说到底就是文艺创作题材的问题。鲁迅认为这“倒也不成什么问题”[①]，因为作者只要是按照创作规律从事写作，他就只能是把“现在生活的感受，亲身所感到的”，“影印到文艺中去”[②]。因此鲁迅对写什么这一问题的回答，首先是强调必须写作家自己所熟悉的东西。1931 年末，当有两位青年作者就小说题材问题向鲁迅请教时，鲁迅就曾指出，与其写自己不熟悉的“现时代大潮流冲击圈”内的生活，“把一些虚构的人物使其翻一个身就革命起来”，还不如就写自己所“熟悉的小资产阶级的青年”的生活，“能写什么，就写什么，不必趋时”。揭示小资产阶级青年“在现时代所显现和潜伏的一般的弱点”，对于大时代同样是重要的，而且由熟悉者来揭示，“当比不熟悉此中情形者更加有力”。[③]鲁迅认为，应当从作家独特的生活积累、社会经历和艺术表现能力的现状出发，去确定描写题材。例如有不少人，“生长在旧社会里，熟悉了旧社会的情形，看惯了旧社会的人物”，“对于和他向来没有关系的无产阶级的情形和人物，他就会无能，或者弄成错误的描写”[④]，因此没有必要硬让他们丢开所熟悉的生活，一下子就去写不熟悉的无产阶级的生活。不让作家写熟悉的生活，就很难获得“可以成为艺术品的东西”[⑤]。

鲁迅认为，作家写自己所熟悉的生活，能写什么就写什么，这与文艺作品反映时代风貌并不矛盾，因为时代风貌可以从不同侧面、不同角度去加以反映，写时代重大题材以及取重大社会矛盾加以直接表现并不是反映时代的唯一途径。例如 20 世纪 30 年代中期，由于日本帝国主义的入侵，民族矛盾上升为主要矛盾，有不少人提出，文学要表现抗战，就应该反映“义勇军打仗，学生请愿示威”等，鲁迅认为“这些当然是最好的”，但作为具体作品的题材，“不应这样狭窄”，

---

① 鲁迅：《三闲集·怎么写》，《鲁迅全集》第 4 卷，人民文学出版社 1981 年版，第 20 页。

② 鲁迅：《集外集·文艺与政治的歧途》，《鲁迅全集》第 7 卷，人民文学出版社 1981 年版，第 115 页。

③ 鲁迅：《二心集·关于小说题材的通信》，《鲁迅全集》第 4 卷，人民文学出版社 1981 年版，第 366～369 页。

④ 鲁迅：《二心集·上海文艺之一瞥》，《鲁迅全集》第 4 卷，人民文学出版社 1981 年版，第 300 页。

⑤ 鲁迅：《二心集·关于小说题材的通信》，《鲁迅全集》第 4 卷，人民文学出版社 1981 年版，第 367 页。

而应该更“广泛得多,广泛到包括描写现在中国各种生活和斗争的意识”[①]。鲁迅坚持认为,应该看各个作者的具体条件,作家“倘不在什么旋涡中,那么,只表现些所见的平常的社会状态也好”[②],有时反而“因为极平常,所以和我们更密切,更有大关系”[③]。即使写战士,也可以写他们极平常的一面,因为“战士的日常生活,是并不全部可歌可泣的,然而又无不和可歌可泣之部相关联”[④]。有些生活现象,看起来似乎很普通,但此中也蕴含着某些深刻的东西;退一步说,对于普通事件的反映,起码也可以使人“能够很明白的知道社会上的一部分现象”[⑤]。总之,一切从作者自己的实际情况出发,虽然有时会因限于作者的实践经验,而“无力表现”“太伟大的变动”,“不过这也无须悲观,我们即使不能表现他的全盘,我们可以表现它的一角,巨大的建筑,总是一木一石叠起来的”,作家不妨“做做这一木一石”[⑥],因为倘能在作品中成功地表现其“一木一石”,也就能够达到从某一侧面展示“伟大的变动”的目的了。

当然,鲁迅提出“能写什么,就写什么”,这只是对文艺创作中“写什么”的基本要求,鲁迅认为这是第一步。同时,任何作者又“不可苟安于这一点,没有改革,以致沉没了自己”,而应该“逐渐克服自己的生活和意识,看见新路”[⑦]。尤其是“如果社会状态不同了,那自然也就不固定在一点上”[⑧]。鲁迅在回答两位青年作者对小说题材问题的提问时,一方面指出写旧有的生活,包括写自己熟悉的小资产阶级青年的生活,“对于目前的时代,还是有意义的”;另一方面,他又指出:“然而假使永是这样的脾气,却是不妥当的”,因为“这样写去,到一个时候,我料想必将觉得写完”[⑨]。出于丰富文艺创作内容的考虑,鲁迅认为文艺创作的题材应该是多种多样的,从社会欣赏要求来看,也切忌单调。题材的单一,

---

① 鲁迅:《且介亭杂文末编·论现在我们的文学运动》,《鲁迅全集》第6卷,人民文学出版社1981年版,第591页。

② 鲁迅:《书信·350204致李桦》,《鲁迅全集》第13卷,人民文学出版社1981年版,第45页。

③ 鲁迅:《且介亭杂文二集·叶紫作〈丰收〉序》,《鲁迅全集》第6卷,人民文学出版社1981年版,第220页。

④ 鲁迅:《且介亭杂文末编·“这也是生活”……》,《鲁迅全集》第6卷,人民文学出版社1981年版,第603页。

⑤ 鲁迅:《二心集·上海文艺之一瞥》,《鲁迅全集》第4卷,人民文学出版社1981年版,第303页。

⑥ 鲁迅:《书信·350629致赖少麒》,《鲁迅全集》第13卷,人民文学出版社1981年版,第162页。

⑦ 鲁迅:《二心集·关于小说题材的通信》,《鲁迅全集》第4卷,人民文学出版社1981年版,第368~369页。

⑧ 鲁迅:《书信·350204致李桦》,《鲁迅全集》第13卷,人民文学出版社1981年版,第45页。

⑨ 鲁迅:《二心集·关于小说题材的通信》,《鲁迅全集》第4卷,人民文学出版社1981年版,第367~368页。

无异是文艺的“自杀政策”[①]。以欣赏花草为例,“世上爱牡丹的或者是最多,但也有喜欢曼陀罗花或无名小草的”[②],如果“四时皆春,一年到头请你看桃花,你想够多么乏味?即使那桃花有车轮般大,也只能在初上去的时候,暂时吃惊,决不会每天做一首‘桃之夭夭’的”[③]。因此,鲁迅认为,作者除了一方面写自己已经熟悉的生活外,另一方面还应尽可能扩大视野,不断熟悉新的生活,开拓新的题材领域,以便能够从多个侧面乃至从正面和全局去反映时代风貌,从而发挥文学“对时代的助力和贡献”,同时也就能够更好地适应社会的丰富多样的欣赏要求。

至于“怎样写”的问题,在某种意义上讲,是指写作技巧的问题。鲁迅很重视文艺创作中的技巧问题,他曾指出,对于技巧,“许多青年艺术家,往往忽略了这一点。所以他的作品,表现不出所要表现的内容来。正如作文的人,因为不能修辞,于是也就不能达意”。当然,鲁迅同时也指出:“如果内容的充实,不与技巧并进,是很容易陷入徒然玩弄技巧的深坑里去的。”[④]他是将技巧问题与内容的充实摆在同等重要的位置来看待的。

鲁迅认为,所谓技巧,最重要的是对表现对象有“明确的判断力和表现的才能”[⑤]。这里的“明确的判断力”,是指对表现对象进行准确观察和研究之后所作出的透彻理解。所以,鲁迅曾对当时的青年木刻家一再指出,对于任何事物,必须观察准确,透彻,才好下笔,不要看了就动手,要观察了又观察,研究了又研究,精益求精,只要这样做,哪怕是最平凡的事物也能创造出它的生命力来。[⑥]只有善于观察和研究事物,才会获得“准确的判断力”,从而真正把握自己在作品中所要表现的对象。“表现才能”的获得,按鲁迅的体会,“是由于多看和练习,此外并无心得或方法的”[⑦]。“凡是已有定评的大作家,他的作品,全部就说明着‘应该怎样写’”[⑧],从成功的作品中学习和借鉴,是丰富自己创作表现力的

① 鲁迅:《书信·340419 致陈烟桥》,《鲁迅全集》第 12 卷,人民文学出版社 1981 年版,第 391 页。

② 鲁迅:《华盖集续编·厦门通信》,《鲁迅全集》第 3 卷,人民文学出版社 1981 年版,第 370 页。

③ 鲁迅:《华盖集续编·厦门通信(二)》,《鲁迅全集》第 3 卷,人民文学出版社 1981 年版,第 374 页。

④ 鲁迅:《书信·350204 致李桦》,《鲁迅全集》第 13 卷,人民文学出版社 1981 年版,第 45 页。

⑤ 鲁迅:《且介亭杂文二集·五论“文人相轻”——明术》,《鲁迅全集》第 6 卷,人民文学出版社 1981 年版,第 383 页。

⑥ 参见鲁迅:《且介亭杂文二集·五论“文人相轻”——明术》,《鲁迅全集》第 6 卷,人民文学出版社 1981 年版,第 383 页。

⑦ 鲁迅:《书信·350629 致赖少麒》,《鲁迅全集》第 13 卷,人民文学出版社 1981 年版,第 162 页。

⑧ 鲁迅:《且介亭杂文二集·不应该那么写》,《鲁迅全集》第 6 卷,人民文学出版社 1981 年版,第 311 页。

重要手段之一。但更重要的是,必须经过自己的实践和锻炼,并从中总结和积累创作的经验,最终形成自己独特的表现技巧。鲁迅自己的创作最能说明这一问题。在最初的创作中,他的作品多少受外国作家的影响,但随着不断的创作实践,他便逐步"脱离了外国作家的影响,技巧稍为圆熟,刻划也稍加深切"①了。

具体的创作技巧所包含的内容是丰富而复杂的。鲁迅基本上是在总体原则上肯定创作技巧的重要,而较少谈及自己如何运用技巧的经验,因为他一向认为,具体的写作技巧,要靠作者自己从别人的作品中去体会,要通过实践自己去摸索。这里仅就鲁迅谈论得较多的关于文学作品塑造人物的有关技巧,选其要点略作介绍:

其一,作品中所写出的人物,必须是作者在心目中充分酝酿后的产物。鲁迅指出:"作者用对话表现人物的时候,恐怕在他自己的心目中,是存在着这人物的模样的,于是传给读者,使读者的心目中也形成了这人物的模样。"②这就是说,作者心目中首先必须存在所要写的人物的影像,否则就不可能在作品中写出活生生的人物,而这个影像则是作者对自己所遇、所见、所闻的人物进行观察、分析、提炼、改造、综合,即充分酝酿的结果,用鲁迅的话说,这好比"画家的画人物",对生活中的人物"静观默察,烂熟于心",然后便能"凝神结想,一挥而就"③。鲁迅塑造阿Q这一人物形象时就有这样一个过程。鲁迅说:"阿Q的影像,在我心目中似乎确已有了好几年。"④也就是说,正是经过在心目中多年的酝酿,鲁迅才成功地塑造出这么生动的人物形象。这种酝酿是很重要的,正是在这个意义上,鲁迅主张"写不出的时候不硬写"⑤,"硬写"出的人物常易流于苍白、枯燥以及公式化、脸谱化,缺少生气。

其二,要注意写出人物的灵魂来。要把人物真正写活,鲁迅认为一定要写人物的灵魂,即前面曾讲到的要"显示灵魂的深"。如何写出人物"灵魂的深"呢?鲁迅常采用的手法有三种:第一,画眼睛。鲁迅认为,"要极省俭的画出一个人的特点,最好是画他的眼睛","倘若画了全副的头发,即使细得逼真,也毫无意

① 鲁迅:《且介亭杂文二集·〈中国新文学大系〉小说二集序》,《鲁迅全集》第6卷,人民文学出版社1981年版,第239页。

② 鲁迅:《花边文学·看书琐记》,《鲁迅全集》第5卷,人民文学出版社1981年版,第530页。

③ 鲁迅:《且介亭杂文末编·〈出关〉的"关"》,《鲁迅全集》第6卷,人民文学出版社1981年版,第519页。

④ 鲁迅:《华盖集续编·〈阿Q正传〉的成因》,《鲁迅全集》第3卷,人民文学出版社1981年版,第378页。

⑤ 鲁迅:《二心集·答北斗杂志社问》,《鲁迅全集》第4卷,人民文学出版社1981年版,第364页。

思”[①],因为眼睛是心灵的窗户,从它可以透视人物灵魂的深处。这里的“画眼睛”是一种形象的说法,实际上是指抓住人物最能传神的因素,以形写神,达到揭示人物灵魂的目的。第二,直接揭开人物心灵的秘密。关于这一手法,鲁迅没有直接论述过,但在他的创作中却屡屡被采用着。一个典型的例子是《阿Q正传》第七章,该章写了阿Q的“革命狂想曲”,作者借人物由幻想形成的幻觉,直接展示了阿Q的病态心理和褊狭的“革命”目的。第三,用个性化的人物语言来揭示人物的内心世界。鲁迅曾提及,“高尔基很惊服巴尔札克小说里写对话的巧妙,以为并不描写人物的模样,却能使读者看了对话,便好像目睹了说话的那些人”[②]。鲁迅还曾这样称赞陀思妥耶夫斯基作品对人物“灵魂的深”的揭示,认为“他写人物,几乎无须描写外貌,只要以语气,声音,就不独将他们的思想和感情,便是面目和身体也表示着”[③]。而鲁迅在自己的作品中运用人物的个性化语言来显示灵魂的例子,更是屡见不鲜。

其三,采用“杂取种种人,合成一个”的方法来塑造人物。鲁迅指出:“作家的取人为模特儿,有两法……一是专用一个人,言谈举动,不必说了,连微细的癖性,衣服的式样,也不加改变……二是杂取种种人,合成一个。”[④]鲁迅大都采取后一种办法,他曾这样谈起过自己的创作:“有模特儿,我从来不用某一整个”[⑤];“模特儿不用一个一定的人,看得多了,凑合起来的”[⑥];“往往嘴在浙江,脸在北京,衣服在山西,是一个拼凑起来的脚色。”[⑦]这里所讲的“杂取”“合成”“凑合”“拼凑”等,实际上就是指对生活中的原型进行一定的艺术集中和概括,即将人物典型化,这样,虽然写出的只是一个,概括进去的却是一群,写出的人物所包蕴的社会意义也更广泛,更能在读者中产生广泛的反响。因为是广收博取,“一部分相像的人也就更其多数,更能招致广大的惶怒”[⑧],从而让现实中的人

① 鲁迅:《南腔北调集·我怎么做起小说来》,《鲁迅全集》第4卷,人民文学出版社1981年版,第513页。

② 鲁迅:《花边文学·看书琐记》,《鲁迅全集》第5卷,人民文学出版社1981年版,第530页。

③ 鲁迅:《集外集·〈穷人〉小引》,《鲁迅全集》第7卷,人民文学出版社1981年版,第103页。

④ 鲁迅:《且介亭杂文末编·〈出关〉的“关”》,《鲁迅全集》第6卷,人民文学出版社1981年版,第518~519页。

⑤ 鲁迅:《书信·360221致徐懋庸》,《鲁迅全集》第13卷,人民文学出版社1981年版,第318页。

⑥ 鲁迅:《二心集·答北斗杂志社问》,《鲁迅全集》第4卷,人民文学出版社1981年版,第364页。

⑦ 鲁迅:《南腔北调集·我怎么做起小说来》,《鲁迅全集》第4卷,人民文学出版社1981年版,第513页。

⑧ 鲁迅:《且介亭杂文末编·〈出关〉的“关”》,《鲁迅全集》第6卷,人民文学出版社1981年版,第519页。

们“疑心到像是写自己,又像是写一切人,由此开出反省的道路”①。鲁迅的《阿Q正传》中塑造的阿Q形象,正是采用这种手法,并达到了这样的效果。

当然,鲁迅所论及的以及在创作中所采用的写人物的技巧远不止以上三个方面,这里只是略作举例而已。即使是对这几个方面的技巧,也不能生搬硬套,而应该通过各自的创作实践去领会、理解、掌握、改进,使之能够变成自己的东西。鲁迅早就告诫过人们,文艺创作“究竟也以独创为贵”②。

第三节 鲁迅的文学文体论

诗歌、小说、散文、杂感文等文体形式,在鲁迅的创作中都曾先后被采用过,但何以鲁迅对杂感文特别钟爱——不仅创作数量一开始就遥居各类创作之首,而且最终几乎舍弃了其他文学样式,使杂感文的写作成为他创作活动的唯一内容?这主要与鲁迅文学观中的“功能意识”有关,即鲁迅是在找寻社会批判、文化革新的武器时选择文学事业的,同样,鲁迅也是在比较武器的优劣后选择了杂感文这一文体形式。鲁迅的文体选择中,的确包含了找寻武器的目的和要求,但既然是在文学范围内的选择,对于文学各文体形式的特点的理解和把握,就是一个不容忽略的必备条件。在文体选择方面,其实也充分体现了鲁迅自觉的“文体意识”,显示了他对文学自身特性的深切了悟,同时也昭示了作为伟大启蒙思想家的鲁迅与作为伟大文学家的鲁迅二者相契合的独特方式。

一、对新诗文体的思考

鲁迅之于新诗,在一开始就抱定了一种不彻底介入的态度,他声称自己并不喜欢作新诗,“只因为那时诗坛寂寞,所以打打边鼓,凑些热闹”③。这里所谓的“凑些热闹”,主要是就“五四”当时正在兴起的“反对文言文,提倡白话文”运动而言的,鲁迅希望能以新诗助新的白话语言方式的确立,而且苦于当时诗坛的寂寞,所以亲自实践。鲁迅初期创作的白话诗无论从内容还是从语言形式上看,均已达到了当时的最高水平,胡适、朱自清等对此均有非常高的评价。但鲁迅很快

① 鲁迅:《且介亭杂文·答〈戏〉周刊编者信》,《鲁迅全集》第6卷,人民文学出版社1981年版,第146页。

② 鲁迅:《华盖集续编·不是信》,《鲁迅全集》第3卷,人民文学出版社1981年版,第230页。

③ 鲁迅:《集外集·序言》,《鲁迅全集》第7卷,人民文学出版社1981年版,第4页。

就“退出”了新诗创作队伍，并一再表示，“我对于诗是外行”[①]；“我自己是不会做诗的”[②]；“我其实是不喜欢做新诗的”[③]。这种表白，显然并非完全出于谦虚，此中所蕴含的实质性意义在于，鲁迅对诗歌这一文体形式的自身要求有着明确的认识，对新诗在白话文运动之后所可能遭逢的命运有深切的了悟。

诗歌在文学品类中是形式感最强的一种，在艺术形式上有着远甚于其他文学品类的苛刻的要求。鲁迅曾反复论及新诗的形式问题，他说：“诗须有形式，要易记，易懂，易唱，动听，但格式不要太严。要有韵，但不必依旧诗韵，只要顺口就好。”[④]“我以为内容且不说，新诗先要有节调，押大致相近的韵，给大家容易记，又顺口，唱得出来。”[⑤]在鲁迅看来，新诗的形式问题，最基本的方面就在于它的节调和音韵。对于这二者的有意无意地忽略，将会导致新诗的失败，即如鲁迅所说的：“没有节调，没有韵，它唱不来；唱不来，就记不住，记不住，就不能在人们的脑子里将旧诗挤出，占了它的地位。……新诗直到现在，还是在交倒楣运。”[⑥]鲁迅讲这段话时已是20世纪30年代中期，此中包含着他从新诗的文体要求出发所进行的对“五四”以来新诗发展历程和命运的深刻思考。诗歌的诸如节调、音韵等形式问题，说到底是一个语言问题。鲁迅深切地认识到，“白话要押韵而又自然，是颇不容易的”[⑦]，因此，以白话为载体的新诗在形式上就具有了先天的不足之处。鲁迅把新诗的“倒楣运”与做新诗所用的白话联系起来，这是发人深省的。

“真正的诗歌史是语言的变化史，诗歌正是从这种不断变化的语言中产生的。而语言的变化是社会和文化的各种倾向产生的压力造成的。”[⑧]发端于“五四”之初的白话文运动，是顺应社会进步、文化发展的历史要求而兴起的。在这场运动中，以鲁迅为代表的先驱者们特别关注的一个重要方面是以文言为代表的旧语言文字的模糊、含混、不精确等方面的弊端，认为这种不精确必然带来中国人思维的模糊。在近代被看作科学发展的重要精神动力的演绎推论，是以概念的精确为前提的。对于科学的思维，文言文所代表的中国语言文字不是一种

① 鲁迅：《书信·350920致蔡斐君》，《鲁迅全集》第13卷，人民文学出版社1981年版，第220页。

② 鲁迅：《两地书·第一集　北京》，《鲁迅全集》第11卷，人民文学出版社1981年版，第97页。

③ 鲁迅：《集外集·序言》，《鲁迅全集》第7卷，人民文学出版社1981年版，第4页。

④ 鲁迅：《书信·350920致蔡斐君》，《鲁迅全集》第13卷，人民文学出版社1981年版，第220页。

⑤ 鲁迅：《书信·341101致窦隐夫》，《鲁迅全集》第12卷，人民文学出版社1981年版，第556页。

⑥ 鲁迅：《书信·341101致窦隐夫》，《鲁迅全集》第12卷，人民文学出版社1981年版，第556页。

⑦ 鲁迅：《书信·341101致窦隐夫》，《鲁迅全集》第12卷，人民文学出版社1981年版，第556页。

⑧ ［英］F. W. 贝特森：《英诗与英语》，转引自［美］韦勒克、沃伦：《文学理论》，生活·读书·新知三联书店1984年版，第186页。

完善的媒介。[1] 出于促使文化进步的考虑,鲁迅等先驱者以极大的热情反对文言文,提倡白话文,其目的正在于丰富中国语言的科学思维能力,使中国人"可以发表更明确的意思,同时也可以明白更精确的意义"[2]。毫无疑问,这场语言革命对于推动中国文化由旧向新转换,促进中国文化的整体性发展,有着不可磨灭的历史功绩。中国白话新诗作为这场意义深远的语言革命的具体实践,其历史贡献也是不言自明的。语言革命的成果常常是必须依赖作为语言艺术的文学创作来得到巩固的。新诗对代表着旧的语言方式的旧体诗的冲决,对于新的白话语言方式的确立有着特殊作用。因此,中国新诗的产生,其意义首先不在诗歌自身,诚如当时就曾有人指出的那样,"新诗运动的起来,侧重白话一方面,未曾注意到新诗的艺术和原理一方面",人们"注重的是'白话',不是'诗'",新诗普遍缺乏"音节","读起来不顺口",虽然"有人能把诗写得很整齐,例如十个字一行,八个字一行,但读时仍无相当的抑扬顿挫"[3]。不仅如此,中国语言在"五四"初期的这场革命后,多少陷入了一种"两难"的境地:为了适应科学发展的要求,语言必须追求精确性、界定性,这就必须以丧失中国传统语言方式所具有的隐喻性、模糊性等带有文学色彩的风格为代价;而要保存中国语言方式中被西方人称为特具"诗"的风格的东西,[4]则又难以使中国语言适应科学性思维的要求。五四时期的语言革命在科学与文学的选择中,无疑是倾向于科学的。因此,新诗作为这场语言革命的产物,也必然地要承担语言革命的"非文学"的后果。

文学对语言有着特殊的要求,如语义的多层次性、情绪性、含蓄性、感受性、暗示性等。这与科学性语言相去甚远。用J. 浮尔兹的话说就是:"科学——就其字面意义而言,是不惜任何代价的精确,诗歌——则是不惜任何代价的包揽。"[5]鲁迅在《诗歌之敌》一文中也曾指出"科学"与"诗美"的冲突。由于五四时期过分强调语言的界定性、明确性,促进了科学的发展,推动了文化在整体上的转换,但对文学这一具体领域而言,其损失也是不言自明的。文化的整体性历史进步,似乎是在以牺牲局部的文艺本体特性为其代价,尤其是那些形式感较强、最具文学性的文学门类(如诗歌),所受的损失要更大一些。相比较而言,小说、杂文等文学门类要幸运一些:语言的精确性要求,在某种程度上或许可以说

---

① 参见朱晓进:《鲁迅与语言文化》,《中国现代文学研究丛刊》1987年第2期。

② 鲁迅:《且介亭杂文·答曹聚仁先生信》,《鲁迅全集》第6卷,人民文学出版社1981年版,第77页。

③ 梁实秋:《新诗的格调及其他》,《诗刊》1931年创刊号。

④ 参见[日]西村文子、[挪威]加尔通:《结构、文化和语言》,《外国社会科学》1985年第8期。

⑤ [英]J. 浮尔兹:《亚里斯托斯》,《英国作家论文学》,汪培基等译,生活·读书·新知三联书店1985年版,第560页。

是玉成了以叙述为主要语言特征的小说（增加了叙事的清晰度）和以说理为其语言特征的杂文（增强了说理的逻辑性），而以含蓄、寓意、多义、暗示、抒情为语言特征的诗歌，则不能不“交倒楣运”。

正是基于以上的认识，鲁迅终于放弃了新诗的写作。与旧体诗相比，在形式上由于白话要押韵而又自然，是颇不容易的，这先就给写好白话新诗带来了一重困难；而趋向于精确化、理性化的白话在诗的内蕴上又逊一筹，许多文言能表达的诗境，白话是无法表达的，用白话写诗很难保证能像古典诗词那样蕴藉深厚。因此，鲁迅在欲寄情于诗歌时，往往选择旧体诗形式。只要稍稍注意一下鲁迅的诗歌创作，就会发现他写的新诗数量很少，且主要集中于“五四”初期那一段时间，而此前此后在诗歌创作方面均以写旧体诗为主，不仅所写旧体诗的数量远远超出白话新诗，而且脍炙人口的艺术佳作也以旧体诗为多。由此可知，鲁迅最终放弃新诗创作，包含着他在深入探讨了新诗文体问题之后所作的明智的选择，此中体现着他因对新诗文体的难以把握而持的一种审慎的态度。

不仅如此，鲁迅还分明意识到，诗歌这一文学种类，其文体要求的实现事实上还要受制于特殊的时代条件。鲁迅曾就许广平的一首关于五卅惨案的诗作过这样的评论：“那一首诗，意气也未尝不盛，但此种猛烈的攻击，只宜用散文，如‘杂感’之类，而造语还须曲折，否，即容易引起反感。诗歌较有永久性，所以不甚合于做这样题目。”①但也诚如鲁迅所反复强调的那样，这个时代所需要于文学的，并不是什么精、雅的艺术品，而是“锋利而切实”的“匕首和投枪”②。文学之于那样一个特定的时代，应是“感应的神经”“攻守的手足”③。新诗就这样处在一种“两难”的境地之中。一方面，诗歌“较有永久性”，不宜用于“猛烈的攻击”，意气太盛，感情太烈，锋芒太露，“能将‘诗美’杀掉”④；然而另一方面，在一个斗争激烈、血与火拼搏的时代，又常常不允许人们在感情上冷静下来，除非有意识地与现实保持相当距离，否则一写诗就难免要“意气太盛”，难免要“猛烈攻击”，难免要“直说”。文体的盛衰，显然有着深刻的社会原因，即鲁迅所谓的文学“种类之别”，“也仍然与社会条件相关联”⑤。鲁迅终于放弃新诗的创作，并提出新诗正“交倒楣运”的命题，大概也正包含了他对新诗在特定社会条件下所

① 鲁迅：《两地书·第一集　北京》，《鲁迅全集》第11卷，人民文学出版社1981年版，第97页。

② 鲁迅：《南腔北调集·小品文的危机》，《鲁迅全集》第4卷，人民文学出版社1981年版，第575页。

③ 鲁迅：《且介亭杂文·序言》，《鲁迅全集》第6卷，人民文学出版社1981年版，第3页。

④ 鲁迅：《两地书·第一集　北京》，《鲁迅全集》第11卷，人民文学出版社1981年版，第97页。

⑤ 鲁迅：《且介亭杂文·论“旧形式的采用”》，《鲁迅全集》第6卷，人民文学出版社1981年版，第24页。

处的“两难”困境的思考吧。

二、对小说文体的理解

鲁迅在新诗领域所遇到的受制于特定历史时期的时代条件而形成的“功能意识”与“文体意识”难以两全的境况，在小说领域中也或多或少以不同的形式存在着。

鲁迅曾说到他作小说的情况：“我做完之后，总要看两遍，自己觉得拗口的，就增删几个字，一定要它读得顺口；没有相宜的白话，宁可引古语，希望总有人会懂，只有自己懂得或连自己也不懂的生造出来的字句，是不大用的。这一节，许多批评家之中，只有一个人看出来了，但他称我为 Stylist（文体家）。”①这段话可以证明，鲁迅之于小说，其文体意识是很自觉的。这里有两点值得注意：第一，鲁迅很注重对白话语言的提炼和加工；第二，鲁迅很强调“读得顺口”，“总希望有人会懂”。这两点都标示了鲁迅的现代白话小说与“五四”那场语言革命的关系。鲁迅注重语言的提炼和加工，实际上正包含了他借小说创作助白话方式确立，以使白话在表现力上能与旧的文言语言方式抗衡的目的。鲁迅之所谓“采说书而去其油滑，听闲谈而去其散漫，博取民众的口语而存其比较的大家能懂的字句，成为四不像的白话”②，正可以看出他对白话语言的创制和完善所作的探索。

从文学形式的独特性要求来看，小说有自身的文体要求，对此，鲁迅也有着精到的理解。例如，他在批评《官场现形记》等清末谴责小说艺术上的不足时，主要是指出了它们的“辞气浮露，笔无藏锋，甚且过甚其辞，以合时人嗜好”③的缺点；在批评《二十年目睹之怪现状》艺术上的不足时，也主要是指出了它的“描写失之张皇，时或伤于溢恶，言违真实，则感人之力顿微”④的缺点。这里所谓的“辞气浮露，笔无藏锋”和“伤于溢恶”，都是指出了这些小说过于直说、过多议论，而少形象、不含蓄的弊病。鲁迅曾高度赞扬《儒林外史》在“指摘时弊”方面的成就，而他尤为称道的是，这部作品虽是指摘时弊，但避免了直说、议论等小说

---

① 鲁迅：《南腔北调集·我怎么做起小说来》，《鲁迅全集》第 4 卷，人民文学出版社 1981 年版，第 512～513 页。

② 鲁迅：《二心集·关于翻译的通信》，《鲁迅全集》第 4 卷，人民文学出版社 1981 年版，第 384 页。

③ 鲁迅：《中国小说史略·第二十八篇　清末之谴责小说》，《鲁迅全集》第 9 卷，人民文学出版社 1981 年版，第 282 页。

④ 鲁迅：《中国小说史略·第二十八篇　清末之谴责小说》，《鲁迅全集》第 9 卷，人民文学出版社 1981 年版，第 286 页。

文体之大忌:“无一贬词,而情伪毕露,诚微辞之妙选,亦狙击之辣手矣。”[①]在评价宋代传奇小说时,鲁迅更是从文体要求的角度认定,“传奇小说,到唐亡时就绝了”。这倒不是说宋代没有人作传奇,而是因为宋代的传奇与小说的文体要求相去甚远:“宋时理学极盛一时,因之把小说也多理学化了,以为小说非含有教训,便不足道。但文艺之所以为文艺,并不贵在教训,若把小说变成修身教科书,还说什么文艺。宋人虽然还作传奇,而我说传奇是绝了,也就是这意思。”[②]鲁迅对小说这一文体形式自身艺术要求的深刻理解当然并不仅仅表现在评价传统小说作品时,而且也同样表现在对现代白话小说的评价上。例如,鲁迅曾这样谈起过叶永蓁的《小小十年》:“技术,是未曾矫揉造作的。……我所感到累赘的只是说理之处过于多,校读时删节了一点……”[③]鲁迅对萧军《八月的乡村》也曾提过这样的修改意见:“《八月》上我主张删去的,是说明而非描写的地方,作者的说明,以少为是。”[④]从上述有关论述中的确可以看出,鲁迅对小说的文体要求有着明晰而精到的理解。

与诗歌不同的是,白话之于小说并无多大矛盾,白话语言方式与小说的文体要求完全可以达到一致,这是因为小说原本就是文学品类中最具平民性、通俗性的文体,其使用“白话”的历史也很悠久。按理说,鲁迅写小说绝不会遇到他写新诗时所遭遇的受制于白话语言方式而难以完美地实现其文体要求的尴尬情况。但鲁迅感觉到,受制于时代条件,小说的文体要求同样是难以完满实现的:一方面,鲁迅明知小说自身的文体要求是重形象塑造而忌议论过多,重含蓄而忌直说的;但另一方面,在实际的创作中,鲁迅自己似乎也很难摆脱议论与直说。

在鲁迅的小说创作中,议论性笔调是比较明显的,尤其是他最初的小说创作。例如《狂人日记》中,几乎通篇都是狂人对历史和现实中“吃人”现象的直语式的抨击;《阿Q正传》第一章“序”中用讥讽的语言对国粹派作风趣、诙谐的嘲笑;《端午节》中方玄绰对“索薪”“亲领”的大段牢骚性议论;《兔和猫》中对造物主的“将生命造得太滥,毁得太滥”的责备性议论;尤其是《头发的故事》,全篇都是借N先生之口直接发议论。对于小说中的议论性特点,鲁迅自己从不讳言,

---

① 鲁迅:《中国小说史略·第二十三篇　清之讽刺小说》,《鲁迅全集》第9卷,人民文学出版社1981年版,第223页。

② 鲁迅:《中国小说的历史的变迁·第四讲　宋人之“说话”及其影响》,《鲁迅全集》第9卷,人民文学出版社1981年版,第319页。

③ 鲁迅:《三闲集·叶永蓁作〈小小十年〉小引》,《鲁迅全集》第4卷,人民文学出版社1981年版,第147页。

④ 鲁迅:《书信·350412致萧军》,《鲁迅全集》第13卷,人民文学出版社1981年版,第110页。

甚至明确表示："就是我的小说，也是论文；我不过采用了短篇小说的体裁罢了。"[①]可见，鲁迅是自觉地引议论入小说，其出发点也很明显："不过大约心里原也藏着一点不平，因此动起笔来，每不免露些愤言激语。"[②]

鲁迅明知小说的文体要求是什么，也清楚愤激的议论之于小说这种文体形式的不相宜，但在小说创作中为什么又摆不脱非文体化的倾向呢？这显然与时代条件以及鲁迅受制于时代而从理性出发形成的"功能意识"密切相关。鲁迅写作小说的时代是一个"不是死，就是生"的"大时代"，作家不能"使自己逃出文艺，或者从文艺推出人生"[③]；而读者也无暇欣赏那些太艺术化的精品，人们对政治思想内涵的要求压倒了对艺术内涵的追寻。鲁迅这样表示过："我写的小说极为幼稚，只因哀本国如同隆冬，没有歌唱，也没有花朵，为冲破这寂寞才写的"，"处此境遇，也许会更陷于讽刺和诅咒罢。"[④]面对当时的环境、当时的读者需求、普遍的社会心理，文学第一位的任务不在于自身的艺术要求以及文体要求的实现，而在于直剖明示地反映时代的内容和民众的呼声。正因为如此，鲁迅最初的小说创作赢得了最广大的读者。鲁迅在回顾《呐喊》中的作品时，也曾从议论过多等非小说文体化倾向的角度指出其不足，认为"倘再发那些四平八稳的'救救孩子'似的议论"，连他自己"也觉得空空洞洞"[⑤]了。但鲁迅又十分明白，虽然《呐喊》中语言愤激，议论颇多，但是"因为其中的讽刺在表面上似乎大抵针对旧社会的缘故"，"所以略略流行于新人物间"[⑥]，以至于"想也没有想到""小说销到上万"[⑦]。到了《彷徨》中的作品，鲁迅"只因为成了游勇，布不成阵了，所以技术虽然比先前好一些"，"而战斗的意气却冷得不少"[⑧]。《彷徨》中虽仍保留了一些议论性笔调，但已去其锋芒，转归含蓄。"技巧稍为圆熟，刻划也稍加深切"，"但一面也减少了热情，不为读者们所注意了。"[⑨]面对《呐喊》与《彷徨》在读者反响上的不同遭遇，鲁迅其实是难以回避选择的"二难"局面的：继续像

---

① 冯雪峰：《鲁迅先生计划而未完成的著作》，《雪峰文集》第4卷，人民文学出版社1985年版，第18页。

② 鲁迅：《三闲集·通信》，《鲁迅全集》第4卷，人民文学出版社1981年版，第96页。

③ 鲁迅：《而已集·〈尘影〉题辞》，《鲁迅全集》第3卷，人民文学出版社1981年版，第547页。

④ 鲁迅：《书信·201214致青木正儿》，《鲁迅全集》第13卷，人民文学出版社1981年版，第454页。

⑤ 鲁迅：《而已集·答有恒先生》，《鲁迅全集》第3卷，人民文学出版社1981年版，第456页。

⑥ 鲁迅：《集外集·咬嚼之余》，《鲁迅全集》第7卷，人民文学出版社1981年版，第60页。

⑦ 鲁迅：《三闲集·通信》，《鲁迅全集》第4卷，人民文学出版社1981年版，第97页。

⑧ 鲁迅：《南腔北调集·〈自选集〉自序》，《鲁迅全集》第4卷，人民文学出版社1981年版，第456页。

⑨ 鲁迅：《且介亭杂文二集·〈中国新文学大系〉小说二集序》，《鲁迅全集》第6卷，人民文学出版社1981年版，第239页。

《呐喊》那样以议论和愤激的言辞去保持振聋发聩的力量，固然能继续引起广大读者的关注，但这“照艺术上说，是不应该的”，连作者本人也要不免觉得“空空洞洞”；而如《彷徨》那样注重艺术内涵，注意运用曲笔来含蓄地表达，却又易被读者忽略。这种选择的“二难”状况，其实质反映的仍是鲁迅文学观中“功能意识”与“文体意识”之间的矛盾性。要求得两全，最好的办法也许只能是放弃小说这一文体形式，再另作他觅。

鲁迅早在《狂人日记》发表后不久就曾在致傅斯年的信中说过：“《狂人日记》很幼稚，而且太逼促，照艺术上说，是不应该的……我自己知道实在不是作家，现在的乱嚷，是想闹出几个新的创作家来……破破中国的寂寞。”[①]这与他说自己写新诗并非想作诗人，而只是“敲敲边鼓”，以待真正的诗人出现，有异曲同工之妙。这里也透露出一种信息：鲁迅开始写小说时，就隐含着他放弃小说的可能性。

三、对杂文文体的把握

鲁迅对杂感文体的选择，应看作是他追求时代性与文学性相统一、“功能意识”与“文体意识”双重价值实现的必然结果。忽略了鲁迅的明确的“文体意识”，仅从“功能意识”着眼，很难解释清楚鲁迅何以逐步放弃了新诗和小说的创作，何以倾注如此巨大的精力和热情来鼓吹杂感文，何以能在创作实践中将这一文体形式发展到如此炉火纯青的地步。正是在这个意义上，我们不仅理应承认，是鲁迅独创了杂感文这一文体形式，即如瞿秋白所谓的“杂感这种文体，将要因为鲁迅而变成文艺性的论文（阜利通——feuileton）的代名词”[②]；而且，也理应更清楚地了解鲁迅创造的杂感文形式在中国现代语言变迁史、中国现代文学史上的意义，并从而更充分地认识它的文学史价值。

能否有一种文体形式使鲁迅的“功能意识”与“文体意识”二者都得以充分实现呢？可以说，鲁迅最终选定杂感文这一文体形式，正包含了他在这方面的考虑。

能否既保证语言朝着界定性、精确化方向健康地发展，而同时又兼顾到文体自身对于语言的特殊要求？从杂感文对于语言的特殊要求来看，杂感文这种文体形式与五四时期的那场语言革命的目标有着诸多一致性，或者最起码可以说，杂感文对语言的要求之于“五四”白话语言发展的实际，不像诗歌对语言的要求

---

① 鲁迅：《集外集拾遗·对于〈新潮〉一部分的意见》，《鲁迅全集》第7卷，人民文学出版社1981年版，第226页。

② 瞿秋白：《〈鲁迅杂感选集〉序言》，《瞿秋白文集》（二），人民文学出版社1953年版，第978～979页。

之于白话那样具有较明显的冲突。相反，语言的明确性和精确化恰恰在某种程度上玉成了以议论、说理为其语言特征的杂感文。

从文学的角度看，杂感文虽然也有着一般文学作品所具有的客观形象的再现和主观情感的表达，但它与诗歌、小说相比却有所不同。杂感文在再现客观形象时，常具有单一化、概括化的特点，而且对具体事实和客观现象的描述，其目的也主要是为发议论。诚如有些学者所指出的那样，“本质上是一种议论文的杂文，却是可以离开形象而存在的”，“一篇议论文的一个最起码的要求，就是条理清楚，层次分明；要有严密的逻辑性”①。也就是说，创造有文学价值的艺术形象并不是杂感文的主要任务。具体形象之介入杂感文，主要是为了说理、议论的需要，这与小说创造典型形象和诗歌创造抒情主人公形象是不同的。至于主观情感的表达方式，杂感文也有不同于其他文学样式的特点。固然杂感文也常有寓情感于客观形象描述之中的时候，但作为其主要方式，在更多的场合下是以议论表达出情感判断，这就有别于小说的主要以形象塑造来寄托感情的方式；虽然杂感文中主观情感的抒发有时也带有直接性，但更多的情况下情感是化为一种理性的思考，以“理趣”的形态呈现出来的，这就有别于诗歌的抒情方式。正如朱自清对鲁迅杂感文所作的评价：“这里吸引我的，一方面固然也是幽默，一方面却是……那传统的称为‘理趣’，现在我们可以说是‘理智的结晶’。”②

对于杂感文的理性化、直语性、逻辑性等特点，鲁迅自己也曾有过诸多的论述。他曾说，自己的杂感文“凡有所说所写，只是就平日见闻的事理里面，取了一点心以为然的道理”③，这是突出杂感文的“理趣”特征。鲁迅常说自己写杂感文是“论时事不留面子，砭锢弊常取类型”④。所谓“论时事不留面子”，从文体特征的角度看，实际上就是直语、直说，即用具有相当界定性、清晰度的语言直剖明示出问题的实质；而所谓“常取类型”者，与其说是像小说那样通过典型化过程来塑造形象，不如说是更像科学的图示，只是这种图示所选的“标本”较具类型化特征而已，即鲁迅所说的：“写类型者，于坏处，恰如病理学上的图，假如是疮疽，则这图便是一切某疮某疽的标本，或和某甲的疮有些相像，或和某乙的疽有点相同。”⑤这体现在语言上，便是要求概括性、明示性等“图示”特征，而非

---

① 钱谷融：《鲁迅杂文的艺术特色》，李宗英、张梦阳编：《六十年来鲁迅研究论文选》（下），中国社会科学出版社 1982 年版，第 351、361 页。

② 朱自清：《鲁迅先生的杂感》，李宗英、张梦阳编：《六十年来鲁迅研究论文选》（上），中国社会科学出版社 1982 年版，第 635 页。

③ 鲁迅：《坟·我们现在怎样做父亲》，《鲁迅全集》第 1 卷，人民文学出版社 1981 年版，第 130 页。

④ 鲁迅：《伪自由书·前记》，《鲁迅全集》第 5 卷，人民文学出版社 1981 年版，第 4 页。

⑤ 鲁迅：《伪自由书·前记》，《鲁迅全集》第 5 卷，人民文学出版社 1981 年版，第 4 页。

具象化、感性化的个性特征。总之,杂感文是以其“议论”为主要特征的,注重的是“理趣”,是思维的理性化、陈述的直接性和行文的逻辑性等。这些文体特征,要求用于杂感文的语言也必须相应地具有直语性、精确性、明示性、界定性。与小说、诗歌相比,这种文体特征尤其明显。

鲁迅对杂感文这一文体形式的选择,正包含了上述对杂感文文体特征的理解和把握。杂感文形式成了他努力追寻“功能意识”与“文体意识”双重价值实现的一条途径。这是语言革命之后找寻作为语言艺术的文学的出路的有益而且卓有成效的尝试。杂感文这一文体形式既有助于巩固“五四”初期语言革命的成果,又在最大程度上避免了因强调语言的明确性而可能给文学带来的不利影响。或许正是以此为重要原因之一,杂感文在“五四”以后便特别发达起来。鲁迅所说的五四时期“散文小品的成功,几乎在小说戏曲和诗歌之上”①,揭示的也正是这样一个重要的文学史现象。

第四节　鲁迅的文学欣赏论

一、对文学欣赏主体的重视和尊重

鲁迅很重视文学欣赏问题。他曾指出,“创作虽说抒写自己的心,但总愿意有人看”②,也愿意“有共鸣的心弦”③。也就是说,作者写出作品,目的是要给人看,是试图通过作品与读者进行情感的交流。这种交流正是通过文学欣赏活动来达到的,只有通过欣赏活动,才能使文学作品的价值得以真正实现。文学作品一经写出,它的价值当然就成了一种客观存在,但在作品还未获得读者时,这种客观价值还只表现为一种潜在价值;而只有当作品“有人看”、震响了“共鸣的心弦”时,这种潜在价值才真正得以实现。

要使文学作品的潜在价值变为现实价值,必须经过读者的阅读和欣赏。因此,作者在创作文学作品时,就不能不受到读者的阅读和欣赏要求的制约。作者必须时时想到读者,因为没有读者,作家的工作就失去了服务对象,在服务对象消失的情况下,作品价值的实现也就根本无从谈起。正是在这个意义上,鲁迅提

① 鲁迅:《南腔北调集·小品文的危机》,《鲁迅全集》第4卷,人民文学出版社1981年版,第576页。

② 鲁迅:《而已集·小杂感》,《鲁迅全集》第3卷,人民文学出版社1981年版,第532页。

③ 鲁迅:《集外集拾遗·诗歌之敌》,《鲁迅全集》第7卷,人民文学出版社1981年版,第238页。

出了“作者和读者互相为因果”[①]的命题。所谓作者与读者互为因果，在某种意义上可以说读者这一方更为重要，它往往能起到左右文学发展的作用。鲁迅曾分析过木刻艺术的发展与鉴赏者的关系问题，他认为，木刻“在中国，大约难以发达，因为没有鉴赏者”[②]。因此，要使木刻艺术在中国有所发展，首先就应该设法使之获得鉴赏者。他还在给一位友人的信中这样表示了自己的主张：“木刻还未大发展，所以我的意见，现在首先是在引起一般读书界的注意，看重，于是得到赏鉴，采用，就是将那条路开拓起来，路开拓了，那活动力也就增大。”[③]这虽然是就木刻艺术而言的，但实际上对各类艺术的发展具有普遍意义。任何艺术作品，一旦离开了鉴赏者，它就只能自生自灭，难以存活，更不用谈什么艺术价值的实现了。重视鉴赏者，重视读者之于艺术作品、文学作品的作用和意义，这在鲁迅的文艺欣赏观中是一以贯之的。早在20世纪20年代初，他就曾以泥土和好花、乔木的形象比喻来说明作者与读者的互为因果的关系，他说，“想有乔木，想看好花，一定要有好土；没有土，便没有花木了；所以土实在较花木还重要”，如果说广大的民众读者层是这种泥土的话，那么天才的文学家和好的文学作品就是生长在泥土中的乔木和好花，一旦失去泥土也就“长不出好花和乔木来”。[④]

可以说，重视读者，是鲁迅文学欣赏观的核心。这与鲁迅的整体文学观是一致的。既然鲁迅要以文学作思想启蒙的工具，要以文学作改良社会、改良人生的利器，那么，他就不可能忽略文学价值的实现问题；既然文学作品价值的实现是必须通过读者的欣赏活动来完成的，那么，读者之于文学的意义理所当然地应该受到高度重视。鲁迅的社会功利性文学观，决定了他势必重视读者的阅读和欣赏问题。重视读者，在鲁迅那里，最突出地表现为对读者负责。他曾反复批评那些忽视广大的读者层、不为读者的利益考虑的种种言行。例如，有人说：“诗人要做诗，就如植物要开花，因为他非开不可的缘故。如果你摘去吃了，即使中了毒，也是你自己的错。”对此，鲁迅一针见血地指出：“诗人究竟不是一株草，还是社会里的一个人；况且诗集是卖钱的，何尝可以白摘。”[⑤]这里鲁迅批评了对读者不负责任的态度。鲁迅自己创作时，注意时时从读者的角度去考虑问题。他曾说过，“我就怕我未熟的果实偏偏毒死了偏爱我的果实的人”，“因此作文就时常更谨慎，更踌躇。有人以为我信笔写来，直抒胸臆，其实是不尽然的”[⑥]。当然，

① 鲁迅：《坟·未有天才之前》，《鲁迅全集》第1卷，人民文学出版社1981年版，第168页。

② 鲁迅：《书信·350204致李桦》，《鲁迅全集》第13卷，人民文学出版社1981年版，第45页。

③ 鲁迅：《书信·340419致陈烟桥》，《鲁迅全集》第12卷，人民文学出版社1981年版，第391页。

④ 鲁迅：《坟·未有天才之前》，《鲁迅全集》第1卷，人民文学出版社1981年版，第166~168页。

⑤ 鲁迅：《花边文学·看书琐记（三）》，《鲁迅全集》第5卷，人民文学出版社1981年版，第550页。

⑥ 鲁迅：《坟·写在〈坟〉后面》，《鲁迅全集》第1卷，人民文学出版社1981年版，第284页。

读者是各种各样的，不能一概而论，鲁迅的重视读者，主要是指应为读者的大多数着想。文学作品的读者面越宽，社会效果越好，文学价值实现的程度就越高。所以，鲁迅从来就不认为文学艺术的鉴赏只是少数人的专利，他指出，文艺本应该并非只有少数的优秀者才能够鉴赏，而是只有少数的先天的低能者所不能鉴赏的东西。针对“作品愈高，知音愈少”的论调，鲁迅讽刺道：“那么，推论起来，谁也不懂的东西，就是世界上的绝作了。”因此，鲁迅强调：“在现下的教育不平等的社会里，仍当有种种难易不同的文艺，以应各种程度的读者之需。不过应该多有为大众设想的作家，竭力来作浅显易解的作品，使大家能懂，爱看，以挤掉一些陈腐的劳什子。”[①]可以看出，在鲁迅的文学欣赏观中也带有社会功利性的倾向。

鲁迅重视文学欣赏问题，其重点落实在对读者的重视上，这是因为读者是文学欣赏的主体。通过研究读者，事实上可以更好地理解许多仅从作家、作品方面不能得到圆满回答的问题。文学的发展、文学作品的流行，其实正包含着许多非文学性的因素，其中一个非常重要的方面就是读者。不仅一些作品能否流行的关键取决于读者的能否欣赏，而且普遍的读者的欣赏要求和审美趣味往往就能左右文学的发展方向和发展进程。因此，鲁迅从事文学创作时，在许多方面，常常会依据普遍的读者的审美要求作相应的调整，例如在审美风格的选择乃至文体形式的选择等方面就是如此。如前所述，鲁迅在30年代之所以更自觉地追求壮美的风格，扬杂感文而贬小品文等，其重要的原因之一，就在于他充分地考虑了在“风沙扑面，虎狼成群”的特定历史条件下和社会环境中普遍的读者的审美需求。

总之，鲁迅的文学欣赏观，集中体现为对作为欣赏主体的读者的重视和尊重。他重视和尊重读者的最终目的，仍在于使文学作品更好地为最广大的读者群服务，以使文学作品真正成为作家和读者进行情感交流的渠道，使文学的价值得以充分实现。

二、强调“趣味”在文学欣赏活动中的作用

欣赏是读者自愿的心灵活动，使读者进入欣赏状态的是“趣味”，不能诉诸读者“趣味”的作品，很难引起读者的共鸣。尊重读者，首先就应尊重他们的自愿意志，而不是将文学作品强加给读者。对此，鲁迅有着较为详尽的论述。

鲁迅曾把读者分为两种：“一是职业的读书，一是嗜好的读书。所谓职业的

---

① 鲁迅：《集外集拾遗·文艺的大众化》，《鲁迅全集》第7卷，人民文学出版社1981年版，第349页。

读书者,譬如学生因为升学,教员因为要讲功课,不翻翻书,就有些危险的就是";"嗜好的读书","那是出于自愿,全不勉强,离开了利害关系的"。"凡嗜好的读书","他在每一叶每一叶里,都得着深厚的趣味。"[①]而所谓欣赏,正是指这种"得着深厚的趣味"的阅读。鲁迅认为,谈欣赏,必须理直气壮地讲"趣味"。他对那种抹杀趣味的做法很不以为然,他说:"说到'趣味',那是现在确已算一种罪名了,但无论人类底也罢,阶级底也罢,我还希望总有一日弛禁,讲文艺不必定要'没趣味'。"[②]欣赏活动是一种心灵活动,它不是因外力的强迫而进行的,而是出自欣赏者自愿的内在要求,因此,要引导读者进入这种自愿的心灵活动中去,首先就必须使他们感到有趣味。

鲁迅曾这样谈到《堂吉诃德》的流行:《堂吉诃德》中的主角,"就是以那时的人,偏要行古代游侠之道,执迷不悟,终于困苦而死的资格,赢得许多读者的开心,因而爱读,传布的"[③]。这里突出讲了《堂吉诃德》使读者爱读的原因是在于"赢得许多读者的开心",这正是指作品首先能以趣味引起读者的阅读和欣赏欲求。

作者尊重读者,首先应是尊重读者的趣味,而不能采用任何强制性的方法让读者去接受其作品。鲁迅指出:"看客的取舍,是没法强制的,他若不要看,连拖也无益。"[④]忽略读者的趣味,以枯燥的说教面对读者,这其实也是采用强制性方法让读者接受作品的一种表现。鲁迅批评"左"的文艺倾向时,曾谈过自己的阅读体验:"我一向有一种偏见,凡书面上画着这样的兵士和手捏铁锄的农工的刊物,是不大去涉略的,因为我总疑心它是宣传品。"意在宣传,而又不首先以趣味去吸引读者的作品,往往是会受读者冷落的。相反,"发抒自己的意见,结果弄成带些宣传气味了的伊孛生等辈的作品,我看了倒并不发烦"[⑤]。这是因为,它们诉诸读者的方式不是说教,而首先是以抒发自己的情感去打动读者。鲁迅从这里引发出一种"宣传的艺术"论,他告诉人们,文学是有"社会性"[⑥]的,"只要你一给人看","一写出",就"有宣传的可能"[⑦],因此,宣传之于文学作品,并非缺点;但是,不管你是有意识地以宣传为目的也好,还是虽无初衷而结果变成了

---

① 鲁迅:《而已集·读书杂谈》,《鲁迅全集》第3卷,人民文学出版社1981年版,第438~439页。

② 鲁迅:《集外集·〈奔流〉编校后记(五)》,《鲁迅全集》第7卷,人民文学出版社1981年版,第168页。

③ 鲁迅:《集外集拾遗·〈解放了的堂·吉诃德〉后记》,《鲁迅全集》第7卷,人民文学出版社1981年版,第397页。

④ 鲁迅:《准风月谈·偶成》,《鲁迅全集》第5卷,人民文学出版社1981年版,第200页。

⑤ 鲁迅:《三闲集·怎么写》,《鲁迅全集》第4卷,人民文学出版社1981年版,第20页。

⑥ 鲁迅:《而已集·小杂感》,《鲁迅全集》第3卷,人民文学出版社1981年版,第532页。

⑦ 鲁迅:《三闲集·文艺与革命》,《鲁迅全集》第4卷,人民文学出版社1981年版,第84页。

带宣传意味的也好，都有一个先决条件，这就是要能先让读者自觉自愿地去阅读，以期引起共鸣，否则就不能使文学作品发生作用，"宣传"也就成了一句空话。鲁迅认为，任何一部好的文学作品，都应该是"令我们看了，不但欢喜赏玩，尤能发生感动，造成精神上的影响"①。鲁迅这里提出的好作品的标准，当然主要是指文学作品影响人们的精神的功用，但他并没有忽视好作品能让人"欢喜赏玩"这一特点。其实，这二者是有关系的，好作品影响人们精神的功用常常是通过人们的"欢喜赏玩"来实现的。鲁迅曾对那些较少说教气、能在较为平等的诉述中让读者在不知不觉中受到教育的作品给予较好的评价，例如在《〈中国新文学大系〉小说二集序》中，他就这样评价向培良的小说，认为它摒弃了"矫揉造作，只如熟人相对，娓娓而谈，使我们在不甚操心的倾听中，感到一种生活的色相"②。

总之，从欣赏活动是读者自愿的心灵活动这一特点出发，创作者应特别重视和研究读者的审美趣味，尽可能使读者从文学作品中获得较多的审美的愉悦，并进而完成对读者的精神上的影响。

重视读者的审美趣味，使读者在阅读作品时感到有趣味，这当然不是一件很容易的事，因为读者的趣味常常是千差万别的。鲁迅就曾指出，"读者是种种不同的，有的爱读《江赋》和《海赋》，有的欣赏《小园》或《枯树》"③；"世上爱牡丹的或者是最多，但也有喜欢曼陀罗花或无名小草的，朋其还将霸王鞭种在茶壶里当盆景哩"④。因此，作家创作时，当然也应考虑到读者趣味的这种差异性。鲁迅曾把作家与读者的关系比作厨司和食客的关系，厨司应考虑食客的口味和偏好；如果觉得食客提的意见不公平，"可以看看他否神经病，是否厚舌苔，是否挟夙嫌，是否想赖账。或者他是否广东人，想吃蛇肉；是否四川人，还要辣椒"⑤。当然，鲁迅并非一定要让作者去对每个人的千差万别的具体的趣味和偏好负责，而是由此指出，作者的创作应力避单一、单调，应尽可能地使文学作品多样化，以调动起更多的读者的阅读、欣赏兴趣。

为了提高读者阅读和欣赏的兴趣，鲁迅还充分注意到了欣赏兴趣的消解问题。有的文学作品虽然在最初出现时很能引发读者的兴趣，但当类似的作品反

① 鲁迅：《热风·随感录四十三》，《鲁迅全集》第1卷，人民文学出版社1981年版，第330页。

② 鲁迅：《且介亭杂文二集·〈中国新文学大系〉小说二集序》，《鲁迅全集》第6卷，人民文学出版社1981年版，第253页。

③ 鲁迅：《且介亭杂文二集·"题未定"草（六至九）》，《鲁迅全集》第6卷，人民文学出版社1981年版，第426页。

④ 鲁迅：《华盖集续编·厦门通信》，《鲁迅全集》第3卷，人民文学出版社1981年版，第370页。

⑤ 鲁迅：《花边文学·看书琐记（三）》，《鲁迅全集》第5卷，人民文学出版社1981年版，第551页。

复出现后,能激起读者阅读、欣赏兴趣的因素也许就会逐渐消失。用鲁迅的话来说,这是因为读者都是“喜新好异的”[①],当读者反复阅读和欣赏内容、形式雷同的作品时,即使这作品就其本身而言质量并不差,但也仍然会因失去新异之感而难以引起读者的兴趣。对此,鲁迅曾有过更为形象的阐述,他说:“四时皆春,一年到头请你看桃花,你想够多么乏味?即使那桃花有车轮般大,也只能在初上去的时候,暂时吃惊,决不会每天做一首‘桃之夭夭’的。”[②]也就是说,欣赏任何事物,都切忌单调;再好的事物,再优美的风景,看得久了,也会乏味的。鲁迅对此是深有体会的,他曾在给友人的信中多次谈起过自己到厦门后的观感:“此地初见虽然像有趣,而其实却很单调,永是这样的山,这样的海。便是天气,也永是这样暖和;树和花草,也永是这样开着,绿着。”[③]“此地虽是海滨,背山面水,而少住几日,即觉单调。”[④]欣赏自然景色是如此,欣赏艺术、文学作品也是如此。例如看戏,鲁迅就曾指出,倘若在舞台上“讲来讲去总是这几套”,观众“纵使记性坏,多听了也会烦厌的”,弄不好就要“台下走散”,要“想继续”,就“应该换一出戏来叫座”[⑤]。再如读小说,鲁迅曾在《中国小说的历史的变迁》中从这一角度分析过晚清武侠小说流行的原因。他指出,像《三侠五义》之类的武侠小说,虽“大抵千篇一律,语多不通”,但颇得读者欢迎,这是因为“当时底小说,有《红楼梦》等专讲柔情,《西游记》一派,又专讲妖怪,人们大概也很觉得厌气了,而《三侠五义》则别开生面,很是新奇,所以流行也就特别快,特别盛”[⑥]。这一分析从反面说明了在读者阅读和欣赏中普遍存在的“喜新好异”的心理特点。要使文学作品真正诉诸读者的趣味,当然也就不能忽略引发读者趣味的因素的变化。

当然,鲁迅重视读者的趣味,其出发点是为了使文学的社会效果更加强烈,为了让文学作品能被最广大的读者层接受,从而使其价值得到更充分的实现。为此,鲁迅才主张文学作品要讲趣味,要研究读者趣味的差异和趣味的消解等问题。但是,这并不意味着去一味迎合读者的无论什么样的趣味。鲁迅指出,“为流行计,特别取了低级趣味之点,那不消说是不对的”,“必须令人能懂,而又有

---

① 鲁迅:《书信·350118 致段干青》,《鲁迅全集》第 13 卷,人民文学出版社 1981 年版,第 24 页。

② 鲁迅:《华盖集续编·厦门通信(二)》,《鲁迅全集》第 3 卷,人民文学出版社 1981 年版,第 374 页。

③ 鲁迅:《书信·261004 致韦素园、韦丛芜、李霁野》,《鲁迅全集》第 11 卷,人民文学出版社 1981 年版,第 484 页。

④ 鲁迅:《书信·261004 致许寿裳》,《鲁迅全集》第 11 卷,人民文学出版社 1981 年版,第 484 页。

⑤ 鲁迅:《准风月谈·归厚》,《鲁迅全集》第 5 卷,人民文学出版社 1981 年版,第 369 页。

⑥ 鲁迅:《中国小说的历史的变迁·第六讲　清小说之四派及其末流》,《鲁迅全集》第 9 卷,人民文学出版社 1981 年版,第 340、339 页。

益,也还是艺术,才对”①。这就是说,讲“趣味”也有一个度,能诉诸读者的趣味固然重要,但必须是健康的趣味。而读者之于文学作品,也并不总能处于一种正确的欣赏关系,其趣味并非总很健康。所以,鲁迅同时强调指出,“迎合大众,媚悦大众”,是“不会于大众有益的”②,尤其是对一些不正确的欣赏态度和不健康的欣赏趣味,作家不但不能迎合,而且还应对之开展批评和引导。鲁迅指出,有些读者缺少选择的眼光,对不管什么作品都是“随手拈来,大口吞下”,以至于常常误吞了“红纸包里的烂肉”,直“吃得胸口痒痒的,好像要呕吐”③。更有一些读者,在阅读、欣赏文艺作品时,专对一些“裸体大写真”之类的东西抱有特别的兴趣,争着看“赤条条的……洋小姐的曲线美”,等等。对此,鲁迅认为作家应该担负起自己的责任来,一方面应在创作中以健康的趣味来养成读者的高雅情趣,而让那些有“嗜痂之癖”者无痂可嗜;同时“不能听大众的自然”,而应“给他们随时拣选”,以免他们“误拿了无益的,甚而至于有害的东西”④。应该给读者“相当的指点”,使他们能正确区分美丑,而不至于误吸了“鸦片或吗啡”⑤。

三、正视文学欣赏活动中读者的艺术“再创造”

读者在对文学作品进行欣赏时,常常是带着某种参与意识的。在欣赏过程中,欣赏者不仅积极地进入作品所提供的场景,去身临其境地与作品中的人物共呼吸、同悲欢,去体验作者曾经体验过的情感和思想,而且常常以自己的生活经验去充实、补足作者所没有写明的部分,甚至对作者的意图进行某种发挥性想象,即对作品进行“再创造”。鲁迅曾指出,文学欣赏中常常有这种情况:读者从作品中“所推见的人物,却并不一定和作者所设想的相同,巴尔札克的小胡须的清瘦老人,到了高尔基的头里,也许变了粗蛮壮大的络腮胡子”⑥。鲁迅认为,应该正视文学欣赏活动中读者的艺术“再创造”,因为欣赏者正是在这种“再创造”中感受到艺术欣赏的乐趣,与作者“一样的受到创作的欢喜”⑦。因此,尊重读者,重视读者,实际上也应该包括对读者欣赏过程中的艺术再创作的能力的尊重和重视。创作者应该在文学作品中尽可能地调动读者的想象与联想,尽可能

---

① 鲁迅:《书信·340409 致魏猛克》,《鲁迅全集》第 12 卷,人民文学出版社 1981 年版,第 381 页。

② 鲁迅:《集外集拾遗·文艺的大众化》,《鲁迅全集》第 7 卷,人民文学出版社 1981 年版,第 349 页。

③ 鲁迅:《二心集·我们要批评家》,《鲁迅全集》第 4 卷,人民文学出版社 1981 年版,第 240 页。

④ 鲁迅:《且介亭杂文·门外文谈》,《鲁迅全集》第 6 卷,人民文学出版社 1981 年版,第 102 页。

⑤ 鲁迅:《准风月谈·关于翻译(上)》,《鲁迅全集》第 5 卷,人民文学出版社 1981 年版,第 295 页。

⑥ 鲁迅:《花边文学·看书琐记》,《鲁迅全集》第 5 卷,人民文学出版社 1981 年版,第 530 页。

⑦ 鲁迅:《南腔北调集·〈木刻创作法〉序》,《鲁迅全集》第 4 卷,人民文学出版社 1981 年版,第 609 页。

地留给读者想象和"再创造"的余地，而忌过直、将话说尽，从而堵塞了欣赏者的思路，使欣赏者难以获得艺术"再创造"的"欢喜"。

所谓让读者与作者"一样的受到创作的欢喜"，说到底是指读者所获得的参与作品创造的喜悦。能否在较大程度上满足读者的参与意识，这也是关系到文学作品价值实现的一个重要方面。鲁迅所谓"愿意有共鸣的心弦"，实际上也就是希望文学作品能引发读者的参与意识，激起读者的情感介入。这就要求作品所写的生活经历、情感体验和思想经验必须尽可能地与读者贴近，否则读者的艺术"再创造"就失却根柢和依据，读者的参与意识也就难以实现，"共鸣的心弦"当然也就难以求得。鲁迅曾经指出："看别人的作品，也很有难处，就是经验不同，即不能心心相印。所以常有极要紧，极精采处，而读者不能感到，后来自己经验了类似的事，这才了然起来。"①这里一方面强调了读者阅读作品时各种经验的重要，但另一方面也启示作者：如果作品中的经验不能与读者贴近，则作品中的许多"极要紧，极精采处"就会被读者忽略，求得读者"共鸣"的程度也就要大受影响。为此，鲁迅很强调文学作品在"经验"上与读者的贴近。他讲过这样的话："凡作者，和读者因缘愈远的，那作品就于读者愈无害。古典的，反动的，观念形态已经很不相同的作品，大抵即不能打动新的青年的心……"②这段话虽然主要不是直接针对阅读和欣赏问题而言的，却也包含了文学欣赏的有关道理，即文学作品离读者愈远，就愈不能打动读者的心。鲁迅对许多文学作品的评价，也是从这一角度切入的。例如，在评价叶紫的小说《丰收》时，他特别指出叶紫小说中所写都是"极平常的事情。因为极平常，所以和我们更密切，更有大关系"③。这里，鲁迅就是从作品内容与多数读者的贴近这个角度来给予评价的。显然，作品的内容与读者的生活越贴近，就越容易受到读者的欢迎与引起共鸣，诚如鲁迅所说的："看一位不死不活的天女或林妹妹，我想，大多数人是倒不如看一个漂亮活动的村女的，她和我们相近。"④鲁迅在分析一些作家、作品得以流行的原因时，都很明确地指出了这一点。例如清末的谴责小说，诸如《官场现形记》《二十年目睹之怪现状》等，虽然与《儒林外史》相比"差得远了"，"辞气浮露，笔无藏锋，甚且过甚其辞"，"言违真实，则感人之力顿微"，"殊不足望文木老人后尘"；

① 鲁迅：《书信·330813致董永舒》，《鲁迅全集》第12卷，人民文学出版社1981年版，第212～213页。

② 鲁迅：《准风月谈·关于翻译（上）》，《鲁迅全集》第5卷，人民文学出版社1981年版，第296页。

③ 鲁迅：《且介亭杂文二集·叶紫作〈丰收〉序》，《鲁迅全集》第6卷，人民文学出版社1981年版，第220页。

④ 鲁迅：《花边文学·略论梅兰芳及其他（上）》，《鲁迅全集》第5卷，人民文学出版社1981年版，第580页。

但由于这些谴责小说在内容上是揭露官场黑暗和统治者腐败的,它们反映了人们的某种不满情绪,所以“合时人嗜好”,“特缘时势要求,得此为快”,“乃骤享大名”①。一些外国的作家、作品之所以能在中国盛行一时,也可以从这方面找到原因,例如对拜伦、密茨凯维支、裴多菲等诗人,鲁迅就作过这样的分析:“有人说 G. Byron 的诗多为青年所爱读,我觉得这话很有几分真。就自己而论,也还记得怎样读了他的诗而心神俱旺;尤其是看见他那花布裹头,去助希腊独立时候的肖像。”“其实,那时 Byron 之所以比较的为中国人所知,还有别一原因,就是他的助希腊独立。时当清的末年,在一部分中国青年的心中,革命思潮正盛,凡有叫喊复仇和反抗的,便容易惹起感应。那时我所记得的人,还有波兰的复仇诗人 Adam Mickiewicz;匈牙利的爱国诗人 Petöfi Sándor……”②“A. Mickiewicz 是波兰在异族压迫之下的时代的诗人,所鼓吹的是复仇,所希求的是解放,在二三十年前,是很足以招致中国青年的共鸣的。”裴多菲(Petöfi)也“是我那时所敬仰的诗人。在满洲政府之下的人,共鸣于反抗俄皇的英雄,也是自然的事”③。由此可见,文学作品之能引起读者的阅读关心和欣赏注意,首先必须在情感经验、生活经验和思想经验上与读者有相通之处,否则,就难以进入读者的欣赏视野,文学作品价值的实现也就会受到妨碍。

鲁迅强调文学作品与读者的贴近,强调文学作品能引发读者的参与意识等,其目的就是希望文学作品能更好地与读者建立起密切的关系,这样,以文学为改良社会、改良人生的利器也好,以文学为思想启蒙的工具也好,也才能真正发挥出应有的效力。可以说,鲁迅针对文学欣赏问题所发表的见解,依然明显地打上了他的社会功利性的价值观的印记。

同时应该强调的是,鲁迅希望文学作品能贴近读者,能引发读者的参与意识,但很反对读者对作品的过于“钻入”。所谓“钻入”,与参与作品的艺术“再创造”完全不同,而是一种缺乏“赏鉴的态度”的病态的阅读倾向。鲁迅认为,欣赏文学作品固然要有读者的情感投入和艺术“再创造”的参与意识,但读者与作品之间又应适当地保持一种欣赏距离,读者要认识到“小说乃是写的人生,非真人生。故看小说第一不应自己跑入里面”。鲁迅还说:“看小说犹之看铁槛中的狮虎,有槛才可以细细地看,由细看推知其在山中生活情况。故文艺者,乃借小说——槛——以理会人生也。槛中的狮虎,非其全部状貌,但乃狮虎状貌之一片

① 鲁迅:《中国小说史略·第二十八篇　清末之谴责小说》,《鲁迅全集》第 9 卷,人民文学出版社 1981 年版,第 282、283、284、286 页。

② 鲁迅:《坟·杂忆》,《鲁迅全集》第 1 卷,人民文学出版社 1981 年版,第 220 ~ 221 页。

③ 鲁迅:《集外集·〈奔流〉编校后记(十一)、(十二)》,《鲁迅全集》第 7 卷,人民文学出版社 1981 年版,第 185、189 页。

断。小说中的人生,亦一片断,故看小说看人生都应站立在槛外地位,切不可钻入,一钻入就要生病了。"[①]鲁迅讲这些话,一方面是提醒读者在阅读、欣赏文学作品时能保持清醒的态度,以免被作品牵着鼻子走,尤其是在面对不太健康的文学作品时;另一方面,是希望读者在文学的欣赏过程中杜绝过于"钻入"的庸俗阅读倾向,其目的也正是为了使文学作品通过正确的阅读欣赏途径而发挥其应有的社会功用。

鲁迅曾列举过种种过于"钻入"的表现,概其要,有三个方面。其一,自充作品中的脚色,即对文学作品"不能用赏鉴的态度去欣赏它,却自己钻入书中,硬去充一个其中的脚色。所以青年看《红楼梦》,便以宝玉,黛玉自居;而年老人看去,又多占据了贾政管束宝玉的身分,满心是利害的打算,别的什么也看不见了"[②]。其二,按图索骥,视文学作品为实录。一些读者在阅读时,不是将文学作品作为作家的艺术创造来看待,不是在整体上把握作品的精神,而只是满足于将作品中的具体人事与现实作庸俗的对比、对应。对此,鲁迅指出:"只求没有破绽,那就以看新闻记事为宜,对于文艺,活该幻灭。而其幻灭也不足惜,因为这不是真的幻灭,正如查不出大观园的遗迹,而不满于《红楼梦》者相同。"[③]其三,视文学作品为泼秽水的器具。鲁迅曾指出,在阅读和欣赏中,有一种"视小说为非斥人则自况的""弊病"[④]。为此,他在作完《孔乙己》这篇作品后,便特作《附记》来加以声明:"以为小说是一种泼秽水的器具,里面糟蹋的是谁。这实在是一件极可叹可怜的事。所以我在此声明,免得发生猜度,害了读者的人格。"[⑤]鲁迅的《阿Q正传》就曾使一些人坐立不安,以为自己就是这篇小说的讽刺对象,鲁迅曾就此说过这样的话:"直到这一篇收在《呐喊》里,也还有人问我:你实是在骂谁和谁呢?我只能悲愤,自恨不能使人看得我不至于如此下劣。"[⑥]不管是自充角色,按图索骥,还是视文学为泼秽水的器具,这些都是对文学作品过于"钻入"的病态的阅读倾向,这种倾向无疑会产生种种无聊的副作用,有损于文学作品的真正价值的实现,所以鲁迅对此给予了批评。鲁迅认为文学欣赏要尽可能发挥文学作品的社会功用,就必须努力抑止欣赏中负效应的产生,这也再次

① 许广平:《十年携手共危艰——许广平忆鲁迅》,河北教育出版社2000年版,第187~188页。

② 鲁迅:《中国小说的历史的变迁·第六讲 清小说之四派及其末流》,《鲁迅全集》第9卷,人民文学出版社1981年版,第338页。

③ 鲁迅:《三闲集·怎么写》,《鲁迅全集》第4卷,人民文学出版社1981年版,第23页。

④ 鲁迅:《书信·360221致徐懋庸》,《鲁迅全集》第13卷,人民文学出版社1981年版,第317页。

⑤ 鲁迅:《呐喊·孔乙己》,《鲁迅全集》第1卷,人民文学出版社1981年版,第438页。

⑥ 鲁迅:《华盖集续编·〈阿Q正传〉的成因》,《鲁迅全集》第3卷,人民文学出版社1981年版,第379页。

昭示了其文学欣赏观与他的整体的社会功利性文学观的同一性。

四、把握文学欣赏的复杂性和差异性

既然文学欣赏在某种意义上是读者的艺术“再创造”的活动，所以在对具体文学作品的欣赏中，也常常会出现仁者见仁、智者见智的复杂性和差异性。鲁迅指出：“看人生是因作者而不同，看作品又因读者而不同。”①例如对《红楼梦》，“单是命意，就因读者的眼光而有种种：经学家看见《易》，道学家看见淫，才子看见缠绵，革命家看见排满，流言家看见宫闱秘事”②。又如对《西游记》的主题，也历来是众说纷纭，“或云劝学，或云谈禅，或云讲道”，还有认为作者“实出于游戏，亦非语道”③。所以鲁迅说：“文学虽然有普遍性，但因读者的体验的不同而有变化，读者倘没有类似的体验，它也就失去了效力。”④这种“体验的不同”，正是产生文学欣赏的复杂性和差异性的主要原因。

不同时代的读者，各根据在自己时代所获得的生活体验去欣赏文学作品，自然会产生欣赏效果的差异。“譬如我们看《红楼梦》，从文字上推见了林黛玉这一个人”，“恐怕会想到剪头发，穿印度绸衫，清瘦，寂寞的摩登女郎”，“或者别的什么模样”，“但试去和三四十年前出版的《红楼梦图咏》之类里面的画像比一比罢，一定是截然两样的，那上面所画的，是那时的读者的心目中的林黛玉。”⑤鲁迅曾谈到自己拟编的一本集子，“其文章的策略和用意……等，大约于后来的读者，也许不无益处”；但又认为，这种益处“恐怕也不多”，“因为自己或同时人，较知底细，所以容易了然，后人则未曾身历其境，即如隔鞋搔痒”⑥。这里所说的，都是因时代的不同，读者的体验便有所变化，因此对同一文学作品也会产生不同的欣赏效果。

即使是同一时代的读者，“因环境之异，而思想感觉，遂彼此不同”，这也会产生欣赏效果的差异，因为对有些作品的理解，是“非身历其境，不易推想”⑦

① 鲁迅：《集外集·俄文译本〈阿Q正传〉序及著者自叙传略》，《鲁迅全集》第7卷，人民文学出版社1981年版，第82页。

② 鲁迅：《集外集拾遗补编·〈绛洞花主〉小引》，《鲁迅全集》第8卷，人民文学出版社1981年版，第145页。

③ 鲁迅：《中国小说史略·第十七篇　明之神魔小说（中）》，《鲁迅全集》第9卷，人民文学出版社1981年版，第166页。

④ 鲁迅：《花边文学·看书琐记》，《鲁迅全集》第5卷，人民文学出版社1981年版，第531页。

⑤ 鲁迅：《花边文学·看书琐记》，《鲁迅全集》第5卷，人民文学出版社1981年版，第531页。

⑥ 鲁迅：《书信·340515致杨霁云》，《鲁迅全集》第12卷，人民文学出版社1981年版，第410页。

⑦ 鲁迅：《书信·340504致林语堂》，《鲁迅全集》第12卷，人民文学出版社1981年版，第400～401页。

的。例如对法捷耶夫的《毁灭》,“倘要十分了解,恐怕就非实际的革命者不可,至少,是懂些革命的意义,于社会有广大的了解”[①]。这种“因环境之异”造成的欣赏效果的差异,最集中地体现在不同国度的读者之间。鲁迅早在翻译《域外小说集》中的作品时,就明确地意识到了这一点。他在为《域外小说集》再版而写的《序》中说:“这三十多篇短篇里,所描写的事物,在中国大半免不得很隔膜;至于迦尔洵作中的人物,恐怕几于极无,所以更不容易理会。同是人类,本来决不至于不能互相了解;但时代国土习惯成见,都能够遮蔽人的心思,所以往往不能镜一般明,照见别人的心了。”[②]这种“国土习惯成见”的差异所造成的阅读欣赏中的“隔膜”,有时会达到相当大的程度。例如“北极的遏斯吉摩人和菲洲腹地的黑人”,“是不会懂得‘林黛玉型’的;健全而合理的好社会中人,也将不能懂得,他们大约要比我们的听讲始皇焚书,黄巢杀人更其隔膜”[③]。不同国度的“环境之异”,主要是文化背景的差异,鲁迅就曾谈起自己读陀思妥耶夫斯基的印象:“不过作为中国的读者的我,却还不能熟悉陀思妥夫斯基式的忍从——对于横逆之来的真正的忍从。在中国,没有俄国的基督。在中国,君临的是‘礼’,不是神。百分之百的忍从,在未嫁就死了定婚的丈夫,坚苦的一直硬活到八十岁的所谓节妇身上,也许偶然可以发见罢,但在一般的人们,却没有。”[④]在《〈小彼得〉译本序》中鲁迅也曾指出,“作者的本意,是写给劳动者的孩子们看的,但输入中国,结果却又不如此。首先的缘故,是劳动者的孩子们轮不到受教育,不能认识这四方形的字和格子布模样的文章,所以在他们,和这是毫无关系……但是,即使在受过教育的孩子们的眼中,那结果也还是和在别国不一样”。“总而言之,这作品一经搬家,效果已大不如作者的意料”[⑤],其原因就在文化背景的差异。这不仅体现在外国文学作品之传入中国时,而且也同样体现在中国文学作品被介绍到国外时。当鲁迅为俄译本《阿Q正传》作序时,也曾充分地估计到这一点。他认为:“这一篇在毫无‘我们的传统思想’的俄国读者的眼中,也许又

---

① 鲁迅:《译文序跋集·〈溃灭〉第二部一至三章译者附记》,《鲁迅全集》第10卷,人民文学出版社1981年版,第337页。

② 鲁迅:《译文序跋集·〈域外小说集〉序》,《鲁迅全集》第10卷,人民文学出版社1981年版,第163页。

③ 鲁迅:《花边文学·看书琐记》,《鲁迅全集》第5卷,人民文学出版社1981年版,第531页。

④ 鲁迅:《且介亭杂文二集·陀思妥夫斯基的事》,《鲁迅全集》第6卷,人民文学出版社1981年版,第412页。

⑤ 鲁迅:《三闲集·〈小彼得〉译本序》,《鲁迅全集》第4卷,人民文学出版社1981年版,第151~153页。

会照见别样的情景的罢,这实在是使我觉得很有意味的。”①

当然,“环境之异”不仅仅是指国别的差异,即使同一国的读者,对同样的作品,也会因读者身份、经历的不同,而产生不同的欣赏效果。鲁迅在论及这方面的情况时,特别地强调了读者的阶级性差异所带来的欣赏效果的差异:“例如描写饥饿罢,富人是无论如何都不会懂的,如果饿他几天,他就明白那好处。”②这就是说,由阶级地位所造成的生存环境的不同而产生的不同体验,会直接影响到对文学作品的欣赏效果。鲁迅所谓“饥区的灾民,大约总不去种兰花,像阔人的老太爷一样,贾府上的焦大,也不爱林妹妹的”③,这实在是一种非常形象生动的比喻。鲁迅还曾从自己切身的感受来说明这一问题:“当我在家乡的村子里看中国旧戏的时候,是还未被教育成‘读书人’的时候,小朋友大抵是农民。爱看的是翻筋斗,跳老虎,一把烟焰,现出一个妖精来;对于剧情,似乎都不大和我们有关系。大面和老生的争城夺地,小生和正旦的离合悲欢,全是他们的事,捏锄头柄人家的孩子,自己知道是决不会登坛拜将,或上京赴考的。”④读者欣赏的偏好,多与自身的经历和地位有关,因此,从作品的内容可以推知其主要的读者对象层次,而从不同读者的喜好程度,亦可推知文学作品的审美倾向。鲁迅就曾从这一角度来分析各种阅读和欣赏对象。例如萧伯纳的作品,由于使上等人登场,“撕掉了假面具,阔衣装,终于拉住耳朵,指给大家道,‘看哪,这是蛆虫!’连磋商的工夫,掩饰的法子也不给人有一点。这时候,能笑的就只有并无他所指摘的病痛的下等人了”⑤。再如高尔基的作品,在中国20世纪二三十年代,“当屠格纳夫,柴霍夫这些作家大为中国读书界所称颂的时候,高尔基是不很有人很注意的”。鲁迅认为,“这原因,现在很明白了:因为他是‘底层’的代表者,是无产阶级的作家。对于他的作品,中国的旧的知识阶级不能共鸣,正是当然的事”⑥。

文学欣赏活动中欣赏效果的差异,不但体现在不同的读者之间,有时还会体现在同一读者之于同一作品上。在不同的心境、不同的思想认识水平和不同的年龄层次上,即使是同一作品,也可能会产生不同的欣赏效果。即如鲁迅所说,

---

① 鲁迅:《集外集·俄文译本〈阿Q正传〉序及著者自叙传略》,《鲁迅全集》第7卷,人民文学出版社1981年版,第82页。

② 鲁迅:《书信·330813致董永舒》,《鲁迅全集》第12卷,人民文学出版社1981年版,第213页。

③ 鲁迅:《二心集·“硬译”与“文学的阶级性”》,《鲁迅全集》第4卷,人民文学出版社1981年版,第204页。

④ 鲁迅:《准风月谈·电影的教训》,《鲁迅全集》第5卷,人民文学出版社1981年版,第292页。

⑤ 鲁迅:《南腔北调集·“论语一年”》,《鲁迅全集》第4卷,人民文学出版社1981年版,第568页。

⑥ 鲁迅:《集外集拾遗·译本高尔基〈一月九日〉小引》,《鲁迅全集》第7卷,人民文学出版社1981年版,第395页。

欣赏效果“不但因人而异，而且因事而异，因时而异”[①]。鲁迅就曾有过这样的体验：“先前读但丁的《神曲》，到《地狱》篇，就惊异于这作者设想的残酷，但到现在，阅历加多，才知道他还是仁厚的了：他还没有想出一个现在已极平常的惨苦到谁也看不见的地狱来。”[②]

总之，由于读者所处的时代、环境、地位的不同，以及由于读者经历、心境、欣赏习惯、艺术偏好、审美趣味等的不同，便会形成欣赏效果的差异。差异性是欣赏活动中普遍存在的现象。指出这差异性，首先对创作者有很重要的指导意义。针对这种差异，一方面，创作者要认识到，任何创作，事实上都不可能适应所有读者的欣赏要求，因此创作者不必以断送创作个性为代价，去“媚悦”“迎合”所有的读者。事实上，要想写一部“随时随地，无不可用”的作品，“其实是不可能的”[③]。另一方面，创作者又必须认识到读者欣赏效果差异的各种原因，应研究不同层次读者的不同欣赏要求，努力创作出“以应各种程度的读者之需”[④]的作品，从而尽可能地获得较多的读者。尤其是那些致力于为现代的中国的大众而创新的作家，更应清楚地理解时代、环境、生存境况等制约下的一般大众读者的欣赏要求，以便创造出能为他们所接受，能引起他们共鸣的文学作品来。

鲁迅指出欣赏活动的复杂性和差异性，首先是为了让作者能针对不同的读者层次，写出“种种难易不同的文艺”，但同时鲁迅也认为，应该正确分析读者欣赏效果差异的原因，从而创造条件，让更多的读者能够欣赏真正的艺术。为此，他也向读者提出了相应的要求，因为欣赏活动的主体是读者，读者并不是被动地接受作品的。作家在提供作为欣赏对象的文学作品时，固然要充分照顾到读者的欣赏要求和欣赏条件，但读者自身也必须具备相应的条件，否则是难以进入文学欣赏的状态中去的。即如鲁迅所说，如果作家是想通过作品去点燃读者的心火，那么就要求读者“有精神的燃料，才会着火”；如果作者要想拨动读者的心弦，那么读者的“心上也须有弦索，才会出声”；如果作者要想使自己发出的声音得到回应，那么读者“也必须是发声器，才会共鸣”[⑤]。

对读者的相应的要求，说得具体一些，实际上也就是指读者必须具备相应的

---

① 鲁迅：《准风月谈·难得糊涂》，《鲁迅全集》第5卷，人民文学出版社1981年版，第372页。

② 鲁迅：《且介亭杂文末编·写于深夜里》，《鲁迅全集》第6卷，人民文学出版社1981年版，第502页。

③ 鲁迅：《且介亭杂文·答〈戏〉周刊编者信》，《鲁迅全集》第6卷，人民文学出版社1981年版，第147页。

④ 鲁迅：《集外集拾遗·文艺的大众化》，《鲁迅全集》第7卷，人民文学出版社1981年版，第349页。

⑤ 鲁迅：《热风·随感录五十九 “圣武”》，《鲁迅全集》第1卷，人民文学出版社1981年版，第354页。

生活经历、思想情感的体验和文化修养等。读者的生活体验对他理解事物（包括文学作品）的程度有着决定作用。对此，鲁迅曾举例加以说明："譬如小孩子，未曾被火所灼，你若告诉他火灼是怎样的感觉，他到底莫名其妙。"[①]再譬如"热带人未见冰前，为之语冰，虽喻以物理生理二学，而不知水之能凝，冰之为冷如故"[②]。鲁迅曾谈到自己文章的遭遇，他说："我的文章，未有阅历的人实在不见得看得懂，而中国的读书人，又是不注意世事的居多，所以真是无法可想。"[③]这里都是在讲读者的相应的生活经历、社会阅历等对于欣赏文学作品的重要性。所谓"体验"，当然不仅指读者的生活经历，而且也指读者的思想情感的体验。如果读者根本就没有体验过作品中"写出的性情，作者的思想"，那么他对作品就"不会了解，不会同情，不会感应；甚至彼我间的是非爱憎，也免不了得到一个相反的结果"[④]。当然，思想情感与文化修养也有联系，因此用鲁迅的话说，对于文化修养，"读者也应该有相当的程度。首先是识字，其次是有普通的大体的知识，而思想和情感，也须大抵达到相当的水平线。否则，和文艺即不能发生关系"[⑤]。鲁迅在谈到两部翻译作品时，都曾论及文化修养与欣赏的关系。在为潘菲洛夫等人的报告文学《枯煤，人们和耐火砖》写译后记时，他曾指出这部作品"也许不适宜于中国的若干的读者，因为倘不知道一点地质，炼煤，开矿的大略，读起来是很无兴味的"[⑥]。在为至尔・妙伦的童话《小彼得》写译本序时，鲁迅也曾指出："这故事前四篇所用的背景，是：煤矿，森林，玻璃厂，染色厂；读者恐怕大多数都未曾亲历，那么，印象也当然不能怎样地分明。"[⑦]这里都是指出了读者的相应的文化修养之于阅读和欣赏文学作品的重要意义。

鲁迅希望作者去尽可能适应不同层次读者的欣赏要求也好，希望读者能提高自身的文化素养，增长自己的社会阅历，扩大自己的生活视野也好，其目的都是一样的，这就是如何使文学作品更好地发挥"效力"。

总之，从鲁迅对文学欣赏问题所发表的一系列见解中可以看出，他不仅较深入地揭示了文学欣赏的特点，而且特别注重从这些特点出发，进而向作者和读者

---

① 鲁迅：《书信・340515 致杨霁云》，《鲁迅全集》第 12 卷，人民文学出版社 1981 年版，第 410 页。

② 鲁迅：《坟・摩罗诗力说》，《鲁迅全集》第 1 卷，人民文学出版社 1981 年版，第 72 页。

③ 鲁迅：《书信・360405 致王冶秋》，《鲁迅全集》第 13 卷，人民文学出版社 1981 年版，第 350 页。

④ 鲁迅：《热风・随感录五十九　"圣武"》，《鲁迅全集》第 1 卷，人民文学出版社 1981 年版，第 354 页。

⑤ 鲁迅：《集外集拾遗・文艺的大众化》，《鲁迅全集》第 7 卷，人民文学出版社 1981 年版，第 349 页。

⑥ 鲁迅：《译文序跋集・〈一天的工作〉后记》，《鲁迅全集》第 10 卷，人民文学出版社 1981 年版，第 374 页。

⑦ 鲁迅：《三闲集・〈小彼得〉译本序》，《鲁迅全集》第 4 卷，人民文学出版社 1981 年版，第 152 页。

都提出相应的要求。鲁迅的兴趣显然不是在为研究欣赏而研究欣赏，他的目的是在通过研究文学作品的传播方式和传播效果，促使文学作品的价值得以充分实现。由于鲁迅有着明确的借文学启蒙民众的社会功利性目的，因而他对作为欣赏主体的读者给予高度的重视，他的文学欣赏研究，更多的是以为读者设想、争取更广大的读者层为出发点的。因此，鲁迅的文学欣赏观无疑也是他的社会功利性的整体文学观的具体显现。

第五节　鲁迅的文学批评论

鲁迅从事文学活动的重要目的之一，就是以文学为武器来进行"文明批评"和"社会批评"，因此，他的大多数文学作品都可以视为广义的批评文字。鲁迅的文学批评观无疑是与他的广义的批评活动相联系的，因此，在鲁迅的文学批评观中，也同样显示了一种社会功利性的价值取向。文学批评的对象主要是文学作品，因而文学批评并不等同于广泛的社会批评；但鲁迅对文学批评的提倡，他对文学批评诸多问题的论述和阐释，都明显地蕴含着他为使文学更健康地发展，为使文学更好地承担起文明批评和社会批评任务的目的。当然，作为独特领域的文学批评，又具有相对独立的文学性的价值，即其对于文学发展所起的作用不仅仅是对文学承载的内容作出评判、引导，而且还包括对文学作品艺术美点的评价和张扬等。鲁迅的文学批评观从总的方面来说，较系统地包含了对文学批评的作用、任务，文学批评家的态度，以及文学批评的标准、方法等方面较为全面而深刻的认识。

一、文学批评的作用

鲁迅十分重视文学批评的作用，他认为，"文艺必须有批评"①，"必须更有真切的批评，这才有真的新文艺和新批评的产生的希望"②。这里，鲁迅是把文艺批评与文艺创作摆在同等重要的地位来看待的。对于读者来说，"真切的"文学批评是不可缺少的，文学批评对端正读者的欣赏态度，培养读者健康的欣赏趣味和鉴别美丑良莠的能力，负有重要的责任。摆在读者面前的文学作品并非总

① 鲁迅：《花边文学·看书琐记（三）》，《鲁迅全集》第5卷，人民文学出版社1981年版，第551页。

② 鲁迅：《译文序跋集·〈文艺与批评〉译者附记》，《鲁迅全集》第10卷，人民文学出版社1981年版，第302页。

是有益的。面对五花八门、良莠杂陈的作品，鲁迅认为一方面应该“要读者有选择的眼光”，但另一方面，“也希望识者给相当的指点”[①]。而这识者的指点，就是所谓文学批评的内容之一。鲁迅认为，文学批评可以帮助读者去进行选择，还可以帮助读者深入理解那些有益的文学作品的思想意义和艺术价值。例如，对将要呈现在读者面前的作品，先由批评家“略述作者的生涯，思想，主张，或本书中所含的要义，一定于读者便益得多”[②]。文学作品的价值是通过读者的阅读、欣赏来实现的，而读者领会越深入，作品价值的实现就越充分。既然文学批评可以通过“指点”使读者更好、更“便益”地领会、理解作品，那么文学批评的重要性自是不言而喻的了。

不仅如此，鲁迅还进而指出，对于文学作品，“加上了分析和严正的批评，好在那里，坏在那里……那么，不但读者的见解，可以一天一天的分明起来，就是新的创作家，也得了正确的师范了”[③]。这就是说，文学批评不仅对于读者来说是重要的，而且对于作家来说也是必不可少的。好的文学批评之于作家，是“很有可以借镜之处”[④]的。“作家和批评家的关系，颇有些像厨司和食客”，二者缺一不可，“厨司做出一味食品来，食客就要说话，或是好，或是歹”；一概拒绝“食客”的批评，厨司的技术也许很难长进。同样，作家如果拒绝一切批评，批评家也“一律掩住嘴”，这样，看似“文坛已经干净”，然而文学的发展，“所得的结果倒是要相反的”[⑤]。

文学批评之于文学的发展的意义是体现在各个方面的，不仅文学作品内容的好坏需要有正确的、真切的批评来加以匡正、提倡、引导，而且文学的“形式的探求”，除“必须艺术学徒的努力的实践”外，“理论家或批评家是同有指导，评论，商量的责任的”[⑥]。文学的翻译工作也是如此。鲁迅曾对一段时期翻译作品质量不高的现象做过分析，他认为，除了翻译工作者本身应负责外，“读书界和出版界，尤其是批评家，也应该分负若干的责任。要救治这颓运，必须有正确

---

① 鲁迅：《且介亭杂文二集·杂谈小品文》，《鲁迅全集》第 6 卷，人民文学出版社 1981 年版，第 418 页。

② 鲁迅：《译文序跋集·〈文艺与批评〉译者附记》，《鲁迅全集》第 10 卷，人民文学出版社 1981 年版，第 298 页。

③ 鲁迅：《二心集·关于翻译的通信》，《鲁迅全集》第 4 卷，人民文学出版社 1981 年版，第 386 页。

④ 鲁迅：《南腔北调集·我怎么做起小说来》，《鲁迅全集》第 4 卷，人民文学出版社 1981 年版，第 514 页。

⑤ 鲁迅：《花边文学·看书琐记(三)》，《鲁迅全集》第 5 卷，人民文学出版社 1981 年版，第 550 ~ 551 页。

⑥ 鲁迅：《且介亭杂文·论“旧形式的采用”》，《鲁迅全集》第 6 卷，人民文学出版社 1981 年版，第 23 页。

的批评"[①]。"翻译的路要放宽，批评的工作要着重。"[②]翻译虽不同于创作，但在这块"空地"上，也"会生长荆棘或雀麦"，因此同样需要"有人来处理，或者培植，或者删除，使翻译界略免于芜杂。这就是批评"[③]。总之，凡有文学的地方，凡与文学相关的问题，都必须有文学的批评。文学批评对文学发展的各个方面都是必不可少的。

二、文学批评的任务

鲁迅曾说，他"所希望于批评家的，实在有三点：一，指出坏的；二，奖励好的；三，倘没有，则较好的也可以"[④]。这里所谈及的，其实正是文学批评的任务。类似的意思，鲁迅还曾作过较为形象的表述："批评家的职务不但是剪除恶草，还得灌溉佳花，——佳花的苗。"[⑤]说到底，文学批评的任务就是通过揭示文学作品的美点和缺点，从而达到促进文学健康发展的目的。肯定好的和比较好的作品，是为了"催促新的产生"[⑥]，使佳花得以更好地生长，使美得到张扬。因此，鲁迅指出，对文学作品，"取其有意义之点，指示出来，使那意义格外分明，扩大，那是正确的批评家的任务"[⑦]。而所谓"指出坏的"，一方面是为了"对于有害于新的旧物"，"竭力加以排击"[⑧]，从而为新文学的健康发展扫除障碍；另一方面，又是为了化"恶草"为肥料，滋养佳花，使新文学在总结经验教训中得到提高。"批评家"又是"有害的文学的铁栅"[⑨]，对有害的文学，文学批评起了限制其危害的作用。

文学批评的任务不仅是指批评家对作家、作品的批评，它还应包括作家的"反批评"。鲁迅指出："批评者有从作品来批判作者的权利，作者也有从批评来批判批评者的权利。"[⑩]"批评如果不对了，就得用批评来抗争，这才能够使文艺

① 鲁迅：《准风月谈·为翻译辩护》，《鲁迅全集》第5卷，人民文学出版社1981年版，第259页。

② 鲁迅：《花边文学·再论重译》，《鲁迅全集》第5卷，人民文学出版社1981年版，第508页。

③ 鲁迅：《花边文学·再论重译》，《鲁迅全集》第5卷，人民文学出版社1981年版，第507页。

④ 鲁迅：《准风月谈·关于翻译（下）》，《鲁迅全集》第5卷，人民文学出版社1981年版，第298页。

⑤ 鲁迅：《华盖集·并非闲话（三）》，《鲁迅全集》第3卷，人民文学出版社1981年版，第152页。

⑥ 鲁迅：《三闲集·我和〈语丝〉的始终》，《鲁迅全集》第4卷，人民文学出版社1981年版，第167页。

⑦ 鲁迅：《二心集·关于小说题材的通信》，《鲁迅全集》第4卷，人民文学出版社1981年版，第368页。

⑧ 鲁迅：《三闲集·我和〈语丝〉的始终》，《鲁迅全集》第4卷，人民文学出版社1981年版，第167页。

⑨ 鲁迅：《准风月谈·关于翻译（上）》，《鲁迅全集》第5卷，人民文学出版社1981年版，第297页。

⑩ 鲁迅：《且介亭杂文末编·〈出关〉的"关"》，《鲁迅全集》第6卷，人民文学出版社1981年版，第517页。

和批评一同前进。”[①]这种“反批评”，在特殊的历史时期是特别重要的，鲁迅在谈及自己写小说的经历时曾说：“因为那时中国的创作界固然幼稚，批评界更幼稚，不是举之上天，就是按之入地，倘将这些放在眼里，就要自命不凡，或觉得非自杀不足以谢天下的。”所以他称自己“每当写作，一律抹杀各种的批评”[②]。鲁迅还指出：“读者……渴望批评，于是批评家也便应运而起。批评这东西，对于读者，至少对于和这批评家趣旨相近的读者，是有用的。但中国现在，似乎应该暂作别论……凡中国的批评文字，我总是越看越胡涂，如果当真，就要无路可走。”[③]所以他一再表示，自己“不相信中国的所谓‘批评家’之类的话”，而宁可多“看看可靠的外国批评家的评论”[④]。这里显示出的正是鲁迅的一种“反批评”的精神。一方面，他认识到批评之于读者、之于文学发展的重要；另一方面，他也看到当时中国文坛上文学批评的幼稚和粗暴。那些幼稚的、不确切的批评，有时不仅无助于文学的发展，反而会起到相反的作用。因此，文学有时为了自身的发展，也就需要有适当的反批评。文学和文学批评，正是在这种批评和反批评的充分开展中得以明辨是非，从而正常发展的。

三、批评家应有的科学态度

鲁迅充分意识到文学批评的重要性，同时又分明看到了文学批评现状的不尽如人意，因此他才大力提倡“真切的批评”。也就是说，文学批评要能担负起引导读者、为作者提供借镜、促进文学健康发展的任务，“真切”二字是不可缺少的。所谓“真切的批评”，从批评家的角度而言，首先指批评家应抱有实事求是的科学的批评态度。

鲁迅指出：“正确的文学观是不骗人的，凡所指摘，自有他们自己来证明。”[⑤]这是指持正确文艺观的批评，一定会与批评对象相契合。相反，如果“不负责任的，不能照办的教训多，则相信的人少；利己损人的教训多，则相信的人更其少”[⑥]。“论客的自私的曲说”，不但“掩蔽”不了文学作品的真正长处，而且还会

---

① 鲁迅：《花边文学·看书琐记(三)》，《鲁迅全集》第5卷，人民文学出版社1981年版，第551页。

② 鲁迅：《南腔北调集·我怎么做起小说来》，《鲁迅全集》第4卷，人民文学出版社1981年版，第514页。

③ 鲁迅：《而已集·读书杂谈》，《鲁迅全集》第3卷，人民文学出版社1981年版，第442页。

④ 鲁迅：《二心集·答北斗杂志社问》，《鲁迅全集》第4卷，人民文学出版社1981年版，第364～365页。

⑤ 鲁迅：《集外集拾遗补编·势所必至，理有固然》，《鲁迅全集》第8卷，人民文学出版社1981年版，第380页。

⑥ 鲁迅：《且介亭杂文·难行和不信》，《鲁迅全集》第6卷，人民文学出版社1981年版，第51页。

因为与“读者大众的共鸣和热爱”[①]相违背而失去多数的读者。因此,鲁迅坚决主张在文学批评中必须坚持实事求是的态度。

什么是文学批评中的实事求是呢?用鲁迅的话来概括,就是“批评必须坏处说坏,好处说好”[②],要能够正确地指出文学作品“好在那里,坏在那里”[③]。这就首先要求批评家抱着严肃认真的态度,在其主观上“一定得有明确的是非,有热烈的好恶”[④]。也就是说,批评家要有独立的自主意识,要敢于说真话,“遇见所是和所爱的,他就拥抱,遇见所非和所憎的,他就反拨”[⑤]。鲁迅最不赞成的是那种“不关痛痒的文章”,因为这样的批评文章,其“特色是在令人从头看到末尾,终于等于不看”[⑥]。如果无论面对什么作品,都“无不‘彼亦一是非,此亦一是非’,一律拱手低眉,不敢说或不屑说,那么,这是怎样的批评家或文人呢?——他先就非被‘轻’不可的”[⑦]。当有人“不满于批评家的批评”,视批评家为“好‘漫骂’”时,鲁迅曾竭力为明辨是非的文学批评正名,他指出:“现在要问的是怎样的是‘漫骂’。假如指着一个人,说道:这是婊子!如果她是良家,那就是漫骂;倘使她实在是做卖笑生涯的,就并不是漫骂,倒是说了真实。”“漫骂固然冤屈了许多好人,但含含胡胡的扑灭‘漫骂’,却包庇了一切坏种。”[⑧]

为了明辨是非,有时不免要有“笔战”,这是正常现象。鲁迅对那种“一见笔战,便是什么‘文坛的悲观’呀,‘文人相轻’呀,甚至于不问是非,统谓之‘互骂’,指为‘漆黑一团糟’”[⑨]的做法颇为不满。因此,他强调指出,“应该注重于‘论争’”。当然,这种“论争”必须“止于嘲笑,止于热骂,而且要‘喜笑怒骂,皆成文章’,使敌人因此受伤或致死,而自己并无卑劣的行为,观者也不以为污秽,

---

① 鲁迅:《南腔北调集·祝中俄文字之交》,《鲁迅全集》第4卷,人民文学出版社1981年版,第461页。

② 鲁迅:《南腔北调集·我怎么做起小说来》,《鲁迅全集》第4卷,人民文学出版社1981年版,第514页。

③ 鲁迅:《二心集·关于翻译的通信》,《鲁迅全集》第4卷,人民文学出版社1981年版,第386页。

④ 鲁迅:《且介亭杂文二集·“文人相轻”》,《鲁迅全集》第6卷,人民文学出版社1981年版,第299页。

⑤ 鲁迅:《且介亭杂文二集·再论“文人相轻”》,《鲁迅全集》第6卷,人民文学出版社1981年版,第335~336页。

⑥ 鲁迅:《二心集·上海文艺之一瞥》,《鲁迅全集》第4卷,人民文学出版社1981年版,第302页。

⑦ 鲁迅:《且介亭杂文二集·“文人相轻”》,《鲁迅全集》第6卷,人民文学出版社1981年版,第299页。

⑧ 鲁迅:《花边文学·漫骂》,《鲁迅全集》第5卷,人民文学出版社1981年版,第430~431页。

⑨ 鲁迅:《花边文学·看书琐记(三)》,《鲁迅全集》第5卷,人民文学出版社1981年版,第551页。

这才是战斗的作者的本领”[①]。鲁迅在提倡论争的同时,也提出了论争中批评家应实事求是,并无卑劣行为的问题。敢于批评,这固然是批评家应抱的态度,但这种批评应是出于公心,否则也是很容易将批评引向歧路的。鲁迅坚决反对将“妇姑勃谿,叔嫂斗法的手段,移到文坛上”;反对在文学批评中“嘁嘁嚓嚓,招是生非,搬弄口舌”,“决不在大处着眼”[②]的态度和做法。在这方面,他是身体力行的,他曾反复讲到自己的那些批评性文字“实为公仇,决非私怨”[③]。即如他和“茅盾,郭沫若两位,或相识,或未尝一面,或未冲突,或曾用笔墨相讥,但大战斗却都为着同一的目标,决不日夜记着个人的恩怨”[④]。唯有出于公心,不计个人恩怨,才能够真正秉持实事求是的批评态度。因此,文学批评的文品,实际上也映照出批评家的人品。鲁迅在批评一些“以马克斯主义文艺批评自命的批评家”时,就曾指出他们“在所写的判决书中,同时也一并告发了自己”[⑤]。为此他一再表示,希望批评家能努力提高自身的素质,端正批评的态度,最好“于解剖裁判别人的作品之前,先将自己的精神来解剖裁判一回,看本身有无浅薄卑劣荒谬之处”[⑥]。

鲁迅曾批评过种种“浅薄卑劣荒谬”的批评态度,其中最为突出的是乱捧和乱骂式的批评。鲁迅既反对无原则的乱捧式的批评,也反对吹毛求疵的乱骂式批评,因为“乱骂与乱捧”都会使批评“失了威力”。“正确的批评”与“乱捧乱骂”之间,是有明确的界限的,鲁迅指出:“指英雄为英雄,说娼妇是娼妇,表面上虽像捧与骂,实则说得刚刚合式,不能责备批评家的。批评家的错处,是在乱骂与乱捧,例如说英雄是娼妇,举娼妇为英雄。批评的失了威力,由于‘乱’,甚而至于‘乱’到和事实相反,这底细一被大家看出,那效果有时也就相反了。”[⑦]“骂”与“捧”的文学批评是十分有害的,它有可能使一些作家或忘乎所以,骄傲狂妄,不求进取,或变得毫无自信地“萎死”下去,这也就是作家的被“捧杀”与“骂杀”,其结果,便是“文坛的荒凉”。

鲁迅在分析这种“捧”与“骂”的批评态度产生的根源时,将之与中国人传统

---

① 鲁迅:《南腔北调集·辱骂和恐吓决不是战斗》,《鲁迅全集》第4卷,人民文学出版社1981年版,第453页。

② 鲁迅:《且介亭杂文末编·答徐懋庸并关于抗日统一战线问题》,《鲁迅全集》第6卷,人民文学出版社1981年版,第537页。

③ 鲁迅:《书信·340522致杨霁云》,《鲁迅全集》第12卷,人民文学出版社1981年版,第423页。

④ 鲁迅:《且介亭杂文末编·答徐懋庸并关于抗日统一战线问题》,《鲁迅全集》第6卷,人民文学出版社1981年版,第537页。

⑤ 鲁迅:《译文序跋集·〈文艺与批评〉译者附记》,《鲁迅全集》第10卷,人民文学出版社1981年版,第302页。

⑥ 鲁迅:《热风·对于批评家的希望》,《鲁迅全集》第1卷,人民文学出版社1981年版,第401页。

⑦ 鲁迅:《花边文学·骂杀与捧杀》,《鲁迅全集》第5卷,人民文学出版社1981年版,第585页。

的落后文化心态联系了起来。他指出:“中国的人们,遇见带有会使自己不安的朕兆的人物,向来就用两样法:将他压下去,或者将他捧起来。”[①]“有什么稍稍显得特出,就有人拿了长刀来削平它”;“自然,也有例外,是捧了起来。但这捧了起来,却不过为了接着摔得粉碎。”[②]这种文化心态反映在文学批评领域,也就是“乱捧”与“乱骂”。这种“乱骂”与“乱捧”式批评,虽然有时也会蒙骗人于一时,却是不会长久的,它最终只能是暴露出批评者本人的丑恶和无知。正如鲁迅所说:“辩论事情,威吓和诬陷,是没有用处的。”[③]“如果自造一点丑恶,来证明他的敌对的不行,那只是他从隐蔽之处挖出来的自己的丑恶,不能使大众羞,只能使大众笑。”[④]这是“乱骂”。“乱捧”也是如此,鲁迅指出:“无缘无故的将所攻击或暴露的对象画作一头驴,恰如拍马家将所拍的对象做成一个神一样,是毫没有效果的,假如那对象其实并无驴气息或神气息。”[⑤]“以学者或诗人的招牌,来批评或介绍一个作者,开初是很能够蒙混旁人的”,“如果没有旁人来指明真相呢,这作家就从此被捧杀,不知道要多少年后才翻身”,“但待到旁人看清了这作者的真相的时候,却只剩了他自己的不诚恳,或学识的不够了。”[⑥]总之,“乱骂”式批评也好,“乱捧”式批评也好,都偏离了“真切的批评”的轨道。这样的批评,“观察不精,因而品题也不确”,“即使用尽死劲,流完大汗,写了出去,也还是和对方不相干,就是用浆糊粘在他身上,不久也就脱落了”[⑦]。既然与批评对象毫不相干,这样的批评当然也就毫无意义和价值。

鲁迅尤其痛恨的是那些“在嫩苗的地上驰马”的“恶意的批评家”[⑧]。这种“恶意的批评家”也应属于“乱骂”者之列,甚至简直就属于“乱打”“乱踢”的打手了。鲁迅认为,新文学的发展,尤其是尚处于“幼稚的时候”,特别需要“发掘美点”,以便“扇起文艺的火焰来”[⑨]。然而,鲁迅眼见的批评现状是怎样的呢?一些人“一做批评家,眼界便极高卓,所以我只见到对于青年作家的迎头痛击,

---

① 鲁迅:《华盖集·这个与那个》,《鲁迅全集》第3卷,人民文学出版社1981年版,第140页。

② 鲁迅:《且介亭杂文二集·徐懋庸作〈打杂集〉序》,《鲁迅全集》第6卷,人民文学出版社1981年版,第290页。

③ 鲁迅:《花边文学·玩笑只当它玩笑(上)》,《鲁迅全集》第5卷,人民文学出版社1981年版,第523页。

④ 鲁迅:《花边文学·“大雪纷飞”》,《鲁迅全集》第5卷,人民文学出版社1981年版,第553页。

⑤ 鲁迅:《且介亭杂文二集·漫谈“漫画”》,《鲁迅全集》第6卷,人民文学出版社1981年版,第233页。

⑥ 鲁迅:《花边文学·骂杀与捧杀》,《鲁迅全集》第5卷,人民文学出版社1981年版,第586页。

⑦ 鲁迅:《且介亭杂文二集·五论“文人相轻”——明术》,《鲁迅全集》第6卷,人民文学出版社1981年版,第383页。

⑧ 鲁迅:《坟·未有天才之前》,《鲁迅全集》第1卷,人民文学出版社1981年版,第168页。

⑨ 鲁迅:《热风·对于批评家的希望》,《鲁迅全集》第1卷,人民文学出版社1981年版,第401页。

冷笑,抹杀,却很少见诱掖奖劝的意思的批评”[①]。对于青年作家,“惟恐他还有活气,一定要弄到此后一声不响,这才算天下太平,文坛万岁”[②]。这些人就是“恶意的批评家”。他们根本“不像批评家,作品才到面前,便恨恨地磨墨,立刻写出很高明的结论道,‘唉,幼稚得很,中国要天才!’”鲁迅为此指出:“其实即使天才,在生下来的时候的第一声啼哭,也和平常的儿童的一样,决不会就是一首好诗。因为幼稚,当头加以戕贼,也可以萎死的。我亲见几个作者,都被他们骂得寒噤了。”[③]出于对文学发展的长远考虑,特别是为了提倡对文学新人的扶植,鲁迅曾说:“我惟希望就是在文艺界,也有许多新的青年起来。”[④]而文学新人的成长,需要一个好的文艺气氛,正好像要长出“好花和乔木来”,需要好的“泥土”一样。鲁迅称赞那些甘作护花泥土的批评家为“不容易做”的“坚苦卓绝者”[⑤]。他主张,对文学新人的新作,批评家应尽可能持宽容的态度,批评家应该看到:“时代是在不息地进行,现在新的,年青的,没有名的作家的作品……露出了日见生长的健壮的新芽。自然,这,是很幼小的。但是,惟其幼小,所以希望就正在这一面。”[⑥]在培养文学新人方面,鲁迅一方面亲自做大量的工作,“自甘这样用去若干生命”来扶植、培育文学新人,而且“毫不希望一点报偿”[⑦];另一方面,他也希望广大文学批评家能有实事求是的批评态度,希望文学批评能够起到助文学新人成长、发展的作用。

四、文学批评的标准

文学批评必须好处说好,坏处说坏。那么,批评家如何来判定好与坏呢?这里就有一个批评标准的问题。鲁迅曾针对当时的文艺界状况指出,“我们的批评常流于标准太狭窄,看法太肤浅”[⑧],他要求“把限度放得更宽些”[⑨],但放宽

---

① 鲁迅:《华盖集·并非闲话(三)》,《鲁迅全集》第3卷,人民文学出版社1981年版,第152页。

② 鲁迅:《且介亭文末编·〈出关〉的“关”》,《鲁迅全集》第6卷,人民文学出版社1981年版,第517页。

③ 鲁迅:《坟·未有天才之前》,《鲁迅全集》第1卷,人民文学出版社1981年版,第168页。

④ 鲁迅:《书信·300920致曹靖华》,《鲁迅全集》第12卷,人民文学出版社1981年版,第24页。

⑤ 鲁迅:《坟·未有天才之前》,《鲁迅全集》第1卷,人民文学出版社1981年版,第169页。

⑥ 鲁迅:《二心集·一八艺社习作展览会小引》,《鲁迅全集》第4卷,人民文学出版社1981年版,第308页。

⑦ 鲁迅:《集外集拾遗补编·新的世故》,《鲁迅全集》第8卷,人民文学出版社1981年版,第152页。

⑧ 鲁迅:《且介亭杂文末编·论现在我们的文学运动》,《鲁迅全集》第6卷,人民文学出版社1981年版,第591页。

⑨ 鲁迅:《且介亭杂文末编·答徐懋庸并关于抗日统一战线问题》,《鲁迅全集》第6卷,人民文学出版社1981年版,第531页。

标准并非不要标准。事实上,任何一种文学批评都是依据一定的标准来进行的,这就是鲁迅所谓的"圈子"。他说:"我们曾经在文艺批评史上见过没有一定圈子的批评家吗? 都有的,或者是美的圈,或者是真实的圈,或者是前进的圈。没有一定的圈子的批评家,那才是怪汉子呢。……我们不能责备他有圈子,我们只能批评他这圈子对不对。"①这里,鲁迅着重强调了两点,一是强调文学批评必须依据一定的标准;二是强调文学批评标准的正确性要求。

凡文学批评当然都是有一定标准的,只不过有的明显,有的隐蔽而已。即如选本,虽是选别人的作品,并无评价,但"殊不知却被选者缩小了眼界","选本既经选者所滤过,就总只能吃他所给与的糟与醨。况且有时还加以批评,提醒了他之以为然,而默杀了他之以为不然处。纵使选者非常胡涂,如《儒林外史》所写的马二先生,游西湖漫无准备,须问路人,吃点心又不知选择,要每样都买一点,由此可见其衡文之毫无把握罢,然而他是处州人,一定要吃'处片',又可见虽是马二先生,也自有其'处片'式的标准了"②。虽然如此,鲁迅所希望的是,文学批评必须自觉地依据一定的标准,而不是那种无定见的不是标准的标准。鲁迅最反对"不施考察,不加批判,但用'彼亦一是非,此亦一是非'的论调"③驰骋于文坛。他甚至说:"无论古今,凡是没有一定的理论,或主张的变化并无线索可寻,而随时拿了各种各派的理论来作武器的人,都可以称之为流氓。"他还作比喻说:"例如上海的流氓,看见一男一女的乡下人在走路,他就说,'喂,你们这样子,有伤风化,你们犯了法了!'他用的是中国法。倘看见一个乡下人在路旁小便呢,他就说,'喂,这是不准的,你犯了法,该捉到捕房去!'这时所用的又是外国法。但结果是无所谓法不法,只要被他敲去了几个钱就都完事。"④文学批评中也有与此类似的"流氓"行为。一些人"现为批评家而说话的时候,就随便捞到一种东西以驳诘相反的东西。要驳互助说时用争存说,驳争存说时用互助说;反对和平论时用阶级争斗说,反对斗争时就主张人类之爱。论敌是唯心论者呢,他的立场是唯物论,待到和唯物论者相辩难,他却又化为唯心论者了。要之,是用英尺来量俄里,又用法尺来量密达,而发见无一相合的人。因为别的一切,无

---

① 鲁迅:《花边文学·批评家的批评家》,《鲁迅全集》第5卷,人民文学出版社1981年版,第428~429页。

② 鲁迅:《集外集·选本》,《鲁迅全集》第7卷,人民文学出版社1981年版,第137页。

③ 鲁迅:《准风月谈·"中国文坛的悲观"》,《鲁迅全集》第5卷,人民文学出版社1981年版,第247页。

④ 鲁迅:《二心集·上海文艺之一瞥》,《鲁迅全集》第4卷,人民文学出版社1981年版,第297~298页。

一相合，于是永远觉得自己是‘允执厥中’，永远得到自己满足”①。针对这种无定见、无恒定标准的批评，鲁迅借用近视眼看扁额的故事作比喻说：“在文艺批评上要比眼力，也总得先有那块扁额挂起来才行。空空洞洞的争，实在只有两面自己心里明白。”②没有明确的标准，毫无自己的主张，做起文学批评来当然也就难以中肯。没有标准不行，标准太滥、太泛、太杂也不行，多标准即无标准。鲁迅认为，这种标准太滥、太杂的现象，在当时的批评界并不少见：“就耳目所及，只觉得各专家所用的尺度非常多，有英国美国尺，有德国尺，有俄国尺，有日本尺，自然又有中国尺，或者兼用各种尺。有的说要真正，有的说要斗争，有的说要超时代，有的躲在人背后说几句短短的冷话。”③这些各式各样的尺度，使文学批评的信度大受损害。因此，在论及文艺批评标准时，鲁迅首先强调的就是批评家的定见和批评标准的明晰性、确定性。

尽管不同的批评家依据自己的定见，采用相应的批评标准，都是无可厚非的，但标准与标准之间也有正确与否的区别，标准使用得是否得当也还是有高下之分的。为此，鲁迅还就批评标准或曰尺度的正确使用问题发表了不少见解。在鲁迅看来，能否正确使用批评标准，起码可以从两个方面来考察：一是看使用标准的批评家本身的素质如何，他是否有锐利的眼光，是否有使用该标准所相应要求的修养。二是看使用的标准与批评对象是否契合。有些批评家固然也持有一定的批评标准，但由于自己缺少独特的、敏锐的眼光，甚至缺乏一些基本的、必要的修养，所以常有滥用或错用了批评标准的情况。例如，“感情已经冰结的思想家，即对于诗人往往有谬误的判断和隔膜的揶揄”④；再如，缺少起码的“常识”的批评家，会错误地混淆“裸体画和春画的区别，接吻和性交的区别，尸体解剖和戮尸的区别”⑤。因此，要准确地把握批评的标准，首先对于批评家自身有较多的要求，诚如鲁迅所指出的：“独有靠了一两本‘西方’的旧批评论，或则捞一点头脑板滞的先生们的唾余，或则仗着中国固有的什么天经地义之类的，也到文坛上来践踏，则我以为委实太滥用了批评的权威。”⑥这就是说，文学作品不同于物质产品，因此用来衡量作品的标准也绝不是一些可以任意取用的死板的条条框框。批评标准的把握在很大程度上取决于批评家的眼光和修养，因此，仅搬

① 鲁迅：《二心集·非革命的急进革命论者》，《鲁迅全集》第4卷，人民文学出版社1981年版，第228页。

② 鲁迅：《三闲集·扁》，《鲁迅全集》第4卷，人民文学出版社1981年版，第87页。

③ 鲁迅：《三闲集·文艺与革命》，《鲁迅全集》第4卷，人民文学出版社1981年版，第83页。

④ 鲁迅：《集外集拾遗·诗歌之敌》，《鲁迅全集》第7卷，人民文学出版社1981年版，第236页。

⑤ 鲁迅：《热风·对于批评家的希望》，《鲁迅全集》第1卷，人民文学出版社1981年版，第401～402页。

⑥ 鲁迅：《热风·对于批评家的希望》，《鲁迅全集》第1卷，人民文学出版社1981年版，第401页。

用一些批评论的教条，是无法真正承担起文学批评的任务的。另外，批评标准的取用与批评对象是否契合，这也是一个不容忽略的问题。有些批评，就其使用的批评标准本身孤立地看，似乎也无所谓对与错，但当这种标准与批评对象联系在一起时，对错立即分明。例如前面述及的"用英尺来量俄里"，"用法尺来量密达"，"英尺""法尺"本身并无所谓错，但用它们来量"俄里""密达"时，由于这种尺度与对象的不相契合，便显示出了使用标准（或曰尺度）的谬误。鲁迅在评价陶元庆的艺术时曾说过这样的话："他并非'之乎者也'，因为用的是新的形和新的色；而又不是'Yes''No'，因为他究竟是中国人。所以，用密达尺来量，是不对的，但也不能用什么汉朝的虑傂尺或清朝的营造尺，因为他又已经是现今的人。我想，必须用存在于现今想要参与世界上的事业的中国人的心里的尺来量，这才懂得他的艺术。"[①]这段话再清楚不过地说明了依据批评对象取用合适的批评尺度的问题之重要。

五、文学批评的方法

做好文学批评，批评家正确的批评态度和对批评标准的准确把握都是不可缺少的，同时，文学批评的方法也是一个重要的方面。鲁迅很重视文学批评的方法问题，希望批评家能以科学的方法去进行批评。他曾明确指出，中国文坛现在所首先需要的也还是"几个坚实的，明白的，真懂得社会科学及其文艺理论的批评家"[②]。这里的所谓的"真懂得社会科学"，显然是特指的。他曾说过："以史底惟物论批评文艺的书，我也曾看了一点，以为那是极直捷爽快的，有许多昧暧难解的问题，都可说明。"[③]可见，鲁迅所说的懂得社会科学，主要是指懂得历史唯物主义的方法。鲁迅越到后期，越自觉地以马克思主义的辩证唯物主义和历史唯物主义的方法为武器，去从事文艺批评。他甚至直截了当地呼唤着"能操马克斯主义批评的枪法"[④]的批评家的出现。因此，在鲁迅的许多有关文学批评方法的论述和见解中，马克思主义方法论的指导作用是较明显的。这里取其主要方面略作陈述。

第一，鲁迅主张全面地看问题。他曾经指出："倘要论文，最好是顾及全篇，并且顾及作者的全人，以及他所处的社会状态，这才较为确凿。要不然，是很容

---

① 鲁迅：《而已集·当陶元庆君的绘画展览时》，《鲁迅全集》第3卷，人民文学出版社1981年版，第550页。

② 鲁迅：《二心集·我们要批评家》，《鲁迅全集》第4卷，人民文学出版社1981年版，第240页。

③ 鲁迅：《书信·280722致韦素园》，《鲁迅全集》第11卷，人民文学出版社1981年版，第629页。

④ 鲁迅：《二心集·对于左翼作家联盟的意见》，《鲁迅全集》第4卷，人民文学出版社1981年版，第236页。

易近乎说梦的。"[①]这就是所谓的"知人论世"。鲁迅在谈及"选本"问题时曾指出"选本"之于研究作家的局限性:"如果随便玩玩,那是什么选本都可以的,《文选》好,《古文观止》也可以。不过倘要研究文学或某一作家,所谓'知人论世',那么,足以应用的选本就很难得。选本所显示的,往往并非作者的特色,倒是选者的眼光。眼光愈锐利,见识愈深广,选本固然愈准确,但可惜的是大抵眼光如豆,抹杀了作者真相的居多,这才是一个'文人的浩劫'。"[②]鲁迅指出"选本"的局限性,正是为了强调全面了解作家、作品的重要。他特别反对那些以片面代全体的"就事论事"式和"摘句"式的批评。所谓"就事论事"式批评,是指"批评者的眼界是小的,所以他不能在大处落墨"[③]。鲁迅批评说:"这些批评家之病亦难治。他们斥小说家写'身边琐事',而不悟自己在做'身边批评',较远之大敌,不看见,不提起的。"[④]所谓"摘句"式批评,就是仅从作品中摘出一两句,"而踢开他的全篇,又用这两句来概括作者的全人",这就不免抹杀了作者的真相,好比"是衣裳上撕下来的一块绣花,经摘取者一吹嘘或附会,说是怎样超然物外,与尘浊无干,读者没有见过全体,便也被他弄得迷离惝恍",这不仅使作者做了"冤屈的牺牲",而且也"最能引读者入于迷途"[⑤]。鲁迅曾列举许多例子来证明"就事论事"式和"摘句"式批评的片面性。譬如,"一向被我们看作恋爱诗人的海纳,还有革命底的一面"[⑥]。再如,"被论客赞赏着'采菊东篱下,悠然见南山'的陶潜先生……除论客所佩服的'悠然见南山'之外,也还有'精卫衔微木,将以填沧海,形天舞干戚,猛志固常在'之类的'金刚怒目'式,在证明着他并非整天整夜的飘飘然"。鲁迅还进而阐发道:"这'猛志固常在'和'悠然见南山'的是一个人,倘有取舍,即非全人,再加抑扬,更离真实。譬如勇士,也战斗,也休息,也饮食,自然也性交,如果只取他末一点,画起像来,挂在妓院里,尊为性交大师,那当然也不能说是毫无根据的,然而,岂不冤哉!"[⑦]像陶潜等是"被选文家和摘

---

① 鲁迅:《且介亭杂文二集·"题未定"草(七)》,《鲁迅全集》第6卷,人民文学出版社1981年版,第430页。

② 鲁迅:《且介亭杂文二集·"题未定"草(六)》,《鲁迅全集》第6卷,人民文学出版社1981年版,第421~422页。

③ 鲁迅:《书信·340621致徐懋庸》,《鲁迅全集》第12卷,人民文学出版社1981年版,第463页。

④ 鲁迅:《书信·340621致郑振铎》,《鲁迅全集》第12卷,人民文学出版社1981年版,第466页。

⑤ 鲁迅:《且介亭杂文二集·"题未定"草(七)》,《鲁迅全集》第6卷,人民文学出版社1981年版,第425页。

⑥ 鲁迅:《译文序跋集·〈海纳与革命〉译者附记》,《鲁迅全集》第10卷,人民文学出版社1981年版,第432页。

⑦ 鲁迅:《且介亭杂文二集·"题未定"草(六)》,《鲁迅全集》第6卷,人民文学出版社1981年版,第422页。

句家所缩小了,凌迟了”,因此,鲁迅认为,要真正认识一位作家,还是应该“自己放出眼光看过较多的作品”①,才有发言权。可以说,“知人论世”,全面地、整体地、多方位地看问题,是鲁迅在论及批评方法时强调较多的方面。

第二,鲁迅主张历史地看问题。他指出,“想研究某一时代的文学,至少要知道作者的环境”②,要了解作者“所处的社会状态”③,还要“从文学史上看看他在史上的位置”④。这就是说,批评作家和作品,一定要注意历史的联系,一定要将之摆到他们所赖以产生的历史环境和社会条件中去加以考察,因为“一切事总免不掉环境的影响。文学——在中国的所谓新文学,所谓革命文学,也是如此”⑤。只有注重历史环境对作家和文学作品的影响,才能够真正理解和评价他们所反映的社会生活内容的真实性和深刻程度。而且,也只有从文学发展的历史中来考察作品的成就,看它们到底为文学发展提供了哪些前人所没有提供的新东西,以及它们在同时代文学的发展中有什么独特的贡献,也才能真正作出合理的评论。鲁迅最反对割断历史联系、抛开历史环境去孤立地评价作家的作品。他曾对许多文学批评者忽略作品产生的历史环境表示过遗憾。例如,针对一些“前进的青年”“可惜”鲁迅一段时间的“不大写文章”,“并声明他们的失望”,鲁迅指出,“这些前进的青年,似乎谁都没有注意到现在的对于言论的迫压,也很是令人觉得诧异的。我以为要论作家的作品,必须兼想到周围的情形”⑥。再如,针对历代批评家对论战性文字的评价往往过低的现象,鲁迅曾提倡收录敌对文章编为集子的方式,尽可能多地保存历史原貌,以防后人评价上的偏误。他说:“如果多少和社会有些关系的文字,我以为是都应该集印的,其中当然夹杂着许多废料,所谓‘榛楛弗剪’,然而这才是深山大泽。”“倘使这作者是身在人间,带些战斗性的,那么,他在社会上一定有敌对。”如果编集子的人不屑收录其敌对文字,“于是到得后来,就只剩了一面的文章了,无可对比,当时的抗战之作,就都好象无的放矢,独个人在向着空中发疯。我尝见人评古人的文章,说

---

① 鲁迅:《且介亭杂文二集·“题未定”草(七)》,《鲁迅全集》第6卷,人民文学出版社1981年版,第430页。

② 鲁迅:《而已集·魏晋风度及文章与药及酒之关系》,《鲁迅全集》第3卷,人民文学出版社1981年版,第501页。

③ 鲁迅:《且介亭杂文二集·“题未定”草(七)》,《鲁迅全集》第6卷,人民文学出版社1981年版,第430页。

④ 鲁迅:《而已集·读书杂谈》,《鲁迅全集》第3卷,人民文学出版社1981年版,第442页。

⑤ 鲁迅:《三闲集·现今的新文学的概观》,《鲁迅全集》第4卷,人民文学出版社1981年版,第133页。

⑥ 鲁迅:《且介亭杂文二集·后记》,《鲁迅全集》第6卷,人民文学出版社1981年版,第451~452页。

谁是‘锋棱太露’，谁又是‘剑拔弩张’，就因为对面的文章，完全消灭了的缘故，倘在，是也许可以减去评论家几分懵懂的。所以我以为此后该有博采种种所谓无价值的别人的文章，作为附录的集子”[①]。主张批评家注重历史环境对作家和作品的影响，主张文学批评应显示出历史的真实，这实际上是为科学地评价作家和作品找寻到了一种较为客观的坐标，这可以减少文学批评中的盲目性和主观随意性。

第三，鲁迅主张辩证地看问题。他指出：“倘要完全的书，天下可读的书怕要绝无，倘要完全的人，天下配活的人也就有限。每一本书，从每一个人看来，有是处，也有错处，在现今的时候是一定难免的。”[②]所以，文学批评对于作家和作品不能“求全责备”。对于基本成功的作品，文学批评首先应该“取其大，略其细”[③]，即肯定其基本的主流方面，尽量发掘其优点和成就，决不能只因个别的缺点而否定了它的全部。这丝毫不意味着只见成绩不见缺点，关键的问题是如何辩证地去看问题，如何正确看待缺点在整体性成就中所占的比重。鲁迅说，“作品，总是有些缺点的。亚波理奈尔咏孔雀，说它翘起尾巴，光辉灿烂，但后面的屁股眼也露出来了。所以批评家的指摘是要的”；但又不能因此而只见屁股眼，不见它正面还有“光辉灿烂的羽毛”。当然，这是对基本成功的作品而言的，至于对本身就不算成功的作品，那又另当别论，因为“倘使并非孔雀，仅仅是鹅鸭之流”，即使也“翘起尾巴来，露出的只有些什么”[④]，也可想而知的。鲁迅认为，无论是对作家还是作品，都不能求全责备。对作家如果“求全责备，则有些人便远避了，坏一点的就来迎合，作违心之论，这样，就不但不会有好文章，而且也是假朋友了”[⑤]。“首饰要‘足赤’，人物要‘完人’。一有缺点，有时就全部都不要了”，这是万万要不得的“脾气”。[⑥]对于作品，也应多一些宽容的态度，“一道浊流，固然不如一杯清水的干净而澄明，但蒸溜了浊流的一部分，却就有许多杯净水在”[⑦]。批评家对于作品，旨在“指出坏的”，“奖励好的”，但倘没有好的，“则较好的也可以”，如果“连较好的也没有”，则仍可以在指出坏的之后，“并且

---

① 鲁迅：《且介亭杂文二集·“题未定”草（八）》，《鲁迅全集》第6卷，人民文学出版社1981年版，第431～432页。

② 鲁迅：《译文序跋集·〈思想·山水·人物〉题记》，《鲁迅全集》第10卷，人民文学出版社1981年版，第273页。

③ 鲁迅：《且介亭杂文二集·三论“文人相轻”》，《鲁迅全集》第6卷，人民文学出版社1981年版，第374页。

④ 鲁迅：《花边文学·商贾的批评》，《鲁迅全集》第5卷，人民文学出版社1981年版，第563页。

⑤ 鲁迅：《书信·330510致王志之》，《鲁迅全集》第12卷，人民文学出版社1981年版，第176～177页。

⑥ 鲁迅：《准风月谈·关于翻译（下）》，《鲁迅全集》第5卷，人民文学出版社1981年版，第299页。

⑦ 鲁迅：《准风月谈·由聋而哑》，《鲁迅全集》第5卷，人民文学出版社1981年版，第278页。

指明其中的那些地方还可以于读者有益处”。为此,鲁迅希望“批评家用吃烂苹果的方法”:“我们先前的批评法,是说,这苹果有烂疤了,要不得,一下子抛掉。然而买者的金钱有限,岂不是大冤枉,而况此后还要穷下去。所以,此后似乎最好还是添几句,倘不是穿心烂,就说:这苹果有着烂疤了,然而这几处没有烂,还可以吃得。”以此方法来批评作品,则作品的“好坏是明白了,而读者的损失也可以小一点”。所以鲁迅号召“刻苦的批评家来做剜烂苹果的工作”①。反对求全责备,显示出了鲁迅文学批评观的辩证性特点。

第四,鲁迅还主张有比较地看问题。他认为,比较是最好的事情,“只要一比较,许多事便明白”②。采用比较的方法,有助于人们在文学批评中更好地明辨是非,更为恰当地对文学作品作出褒贬评价。鲁迅曾以识别金子为例,他说,有人“常常误认一种硫化铜为金矿,空口是和他说不明白的,或者他还会赶紧藏起来,疑心你要白骗他的宝贝。但如果遇到一点真的金矿,只要用手掂一掂轻重,他就死心塌地:明白了”。评价文学作品也是如此,孤立地看一个作家和作品,常常容易限制住批评家的眼光,使他们难以作出客观的评价。而一旦将之与其他作品加以比较,则优劣自然显示出来。因此,鲁迅主张多读些各种各样的作品,多读了“就有比较,比较是医治受骗的好方子”③。鲁迅举了两种比较的方法,一是取公认的、经过历史检验的优秀的作品,作为自己所要批评的作品的参照系,这种方法比较“明白”“简单”。当然,这就要求批评家首先必须是读过较多优秀作品,即“看过真金”的,而“一识得真金,一面也就真的识得了硫化铜”,可以“免得受硫化铜的欺骗”。另一种是取其他一般的作品为参照系,即“用各种别的矿石来比的方法”。这种方法“很费事,没有用真的金矿来比的明白,简单”④,但在暂时找不到“金子”的情况下,仍不失为一种可行的较好的方法,最起码,这可以帮助批评家去分析作品各自的独特意义。鲁迅在译介苏俄革命时期的文艺评论集《文艺政策》时就曾讲到,他译介的目的是在于“使大家看看各种议论,可以和中国的新的批评家的批评和主张相比较”⑤。总之,用比较的方法去看问题,可以避免孤立地看问题所带来的褊狭性。

---

① 鲁迅:《准风月谈·关于翻译(下)》,《鲁迅全集》第5卷,人民文学出版社1981年版,第298~299页。

② 鲁迅:《集外集拾遗补编·致〈近代美术史潮论〉的读者诸君》,《鲁迅全集》第8卷,人民文学出版社1981年版,第272页。

③ 鲁迅:《且介亭杂文·随便翻翻》,《鲁迅全集》第6卷,人民文学出版社1981年版,第138页。

④ 鲁迅:《且介亭杂文·随便翻翻》,《鲁迅全集》第6卷,人民文学出版社1981年版,第138页。

⑤ 鲁迅:《集外集·〈奔流〉编校后记(九)》,《鲁迅全集》第7卷,人民文学出版社1981年版,第180页。

第四章　鲁迅小说创作的独特叙事

第一节　鲁迅小说对传统小说的革命

1918年5月出版的《新青年》第4卷第5号上，鲁迅的《狂人日记》横空出世，这是中国现代文学史上第一篇用现代体式创作的白话短篇小说。它以“表现的深切和格式的特别”①，成为中国现代小说的伟大开端，轰轰烈烈的五四新文化运动终于有了属于自己的、真正的文学创作实绩。自《狂人日记》之后，鲁迅在1918至1922年连续写了15篇小说，于1923年8月编为短篇小说集《呐喊》(1930年1月第13次印刷时抽出《不周山》一篇)；1924至1925年所写11篇小说，则收入1926年8月出版的短篇小说集《彷徨》。《呐喊》与《彷徨》均取材于现实生活，是鲁迅小说创作的成熟之作，诚如著名学者严家炎先生所说，“中国现代小说在鲁迅手中开始，又在鲁迅手中成熟，这在历史上是一种并不多见的现象”②。在鲁迅的生命晚期，除了集中从事杂文写作“一个都不宽恕”之外，他还在1934至1935年连续写了5篇取材于历史、神话和传说的小说，与20年代写的《不周山》(后改名《补天》)等3篇结集为《故事新编》。这些小说文本思想性与艺术性并重，是我国现代小说的光辉典范，真实地透露着鲁迅不愿过多袒露的心灵秘响。

鲁迅的小说创作对于中国小说的现代转型的贡献是极其全面的，可以说是实现了革命性的突破。

一、新的小说观念：“为人生”

五四新文化运动硝烟散尽的1933年，鲁迅追忆当年从事新文学创作的最初

---

① 鲁迅：《且介亭杂文二集·〈中国新文学大系〉小说二集序》，《鲁迅全集》第6卷，人民文学出版社1981年版，第238页。

② 严家炎：《〈呐喊〉〈彷徨〉的历史地位》，《世纪的足音》，作家出版社1996年版，第64页。

动因时曾明确表示:“说到‘为什么’做小说罢,我仍抱着十多年前的‘启蒙主义’,以为必须是‘为人生’,而且要改良这人生。我深恶先前的称小说为‘闲书’,而且将‘为艺术的艺术’,看作不过是‘消闲’的新式的别号。所以我的取材,多采自病态社会的不幸的人们中,意思是在揭出病苦,引起疗救的注意。”① 显然,“为人生”的启蒙主义作为鲁迅对于中国现代文学“现代性”的主观认知,不仅体现着五四新文化运动坚定的人文价值观,而且也奠定了中国现代文学理论与创作的发展方向。

在鲁迅看来,“在中国,小说不算文学,做小说的也决不能称为文学家,所以并没有人想在这一条道路上出世。我也并没有要将小说抬进‘文苑’里的意思,不过想利用他的力量,来改良社会”②。从这两句话中可以推断出:第一,小说历来是一个边缘性的文体,进不了所谓“文苑”;但鲁迅偏要反叛性地选择小说作为他“为人生”立场的文学显现。第二,鲁迅声称“深恶先前的称小说为‘闲书’”,这表现出他与传统小说观念的彻底决裂。如此这般,鲁迅的小说创作从一开始,就与以娱乐、消遣为主要旨归的通俗小说、大众文化区分开来。第三,“为人生”的严肃小说,正是鲁迅所开创的“五四”新小说的最本质特征。鲁迅公开宣布自己文学创作的功利目的:利用小说来“改良这人生”,这就与“为艺术而艺术”的所谓“纯文学”观划清界限(在新文学的具体实践过程中,后来的文学研究会作家选择了“为人生”;创造社诸作家其实也无所谓执着于“为人生而艺术”和“为艺术而艺术”的学理之争,这是需要认清的文学史事实,也是需要引起高度重视的问题)。第四,对“病态社会的不幸的人们”的人文关怀。“精神界战士和普通的‘朴素之民’之间的深刻的精神联系”,让鲁迅“对中国社会底层的‘不幸的人们’的精神痛苦与需求是有着相当深切的理解与同情的”③。因此,他的笔力主要用在揭示“不幸的人们”的精神麻木和所受的种种精神毒害以及知识分子的灵魂拷问和心路历程,最终指向是深感绝望而又反抗绝望。

回望中国文学史,小说的兴起不外两大原因:其一,唐代古文运动以及科举交游的密切关系。陈寅恪先生在《元白诗笺证稿》中认定:“唐代贞元元和间之小说,乃一种新文体,不独流行当时,复更辗转为后来所则效,本与唐代古文同一

① 鲁迅:《南腔北调集·我怎么做起小说来》,《鲁迅全集》第4卷,人民文学出版社1981年版,第512页。

② 鲁迅:《南腔北调集·我怎么做起小说来》,《鲁迅全集》第4卷,人民文学出版社1981年版,第511页。

③ 钱理群:《“为人生”的文学——关于〈呐喊〉和〈彷徨〉的写作》(一),《海南师范学院学报》(社会科学版)2002年第6期,第5页。

原起用体制也。唐代举人之以备具众体之小说之文求知于主司，即与以古文诗什投献者无异。”①其二，娱乐的功能。“小说之类”被称作“闲书”，向来是人茶余饭后消遣的“甜点”。直到19世纪末20世纪初，事情悄然起了变化。诚如著名学者严家炎先生所说，20世纪中国小说以改造民族灵魂为总主题，“既反映出作家们对感时忧国的文学传统精神的继承，但在更大程度上则起因于作家们对这一时代中格外艰难沉重的内外压力和诸多悲剧性矛盾冲突的体认”②。我们看到，梁启超将小说的功用和“新民”即改造民族灵魂、重铸民族性格关联起来，强调“欲新人心，欲新人格，必新小说”③。应该说，这是中国现代小说观念的先声。梁启超的新小说观在鲁迅处得到了继承和发展。鲁迅开始创作小说之时，正值中国社会重大转折时期，他经历了一番深沉的思考，终于打破沉默，奋起参与毁坏中国这“绝无窗户”的“铁屋子”的战斗，以自身对“科学”“民主”的直观感悟，以得西洋现代文明之“道”的特殊身份，自觉站在时代大潮的风口浪尖，以“为人生”自我期许，画出沉默国民的魂灵，以“引起疗救的注意”。这一小说观，不仅决定着鲁迅小说的基本面貌和历史特点，而且对中国现代小说的发展产生了深远的影响。

二、新的思想资源：“启蒙主义”

五四时期的鲁迅，一方面“听将令”，以反传统与改造“国民性”为中心主题进行小说创作，担当起思想启蒙的重要先锋，当之无愧地成为新文学的旗手和新文化的典范；另一方面又吊诡地加深着“启蒙无效”④的体验。重读《狂人日记》，我们分明发现，鲁迅从其第一部作品开始，就呈现出一种张扬启蒙又深感“启蒙无效”的思想矛盾：觉醒了的“狂人”是一个“向庸众宣战”的斗士，以其绝对清醒的启蒙理性高高凌驾于“狼子村”的“他者”之上。启蒙者与被启蒙者之间形成的这种不平等的对话关系，导致“狂人”的言说无效。实际上，由于思想启蒙的长期性、艰巨性与复杂性，鲁迅从一开始便对启蒙的实际功效产生极大的怀疑。因此，在小说结尾处，也只是无奈地发出“救救孩子”的孤绝呐喊。后来在《药》中，在以秋瑾为原型塑造的革命者夏瑜的坟头凭空添上了一个红白相间的祭奠花环；在《故乡》中，则更是感慨：“希望是本无所谓有，无所谓无的。”在振臂一呼、应者寥寥的境地中，鲁迅陷入极度“彷徨”。但他还是难以选择“告别革

---

① 陈寅恪：《元白诗笺证稿》，生活·读书·新知三联书店2001年版，第4页。

② 严家炎：《严家炎论小说》，江西高校出版社2002年版，第11页。

③ 梁启超：《小说与群治之关系》，《梁启超全集》第4卷，北京出版社1999年版，总第884页。

④ 宋剑华：《启蒙无效论与鲁迅〈药〉的文本释义》，《天津社会科学》2008年第5期，第102页。

命”,只好仍以“狐疑”的心态虚张着启蒙的声势,虽然已在小说创作中极其隐晦地将启蒙推向了绝境。

鲁迅的小说创作基本上都是遵从于新文化运动的启蒙要求,他本人更是自觉担当起了一个思想启蒙的重要角色。像《狂人日记》《阿Q正传》《药》《故乡》《伤逝》《长明灯》等经典文本,作者是以其思想的深刻性而非艺术的愉悦性,给广大读者留下了发人深省的难忘印象。阅读鲁迅五四时期的小说文本,我们感触最深的是一个觉醒者对于一群愚昧者的思想教化性,尽管其中也充满着启蒙者的孤独与绝望,但是这丝毫不影响鲁迅作为启蒙“思想家”的社会存在地位。

三、新的艺术追求:“改造国民性”

“改造国民性”,即实现人的现代化,是中国现代精英知识分子在风雨飘摇、内忧外患的现实处境下激荡起的改造传统中国人的深层文化心理结构的一种探索和努力。鲁迅“改造国民性”思想,同样来源于民族文化、民族精神的危机。因此,鲁迅认定改变人的精神是第一位的,“最要紧的是改革国民性,否则,无论是专制,是共和,是什么什么,招牌虽换,货色照旧,全不行的”①。

所谓“改造国民性”,在一定意义上,就是要恢复人的“本性”(“白心”),把人从“名教的斧钺下”解救出来,但又绝非回到远古,所以鲁迅说,“觉醒的人,此后应将这天性的爱,更加扩张,更加醇化;用无我的爱,自己牺牲于后起新人”,一要“理解”,二要“指导”,三要“解放”:这里就包含着将现代精神贯注于人的本性中之意。②

鲁迅笔下的人物就是有着精神痛苦和病态的“老中国的儿女”③。像《药》中愚昧的华老栓一家人和茶客,《明天》中丧子后孤独与空虚的单四嫂子,《祝福》中对精神上恐惧的祥林嫂施加精神压力的鲁镇人及柳妈,《孔乙己》中咸亨酒店的冷漠看戏者,《示众》中的观赏杀人的无聊看客,勇敢私奔却又在理想和现实黑暗的巨大裂缝中精神无比痛苦的涓生,如同一只苍蝇飞了一个小圈子,便又回来停在原地点,在颓唐消沉中无辜消磨着生命的吕纬甫,躬行先前所憎恶、所反对的一切的彻底失败了的魏连殳……在《论睁了眼看》中,鲁迅就曾号召作家“冲破一切传统思想和手法”,“真诚地,深入地,大胆地看取人生并且写出他

---

①　鲁迅:《两地书·第一集　北京》,《鲁迅全集》第11卷,人民文学出版社1981年版,第31页。

②　参见钱理群:《在“鲁迅改造国民性思想研讨会”上的发言(提纲)》,《鲁迅研究月刊》2002年第5期,第15页。

③　方璧(茅盾):《鲁迅论》,《茅盾全集》第19卷,人民文学出版社1991年版,第150页。

的血和肉来"[①]。因此,对劳苦大众既"哀其不幸"更"怒其不争";对知识分子,在冷静的精神剖析中指示其寻求正当的人生道路,这一切都显示出鲁迅独特的视角和独到的见解,体现着这个时代先知先觉者最高的思想精神境界。

四、新的小说艺术

对一个作家来说,作品的成熟离不开艺术的成熟。鲁迅尽管将小说作为改良社会的武器,但他从未忘记小说是一种艺术。他的小说在中国现代文学史上的地位不仅在于以"为人生"为小说观念、以"启蒙主义"为思想资源、以"改造国民性"为艺术追求,促成了现实主义的文学主潮;而且在于对中国传统小说艺术表现实现了大突破,创造了崭新的中国现代小说艺术。

首先,在人物与故事的关系上,鲁迅的小说突破了传统短篇小说的格局。古典短篇小说基本上按照讲故事人的口气逐事铺陈,追求故事首尾的完整,以情节曲折吸引人,而人物性格的刻画则被相对淡化。我国古代几大长篇名著比较注重人物的描写和刻画,特别是《红楼梦》,一群性格各异的人物跃然纸上,但未被后人重视,继之而起的谴责小说又回到了重故事轻人物的老路。这种传统的小说格局严重地束缚了作家的艺术个性,也不适应表现越来越复杂的现代生活的需要。"五四"前夕,周作人、胡适等就呼吁突破这种小说格局,而最早将这主张付诸实践并创造了中国现代小说范本的则是鲁迅。他的小说淡化情节,注重人物性格的刻画,完成了从情节小说向性格小说的转化。他的许多作品,特别是《狂人日记》《孔乙己》《在酒楼上》《孤独者》《伤逝》《肥皂》等,故事极为简单平淡,但人物令读者久久难忘。

其次,在艺术手法上,鲁迅"博采众家,取其所长",他的小说综合运用了中西方小说的艺术技巧,从作品内容出发而灵活多变,有的截取生活的横断面,有的直现生活的纵剖面;有的多用对话,有的近于速写;有的采用由主人公自述的日记、手记体,有的采用由见证人回述的第一人称,有的则用完全由作者进行客观描绘的第三人称;有的重于抒情,有的专于讽刺,有的剖析心理,有的兼表哲理等,充分显示了鲁迅丰厚的中西方艺术素养和艺术上的独创性。这里着重介绍严家炎先生的研究成果:《复调小说:鲁迅的突出贡献》[②]。严先生用大量的例证(《狂人日记》《孔乙己》《药》《故乡》《头发的故事》《孤独者》《祝福》《补天》《奔月》《非攻》《理水》)存在的多声部现象来说明鲁迅小说基调的复杂性,并高屋建瓴地指出决定鲁迅小说成为复调小说的几个因素:(1)"由鲁迅个人的经历和

---

① 鲁迅:《坟·论睁了眼看》,《鲁迅全集》第1卷,人民文学出版社1981年版,第241页。

② 严家炎:《复调小说:鲁迅的突出贡献》,《中国现代文学研究丛刊》2001年第3期,第1~20页。

体验所决定的思想的复杂性。”(2)“为了表现一些相当复杂的思想体验,小说家鲁迅运用了多种不同的创作方法。他在运用写实主义的同时,还根据不同的需要,运用了象征主义、表现主义等其他方法。这些不同方法有时单独运用某一种;有时以一种为主,兼糅其他成分;有时两种方法双管齐下,同时并用。总之,非常有独创性。”如《狂人日记》,“它的正文是写实主义和象征主义同时并用的”。“至于用表现主义方法写成的《故事新编》,更突出地显示了‘复调小说’的多义性,寄托着作者不同境遇中的不同心态和不同意趣。”(3)“叙事角度的自由变化。”此外,严文特别提及鲁迅所受陀思妥耶夫斯基的影响:“一是写灵魂的深,二是注重挖掘出灵魂内在的复杂性,三是在作品中较多地用全面对话的方式而不是用单纯的独白体的方式加以呈现。这三个方面互相紧密联系,构成了复调小说的基础。”

再次,在小说语言上,鲁迅的小说彻底摆脱文言而改用白话,形成了独特的风格。语言上的“文、白”之争是五四文学革命中重要的论争焦点之一,以“白”代“文”在当时是一场文学领域中的大革命。鲁迅用他的小说证明,被反对者嘲讽为“引车卖浆者流”所操的白话完全可以提炼成纯正的现代文学语言,具有无限的生命力。鲁迅在题为《无声的中国》的一次演讲中曾经指出,“我们要说现代的,自己的话;用活着的白话,将自己的思想,感情直白地说出来”①。鲁迅通过为时不长的艺术实践,使其小说语言很快就形成了与内容相适应的“洗炼,峭拔而又幽默”②的独特风格。另外,“叙述角度也突破了传统小说的单一,不再局限于第三人称的全知视角,而尝试了第一人称叙述(如《孔乙己》)、双线结构(如《药》)、反讽结构(如《狂人日记》),以及抒情独白体(如《伤逝》)、类散文体(如《故乡》)、类独幕剧体(如《风波》)等等多种体式和手法”③。鲁迅堪称中国现代文学的文体家和语言大师。

总而言之,鲁迅在“启蒙主义”的引领下,完成了对中国传统小说的激进革命,为中国现代小说树起了第一块里程碑,并且作为无法复制、无法逾越的一种文学传统,影响深远,直到今天!

---

① 鲁迅:《三闲集·无声的中国》,《鲁迅全集》第4卷,人民文学出版社1981年版,第15页。

② 茅盾:《联系实际,学习鲁迅——在鲁迅先生诞生八十周年纪念大会上的报告》,《茅盾全集》第26卷,人民文学出版社1996年版,第231页。

③ 温儒敏、赵祖谟主编:《中国现当代文学专题研究》,北京大学出版社2002年版,第22~23页。

第二节　鲁迅小说叙事时空的意蕴

《呐喊》《彷徨》是中国现代小说艺术的高峰。“中国现代小说在鲁迅手中开始，也在鲁迅手中成熟，这在历史上是一种不多见的现象。”①

鲁迅在《呐喊·自序》中说过，他之所以把小说集取名《呐喊》，意指作家受新文化运动的鼓舞，“呐喊几声，聊以慰藉那在寂寞里奔驰的猛士，使他不惮于前驱”。“但既然是呐喊，则当然须听将令的了。”后来，鲁迅把此期创作称为“遵命文学”。《呐喊》中的作品具有充沛的反封建热情，从总体倾向到具体描写，都和“五四”时代精神一致，表现了文化革新和思想启蒙的特色。这些作品尖锐地揭露了宗法制度和封建文化传统的弊害，通过对人民命运特别是农民命运的描写，揭示了旧民主主义革命失败的历史教训，深刻地刻画了一群“老中国的儿女”——沉默的国民的灵魂。

《彷徨》是鲁迅在五四新文化运动进入低潮时的创作。其间，新文化运动的队伍经过了分化和重新组合，“有的退隐，有的高升，有的前进”，鲁迅当时像布不成阵的游勇那样“孤独”和“彷徨”，暂时还没有看清历史发展的道路和前景。鲁迅《题〈彷徨〉》一诗充分而准确地写出了当时的状态与感受：“寂寞新文苑，平安旧战场。两间余一卒，荷戟独彷徨。”这表现了作家在“五四”之后的退潮期的思想苦闷和内心寂寞，也表现了他不甘消沉的探求精神。《彷徨》在反封建的内容上与《呐喊》相承续，艺术上则更加圆熟。作者的爱憎更深地埋藏在对现实的客观、冷静的描写之中。这些作品在对旧制度、旧传统进行更加细致的揭露的同时，比较集中地描写了在历史变动中挣扎、浮沉的知识分子的命运，以及他们的软弱、动摇、孤独、颓唐的思想性格特点。通观《呐喊》《彷徨》，无论是在思想性还是艺术性上，二者都更多地具有内在的统一性，它们是鲁迅历史感悟、现实经验与生命体验的结晶。

《呐喊》与《彷徨》以其思想的丰厚和“表现的深切”，成为“五四”的时代强音，以其强烈的批判和追求的精神，成为引导中国新文学向前发展的光辉旗帜。

一、对封建专制与礼教“吃人”本质的揭露

与“五四”民主、科学精神的倡导相一致的，是对封建专制、封建礼教的迅猛

---

① 严家炎：《〈呐喊〉〈彷徨〉的历史地位》，《世纪的足音》，作家出版社1996年版，第64页。

批判。几千年的封建奴化统治,使中国的积垢太厚、沉疴太深,成了一个万难毁坏、无边黑暗的“铁屋子”,不破不立,对封建文化的清算就成了文学革命首当其冲的命题,服从于这一时代要求,鲁迅小说自然地担当起批判封建专制制度与封建礼教的任务。这一思想倾向集中地体现在他新文学的开山之作《狂人日记》中,鲁迅在谈到该文的成因时说:“偶阅《通鉴》,乃悟中国人尚是食人民族,因成此篇。此种发见,关系亦甚大,而知者尚寥寥也。”[①]鲁迅将其惊人的发现转化成生动可感的艺术形象,通过狂人之口将几千年来在“仁义道德”伪装下的历史与现实真相——封建专制和家族礼教“吃人”——揭示出来。鲁迅这一结论是令人振聋发聩的,同样令人感奋不已的是小说所采用的怪诞、奇崛的表达方式,小说以一种崭新的、充满先锋性的文本形式对几千年的中国所谓“文明”作出了惊世骇俗的裁决。

“吃人”,是鲁迅对中国社会历史及其本质的概括,是对中国传统文化和专制制度的彻底否定,也是鲁迅态度激烈的反封建战斗宣言。《狂人日记》所开创的这一主题,在其后创作的《呐喊》《彷徨》二集的其他各篇中,在各个不同的角度或不同的侧面,在不同程度上得到了延伸与扩展。

鲁迅笔下的“人”之“被吃”有两种情况:一是有形的肉体生命被吞噬、剥夺,二是无形的精神生命遭戕害、消灭。对于前者而言,《孔乙己》中孔乙己的不知所终,《药》中革命者夏瑜被告密、捕杀,《阿Q正传》中阿Q的“大团圆”,《祝福》中祥林嫂倒毙街巷,《白光》中陈士成溺水身亡……都是鲜血淋漓的例证,他们的死亡,要么是不甘心眼睁睁“被吃”的命运,试图反抗而被吃(夏瑜);要么是麻木、愚昧的弱者,终不免被吃(祥林嫂、阿Q);要么是封建文化的驯化者,但仍然难逃被吃(孔乙己、陈士成),等等。封建专制文化之“吃人”是如此的凶残,而更多的人是被其“咬得半死不活”——只剩下没有灵魂的躯壳,成了精神上的“植物人”。长期推行的封建奴化教育、精神的腐蚀造就了《祝福》中的柳妈,《故乡》中的中年闰土,《明天》中的单四嫂子,《风波》中的七斤、七斤嫂,《阿Q正传》中的王胡、小D、小尼姑、吴妈,以及随时随地会出现的诸多的看客。这是一个极其庞大的社会群体,具有社会的广泛性、普遍性,他们分布在社会的各个角落,可能从事着不同的职业,也可能有着不尽相同的性格,但无一例外,他们大多靠本能生存着,没有自我意识,或以封建礼教文化之意志为个人行为之意志,失去了个人的灵魂。此外,等待他们的必将是进一步“被吃”——肉体的最终被毁灭的命运。

封建专制制度与文化作为一个系统,在其不同的领域,在各自不同的层面,

---

① 鲁迅:《书信·180820致许寿裳》,《鲁迅全集》第11卷,人民文学出版社1981年版,第353页。

于社会现实中也各显其“吃人”的本性。像《孔乙己》《白光》——封建科举制度吃人;《明天》《祝福》——封建礼教吃人;《药》——革命者被封建势力镇压、吞噬;《阿Q正传》《药》等又从更深的层次揭示了封建思想意识和封建愚民政策的“吃人”……从其“吃人”的手段来说,“钢刀子”与“软刀子”是两种各自独立又互相为用的两面手法。作为反抗封建专制的“异端”的夏瑜之死,糊涂的“革命者”阿Q招致投机革命的革命者绞杀,孔乙己之被打断腿而迅速走向死途,甚至阿Q因自称姓赵会招来赵太爷不准姓赵的嘴巴子、因“恋爱”问题也要受到赵太爷大竹杠的棒击,都显示了“吃人”文化之“刚性”的一面。但凡一切稍有越轨之举动——有损于封建专制或封建专制者利益的行为,都会受到迅速而残酷的制裁。“软刀子”杀人更体现了封建专制的罪恶本质,这也是鲁迅小说广为描写的一面。封建统治者利用其垄断的意识形态对劳苦大众进行精神的控制,腐蚀、麻痹、扭曲他们的灵魂,这是一种残忍的慢性折磨,它使“被吃”者逐渐失去精神意识,自我弱化下去,直到永远自甘被奴役的地位,永远地自甘被吃。对于这一方面的发现,是鲁迅小说进行反封建社会批判与文化批判的独特角度,此一角度赋予了鲁迅小说对“吃人”描写的精微与深广。

首先,鲁迅展现了广泛的社会阶层和各种人物“被吃”的悲剧命运。《孔乙己》《白光》提供的是旧时代底层知识分子如何被其信仰的制度形态与思想意识联合绞杀的情形。对于封建科举制度的信仰、忠实,使得孔乙己和陈士成把命运的改变全部押在了科考上,怎奈屡考屡败,屡败屡考,最终还是失败。不同的是,科举的目标使孔乙己不屑于、也没有学会其他谋生的能力,因经济困厄,穷愁潦倒,受尽嘲笑与屈辱,最终死去;陈士成则是在第十六回科考榜上无名的颓丧中,精神彻底崩溃而落水身亡。他们都直接或间接地成了他们所信奉的事业——科举制度——的牺牲品,归根结底,是封建专制文化毒害的结果。

各类底层劳动者是被封建文化的“软刀子”毒杀的最主要群体。鲁迅的许多小说,像《药》《故乡》《阿Q正传》《明天》《祝福》等,一再呈示了弱者如何“被吃”的悲剧。天真英气的少年闰土,因兵、匪、灾、捐、官、绅、多子,更因那种无形的文化戕害,多年后成了一个愚昧、麻木、一无生气的苍老者,站在“我”面前,一声“老爷”泄露了这位少年伙伴灵魂中的一切。阿Q固然直接被枪毙,但他无师自通的封建礼教思想早已铺就了他通向死亡的道路。《药》不但写了“钢刀子”杀人,还写了“软刀子”使华老栓一家如何迷信于人血馒头,花费钱财买来的最终是儿子小栓的病无治而亡。精神上的扭曲使他们永远无法摆脱绝望的悲剧命运。

由于封建伦理纲常的规约,底层劳动妇女的地位堪是底层中的底层,那么其命运的悲剧性与惨烈也就可想而知了。对三纲五常的批判,对妇女解放的呼吁,是五四新文化运动的题旨之一,鲁迅在杂文中就对“从一而终”之类的“节烈”观念作过尖锐的批判,这种畸形的道德观念引发了无数的人间悲剧。《明天》里,单四嫂子年轻丧夫,遵从于礼教传统只能守节,她不得不一个人带着幼子,独自面对生活的艰难,她把一切的希望寄托在将来孩子长大成人,偏偏宝儿病了、死了,她渴望能够得到帮助,但实际上到来的是接二连三的趁火打劫,安葬完孩子以后,她已失去了一切(唯一的亲情与所有的积蓄),不得不继续承受难以承受的精神孤独与空虚。《祝福》中的祥林嫂,其悲剧意义更为深刻,她身上背负四条象征封建宗法统治的“绳索”:政权、族权、夫权、神权。她曾多次本能地试图对命运的残酷与不公进行反抗,但每一次的努力,非但徒劳,反换来更加不堪的境地,她身上的绳索越勒越紧,终至死于非命。作品对祥林嫂的悲剧侧重于表现夫权与神权的毒害,但说到底还是寡妇失节的悲剧。当初,祥林嫂丈夫死后,她不在夫家安心守节,却私自外逃帮工,触犯了夫权;夫家行使夫权将其抓回发卖,而其改嫁虽属逼迫,实际上是又一次对夫权的触犯,因之而被视为“败坏风俗”,有“克夫之命”,双重罪名加身。“捐门槛”事件,单看是神权的力量在作祟,实是夫权影响的延续。《明天》是寡妇“守节”的悲剧,《祝福》是寡妇“失节”的悲剧,“守”与“不守”,都难逃悲剧,“节烈”观念害人之深可见一斑。

孔乙己、陈士成之类旧时代的知识分子命运是可悲的,固然难逃“被吃”,令人感到可怖的是,曾经接受过新思想,并且在新的追求过程中取得过阶段性成功的新一代底层知识分子也难逃“被吃”的厄运。像吕纬甫(《在酒楼上》)、魏连殳(《孤独者》)、子君(《伤逝》),他们都曾经有理想、有追求,但在现实黑暗的无情打压下,或在精神上、或在肉体上仍然被吞噬。鲁迅以此种方式,暗示了封建专制思想与惰性力量是怎样的强大,反封建的任务是何等的艰巨与紧迫。

其次,对于“吃人”者的鞭挞也是鲁迅“吃人”主题之下的一个分支。《呐喊》《彷徨》中的“吃人”者是一股力量强大、无所不在的黑暗势力。他们化为鲁迅笔下的“大哥”(《狂人日记》),丁举人(《孔乙己》),鲁四老爷(《祝福》),赵太爷、钱太爷、秀才、假洋鬼子、举人老爷、知县大人、把总(《阿Q正传》),赵七爷(《风波》),七大人(《离婚》),四铭(《肥皂》),高干亭(《高老夫子》)等。封建专制制度与伦理观念是他们的护身符,他们或无恶不作、凶残卑鄙,或道貌岸然而又虚伪低劣,鲁迅在对一系列“被吃”者惨剧描写的同时,对这一群体的丑恶本性也进行了深刻的揭露。如鲁四老爷向来以“事理通达心气平和”为标榜,却在祥林嫂于万家团圆的时刻悲惨死去时,斥之以“不早不迟,偏偏要在这时候,——这就可见是一个谬种”!他在祥林嫂的悲剧进程中,无疑也扮演了一个“吃人”者的角色。而以封建正统自居的四铭,因路见一个衣衫褴褛的年轻女丐,在他人“买两块肥皂来,咯支咯支遍身洗一洗,好得很哩”的议论声下,下意识地买回香皂,并多次反复咀嚼光棍们放肆的言论,其内心深处的“孝女情结”屡屡被他老婆等人识破,“卫道者”的虚伪、丑恶面目暴露无遗。同样,“高老夫子”高干亭声言因仰慕大文豪高尔基,改名“高尔础”以示“新党”,但他到女校授课时,却因不学无术而洋相尽出,面对讲台下女生连成一片海似的眼睛,只好做贼心虚地狼狈而逃,做他的“老杆”本行去了。表面上道貌岸然、满腹经纶的正人君子,实不过一个沉迷于“打牌、看戏、喝酒、跟女人”的高等流氓而已。鲁四老爷、四铭、高老夫子这批丑类,其满嘴封建伦理道德的陈腐虚伪同样起着“吃人”的作用,而且还相当地具有迷惑性。

鲁迅最令人触目心惊的揭示是,“被吃”者也往往主动加入到“吃人”的行列。《祝福》里鉴赏祥林嫂凄惨故事的女人们,《明天》里趁着单四嫂子的不幸而揩油者、《孔乙己》中笑声连连的酒客……寻常街巷中这些寻常可见的人们,他们的冷漠、麻木未尝不使他们在通往“被吃”途中也合伙参与“吃”了别人。鲁迅对此认识是极为深刻的,他是在不断沉痛地提醒世人、提醒社会。

总之,鲁迅用小说描绘了一个充满“吃人”真相的世界,吃人的势力勾连成一张巨大而无形的网络,它无处不在,罩住一切,被吃者在劫难逃,真乃是人间活地狱,而“网络”背后的那只无形之手就是封建专制文化。正如鲁迅《灯下漫笔》所言:“所谓中国的文明者,其实不过是安排给阔人享用的人肉的筵宴。所谓中国者,其实不过是安排这人肉的筵宴的厨房。……大小无数的人肉的筵宴,即从有文明以来一直排到现在,人们就在这会场中吃人,被吃,以凶人的愚妄的欢呼,将悲惨的弱者的呼号遮掩,更不消说女人和小儿。”①

二、对底层劳动者精神病苦与国民性改造的关注

在《呐喊》《彷徨》中,底层民众的主体主要是农民,这同有着几千年的农业文明、农民必然占绝大多数的乡土中国的历史与现实国情密不可分,鲁迅对于农民问题的深切关注,可以说抓住了乡土中国的主要方面。鲁迅对中国农民的命运是深切同情的,他看到了农民们所遭遇的苦难,也洞察他们的弱点与病态,当然更理解造成他们精神上病弱的社会原因和历史原因。这方面的着力描写,又是与鲁迅对封建专制文化“吃人”本相的发现相联系的,在对农民悲剧命运深入展示的过程中,让人们看到他们何以“被吃”的深层原因。无疑,这是鲁迅借以寻求通往自由和尊严的“立人”之路的一种努力。

在实际创作中,鲁迅不仅把中国农民放在中国农村各种现实关系中加以再现,真实地反映了农民在辛亥革命前后的经济地位和社会地位,从而展现封建、

① 鲁迅:《坟 · 灯下漫笔》,《鲁迅全集》第1卷,人民文学出版社1981年版,第216~217页。

半封建农村的落后、封闭、停滞的典型环境,以及农民物质上的贫困与苦难;而且鲁迅更着力于塑造在这一典型环境中生存、挣扎的中国农民的典型性格,反映出了农民精神上的愚昧、麻木,把解剖农民灵魂和改造国民性问题联系起来,通过对农民性格中愚弱、麻木和落后的批判,导向对造成这种性格的社会根源的揭露和批判。在这方面,《阿Q正传》堪称代表,其他如《药》《祝福》《风波》《故乡》《明天》《离婚》等也是如此。

《药》中,主线是小茶馆老板华老栓夫妇买来人血馒头给痨病儿子小栓治病无效身亡。将人血馒头当成良药给儿子治病并因此贻误性命,无疑是愚昧酿成的悲剧。而作品的深刻性在于,这人血是革命者夏瑜之血,夏瑜为民众而死,为真理大义而死,茶客们非但不解,还将其丑化,他牺牲的唯一意义似乎就是充当毫无疗效的“药”,这是一种更透心的悲哀。华、夏两家的悲剧正是我们古老民族的大悲剧,老大中国急需一种思想良药医治民族精神上的痼疾。

《故乡》通过今夕闰土的变化对比,表现了封建专制与文化是怎样毒害了一个生动活泼的生命的过程。藏在“我”记忆中的幼时伙伴闰土:紫色的圆脸,头戴一顶小毡帽,颈上套着一个明晃晃的银项圈。他给“我”讲冬天怎样捕鸟,讲海边的贝壳、跳鱼儿、西瓜地……许多令“我”感到新奇有趣的故事与勇敢的经历,在“我”的眼中年幼的闰土就是一个少年英雄。多年后再见时怎样呢?身量高了,脸色灰黄而多皱,眼睛周围肿得通红,破毡帽、薄棉衣,树皮似的手里一枝长烟管,神情凄然,浑身瑟缩。不用说,封建宗法专制现实彻底地改变了他。更让“我”心惊肉跳的是他嗫嚅着喊出的一声“老爷”。当年口中的“迅哥儿”如今变成了“老爷”。那个圆月之夜、西瓜地上“小英雄”手执钢叉向猹猛刺的飒爽英姿被残酷的现实撕得粉碎。一个活泼泼的精神生命被吞噬后只剩下了愚昧、麻木。这种悲凉与震惊就来自“英雄”与“奴隶”之间的落差。

《祝福》里,祥林嫂的丧夫、出逃、被捉回逼嫁,再丧夫乃至失子,固然不幸之至,但对生之绝望尤其死后之恐惧才是让人痛心不已的,她完完全全成了一个礼教、神权驱使之下的奴隶。在祥林嫂的世界中,由于她的勤劳、善良,希望的火花也曾微微照亮过她的心灵,然而,在那样的社会文化环境里,祥林嫂根本无法成为一个健全奋发的人,精神的奴役始终使她无法挣脱命运强加给的种种不幸,悲惨地然又不可避免地沦为新年大节、万家祝福声中的“牺牲”,也是扎根在她头脑里的封建宗法观念的“牺牲”。

《风波》里七斤因为剪掉的一条辫子,而“皇帝坐了龙庭了”,这一意外事件给江南土场上普通人家平静的生活带来了煎熬般的惶惑、痛苦、无着,掀起了一场不大不小的风波。尽管事后来看,这不过是一场有惊无险的闹剧,而七斤精神的沉滞,七斤嫂幻想“皇恩大赦”,村民、看客的无聊凑趣,分明显露出了人们精神上那根祖传的、根深蒂固的“辫子”。《离婚》中，泼辣刚强的爱姑对自己的命运进行了持续、勇敢的捍卫，最终，她所坚信的“明媒正娶”“三茶六礼”之思想武器，在更高级别的“三纲五常”“三从四德”观念面前，还是被打败了，作品透露出的是封建势力的强大和广大农村妇女灵魂深处的病态与软弱。《明天》里，寡居丧子的单四嫂子，在一无所有中承受的是周围人的冷漠和精神上无尽的孤独和空虚……

作者不只要写出病态社会中人们物质的贫困、窘迫，更在于深刻地揭示了他们精神上的愚昧、麻木，通过这些艺术形象的描写，鲁迅对底层劳动者的精神世界进行了精细的诊视。十分自然地，一个潜在的重要命题摆在每一个读者面前：对于在物质与精神双重重压下的人们，要想摆脱贫困、落后以及被奴役的地位，获得正常而健全的人格以及尊严、自由，彻底地“改良人生”，当务之急，必须打破封建礼教枷锁的精神束缚。

作为鲁迅改造国民性的典范之作，《阿Q正传》对国人精神病苦惨重状况的揭示最用力。在谈及《阿Q正传》写作初衷时，鲁迅曾明确地表示：是为了“写出一个现代的我们国人的魂灵来”①。作为鲁迅所塑造的现代文学的不朽典型，阿Q最核心的特征是——常被称为“阿Q精神”——精神胜利法。阿Q在未庄的世界里处于社会的最底层：上无片瓦，下无立锥之地（寄居土谷祠），没有固定的职业（一个流浪的雇农），甚至没有自己的姓，连名字、籍贯都很渺茫，被剥夺去最后一件布衫，连恋爱的权利也没有，一个彻头彻尾的“流氓”无产者。在与未庄各色人等诸如赵太爷、假洋鬼子，甚至王胡、小D诸人的冲突中，他永远处于失败者的地位。可笑而又可悲的是，阿Q对自己失败的命运和奴隶地位采取了令人难以置信的粉饰态度：或者根本不承认自己的落后与被奴役，沉醉于没有根据的妄自尊大：“我们先前——比你阔的多啦！你算是什么东西！”“我的儿子会阔得多啦！”或者麻木、健忘，刚刚挨了假洋鬼子的哭丧棒，蒙受了“生平第二件的屈辱”，“拍拍的响了之后”，“似乎完结了一件事”，就忘却一切而且“有些高兴了”。或者欺软怕硬、恃强凌弱，向更弱者小尼姑泄愤，在转嫁屈辱中得到满足。或者自轻自贱，甘居落后与被奴役：“我是虫豸——还不放么？”当这一切法宝都失灵之后，就自欺欺人，在自我幻觉中变现时真实的失败为精神上的虚幻的胜利：说一声“儿子打老子”就“心满意足的得胜”了，甚至“用力的在自己脸上连打了两个嘴巴”，“仿佛是自己打了别个一般”，也就心平气和，天下太平。小说通过对未庄世界各种关系的描写，揭示了阿Q精神胜利法与封建宗法思想、

① 鲁迅：《集外集·俄文译本〈阿Q正传〉序及著者自叙传略》，《鲁迅全集》第7卷，人民文学出版社1981年版，第81页。

等级制度的关系。在小说中阿Q精神胜利法明显打上了近代社会急剧破产、不能掌握自己命运又找不到出路的不觉悟农村流浪雇农的烙印。另一方面也是历史上“两次奴于异族”,在近代帝国主义入侵中风雨飘摇的中华古国屈辱地位的产物。因而阿Q成为近代中国国人魂灵的一种典型。①

“精神胜利法”之外,阿Q性格深层的“主奴意识”也值得注意。它与“精神胜利法”同宗同源——封建专制文化的产物。赵太爷的儿子进秀才,在报喜的锣鼓声中,阿Q借着两碗酒劲,言称自己是赵太爷的本家,似乎这于他也有些光彩,以致“几个旁听人倒也肃然的有些起敬了”。可事情传到赵太爷耳朵里,不但不准姓赵,还赏“给了他一个嘴巴”,但因为是赵太爷打的嘴巴,竟使阿Q在未庄获得格外的尊敬,并因此“得意了许多年”。对于假洋鬼子扬起的“哭丧棒”,阿Q会作出“耸了肩膀候着”“承领”之状,而不是赶紧躲开。对于小D、王胡之辈,阿Q则完全是另外一种态度,不管是斗得过斗不过,对小尼姑,则极尽调戏之能事。很明显,阿Q一系列行状背后都有一套尊卑观念在支配着,未庄在他心目中有一个等级森严的人物高下尊卑序列的。他被赵太爷们欺压那是应该,他欺压小D们也是同样道理。“正是这种根源于封建宗法等级制的主奴根性,使阿Q的思想‘样样合于圣经贤传’。”②“我要什么就是什么,我欢喜谁就是谁。”想杀谁便是谁,阿Q土谷祠里的梦同样是对他主奴意识的诠释。在未庄世界里,不独阿Q,人们大都有相类的特性——“崇上”。未庄以外的其他地方,比如土场、“鲁镇”上的人们同样如此,七斤嫂幻想中的“皇恩大赦”,闰土的那一声“老爷”,爱姑“我本来是专听七大人吩咐”……无不是封建宗法社会中普遍存在的主奴人格,他们大都丧失了独立的自我。

鲁迅在《俄文译本〈阿Q正传〉序及著者自叙传略》中写到:“我们古代的聪明人,即所谓圣贤,将人们分为十等,说是高下各不相同。其名目现在虽然不用了,但那鬼魂却依然存在,并且,变本加厉,连一个人的身体也有了等差。”“我们的古人又造出了一种难到可怕的一块一块的文字;但我还并不十分怨恨,因为我觉得他们倒并不是故意的。然而,许多人却不能借此说话了,加以古训所筑成的高墙,更使他们连想也不敢想。”③鲁迅深刻地指出:数千年来,是封建等级观念(文字、古训也成为实行愚民统治、维持等级制的工具)之类的专制文化,造成了

① 参见钱理群、温儒敏、吴福辉:《中国现代文学三十年》(修订本),北京大学出版社1998年版,第37页。

② 王晓初:《论鲁迅〈呐喊〉〈彷徨〉的主题结构与思想蕴含》,《南京师大学报》(社会科学版)2001年第5期。

③ 鲁迅:《集外集·俄文译本〈阿Q正传〉序及著者自叙传略》,《鲁迅全集》第7卷,人民文学出版社1981年版,第81页。

广大民众成为“沉默的大多数”，他们“像压在大石底下的草一样”，默默的生长、萎黄、枯死。

在《我怎么做起小说来》中鲁迅曾经说过：“说到‘为什么’做小说罢，我仍抱着十多年前的‘启蒙主义’，以为必须是‘为人生’，而且要改良这人生。”[①]这“十多年前的‘启蒙主义’”，指的是鲁迅在留日时期对改造国民性的思考以及弃医从文时的信念：“我们的第一要著，是在改变他们的精神，而善于改变精神的是，我那时以为当然要推文艺，于是想提倡文艺运动了。”[②]

对于“为人生”的文学鲁迅有自己明确的内涵指向，他说：“文艺是国民精神所发的火光，同时也是引导国民精神的前途的灯火。”[③]鲁迅把“文艺”和“国民精神”连在一起，他认为文艺是国民精神的表现，同时也是国民精神的“引导”。于是，鲁迅“为人生”的文学也就有了特定的关注对象与角度：“我的取材，多采自病态社会的不幸的人们中，意思是在揭出病苦，引起疗救的注意。”[④]“偶然得到一个可写文章的机会，我便将所谓上流社会的堕落和下层社会的不幸，陆续用短篇小说的形式发表出来了。”[⑤]

上述鲁迅对个人创作的自述，表明了他一贯严正的文学立场：文学的启蒙主义，亦即改良人生的鲜明态度。也涉及文学启蒙的实施策略问题：努力“画出这样沉默的国民的魂灵来”，即“揭出病苦，引起疗救的注意”。把“文学”与“人生”的改良与健全发展联系起来，是他早期所提出的“立人”思想的具体落实与发展。这是贯穿鲁迅全部创作的一个主旋律，无疑也是对他在历史与现实中所发现的“吃人”真相的一种有效回应。

三、知识分子的生存境遇与精神危机

知识分子是社会精神文化的传承者和主要生产者，作为一定社会、阶级意识形态的“载体”，他们往往具有某种“代言者”的角色意味。知识分子在现实中这一身份与地位的特殊性，使他们在社会的任何变动面前，一般表现得最为敏感，因此，其现实境遇与精神状态，其命运遭际堪为一个时代的风向标。对知识分子

---

① 鲁迅：《南腔北调集·我怎么做起小说来》，《鲁迅全集》第4卷，人民文学出版社1981年版，第512页。

② 鲁迅：《呐喊·自序》，《鲁迅全集》第1卷，人民文学出版社1981年版，第417页。

③ 鲁迅：《坟·论睁了眼看》，《鲁迅全集》第1卷，人民文学出版社1981年版，第240页。

④ 鲁迅：《南腔北调集·我怎么做起小说来》，《鲁迅全集》第4卷，人民文学出版社1981年版，第512页。

⑤ 鲁迅：《集外集拾遗·英译本〈短篇小说选集〉自序》，《鲁迅全集》第7卷，人民文学出版社1981年版，第389页。

这一特殊群体生存与命运的关注，既是对知识分子人生道路的探讨，也是鲁迅试图破解“吃人”的现实谜题的一种尝试与努力。

《呐喊》《彷徨》中有大量以知识分子为题材的小说，鲁迅笔下的知识分子主要有两种类型：第一类，旧式知识分子。诸如《孔乙己》中的孔乙己、《白光》中的陈士成、《高老夫子》中的高尔础、《肥皂》中的四铭老爷等。这一组可分为两型，前者是没落、潦倒、“被吃”的小知识分子；后者是虚伪、丑恶的假道学、“食人族”。

孔乙己与陈士成的命运，展示了鲁迅对科举制度影响下的下层知识分子的同情与批判。“十年寒窗，一举成名”是封建时代知识分子孜孜以求的美梦，但范进、周进之类“大器晚成”的喜剧，在《儒林外史》的时代多少还有些可能，轮到孔乙己与陈士成的时候，科举制度所依附的封建社会已经行将就木，似乎已经注定，没落与潦倒是这一代读书人难逃的劫数。当然，也不排除有“丁举人”这样的少数科场得意者。鲁迅选取孔乙己这样的潦倒者和陈士成这样的疯狂者而非科场得意者作为小说的主人公，正表明鲁迅对封建时代知识分子命运的深刻洞察。“学而优则仕”的精神鸦片充斥了他们的精神空间，而他们所信奉的制度与文化根本不再是可靠的依托，无法为他们准备更好的命运，没落近乎必然。或者生活在人们的嘲笑、鄙弃中，或者被打断腿后悄无声息地消失，或者科考致狂、堕湖身亡。其不幸着实可哀，其愚顽又实在可悲。由此，鲁迅完成了对科举制度及其所依附的封建文化的批判。

四铭与高尔础，与孔乙己们一样是封建文化的忠实信徒，固守着老祖宗传下的封建衣钵，但他们是生活在新时代（五四时期）的遗老型知识分子，他们是头脑圆活的“孔乙己”一族，故而没有像后者那样潦倒不堪。他们满口“仁义道德”、国粹传统，也善于与时俱进地装点自己，或搞个什么移风文社，或与高尔基套个近乎，一副很风雅、很有学问的模样，但念念不忘的“孝女情结”、女校讲台上的丑陋表演，拆穿了西洋镜，露出其伪善、无耻、流氓的本相，终不过是道貌岸然伪装下的地地道道的封建孽种。在鲁迅笔下，这也算是知识生态圈里的特殊一类，具有历史的典型性和代表性。

第二类，新一代知识分子。如《端午节》中的方玄绰、《兄弟》中的沛君、《在酒楼上》中的吕纬甫、《孤独者》中的魏连殳、《伤逝》中的子君和涓生等。这一组人物也可分出两型，方玄绰、沛君是一型，吕纬甫、魏连殳、子君和涓生为一型。前者着重写新知识分子思想中旧意识的污垢，重在鞭挞；后者是在中国民主革命中寻找道路，苦闷、彷徨与求索的知识分子，作者着力揭示了他们的精神创伤与危机。

公益局办事员张沛君和教书的弟弟张靖甫，在同事间向有“兄弟怡怡”的美名,他也引以为豪。当得知弟弟可能染上了猩红热的时症,张沛君心急如焚,仿佛大难临头,立时说话结巴,声音也发抖了,于是急忙往回赶,不计成本地延请医生。急切忙乱的行动,焦愁忧虑的心理,印证着手足之情何等的深厚、纯洁。但小说接着插入的张沛君梦境却揭开了"兄弟怡怡"的外表。他梦见弟弟已经死了,他继承了父母的所有遗产,却只让自己的三个孩子上学,不让弟弟的孩子上学,并且还打他们。梦所释放的潜意识把兄弟之情的油彩给洗掉了。梦境之后再配上几个细节把小说的主题进一步引向深化,与弟弟的无私相比,揭示了隐藏在沛君内心深处的自私、虚伪、卑鄙与残忍,小说触及了新时代知识分子思想中的旧意识与道德观问题。《端午节》中的方玄绰也是一个小公务员,但他是一个丧失了"和恶社会奋斗的勇气"的"差不多主义"者。方玄绰本非战士,不过,当初也并不这般的"无是非之心":"看见老辈威压青年,在先是要愤愤的","看见兵士打车夫,在先也要愤愤的"。而现在,"愤愤"的不平没有了,认为"易地则皆然"。方玄绰的变化正反映了"五四"退潮以后知识界一部分人的动向,面对"高升的高升,退隐的退隐"之局面,方玄绰看不懂了,出路在哪里?他无力摆脱这种困境,于是造出了一条"瞒心昧己"的逃路,把自己投入于《尝试集》中,退缩着、回避着风雨中的现实。小说揭示了小资产阶级知识分子在大时代中无法自持的软弱性本质。不辨是非或装聋作哑、故作糊涂的"滑头哲学",是鲁迅所深恶痛绝的,方玄绰的"差不多主义"无疑是有道家祖师真传的,这种人生哲学在当时知识界具有相当的广泛性。

而对后一类"梦醒后无路可走"的新型知识分子的描写,在鲁迅小说中占有特殊的地位。《伤逝》《在酒楼上》《孤独者》等篇都是写新型知识分子的。作者肯定了他们的历史进步作用,更着重揭示了他们的精神痛苦和自身的精神危机。《孤独者》中的魏连殳当年曾是一个激进者,一个"独战多数"的英雄,一个使人害怕的"新党",他在世人的侮辱与毁谤中顽强地活着,然而他只是孤独地挣扎着,小说写出社会怎样对待一个孤独的异端,怎样一步一步地剥夺他的一切,直到最后,他生存的可能性都失去了。魏连殳终于在绝境中向死"而生"了,他获取生路的办法是抛掉曾经的理想、信仰,玩世不恭地对社会进行盲目的报复,躬行起他"先前所憎恶,所反对的一切",拒斥"先前所崇仰,所主张的一切",成了一个真正的失败者。富有意味的是,小说特别插入了"我"和魏连殳之间的三次谈话,分别涉及孩子问题、"孤独"问题、为什么活着,对生存希望、生存状态以及人生的意义和价值展开追问。这是有关人的存在的一些现实而又富有本原性的命题,最终导向对孤独与绝望的超越。

《在酒楼上》这篇,于吕纬甫的自白中,展现了他人生的失败、颓唐、无奈、自欺和清醒的痛楚。吕纬甫在辛亥革命时期是一个热血青年,敢于到城隍庙里去拔掉神像的胡子，连日议论些改革中国的方法乃至于与人打起来。可十多年后却形容大改，锐气尽消，变得迂腐而颓唐，成了个敷敷衍衍、模模糊糊的人，靠教“子曰诗云”度日，干着为童年早夭的弟弟迁坟，给当年邻居的女儿送剪绒花之类无聊的事情。失去了与黑暗社会斗争的勇气，也无力为理想继续奋斗，只能凄苦地自嘲像一只蝇子一样“飞了一个小圈子”，又“回来停在原地点”，在颓唐消沉中销蚀着生命。吕纬甫的故事是由他和“我”的对谈中叙述出来的。他平稳的语调中流衍着“无聊”“敷衍”“模糊”“随便”一类话语，还有“微红”的眼圈、不停喝酒的举动，都似在掩饰却又无法完全掩饰内心的真正痛苦。吕纬甫的“敷衍”“随便”源自与当日对比下的现今的尴尬，源自曾经的理想与现实的错位，尤其是对于积重难返之现实的无奈。因此“吕纬甫那缠绕不去的无聊感、虚无感，以及压抑着的内心痛苦正表现出他对改革和启蒙事业的难以忘却，对于新的希望的潜在的期待与寻觅”①。

《伤逝》中，涓生和子君在五四新文化运动的洗礼下，奉行个性解放思想，勇敢地追求恋爱自由，他们冲破了封建家庭的阻挠幸福结合。可婚后他们很快又迷失了，子君完全成为一个家庭主妇，涓生失业后，他们的婚姻破裂了，子君无奈地回到曾经决裂的家庭后痛苦死去，涓生在子君离开后并未找到所希望的出路，最终陷入深深的自责和怨恨中。通常认为，造成这一爱情悲剧的根本原因在于他们将追求的目标仅仅定位在建立小家庭上，之后，他们就丧失了继续追求和前进的目标。在外在的经济压力到来时，两人的幸福也就遭到了致命的打击。涓生被工作单位辞退，两人的小家庭失去赖以支撑的经济基础，婚姻也自然产生了裂痕。这一悲剧说明离开了社会改革，妇女追求个人的自由和幸福是很难实现的。

其实，他们曾经的短暂幸福一开始就潜藏着毁灭的危机，根本原因在于涓生与子君思想深处的旧观念。他们都是从旧传统中过来的人，尽管获得了个性解放的思想武器，这也是促使他们走进新生活的动力，但对于生活在新旧交替时代的人来说，不可能一下子彻底告别过去，灵魂深处免不了存有割舍不断的旧意识、旧传统，这种因素仍会潜在地支配着他们的行为，子君从始至终没有摆脱依附性的“女奴”心理，涓生亦未弃传统士人风流的本性，应该说，这是两个保有旧的灵魂的新青年。子君婚后向家庭与涓生的全身心倾斜，对小狗“阿随”的命名（嫁鸡随鸡，嫁狗随狗）是她旧意识的潜台词，旧时代虽然已经落幕，但曾自豪地宣称“我是我自己的，他们谁也没有干涉我的权利”的子君，深藏着一颗她不一

① 王晓初：《论鲁迅〈呐喊〉〈彷徨〉的主题结构与思想蕴含》，《南京师大学报》（社会科学版）2001年第5期。

定自知却很顽固的女奴的心。涓生之于子君一开始是很甜蜜的,但不久就有了莫名的厌烦感,当然这种感觉表面上是起于对子君主妇化以后越来越平凡的不满,但真相又并非这样简单。同居后不久,随着对子君整个身体的逐渐熟悉,他的厌烦与日俱增,小说对此有着细致的交代,其“厌旧”的心理可见一斑,他的所谓爱情需要时时更新、创造的说辞很时髦,也很有哲理性的诱惑力,究其实质,不过是包裹在旧意识外表的一层华丽的包装皮,内里潜台词被巧妙地遮盖了,一再堂皇的所谓“自由”“新路”之言说不过是掩盖“始乱终弃”实质的借口。可以说,就是没有失业的打击,他们的婚姻之路到底能走多远,实在令人生疑。小说中,涓生基调宏大的自述始终充满着矛盾、含混与歧异,甚至充满着新与旧的相互缠绕、滑移与变异,这种叙述声音的嘈杂状况实际上泄露了他内在的虚弱与不自信。或许这样理解不至于太偏激:涓生的人生观念是复杂的、矛盾的,既有“五四”思想的新质又掺杂旧传统的元素,这使得他在追求个人幸福与新路的过程中,青年知识者特有的天真、幻想与“五四”的精神武器给了他勇敢追求的信念、力量,但旧有观念的撕扯与社会的压力,使得追求之路并没有畅行在“五四”预设的“理论轨道”,轨迹变得扭曲、凌乱,声音也驳杂、混乱,伴随了无尽的困惑、痛苦,总体上是充满抗争的,然而抗争中又不乏盲目与自私,毕竟他的所谓“新生”“前路”是以牺牲子君的幸福与生命为代价的。

另外,考察这几类小说人物的同时,作为叙事主人公“我”而存在的这一知识分子形象亦不可错过。《在酒楼上》与《孤独者》里,小说中的“我”和吕纬甫、魏连殳,即小说叙述者和主人公,他们都是“我”的不同侧面,或者说“我”内心的两个不同声音。小说展开的吕纬甫、魏连殳和“我”之间的对话,其实就是作者内心深处两个“我”的对话。“我”与魏连殳之间的辩难,反映了鲁迅心灵矛盾的不同方面及其相互反抗,其结果是对孤独的超越——存在的孤独与绝望及对孤独与绝望的反抗,折射了鲁迅思想深处的痛苦、黑暗,也体现了他“绝望的抗战”的哲学。吕纬甫内心世界的无聊、虚无和痛苦也是鲁迅在“五四”退潮以后心理真实情状的折射,但同时作家对这种消极的情绪又持保留的态度。结尾处,在酒店门口,“我”和吕纬甫分手后各奔东西,一段渗透着主体情感的景物描写,暗示了“我”勇敢地直面挑战的勇气和信心。这两篇作品中“我”与主人公或明或暗的精神对立与论辩,复调式地展现出作家这时期内心的困惑及其相互的抗争。[①]《伤逝》的叙述人是涓生,叙述话语的矛盾、含混与歧异,实是隐含作者对叙述人“我”的态度立场的暗辩与反讽,隐含作者的声音相当复杂。总起来说,对主人

① 参见王晓初:《论鲁迅〈呐喊〉〈彷徨〉的主题结构与思想蕴含》,《南京师大学报》(社会科学版)2001 年第 5 期。

公的追求与失败不无同情，但对其思想中的旧意识、旧观念不乏批判，对主人公充满宏大调子的忏悔、探路之类言说带有一定的质疑。这篇小说独特的叙事方式及其话语含蕴，显示鲁迅对“五四”青年婚恋文化及精神心态的独特把握。不能简单地把作品中人物的矛盾、困惑、痛苦与挣扎简单地归结为鲁迅的心理结构，这是与《在酒楼上》《孤独者》所不同的。

通观鲁迅十余篇知识分子题材系列小说，它们仿佛一架全息透视仪，对 20 世纪一二十年代中国知识分子种种不同人生、心理动向与命运作了深刻而全面的观照，留下了历史裂变的大时代中的中低层知识群体生态的全息影像，凝结了鲁迅对中国知识分子历史命运与道路问题的思考，以及对中国现代化进程艰巨性的清醒认识。特别是对知识者精神痛苦和自身的精神危机层面的揭示，具有心灵的震撼力与冲击力，也折射出他本人复杂万端、矛盾百折却又始终如一的文学启蒙心态——如果说鲁迅的农村题材系列小说主要体现了反封建启蒙的必要性与迫切性的话，知识分子题材小说则更多地表达了他体验到的启蒙的艰难及由此而导致的对启蒙的困惑与怀疑。然而，就像他引题于《彷徨》之前的屈原诗句所言：“路漫漫其修远兮，吾将上下而求索！”困惑、怀疑，甚至绝望的背后，他犹有“绝望的抗战”的冷峻热情。鲁迅是复杂的、矛盾的，也是深刻的、博大的，他非常清楚：中国的启蒙之路艰巨而漫长，只要因袭了几千年的封建主义文化没有肃清，“吃人”的悲剧就不会自动停演。故而，后期的杂文与小说集《故事新编》中，他仍在近乎固执地专注于“刨”“坏种们的祖坟”的工作。

第三节 鲁迅小说的叙述方式、结构模式及策略

1933 年鲁迅在《我怎么做起小说来》一文中说到《呐喊》，追述成书原因时认为：“大约所仰仗的全在先前看过的百来篇外国作品和一点医学上的知识，此外的准备，一点也没有。”[1]鲁迅的言说中，更多地强调了西方文学资源的影响，而对本土文化隐而未提，但并不能因此而低估了本土艺术传统对其的熏陶。总之，鲁迅是在广泛吸收与借鉴外国作家的思想艺术养分，并与本民族艺术传统相融合的探索中，开辟了现代小说创作的广阔道路。

鲁迅的小说艺术对中国现代文学的贡献是多方面的：(1)开辟了多种创作

① 鲁迅：《南腔北调集·我怎么做起小说来》，《鲁迅全集》第 4 卷，人民文学出版社 1981 年版，第 512 页。

方法的源头。在创作方法上以现实主义为主,兼用浪漫主义、象征主义、意识流和表现主义技巧,使多种创作方法结合并用。海外的韩南、佛克马等学者甚至倾向于认为,鲁迅的文学趣味中现实主义与自然主义的因素是少于象征主义与"象征现实主义"的。韩南说:鲁迅"喜爱与象征主义有瓜葛的安德列夫,喜爱精于讽刺和运用反语冷嘲的果戈里、显克微支和夏目漱石,都表明他在寻找一种根本不同的方法"①。(2)在艺术风格上,显示了多样化的特点。抒情型小说(《伤逝》《在酒楼上》《孤独者》等)、讽刺型小说(《高老夫子》《肥皂》等)、心理型小说(《狂人日记》《兄弟》等)、象征型小说(《药》《长明灯》等)等众体皆备。(3)艺术表达手法的运用上,堪称卓越、精湛。诸如:情节提炼和设置讲究"选材要严,开掘要深",以"显示灵魂的深";人物塑造上,形成了"杂取种种,合成一个"的典型化原则和"画眼睛""勾灵魂"的方法;把人物放在一定的环境关系中去辩证地进行表现;力透灵魂的心理描写;个性化的语言;对中国传统白描手法的借鉴等。

这诸多方面的成就与经验历来为学者们所津津乐道。本节则拟从叙事学的角度,对鲁迅小说艺术独创性的某些方面进行探讨。

一、鲁迅小说的叙述方式

海外学者普遍对鲁迅小说的叙事艺术颇为看重,随着1981年乐黛云编的《国外鲁迅研究论集》问世以及10年后《当代英语世界的鲁迅研究》出版(还有李欧梵《铁屋中的呐喊》的中文港版),叙事学视角逐渐成为国内鲁迅研究的一个重要方面。李欧梵认为:"鲁迅是中国文学史上有意识地发展小说叙事者复杂艺术的第一人。"②鲁迅对小说叙述方式灵活多变的纯熟运用,实际上喻示着他已经以一种独特的方式完成了对传统小说叙事常规的疏离与创新。而叙述视角的成熟也的确堪为现代小说走向成熟的指标之一。

叙述方式,或曰叙述视角,简而言之,是指叙述故事的着眼点,它的选择,对于一部作品很重要,它规定了故事讲述的语气、态度,直接影响到故事内容、情节的组织,并对作品意义的生成产生影响。在说话艺术影响下发育起来的中国传统小说,对于叙述方式没有多少讲究,其叙述角度主要呈现为由"说话人"支配的较为单一的第三人称全知视角。标志着传统小说最高成就的四大名著为代表的长篇章回体以及明清的拟话本创作,其叙述人扮演的角色均循此格。这一特

① [美]韩南:《鲁迅小说的技巧》,乐黛云编:《国外鲁迅研究论集》,北京大学出版社1981年版,第300页。

② [美]李欧梵:《铁屋中的呐喊》,岳麓书社1999年版,第69页。

色被晚清小说以及民初至五四文学革命时期一统文坛的鸳鸯蝴蝶派类旧小说所承袭。此种类型的叙述者站在总览全局的位置，高高在上，无所不知，无所不能，控制、推进故事进程，展现历史变迁与生活场景，刻画人物，臧否议论，叙述人自由出入作品，没有固定的观察位置，具有极大的灵活性。但其局限也非常明显，用鲁迅的话说就是“幻灭之来，多不在假中见真，而在真中见假”[①]。又因高度的程式化，叙述形式的接受美感效应在无数次的不断重复中几被耗尽。

作为新文学奠基人的鲁迅，其小说之“新”首先就在于刷新了这种千人一腔的叙述方式。鲁迅小说的叙述方式主要有第一人称和第三人称，其第一人称叙述又有第一人称主人公叙述与第一人称见证人叙述之分；第三人称叙述又呈现第三人称全知叙述、第三人称配角叙述以及第三人称有限叙述三种；而他的第一人称叙述方式甚至又开发出“可信赖的叙述”与“不可信赖的叙述”两型。这种种叙述方式与古典传统叙述具有明显不同的现代性质，鲁迅具体作品中的叙述实践颇为复杂，有时通篇一种叙述角度，有时又中途切换视角，甚至有意造成叙述的干扰。鲁迅小说中呈示的种种不同的叙述视角选择，对于他情感信息与认知信息的传达，对于他独特的生活经验、生命体验的书写，无疑找到了颇为匹配的一种路径。

鲁迅初期创作多喜欢采用第一人称视角进行叙述，总起来看，《呐喊》《彷徨》中有近一半采用第一人称。如《狂人日记》《孔乙己》《一件小事》《头发的故事》《故乡》《社戏》《兔和猫》《鸭的喜剧》《祝福》《在酒楼上》《孤独者》《伤逝》，凡 12 篇。由于第一人称叙述者可以是作品的主角，或者是作品的配角，至少是目击见证者，便于与读者保持平等的关系，推心置腹交流。再有，这一型的叙述也便于叙述主体进行反思自省或情感的释放，造就了作品抒情性强、主观色彩浓郁的特点。

鲁迅采用第三人称叙述的作品有《药》《明天》《风波》《阿 Q 正传》《端午节》《白光》《幸福的家庭》《肥皂》《长明灯》《示众》《高老夫子》《兄弟》《离婚》，计 13 篇。鲁迅的第三人称叙述，即便采用全知视角的方式，也与传统作家无所不知的出面方式有别，由传统说书人的“讲述”转换为具有现代化特色的“呈示”。

其中，鲁迅最著名的两篇《狂人日记》与《阿 Q 正传》，叙述方式更为复杂，不约而同地采用了双层“框架”叙事，存在明显的叙述人穿插、调整情况，外层叙事以“余”或“我”的口吻进行，内层则转换视点，以不同身份的“我”或第三人称展开。以下，重点就鲁迅创作中第一人称叙述的情况抽出两篇作为样本略作分析。

① 鲁迅：《三闲集·怎么写》，《鲁迅全集》第 4 卷，人民文学出版社 1981 年版，第 24 页。

先来看《孔乙己》,小说采用第一人称的叙述方式,由小说中人物——咸亨酒店的小伙计"我"担任,"我"是一个愚昧无知的孩子。具体说,该叙述视角属第一人称见证人叙述,叙述者是故事情节的参与者,但在故事中的地位不高,一个边缘型的配角之类,但由于他的年龄、他所处的位置能够准确地传达小说以酒店为核心的那个社会的普遍性思想意识,便注定了鲁迅设计的这个第一人称童年视角能够保证小说思想传达与艺术质量的最优化。在小伙计"我"的眼中,孔乙己之于酒店,只是一个被搞笑的材料,是"短衣帮""长衫客"们嘲弄、取笑的对象。关于孔乙己外貌以及贫困潦倒的现状,连同他站着喝酒而穿长衫的不类身份,还有他满口更加不类的"之乎者也"等情况的交代,叙述人以一种反讽而好奇的口吻来叙述。支撑孔乙己可怜地存在的,是他长期以来依附的那套传统价值观念以及由此养成的斯文习惯,这与他所处的酒店世界是错位的,人们并不认同,这并非说看客们已经滋生出自觉的反封建意识,双方其实都不自知,酒客们多是出于本能,认为孔乙己是个无用的人,他们是一群愚昧而封建的实用者。酒客们恣意地嘲弄孔乙己"没有进学",嘲弄他脸上的伤疤,嘲弄他偷书,看客们的语言刀子一样地在孔乙己的精神上划过,在施加、鉴赏他人的痛苦中寻找乐趣。叙述人同样是以平静而淡漠的语气带出,甚至每逢这时,"我"同酒店内外的人们一样充满了快乐,孔乙己对"我"来说仿佛成了缓释枯燥、乏味的温酒工作的润滑剂。在叙述者的意识中,孔乙己是可笑的、可鄙的,并不值得同情。甚至当孔乙己满怀好意地教"我""茴"字的四种写法,并且真心期望"我"将来做掌柜时用得着时,"我"觉得自己仿佛受到了莫大的侮辱,叙述人之于孔乙己的冷漠无情,与酒客们没有两样。当篇末,由粉板上很长时间没有更改的欠账的提示,结合孔乙己最后一次到店"用手走来"的情形,"我"推断"大约孔乙己的确死了",平静的叙述中略带同情。这里必须区分清楚,小说里实际存在两个"我",即中年的"我"与幼年的"我",执行小说叙述功能的是幼年的"我",而中年的"我"作为"隐含的作者"潜伏于文本的背后,小说篇尾渗出的同情实是来自中年的"我"在叙述中实施的干扰。总之,小说正是通过叙述者对孔乙己淡漠无情的反应和愚昧无知的理解,引导读者逐步看清孔乙己的悲惨境遇与那个吃人的时代的冷酷。李欧梵甚而认为,小说的叙事艺术造成了作品存在三个层面的讽刺:"对主人公孔乙己,对那一群嘲弃他的看客,也对那毫无感受力的代表看客们声音的叙述者。他们都显得同样可怜,同样缺乏真正衡量问题的意识。"[①]这的确是方家之言。这一观点甚至启发了钱理群关于《孔乙己》三层"看/被看"情节模式的解读,这是后话。

---

① [美]李欧梵:《铁屋中的呐喊》,岳麓书社1999年版,第69页。

对于叙事时间的研究，也是把握作品叙事艺术的一个重要层面。就《孔乙己》来说，其时间构成极其复杂，具有无时间刻度叙事、螺旋形时间形式以及叙述时态多元性等特征，对此分析，可以进一步发现鲁迅小说叙事艺术的复杂性与多样性。单说叙述时态，对于小说中多样性的叙述时态及其组合，仿拟西方学者对于故事套故事一类叙述模式之“中国套盒”的概括，暂时名之为“时态套盒”。《孔乙己》中就存在着这种“时态套盒”。或许“时态”并非严格意义上的叙事学概念，但时态恰又常常是制约小说形式表达的重要因素。

《孔乙己》中存在着三个层面的时态：最外的一层，即由小说的首尾构成的一般现在时态，由叙述者采用回忆往事的形式构建，它暗示作为叙述者的“我”的当下时间状态，在具体内容上体现为文本开头对鲁镇酒店格局的介绍和结尾处对孔乙己归宿的揣度，这是小说时态的第一个层次。由一般现在时所包裹着的是小说故事主干——孔乙己在酒店的种种情形，其时间状态主要标识为一般过去时。在故事层面还有更低一级的时态形式，即过去完成时，对孔乙己“原来也读过书，终于没有进学”，替人抄书混碗饭吃，直到后来没办法，偶然做些偷窃的事等的介绍，均属这一时态下的内容，从时间与空间上说，这些事情均发生在文本中酒店故事之前或之外。《孔乙己》的“时态套盒”有两大特点。第一，不同时态层面所用的写作技法不同，第一层的一般现在时层面和第三层的过去完成时层面，使用的是陈述介绍的表达方式，而第二个时态层面则是以描写为主的表达方式，可见鲁迅对时间安排寓有良苦用心。第二，这个“时态套盒”的母体和子体之间，即各层面之间有一种相互作用、相互影响的关系。“时态套盒”的三个层面，存在由内到外呈辐射状的逻辑因果关系和由外到内的叙述干扰。第三个时态层面的内容，成为第二个层面故事铺写的必要依据与前提条件。孔乙己的没有进学以及他偶尔的偷窃行为成为酒店里反复渲染的笑声的由头，在这“快活的笑声”里可以看到鲁迅所谓“无主名无意识的杀人团”的“凉薄”残酷之处，展现的是知识者与群众的双重悲喜剧，这是一个对弱者没有同情心，缺乏人道与关爱的冷漠世界。而孔乙己“从不拖欠”的诚信行为，则在第二个层面也得到了较为充分的展示。所有这些也正是促使作为叙述者的“我”念念不忘，对他的命运有所关注并且进入小说第一个层面展开回忆的根本动因。

另外，明确了“时态套盒”由外到内的叙述干扰关系，即中年的“我”不时地对幼年的“我”的叙述实施干预，使我们得以清晰分辨叙述者“我”在不同层面的声音。由于小说采用的是第一人称“我”来叙述的，是成年的“我”回忆二十年前作为小伙计的“我”的所见、所闻、所感，这种视角的选择一方面增强了故事的真实感、可信度，另一方面，也遮蔽了文本中两种不同声音的表达：二十年前的“我”和二十年后的“我”。小说时态的外层是以一个中年的“我”的口气从容不迫地回顾往事;一般过去时层面是以小伙计“我”向人描述孔乙己来到咸亨酒店的种种情形。成年的“我”回忆往事时,胸怀是宽厚的、善良的,具有较强的理性思辨力。这种态度明显地投射在了幼年的“我”对于孔乙己的描述中,如“孔乙己是站着喝酒而穿长衫的唯一的人”这样准确的特征概括,“孔乙己是这样的使人快活,可是没有他,别人也便这么过”。这样深刻的人生感叹,都不是幼年的“我”所能说出的。尤其是面对孔乙己热心地教“我”“茴”字四种写法时,我努着嘴不耐烦地走远,孔乙己叹气、惋惜的细节,幼年的“我”无法感知亦无法看到,显然来自成人的“我”的眼睛,还带着一点追悔的意味。孔乙己最后一次出场的凄惨情形,在不动声色的叙述中,实质上是已将深深的同情蕴含其中。在时态的第三个层次“过去完成时”层面,成年的“我”的叙述干预特别强烈,密度也比较大,文中使用了大量的副词,为孔乙己进行充满同情的辩护。如“终于没有进学”,“终于”表明他经过努力的。“幸而写得一笔好字”,既表明对他不幸中的庆幸,又肯定他的一技之长。“可惜他有一样坏脾气”,“可惜”饱含惋惜之情,“坏脾气”有大事化小之意。“没办法”“偶尔做些偷窃之事”,说明他实出无奈,本非所愿,且仅是偶尔为之,怜悯、袒护之情溢于言表。在叙述他不拖欠的品格时,用了“都”“间或”“暂时”“定然”等词,都意在扩大、突出他“诚”的一面。不谙世事、只知道跟着看热闹的“我”的叙述中,明显夹杂着成年的“我”的口吻。叙述者的声音在两个“我”之间滑动,互相映照、干扰,形成一种微妙的艺术张力。两种叙述声音在不同的层面之间的比照认同、侵入交织,不但体现了作者深厚的人文关怀精神与透视自我灵魂的反思品质,也赋予作品一种复调的意味。小说复调关系及其相应意义的获得,真正应了巴赫金的一句话:“一切事物——从最抽象的思想到河岸上的碎石子——自身都打上时间的烙印,充满时间,并且在时间中获得自己的形式和涵义。”①从根本上讲,这是鲁迅独特的感受、体验世界的方式使然。

上述关于《孔乙己》的分析所涉及的叙述干扰问题,实际上表明小说中叙述人“我”的叙述带有“不可信赖”的意味。所谓“不可信赖的叙述者”,按照韦恩·布斯的说法,“当叙述者所说所作与作家的观念(也就是隐含作者的旨意)一致的时候,我称之为可靠的叙述者,如果不一致,则称之为不可靠的叙述者”②。“可信赖的叙述者”与“不可信赖的叙述者”概念的提出微妙地区分了第一人称叙述者与作品中“隐含作者”的关系,“不可信赖的叙述者”与“隐含作者”在作品中的距离主要在信念、规范方面的背离,这为解读文学作品中作家的实际创作

① [苏联]米哈伊·巴赫金:《巴赫金全集》第3卷,河北教育出版社1998年版,第258页。

② [美]韦恩·布斯:《小说修辞学》,付礼军译,广西人民出版社1987年版,第167页。

意图指示了一条较为有效的路径。

《伤逝》是鲁迅创作中独特而重要的一篇，讲述受五四新文化运动的洗礼，涓生和子君由爱而聚、由聚而散的悲剧。小说采用第一人称主人公叙述，以涓生独白的形式展开，涓生看似不乏真诚与深刻忏悔之情的叙述犹如急骤旋转的语言涡流，激溅着浓浓的诗意，读者很容易为其裹挟、陶醉，失却独立的判断立场，从而同情并认同于叙述者的观点。实际上，这正是作者的一种叙述策略。在小说复杂而矛盾的话语场中，作为叙述者的涓生，其人格是虚伪而分裂的，也就是说他的叙述是"不可信赖的"。小说第一人称主人公的叙述方式，决定了作者的态度立场与主人公涓生是搅在一处的，因此，区分"隐含作者"的声音与叙述者的声音，对于把握人物、分析作品至关重要。鉴于作品强烈的诗化抒情性质，不妨借鉴王瑶先生总结的"典型意象"分析法，尝试从作品中提取几组同质的单位意象，然后进行比对、分析，这样做也可以尽量避免对作品细节性的冗繁复述。

在小说弥散的叙述话语中有这么三组意象群值得注意：(1)以"科学""文学""电影""图书馆""《自由之友》杂志"，以及"雪莱半身像""伊孛生""泰戈尔""《诺拉》""《海的女人》"等构成的意象群，这一组意象是与传统文化观念截然相对的民主、科学、自由的象征，代表着"五四"文化与精神。它们既提示着小说中故事发生的时代背景，也提示了人物存在的具体情境，洋溢着青春的浪漫、温馨与理想的光彩。它们还暗示了一种价值观念——对婚姻自由、恋爱自主以及美好理想追求的正当性。这一组意象的设计无疑代表着隐含作者的文化立场与价值标准。(2)由"出租屋""油鸡""阿随""面粉""白菜"等构成的又一组意象群，它们是作者为涓生与子君安置的略显寒碜的爱情小巢的写照，这是子君与涓生同居以后的终日寄身之所，一个纯粹物质的世界，是形而下的世俗生活的象征，纵然多么浪漫的爱，都是要归于家庭的，要有一个空间来收拢、体验。(3)由"空虚""悔恨""死亡""真实""生存""遗忘""说谎"等构成的又一组意象群，这是涓生回首与子君这一段破碎恋情时的情绪体验世界，这一组意象出现的频率最高、主观性最强，不断地重复与回旋，矛盾而又分裂，与前两组意象一起，赋予了小说特有的"五四"青春、感伤与失落的诗的特质。

一个追求个性解放、逃出父母家门的新女性，勇敢地与爱人同居，但最后又在他们亲手筑就的爱巢里被抛弃，乃至死去。子君婚后归家，亦即由第一组意象群建立的世界进入第二组意象群的世界，从中可以明显见出子君在同居后精神上的退化，这是悲剧发生的原因之一，也是隐含的作者所着意要告诉我们的，叙述者对这一点是意识到的。但这并不意味着世俗家庭本身就是爱情的坟墓，世俗恰恰是婚姻的底色，这是叙述者未曾看到的。涓生对于婚后子君不满的根本性症结在于混淆了婚姻与恋爱的区别，婚后的他头脑实际上仍耽于时代风潮中濡染的(来自第一组意象如“文学”“电影”中构建的浪漫情形)关于新生活的幻影,他所谓爱情的更新、创造之类思想,不过是这一幻影在口头上的再现而不是行动上的实施。实际上,涓生与子君的结合更多的来自时代情绪的鼓动与青春生命的躁动,他们在精神与物质两个方面都没有做好迎接新生活的实际准备。子君给狗取名“阿随”(嫁鸡随鸡,嫁狗随狗),以及伴随子君出场的“紫藤”(缠绕、依附)意象,喻示着子君实际上是个“半新不旧的”新女性,她的婚后回归家庭以及最终回到父家,隐含作者不动声色的细节设计给出了具有说服力的内在依据。而这一点,与涓生因子君看到“雪莱半身像”所流露出的羞赧表情,出于性的角度而得出的——子君“大概还未脱尽旧思想的束缚”——认识也是有本质分歧的。尽管二人相对时也曾一遍遍回忆、重温恋爱时的浪漫、温馨,但这并不能消除涓生内心与日俱增的对子君的不满与厌倦。把涓生与子君聚合在一起的强大外部力量源自第一组意象所昭示的宏大的个性解放精神,但仅有精神作为支撑,没有起码的物质基础来维系(爱情哲学的精神与物质也是相互为用的)的恋爱和婚姻是不安全的,一旦精神或勉以维持的物质基础不管哪一方面稍有闪失,其悲剧是注定的,这也是隐含作者未曾言明的世俗生存的辩证法。在某种意义上,涓生与子君的悲剧,是两颗没有准备好的心灵的悲剧。

读者很容易为涓生由第三组意象群构成的沉痛忏悔所迷惑,因为他的忏悔试图建立在第一组意象所昭示的“解放”“追求”等宏大价值规范之上。仔细分辨,他所谓的忏悔其实都是推脱,是对“五四”时代精神的僭越。我们来看小说里两次对子君关键的“解放”:第一次把子君从旧家庭“解放”到自己的身边,第二次把子君从自己身边“解放”开去。恋爱阶段的涓生,跟子君“谈家庭专制,谈打破旧习惯,谈男女平等,谈伊孛生,谈泰戈尔,谈雪莱……”时机成熟以后,涓生“身不由己地竟用了在电影上见过的方法……我含泪握着她的手,一条腿跪了下去……”对于这一求爱的举动,子君是“脸色变成青白,后来又渐渐转作绯红,——没有见过,也没有再见的绯红”。涓生的真诚与动机,包括来自子君的爱,都不必去怀疑。但来自涓生的叙述是“我自己以为可笑,甚而至于可鄙的”,而且“很愧恧”。涓生是在自嘲吗?如此自我评价在逻辑上就让人困惑不解。这话里有隐含作者的影子,“作者对涓生这一求爱细节的选择和评判,实际上已经和前面提到的雪莱一起,与涓生建立起一种隐喻关系,为他定下了基调:中国式的雪莱,是模拟的、浅薄的、可笑的,甚而至于可鄙的”①。在“五四”自由恋爱的名义之下,涓生得到了他想得到的东西,他仍可以同样的方式抛弃不想要的东西。婚后的厌倦逐日递增,失业以后,生活的重负,终将“厌倦”变成了“抛弃”,

① 李今:《析〈伤逝〉的反讽性质》,《文学评论》2010年第2期。

油鸡被杀、阿随被弃暗示了第二组意象搭建起的新式家庭开始解体，它们的命运也成了子君命运的预演。有一个细节值得注意，那就是《自由之友》在涓生对子君离弃过程中的催化作用，《自由之友》所隐喻的"公共空间的自由"僭越为个人"一己之自由"——对子君的抛弃，委实不是一种奇妙的反讽。"我和她闲谈，故意地引起我们的往事，提到文艺，于是涉及外国的文人，文人的作品：《诺拉》，《海的女人》。称扬诺拉的果决……。也还是去年在会馆的破屋里讲过的那些话。""新的路的开辟，新的生活的再造，为的是免得一同灭亡。""况且你已经可以无须顾虑，勇往直前了。"冠冕堂皇的说教下，泄露的是一个彻彻底底的利己主义者的本真面目，涓生一手把子君送上了绝路。他一再不无沉痛的"空虚""悔恨""真实""生存"之类的言说，无不假借、依托着时代，隐含作者时而流露出的反讽，及其言说的自我反讽，只能说明一点：他是一个逃避忏悔的忏悔者。正如吴晓东所言：涓生"思考的是关于生存、虚空等哈姆雷特式的大命题，往往会把读者的视线引向形而上的领域，我们就会忽略其实这是推卸责任的更高明的借口"①。涓生是一个沉浸于"五四"浪漫与空想泡沫中的浅薄、浮躁者，一个利己的自我中心主义者。

小说写出了"五四""恋爱自由""男女平等"口号下新青年们现实生存的真实图景：一心追求个性解放的青年们并没能真正地获得解放，或者如子君，逃出旧家庭却依然摆脱不了旧传统的负累，全部的"爱"只能换来"逝"的结局；或者如涓生，宏大的说辞掩盖不了其"爱"的"唯我"性，最终只能是对"爱我者"的"伤"害。由此透视了"五四"文化氛围中精神浮躁的一面，"五四"宏大辉煌下的卑琐、肤浅与虚弱，指向的不光是个性解放的不彻底与经济独立的重要性问题，还有"五四"时代自身的症结。这一认识是异常触目惊心的，由此，鲁迅完成了对"五四"的深刻反思。

二、鲁迅小说的叙事结构与模式

叙述方式具有结构性的功能，鲁迅小说叙事艺术的多样化探索必然带动其结构形式的创新，沈雁冰在《读〈呐喊〉》中评价鲁迅是"创造新形式的先锋"，他的小说"几乎一篇有一篇新形式"②。鲁迅对小说的结构形式进行了全方位的大胆试验，此处，主要就鲁迅小说故事的外部形态来讨论他的叙事结构艺术。鲁迅小说叙事结构上的最显著特色是：打破了传承千百年的传统小说的线性结构模式。鲁迅不太注意小说故事情节的连续性、完整性，而是截取生活的横断面来

① 吴晓东：《鲁迅第一人称小说的复调问题》，《文学评论》2004 年第 4 期。

② 雁冰：《读〈呐喊〉》，《时事新报》副刊《文学》第 91 期，1923 年 10 月 8 日。

表现、刻画人物,书写对现实、人生的独特体验。这也就是胡适依据他的西方文学经验,在为新文学的小说创作勾画蓝图的文章《论短篇小说》中所畅想的"横截面"式的小说(这篇文章与鲁迅的《狂人日记》同时发表,鲁迅的小说不意间印证了胡适,可谓英雄之见),突破了传统小说的闭合状态,使之呈一种具有无限生机的开放式结构。

鲁迅的"横截面"小说,具有变化多端的灵活性。比如《示众》全篇仅一个场景——警察牵着一个犯人示众;《药》是三个场景——刑场、茶馆、坟地;《孔乙己》则是咸亨酒店的几个场面的勾连。《示众》里,鲁迅架起了电影的长镜头,进行连续性的"拍摄",不断地"俯""仰""跟进""后退",调整角度、变换"焦距",使单一场面中各色人等的面貌达到最全面、具体、生动的呈示,达到最大程度的纪实写真,讽刺了麻木的看客的丑态与心理,赋予小说以寓言化的效果。必须注意,鲁迅小说结构本身也是一种意识形态,或者说是一种特定意识的特定传递方式,如前所述,《示众》是国民看客心态高度浓缩的展示与批判,只有这一结构与呈示方式其效果才能最大化。无怪乎韩南对于这篇小说推崇有加,认为它是鲁迅小说呈示艺术的一种极致。

对《孔乙己》的解读也能非常清楚地说明这个问题。《孔乙己》也是一篇具有形式意味的小说。孔乙己的一生颇为坎坷酸楚,早年入塾苦读、应试,因为终于没有进学,老大年纪也没有学会其他营生手段,只好给别人抄书换取些微薄的报酬,穷困潦倒地活着。孔乙己书没读出来,读书人的坏毛病倒沾染了不少,他自然不能像富家子弟或跻身统治集团的读书人那样诗酒风流、风花雪月,难得有口酒喝、有几粒豆吃、有机会展示一下"茴"字的四种写法便足矣……以鲁迅惊风泣雨之笔,循着孔乙己的生命历程慢慢道来,这个故事也一定非常的出彩,人物形象也许会更加饱满。无奈,鲁迅天生不是一个循规蹈矩的作家,对艺术创新的特殊敏感,使他挥动鬼斧神工般的艺术之笔,在孔乙己原生的线性生活经历中,断然砍去了前半生的事迹,又砍去了后半生许多片断和日常行状,只留下他在鲁镇咸亨酒店一截的几个典型的场面。其前半生中对于命运和为人具有影响的重要事件,则见缝插针地以补笔适时带出。整个故事由小伙计"我"穿针引线、衔接缝合,由"点"带"面"、以"点"牵"线",驭繁于简,寓言化地昭示了孔乙己式知识分子的悲剧人生。长期以来,人们似乎只是孤立地看待《孔乙己》的叙事结构,有意无意地忽略了鲁迅这一形式的独特意味。正是因为这种忽略,造成对小说的误读现象:《孔乙己》没有纵向展开的情节线,可读者往往还是习惯性地按照传统小说的阅读思维方式,把小说还原成了线性的历时叙述,这样一来,小说着力描述的孔乙己在咸亨酒店的几个并列的场景所烘托的内容倒成了第二位的东西,人们无视大量关于酒客、店主与小伙计的描写,而小说中顺笔带出的这一时段外的或酒店场景外的背景式交代，如“没有进学”及迂腐无能、好喝懒做，进而偷窃，终被丁举人打残致死，这些有着明显时间顺序的故事，似乎成了作品的主要用力点，于是自然地就把小说主题归纳为揭露科举制度对知识分子的愚弄与戕害。《孔乙己》有意味的形式在于鲁迅对孔乙己人生时段的截取及这一时段中几个时间点的奇特组合，作品的“意味”也首先应当从这一时段及片断组合的关联域中去寻找，这样鲁迅先生的夫子自道：“单在描写社会上的或一种生活”①，“社会对于苦人的凉薄”②，或许于小说主旨更相宜。如果再放开一点说，对《孔乙己》的误读除了对其结构形式意味的忽略外，可能还有来自《白光》的影响，不少学者认为《孔乙己》与《白光》属同一主题的不同变奏，其实，这二者相去甚远。从对故事结构形式选择上来说，二者有共同之处，《白光》也是横截面的写法，从陈士成一生中截取他第十六次科考发榜后这一时段着笔，着意写他屡考不中后的精神失常、崩溃，乃至在“白光”的指引下出城落水而亡。但对故事叙事时间的处理上，《孔乙己》与《白光》又有着截然的不同，《白光》中陈士成的科考及由此导致的变故是“正在进行时”，而《孔乙己》中孔乙己的科考则是“过去完成时”，它只是咸亨酒店中发生的故事的必要补叙，是孔乙己被凌辱、被损害的由头。

其他像《伤逝》，作为“手记”体的抒情小说，是涓生在会馆破屋这一空间中录下的意识流；《在酒楼上》是在酒馆世界里“我”与吕纬甫不期而遇的对谈；《药》明暗互照的双线结构，由明线穿起三个场景，两条线索终在坟场交汇……相形而下，《狂人日记》与《阿 Q 正传》最是奇特，《狂人日记》是文言与白话二重互补的文本形式，小序中得到日记的过程交代用的是传统笔记写法，正文十三则日记则是十三个略具联络的片断组合的现代白话；《阿 Q 正传》结构更为复杂，它是对《史记》影响下的《三国演义》《水浒传》以来形成的“英雄叙事”传统的反讽和戏拟，堪称对传统小说叙事成规的一次全面而彻底的清算。鲁迅小说叙事结构的创新，实际上寄寓着他对传统小说结构美学以及与这种美学相关的思维方式及意识形态观念的反拨。对这一方面的关注，多少有所忽略。

以上是对鲁迅小说外在故事结构形态的大致说明，若从其叙事的内在结构来看，同样颇为复杂。鲁迅叙事的情感逻辑与理性逻辑的缠绕，在不同作品中有不同的表现，赋予作品以不同的抽象形式。有人总结出的鲁迅小说两大叙事模式颇为值得注意：“看/被看”模式（吃/被吃）与“归乡”模式（离去—归来—再离

---

① 鲁迅：《呐喊·孔乙己·附记》，《鲁迅全集》第 1 卷，人民文学出版社 1981 年版，第 438 页。

② 孙伏园：《鲁迅先生二三事·〈孔乙己〉》，鲁迅博物馆等编选：《鲁迅回忆录》（上），北京出版社 1999 年版，第 84 页。

去)。前者如《狂人日记》《祝福》《孔乙己》等,后者如《故乡》《在酒楼上》《孤独者》等。[①]

(一)"看/被看"模式

围观或看热闹,是数千年来老大中国寻常巷陌与市井街区最为习见的一种景观,鲁迅从中发现了国人畸变的文化心态与民族劣根性,也许是幻灯片事件太刻骨铭心之故,作为原型被他一再重写,屡屡出现在后来他不同时期的文学创作中。《示众》堪称其最为集中的浓缩、展示。警察像牵着牲口一般牵着一个犯人"示众",为了强化效果、突出表现意图,鲁迅第一次不讲故事,不仅如此,他还省去了任何可能多余的枝节,诸如抒情、议论、描写性文字,通篇小说就是一个场面:犯人被示众。而且这个场面之内,层层环绕拥簇的所有出场人物就一个单一的动作"看"——犯人与各色看客之间、看客与看客之间。鲁迅的"镜头"不管是整体场面的扫描还是有重点的个别观照,刻意捕捉的就是这么一个无聊的"看",看别人也被别人看。"看与被看"的关系是小说中各色人等最基本的关系,也是小说被抽象出来的最基本的象征性动态"表情"。这一"看与被看"表情,更被嵌入不同情境、人群与故事中,生发出多样的场景、故事与丰富的内涵。

《祝福》:"祥林嫂/女人们"——"被看/看",祥林嫂的阿毛被狼吃了,倾诉痛苦(被听、被看)。有些老女人没有在街头听到这一段悲惨的故事,便特意寻来,要听这段悲惨的故事(听、看)。直到祥林嫂说到呜咽,女人们也就一齐流下那停在眼角上的眼泪,叹息着,心满意足地去了。通过"听"与"看",祥林嫂的不幸与痛苦转化为看客们可资消遣的材料,从中得到某种满足,并在对他人施舍的同情中完成"自我崇高化"。而一旦别人的痛苦、悲哀被"咀嚼"殆尽,不再新鲜,看客们就变得"厌烦和唾弃",而且施以"又冷又尖"的"笑"。人性的冷酷、残忍莫甚于此。[②]

《孔乙己》最复杂,包含了三层"被看/看":"孔乙己/酒客"——"被看/看";"孔乙己与酒客/小伙计"——"被看/看";"孔乙己、酒客与小伙计/隐含作者"——"被看/看"。由钱理群总结出来的鲁迅小说中"看与被看"这一典型的情境意象,其意义与价值主要在于:它高度凝练地概括了国人的一种存在方式,揭示了一种病态的生活态度及其现实负面效应,甚至传达了作者更为深刻的生命体验与发现,比如《药》:"启蒙者/被启蒙者"——"被看/看"。作为"被看"的对象的革命者夏瑜,在看客们"看"与"说"的场域中被戏剧化,启蒙者的崇高理

---

① 此部分参阅钱理群:《创造新形式的先锋——鲁迅小说论》,《走进当代的鲁迅》,北京大学出版社 1999 年版,第 3 ~ 20 页;吴晓东:《鲁迅小说的第一人称叙事视角》,《鲁迅研究月刊》1989 年第 1 期。

② 参见高远东:《〈祝福〉:儒释道"吃人"的寓言》,《鲁迅研究月刊》1989 年第 2 期。

想、真实奋斗被众人转化成了“表演”，其存在的价值被错置、抽空，变得无聊而又可笑。更其甚者，浸透革命者鲜血的馒头被小栓吃掉这一隐喻性情节，促成“被看/看”又进一步延展为“被吃/吃”，启蒙者竟然被启蒙的对象吃掉。

鲁迅说过：中国是个“游戏国”，国人多为“游戏党”。“看/被看”这一情境即是“游戏国”中一个典型的游戏场，无聊的看客们即是缺乏“诚”与“爱”的游戏一族。这让我们得以发现“看/被看”情境发生作用的人生哲学基础与心理机制：看客们都是怀着看热闹也即“看戏”的游戏心态来看“被看者”的，“无坚信”“无特操”是他们的信仰，他们随时随地都会把“看/被看”转化为“做戏/看戏”的情境，用鲁迅的话说，“好玩好玩的”。当任何一个说话者进入这个游戏场的时候，看客总是把其思想任意化为游戏，任何言说都会在游戏中转化成笑料，消解为虚无。哪怕是启蒙者，一旦落入这个怪圈，启蒙的话语也会在游戏中转化为“表演”，而启蒙者本人则变成这个游戏场中供人观瞻的小丑。“对于一个坚守话语本义，并且指望本意实现的人，一旦被抛入‘演戏/看戏’的二元结构中，话语的本义将被阉割，而且替换上了并非说话者所能阻止的意义。因为话语在此并不服从说话者而服从游戏规则，一旦话语出口，话语就不受说话者主宰。”[①]启蒙者的悲剧结局也就可想而知了。中国亘古而存的“游戏场”的可怕销蚀力量也正在这里，因此鲁迅颇有些无奈地得出了这样一个结论：“人世却也要完结在这些欢迎开心的开心的人们之中的罢。”[②]

（二）“归乡”模式

这一叙事模式，是鲁迅不少以第一人称叙述方式展开的知识分子题材小说所共有的，诸如《故乡》《在酒楼上》《孤独者》《祝福》等。不管叙述者在作品中的地位如何——主人公或者是见证者，他“在讲述他人故事的同时也在讲述自己的故事，讲述者在讲述这些故事的同时故事本身也影响了讲述者的思想与情感”[③]。二者互相影响，具有一定的复调意味。上述几篇小说中，叙述人讲述的都是漂泊异乡的“我”回到故乡时的见闻感受，具有一个同构的叙事模式：离去—归来—再离去。在这个叙事框架下，尽管每篇作品着力表现的人物性格、命运各有不同，而作为叙事人“我”的思想情感、人生体验、心理状态带有相当的一致性：每每都是带着怀旧或圆梦的心情而归，历经失望、梦碎，最后怀着更复杂的心绪而去。

《在酒楼上》起笔是“我从北地向东南旅行，绕道访了我的家乡，就到S城”。

---

① 薛毅：《无词的言语》，学林出版社1996年版，第36页。

② 鲁迅：《准风月谈·帮闲法发隐》，《鲁迅全集》第5卷，人民文学出版社1981年版，第273页。

③ 吴晓东：《鲁迅小说的第一人称叙事视角》，《鲁迅研究月刊》1989年第1期。

这是作者常用的横截面的笔法，关于当初如何离去，作者隐而未发，但从吕纬甫的问话："又不料你也回来了。你不能飞得更远些么？"可以揣测，一定也是与吕纬甫一样为生活所迫。倏忽十年，此番归来，萦绕心头的"怀旧的心绪"是"绕道"的唯一原因，挥之不去的流年碎影，遗落在此的旧梦牵挂，不用说，如能重温也算了却了一桩心事。哪知"寻访了几个以为可以会见的旧同事，一个也不在，早不知散到那里去了"，曾经工作过的学校"也改换了名称和模样，于我很生疏"。不遇、难随的寻访使"我""意兴早已索然，颇悔此来为多事了"。正是在此情此境下，在酒馆索然的氛围中不期与十年前的老友吕纬甫相遇，吕纬甫的情形着实有些出乎"我"的意外，他不光形容大改，而且精神颓唐、意志消沉，变得"敷敷衍衍""模模糊糊""随随便便"，当年的激进革命青年，现今靠教授"诗云子曰"、《列女传》聊以度日不说，此行更是郑重其事地做着——给早夭的弟弟迁坟、给当年的邻家女送剪绒花——无聊事，面对吕纬甫像苍蝇一样绕了一圈又飞回到原点的言说，"我"感慨良深，然又无以为助。吕纬甫的故事无疑在"我"本已"索然"的心中，把那些旧梦碎影撕扯得一干二净，强化了"我"孤寂、失望的心态。

小说中那段被广为引用的独白道出了"我"此程归乡的真实感受："北方固不是我的旧乡，但南来又只能算一个客子，无论那边的干雪怎样纷飞，这里的柔雪又怎样的依恋，于我都没有什么关系了。"

有学者认为，此言道出了一种"更深沉的无家可归的悬浮感和无可附着的漂泊感"①。甚至在这背后还回荡着发自灵魂的执着追问："我是谁？从哪里来？到哪里去？"既表现了乡土中国文化裂变、转型时期选择的困惑，又表现了现代知识分子与"乡土中国""在"而"不属"的关系，他们无法在现实中找到自己的位置，更显示了人在面临种种二难境遇时摇摆不定、取舍不能的生存困境。无可归依正意味着失去了最后的精神家园，这种绝望与苍凉无疑蕴含了鲁迅小说精神深度的一面。②

最后，"我"告别了吕纬甫，"独自向着自己的旅馆走，寒风和雪片扑在脸上，倒觉得很爽快。见天色已是黄昏，和屋宇和街道都织在密雪的纯白而不定的罗网里"。这是小说情感与理性抵达的一个顶点：在独自行走的路上，在风雪夹杂中，"我""倒觉得很爽快"，哪怕前路一片"纯白而不定的罗网"，显然有一种向死而生、绝望的反抗的况味。小说对"我"的再度离开处理得很含蓄，但这终是

---

① 吴晓东：《鲁迅小说的第一人称叙事视角》，《鲁迅研究月刊》1989 年第 1 期。

② 参阅钱理群：《创造新形式的先锋——鲁迅小说论》，《走进当代的鲁迅》，北京大学出版社 1999 年版，第 11 ~ 12 页。

势所必然的了。到此，完成了“离去—归来—再离去”的框架叙述，而在此进程中，“我”的情感体验也历经了“怀旧（希望）—失望、绝望—反抗绝望”这一否定之否定的螺旋形上升、演进的过程。

“离去—归来—再离去”这一叙事模式与人生模式在小说《故乡》中体现得最为典型，《孤独者》《祝福》等篇也以此种同构的模式，在揭示鲁迅所发现的世界的真实的同时，并一再向人们昭示他个人精神世界的复杂、矛盾、幽深与博大，这些小说也成为鲁迅复杂精神结构的隐喻象征体。正如钱理群所言，这不纯是技巧问题，更是内蕴着反抗绝望的鲁迅哲学和他的生命体验的。

三、鲁迅小说的叙事策略

作为鲁迅小说独特的叙事话语的一部分，他的叙事策略也即技巧与叙述方式一起共同构建了其“格式特别”的艺术形式世界，它们之间是密不可分、互为因果的关系，此处专门抽离出几种样式，诸如反讽、重复、戏仿。尽管修辞学领域早有反语、重复、仿拟之谓，但鲁迅小说中出现频率极高的这几种话语技巧已不再是简单的修辞的问题，而是跃进到文体的层面，影响着整体叙事风格的生成，对之进行个别的观照，能有助于更清晰地理解鲁迅独立而深湛的叙事艺术。

（一）反讽

韩南认为：“反语是鲁迅小说的第一个，也许是最显著的特点。”①李欧梵同样认为：“反讽是鲁迅小说现代化的主要特点。”②反讽是伴随着新批评、叙事学等西方学派研究而成熟起来的一种理论，D. C. 杰克等西方学者总结出来的反讽类型有十几种之多。它对于观察文学语言的张力关系，特别是那种似是而非、口是心非、装腔作势、旁敲侧击类的语言现象甚至结构关系，辨明说话者在话语与思想、信念与事实之间矛盾而产生的弦外之音，准确地把握小说人物、定位作家的文本意图有着特别的帮助。

从踏入文坛的第一步起，鲁迅就带着一种反讽的笔调。鲁迅前期小说创作中表现最突出的是言语反讽、情境反讽、自我矛盾式反讽、结构反讽等几种主要类型，从《呐喊》的首篇《狂人日记》到《彷徨》的终篇《离婚》，局部性反讽或整体性反讽存在于绝大多数篇目中。

《离婚》中的反讽性叙述主要集中在爱姑与七大人身上。爱姑因为丈夫姘上了村里的小寡妇，要赶她出门，坚决不同意，这场带有马拉松式的离婚整整纠

---

① ［美］韩南：《鲁迅小说的技巧》，乐黛云编：《国外鲁迅研究论集》，北京大学出版社 1981 年版，第 317 页。

② ［美］李欧梵：《铁屋中的呐喊》，岳麓书社 1999 年版，第 71 页。

缠了两年多。爱姑对于丈夫与公公,一口一个“小畜生”“老畜生”,还叫来自己的兄弟把夫家的灶台给拆了,狠狠地出了一口恶气,这场离婚案连地方上颇有势力和声望的慰老爷一再干涉,前后过问了四回,也摆弄不平。爱姑给人的俨然是一个泼辣、强悍的村妇形象,为了自己的权利,她要抗争到底。而且在最后一回到慰老爷府第的路上,听说为这事七大人也来了,爱姑是振振有词:“七大人怎样?难道和知县大老爷换帖,就不说人话了么?”而且相信“知书识理的人是讲公道话的。我要细细地对七大人说一说”。在慰老爷的府上,爱姑一开始还抱着幻想:“七大人是知书识理,顶明白的”,“我一定要给他们一个颜色看,就是打官司也不要紧。县里不行,还有府里呢”。个人抗争的孤独,七大人装腔作势的声威,寒气逼人的冷漠氛围,爱姑深感力薄、无助,乃至惊疑、恐惧、无奈,尤其是在七大人发出的一声“高大摇曳的”“来~~~~兮!”威慑之下,在故弄玄虚的威压氛围中,爱姑的余勇与信心被彻底摧毁,竟然后悔了,不由得说出:“我本来是专听七大人吩咐……。”持续两年多倔强不屈的闹腾就这样不由自主地失败了。鲁迅以自我矛盾式反讽的笔调完成对爱姑性格的塑造,揭示了爱姑精神上不易被察觉的弱点,一个敢于反抗封建夫权、族权的泼辣女性,免不了对封建政权抱有幻想,暴露了她灵魂深处的软弱与愚昧。

对七大人,鲁迅先以讽刺的笔调简笔勾勒其“团头团脑”、细眼细胡、油光光的秃头像擦着猪油的丑态;对其精神气质上的丑恶,则是运用自我暴露式反讽笔触,写他玩赏从古人死尸上弄来的“屁塞”,在鼻子旁擦来擦去,鉴赏什么“新坑”“水银浸”,引得一帮趋炎讪媚之徒竞相观摩,一副博学多识、颇为风雅的样子,实则装腔作势、恶俗透顶。就是这么一个精神虚弱、无聊卑劣的家伙,竟然唬住了不明真相的爱姑。小说以反讽的手法完成了对封建宗法统治的批判以及对这一统治下造成的底层民众精神愚昧、麻木的揭露。

《离婚》是一篇第三人称叙述的小说,这一类型作品的反讽品格一般较为明显。比较而言,以第一人称方式叙述的作品则相对较为隐蔽,如上文分析过的《伤逝》主要靠隐含作者不动声色的暗示来形成反讽,涓生不乏沉痛的忏悔与追求新路的言说,处处建立在“五四”时代精神的宏大价值规范之上,隐含作者的声音一再对他的观点构成矛盾、争辩,他所谓的忏悔不过是对酿成子君悲剧责任的推脱而已,他包藏私念的宏大话语是对“五四”时代精神的偷渡与僭越。这里已经不是纯技巧的反讽,而是“一种‘主题级’的反讽,它复杂化了小说的内蕴,使小说呈现出更丰富的价值判断和历史取向”①。这也是小说《伤逝》充满迷惑,令人着迷,又一直令人言说不尽的秘密所在。

---

① 吴晓东:《鲁迅小说的第一人称叙事视角》,《鲁迅研究月刊》1989 年第 1 期。

《狂人日记》不同于《离婚》及前期绝大多数作品,《狂人日记》的反讽策略是一种整体性的反讽(另一篇是《阿 Q 正传》),并由此构建了小说的意义迷宫。前文已经提及《狂人日记》的框架结构,超故事层——小序——发现稿本(日记)过程的叙述,对小说具有结构性意义,它跟故事层——正文日记——构成结构性的反讽关系,对文本内涵的生成产生重要影响。超故事叙述的"小序"与内故事的"日记"之间的多重镜像式的"对话""返照",造成了文本的极端分裂性,形成多层次的紧张与对立:文言语象与白话语象的对立;常态的狂人与病态的狂人的对立;狂人拥抱、认同现有体制与对这种体制及其形成历史的否定的对立。当然,这种种的"对话"是以互相反抗、消解状态而存在着。具体来说,在内故事层狂人的自我叙述,表明他实际上是一个清醒的先觉者,一个与封建文化毫不妥协的反叛者;但在超故事层中,狂人竟然病愈后候任,被招安或附逆,就不无喜剧化的荒诞色彩。彻底颠覆了内故事层中那个与主流意识形态决绝的反抗者形象。再如,狂人的大哥,在内故事层的叙述中,是一个"吃了妹子的肉"又"合伙吃我"的吃人者,一个封建专制家长的代表;在超故事层面,他却满口"劳君远道来视","不妨献诸旧友",一派文质彬彬、儒雅温厚。在不同的故事层中,大哥的形象竟如此殊异。正由于"内外层"叙述中人物之间的分裂、对立状况,无法判断两种叙述的确切意义指向,叙述的悖论使我们的理解难以找到确切的位置,如同掉进一个"语言的迷宫"无法分辨。这样,人物形象与文本的意义变得扑朔迷离、复杂多端:"狂人""礼教吃人"的石破天惊之语竟然迷失在对立之中,变得虚幻起来。小说思想表达的游移不定状况,分明折射出鲁迅之于启蒙价值观念深层的矛盾意识,这在他新文学实践迈出的第一步中就显现出来。

《狂人日记》内外叙述层之间的矛盾反讽关系,使其产生一种类似物理学意义上的裂变聚合反应,给文本的多种元素,诸如人物、内涵等带来多义性、不确定性,拓展、丰富了文本的意义空间。

鲁迅这种独特的反讽艺术显示了他在荒谬的历史、现实情境中获得生存与艺术超越的巨大智慧,也丰富了小说的意蕴内涵,增添了文本叙事的张力之美。

(二)重复

重复也是叙事艺术的一个重要策略,是文本中普遍存在的现象,人们常常有意无意忽略这些重复现象,但许多文学作品的丰富意义恰恰来自诸种重复现象的结合。美国文学批评界的领军人物、耶鲁学派的 J. 希利斯 · 米勒曾试图"设计一整套方法"就"文学语言的奇妙之处"进行阐释,他所谓文学语言的"奇妙之处"即是小说中的重复现象,《小说与重复》即是他"一整套方法"——"重复诗学"的具体实践。J. 希利斯 · 米勒把小说中的种种重复现象大致分为三类:(1)细小处的重复,如词语、修辞格、外观、内心情态等;(2)一部作品中事件和场景的重复，规模比(1)大；(3)一部作品与其他作品(同一作家的不同作品或不同作家的不同作品)在主题、动机、人物、事件上的重复，这种重复超越单个文本的界限，与文学史的广阔领域相衔接、交叉。① 而西方叙事学一般把叙事频率即叙事的重复关系分为两型，一是事件的重复，二是话语的重复。此处“事件的重复”是指某一类型事件的反复出现，可视为米勒划分出的第二类，“话语的重复”特指对同一事件反复叙述若干次，应是米勒理论中未曾述及的第四种类型。

鲁迅小说中的重复艺术是极其繁复多变的，对应于上面的分类，可发现这些现象在其作品中都有存在，大都成为鲁迅基本的叙述策略。必须说明的是，最后一种《呐喊》《彷徨》中尚没有出现，而《故事新编》中已经化育。尽管鲁迅尚未开发出成熟的话语重复叙述样式，但这并不影响鲁迅小说对重复手法运用的精湛，以及重复对人物塑造、文本形式构建、思想传达的意义。因为“它们组成了作品的内在结构，同时这些重复还决定了作品与外部因素的多样化关系”②，它们是通向作品内核的一条秘密通道。

关于词语、修辞格、外观、内心情态等细微处的重复，此种现象在鲁迅小说中俯拾皆是，它对于氛围烘托、人物塑造、心理暗示、主题的提示等具有无可替代的作用；在形式层面，往往给文本造成一唱三叹、回环复沓的效果，或形成某种内在的运动节律。《故乡》中杨二嫂习惯性的“阿呀阿呀”，《阿Q正传》里阿Q口中反复出现的对杀头景象描述的“嚓！嚓！”，《药》中康大叔嘴中对人血馒头药效的保证“包好”，《风波》中九斤老太的口头禅“一代不如一代”……人物自己张口，虽说是短短一语一词的不断重复，却胜过一箩筐的陈述交代，简洁而传神，让人物自己活起来。杨二嫂小市民的狡黠、恣肆，阿Q的木讷、自喜，均在重复中跃然纸上；《药》中康大叔的四遍八个“包好”，在不同人物面前道出，或显示自己的地位与恩遇，或让患者小栓放心，但无不透着一股霸气、愚昧；九斤老太的话讽喻颇多，最有意味，她的“一代不如一代”既是对后代繁衍不旺真实情况的描述，分明又是对生存维艰、世风日下的埋怨，更是对作为小说背景的民国以后军阀乱世、国政不稳及至张勋复辟这一时代乱象的隐喻，自然也有她作为“老封建”一面的自我反讽。

事件和场景在同一部作品中的重复，鲁迅小说中也较普遍。像《肥皂》中孝女行乞事件、《祝福》中祥林嫂诉说不幸的场景都被多次重复，《明天》中对鲁镇“古风”的两次叙述，对单四嫂子三个夜晚境况的描写等，各自有其不同的文本意义。如孝女行乞事件在《肥皂》中前后出现三次。第一次由四铭向他老婆叙

① [美]J. 希利斯·米勒：《小说与重复》，王宏图译，天津人民出版社2008年版，第7页。
② [美]J. 希利斯·米勒：《小说与重复》，王宏图译，天津人民出版社2008年版，第7页。

述，讲述他在街上看到两个女丐，一个十八九岁，她如何孝顺她的祖母，还特别提到两个光棍对孝女极放肆的话：“你不要看得这货色脏。你只要去买两块肥皂来，咯支咯支遍身洗一洗，好得很哩！”颇具反讽地交代了四铭为何鬼使神差地买来肥皂的缘由。接下来的两次讲述，一次在家里饭桌上，教训孩子时带出，结果招来老婆不无醋意的一阵抢白，被击中要害——假道学的面目——油汗直流；一次是移风文社议定征文题目，四铭以“可掬”的“恭敬之状”拟出题目——“孝女行”。在有人提出疑义的情况下，四铭又把第一回讲给老婆的话几乎原封不动地重述了一遍。一次次讲述，一次次的自我灵魂暴露，其伪善而丑恶的精神世界毕现无遗。《祝福》中有关祥林嫂自述儿子被狼叼去、众人围观这一细节，兼具事件的重复与场景的重复二型。在这里，重复的事件是由人物自己叙述出的，而《明天》中两种重复现象则是由叙述人的叙述“呈现”的，不管何种方式，它们对主题的揭示与人物的刻画均具有直接的意义。

一部作品与其他作品的重复，有些类似互文的叙事策略，在鲁迅作品中并不鲜见，或在文本构成诸要素的不同方面与外国作家或同时代作家的创作形成“互文”，或者自我写作的不同作品中形成重复互文。特别是鲁迅与其他作家之间，互文是一方面，它一般是鲁迅创作发动的一个“触机”，更重要的是互文重复支点下的鲁迅的独特创造，这才是鲁迅作品的实际，也应是观察的重点。比如《伤逝》《幸福的家庭》之于五四时期流行的爱情、婚姻题材的创作（题材上重复，而主题、动机上同中有异），散文《阿金》之于《采薇》中的“阿金”（人物重复），《狂人日记》提到的“生痨病的人，用馒头蘸血舐”之于《药》中的“人血馒头”（事件、主题重复）……还有鲁迅无数次一再复现的“围观”场景、“归乡”模式写作（事件、主题重复）。这一方面的重复现象，有的属“同质同构”的“重复”，有的属“异质同构”的“重复”（反复）。

在《狂人日记》中“生痨病的人，用馒头蘸血舐”，只是作为普遍吃人现象的一个个别案例被提出，作为小说主题升华“质变”中的一个“量”而存在，虽不能说可有可无，但在整个情节链条上的确无足轻重，可它分明又与其他古今同类现象一起指向了“吃人”。这一无足轻重的细节在《药》中被铺衍开来，作为一个中心事件形成一部独立的作品，二者间的互文重复关系，无疑对于《药》的理解有迁移性的影响，使人发现启蒙者更为“不忍”的悲剧，不光“被看”——崇高的行为只是沦为愚昧民众的趣味谈资，成为“表演”的“小丑”，甚至启蒙者竟然被启蒙的对象吃掉，这是何等的触目惊心，既是愚昧、麻木民众的悲剧，更是启蒙者个人的悲剧，现实之暗若此，启蒙的艰难甚至绝望令人不由对启蒙的可能性产生怀疑。《狂人日记》《孔乙己》《药》《明天》《头发的故事》《阿Q正传》《祝福》《长明灯》《示众》《铸剑》《理水》《采薇》《藤野先生》《呐喊·自序》等一长串作品清单中所一再重复的“看热闹”事件，已经成为鲁迅小说的一个重要叙事原型“意象”，从历史与现实的层面如此大规模、几十年持续不断对它进行重写，在鲁迅个人和文学史上都是一种罕见的现象。

另外，重复在鲁迅作品中还具有结构性功能。《故乡》《风波》等开头、结尾处的场景复现，不仅意味深长，而且首尾衔合中赋予作品以环形结构；《孔乙己》中几个酒店场面的“同质同构”式反复，小说的骨架得以构建；《伤逝》“咏叹调”式跌宕回旋起伏，其中的重复、反复，不是单纯词语性的，而是情系语中，于重复中有变化，造成作品特殊的音乐情调；《阿Q正传》《孤独者》等篇均有更为繁复的表现，其魅力有待深入地体会、把握。

鲁迅的重复叙事使他获得通向人物、性格，通向结构、意义的一座桥梁，也把小说的叙事方式从形式层面推向了审美的高度。

（三）戏仿

通常认为，“油滑”是鲁迅《故事新编》的专利，其实这一特殊的艺术风调在其早期创作中已经有了精湛而成功的实验，若从单纯的艺术角度着眼，《阿Q正传》在艺术突破的全面性上，怕是要超越整部《故事新编》的，如果承认戏仿手法是造成“油滑”效果的一个重要途径的话。

先来看《幸福的家庭》，这是一篇较少被研究者提起的作品，但它在鲁迅的创作中是相当特殊的，一则它是鲁迅仅有的两篇都市文学之一，二则它是以作家创作为题材的作品，对文坛流行文学的意义指向颇多。《幸福的家庭》采用框架结构构成，主体部分讲述一位作家创作小说《幸福的家庭》的故事，作品以第三人称展开叙述，主人公即一位作家“他”为“捞几文稿费维持生活”，决计投刊物与读者之所好，撰写一篇润笔较丰又容易发表的小说，婚姻、恋爱、家庭问题自然成了首选的题材，于是“自暴自弃”地在绿格稿纸上写下了题目《幸福的家庭》，由此小说展开了作家关于小说构思设计过程的戏剧化描述。主题确定了，但细节的处理令作家颇费踌躇，诸如男女主人公的身份确定、日常起居状况，小到服饰、发式、饮食、爱看的书籍、交流语种等的安排，无不艰辛备至，然而这终不过是缺乏生活与现实存在基础的纯粹向壁虚构的想象产物，关于这个自由恋爱而组合的新式幸福家庭的安放之地就是一个大问题，北京缺乏生气，上海、天津租界消费太高，云南、贵州交通不便，江苏、浙江等其他地方不是军阀开战就是绑匪、马贼出没，最后作家只能无可奈何地折中为虚幻的“A”地。颇具反讽意味的是，这个作家拟想中充满小资情调的幸福家庭生活，一再受到严酷生活现实的干扰和介入，罗曼蒂克的文学想象终敌不过劈柴、白菜、草绳、孩子哭声等日常琐碎的侵袭，纸上的浪漫终被毫无浪漫可言的家庭生活击碎，那张写下“幸福的家庭”小说题目和一堆柴草算价数字的绿格稿纸终成为擦拭孩子鼻涕和眼泪的“牺牲品”,一同抛掉的或许还有尚未完全形成的构思。长期以来对这篇作品的解读常常止步于作为“娜拉出走以后”的“续曲”,作为《伤逝》的姊妹篇来诠释“中国的娜拉的精神兄弟们”挣脱封建枷锁,落入新式家庭以后在凡俗生活中沉落的悲剧性命运,并从中引出经济独立的问题。这样解读当然是深刻的,但又无疑成了《伤逝》的附庸。实际上,小说还蕴含了鲁迅更为丰富的独立思考,寄寓他对小说人物——以“作家”为代表的知识分子的现实处境、创作境遇,文学与生活的关系,真实与虚构的命题,以及以报刊趣味为主导的文学风尚等一系列问题的反思。从这一意义上来讲,《幸福的家庭》实在是一篇“关于流行小说创作的小说”。小说中的作家形象无疑是一代青年作者的真实处境的写照,“五四”时期,新文学报刊的蓬勃发展,为漂泊都市的青年知识分子提供了实现人生规划的一种可能,通过给报刊投稿赚取微薄的收入,成为那个时代文学青年的一种生存模式,沈从文、丁玲、胡也频、王鲁彦、高长虹等众多作家都属鲁迅所谓“侨寓”作家,他们的文章中都有过对这种亲身经历的艰辛、困顿的记录。由于生活的阅历及视野的限制,大多数青年作者的创作面比较狭窄,再加上一些报刊为了取悦读者而采取的营运策略,像许钦文《理想的伴侣》就是为《妇女杂志》征文而写的,造成了某一种特定文学的流行,以及对现实生活的反映不够广泛、深入的局面。就像茅盾在相关文章中所作的统计,婚恋、家庭题材占了当时创作总量的百分之九十八[①]。这种文学畸形发展的状况,固然与作家有直接关系,但文学期刊与报纸副刊不乏趣味倾向的引领也起了推波助澜的作用,鲁迅《幸福的家庭》就直接面对此种文坛情形进行发言。题材的繁荣并不能代表艺术质量的提高,充斥报刊的大多是一些粗制滥造、脱离生活实际的“伪创作”,譬如鲁迅笔下的“作家”,为了自己的作品好发表,只能违心地向壁虚构,编造摩登趋时带有“童话”色彩的“幸福生活”。茅盾对这种创作病象的主体内因作过精辟的分析,他认为:“如果文学是人生的反映,创作家是直接从生活中取材料来的,那我可以说这些创作一定不是作者自身经历的结晶(因为个人的经验不会人人相同至于如此),却是摹拟的伪品。为创作而创作,实是当今大多数创作者的一个最大的毛病;现在的许多恋爱小说便是个极好的例证。”[②]茅盾认为这些小说不是自然主义(现实主义)的作品,他对于当时文坛开的“条陈”是“到民间去”[③]。鲁迅并没有对当年的文学创作状况进行理论上的评价,但这不妨碍作出这样的推断:茅盾贯穿在评论中的对文学创作如何才能真实的问题、文坛与生活的关系问题的理解,鲁迅一

① 参见郎损(沈雁冰):《评四五六月的创作》,《小说月报》1921 年第 12 卷第 8 期。
② 郎损(沈雁冰):《评四五六月的创作》,《小说月报》1921 年第 12 卷第 8 期。
③ 郎损(沈雁冰):《评四五六月的创作》,《小说月报》1921 年第 12 卷第 8 期。

定是感同身受、深表赞许的吧，因为这些意见都形象地蕴含在小说的文本体系中，一方面通过小说中的人物——“作家”构思过程的展示，袒露了小说的“内文本”——构思中的《幸福的家庭》的虚构性质；另一方面，通过真实的所谓“幸福的家庭”生活场景不断对“内文本”的介入，不断地对其打断甚至消解，强化了它的非现实性、不可能性，直至最终的幻灭，而虚构中的“幸福的家庭”对现实版的“幸福的家庭”亦时时构成逆向的对照、反思，双向互动中巧妙地实现对“五四”文坛流行创作惯例以及过于理想化了的婚恋文化的戏仿式批判。这表明鲁迅对新文学初期出现的内在危机的深切关注，以及对新文学消费与生产互动关系对文学创作所产生的负面影响的思考。

《阿 Q 正传》在艺术上最伟大的创造是其独特的“反英雄叙事”——对“英雄叙事”传统的反讽和戏拟，这是作品人物形象塑造、庄谐并出的悲喜剧风格生成，乃至杂文笔法由来等的根本原因，并且借此构建了与传统史传英雄叙事相悖反的滑稽史诗文本。

在《阿 Q 正传》中，鲁迅以戏拟中国古代历史叙事的笔法——确切地说是从《史记・项羽本纪》等为代表的史传文学到秉承史传传统的《三国演义》《水浒传》等英雄叙事所形成的英雄史诗叙事成规，来为他可怜、卑微、无名的阿 Q——沉默的大多数国民——作传。

小说取“文中文”内外双层结构，第一章交代“我”为阿 Q 作传事宜，属外层叙事。第二章起至篇终为“我”作的“阿 Q 传记”，属内层叙事，叙事视角转为旁观视角，且外层叙事者不断对内层叙事进行干预。

小说满篇留下了诸多与英雄史诗反讽对话的痕迹。第一章“序”，叙述人“我”首先就端出一副史官修国史的架势：“从来不朽之笔，须传不朽之人，于是人以文传，文以人传。”其后对传记名目的确立、阿 Q 姓名和籍贯等的考索中以充满游戏化的语言，逐一消解了英雄史诗叙事传统的相关惯例。内置文本，即有关阿 Q 传记部分，作者刻意模仿英雄传奇故事的“章回”编目法，从小标题“优胜记略”到“大团圆”无不留下宏大叙事的影子，但每一章节之下的故事内容——有关阿 Q 人生的点点滴滴的故事，纯粹关乎他日常生活的微小叙事，卑微、琐屑、滑稽、愚笨是其共有的品格，就是本来可以转变为宏大、崇高性质的阿 Q 革命事件，也因阿 Q 性格及社会文化环境方面的主客观因素，这种转化没有能够变成现实，阿 Q 依旧卑琐、愚笨，革命不成，反遭受以“革命”的名义带来的算计，糊里糊涂走向“大团圆”。内文本的标题与叙事内容之间的这种反讽性间离关系，一再瓦解着宏大的历史叙事——这一古典叙事文化的主体。从鲁迅对古典叙事成规的戏仿中，隐约可以揣摩到鲁迅对叙事艺术如何才能彻底摆脱旧文学阴影与创化革新之间的焦虑。有人说《阿 Q 正传》是对传统纪传体或章回体小说艺术的借鉴,看似有一定的道理,实质上谬之千里,因为此观点既远离了鲁迅创作的初衷,更违背了文本的实际。

戏仿的叙事策略实践,在《呐喊》《彷徨》中主要存在于上述两篇作品中,尽管是偶为一用,但鉴于《阿 Q 正传》的分量以及鲁迅实践中所表现出的对传统小说艺术的全面性颠覆,故不应被忽视。当然,到了《故事新编》那简直是遍地开花、蔚为大观,戏仿成为鲁迅特别依仗的最基本的叙述方式,这是后话了。

第四节　鲁迅历史小说的演义与新编

《故事新编》于 1936 年 1 月由上海文化生活出版社初版,列为巴金所编的《文学丛刊》之一。《故事新编》共收小说八篇,用鲁迅的话说:“这一本很小的集子,从开手写起到编成,经过的日子却可以算得很长久了:足足有十三年。”[①]

在 20 世纪 20 年代,鲁迅就已经写好了《奔月》《铸剑》(最初发表时名为《眉间尺》),及最初收入在《呐喊》中的《不周山》。在 1934 年至 1935 年,鲁迅连续赶出了《理水》《采薇》《出关》《非攻》和《起死》五篇。与《呐喊》《彷徨》相比,《故事新编》在内容与形式上都有自己的独特之处。可以说鲁迅是想通过《故事新编》的写作,“对在《呐喊》、《彷徨》为他自己与中国现代小说所建立的规范,进行新的冲击,寻找新的突破。在这个意义上,可以把鲁迅的《故事新编》看作是一部‘试验性’的作品”[②]。

一、《故事新编》的内容与主题思想

《故事新编》的第一篇是《补天》。《补天》作于 1922 年冬天,原名《不周山》,曾收入《呐喊》初版。鲁迅在《故事新编 · 序言》和《我怎么做起小说来》中,都谈到了写作《故事新编》的缘起,提到《不周山》是以“女娲炼石补天”的神话为素材试作的一篇小说。这说明鲁迅在写作《狂人日记》《阿 Q 正传》后,正在扩大视野,进行着艺术上的新探索。《补天》取材于女娲开天辟地,以黄土抟人、采石补天的神话。小说细致地描写女娲创造了人类,而后人类却互相残杀,共工与颛顼争权夺利,共工败,怒触不周山,天柱为之折断。女娲只得再“炼石补

① 鲁迅:《故事新编 · 序言》,《鲁迅全集》第 2 卷,人民文学出版社 1981 年版,第 341 页。

② 钱理群、温儒敏、吴福辉:《中国现代文学三十年》(修订本),北京大学出版社 1998 年版,第 298 页。

天”,苦心经营地修补世界。作者既描写了女娲进行创造工作时的辛苦和喜悦,更着力突出了创造过程中的心理状况,当女娲创造出来的产物只是一群互相伤害、自相残杀的丑陋的“群”,女娲内心是极端的失望与无聊。这种对创造者、先驱者的命运与内心的深刻披露,也是鲁迅内心一贯的孤独感的体现。至于作品中古衣冠的小丈夫,在女娲两腿之间出现,嘴里念念有词:“裸裎淫佚,失德蔑礼败度,禽兽行。国有常刑,惟禁!”关于之所以加入这样的描写,鲁迅在序言中有这样的解释:“首先,是很认真的,虽然也不过取了茀罗特说,来解释创造——人和文学的——的缘起。不记得怎么一来,中途停了笔,去看日报了,不幸正看见了谁——现在忘记了名字——的对于汪静之君的《蕙的风》的批评,他说要含泪哀求,请青年不要再写这样的文字。这可怜的阴险使我感到滑稽,当再写小说时,就无论如何,止不住有一个古衣冠的小丈夫,在女娲的两腿之间出现了。这就是从认真陷入了油滑的开端。”①这里所说的“含泪”批评汪静之的人指的是当时的东南大学学生胡梦华发表的《读了〈蕙的风〉以后》,文章批评汪静之的诗歌是“堕落轻薄”的作品,“有不道德的嫌疑”②。

《补天》原名为《不周山》,最初收入《呐喊》中。后来之所以从《呐喊》中抽出,改名《补天》收入《故事新编》,也有一段来历。《呐喊》出版后不久,当时创造社的主要成员、文学评论家成仿吾在《创造季刊》上发表《〈呐喊〉的评论》一文,文章认为《狂人日记》《孔乙己》等都是浅薄“庸俗”的作品。鲁迅后来用小说家的笔法揶揄地追忆说:“这时我们的批评家成仿吾先生正在创造社门口的‘灵魂的冒险’的旗子底下抡板斧。他以‘庸俗’的罪名,几斧砍杀了《呐喊》。”成仿吾还说,只有《不周山》一篇“虽然也还有不能令人满足的地方”,却是表示作者“要进入纯文艺的宫廷”的杰作。这样的评论自然失之偏颇。鲁迅在《故事新编》的序言中表达了不满:“当《呐喊》印行第二版时,即将这一篇删除;向这位‘魂灵’回敬了当头一棒——我的集子里,只剩着‘庸俗’在跋扈了。”

《奔月》最初发表在 1927 年 1 月 25 日的《莽原》半月刊第 2 卷第 2 期上。小说取材于中国民间流传的嫦娥奔月的神话,以传说中的一个善射的英雄夷羿作为小说的主人公,讲述羿在功成名就之后的落寞遭际。据说尧的时候,“十日并出,焦禾稼,杀草木,而民无所食”,“封稀、脩蛇皆为民害”。于是尧命羿射九日,杀尽野兽,为民除害。鲁迅据此题材,对羿这个人物进行了再创造,小说突出的不是羿的成功,而是他完成历史功绩后的落魄。小说还塑造了羿的对立面形象:一个贪图安乐的妻子嫦娥和一个忘恩负义、“干着剪径的玩艺儿”的学生逢

---

① 鲁迅:《故事新编·序言》,《鲁迅全集》第 2 卷,人民文学出版社 1981 年版,第 341 页。

② 胡梦华:《读了〈蕙的风〉以后》,《时事新报·学灯》1922 年 10 月 24 日。

蒙。结果,嫦娥偷吃了羿的不死之药,弃他而去;而逢蒙却以从他那儿学来的本领反过来加害于他,使羿不得不处于绝望、愤怒而又无可奈何的处境之中。小说的主要情节都有古书上的根据,但在主人公的塑造上,折射出作者的体验与心路。而塑造逢蒙这个形象,鲁迅是在影射高长虹。1926 年鲁迅南下厦门后不久,原来的《莽原》同人高长虹就开始攻击鲁迅,特别是高长虹所写的《走到出版界》总不断地对鲁迅进行抨击。鲁迅在 1927 年 1 月 11 日给许广平的信中说:“那时就做了一篇小说,和他开了一些小玩笑,寄到未名社去了。”[①]这是鲁迅在厦门期间的唯一一篇小说。其中的很多对话都是摘取高长虹抨击鲁迅的文章中的字句改易成的。如小说中“去年就有四十五岁了”“若以老人自居,是思想的堕落”等,都是引自高长虹《1925 北京出版界形势指掌图》。

《铸剑》最初发表于 1927 年 4、5 月间的《莽原》,原题为《眉间尺》。关于眉间尺的复仇故事,魏曹丕著《列异传》、晋干宝著《搜神记》等都有记载。小说即是取材于这个动人的复仇故事。眉间尺的父亲干将莫邪是一位有名的铸剑手,在奉命为楚王铸剑的任务完成之日,被多疑而残忍的大王杀掉。他有预见,只给了大王一把雌剑,而为已怀孕的妻子留下一把雄剑,让未来的儿子为其复仇。在复仇过程中,眉间尺得一黑衣义士宴之敖者舍命相助,他们用自己的头颅来反抗暴政,向国王讨还血债,最后与统治者同归于尽。小说在描写眉间尺的复仇行为时,着力描写了黑衣人宴之敖者令人战栗的冷峻。鲁迅在写给日本友人增田涉的信中提到《铸剑》时说:“但要注意的,是那里面的歌”,又说“第三首歌,确是伟丽雄壮”。这支歌是根据《吴越春秋·勾践伐吴外传》里的歌词改写的,强调了复仇的意义和性质。《铸剑》在收入《故事新编》时补记为“一九二六年十月”,而据《鲁迅日记》,本篇完成时间为 1927 年 4 月 3 日。小说对眉间尺的心理变化、黑衣人宴之敖者冷酷的外表和火热的内心有着绝好的展示。虽然全篇充满了冷得彻骨的悲凉,但深蕴其中的是灼人的火热。这正是那一时间里鲁迅的内心情绪。

除了上述三篇外,集子中写得较早的是《非攻》(1934 年 8 月)。《非攻》写的是墨子止楚攻宋的故事,热情地赞扬墨子的智慧、勇气,阐扬了墨家“非攻”、兼爱、利人的思想。但作为小说,最有讽刺意味的是:墨子辛辛苦苦为宋国免除了一场大灾难,但是当他从楚国返回时,“一进宋国界,就被搜检了两回;走近都城,又遇到募捐救国队,募去了破包袱;到得南关外,又遇着大雨,到城门下想避避雨,被两个执戈的巡兵赶开了,淋得一身湿,从此鼻子塞了十多天”。这个让

① 鲁迅:《两地书·第二集 厦门——广州》,《鲁迅全集》第 11 卷,人民文学出版社 1981 年版,第 275 页。

人忍俊不禁的结尾看似“油滑”，乍一看似乎是为了增加幽默的效果，实际上却是鲁迅通过历史小说对现实的感触和讽刺。“募捐救国队”是影射当时政府打着救国抗日的旗号强行募捐的欺骗民众的行为。更深层次的，则是表现了鲁迅对精神界战士和先驱者命运的一贯的认识：“孤独的精神的战士，虽然为民众战斗，却往往反为这‘所为’而灭亡。”①这一主题，与《狂人日记》中的“狂人”形象，与《药》中的“夏瑜”的命运等所表现的悲观与孤独联系起来了。

此外的四篇是1935年11月、12月赶写的。《理水》热情地歌颂了治水英雄大禹，这位“中国的脊梁”式的人物。大禹身上体现出的辛苦踏实、不讲虚名、吃苦耐劳、忍辱负重、独立见解等精神与智慧，都是鲁迅热情呼唤与盼望的。小说同时描绘了夸夸其谈、自私自利的学者文人、腐败无能的官员、蒙昧无知又胆小怕事的庸众等形象。当然，这些描绘也是鲁迅在有意地讽刺当时的文坛、学界、官场的无聊和黑暗，有着极强的针对性。《采薇》写的是伯夷、叔齐不食周粟而饿死在首阳山的故事，取材于武王伐纣的历史记载，周初伯夷、叔齐“义不食周粟”，欲求隐逸而不能，终于饿死首阳山。表面看来，似乎在《采薇》中的这两兄弟，是守旧、迂腐、可笑而又自命清高，披着“超然”“隐逸”的外衣的糊涂虫，鲁迅似乎批判伯夷、叔齐的逃避现实，这与鲁迅当时反对“超然”“闲适”，执着于现实斗争的思想是一致的。但是，如果深入玩味其中的情绪，又可体会出鲁迅对伯夷、叔齐温情的另一面，通过对虽然守旧、迂腐却善良的人物的穷途的描绘，达到对社会的批判。这种情绪在鲁迅的《孔乙己》中也是可以发现的。《孔乙己》中，鲁迅并没有简单地站在“短衣帮”的立场嘲笑孔乙己，而是对孔乙己怀有极为复杂的态度。在描写被某种文化所化之人的末路穷途时，鲁迅表达的是对文化变迁的另一种绝望的心情。

20世纪30年代的中国，社会矛盾突出，社会处处潜伏着危机。鲁迅一贯反对空谈。鲁迅的《出关》《起死》可以看作是相互联系、别有深意的两篇小说。前者写的是孔、老相争，老子失败后西出函谷关的故事。春秋末期社会也存在着巨大的变动，孔子、老子的行事方式及对社会的见解不同，孔子入世，提倡“知其不可为而为之”，老子偏重出世，坚持“无为而无不为”，“以柔退走”②。小说对于孔、老的态度都是一定程度的批判。鲁迅一贯坚持知识分子的批判精神，所以对孔子的将才学售于帝王家的行为，并不完全认同，但对老子的“无为”哲学更否定。作者让他出函谷，走流沙，到处碰壁，突出地描写了老子在出关过程中的尴

① 鲁迅：《华盖集·这个与那个》，《鲁迅全集》第3卷，人民文学出版社1981年版，第140页。

② 鲁迅：《且介亭杂文末编·〈出关〉的“关”》，《鲁迅全集》第6卷，人民文学出版社1981年版，第520页。

尬与狼狈。《起死》则取材于《庄子·至乐》中的一个寓言故事，用庄子与骷髅的对话，揭露"无是非"观的虚伪，说明现实是无法逃避的，从而批判了老庄哲学。小说的故事情节是荒诞的：庄子路遇死于一千五百年前的骷髅，施法术使其死而复生后，对方却揪住庄子向他讨还衣物，纠缠不清。庄子在狼狈不堪之际，不得不一反其"无是非"观，从而据理力争，最后招来"巡警"，才摆脱了这位复活过来的庄稼汉的纠缠，狼狈而逃。小说对庄子的"达观"哲学进行了辛辣的嘲讽。

总之，《故事新编》所取材的尽管只是"神话，传说及史实的演义"，但在叙述的过程中处处映射着现时代的种种问题。毫无疑问，鲁迅是"想从含在这些材料里的古人的生活当中，寻出与自己的心情能够贴切的触著的或物，因此那些古代的故事经他改作之后，都注进新的生命去，便与现代人生出干系来了"[①]。这尽管是鲁迅论述日本的芥川龙之介的作品，但其实也是他自己的《故事新编》的创作动机的最好说明，因为"鲁迅所要追寻与表现的，正是这'古'与'今'之间的深刻联系"[②]。

二、《故事新编》的艺术特色

（一）古今杂糅

《故事新编》别具匠心地采用时空错位的方式，打破时间与空间的界限。小说中的主人公都是古人，甚至是神话传说中的人物，但是这些古人的心理状态、语言等，又都带有现代人的色彩。读其中的小说，读者仿佛处在亦古亦今之中，既苍茫悠远又亲切可感。各篇的主要人物、主要事件都有历史文献的依据，正如鲁迅所说的"博考文献，言必有据"。无论是对墨子、大禹的歌颂，还是对伯夷、叔齐及老子、庄子的批评，作者对历史人物的描写，基本上都符合文献所载历史人物的本来面貌；即使注入作者的批判精神，所写的主要情节并非凭空捏造。但是，在具体的故事情节组织中，鲁迅又加入了具有现代色彩的和喜剧性的情节或人物。比如《理水》，"文化山"上的穿着古人衣冠出现的各个学者，张口闭口"OK""古貌林"，引经据典时则"莎士比亚"挂在嘴边。特别是《起死》中，为了让庄子摆脱汉子的纠缠，鲁迅特意安排了庄子有一个警笛，当庄子无奈之中"摸出警笛狂吹"，现代的巡警就出场解围了。在巡警的保护下，庄子落荒而逃。鲁

① 鲁迅：《译文序跋集·〈现代日本小说集〉附录　关于作者的说明》，《鲁迅全集》第10卷，人民文学出版社1981年版，第221页。

② 钱理群、温儒敏、吴福辉：《中国现代文学三十年》（修订本），北京大学出版社1998年版，第299页。

迅并未随意涂饰历史或对现实进行简单的比附与影射，而是通过合理的艺术虚构，在历史材料的基础上进行加工、提炼、改造和发展，将现代人的生活、精神融入古人古事之中，形成了《故事新编》古今交融的艺术特点，使古人和今人有机地纳入同一艺术时空，将古代情节与现代情节有机地交融为一体。

（二）庄严与荒诞

整部《故事新编》始终贯穿着庄严和荒诞的相反与相成。《采薇》中鲁迅虚构了两个人物小丙君与小穷奇，造成了荒诞的气氛，对伯夷、叔齐“不食周粟”的严肃的信念追求进行了消解。小丙君自称原为纣王的亲戚，投奔明主周武王，依然打出维护先王之道的旗号，与伯夷、叔齐的选择形成了明显的对立。但是小丙君依然能逍遥自得，并且落得“艺术家”的美誉，而伯夷、叔齐这样的坚持与选择则显得“迂阔”。华山大王小穷奇在打劫伯夷、叔齐时，竟然能堂而皇之地宣称：“小人们也遵先王遗教，非常敬老，所以要请您老留下一点纪念品。”这种“以正义之名行不义之实”的伎俩，让人似曾相识。鲁迅在《魏晋风度及文章与药及酒之关系》中曾借竹林七贤之“越名教”的行为，指出真的维护名教礼教的，往往不如那些打着维护名教、维护“先王之道”者在现实中游刃有余。特别是阿金的出场，以及阿金对伯夷、叔齐死亡原因的解释，将伯夷、叔齐的死的庄严性消解得荡然无存，存在的悲凉、历史的荒诞在这里表现得淋漓尽致。《非攻》中整篇是对墨子的勇气、智慧和正义的庄严的歌颂。但是，在小说结尾处，鲁迅忽然加入了与整篇小说并不合拍的细节：“一进宋国界，就被搜检了两回；走近都城，又遇到募捐救国队，募去了破包袱；到得南关外，又遭着大雨，到城门下想避避雨，被两个执戈的巡兵赶开了，淋得一身湿，从此鼻子塞了十多天。”这个结尾读来让人忍俊不禁，特别是与通篇的庄严感形成了一个明显的反差。

（三）“油滑”的手法与“借古讽今”

鲁迅在《故事新编》的序言中，对自己的创作有过这样的评价：《补天》（《不周山》）开始写作是很认真的，后来因为要讽刺某些“卫道士”“止不住有一个古衣冠的小丈夫，在女娲的两腿之间出现了。这就是从认真陷入了油滑的开端。油滑是创作的大敌，我对于自己很不满”[①]。鲁迅的这一自我评价，由此引出了文学史上对于《故事新编》的“油滑”写法的聚讼。

正如鲁迅所说：“‘有一利必有一弊’，而又‘有一弊必有一利’也。”[②]“油滑”的利弊得失，关键在于对“油滑”运用的度的把握。“油滑”可以增强小说的现实批判锋芒，“油滑”也可能导致作品的品位降低。所以，“油滑”运用的适度、适

---

① 鲁迅：《故事新编·序言》，《鲁迅全集》第2卷，人民文学出版社1981年版，第341页。

② 鲁迅：《书信·360201致黎烈文》，《鲁迅全集》第13卷，人民文学出版社1981年版，第299页。

当、自然是最重要的。在这方面，应该说鲁迅的运用是成功的，取得了极为重要的文体实验功绩。首先，鲁迅对“油滑”的运用，把握了比较好的度。《故事新编》中的“油滑”都是小说整体的补充。如《非攻》的结尾，如《奔月》中的对话与结尾，都是在不损害小说整体氛围与基调的前提下的运用，不仅能增加小说的跌宕起伏感，而且也能增强小说的现实针对性，更重要的是能深化对历史的认识与反思。这些糅入古人古事中的现代细节可以借古讽今，引发人们对现实生活中丑恶、迂腐的现象和人物的憎恶。面对这种“油滑”，“有些文人学士，却又不免头痛”①。这正是鲁迅明知“油滑是创作的大敌”却又不忍舍弃的主要原因。《故事新编》时有“油滑”之处，还与鲁迅长期从事杂文写作有关。当时的社会现实需要文艺作品具有更明朗的针对性，杂文手法恰恰具有这种功能，而鲁迅又非常精于杂文手法的灵活运用，以至成为“癖好”。于是，在他创作小说的时候，面对现实的需要，习惯地糅进了一些杂文手法。由于鲁迅没有让这种“油滑”上升为作品主干，由于对主要人物的刻画并未采用“油滑”手段，所以作品并未失去历史小说的基本性质，而这些“油滑”之处也发挥了合理的战斗作用。其次，鲁迅对“油滑”的成功运用，还表现在通过“油滑”创造了独特的艺术效果，在历史小说文体上也不失为一种有益的探索。正如有的学者指出的：《故事新编》中的“油滑”犹如中国旧剧中的插科打诨，插科打诨的特点就是暂时离开剧情，而对现实的人、事进行嘲讽；有的学者干脆明确地将这种“油滑”比作戏曲中“二丑”所起的作用。这种古今糅合为中国读者所熟悉并且乐于接受，增强了作品的艺术趣味。“油滑”使《故事新编》中的那些“新”编的“故”事呈现出独特的“戏说”艺术的趣味。

无论是思想内容还是艺术创新，鲁迅的《故事新编》成为现代文学史上独特的存在，在打破既有的中西小说形式的既定规范中创造了新的小说艺术世界。正如有学者所言：《故事新编》“对于现代小说和现代文学的典范意义，可能主要在于不断突破既有形式规范的创造精神，因为真正的艺术毕竟是反既成规范的，作为一种反典范的经典，它所蕴含的悖论其实倒是艺术的真理之所在。正是通过它，鲁迅为现代小说和现代文学的形式发展作了最朴素也最震人心魄的启示”②。

---

① 鲁迅：《书信 · 360201 致黎烈文》，《鲁迅全集》第 13 卷，人民文学出版社 1981 年版，第 299 页。

② 高远东：《鲁迅的小说》，高远东等编著：《走进鲁迅世界 · 小说卷》，北京工业大学出版社 1995 年版，第 9 页。

第五节　鲁迅小说精品举隅

一、《狂人日记》

《狂人日记》于1918年5月发表在《新青年》第4卷第5号上，它是中国现代文学史上第一篇猛烈抨击“吃人”的封建礼教的白话小说。小说发表时，作者首次采用了“鲁迅”为笔名。小说发表以后引起了巨大的反响，被公认为五四新文学创作的起点，具有划时代的文学史意义。

（一）主题思想

关于小说《狂人日记》的创作动机，鲁迅在一次给友人许寿裳的信中说：“偶阅《通鉴》，乃悟中国人尚是食人民族，因成此篇。此种发见，关系亦甚大，而知者尚寥寥也。”[①]从研究历史中发现了几千年来封建制度的吃人本质，这种发现无疑极大地激起了鲁迅的深广的忧愤。当然，这里所言“吃人”，并不仅仅指表层的吃人肉的现象，而是指封建社会中统治者对普通民众进行的精神上的麻醉与摧残，一代代造成了群众的愚昧与麻木。精神上的摧残与异化才是最大的“吃人”的罪过。

正是在这样悠久的“吃人”历史中，大多数人都已经习惯而最终麻木了。对于群众的这种状态，鲁迅在小说《狂人日记》中曾有表现：“他们——也有给知县打枷过的，也有给绅士掌过嘴的，也有衙役占了他妻子的，也有老子娘被债主逼死的；他们那时候的脸色，全没有昨天这么怕，也没有这么凶。”鲁迅借狂人的眼睛，一下子将批判深化了。

鲁迅并没有仅仅将批判的矛头指向“礼教”本身，而是直指人们的精神深处。暗示被压迫者的觉醒、精神的觉醒才是反抗压迫的最有力的武器。通过这一描绘，更突出了启蒙者在现代化进程中的艰难，以及改革的艰难。在如此的众人中，狂人的孤独就显得更为突出。为了充分表现这一主题，作品多层次、多角度地展现了狂人的心理活动。人们对狂人围观、议论，特别是赵贵翁的眼色，孩子们的铁青的面孔，路人交头接耳的神秘议论，一伙青面獠牙的人不怀善意的微笑，以及赵家的狗叫等，这一切构成了一个充满杀机的令人难以正常生存的空间，整个社会对被吃者“布满了罗网”。作品随着主人公的思绪和心理活动，追

① 鲁迅：《书信·180820致许寿裳》，《鲁迅全集》第11卷，人民文学出版社1981年版，第353页。

溯了中国封建社会的历史。原来,历史上曾有过“易子而食”“食肉寝皮”的记述。于是,狂人进一步研究历史,终于获得了触目惊心的发现:“这历史没有年代,歪歪斜斜的每叶上都写着‘仁义道德’几个字。我横竖睡不着,仔细看了半夜,才从字缝里看出字来,满本都写着两个字是‘吃人’!”

鲁迅的深刻还在于小说展示了启蒙者自身的困境与悖论。封建社会及礼教既然是这么一张巨大的罗网,那么久居其间的人们就不仅难以逃脱被“吃”的命运,而且还会自觉不自觉地参与“吃人”。每个人置身于其中,不仅是被“吃”者,而且也是“吃人”者,不仅是受害者,同时也是施暴者。狂人说:“四千年来时时吃人的地方,今天才明白,我也在其中混了多年”;“我未必无意之中,不吃了我妹子的几片肉”。清醒而又严于自剖的狂人终于认识到自己也被礼教毒害,因而成了无意的吃人者。“这是一起没有凶手但全部是凶手的谋杀。”[①]至此,鲁迅的批判,如锋利无比的手术刀穿透了封建礼教,穿越了麻木的庸众,直指启蒙者自身。鲁迅将反思开掘到前所未有的深度。

《狂人日记》揭示出中国启蒙的困境和启蒙先驱者的悲剧命运不仅在于中国封建宗法秩序及其伦理文化的根深蒂固:“有了四千年吃人履历的我”,“难见真的人”,而且在于没有经历现代思想熏陶的以农民为主体的广大民众还被这种秩序和文化深深地奴役和禁锢着,成为消解以个性解放和主体自由为核心的启蒙思想的天然罗网,从而阻碍着中国社会的现代化过程。

（二）艺术特色

第一,《狂人日记》成功地塑造了一个说不尽的狂人形象。作品中的狂人尽管精神失常、情绪烦躁、语无伦次、常有错觉,但是穿过他疯言疯语的迷雾,会发现他疯狂中的清醒:狂人思维敏捷,具有“五四”时代的怀疑与否定精神。他喜欢思考、研究问题,因为“凡事总须研究,才会明白”。他不盲从,不轻信,好独立思考,寻根究底,不相信“从来如此,便对”。这是先知先觉的前提,也是他长期以来对历史、对现实悉心观察、深入研究得出的结论。这一结论代表了“五四”一代人对封建社会及其“文明”最清醒的认识。在这个总认识下,狂人对“吃人”者的吃人“心思”作了细致的研究,其中有“丧了良心,明知故犯”的,有“历来惯了,不以为非”的,等等。狂人对“吃人”者的吃人“手段”也洞察秋毫:他们不肯明吃,而是“布满了罗网”,逼人自戕,以便逃脱“杀人的罪名”;他们劝人安分,“不要乱想。静静的养”,其实是“养肥了,他们是自然可以多吃”,等等。狂人具有不屈的反抗、斗争精神。他的叛逆性格不是停留在对传统的怀疑与否定,对专

① 高远东:《鲁迅的小说》,高远东等编著:《走进鲁迅世界·小说卷》,北京工业大学出版社 1995 年版,第 3 页。

制社会本质的精确判断,而是发展为敢于向“吃人”者进行不屈的抗争。可以看到,他对“吃人”者总是表现出主动出击的姿态,或“伸出两个拳头”,或“放声大笑”,充满了“义勇和正气”,令“吃人”者“都失了色”。他还强压心中怒火,苦口婆心地规劝“吃人”者翻然悔悟,丢掉吃人心思。狂人的抗争必然遭到更惨的迫害,他被关进黑屋,“横梁和椽子”堆在他身上,“万分沉重,动弹不得”。面对死亡,他毫无惧色,他看透了这种“沉重是假的”,他坚强地“挣扎出来”,继续规劝和抗争。狂人决非悲观主义者,他向往美好的未来,这也是“五四”精神重要的组成部分,他相信,吃人的社会必将成为过去,所以他警告食人者:“要晓得将来容不得吃人的人,活在世上”,他渴望将来的人是没有吃人心思的“真的人”。当他发现“吃人”者绝不可能翻然悔悟、丢掉吃人心思,甚至连自己也参与吃人这一严峻的事实以后,他痛苦地发出了“救救孩子”的呼声。这呼声尽管蕴含着狂人无可奈何的含泪的内心伤痛,但仍然饱含着对美好未来的希望,他向世人呼救,希望有一条变革吃人社会的有效途径。鲁迅在散文诗《淡淡的血痕中》热情地赞美道:“叛逆的猛士出于人间;他屹立着,洞见一切已改和现有的废墟和荒坟,记得一切深广和久远的苦痛,正视一切重叠淤积的凝血,深知一切已死,方生,将生和未生。他看透了造化的把戏;他将要起来使人类苏生。”狂人何尝不是这样的“叛逆的猛士”。此后,鲁迅的小说创作其实构成了一个独特的“狂人家族”,如《长明灯》《在酒楼上》等小说无不是通过个人与群体的对立与紧张,表现作者一贯的个性主义思想。

第二,现实主义与象征主义相结合。《狂人日记》所塑造的这位主人公的病状完全有着“迫害狂”精神病患者的所有表征,在细节的刻画上具有现实主义的特点。作者用严格的现实主义手法描叙了狂人的一言一行和微妙的心理状态,使他的一切言行、思维活动都完全符合医学上的临床特征。例如,街上那个女人说“咬你几口才出气”,明明是农妇骂儿子的气话,但狂人以为是要吃他的“暗号”;在他眼里,为他治病的医生是“刽子手扮的”,把脉是为“揣一揣肥瘠”;医生嘱咐家属赶快让病人吃药,大哥点头答应,他立刻断定“合伙吃我的人,便是我的哥哥”,等等。总之,外界的一切在他的病态思维中统统成为荒谬的妄想。在遵循现实主义的创作方法的同时,鲁迅还巧妙地运用象征主义将狂人的妄想症引申为对历史和现实的清醒认识。作者巧妙地在狂人的疯话里,用象征、隐喻的手法,一语双关地寄寓了读者完全能够领悟的反封建的深意。作品巧妙地在狂人的环境氛围、人物关系中融注了催人联想的事物和情景,突出其象征意义,例如“黑漆漆的,不知是日是夜”“赵家的狗”“古久先生”“陈年流水簿子”等具有“符号特征”的意象。

第三,小说的结构独特。《狂人日记》由13则日记与1则小序组成。小序的叙述者为“余”,日记的叙述者为“我”(狂人——“余”昔日中学时的良友)。这则小序的安排是非常精心的。小序的作用首先表现在交代了《狂人日记》的由来。同时,还说明了主人公“狂人”的命运与时代问题。特别指出了这些日记是狂人在“病”中、在“疯狂”的状态下留下的,而现在的病情“然已早愈,赴某地候补矣”。这样的交代无疑是有着深长意味的,作者在暗示启蒙者、先觉者的某种人生困境。小说采用日记体,又给作品带来了许多艺术上的优势。既然小说的主人公是狂人,狂人处于被监护状态下,很难与外在世界发生什么直接的冲突,无法构成一般小说的情节。但是作为狂人,其内心世界异常敏感,其看待世界的眼光是别样的、特异的,因而也有常人看不见的深刻在。所以采用日记体的形式来连缀成篇,则是最佳的选择。因为,既是日记,必是第一人称,是诉说自身的经历和感受,易于写得真切;日记,对于外界是个人隐秘,对于自己却是心灵的剖露,是自己思想感情最真实的记录,这就更为真实可信;日记不求情节的完整,便于灵活地记录零星的事件和感受;况且,这不是常人的日记,而是一个虽然发狂但尚能书写日记的人的日记,他联想奇特,思维的跳跃性强。让这样的人在日记中断断续续地、毫无顾忌地记下自己的感受是最适合表现既定主题的。总之,用日记体表现一个狂人对封建社会与礼教“吃人”的感受,可达到奇妙的艺术效果。还应该指出的是,文言“小序”和白话“日记”之间也构成相互的对峙与反讽。白话“日记”颠覆了文言“小序”对狂人的喜剧性描绘,而文言“小序”中狂人命运的最终逆转又深化了狂人形象的悲剧性内涵,凸显了“五四”启蒙主义的历史困境。

二、《阿 Q 正传》

《阿 Q 正传》最初分章发表于 1921 年 12 月 4 日至 1922 年 2 月 12 日《晨报副刊》上,署名巴人。当小说正在连载的时候,沈雁冰就在《小说月报》通信栏里指出:“《阿 Q 正传》虽只登到第四章,但以我看来,实是一部杰作。”《阿 Q 正传》还是最早介绍到世界去的中国现代小说作品。《阿 Q 正传》在中国现代文学史、现代小说史上,乃至在中国文学史上都有着极为重要的地位。正如有学者指出的那样:“鲁迅的《呐喊》、《彷徨》被视为中国现代小说成熟的标志,一个重要方面是因为它创造了以《阿 Q 正传》为代表的现代小说的经典作品。”①

(一) 主题思想

鲁迅在《我怎么做起小说来》一文中曾夫子自道:“做起小说来,总不免自己

① 钱理群、温儒敏、吴福辉:《中国现代文学三十年》(修订本),北京大学出版社 1998 年版,第 37 页。

有些主见的。例如，说到‘为什么’做小说罢，我仍抱着十多年前的‘启蒙主义’，以为必须是‘为人生’，而且要改良这人生。我深恶先前的称小说为‘闲书’，而且将‘为艺术的艺术’，看作不过是‘消闲’的新式的别号。所以我的取材，多采自病态社会的不幸的人们中，意思是在揭出病苦，引起疗救的注意。”[①]而小说《阿 Q 正传》正明确体现了鲁迅的这一思想和创作动机。《阿 Q 正传》的写作与刚刚过去不久的辛亥革命有着密切而直接的联系。辛亥革命爆发之后，鲁迅热情地投入其中，并热切地期盼中国有一个翻天覆地的大变化。然而，现实打碎了鲁迅的梦想和期待。辛亥革命中，鲁迅看到的是换汤不换药的现象——地主豪绅等上层人投机革命，摇身一变又成为“革命”的参与者与领导者，下层劳动人民则在革命中不仅经济地位未得到任何的改变，而且更为重要的是“革命”并没有带来群众精神上的变革与觉醒，他们依然处在麻木、愚昧的状态中。后来的历次改革也都没有大的进步。正如他自己悲观地说：“见过辛亥革命，见过二次革命，见过袁世凯称帝，张勋复辟，看来看去，就看得怀疑起来。”[②]于是现实的黑暗促使鲁迅将社会的变革与中国民众的“国民性”问题联系在了一起思考。

《阿 Q 正传》更深刻的意义在于画出了国人的灵魂，暴露了国民性弱点，从而使得小说获得了前所未有的超越性。《阿 Q 正传》是鲁迅长期以来关注和探讨“国民性”问题的结果，他在谈到创作该作品的动机时明确说过，是想“写出一个现代的我们国人的魂灵来”，“是想暴露国民的弱点”。当《阿 Q 正传》用“巴人”笔名在北京《晨报副刊》发表时，有人在《小说月报》上表示对这篇文字的不满，他说阿 Q 不像真有其人，作者形容太过火了。沈雁冰便辩护道：“阿 Q 这人，要在现社会中去实指出来，是办不到的；但是我读这篇小说的时候，总觉得阿 Q 这人很是面熟，是呵，他是中国人品性的结晶呀！[③]沈氏又道：“我们不断地在社会的各方面遇见‘阿 Q 相’的人物，我们有时自己反省，常常疑惑自己身中也免不了带着一些‘阿 Q 相’的分子。”[④]最初发表时读者每疑阿 Q 就是指着他自己。涵卢（即高一涵）曾记他一个朋友初读《阿 Q 正传》时惴惴然，疑这篇文字出于某人手笔，阿 Q 的事迹样样都在对他讽刺。后来打听出来作者与他并不相识，这才释然。这类笑话西洋文学界也曾有过。像英国梅台斯（G. Meredith）写《自私者》（*The Egoist*），一个朋友对他提出责问，说书中主人公威罗比先生正指朋友本

---

① 鲁迅：《南腔北调集·我怎么做起小说来》，《鲁迅全集》第 4 卷，人民文学出版社 1981 年版，第 512 页。

② 鲁迅：《南腔北调集·〈自选集〉自序》，《鲁迅全集》第 4 卷，人民文学出版社 1981 年版，第 455 页。

③ 雁冰：《对〈沉沦〉和〈阿 Q 正传〉的讨论——复谭国棠》，《小说月报》1922 年第 13 卷第 2 期。

④ 雁冰：《读〈呐喊〉》，《时事新报》副刊《文学》第 91 期，1923 年 10 月 8 日。

人。又如俄国冈察洛夫(Goncharov)写《奥勃洛莫夫》(*Oblomov*),一时读者都觉得自己血管里有着“奥勃洛莫夫”气质的存在。所以,由此可见阿Q的身份虽是农民,但这个形象所表现出的性格弱点并不只是农民才有的,它具有更广泛的普遍性。

(二)阿Q形象塑造

陈西滢很早就曾预言:“阿Q不仅是一个Type,而且是一个活泼泼的人,他是与李逵,鲁智深,刘姥姥同样生动,同样有趣的人物,将来大约会同样的不朽的。”[①]这实际上深刻地指出了阿Q人物塑造的成功,阿Q是个典型人物形象。后来严家炎又一次明确地说:“阿Q本身是个具体的活生生的人物形象,而不是什么抽象的‘国民性’的寄植者,也不是超阶级的‘民族共同心理’的典型。早在作品降生之前的许多年,这个形象就已经活在作者的心里。”[②]

阿Q是一个贫苦农民,但又不同于闰土被紧紧地束缚于土地上,而是一个流浪的雇农,一个咸亨酒店的“短衣帮”,靠给人打短工度日,不仅没有姓名,连落脚的地方也没有,只是借住在土谷祠。小说第一章点出了阿Q的实际境遇:他没有土地,没有家,住在土谷祠里,没有固定的职业,靠打短工、做帮工维持生活,是一个地道的赤贫的乡村劳动者。在“恋爱的悲剧”发生之后,他唯一的棉被、最后的一件布衫、一顶破毡帽也被赵太爷和地保敲诈走了。由于没有固定的职业,他常常被挤进游手之徒的队伍中去。所以,鲁迅说过:阿Q“有农民式的质朴,愚蠢,但也很沾了些游手之徒的狡猾……不过没有流氓样,也不像瘪三样”[③]。

同时,阿Q不敢正视现实,常以健忘来解脱自己的痛苦;他同时又妄自尊大,进了几回城就瞧不起未庄人,而又因城里人有不符合未庄生活习惯的地方便鄙薄城里人;他身上有“看客”式的无聊和冷酷,如向人们夸耀自己看到过杀革命党,并口口声声说“杀头好看”;他更有不少符合“圣经贤传”的思想,如“不孝有三,无后为大”,严于“男女之大防”等;他有着守旧的心态,如对钱大少爷的剪辫子深恶痛绝,称之为“假洋鬼子”,认为“辫子而至于假,就是没有了做人的资格”;他身上有着畏强凌弱的卑怯和势利,在受了强者凌辱后不敢反抗,转而欺侮更弱小者。

阿Q的不觉悟,更突出地表现在他对“革命”的态度和认识上。在传统观念

---

① 陈西滢:《新文学运动以来的十部著作》(上),《西滢闲话》,人民文学出版社2000年版,第199页。

② 严家炎:《读〈阿Q正传〉札记》,《论鲁迅的复调小说》,上海教育出版社2002年版,第37页。

③ 鲁迅:《且介亭杂文·寄〈戏〉周刊编者信》,《鲁迅全集》第6卷,人民文学出版社1981年版,第150页。

的影响下，阿 Q 最初“以为革命党便是造反，造反便是与他为难”，所以一向是“深恶而痛绝之”的，但当现实的阶级压迫将他逼到绝境，而辛亥革命的浪潮又已波及未庄时，在他朴素的阶级直感中，终于产生了“要投降革命党”的愿望。这是因为“革命”竟“使百里闻名的举人老爷有这样怕”，“况且未庄的一群鸟男女”又是这样的“慌张”，于是，阿 Q 成了未庄第一个真正起来欢迎革命的人。但是，他对革命的态度的这种变化，并不是政治上的真正觉醒，因为他对革命的认识十分幼稚、糊涂、错误。作品第七章写他听说革命党进城的当天晚上，躺在土谷祠里朦朦胧胧地想象革命党到达未庄的情形：

> 造反？有趣，……来了一阵白盔白甲的革命党，都拿着板刀，钢鞭，炸弹，洋炮，三尖两刃刀，钩镰枪，走过土谷祠，叫道，“阿 Q！同去同去！”于是一同去。……
>
> 这时未庄的一伙鸟男女才好笑哩，跪下叫道，“阿 Q，饶命！”谁听他！第一个该死的是小 D 和赵太爷，还有秀才，还有假洋鬼子，……留几条么？王胡本来还可留，但也不要了。……
>
> 东西，……直走进去打开箱子来：元宝，洋钱，洋纱衫，……秀才娘子的一张宁式床先搬到土谷祠，此外便摆了钱家的桌椅，——或者也就用赵家的罢。自己是不动手的了，叫小 D 来搬，要搬得快，搬得不快打嘴巴。……
>
> 赵司晨的妹子真丑。邹七嫂的女儿过几年再说。假洋鬼子的老婆会和没有辫子的男人睡觉，吓，不是好东西！秀才的老婆是眼胞上有疤的。……吴妈长久不见了，不知道在那里，——可惜脚太大。

这段“革命狂想曲”表明了阿 Q 的“革命观”：传统的观念——他不仅仍然厌恶没有辫子的人，不喜欢女人“脚太大”，而且他想象中的革命党还“穿着崇正（祯）皇帝的素”，“革命”不过是反清复明、改朝换代而已；自私自利的想法——阿 Q 神往革命，不是为了推翻豪绅阶级的统治，而只是“想跟别人一样”拿点东西，是“要什么就有什么”，可以随意夺取当年曾属于赵太爷、钱太爷们的“威福，子女，玉帛”；狭隘的原始复仇主义——认为革命后“第一个该死的是小 D 和赵太爷”，阿 Q 还幻想着自己革命后可以奴役曾与他一样生活在底层的小 D、王胡们。总之，阿 Q 这种革命观，是封建传统观念和小生产者狭隘保守意识合成的产物。

“精神胜利法”是阿 Q 处处能转败为胜、摆脱窘境的万能法宝。他能用夸耀过去来解脱现实的苦恼，例如，他连自己姓什么也说不清，却还这样夸耀：“我们先前——比你阔的多啦！你算是什么东西”；他能用虚无的未来宽解眼前的窘迫，例如，其实他连老婆也没有，却还如此夸口："我的儿子会阔得多啦"；他能以自己的丑恶去骄人，例如，别人说到他头上的癞疮疤时，他却认为别人"还不配"；他能用自轻自贱来掩盖自己所处的失败者的地位，例如，他被别人打败了，就自轻自贱地承认自己是虫豸，并且立即从这种自轻自贱的"第一"中获取心理满足；他能用健忘来淡化所受的欺侮和屈辱，例如，他挨了"假洋鬼子"的"哭丧棒"，便用"忘却"这件祖传法宝，将屈辱抛到脑后。总之，阿 Q 在实际上常常遭受挫折和屈辱，而在精神上却永远优胜，总能得意而满足，他所凭借的就是这种可悲的"精神胜利法"。

但是，在明白阿 Q 的精神胜利法作为国民性弱点之一的严重流弊的同时，也必须清醒地认识到精神胜利法形成的深层社会文化根源。最根本的是阿 Q 和类似于阿 Q 的人们在几千年的中国历史中始终处在社会的最底层，时时处处受到双重的压迫：一方面是经济上的压迫，朝不保夕，生活动荡不安，生存常常成为问题，底层人时时处处受到上层人的欺压统治；另一方面是精神上的戕害，封建的礼教、道德、等级的思想等如毒蛇一样缠着他们的灵魂，使他们安于这种生活，不知反抗，在精神上也成为一个病者，将不正常当成正常。所以阿 Q 的"革命狂想曲"中就包括了"小 D 来搬，要搬得快，搬得不快打嘴巴"的想象。在如此严酷的双重压迫下，底层人们要想生存下去，也许精神胜利法就成为他们自觉不自觉要采取的"心理疗法"了。

（三）艺术特色

首先，喜剧与悲剧的辩证法。作品展示了一出出让人忍俊不禁的喜剧场景：阿 Q 种种可笑的行径，未庄人的种种可笑与可鄙，阿 Q 的衙门受审，等等。但在这些喜剧性场面的后面都隐藏着深刻的悲剧意识，通篇其实深蕴着一种彻骨的悲凉，所以我们在被那些喜剧性场面引得发笑的同时，又总是有一股力量把笑变成一种含泪的笑：我们在笑阿 Q 的精神胜利法时，又不能不为中国国民由失败主义引起的变态心理而感到悲痛；我们在阿 Q 可笑地厉行"男女之大防"和"排斥异端"的行径中，看到的是封建礼教对人民思想的扭曲；在阿 Q 滑稽的求爱场面里感到作者对三十多岁孤苦伶仃的阿 Q 的同情；在阿 Q 与王胡因比抓虱子而大动干戈中，看到了阿 Q 极度困窘的物质生活悲剧和极度空虚、贫乏的精神生活悲剧……这种形喜实悲的悲喜剧色彩，正是作品产生巨大艺术魅力的重要原因之一。

其次，叙述视角的独特运用。鲁迅在《阿 Q 正传》中选择了多重视角的交错运用，对于阿 Q 形象的塑造、故事情节的推进都起到了重要作用。比如在开篇中，叙述者看似以一个全知的视角出现，但是又宣称自己对阿 Q 其实并非真的什么都知道，连主人公的姓甚名谁都一无所知。随着故事的发展，叙述由全知逐渐变成了限制性视角,从主人公阿 Q 的眼睛去观察社会,从阿 Q 的心理去揣度他人。但是在叙述过程中,一个全知的视角又会时时插入自己的议论,形成了多重叙述视角的交错混合。

三、《故乡》

《故乡》最初发表于 1921 年 5 月《新青年》第 9 卷第 1 号,后来收入《呐喊》。小说是写作者为了搬家到异地而重回故乡的所见、所闻、所思、所感。在《呐喊》的 14 篇小说中,《故乡》是主题思想与艺术形式都显得很特别的一篇。按照鲁迅的自序中所言,《呐喊》是听将令的文学创作,为了启蒙运动呐喊助威。暴露封建社会、封建礼教的"吃人"本质,描写被压迫农民生存的不幸和精神的麻木,是《呐喊》的主要内容。但与《狂人日记》《阿 Q 正传》不同,《故乡》则更多的是抒发作者自己内心的情绪体验,表达人类的多重生存困境。

(一) 主题思想

据鲁迅日记记载,鲁迅曾于 1919 年 12 月从北京返回绍兴老家,变卖家产,接母亲等家人往北京居住。鲁迅此次回乡的见闻感受,无疑成为了创作《故乡》这篇小说的主要素材。延续鲁迅小说的一贯主旨,以往的研究更多地将关注的重心放在了成年闰土的形象上。在人们的解读中,闰土被苦难化,成为一个光辉的苦难者形象,这种解读自然而然就会将小说的主旨引向对当时社会的批判,黑暗的社会现实将闰土折磨成了"一个木偶人"。有学者认为:《故乡》"不是单纯排遣知识分子个人思念故乡的离愁别绪,而是借故乡人事、风物的追忆和描绘,提出了我国革命中一个具有重大意义的问题——农民问题。小说通过闰土这个普通农民半生的悲苦遭遇,概括了 19 世纪末年到"五四"时期农民所受的深重苦难,深刻地反映了半封建半殖民地中国农村的真实面貌"①。这种解释当然有其合理性。小说确实是将少年闰土的天真聪慧和成年闰土的麻木迟钝进行对比,这种对比极为鲜明而强烈。当"我"仍然称呼他"闰土哥"的时候,闰土的表现却是:"他站住了,脸上现出欢喜和凄凉的神情;动着嘴唇,却没有作声。他的态度终于恭敬起来了,分明的叫道:'老爷! ……'"鲁迅的这个刻画是极为简洁而生动的。有人早就指出:"觉得这篇《故乡》的中心思想是悲哀那人与人中间的不了解,隔膜。造成这不了解的原因是历史遗传的阶级观念。"②于是有学者进一步指出:"闰土在封建思想长期的钳制和侵蚀底下,自然要按照这种等级观

---

① 严家炎:《〈故乡〉与鲁迅小说的现实主义》,《论鲁迅的复调小说》,上海教育出版社 2002 年版,第 18 页。

② 郎损(沈雁冰):《评四五六月的创作》,《小说月报》1921 年第 12 卷第 8 期。

念来行事。”①但是，应该指出，这种解释不是唯一的。因为毕竟小说《故乡》还有更大的阐释空间和多种的阐释可能性。成年的“我”和成年的闰土，尽管都有重逢的欢喜，却终于无法唤回儿时的亲切无碍的状态了。不仅闰土“只是摇头；脸上虽然刻着许多皱纹，却全然不动，仿佛石像一般”。就连“我”不也是同样地想要说话，“但又总觉得被什么挡着似的，单在脑里面回旋，吐不出口外去”吗？小说有意地精心安排了水生和宏儿关系的细节，这更显出成人世界的悲哀与隔膜。实际上，更深层的，小说展示的是两个世界的冲突：现实的世界和理想的世界，成年的世界和儿时的世界。少年的以闰土为中心的世界是理想中的、想象中的世界，而这个故乡世界在现实面前被击得粉碎。恐怕这是全篇充满失落情绪和基调的原因所在吧。基于此，有的学者的解读不无启发，值得深思：“尽管闰土是典型的‘五四’启蒙文学中的苦难农民形象，但是我们不必过分强调作者现实批判的动机。小说与其说是社会批判，还不如是表达人性的悲哀和幻灭的情绪，表现童年世界与现实世界的分裂。童年世界是充满温暖和色彩的，而现实世界则是苦难和卑琐的，人性的光辉黯淡了，人与人之间失去了互相沟通理解的可能。”②

（二）艺术特色

第一，散文化的笔法。小说并不着力展开社会生活的画面，并不着重于故事情节的设计和叙述，甚至并不对人物的形象作细致的描绘与刻画，而只是在缓慢从容的叙述中蕴藉着作者极为浓烈的感情和情绪。所以，本篇是典型的融入了散文风格的小说。比如表现儿时生活的故事，充满了回忆性散文的色彩和深深的怀恋情绪，并没有特别的情节故事。比如表现闰土的苦难生活，作品只是极为简略地说：“母亲和我都叹息他的景况：多子，饥荒，苛税，兵，匪，官，绅，都苦得他像一个木偶人了。”当叙述到“我”与闰土的夜谈时，小说也只是“我们又谈些闲天，都是无关紧要的话”一句带过，这绝非一般意义上的小说笔法。于是有学者遗憾地指出：“这是很可惜的疏忽。分手20多年后再度重逢，应该是进行描写的极为关键之处，如果通过闰土的谈话，讲出些关于：多子，饥荒，苛税，兵，匪，官，绅造成苦难的细节，就会比现在这样概念的说明更具有动人的艺术力量。”③应该说这种说法有一定的道理。但是，这样的建议又似乎有些强作人解了，这种意见其实是从过分关注闰土形象，过多考虑小说反封建主题思想而延伸出来的。

---

① 林非：《中国现代小说史上的鲁迅》，陕西人民教育出版社1996年版，第49页。

② 旷新年：《〈故乡〉解读》，高远东等编著：《走进鲁迅世界·小说卷》，北京工业大学出版社1995年版，第86页。

③ 林非：《中国现代小说史上的鲁迅》，陕西人民教育出版社1996年版，第49页。

如果考虑到这篇小说的实际的话,小说更多的只是在表达作者回故乡后的失落感情,并没主要通过闰土的苦难来批判社会现实和礼教。既然鲁迅的创作的重心在彼而非在此,那么将对闰土的苦难细节略去,而只是一笔带过的散文化的写法也就成为必然选择了。正如有学者深刻指出:“《故乡》中,深刻的思想,深沉的感情,全用最单纯的散文笔法写了出来。一切都显得那么自然,那么亲切,就像生活本身一样。”①

第二,抒情的气息。小说的叙述极富节奏感,通过感性的语言营造出了一种强烈的抒情氛围。这和《狂人日记》《阿Q正传》等小说拉开了距离,而与《社戏》倒有某种一致性。表达因故乡与异乡、理想与现实的碰撞和冲突引起作者的焦虑与失落的情绪,是整部作品的主要内容。小说开篇:

> 我冒了严寒,回到相隔二千余里,别了二十余年的故乡去。
>
> 时候既然是深冬;渐近故乡时,天气又阴晦了,冷风吹进船舱中,呜呜的响,从篷隙向外一望,苍黄的天底下,远近横着几个萧索的荒村,没有一些活气。我的心禁不住悲凉起来了。
>
> 阿!这不是我二十年来时时记得的故乡?

这个开篇,给全篇定下了基调:失落、阴沉、压抑、晦暗。时时记得的故乡,亦即自己想象中的故乡本不是这样的。而等重回故乡时,现实的故乡则与理想的、想象的故乡有着巨大的落差。这种落差而带来的失落弥漫了全篇。结尾处鲁迅的几段抒情性的独白,不仅呼应了开篇的情感基调,而且也增加了小说的抒情氛围,深厚了小说的主题,同时,更重要的是,将作者的确信与怀疑、希望与虚无的种种矛盾、复杂的心理表达出来,让读者沉浸在小说的思想和情绪中徘徊不已。

第三,白描的手法。小说主要着力描写的是闰土和杨二嫂两个故乡中的人物,均成功地运用了白描手法。如闰土:“先前的紫色的圆脸,已经变作灰黄,而且加上了很深的皱纹;眼睛也像他父亲一样,周围都肿得通红……他头上是一顶破毡帽,身上只一件极薄的棉衣,浑身瑟索着;手里提着一个纸包和一支长烟管,那手也不是我所记得的红活圆实的手,却又粗又笨而且开裂,像是松树皮了。”这种简略但极为准确、精当的白描,一下子抓住了人物因岁月和沉重生活的刻蚀而留下的痕迹,与前面少年闰土进行对比,这种变化让人不能不触目惊心。当见到“我”时,闰土“脸上现出欢喜和凄凉的神情;动着嘴唇,却没有作声”。在这白

① 严家炎:《〈故乡〉与鲁迅小说的现实主义》,《论鲁迅的复调小说》,上海教育出版社2002年版,第22页。

描的后面,有着极为丰富、复杂却又让人酸楚的心理活动。作者通过这简练极了的几笔,准确、深刻而且有力地展示出了人物的灵魂。对于另一个人物杨二嫂的刻画,鲁迅的白描手法也是十分成功的。如用“凸颧骨,薄嘴唇”“两手搭在髀间,没有系裙,张着两脚,正像一个画图仪器里细脚伶仃的圆规”,等等,把农村市镇上小市民的形象和性格展示得入木三分。

四、《伤逝》

《伤逝》写于 1925 年 10 月,收入《彷徨》前没有发表。这是鲁迅唯一以知识青年的爱情生活为题材的小说。

当易卜生的剧作风行“五四”时代的中国的时候,许多作家都将创作转向了青年男女恋爱自由的主题,出现了许多描写恋爱自由、婚姻自由、男女平等的创作,如许地山的《命命鸟》、淦女士的《隔绝》等都是描写青年男女追求自由的爱情,这是当时类似的题材和情节模式。当人们都在热切地探讨恋爱自由,津津乐道于娜拉的出走的时候,鲁迅却在思考青年在得到了这样的自由以后,遇到更大的矛盾之后会怎样？于是,他发问:“娜拉走后怎样?”一下子打破了人们廉价的、浅薄的乐观。鲁迅将这一见解化为形象,这便是《伤逝》。①

(一) 主题思想

《伤逝》的独特性在于深刻地揭示了造成涓生、子君爱情悲剧的原因,显示了深远的思想意义。

涓生、子君是爱情的盲者。尽管他们因相爱而同居,从精神到物质都付出了极大的代价,但他们其实都不真正懂得爱情。在这一方面,涓生与子君对爱情的认识以及他俩在这场爱情悲剧中应负的责任各不相同。首先,他们没有正确认

① 关于《伤逝》的创作动因,当然,也有不同的看法,比如周作人就认为:“《伤逝》不是普通恋爱小说,乃是假借了男女的死亡来哀悼兄弟恩情的断绝的。”在 1958 年 1 月 20 日,周作人给曹聚仁的信中说:“《彷徨》中《弟兄》前面有一篇《伤逝》,作意不易明瞭,说是借了失恋说人生固然也可以,我因了所说背景是会馆这一‘孤证’,猜想是在伤悼弟兄的丧失,这猜想基础不固,在《小说里的人物》中未敢提出,但对先生私下不妨一说,不知尊见以为有一二分可取否?”(周作人:《与曹聚仁谈鲁迅》,《周作人文类编·八十心情》,湖南文艺出版社 1998 年版,第 240 页。)此后,周作人在 1961 年撰文《不辩解说》,再次详细谈论了这一观点:“收在《彷徨》里边的一篇《弟兄》,是写我在一九一七年初次出疹子的事情,虽然是小说可是诗的成分并不多,主要的全是事实,乃是一九二五年十一月三日所作,追写八年前的往事的。可是最特别的是写成《弟兄》的十一天以前所作,在鲁迅作品中最是难解的一篇,题目乃是《伤逝》,于十月二十一日写成,也不曾在杂志上发表过,便一直收在集子里了。……《伤逝》这篇小说很是难懂,但如果把这和《弟兄》合起来看时,后者有十分之九以上是‘真实’,而《伤逝》乃是全个是‘诗’。……《伤逝》不是普通恋爱小说,乃是假借了男女的死亡来哀悼兄弟恩情的断绝的。我这样说,或者世人都要以为我妄吧,但是我有我的感觉,深信这是不大会错的。”(周作人:《不辩解说》,《周作人文类编·八十心情》,湖南文艺出版社 1998 年版,第 235 ~ 236 页。)引来聊备一说。

识爱情在全部人生中的位置。其实，爱情尽管是人生不可缺少的一个组成部分，但绝不是全部。大而言之，人生首先要有事业，小而言之，首先要“活着”，即能够生存。所以鲁迅在两年前的讲演中就明确指出：“人类有一个大缺点，就是常常要饥饿。为补救这缺点起见，为准备不做傀儡起见，在目下的社会里，经济权就见得最要紧了。第一，在家应该先获得男女平均的分配；第二，在社会应该获得男女相等的势力。”①然而，在他们看来，尤其在子君的心目中，爱情是唯一的。为了爱，子君可以反抗封建家庭，可以不顾闲人的非议和冷眼，可以卖掉仅有的戒指与耳环，这当然表现了非凡的勇气；但也正因为一切为了爱情，所以当爱情这个唯一目标一旦得手，她便失去了人生的动力，子君从未考虑如何开辟新的生活。于是，生活就变得庸俗、无聊，失去了应有的光彩。其次，他们把同居结合当作爱情的终极目标。这一方面，也以子君为甚。子君以为同居便是给她与涓生的爱情画上了一个圆满的句号。其实，婚恋是一个漫长的过程，同居结合不过是夫妻相爱的阶段性成果。正如涓生较早就认识到的，“爱情必须时时更新，生长，创造”，否则便会失去生机和迷人的魅力。再次，他们不懂得爱情的维持与创新离不开负责的精神。在子君毫无思想准备的情况下，涓生过早地向一切为了爱的妻子明言自己已不再爱她。这对子君的精神打击，无异于不准接触祭器对祥林嫂的致命打击。子君绝望了，“她脸色陡然变成灰黄，死了似的”，“恐怖”地回避着涓生的眼睛。子君是在作为她人生全部意义的爱得而复失以后，无奈而且绝望地回到了原来的生活轨道中。

通过涓生、子君的爱情悲剧，小说揭示出了个人在面对巨大的社会时的无力，是因为个人之外有一个巨大而可怕的社会。正如鲁迅所说过的，娜拉离开家庭，就如小鸟飞离笼子。“笼子里固然不自由，而一出笼门，外面便又有鹰，有猫，以及别的什么东西之类。”涓生与子君从自由相恋之日起，就置身于一个蛮横、冷酷、庸俗、无聊的社会环境之中。子君的胞叔就当面骂过涓生，最终竟不认子君这个侄女。涓生原来住在会馆，那些邻里，如鲇鱼须的“老东西”、脸上搽着厚厚雪花膏的“小东西”之流，从来就不怀好意，一开始就鬼头鬼脑地监视着他们。他们走在路上，也“时时遇到探索，讥笑，猥亵和轻蔑的眼光”。更有甚者，当涓生搬离会馆与子君在吉兆胡同同居以后，社会上庸俗势力对他们进一步的打击接踵而来：由于“雪花膏”是涓生工作单位局长儿子的赌友，从中造谣生事，导致涓生被解雇。尽管涓生表示离开局里的“笼子”自己可以自由飞翔，但这谈何容易！鲁迅说得好，娜拉出走，光带走一颗觉醒的心是远远不够的，还应当有钱。子君带来的只有“我是我自己的，他们谁也没有干涉我的权利”这一颗觉醒

① 鲁迅：《坟·娜拉走后怎样》，《鲁迅全集》第1卷，人民文学出版社1981年版，第161页。

的心,对于主人获取生存权利无济于事。对此,作者借主人公涓生之口说:“第一,便是生活。人必生活着,爱才有所附丽。”涓生被解雇,无异于掐断了他们生活的基本经济来源,成为他们经济生活的转折点。这以后,杀鸡,弃狗,译书,写文,均未能使他们摆脱困境。最终两人的生活资源仅剩几十枚铜元,外加少许“盐和干辣椒,面粉,半株白菜”。单就经济而言,面对如此困境,子君也难免一走的结局。在热恋中的青年男女往往最容易忘记的就是个体的无助,他们常常过高地估计了个人的力量。被局里解雇,涓生自以为飞出了笼子,“从此要在新的开阔的天空中翱翔”,又是译书,又是撰文,多方出击,似乎大有作为,“便轻如行云,漂浮空际”了。结果呢,“就如蜻蜓落在恶作剧的坏孩子手里一般”,只差未曾送命。值得注意的是,正当许多作家全力歌颂个性解放,满足于描写婚姻自由的时候,鲁迅却描写了青年男女冲出封建家庭、取得自由爱情以后的失败,全面地剖析了爱情的方方面面,提出了个性解放思想的局限性的问题。

《伤逝》的深刻之处更在于对启蒙者自身的反思与追问。当涓生和子君同居之后,琐屑的生活击碎了他们最初的爱情的肥皂泡,也是对涓生作为子君的个性主义的启蒙者的立场的一次冷酷的嘲笑。但是,在无聊的家庭生活中,涓生感到子君“孱弱”和“浮浅”,并把困境的责任推给子君。这实际上根源于对他先前所坚持的启蒙立场的怀疑。果然当他准备离弃子君再一次谈起先前的启蒙话语时,“也还是去年在会馆的破屋里讲过的那些话,但现在已经变成空虚,从我的嘴传入自己的耳中,时时疑心有一个隐形的坏孩子,在背后恶意地刻毒地学舌”。所以叙述者(涓生)独白话语中的矛盾、含混和歧异实际上正来源于涓生自己人生的矛盾、困惑、痛苦与抗争。从更深层次上说,也正折射出作家自己心灵结构中的种种矛盾、困惑、痛苦与抗争。在巨大的社会中,个人的力量往往是微弱而苍白的。这无疑显示出了作者对当时的启蒙者自身的话语、立场乃至成效等多方面的反思与追问。与此一贯的,鲁迅的《端午节》《幸福的家庭》《在酒楼上》《孤独者》等作品,都对知识分子的启蒙理想作出了反思,揭示出了启蒙运动和个性解放的艰难。

(二)艺术特色

《伤逝》的独创意义还在于创造性地运用了独特的艺术形式和手法。

首先,运用“手记体”形式,抒发强烈情感。小说的副标题是“涓生的手记”。所谓“手记”,是对前一阶段生活的回顾和总结,便于真切地抒写自己亲身的感受。其实这是一篇涓生的“爱情忏悔录”,主人公涓生悼念自己心爱之人,悔恨自己对心爱之人的过失,因此,采用“手记体”最为合适。第一人称的“手记”形式,使得全篇完全是一首情感浓烈的抒情诗,那强烈的主观抒情猛烈地撞击着每一位读者的心。

其次,通过真实的细节描写,深入刻画人物内心。小说描写的是一对青年男女从热恋到同居最后又分手的过程。他们的生活圈子很小,除了涓生失业,并未碰到大的事件与矛盾。作品侧重表现他们思想感情的变化,以及随之而来的家庭氛围的变化,这些变化往往是默默的、微妙的。鲁迅善于通过夫妻间的一个眼神,一个姿态,一个小动作,细致入微地写出人物的心灵、思想、情感及其心灵距离的变化。这种例子不胜枚举,仅以鲁迅描写子君的眼睛为例:涓生求爱时,子君"孩子似的眼里射出悲喜,但是夹着惊疑的光,虽然力避我的视线,张皇地似乎要破窗飞去";随着失业打击的到来,子君的眼神里显出了"怯弱";随着生活的艰难,子君眼神里显出了"凄苦";随着他们爱的消失,子君眼神里显出了"恐怖"和"忧疑";当涓生狠心地说出"我已经不爱你了"时,"她脸色陡然变成灰黄,死了似的;瞬间便又苏生,眼里也发了稚气的闪闪的光泽。这眼光射向四处,正如孩子在饥渴中寻求着慈爱的母亲,但只在空中寻求,恐怖地回避着我的眼"。对子君眼神刻画得如此传神,鲁迅正是通过这种刻画,极为惊心动魄地传达出了子君在那一刻的心理状态。

第五章　鲁迅杂文创作的文学意义

鲁迅对杂文创作的执着和其杂文深邃、复杂的精神意气所散发出的耀眼的光芒，使鲁迅与杂文的话题成为20世纪中国文学中最迷人也是最令人困惑的现象之一。鲁迅把大部分的生命和心血都倾注于杂文创作，自1918年9月15日起，在《新青年》"随感录"专栏发表《随感录二十五》以来，直至生命的最后一刻仍在进行创作，即未完稿《因太炎先生而想起的二三事》。杂文在鲁迅的著作中，仅从篇幅来看，就占据一个重要的地位，在其170万字的全部著作中，杂文占将近80%，共700多篇，约135万字，结为16集[①]。鲁迅的杂文清晰地记录着自身的心灵历程，不仅全面反映了他所处时代的伟大风貌，深刻揭示了中华民族的文化心态，而且还切实而深入地站在生活的前沿，高亢地呼喊出世间的诸种不平和大众的心声，对惰性文化圈、对世俗社会进行了精到的解剖与批评，对生存和生命的状态，特别是中国人的灵魂进行严厉的审视和拷问，并且在思想深度和艺术表现两方面达到了一个后人难以企及的高度。尽管有过多种争论，但是谁都无法否认这样的事实：鲁迅杂文是文学中的奇葩，创造了一种中国人表达感情和智慧的独特方式，对20世纪中国杂文产生了重大的影响。在20世纪中国杂文的发展进程中，从《新青年》时的"随感录"到20年代的"语丝文体"，到30年代形成的蔚为壮观的"鲁迅风"创作大潮，到40年代的国统区散文乃至当代；从瞿秋白、徐懋庸、王任叔到唐弢、聂绀弩、廖沫沙等大批作家那里，都可以看到鲁迅的影子。毫不夸张地说，是鲁迅带出了一个中外罕见的"杂文时代"，茅盾说它体现了中国现代文学史的最显著"特点"。直到今天，尽管无数作家曾刻意学习、模仿他的创作，但还没有哪位作家能够超越和取代他，所以鲁迅杂文规范了中国20世纪杂文创作的精神风貌，成为一种言说不尽的精神话题。

---

① 鲁迅生前自己编订的杂文集共14本，分别为《坟》《热风》《而已集》《华盖集》《华盖集续编》《三闲集》《二心集》《南腔北调集》《伪自由书》《准风月谈》《花边文学》《且介亭杂文》《且介亭杂文二集》《且介亭杂文末编》。鲁迅逝世后，后人编订了《集外集》《集外集拾遗》《集外集拾遗补编》，因此有人认为鲁迅杂文集是17本。但有人认为《集外集拾遗补编》选文不太可信，据此认为鲁迅杂文集是16本。本书采用后一种观点。

第一节　鲁迅杂文的文体与时代“诗史”

谈及杂文,便要着重讲鲁迅;离开了鲁迅的杂文创作,中国现代杂文的起源、发展、进程、规律、特征等课题,便几乎无从谈起。这成为中国现代文学史公认的话题。鲁迅的杂文在继承我国传统散文因素的基础上,借鉴了外国散文中类似文体的艺术经验,创造性地建立了一种新的杂文艺术的理论体系。鲁迅通过一生艰苦卓绝的实践,创作出大量的杂文精品,充分发挥了其杂文战斗性的特点。这些杂文以史家的眼光与笔法,针砭时弊、论说古今,就展示时代的广度与深度而言,是一部深刻的时代社会的“诗史”。

一、鲁迅杂文的文体创新

虽然在中国新文学史上,杂文早就属于丰收的文体,但直到 20 世纪 30 年代,杂文的艺术价值仍然出于种种原因而被人怀疑。鲁迅对杂文这一文学样式却一向充满信心,在为徐懋庸的杂文集《打杂集》撰写的序言中,他在批驳种种贬损杂文艺术言论的同时,满怀信心地表示:“杂文这东西,我却恐怕要侵入高尚的文学楼台去的。”[①]而事实上鲁迅通过自己将近 26 年的大力倡导和创作实践,圆满地实现了预定的目标,使我国的现代杂文毫无愧色地走上了“高尚的文学楼台”。

杂文虽然发端于“五四”前夕,但它并非无根之木。鲁迅自己曾说过,“杂文”在中国是古已有之的,至迟在南朝刘勰的《文心雕龙》中,“杂文”就已作为文体的专名,并列专章加以讨论了。在我国古代的许多散文作品中,也早就蕴含着今之所谓杂文的某些特质。春秋战国时代,先秦诸子的历史散文和哲学散文就已存在着某些“杂文因素”,而在当时的百家争鸣中显示出自己的优势。晚清学者章太炎独尊庄子,称之为中国古代思想家的典范,授课时常常要求学生取法为文。鲁迅青年时代师从章太炎,更是追随导师,深受诸子百家的影响,特别是庄子哲学和庄子文学,认为庄子“其文则汪洋辟阖,仪态万方,晚周诸子之作,莫能先也”[②],甚为推崇其文学特质。庄子的文笔一向受历代文学批评家的称道,被

① 鲁迅:《且介亭杂文二集·徐懋庸作〈打杂集〉序》,《鲁迅全集》第 6 卷,人民文学出版社 1981 年版,第 291 页。

② 鲁迅:《汉文学史纲要·第三篇　老庄》,《鲁迅全集》第 9 卷,人民文学出版社 1981 年版,第 364 页。

誉为"汪洋恣肆""恢诡谲觚",颇有意境开阔、想象奇特的魅力。对鲁迅杂文的思想与艺术产生过潜移默化影响的莫过于以《庄子》为代表的古代散文,郭沫若曾在《庄子与鲁迅》一文中,通过大量材料的列举,论证了鲁迅文章在取材、构思甚至遣词造句等方面与庄子散文的渊源关系。鲁迅师从章太炎学习的过程中,还较多地接触了魏晋文学。而魏晋文章擅于论辩、长于攻驳,继承了先秦诸子散文的精髓。鲁迅深深青睐魏晋文章的"清峻、通脱",尤其是嵇康诗文那愤世嫉俗、"争天拒俗"的叛逆精神,机锋犀利、论辩雄健的新颖文风,更是影响到鲁迅杂文简约、严明风格的形成。总之,鲁迅是继承我国古代散文、杂文的光辉榜样;鲁迅的杂文之所以特别丰厚、脱俗,其重要原因是它深深地扎根于我国古代散文的土壤之中。

鲁迅的杂文还借鉴了外国散文中类似文体的艺术经验。英国的随笔,日本的小品,德国尼采的格言,俄国屠格涅夫的散文诗等,都对鲁迅的杂文创作产生过积极的影响。比如,鲁迅思想特别是前期思想受过尼采深刻影响,这一点学术界已取得了共识。早年的鲁迅多次在文章中引用尼采的文章或联系尼采的思想来分析问题,以至于《热风》出版以后鲁迅被誉为中国的尼采。对西方现代社会、现代文明的否定性批判是尼采文章的重要特征,其中反叛传统、破坏偶像和张扬个性的思想,唤起了鲁迅的共鸣,那种不怕孤立、勇猛向前的战斗精神对鲁迅的文风有很大影响。同时尼采的文章气势如虹,给人以锐不可当之感;文章常常简言、寓言与谜语并用,熔哲理思考与形象描述于一炉,以形象的语言直抵事物本质;文辞华美典雅,又有浓重的抒情色彩。这一切都深深地吸引着鲁迅,直接影响了他的杂文作法。此外,对鲁迅的影响也十分明显的还有日本的厨川白村。鲁迅在"五四"落潮后十分偏爱厨川白村的理论,翻译了他的《苦闷的象征》《出了象牙之塔》和《走向十字街头》中的部分文章,并且将《苦闷的象征》作为他在北京大学和北京女子师范大学讲课时的文艺理论讲稿。厨川白村主张"表现"就是艺术的一切,认为个性的自由表现是最纯粹的创造活动,反对传统,反对一切束缚、阻滞个性自由表现的东西。受厨川白村社会批评、文明批评一类文章的影响,鲁迅创作了大量在题材、主题方面与厨川白村一致的、属于文明批评和社会批评甚至政治批评的杂文,如写于 1925 年的《华盖集》和主要写于 1926 年的《华盖集续编》中的部分杂文。另外鲁迅《春末闲谈》《灯下漫笔》《送灶日漫笔》之类的杂文创作,也明显受到厨川白村所倡导的"随随便便""任心闲话"的"Essay"体散文的影响。所以鲁迅杂文中的彻底反叛精神,对社会痼弊不留情面的针砭,哲理、形象和抒情的交融,还有文笔的灵活多变等,与这些外国散文作品有着千丝万缕的联系。

在创作实践中,鲁迅以大量的杂文精品形成了独特的"鲁迅笔法",并建立了完整的关于中国杂文艺术的理论体系，将我国杂文艺术推到了高峰。他十分注意总结和建立杂文艺术的理论体系，在创作杂文的同时，除了在每一个杂文集的前言、后记中不断总结、概括出杂文理论以外，还创作了如《小品文的危机》《小品文的生机》《杂谈小品文》《做"杂文"也不易》《徐懋庸作〈打杂集〉序》等许多关于杂文艺术的专论。这些杂文理论既包含着古今中外散文中所蕴含的与现代杂文相关的艺术营养，更是他自己杂文创作实践经验的总结，从理论上澄清了关于杂文艺术的种种错误观念，具有权威性的矫正作用；而这种理论一旦形成，又反过来体现在他的杂文创作之中，形成了独特的"鲁迅笔法"。这种"鲁迅笔法"主要体现在以下几点：其一，思想性与战斗性。认为杂文是"匕首"，是"投枪"，通过杂文创作对社会现实进行了深刻的揭露和剖析，对中国文化和文明进行了反思和批判，生动表现了"不克厥敌，战则不止"的批判精神。其二，强烈的主体性，鲜明的感情色彩。其杂文不仅以理服人，而且"移人情"，以情动人，无论议论还是描叙，都渗透着作者的爱憎。其三，议论的形象性。杂文中注重塑造形象，其方法"常取类型"，某一篇中所见仅为"一鼻，一嘴，一毛，但合起来，已几乎是或一形象的全体"①。其四，文体自由。在内容上是"纵意而谈"，在形式上则灵活多变，写法上嬉笑怒骂、冷嘲热讽皆成文章。鲁迅杂文体现了我国杂文艺术的最高成就，30 年代一批师法"鲁迅笔法"的杂文作家的涌现，后来常常出现的关于"鲁迅笔法"的讨论，以及今天对杂文创作难以达到"鲁迅笔法"的感叹等，都足以说明鲁迅杂文所产生的深远影响。

二、鲁迅杂文的文体特点

战斗性是杂文的灵魂。正如鲁迅所说，杂文"是感应的神经，是攻守的手足"②，"是匕首，是投枪，能和读者一同杀出一条生存的血路的东西"③。杂文的文体特征决定了它对急剧变化中的现实必须迅速地、直接地作出反应，因此就对现实的态度而言，在所有的现代文体中，杂文无疑是最敏感的文体。作为我国新文化运动的旗手和主将，鲁迅充分发挥了杂文的战斗作用。他在"五四"前夕就开始杂文创作，"对于中国的社会，文明，都毫无忌惮地加以批评"④，充满着强烈的反封建的战斗精神。1927 年 4 月国共分裂，蒋介石建立反革命政权以后，政治斗争、民族矛盾、文化战线形形色色的论争，此起彼伏、错综复杂。这一时期杂

① 鲁迅：《准风月谈·后记》，《鲁迅全集》第 5 卷，人民文学出版社 1981 年版，第 382 页。

② 鲁迅：《且介亭杂文·序言》，《鲁迅全集》第 6 卷，人民文学出版社 1981 年版，第 3 页。

③ 鲁迅：《南腔北调集·小品文的危机》，《鲁迅全集》第 4 卷，人民文学出版社 1981 年版，第 576 ~ 577 页。

④ 鲁迅：《华盖集·题记》，《鲁迅全集》第 3 卷，人民文学出版社 1981 年版，第 4 页。

文更是成为鲁迅向敌人冲锋陷阵的主要武器，对这一阶段的生死斗争和是是非非，他都及时地作出反响，或揭露、声讨，或支持、赞美，他不惜以几乎全部的创作精力用于杂文写作。

作为中国现代杂文运动的倡导者，在鲁迅的带领和示范下，杂文作家队伍空前壮大，在发挥杂文的战斗作用方面也显示出鲜明的自觉性。20 年代中国第一个散文刊物《语丝》正是由他领导组织的语丝社创办的，而杂文正是“语丝体”中最主要的文体。《语丝》“内容注重批判，但也有创作，为当时青年最爱读的刊物”①。对于杂文这种文体，鲁迅非常喜爱。他自信杂文是艺术，表示倘若有人将杂文排斥在艺术之宫门外，他也无所谓。他满怀深情地说：“我以为如果艺术之宫里有这么麻烦的禁令，倒不如不进去；还是站在沙漠上，看看飞沙走石，乐则大笑，悲则大叫，愤则大骂，即使被沙砾打得遍身粗糙，头破血流，而时时抚摩自己的凝血，觉得若有花纹，也未必不及跟着中国的文士们去陪莎士比亚吃黄油面包之有趣。”②也正是由于坚持杂文写作，鲁迅遭来论敌的诸多非议，说什么“三心《二心》”，“五心六心”，“不是热骂，便是冷嘲”，他们嘲笑鲁迅的杂文是“投机取巧”，是“作者堕落的表现”，等等。对此，鲁迅坦然自若，一一加以驳斥、揭露。反动当局更是采用种种恶劣手段加以阻挠、查禁，对鲁迅的杂文视若寇仇，他们组织检查官删改鲁迅的杂文，有的删后只剩四分之三，“短如胡羊尾巴”，而且不许作者留下空隙“开天窗”，以至全文上下脱节，“吞吞吐吐，不知所云”。鲁迅为了遮住编辑先生和检查老爷的眼睛，与反动当局周旋抗争，不断采用改变写法、更换笔名、托人抄写等办法，有效发挥出杂文“匕首”“投枪”的功能。

鲁迅从他倡导、创作杂文之日起，就意识到杂文独具的战斗性。斗争的深入，创作经验的积累，使这种认识越来越深化，运用杂文这一武器进行战斗的信念也越来越自觉和坚定。在中国人民反帝、反封建、反独裁的斗争中，在文化战线上，鲁迅以杂文为武器，“与读者一同杀出一条生存的血路”，为中华民族的解放作出了杰出的贡献。

三、鲁迅杂文的文体价值与时代价值③

正如唐代诗人杜甫几乎将全部思想感情寓于自己的诗歌那样，鲁迅也几乎把一生的思想情感倾注于他的杂文。鲁迅谈到自己的杂文时曾说，“当然不敢

---

① 王哲甫：《中国新文学运动史》，北平杰成书局 1933 年版，第 67 页。

② 鲁迅：《华盖集·题记》，《鲁迅全集》第 3 卷，人民文学出版社 1981 年版，第 4 页。

③ 此部分主要参考郭预衡：《鲁迅杂文——一代诗史》，《鲁迅研究》1982 年第 2 辑；陈鸣树：《略论鲁迅杂文》，《鲁迅杂文札记》，江苏人民出版社 1982 年版。

说是诗史”,但“其中有着时代的眉目”①。他的杂文以史家的眼光与笔法,针砭时弊、论说古今、释愤抒情、嬉笑怒骂皆成文章,内容丰富、笔法多样,就展示时代的广度与深度而言,实在可以视为一部“诗史”。

首先,文学是时代的产物,也是社会的反映,鲁迅把当时社会的主要动向和重大的历史事件都形象地记录在他的杂文里。作家必须关注社会动态并及时作出反应,这是杂文的文体特征,鲁迅对此把握深刻,他的杂文创作伊始,就注意反映社会历史的变化,全部创作几乎是一部生动形象的中国现代史。比如,五四时期的杂文中,鲁迅反映了我国早期马克思主义的传播、俄国十月革命的胜利等。1925年以后,杂文逐渐成为鲁迅最重要的武器,他开始以杂文与当权者进行短兵相接的交锋,带有很强的时事性。比如“女师大事件”“五卅运动”和“三一八”惨案等,鲁迅都用杂文创作对事件的真相与实质迅速地作出揭示和评述。1927年,国民党反动派建立独裁政权以后制造了一桩桩政治迫害的血案,上海、广州先后发生“四一二”“四一五”反革命大屠杀,左翼文艺更是遭受到严重的摧残。“九一八”事变以后,日本帝国主义对中国发动了疯狂的武装侵略;国民党反动当局消极抵抗,积极反共;中国共产党领导人民大众奋起抗战;国际上,法西斯势力猖獗,世界上第一个社会主义国家苏联生存艰难……总之,凡在中国现代史上有重大影响的社会动向和事件,乃至国际范围内的若干动向,在鲁迅的杂文中都有及时的反映和精辟的评述。

其次,在鲁迅的杂文中活跃着一批中国近现代历史人物,这些人物有军阀政客、学界要人、各式绅士、遗老遗少、“革命小贩”、“正人君子”、“第三种人”、“洋场恶少”,还有“叭儿狗”“落水狗”等。这些半封建半殖民地中国社会的各式人等,一经鲁迅略加描摹与评述,即无不栩栩如生、跃然于纸上。有些有名有姓的历史人物如胡适、段祺瑞、梁实秋、杨荫榆、章士钊、陈西滢等,在他笔下多次出面、反复论及。尽管鲁迅无意给这些人物列传,并未作全面评价,但他往往抓住人物的侧面或相关的言行,进行漫画式的夸张勾勒,生动表现出这些人物形象的主要特征。不过鲁迅对旧民主主义革命中曾经活跃过的、较为复杂的一些人物的评述,则极为严肃而公正,如章太炎、刘半农等。而对于许多革命先驱者和革命烈士,如李大钊、殷夫、柔石、刘和珍等,鲁迅则是满怀深情地介绍他们的生平事迹或作品,赞美他们令人敬佩的品格和精神。鲁迅对这些历史人物的记述,既表现了诗人般的热情,又表现出独到的史识。

第三,鲁迅眼光独特而尖锐,他善于从复杂的社会生活中发现某些具有普遍性的特质,并进行总结与概括。于是他的杂文世界里出现了许多生动的社会世

① 鲁迅:《且介亭杂文·序言》,《鲁迅全集》第6卷,人民文学出版社1981年版,第4页。

象和心态,如阿 Q 主义、瞒和骗、压与捧、麻木健忘、调和骑墙等。鲁迅对这些世象和心态,常常是不惜笔墨地反复加以勾勒和评析,还常常刨“坏种的祖坟”,追溯其历史渊源,考察其前因后果,从而反映出“中国的大众的灵魂”[①]。

鲁迅的杂文还给我们留下了许多宝贵的历史经验,从吁请勿再徒手请愿到寻求“火和剑”的斗争方式;从“费厄泼赖”应该缓行到不要陶醉胜利的“痛打落水狗”和“永远进击”;从“即使眼角上确有珠泪横流,也须检查他手巾上可浸着辣椒水或生姜汁”,到“自称盗贼的无须防”,“自称正人君子的必须防”;从接触社会斗争实际、防止右翼作家转向左翼,到注重论争、决不辱骂与恐吓……鲁迅的这些宝贵经验都是从活生生的事件中伴随着形象的描述而得出的,并非仅仅出诸抽象的推理论证。现在这些论述不少已成至理名言,带有极大的警醒意义。

“我的文章,未有阅历的人实在不见得看得懂。”[②]的确如此,鲁迅的杂文具有异乎寻常的历史容量和思想深度。面对他杂文中层出不穷的社会动态、历史事件、历史人物,还有那些具有很深历史渊源的社会世象、心态,以及蕴含于社会发展过程和各类矛盾斗争中的规律、经验、教训等,阅历不深的读者当然会感到难以把握、深不可解。然而这也正恰恰表明鲁迅的杂文并不属于消遣文字,它内容丰富、思想深刻、态度严肃,展示着“时代的眉目”,是一部值得后人认真研读的“诗史”。

第二节　鲁迅杂文:现代社会、思想、文化史的负载

由于鲁迅十分重视杂文的创作,他把杂文写作看成是“和人生有关”的一项“严肃的工作”,通过杂文创作不仅对社会现实进行了深刻的揭露和剖析,而且还站在一个思想家的高度,对中国文化和文明进行了反思和批判,所以他的杂文具有丰富的历史内容和深刻的思想价值。

一、社会现实批判

鲁迅的杂文“撕去旧社会的假面”[③],始终贯穿着清醒的战斗的现实主义精神,他直面现实,用敏锐的洞察力透彻地剖析了病态社会,无情地鞭挞了吃人的

① 鲁迅:《准风月谈·后记》,《鲁迅全集》第 5 卷,人民文学出版社 1981 年版,第 403 页。
② 鲁迅:《书信·360405 致王冶秋》,《鲁迅全集》第 13 卷,人民文学出版社 1981 年版,第 350 页。
③ 鲁迅:《两地书·第一集　北京》,《鲁迅全集》第 11 卷,人民文学出版社 1981 年版,第 63 页。

旧礼教、旧思想和一切反动的社会势力，广泛地涉及了他在小说里所接触到的和没有接触到的问题。

五四新文化运动时期，鲁迅高举批判大旗，宣传民主思想和平等观念，提倡个性解放，反对以孔孟之道为主要标志的封建礼教道德。封建统治阶级鼓吹“饿死事小，失节事大”；感叹新思想的出现是“人心日下，国将不国”。对此鲁迅指出，前者是畸形道德，后者是骗人的鬼话。他写了《我之节烈观》一文，尖锐批判了以封建“节烈”观念为集中表现的封建伦理道德，提倡以平等、民主为核心的新道德。鲁迅指出，封建制度下的男子可以“多妻”，却要女子守“节”赴“烈”，这是十足的损人利己的卑劣行为。一方面节烈是“很苦”的：“凡人都想活；烈是必死，不必说了。节妇还要活着。精神上的惨苦，也姑且弗论。单是生活一层，已是大宗的痛楚。”另一方面不节烈的妇女也很苦，因为不节烈之女不为社会所容。鲁迅对受害女子表示深切的同情，对封建道德表示了无比的愤怒，他衷心地祝愿“人类都受正当的幸福”。《我们现在怎样做父亲》主要批判封建孝道和父权观念，提倡以“儿童本位”为代表的平等、民主、进化的思想。传统社会封建的父权主义者把儿子当作自己的私产，父亲对于孩子威严十足。鲁迅从生物进化、社会发展的角度指出，欧美家庭着眼于将来，以幼者为本位；然而中国的传统伦理相反，着眼于过去，以长者为本位。理想的家庭应当以爱为基础，父母要有为下一代负责的精神，对子女一要理解，二要指导，三要解放。鲁迅号召觉醒的父母“各自解放了自己的孩子。自己背着因袭的重担，肩住了黑暗的闸门，放他们到宽阔光明的地方去；此后幸福的度日，合理的做人”。创作于 1923 年 12 月的《娜拉走后怎样》中颇为鲜明地表现了鲁迅对封建道德观念的批判。在这篇关于妇女解放问题的专论中，他对个性解放思想的理解，随着社会的发展而不断深化。他语出惊人地指出，个人反抗式的出走并非妇女解放的真正出路，所以娜拉走后只有两条路：不是堕落，就是回来，因为家庭外面有一个更可怕的社会。妇女要真正取得解放，必须经过更“剧烈的战斗”，实现整个社会经济制度的改革。中国的封建统治根深蒂固，人们养成了反对改革的惰性，在中国“即使搬动一张桌子，改装一个火炉，几乎也要血；而且即使有了血，也未必一定能搬动，能改装”。鲁迅清醒地看到实行改革的艰巨性，所以他号召人们要进行“深沉的韧性的战斗”。可见关于妇女解放的思考，鲁迅看到了个性解放、妇女解放与社会解放不可分离的关系，看到了个性主义在反封建中的局限性，他的妇女观已远远超过了笼统反对封建道德的初级阶段。

封建主义者长期闭关自守，把愚昧当文明，以鬼神迷信愚弄百姓、欺骗自己，扶乩、静坐、打拳风行一时，“社会上罩满了妖气”。鲁迅在《随感录》的一些篇章中，以科学的态度对封建迷信进行了揭露和批评。当时有人把打拳宣传得玄而又玄,甚至说成可以强种强国。鲁迅引述中华民族历史上惨痛的教训,以“义和团”为例告诫人们:“这件事从前已经试过一次,在一千九百年。可惜那一回真是名誉的完全失败了。”用历史事实说话,证明“国粹”已难以抵御西方文明,救国须另觅科学途径,文章显示出无可辩驳的力量。在批判违背科学的迷信现象的同时,鲁迅着重揭露了反科学者的险恶用心和不讲科学的严重恶果。《随感录三十三》中说:“现在有一班好讲鬼话的人,最恨科学,因为科学能教道理明白,能教人思路清楚,不许鬼混。”于是他们或用迷信来抵制科学,或以讲科学为名东拉西扯,弄得连科学也带了妖气。鲁迅对此进行了分析,指出反改革的势力为了维持愚民政策,必须诋毁西方科学,于是就胡扯出“西方科学破产”论,进而鼓吹“知识即罪恶”。所以他得到的结论是:要救治“几至国亡种灭”的中国,“只有这鬼话的对头的科学”!在《智识即罪恶》一文中,鲁迅编了一个荒诞的故事:“我”原来“满脸呆气”,后来进京学了不少知识,按照“知识即罪恶”的理论,“我”便有了罪恶,于是按规定被送进阴间一个叫“油豆滑跌小地狱”去滑跌。本来根据“我”已有的知识,是可以设法摆脱这种困境的;但是不行,因为一旦运用已有知识,便表明“我”坚持罪恶。于是只得任其滑跌,直至跌昏了头,便获得了“自由”。这个荒唐的故事无情地揭露了所谓“科学破产论”的真面目:其本质即为愚弄民众,要他们笨如猪羊,“满脸呆气,终生胡涂”,以便反改革派可以“保持现状”,而那些反改革的说客们也就可以永远一个个胖得如“大富豪”一般了。借助于这个荒诞的故事,鲁迅对这种“科学破产论”的险恶用心和浅薄花招作了形象生动的揭露。

20年代中期,鲁迅创作了《导师》《“碰壁”之后》《并非闲话》《忽然想到》《我还不能“带住”》《无花的蔷薇之二》《记念刘和珍君》等一系列杂文,围绕“女师大事件”“五卅运动”和“三一八”惨案,对北洋军阀政府及为其辩护的文人进行了无情的批判。在这些杂文中,鲁迅毫不掩饰他的愤怒,一方面严正斥责段祺瑞政府“当局者的凶残”,另一方面揭露那些为政府当局辩护的文人即“流言者的卑劣”。他称3月18日“是民国以来最黑暗的一天”,痛斥统治者“如此残虐险狠的行为,不但在禽兽中所未曾见,便是在人类中也极少有”,热情赞扬刘和珍等中国女性临难不惧的勇敢与无畏,称她们是“真的猛士,敢于直面惨淡的人生,敢于正视淋漓的鲜血”,并确信她们的牺牲一定会给人们带来巨大的鼓舞,“苟活者在淡红的血色中,会依稀看见微茫的希望;真的猛士,将更奋然而前行”。在此过程中,鲁迅还不断地总结斗争经验,表现出不妥协的韧性战斗精神。正当围绕“女师大事件”而进行的斗争激烈之时,有的学者、文人出面呼吁双方“带住”,有人提倡“费厄泼赖”精神,反对打“落水狗”。鲁迅明确表示“我还不能‘带住’”,要坚持斗争到底。特别是在《论“费厄泼赖”应该缓行》一文中,他深刻地总结了历史上特别是辛亥革命的血的经验教训,提出“痛打落水狗”的重要原则。正如鲁迅在《写在〈坟〉后面》中说的,这篇杂文“虽然不是我的血所写,却是见了我的同辈和比我年幼的青年们的血而写的”。

到了30年代,鲁迅的社会现实批判主要集中在对国民党的反共祸国行径的愤怒声讨上。在他看来国民党实行反革命大屠杀是个大阴谋,他们为此寻找借口,给共产党人捏造了种种莫须有的罪名。他在《可恶罪》中指出,这些都是“花言巧语”,屠伯们的逻辑是:凡有碍于他们的便“可恶”,既“可恶”,便“可杀”,但又美其名曰为“清党”。在《小杂感》中他进一步揭露国民党反动派的内心世界,他们好像得了怀疑狂,按照自己的强盗逻辑,无限怀疑:“一见短袖子,立刻想到白臂膊,立刻想到全裸体,立刻想到生殖器,立刻想到性交,立刻想到杂交,立刻想到私生子。”这伙刽子手全是投机家和两面派,他们昨天还在高唱“革命”高调,今天却把昨天的高调忘得一干二净。鲁迅告诫革命者千万提高警惕,“防被欺”。1931年2月柔石、殷夫等五位左翼作家被秘密杀害以后,鲁迅怀着愤怒和沉痛的心情写下了一组文章,声讨国民党反动派扼杀左翼文学,屠杀左翼革命作家的残暴罪行。其中《中国无产阶级革命文学和前驱的血》一文全面揭露反动当局种种卑劣的手段:“一面禁止书报,封闭书店,颁布恶出版法,通缉著作家;一面用最末的手段,将左翼作家逮捕,拘禁,秘密处以死刑,至今并未宣布。”这一事实“证明他们是在灭亡中的黑暗的动物”。不仅如此,鲁迅还写了《黑暗中国的文艺界的现状》,通过美国友人史沫特莱送到国外刊物发表,向世界揭露这一暴行的真相。在左联五烈士被害两周年,鲁迅又写了《为了忘却的记念》,再次谴责了刽子手的血腥罪行。

此外,鲁迅还写了大量的杂文对帝国主义的侵略罪行以及国民党反动派对外消极抵抗进行了深刻批判。在为林克多《苏联闻见录》所作的序中,鲁迅揭露了帝国主义侵略中国的事实:“我看见确凿的事实:他们是在吸中国的膏血,夺中国的土地,杀中国的人民。他们是大骗子。”1934年《国际文学》社请一些知名人士谈谈对苏联和资本主义国家文化等问题的看法,鲁迅借此机会在《答国际文学社问》中公开宣布:“我在中国,看不见资本主义各国之所谓‘文化’;我单知道他们和他们的奴才们,在中国正在用力学和化学的方法,还有电气机械,以拷问革命者,并且用飞机和炸弹以屠杀革命群众。”“九一八”事变发生以后,国民党政府视“国联”为“友邦”,多次请求“国联”出面调停,要求爱国学生不再请愿,以防“友邦”惊诧,声称否则便会“国将不国”。鲁迅在《“友邦惊诧”论》中对“友邦”与“党国”作了阶级分析,他指出所谓“友邦”,其实是日本侵略者的同伙,是出卖祖国利益的国民党反动派的“友邦”;所谓“党国”,其实是拜倒在日本侵略者脚下的卖国政府。蒋介石为了掩饰“不抵抗主义”的真相,恬不知耻地大谈什么“诱敌深入”之类的“战略关系”。鲁迅在《战略关系》中指出，这种“战略关系”实质上是未战先退兵，不打便停战；至于“友邦”调停，不过是指使日本侵略者变换“深入”的地点，以便“有赃大家分”。“九一八”事变以后，蒋介石先提出“攘外必先安内”的口号，后又提出“抗日必先剿匪……安内始能攘外”；一些政客、文人便在“攘外”与“安内”两者关系上大做文章。鲁迅在《文章与题目》一文中指出，种种粉饰文章已经做绝，现在只剩下了“安内而不必攘外”，“不如迎外以安内”，“外就是内，本无可攘”三种做法了。而这三种文章在中国历史上早就有民族的败类做过，他们的原则是“宁赠友邦，不给家奴”，这也正是蒋介石政府提出“安内”“攘外”问题的用意所在。

二、思想文化批判

鲁迅是一位伟大的思想家，从五四新文化运动开始，他就冲杀在思想文化战线的最前列。他的十几本杂文集，按时间顺序编排，就是一部现代中国的思想文化斗争的编年史：《坟》中反映了20世纪初中国先进知识分子对探索民族振兴道路的严肃思考；《热风》闪烁着新文化营垒批判旧传统、旧礼教，反对封建复古派的战斗锋芒；《华盖集》和《华盖集续编》记录了五四运动以后思想文化战线的分化，反映了与现代评论派的斗争；《而已集》《三闲集》留存了鲁迅关于“革命文学”的论争及其思想发展的轨迹；《伪自由书》《准风月谈》批判了国民党法西斯专制政权，对以上海为中心的30年代中国半殖民地的商业社会进行了透视与批判；《且介亭杂文》《且介亭杂文二集》对明清思想、文化、学术，以及儒、道各家重新审视与清理；《且介亭杂文末编》及《附集》是对国民党政府的法西斯专政的抗议，对中国共产党的“左”倾路线的反击。鲁迅博大深邃的思想带给他战斗的勇气，更赋予他战斗的力度。鲁迅杂文是“匕首”，是“投枪”，寸铁杀人、一刀见血，正是作者成熟的思想淬火加钢锤炼而成。

作为思想家，鲁迅具有超轶群伦的洞察力和穿透力，每每能从人们司空见惯的生活琐事、日常现象中，洞悉社会、历史、文化的底蕴，从现实层面上对社会痼疾进行解剖，对人情世态进行针砭。他在每个历史时期都有一些论辩杂文，按他自己的话说，这些文章“尤其是用于使麒麟皮下露出马脚”，驳斥敌论，莫不切中要害、一语中的，以一击制敌死命。20年代与“现代评论派”交锋中，他把“现代评论派”看成是北洋军阀政府的辩护士，将自命为“青年导师”之流的假面“撕得鲜血淋漓”：“用了公理正义的美名，正人君子的徽号，温良敦厚的假脸，流言公论的武器，吞吐曲折的文字，行私利己，使无刀无笔的弱者不得喘息。”[①]30年代

① 鲁迅：《华盖集续编·我还不能“带住”》，《鲁迅全集》第3卷，人民文学出版社1981年版，第244页。

在批判"民族主义文学"时，他一针见血揭出其真相：不过是"殖民地上的洋大人的宠儿"，在无产阶级勃兴时，同其主子一同作的最后的挣扎，虽只是"上海滩上久已沉沉浮浮的流尸"，却可以尽到"侦探，巡捕，刽子手"[①]不能尽的任务。在与"论语派"论争中，鲁迅用"将屠户的凶残，使大家化为一笑，收场大吉"[②]，便将"论语派"所标榜的"幽默""闲适"小品文的本质和危害暴露无遗。纵观这些杂文，对于错综复杂的各种社会文化现象，鲁迅皆能拨除迷瘴、洞悉本原，显示出非同一般的深刻性。

不仅如此，鲁迅还善于把锋利的解剖刀伸进历史，伸向根深蒂固的文化传统。往往涉及中国社会与"文明"的种种病态，比如名利思想、无是非论、"中庸"之道、文人相轻、尊孔复古等，几乎无所不论，其中最为突出的无疑是对国民性的批判。

国民性问题是鲁迅早年就开始苦苦思索的问题，不仅成为他小说最中心的主题，重笔加以描写，而且也成为他杂文的重要内容之一。《随感录三十八》《论睁了眼看》《论"他妈的！"》《春末闲谈》《灯下漫笔》等都是这方面的代表作。在这些文章中，鲁迅揭示了国民性的几种突出表现。其一，盲目自大。如"中国地大物博，开化最早：道德天下第一"；"外国物质文明虽高，中国精神文明更好"；"外国的东西，中国都已有过；某种科学，即某子所说的云云"；"外国也有叫化子""娼妓""臭虫"；"中国便是野蛮的好"，等等。鲁迅一针见血地指出，这是一种"合群的爱国的自大"，反映出我们是"不长进的民族"。其二，瞒和骗。"中国人向来因为不敢正视人生，只好瞒和骗"；"用瞒和骗，造出奇妙的逃路来，而自以为正路。在这路上，就证明着国民性的怯弱，懒惰，而又巧滑。"[③]其三，满足于"暂时做稳了奴隶"的现状。鲁迅回顾中国封建社会的历史，发现中国百姓好"中立"，实质是唯求自保、不论是非，在对立之中不知自己属于何方。连年战乱、民不聊生，加上反动统治者的长期残酷统治和愚民政策，导致百姓希望有人将自己当牛马，一旦定下奴隶规则，暂时做稳了奴隶，便觉得"皇恩浩荡"，"天下太平"了。其四，即便不满于奴隶地位，也只图消极泄愤。比如"下等人"在等级森严的封建社会，爱用"他妈的"以示反抗，久而久之，"他妈的"便成为"国骂"。

在揭示国民性表现的同时，鲁迅深入挖掘了造成这种愚弱状态的历史原因。他尖锐地指出导致国民愚弱的原因首先在于封建的等级制度，"天有十日，人有

---

① 鲁迅：《二心集·"民族主义文学"的任务和运命》，《鲁迅全集》第 4 卷，人民文学出版社 1981 年版，第 312 页。

② 鲁迅：《南腔北调集·"论语一年"》，《鲁迅全集》第 4 卷，人民文学出版社 1981 年版，第 567 页。

③ 鲁迅：《坟·论睁了眼看》，《鲁迅全集》第 1 卷，人民文学出版社 1981 年版，第 240 页。

十等”,“一级一级的制驭着,不能动弹,也不想动弹了”。其次,封建“文明”的统治也是国民性产生的重要原因。封建礼教鼓吹“非礼勿视”,而这“礼”又非常之严,不但“正视”,连“平视”“斜视”也不许,于是将青年害得一个个“弯腰曲背,低眉顺眼”。鲁迅形象地用细腰蜂的“麻醉术”来比喻封建的思想统治:狡猾的细腰蜂屁股上有一根神奇的毒针,对准小青虫的运动神经球一螫,小青虫便半死不活。这样既可保持新鲜,又不会反抗,细腰蜂就用它供其后代享用。封建“文明”的统治就如细腰蜂那根神奇的毒针,使百姓半死不活、不思反抗,可以终生乃至世代供其奴役。所以他深刻揭示了封建社会的本质:“所谓中国的文明者,其实不过是安排给阔人享用的人肉的筵宴。所谓中国者,其实不过是安排这人肉的筵宴的厨房。”①

在这些文章中,鲁迅一再启发国人觉醒,鼓励人们奋起抗争。鲁迅告诫人们,要有“睁了眼看”的勇气,切不能自欺欺人;要相信科学,用“科学”这一味药来医治中国国民“合群的爱国的自大”之病;不要消极泄愤,而要积极行动,“扫荡这些食人者,掀掉这筵席,毁坏这厨房”,“创造这中国历史上未曾有过的第三样时代”。鲁迅指出,《山海经》上记载的怪物“刑天”,“他没有了能想的头,却还活着”,“执干戚而舞”,我们的国民也会如诗人陶潜所说,“刑天舞干戚,猛志固常在”。因而,阔人即使有细腰蜂样的狡猾,他们的天下恐怕仍旧难得太平。由此可见,鲁迅对国民性不遗余力的批判与揭露是猛烈深刻、满腔激愤,又对国民性改造的前途充满信心。

三、政治文化批判

除了社会现实批判和思想文化批判之外,后期的鲁迅思想逐步左倾,创作了一些政治文化批判的杂文,具体表现在两个方面。

其一,站在左翼文学的立场上与当时一些自由主义文艺派别进行了论争,揭露“民族主义文学”充当国民党反动文艺别动队的本质。在《“民族主义文学”的任务和运命》《沉滓的泛起》等杂文中,鲁迅联系对方的所谓理论与作品,对“民族主义文学”的性质、任务和命运作了十分深刻而精彩的分析。他指出,“民族主义文学”的倡导者都是受殖民政策保护和豢养的流氓、奴才和鹰犬,是“上海滩上久已沉沉浮浮的流尸”;所谓“民族主义文学”,实际上是“宠犬派文学”和“流尸文学”;他们的任务是为主子除去“害群之马”,“他们将只尽些送丧的任务,永含着恋主的哀愁,须到无产阶级革命的风涛怒吼起来,刷洗山河的时候,这才能脱出这沉滞猥劣和腐烂的运命”。而鲁迅与当时一些自由主义文艺派别进

① 鲁迅:《坟·灯下漫笔》,《鲁迅全集》第1卷,人民文学出版社1981年版,第216页。

行的论争，主要表现在：1930 年针对以梁实秋为代表的“新月派”，鲁迅写了《“硬译”与“文学的阶级性”》《“丧家的”“资本家的乏走狗”》等文，批判了梁实秋的“人性论”。鲁迅认为在阶级社会里，文学有阶级性就如人有阶级性一样，是无法摆脱的客观事实。1932 年和 1933 年鲁迅写了《论“第三种人”》《又论“第三种人”》《“连环图画”辩护》等文，对以胡秋原为代表的“自由人”和以苏汶（杜衡）为代表的“第三种人”的“文艺自由论”进行了批判。在鲁迅看来“文艺自由论”者主张脱离政治，实现彻底“自由”，在阶级社会里是不可能实现的。1932 年至 1935 年，鲁迅写了《“论语一年”》《小品文的危机》《小品文的生机》等文，与以林语堂为首的“论语派”展开了论争。他认为明代的公安、竟陵和清代的袁枚的“性灵说”带有抗争世道的意义，而林语堂等在民族矛盾和阶级矛盾日趋紧张、尖锐之时重弹“性灵”旧调，则抹杀了文学的抗争意义，只能将屠户的凶残化为一笑。在论争中，鲁迅站在左翼文学的立场上，过分强调了“生存的小品文，必须是匕首，是投枪，能和读者一同杀出一条生存的血路的东西”[①]。由于特殊的立场带来了特殊的视角，在今天看来某些地方所论偏颇。

其二，大力倡导和扶植左翼文艺。在 1928 年的“革命文学”论争中，鲁迅尽管是“革命文学”倡导者的论敌，但他在《文艺与革命》等文中对如何建立无产阶级革命文学提出了许多有益的意见。比如在文学与时代的关系上，鲁迅表示不相信文艺有“旋乾转坤的力量”[②]，文艺家应当有正视现实的勇气；在作家世界观的改造问题上，他强调改造的艰巨性，“不要脑里存在着许多旧的残滓，却故意瞒了起来，演戏似的指着自己的鼻子道，‘惟我是无产阶级！’”[③]在作品内容与形式的关系上，他认为革命文艺应当追求“内容的充实和技巧的上达”，“一切文艺固然是宣传，而一切宣传却并非全是文艺”[④]。这些观点的主要倾向对纠正倡导者的无产阶级文学观的偏颇，对如何建设中国无产阶级革命文学，具有十分重要的指导意义。1930 年在“左联”成立的大会上，鲁迅作了题为《对于左翼作家联盟的意见》的讲话，提出了“‘左翼’作家是很容易成为‘右翼’作家的”这个发人深省的命题，并对这种转向的原因作了颇有说服力的分析。他的这些意见和思想现实针对性强，弥补了“左联”指导思想上的不足。

此外，为了扶植青年作家队伍，繁荣左翼文学的创作，鲁迅为许多青年作家的作品撰写过序言。这些序言构成他的杂文集的有机部分，不仅论及小说、诗

① 鲁迅：《南腔北调集·小品文的危机》，《鲁迅全集》第 4 卷，人民文学出版社 1981 年版，第 576～577 页。

② 鲁迅：《三闲集·文艺与革命》，《鲁迅全集》第 4 卷，人民文学出版社 1981 年版，第 83 页。

③ 鲁迅：《三闲集·现今的新文学的概观》，《鲁迅全集》第 4 卷，人民文学出版社 1981 年版，第 136 页。

④ 鲁迅：《三闲集·文艺与革命》，《鲁迅全集》第 4 卷，人民文学出版社 1981 年版，第 84 页。

歌、杂文、木刻、翻译等许多方面,热情地赞扬有关作家的成就,中肯地指出他们的不足,而且论及许多文艺理论、文艺思想斗争中的问题。这些序言实际上也是文艺评论,篇幅都很短小,但其风格常常大处着眼、判断精当,多属十分精彩的“印象式批评”。它们对左翼作家的成长和对左翼文艺健康发展的指导作用,都是不容忽视的。

总之,鲁迅杂文由今及古,不仅具有强烈的时代性,同时具有深邃的历史感,负载了现代社会史、思想史、文化史诸多的内容。由于鲁迅杂文的内容过于广博,以上所述三个方面还远不能囊括其全部内容。鲁迅的杂文永远是中国现代社会史、思想史、文化史的宝贵史料。尽管鲁迅自谦,不同意人们将他的著作比为“百科全书”,但读者完全可以从他的作品中认识那个社会,尤其是他的杂文,其内容广博与寓意深刻,确实具有“百科全书”的特点。

第三节　鲁迅杂文艺术的“独一无二”①

鲁迅在《且介亭杂文·序言》中说:“其实‘杂文’也不是现在的新货色,是‘古已有之’的,凡有文章,倘若分类,都有类可归,如果编年,那就只按作成的年月,不管文体,各种都夹在一处,于是成了‘杂’。”有些论者据此提出,杂文有广义与狭义之分,鲁迅这里说的“只按作成的年月,不管文体,各种都夹在一处”,是广义的杂文,鲁迅杂文集中的文章便是这种广义的杂文。其实鲁迅这里说的各种文体合在一起成了“杂”的文章,并非现在文体概念上的杂文。作为文体,杂文的概念是指“文艺性论文”。它是论文,但具有文艺性;没有文艺性的论文,便不是杂文。对照这一概念,便会发现鲁迅杂文集中的有些篇章基本上没有文艺性,所以并非严格意义上的杂文。这里探讨鲁迅杂文的艺术成就,无疑是以严格意义上的文艺性论文为对象的。鲁迅一生中撰写的大量杂文中,文艺性的手段又多样而灵活,以杂文艺术的手段论述道理已成习惯与癖好,以致当他下笔撰文时,即使并非严格意义上的杂文,也往往习惯性地、有意无意地运用了杂文的某些手段,使这些文章也带上某些杂文艺术的色彩。从这个意义上讲,如果划得宽泛一些,将鲁迅杂文集子中所有的文章统称为杂文,也不无道理;同样,从这个意义上说,在探讨鲁迅杂文的艺术成就时,主要应当着眼于那些严格意义上的杂

① 本节主要参考唐弢:《鲁迅的美学思想·鲁迅杂文的艺术特征》,人民文学出版社 1984 年版;靳新来:《杂文:鲁迅综合素质全息图》,《江淮论坛》2003 年第 1 期。

文，但也可以适当引用一些严格意义的杂文以外的文章，鲁迅的杂文既具有杂文艺术的共同特点，又具有“独一无二”的艺术风格。

一、严密的逻辑性

杂文作为“文艺性论文”，必须具有政论文独有的严密逻辑性。鲁迅的杂文擅长论证说理，同时层次清晰、说理透彻，具有无可辩驳的逻辑力量，表现了一位思想家思维的逻辑性。

鲁迅杂文严密的逻辑性首先表现在概念准确、态度明朗，赞成什么、反对什么，旗帜鲜明。如在《论“费厄泼赖”应该缓行》《“丧家的”“资本家的乏走狗”》两文中，他以狗为喻，在论述落水狗、叭儿狗、丧家狗、乏走狗的特征时，界限不仅十分清晰、准确，且提出“无论它在岸上或在水中”都要“痛打落水狗”的鲜明主张。

其次，鲁迅善于分析事物内在的矛盾，并善于发现不同事物或现象之间的本质联系。“学衡派”“甲寅派”反对白话文，攻击白话说理“最难剀切简明”，但他们自己写的文言文错误百出。鲁迅的《估〈学衡〉》《答 KS 君》等文将对方文言文中表达不“剀切简明”之处一一加以分析，于是一味美化文言文的观点便不攻自破。鲁迅杂文常常通过揭示事物的内在矛盾而显示出巨大的逻辑力量。如《不知肉味和不知水味》一文，鲁迅在文中将这两条本无联系的消息同时引出：1934 年 8 月 30 日有两家报纸刊登了两条消息，一条是 8 月 27 日上海各界人士在帝国主义霸占的“夷场”附近举行盛大的祭孔活动，演奏据说当年孔夫子听了“三月不知肉味”的韶乐；一条是同一天宁波地区入夏几个月来久旱无雨，民众喝不到水，因争水发生冲突打死了人。鲁迅特别点明发生于同一时间，略加评点，就揭示了两个对立的世界：食肉者的世界里粉饰“升平”的韶乐不管奏得多么响，也掩盖不了口渴者的世界为争水而死人的惨相。

再次，鲁迅杂文严密的逻辑性还表现在其论证过程严密，无论是正面论证还是反面批驳，都严谨周密、十分有力。或单刀直入、层层逼近；或欲擒故纵、后发制人；或以退为进、重拳出击，无不置论敌于死地。名篇《论“费厄泼赖”应该缓行》就是代表。作者首先表明凡“咬人之狗，我觉得都在可打之列”，进一步指出“叭儿狗尤非打落水里，又从而打之不可”，复从反面论述“不打落水狗”的危害。接着笔锋一转，抨击“费厄”论，最后提出对策。文章态度鲜明、立论谨严、开阖有致、破立相间，逻辑的严密带来无可驳辩的说服力。

二、尖锐的讽刺性

鲁迅是世界一流的幽默、讽刺大师，这方面的才情在杂文中有突出表现。即使那些火药味十足的战斗檄文，也极少正襟危坐的严肃、剑拔弩张的紧张，而是悲喜歌哭、释愤抒情、嬉笑怒骂皆成文章。这既得之于胸怀、智慧、爱憎合成的一种高屋建瓴的气度和应付裕如的从容，更反映出作者杰出的幽默、讽刺才能和技巧。

夸张是鲁迅最常用的讽刺手法。它如同一只“放大镜”，将客观存在的特点放大，使人感到惊异或可笑。鲁迅将“第三种人”比作拔着自己的头发，叫嚷着要离开地球的人。经这夸张的、漫画化的比喻，将当“第三种人”不切实际的想法形象化；同时一经夸张，又使这一实质性判断得到更充分的显示，并产生了喜剧性的效果。《牺牲谟》中鲁迅也是采用了夸张的手法，漫画式地勾勒出一位“道德家”的形象：他冠冕堂皇、理直气壮，却连别人衣裳都剥个精光。夸张和漫画式手法的运用，使读者在忍俊不禁中识别了讽刺对象的丑恶本相。

反语既能制造幽默，又能用于讽刺，为鲁迅大量采用，文章因而尖锐而冷峭。鲁迅说他自己的杂文“好用反语，每遇辩论，辄不管三七二十一，就迎头一击”①。《春末闲谈》里说：“人能说话，已经是祸胎了，而况有时还要做文章。”正话反说，锋芒直刺封建文化专制。《记念刘和珍君》痛悼烈士，出奇愤怒，故出反语：“中国军人的屠戮妇婴的伟绩，八国联军的惩创学生的武功，不幸全被这几缕血痕抹杀了。”

鲁迅还喜欢采用摹拟和归谬的手法，经常欲擒故纵，故意先承认对方的逻辑与观点，按照对方的腔调、神情推理，请君入瓮，将其逻辑和神态再现并放大，使讽刺对象原形毕露，从而达到讽刺的目的。叶灵凤、穆时英编辑《文艺画报》时，自称是“中国第一流作家”，办此画报的目的是使“读者能醒一醒被其他严重的问题所疲倦了的眼睛，或者破颜一笑”。鲁迅在《奇怪（三）》一文中揭露了该刊选材、编辑上的粗糙和不诚实之处，说：“原来‘中国第一流作家’”玩的还是这些“小玩艺”，“那么，我也来‘破颜一笑’吧——哈！”鲁迅的杂文有时甚至通篇摹仿对方的逻辑与口气推理，越是认真地推理，越显荒唐绝顶。“五卅运动”中，陈西滢轻飘飘地嘲笑高喊“打倒帝国主义”口号的群众说：“打！打！宣战！宣战！这样的中国人，呸！”对此，鲁迅在《并非闲话（二）》中经一番分析批判以后，故意摹仿陈西滢的口气并略加夸大说：“这样的中国人，呸！呸！！！”使论敌的语言成了攻击他自己的利器。又如30年代日本帝国主义鼓吹“王化政策”，但中国土地上到处是压迫与杀戮。鲁迅在《王化》一文中不是正面怒斥，而是按照敌人虚伪的“王化政策”逻辑，从容地一件件加以解释，从而将敌人的残暴与虚伪暴露无遗。

---

① 鲁迅：《两地书·第一集　北京》，《鲁迅全集》第11卷，人民文学出版社1981年版，第47页。

此外,鲁迅常常采用多种艺术手段制造诙谐趣味,从而产生独特的讽刺、幽默的艺术效果。有时故意违反语法常规,分拆词汇、改变词性,比如"永远'国'下去","节得愈好","烈得愈好'等。有时故意大词小用、庄词谐用,如讲缠足时说:如女士们"勒令"自己的脚小起来;或者相反,小词大用、俚词庄用,如称封建阶级心目中绝对神圣的孔夫子为"摩登圣人"。有时生造词汇,与有关词汇形成对应,如生造"婆理"一词与"公理"对应,生造"内寇"一词与"外寇"对应。有时故意在文章的标题上玩花样,如《论"他妈的!"》《由中国女人的脚,推定中国人之非中庸,又由此推定孔夫子有胃病("学匪"派考古学之一)》《"……""□□□□"论补》。有时故意调侃,说说俏皮话,如以前有人曾经给鲁迅加过种种头衔,又有人批评鲁迅不应该给阿Q以"大团圆"的结局,鲁迅在《〈阿Q正传〉的成因》中说,他事先并未想到阿Q是大团圆结局,甚至连自己的结局也难以预料:"是'学者',或'教授'乎?还是'学匪'或'学棍'呢?'官僚'乎,还是'刀笔吏'呢?'思想界之权威'乎……乎?乎?乎?乎?"有时采用新式"象形文字"的图解法,如在《中国人的生命圈》中说,日本侵略者从外面向里轰炸,蒋介石则在里面向"腹地"(工农红军的革命根据地)轰炸,夹攻之中,中国人的"生命圈"一天天缩小,终于成为——"生命〇";又如张资平专写三角恋爱小说,鲁迅在《张资平氏的"小说学"》中说,张资平小说学的精华就是——"△"。有时故意用外文,如"世界第一,宇宙第'n'"等。

三、生动的形象性

形象性是文艺语体的本质特征,作为一种"文艺性论文",鲁迅杂文寓理于形,其所说的道理不是空洞抽象的概念演绎、冰冷生硬的判断推理,而是将要说的道理寓于形象之中,用形象来说理,使读者既受到无可辩驳的逻辑说服,又受到生动具体的形象感染。这种寓理于形主要体现在两个方面。

一是刻画具有典型意义的形象,善于对类型人物进行描绘。鲁迅针砭时弊,常取类型。在形象塑造上,他糅进了小说中使用过的"勾灵魂""画眼睛"的白描手法。例如写"叭儿狗":"虽然是狗,又很像猫,折中,公允,调和,平正之状可掬,悠悠然摆出别个无不偏激,惟独自己得了'中庸之道'似的脸来。"写"丧家犬":"即使无人豢养,饿的精瘦,变成野狗了,但还是遇见所有的阔人都驯良,遇见所有的穷人都狂吠的。"而写"带头羊"则是:"脖子上还挂着一个小铃铎,作为智识阶级的徽章。"这些都是抓住特点、线条勾勒,寥寥数笔而形神毕肖,属于典型的白描手法。这些形象都是针对具体的、个别的"这一个"而塑造的,而由于被勾勒出灵魂实质,又有一定的概括性,能涵盖有同样精神特征的"这一类",从而达到"个"与"类"的统一,形成了形象类型化的特点。诚如鲁迅所言:"盖写类型者，于坏处，恰如病理学上的图，假如是疮疽，则这图便是一切某疮某疽的标本。”[①]这些类型也许还不完全具备典型的复杂、丰富的内涵，却有着类似典型的功效、价值，成为一类人的“标本”“共名”。

二是说理达意的形象化，鲁迅善于通过讲故事、笑话、比喻、起诨名、取代号，以及引用民歌、民谣、民谚等手法寓理于形。如他常采用讲故事的方法，故事本身生动形象、寓意深刻，一经引用，便使相关的道理鲜活起来。《匾》引用了一则笑话，说两个近视者都认为自己的眼力好，于是约定某日比赛读关帝庙门口新挂的匾上的字。争得不可开交之时，请来一人当裁判，裁判一看，匾还没有挂呢。鲁迅以此批评创造社、太阳社倡导“革命文学”是空对空的争论，因为实际上革命文学尚未诞生。《谈蝙蝠》一文引用了伊索寓言：鸟类与兽类同时开会，蝙蝠赴会，两边都以不是同类而不予接纳。鲁迅通过这个故事将现实生活中绝对地“骑墙”是不可能的这个抽象的道理表达得生动、形象而又无可辩驳。再如运用比喻的修辞手法，以“落水狗”比暂时失利的作恶者，以“叭儿狗”比“中庸”之态可掬者，以细腰蜂屁股上的毒针比封建的精神统治，以碟子中培育的绿豆芽比没有群众基础的“天才”，用“恰如用自己的手拔着头发，要离开地球一样”的比喻来批驳那些“生在有阶级的社会里而要做超阶级的”“第三种人”的不现实，等等。一经鲁迅比喻，所喻对象的神情、实质昭然若揭，跃然纸上，道理阐述得十分形象而深刻。

四、浓郁的抒情性

鲁迅内心包容着大恨、大爱，具有诗人般的热烈、丰富的情感，这些自然渗透在极富个性化的杂文创作中。正如他所说，创作杂文“不过是，将我所遇到的，所想到的，所要说的，一任它怎样浅薄，怎样偏激，有时便都用笔写了下来……就如悲喜时节的歌哭一般，那时无非借此来释愤抒情”[②]。因此他的杂文具有浓郁的主观色彩和抒情格调。

有时鲁迅的感情往往蕴藏在论述、描叙之中。比如《现代史》对变戏法场景作如实的描叙，最后似乎无所谓地说自己写错了题目。作者似乎不动声色，其实内心对当局那些“变戏法”者怀有无比的愤怒与蔑视。

有时鲁迅直抒胸臆、怒不可遏，愤怒的激情如火山爆发的熔岩。《“友邦惊诧”论》中，作者对国民党反动派卖国媚外、镇压人民的行径愤怒之极，通篇基调是这样的怒斥：“读书呀，读书呀，不错，学生是应该读书的，但一面也要大人老

① 鲁迅：《伪自由书·前记》，《鲁迅全集》第5卷，人民文学出版社1981年版，第4页。

② 鲁迅：《华盖集续编·小引》，《鲁迅全集》第3卷，人民文学出版社1981年版，第183页。

爷们不至于葬送土地，这才能够安心读书。”全文用了许多斥责式的短语：“好个‘友邦人士’！”“好个国民党政府的‘友邦人士’！是些什么东西！”“摆什么‘惊诧’的臭脸孔呢？”“‘军政当局’呀？”这些语句近于直指国民党军政当局的总头目蒋介石的鼻子加以怒斥，慷慨激昂、气势逼人。

有时虽然也是直抒胸臆，却是抒发对友人、对先烈的无限崇敬、深深怀念之情。在《白莽作〈孩儿塔〉序》中，鲁迅先以满怀深情，由眼前的烈士遗稿引出自己与殷夫生前交往情况的回忆，然后控制不住内心激荡的情感，用诗一般的语言赞美殷夫的诗：“这是东方的微光，是林中的响箭，是冬末的萌芽，是进军的第一步，是对于前驱者的爱的大纛，也是对于摧残者的憎的丰碑。”这一类文字，鲁迅往往怀着极度的悲愤，将无法遏制的感情作哲理性的升华。这里是评论还是抒情，难以区分，其实也不必区分。《记念刘和珍君》通篇如抒情散文，作者的感情时而深沉、时而激荡，亦出现深沉感情的哲理性升华：“真的猛士，敢于直面惨淡的人生，敢于正视淋漓的鲜血。”“真的猛士，将更奋然而前行。”

有的杂文则通篇如散文诗。《战士和苍蝇》《长城》《无花的蔷薇之二》《夜颂》《秋夜纪游》等，或为机智的讽刺，或为象征的暗示，或为警辟的格言，都闪露着诗意的光芒。例如《夜颂》，作者用充满诗情和哲理的语言赞美黑夜，构思奇特、诗意浓烈。他说，只有在黑夜，人们才恢复常态，露出了真相；一到“光天化日”，人们又装模作样，然而其实“弥漫着惊人的真的大黑暗”。“只有夜还算是诚实的。我爱夜，在夜间作《夜颂》。”这里的“夜”，既是实指，更是象征。作者对“诚实”的“黑暗”的歌颂，其实是对黑暗的“光天化日”的揭露和蔑视。

鲁迅用生命来写作，他忠实于个体的生命体验，借文字来释放自我生命激情，“乐则大笑，悲则大叫，愤则大骂”，每行文字都燃烧着生命的激情，本质上就是诗。所以他的杂文正是他心灵的“歌哭”，具有强烈的主观意识和抒情色彩。

此外，鲁迅的杂文的艺术魅力，还在于它的简练隽永、鲜明生动、机智幽默、多姿多彩的语言。三言两语，能把复杂、深奥的理论说清点到，而不把话说尽，给读者留下广阔的天地思考玩味；重视炼字炼句，常有包含深刻哲理的警句。作者在杂文中驾驭语言的卓越才能令人叹为观止。

总之，鲁迅杂文的内容——它深刻的思想性、强大的逻辑力量、丰厚的文化内涵——始终是以一定的富有鲁迅特色的“独一无二”的艺术形式表现出来的，二者水乳交融、不可分割。鲁迅杂文，正是这位文化巨人发挥各种天资和才情创造出来的思想性和艺术性高度结合的一代雄文，对于中国文学产生了深远的影响。

第四节　鲁迅杂文精品举隅

一、《随感录四十》[①]

《随感录四十》发表于1919年1月《新青年》第6卷第1号，后收入杂文集《热风》，是一篇有关爱情、婚姻的杂感。

（一）主题思想

爱情与婚姻无疑是人生的一大问题，无爱的婚姻与无婚姻的爱情都是畸形社会或者畸形人生的产物，在官本位、父本位的中国封建社会中，无爱情的婚姻普遍存在。但是到了五四时期，在西方启蒙主义思想和个性解放思潮的影响下，追求婚姻的自由和平等成为青年人的呼声，对古老的封建婚姻制度产生巨大的冲击。把无爱的苦闷宣泄出来，把对爱情的渴望与追求大声呼唤出来，尤其成为年轻人群体觉醒的标志，成为他们为争取自身尊严、自由幸福而奋起斗争的鲜明标志。此时出现了一大批呼唤爱情自由、批判封建婚姻制度的文章，《随感录四十》便是其中较有影响的一篇。

在《随感录二十五》中，鲁迅就抨击了不懂也不会把孩子当人的中国的孩子的父母们，批判他们"不负教他的责任"。《随感录四十》中作者指出正是这些人生活在自己的无爱婚姻中，把同样无爱的婚姻强加给他们的孩子——仿佛两个牲口听着主人的命令："咄，你们好好的住在一块儿罢！"无视当事者的情感、意愿、选择，不尊重人，不给人应有的权利，所以不把人当人是以父母之命为形式的封建婚姻的实质。儿子是父母的儿子，娶来的媳妇是父母的儿媳妇，夫妇之间"全部相关"，其恶果是"少的另去姘人宿娼，老的再来买妾：麻痹了良心，各有妙法"。还要用妙法苦心经营，竭力维护着混下去，使这种恶结果"连续不断的进行"，自己不把自己当人，也不把别人当人。

马克思曾经指出，根据男女之间这种人与人的直接的、自然的、必然的关系，可以判断出人的整个文明程度，可以看出人在何种程度上对自己来说成为人，并且把自己理解为人。鲁迅正是从"完全的人"的意义上形成和作出自己的价值判断，并把爱情、婚姻问题置于全人类的范围内加以考察，指出社会已经发展到"人类向各民族所要的是'人'"的时代，中国的封建婚姻，及由此造成的畸形的

① 本部分内容参考李文儒主编：《走进鲁迅世界·杂文卷》，北京工业大学出版社1995年版。

男女关系,是“不能献出于人类之前”的。

毕竟“东方发白”,“掩不住光明:人之子醒了”。醒来的人怎么办?醒来的人已经被迫饱受了和继续饱受着无爱的苦果。怎么办?首先要有清醒的认识。自己是牺牲品,在女性一方,同样是牺牲品。不能责备异性,还要理解异性,进而从人类的道德、良心出发,陪着做一世的牺牲,完结了四千年的旧账,是一条路。尽管万分可怕而沉重痛苦,但毕竟是清醒的痛苦、自觉的牺牲,并保持了心性的纯净。虽然旧式的婚姻没有被打破,精神的解放与升腾却可以实现。这里,饱含了鲁迅本人痛苦的体验与情感的历程。

(二)艺术特色

第一,构思新颖,以小见大。《随感录四十》这篇杂文构思新颖,鲁迅借一位素不相识的少年的一首诗,表达了青年人因咀嚼无爱的人生苦果而发出的无奈的叹息,鞭笞控诉了封建婚姻制度。作者借此表达了自己对这一重大人生问题的看法和态度,并和少年一起,将深藏在内心深处的苦闷大声地叫喊出来——为这样的少年青年,为更小的孩子们,也为自己。鲁迅说他的《随感录》:“除几条泛论之外,有的是对于扶乩,静坐,打拳而发的;有的是对于所谓‘保存国粹’而发的;有的是对于那时旧官僚的以经验自豪而发的;有的是对于上海《时报》的讽刺画而发的。”[①]他选取的往往是社会文化大系统中不会对上层建筑或经济基础产生直接作用力的“寻常小事”,这些小事往往是人们生活中习以为常的不正常生活现象与社会心理中一鳞半爪的“小问题”,从小事入手,揭示社会和人性的黑暗面,开掘能触及思想根柢的重大主题。比如这篇文章中写到的青年人对于爱情的苦闷,这本身是一个常见的社会小问题,但鲁迅从中发现了“无爱情结婚的恶结果”和女性“旧习惯的牺牲”,认为“我们还要叫出没有爱的悲哀,叫出无所可爱的悲哀”,从而在对中国传统封建文化心理深刻批判的同时,把关注的焦点始终集中在国民思想和精神领域,表达了反对愚昧的宏大启蒙理想。

第二,构思简练,语言质朴。与后期杂文愤激、苍劲相比,这个阶段鲁迅的杂文构思简练,语言质朴,主要体现在构思非常紧凑,造句缜密有力,行文口气平和质朴,诚恳切实。这篇文章先从枯坐家中读信开始,谈到其中一封写爱情的年轻人的诗,由此生发,指出社会上存在的一种无爱婚姻的不合理现象,然后再加以分析,客观描述封建婚姻带来的种种弊端,批判封建婚姻制度对人性的戕害,最后提出解决问题的看法,呼吁“完全解放了我们的孩子”,表达自己的正面见解与理想。文章从结构上而言,按部就班,层层铺叙,简练平实,与当时尽显铺排夸饰、富有宣传鼓动色彩的政论文完全不同。此外,从语言方面来说,文章先是平

---

① 鲁迅:《热风·题记》,《鲁迅全集》第1卷,人民文学出版社1981年版,第291页。

静的叙述，在叙述过程中插入一个小故事，通过这个小故事展开议论。小故事的插入使得文章具有了形象性，鲁迅的随感正是从这个具体形象出发，运用逻辑思维来揭示社会现象的内在矛盾。最后作者又将情感冷凝于文字之内，明确指出问题的本质及解决问题的方法。因此文章整体显得平实冷静，气宇沉稳。

二、《爬和撞》

这篇文章最初发表于 1933 年 8 月 23 日《申报·自由谈》，后收入《准风月谈》。在鲁迅看来，统治阶级的治人术花样繁多，除了残酷镇压之外，还有种种欺骗的伎俩。在这篇文章中，鲁迅凭着洞察中国民族文化心理和社会政治生态的基础，对梁实秋为资本主义制度下两极分化中的穷人设想的出路作出了彻底的否定和批判。

（一）主题思想

文章首先借助梁实秋的理论引出话题，对穷人在黑暗现实中盲目挣扎的悲苦命运进行了揭示。梁实秋在《文学是有阶级性的吗?》一文中说："一个无产者假如他是有出息的，只消辛辛苦苦诚诚实实的工作一生，多少必定可以得到相当的资产。"他天真地认为"穷人"只要通过自己辛苦的劳动，就可以改变自身的命运。鲁迅则认为爬的人太多，而路只有一条，尽管人民玩命地爬着，但结果是"一步步的挨上去又挤下来，挤下来又挨上去，没有休止的"。在形象描写了人民"爬"的同时，作者揭示了统治者的愚民政策，他们高高在上，并不关心穷人的前途和命运，而是以欺骗和麻痹的手段阻止人民的觉醒和革命。

"爬"太辛苦，而且经常被人家挤下来，大都是爬不上去，所以在爬的过程中，人们势必产生互相埋怨乃至争斗，某些聪明人还会"推""踏""踹"，损人利己地往上爬。这样爬着的人群就产生了失望、气馁的情绪。于是，"早已爬在上面的人们"又为正在爬着的人们设计了一种新的发明——"撞"。"撞"调动了人们侥幸和投机的心理，因为"这比爬要轻松得多，手也不必用力，膝盖也不必移动，只要横着身子，晃一晃，就撞过去"。而且撞好了，"妻，财，子，禄都有了"；撞不好，"至多不过跌一交"，反正原来就是趴在地上的，还可以再爬。

"爬"和"撞"，本质上都是统治阶级为穷人和奴隶所指示的行为方式，但又有所不同："爬"要求长期背着沉重的包袱去忍耐、去追求；"撞"则带着投机冒险的性质，用彩虹般的幻想点燃人们侥幸的心理。所以"撞"比"爬"更加具有欺骗性、迷惑性，但两者的性质是相同的：让穷人和奴隶永不觉醒，永不反抗，永远在苦海中挣扎和争斗。鲁迅通过"童生到状元""小瘪三到康白度"和"小姐抛彩球"三个生动的例子，说明任何借"撞"改变人生地位的企图终归是缥缈虚幻的，从而警示人们赶紧觉醒，看清真正的出路在于掌握好自己的命运，努力改变这种生活秩序，而不要再盲目地“爬”和“撞”。

尽管鲁迅在作品中对“爬”和“撞”的人们的狼狈相进行了描绘，讽刺了他们扭曲、变态的心理，但其真正的批判锋芒并不仅仅局限于此。作为旧社会的掘墓人，鲁迅不仅善于通过对政治生活中重大事件的分析来暴露统治阶级的凶残本质，而且还善于从日常社会生活现象中发现蛛丝马迹，来揭露敌人的本质。对于1933年政府发行的“航空公路建设奖券”设头等奖50万元，鲁迅就此揭露了当权者借救国名义发财的卑劣行径。所以本文的主旨不仅仅在于对落后民族文化心理进行批判，更主要的是对统治阶级的捞与骗进行深刻的揭露和抨击。

（二）艺术特色

一是夸张的意象，漫画的韵味。与其他文学形式不同，杂文的形象创造不是通过行动和对话来刻画完整的人物性格，而是依靠形象化的方法来说理。鲁迅尤其擅长于白描手法，他往往能抓住对象最鲜明的特点，寥寥几笔，描绘出一幅幅具有漫画韵味的夸张意象，从而给读者留下深刻的印象。《爬和撞》这篇文章即是如此：人们在拼命地往上爬，然而爬的人多，拥挤不堪，于是就“撞”——投机冒险。撞好了，自己就发财显贵；撞不好，至多不过摔在地上，仍旧可以爬。这样，爬了来撞，撞不好再爬……文章犹如写意画，生动传神，形象逼真，概括了某些人的全部人生哲学和经历。

二是议论形象，哲理深刻。文章以生理动作比拟精神现象，深刻揭露了统治阶级竭力宣传的生活哲学：一种“爬”，是让人屈从命运，安分守己。“耕田，种地，拣大粪或是坐冷板凳”，背着苦恼的命运，“一步步的挨上去又挤下来，挤下来又挨上去”，而且要使他们“认定自己的冤家并不在上面，而只在旁边——是那些一同在爬的人”。一种是“撞”，是专门对付“爬”得不耐烦的人的办法，来欺骗、愚弄大众。鲁迅以生动的动作描写，揭露了统治阶级的险恶用心：原来“爬”和“撞”就是统治阶级控制人民、防止反抗的办法。原本抽象、深刻的哲理，通过生活中两种简单动作的描写，得到了形象的揭示。

三、《小品文的危机》

这篇文章发表于1933年10月1日《现代》第3卷第6期，后收入《南腔北调集》。

（一）主题思想

文章的前半部分，鲁迅从谈“小摆设”入手，由远及近，对“小品文”从文体的角度进行了社会的、美学的批评。文章一开始，作者用了相当多的篇幅谈论了美术上的“小摆设”，这些东西也许是“一个小小的镜屏，玲珑剔透的石块，竹根刻成的人像，古玉雕出的动物”，是士大夫的清玩，虽然具有一定的美学价值，但

“原也不是什么重要的物品”,即使在太平盛世,其审美价值也不大,占不了重要的位置。“在方寸的象牙版上刻一篇《兰亭序》,至今还有‘艺术品’之称,但倘将这挂在万里长城的墙头,或供在云冈的丈八佛像的足下,它就渺小得看不见了,即使热心者竭力指点,也不过令观者生一种滑稽之感。”在鲁迅看来,事物的美学价值的大小总是和时代、社会环境相依而存,在“风沙扑面,狼虎成群”的时候,不需要这些“小摆设”,而是需要“匕首和投枪”。

在批判了美术上的“小摆设”的基础上,作者进一步引申,把批判的矛头转向了文学上的“小摆设”——“小品文”,并进一步指出了小品文的危害。美术上的“小摆设”已经失去了生存的土壤,“幻梦是已经破掉了”,在现实社会中,文学上的“小摆设”——“小品文”却“越加旺盛起来”。在这个挣扎和战斗的年代,这些小品文危害甚巨,使人变得消极,“将粗犷的人心,磨得渐渐的平滑”。

文章第二部分从历史的角度探讨了小品文的过去、现在和未来,论述了小品文应该具备的特征和应有的价值。鲁迅以渊博的知识首先对小品文从晋唐一直到清代的发展历程进行了勾勒,通过论证得到结论:小品文的生存是“仗着挣扎和战斗”的,小品文生存发展的历史是挣扎和战斗的历史。接着,鲁迅以一个亲历者的身份回顾了“五四”以来的小品文,肯定了小品文的成绩:“散文小品的成功,几乎在小说戏曲和诗歌之上。”同时揭示了小品文的本质“自然含着挣扎和战斗”,说明了“挣扎和战斗”是小品文的传统,并且认为小品文会继续沿着这样的趋势发展。但是到了 20 世纪 30 年代,小品文的创作发生了问题,一部分文学家“却在特别提倡那和旧文章相合之点,雍容,漂亮,缜密,就是要它成为‘小摆设’,供雅人的摩挲……”这必将使青年“由粗暴而变为风雅”,正切合统治者的心愿和要求。

文章最后,鲁迅从小品文的危机中看到了它的生机和转机,他一方面预言“麻醉性的作品,是将与麻醉者和被麻醉者同归于尽的”,另一方面宣告:“生存的小品文,必须是匕首,是投枪,能和读者一同杀出一条生存的血路的东西。”两条道路,两种不同的发展结局,泾渭分明。他还强调生存的小品文也不是一味的战斗、呐喊,它有丰富的内容和生活情趣,也讲趣味,给人“愉快和休息”,却不是抚慰和麻痹,而是“劳作和战斗之前的准备”。

(二)艺术特色

首先是说理的形象性。“危机”本身是个抽象概念,怎样使它具有形象性,同时又说得有趣味呢?文章开头一字不提小品文,却不厌其详地谈起小摆设,从开场白的角度看,意趣盎然,形象而又具体。全文用了一半左右的篇幅介绍小摆设的内容、历史、功用及鉴赏家,指出小摆设的本质“那只是所谓士大夫的‘清玩’”,但到此笔锋一转:“在风沙扑面,狼虎成群的时候,谁还有这许多闲工夫,来赏玩琥珀扇坠，翡翠戒指呢。”最后作者揭露了正人君子们鼓吹小品文应成为小摆设的卑鄙用心：“要求者以为可以靠着低诉或微吟，将粗犷的人心，磨得渐渐的平滑。”正人君子们“循循劝诱”的伪善面孔也昭然若揭。作者借助于形象的说理，将抽象的概念演绎变得生动而有趣。

其次是史笔的概括性。鲁迅知识渊博，眼光犀利而深刻。文章中他概要地介绍了小品文的历史，在梳理小品文的历史过程中，让读者了解到小品文的光辉是与“抗争和愤激之谈”，与关心天下社会、讽刺和攻击不平联系在一起；小品文蜕变而成为小摆设，是“费去许多助虐的武将的刀锋，帮闲的文臣的笔锋”的结果。对“五四”以后小品文的状况，他告诉青年们，它的光辉也在于挣扎和战斗。但“因为常常取法于英国的随笔，所以也带一点幽默和雍容；写法也有漂亮和缜密的，这是为了对于旧文学的示威，在表示旧文学之自以为特长者，白话文学也并非做不到”。经过鲁迅的史笔钩沉，玩赏小品文的雍容、缜密的文学青年也自当猛醒，帮闲文臣之流炮制的麻醉剂到此失去效用。

四、《拿来主义》

这篇文章发表于1934年6月7日《中华日报》副刊《动向》，署名霍冲，后收入《且介亭杂文》。在这篇文章中，鲁迅运用辩证法的观点批判了复古媚外的“送去主义”和盲目排外的错误思想，阐述了如何正确对待外国文化和民族文化。

（一）主题思想

文章从结构上来看可以分为两部分，前一部分是“破”，批判了“送去主义”的表现、实质和危害。作者首先揭露了现实，国民党政权为了崇外、媚外，出卖祖国河山、资源和主权，“到现在，成了什么都是‘送去主义’了”。接着作者把批判的矛头转向文化领域内的“送去主义”，指出文化界的“送去主义”的特点：以“保粹”来“取媚”，用那些“红肿之处，艳若桃花；溃烂之时，美如乳酪”的“国粹”[①]，来夸耀自己几千年来的“文明”，同时又靠这些“国粹”来“发扬国光”，博取洋大人的欢心。这些文人既表现了阿Q式的“自大”，又表现了奴才般的“事大”，从来也不考虑根据自己发展的需要，学习外国的长处，按照“礼尚往来”的原则，汲取外国的经验。在分析了文化界的“送去主义”特点的基础上，鲁迅一针见血地点出了“送去主义”的实质。“送去主义”者常常以“丰富”“大度”而自诩，其实这不过是一种拙劣的自欺欺人的伎俩，是掩盖他们媚外卖国的遁词。这些“送

① 鲁迅：《热风·随感录三十九》，《鲁迅全集》第1卷，人民文学出版社1981年版，第318页。

去主义”者危害极大，他们吹嘘“中国地大物博，开化最早；道德天下第一”①，势必将使中国国势日弱、文化贫乏，最后完全沦落为外国的殖民地，我们的子孙后代将无法立足于世界民族之林，只能“磕头贺喜，讨一点残羹冷炙做奖赏”。而这些“残羹冷炙”是以主子自居的帝国主义“抛给”的，并不是说明了他们的雍容大度，而是一种政治、经济和文化的侵略手段，是进一步榨取中国人民血汗的诱饵。

文章后一部分是“立”，正面阐述了“拿来主义”。作者先提出自己的观点：“‘送去’之外，还得‘拿来’，是为‘拿来主义’。”要实行“拿来主义”，必须首先要弄清楚“送来”和“拿来”的区别。自鸦片战争以后，帝国主义“送来”的东西很多：“先有英国的鸦片，德国的废枪炮，后有法国的香粉，美国的电影，日本的印着‘完全国货’的各种小东西”，帝国主义无孔不入的侵略使得中国丧权失地、经济破产、内战不休、民生凋敝，加速了殖民化的过程，“于是连清醒的青年们，也对于洋货发生了恐怖”，产生了一种盲目排外的思想，原因在于他们没有认清那些东西都是“送来”的。“拿来主义”则不然，它是我们根据自己的需要，主动地、有选择地、批判地学习外国的长处。

那么如何“拿来”呢？鲁迅运用“旧宅子”作为比喻，生动阐明了“拿来主义”的道理。他先是否定了三种人三种错误的拿来方法：第一种是“孱头”，这类人生性软弱，缺乏自信，徘徊于大宅门外，不敢进去，所以连接触都谈不上，更谈不上拿来。第二种人是“昏蛋”，自认为老子天下第一，一听外来的就勃然大怒，一概视为腐朽，放一把火烧光为快。这类人貌似彻底革命，实则思想僵化、目光短浅、心胸狭窄。第三种人是“废物”，他们崇洋媚外、丧失自我、接受一切、全盘西化。在对这三种人批判之后，鲁迅归纳了“拿来主义”的原则，“拿来”就是占有、挑选、分类，按照类别分别对待——“或使用，或存放，或毁灭”。只有以我为主，沉着勇猛、辨别取舍，真正实行“拿来主义”，人才能“成为新人”，文艺“成为新文艺”。

文章虽短，却意味深长，论述的是一个重大的文化问题。由于鲁迅把这个抽象的论题放置在一个具象的比喻框架之中，为读者营造了一个产生并展开联想的空间，所以能在简短的文字中包含了关于如何科学地对待外来文化、传统文化，文化的借鉴继承和融合交流以及创新等多方面的问题。时至今日，这篇文章对于当下文化的发展仍具有借鉴意义和警示作用。

（二）艺术特色

首先，生动形象的比喻说理。鲁迅杂文常常运用形象化的比喻阐明深奥的

① 鲁迅：《热风·随感录三十八》，《鲁迅全集》第1卷，人民文学出版社1981年版，第312页。

道理，常常使文章具有深入浅出的艺术效果，《拿来主义》正充分体现了这一特色。文章巧妙地将文化遗产比作一座大宅子，然后从正反两方面设喻，先反面设喻批判对待文化遗产的三种错误态度：用“徘徊不敢走进门”的“孱头”比喻懦弱无能、害怕继承、拒绝借鉴的逃避主义者；用“勃然大怒，放一把火烧光，算是保存自己的清白”的“昏蛋”比喻割断历史、盲目排外的虚无主义者；用“羡慕”宅子的旧主人，“接受一切，欣欣然的蹩进卧室，大吸剩下的鸦片”的“废物”比喻崇洋媚外、主张“全盘西化”的投降主义者。设喻新颖风趣，讽刺深刻犀利，说理明白晓畅。接着从正面设喻，阐述对待文化遗产的正确态度——取其精华，去其糟粕。以“鱼翅”比喻文化遗产中的“精华”部分；以“鸦片”比喻文化遗产的“精华”与“糟粕”互见，需要区别对待，加以批判、吸收的那一部分；以“烟枪和烟灯”比喻文化遗产中的旧形式；以“一群姨太太”比喻只供剥削阶级欣赏享用的腐朽淫糜的东西，如色情文化等。由于鲁迅对所要说明的事物和用来比喻的事物以及它们之间的对应关系都作了细微的观察和揣摩，所以他的笔下无论整体的比喻还是局部的比喻都让人赞叹、佩服，读者不仅可以从中得到深刻的启示，而且可以得到艺术的愉悦。

其次，幽默风趣的讽刺手法。杰出的幽默才能，卓越的讽刺艺术，往往使鲁迅的杂文妙趣横生，让读者发出会心的微笑。本文虽然是一篇专谈批判与继承问题的文章，但作者卓越的幽默和讽刺才能也淋漓尽致地表现出来了。文中作者为了讽刺那些“送去主义”的行径和滥调，便说“我在这里也并不想对于‘送去’再说什么，否则太不‘摩登’了”，既挖苦了“送去主义”，也旁敲侧击了“摩登”作风，可谓一箭双雕。再如，“这种奖赏，不要误解为‘抛来’的东西，这是‘抛给’的”。一个“给”字就击中了帝国主义的险恶用心，因为那是“送来”的，而不是“拿来”的缘故，一句话就把“送来”和“拿来”的区别点明了。此外，对邵洵美的讽刺（“或是做了女婿换来的”），对国粹家的挖苦（把中国的烟灯和烟枪称为“国粹”），这些都是鲁迅常用的“顺便一击”“随手刺之”的讽刺手法，表现了他对于杂文写作的得心应手、驾驭自如。

第六章 鲁迅散文创作的“生命痕迹”

相比于小说和杂文,鲁迅的散文是其个人化的东西,尤其是其中的《野草》,它包含了鲁迅的全部哲学思想,下面分别对鲁迅的部分散文进行解读,看其留下了作者怎样的“生命痕迹”。

第一节 记忆旧事的《朝花夕拾》

鲁迅称《朝花夕拾》的素材是“从记忆中抄出来的”[1],所以该集所收均属回忆散文。这些作品写于 1926 年 2 月至同年 11 月,共 10 篇,曾陆续发表于《莽原》半月刊,总题为《旧事重提》,结集时改名为《朝花夕拾》。他大概是回想起童年时“水村的夏夜,摇着大芭蕉扇,在大树下乘凉”,“男女都谈些闲天,说些故事”[2]的情景。“说故事”就免不了“旧事重提”,《朝花夕拾》其实就是对这样的童年“谈闲天”的追忆与模拟,因而显得自然、亲切、和谐、宽松。

这组文章虽然各自独立成篇,但又有总体的构思,先后安排基本上以作者的童年和青年的生活轨迹为序,如果从 1887 年初读《鉴略》,到 1912 年范爱农之死,即从自己的童年到辛亥革命之后,历时达二十多年。在《莽原》上发表时每篇都注明《旧事重提》第几篇。第一篇至第六篇主要写童心世界,第七、八两篇写青年时代面临的人生道路的抉择,第九、十两篇怀念师友,回顾自己走上文学道路的经历。但是与一般的自传或回忆录的写法不同,它不是个人生活的编年史,而只是从生活回忆中选取若干有意义的片段,写成一组既各自独立又具有连续性的系列散文。鲁迅的生活阅历相当丰富,即使在作品所反映的青少年时代,可写之事也很多,但他只从中选取了十个题目,这与他一贯主张的“选材要严,

① 鲁迅:《朝花夕拾·小引》,《鲁迅全集》第 2 卷,人民文学出版社 1981 年版,第 230 页。

② 鲁迅:《集外集拾遗补编·自言自语》,《鲁迅全集》第 8 卷,人民文学出版社 1981 年版,第 91 页。

开掘要深”的谨严的写作态度有关。这十篇散文，每篇都有很深的思想意义和很高的艺术水平，在回忆散文中属上乘之作。

一、充满真、善、美的童心世界

《朝花夕拾》中有很大一部分是鲁迅回忆儿时生活的，其中充满了童趣。在童心世界里，作者感到的是天真自然、无忧无虑，对天地万物都采取一视同仁的态度，于是世界的一切美好都如向日的葵花面带灿烂的笑容。在百草园里，是一派生机盎然的情景：“不必说碧绿的菜畦，光滑的石井栏，高大的皂荚树，紫红的桑椹；也不必说鸣蝉在树叶里长吟，肥胖的黄蜂伏在菜花上，轻捷的叫天子（云雀）忽然从草间直窜向云霄里去了。单是周围的短短的泥墙根一带，就有无限趣味。油蛉在这里低唱，蟋蟀们在这里弹琴……”那些花花草草、鸟鸣虫唱固然如此，乡村的人事也令人好奇与向往。那五猖会如磁石般地吸引着孩子的心，大清早人们就忙起来，在一片热闹的气氛中，“我笑着跳着，催他们要搬得快”。还有《山海经》里的人面兽、九头蛇、三脚鸟、翅膀人，还有无头而以双乳为目的怪物，这些图画都令“我”坐立不安，心向往之。当保姆长妈妈为我弄来这本书时，“我似乎遇着了一个霹雳，全体都震悚起来”。还有长妈妈躺在床上两手两脚伸放成一个“大”字，挤得我无法翻身。最突出的是作者对鼠的态度，在《狗·猫·鼠》中，作者说“我”养了一只隐鼠，拇指样大，不怕人，常在人前游行，或桌上，或地上，或爬上人的腿，可爱极了，然而它丢失了，开始说是被猫吃了，后来又说是被保姆阿长踩死了，但不管怎样，“我”从此更讨厌猫，对阿长也冷淡了。从养鼠到爱鼠，可见透明的童心。还有《无常》中的活无常，作者赋予它可爱的成分，因为“惟独与他最为稔熟，也最为亲密”。“童心”使《朝花夕拾》有了亮色，不自觉地将人带到一个充满真、善、美的世界。

然而，在这种天真烂漫的童心世界中，也处处充满了不和谐音。如《二十四孝图》中作者回顾了童年阅读长辈所赠的第一个图画本子时的具体感受，其中有荒诞不经的“哭竹生笋”“卧冰求鲤”，同时还有那将“肉麻当作有趣”的令人作呕的“老莱娱亲”和因违反人性、沽名钓誉而得到“天赐黄金”的“郭巨埋儿”等故事。鲁迅批判这本教科书道：“正如将‘肉麻当作有趣’一般，以不情为伦纪，诬蔑了古人，教坏了后人。”他以儿童的纯真心理，揭穿了封建孝道的虚伪性和残酷性。因此，在《二十四孝图》的一开始，作者就以急切的口吻说：“我总要上下四方寻求，得到一种最黑，最黑，最黑的咒文，先来诅咒一切反对白话，妨害白话者。”原因也正在于鲁迅体察到儿童的纯真心理，因为自从“五四”“文学革命”运动提倡白话文以来，供给孩子的书籍“总算有图有说，只要能读下去，就可以懂得的了。可是一班别有心肠的人们，便竭力来阻遏它，要使孩子的世界中，没有一丝乐趣”。虽然鲁迅以自己童年的亲身经历体察到了儿童的这种纯真心理,可在鲁迅的童年时代,这种天性却是封建社会的家长和教师们所不能体察的,这一点在《五猖会》中也有具体的体现。《五猖会》中父亲在“我”兴高采烈地将要上船去看赛会之前,却要“我”上新课、背新书,虽然终于背出来了,大家都为“我”高兴,“我”却觉得索然无味,而且在文末还写道:“我至今一想起,还诧异我的父亲何以要在那时候叫我来背书。”可见家长与儿童在心理上是隔膜之至。

二、在叙事、写人中披露心灵

《朝花夕拾》每篇文章的写法不同,有些以叙事为主,有些则标明是专写某一个人物的,但叙事也离不开人物,无论是何种写法,所写人物都跃然纸上,其中着笔较多的是长妈妈、藤野先生和范爱农。长妈妈是鲁迅幼年时的保姆,文章就从儿童的眼光来加以观察。长妈妈这个人物的出现,首先是在《狗·猫·鼠》一文的末尾,提到了她一脚踏死隐鼠之事,接着,才在《阿长与〈山海经〉》里对她展开描写,所写虽多是日常生活琐事,但很传神,写她常常切切察察,旧规矩很多,管小孩子非常严,但其实并不能照顾小孩子,等等。通过几个细节,就表现出一个繁琐、粗俗和愚昧的佣妇形象来,但这并不是长妈妈的全部,作者又通过她为“我”买《山海经》之事,表现出了她性格的另一面:细心和爱心。这一切都是从一个小孩子的视觉和感受出发来描写的,也表现了一种童趣。写藤野先生则用的是对比的手法,作者用了两种对比:一是藤野先生衣着的马虎和教学研究态度之认真的对比;二是日本学生受军国主义的影响对中国学生因歧视而寻衅,与藤野先生对中国学生热切的希望和不倦的教诲的对比。在这种对比中,既写出了藤野先生的崇高品格,也写出了作者对他的感情。在作者的心目中,藤野先生的人格力量是伟大的,对他的影响也是深远的,但作者并没有用过分张扬的文字来描写这种影响,而只记叙了这种的事实:“只有他的照相至今还挂在我北京寓居的东墙上,书桌对面。每当夜间疲倦,正想偷懒时,仰面在灯光中瞥见他黑瘦的面貌,似乎正要说出抑扬顿挫的话来,便使我忽又良心发现,而且增加勇气了,于是点上一枝烟,再继续写些为‘正人君子’之流所深恶痛疾的文字。”范爱农则是一个十分复杂的性格,他的老师徐锡麟因刺杀安徽巡抚恩铭而被恩铭的亲兵挖出心来炒食净尽,但作为徐锡麟学生的范爱农反对发电报到北京痛斥清政府的无人道,这就引起别人的愤怒。范爱农绝不是一个不负责任的人,作者只用几句话,就把他更本质的一面写了出来:“爱农做监学,还是那件布袍子,但不大喝酒了,也很少有工夫谈闲天。他办事,兼教书,实在勤快得可以。”可惜环境对他不利,只有鲁迅做校长时,才会请他做监学,鲁迅一走,他就被接任的孔教会会长辞掉了,社会环境逼得他非沉沦不可。他的形象使人想起了鲁迅小说《孤独者》中的魏连殳,他们都是以变异的心态来反抗社会,而不为社会所容,不为人们所理解的人。

同时,《朝花夕拾》中有些人物形象虽着墨不多,但神情毕肖,如寿镜吾和衍太太。寿镜吾是三味书屋的老师,“他是本城中极方正,质朴,博学的人”,但是当“我”问他也很博学的东方朔之事时,他却说不知道,而且“似乎很不高兴,脸上还有怒色了”。他自己也和学生们一起大声读书,读得非常陶醉,以致学生们声音低下去,静下去,大家各做自己的小动作也不觉察。特别传神的是写他大声朗读《李克用置酒三垂岗赋》的时候,作者说:“我疑心这是极好的文章,因为读到这里,他总是微笑起来,而且将头仰起,摇着,向后面拗过去,拗过去。”寿镜吾实在是一个既古板又可爱的人物,而衍太太则是一个令人讨厌的人物。她最先出现在《父亲的病》一文的末尾,父亲临终前需要平静,而精通礼节的衍太太却要叫“我”大声唤叫父亲,弄得父亲“已经平静下去的脸,忽然紧张了,将眼微微一睁,仿佛有一些苦痛”。但衍太太仍催促他叫,一直到父亲咽了气。如果说,这或者可以归结为旧礼节的害处,那么《琐记》里所写,就表现出衍太太的坏品德了。她对自己的儿子虽然狠,对别人家的孩子却好,而这所谓好,是怂恿别人家的孩子在冬天比赛吃冰,或者比赛打旋,还拿春图给未成年的“我”看,并教唆“我”去偷母亲的首饰变卖,“我”并没有偷,她却放出流言来了。在这里,作者只选取了几件极平常的事情,用极平常的语调叙述,就显示出了一个人灵魂深处的东西来。

当然,《朝花夕拾》作为叙事散文,真正的主人公还是叙事主体,即作者自己,但本书与一般的回忆录不同,作者并没有大段的自我描写和内心独白,而是在叙事、写人中展示了自己的内心世界。

第二节　“虚妄与希望”间生长的《野草》

《野草》共收写于 1924 年 9 月至 1926 年 4 月的散文诗 23 篇,这些作品曾陆续发表于《语丝》周刊,1927 年 4 月在广州编定,并写《题辞》。鲁迅本人在《〈自选集〉自序》中说:“后来《新青年》的团体散掉了,有的高升,有的退隐,有的前进,我又经验了一回同一战阵中的伙伴还是会这么变化,并且落得一个‘作家’的头衔,依然在沙漠中走来走去,不过已经逃不出在散漫的刊物上做文字,叫作随便谈谈。有了小感触,就写些短文,夸大点说,就是散文诗,以后印成一本，谓之《野草》。”[①]鲁迅写作这些散文诗的1924年到1926年，北京正处于五四运动之后最黑暗、最反动的时期，对于这个暗无天日的社会现实，鲁迅在《野草》中表示了极大的愤怒，他称这个社会现实是“废弛”了的人间“地狱”，他为那些被压在地狱中的“鬼众”发出了深沉的诅咒和反叛的吼叫，他说自己的《野草》“大半是废弛的地狱边沿的惨白色小花”，这既是对《野草》产生时代的形象说明，也是对产生《野草》时代的愤怒抗战。

在这种暗无天日的时期，鲁迅的心情一度出现了苦闷与彷徨。但是，鲁迅的这种苦闷与彷徨不是停滞，更不是后退，而是上下求索着，寻找前进的道路。如果说在《呐喊》里鲁迅是猛烈地向旧礼教开火，并提出他长期思考着的国民性改造问题，在《彷徨》里除了继续批判旧礼教之外，他更多地探索着知识分子的道路问题，并且在探索中前进，那么在《野草》里同样表现出了作者的探索与思考，只是思考的侧面有所不同而已。在《野草》中，可以很明显地看到一个由哀伤、绝望、挣扎、解脱、欢欣等组成的悲欣交集的复杂的情思世界，同时也是一个由矛盾、终极悖论、怀疑、自剖、反思、追问、顿悟等组成的极为沉潜的情思世界。因此，可以说《野草》是心灵的炼狱中熔铸的鲁迅诗，是“孤独的个体”的存在体验中升华出来的鲁迅哲学，[②]是“虚妄与希望”间的生命追问。

《野草》连同《题辞》共24篇，按每篇思想的主题倾向，可分为三类。

一、韧性战斗精神的颂歌

鲁迅的《野草》带有鲜明的诗的特质，它们同鲁迅那些针对社会现实直接发表意见的杂文不同，主要是通过凝练含蓄的抒情诗的形象、意境和语言，抒写了自己对黑暗的社会现实的坚韧战斗和深刻批判，对内心世界矛盾斗争的严肃解剖的思想情怀，因为对于当时黑暗的社会现实和封建精神文明，鲁迅有着极为深切的了解和感受。与《野草》写作同时，鲁迅在写给许广平的信里就说：“中国大约太老了，社会上事无大小，都恶劣不堪，像一只黑色的染缸，无论加进什么新东西去，都变成漆黑。”[③]“由我想来——这只是如此感到，说不出理由——目下的压制和黑暗还要增加，但因此也许可以发生较激烈的反抗与不平的新分子，为将来的新的变动的萌蘖。”[④]面对“黑色的染缸”一样严酷的社会现实，鲁迅一贯主张进行长期韧性的战斗，“正无需乎震骇一时的牺牲，不如深沉的韧性的战

① 鲁迅：《南腔北调集·〈自选集〉自序》，《鲁迅全集》第4卷，人民文学出版社1981年版，第456页。
② 参见章衣萍：《古庙杂谈（五）》，《古庙集》，河北教育出版社1994年版，第13页。
③ 鲁迅：《两地书·第一集 北京》，《鲁迅全集》第11卷，人民文学出版社1981年版，第20页。
④ 鲁迅：《两地书·第一集 北京》，《鲁迅全集》第11卷，人民文学出版社1981年版，第40页。

斗"[①],就是鲁迅在历史和现实斗争的血的教训中所获得的极为宝贵的认识。

这种韧性战斗的精神在《野草》的开篇之作《秋夜》中就非常明显地体现了出来。站在这样一幅图景中心的是那后墙外的两株枣树和将繁霜洒在野花草上的秋夜的天空,这是两个尖锐对立而又进行殊死斗争的象征性的艺术形象,天空象征当时黑暗、残酷的社会,两株枣树象征着不屈不挠的战士形象。枣树向人们奉献出它的果实,连剩下的几个枣子也被一两个孩子打尽,现在不但一个果实也不剩,而且连叶子也落尽,"单剩干子,然而脱了当初满树是果实和叶子时候的弧形,欠伸得很舒服"。枣树虽然身上带着疮伤,但它仍然顽强地与夜的天空展开斗争,它的树干"有几枝还低亚着,护定他从打枣的竿梢所得的皮伤,而最直最长的几枝,却已默默地铁似的直刺着奇怪而高的天空,使天空闪闪地鬼睒眼;直刺着天空中圆满的月亮,使月亮窘得发白"。枣树的这种顽强的韧性战斗精神正是鲁迅自身的特点,可以说,枣树的形象正是作者性格的外化。鲁迅经过长期的战斗,深知黑暗势力的强大,认识到中国太难改变,"即使搬动一张桌子,改装一个火炉,几乎也要血;而且即使有了血,也未必一定能搬动,能改装"。所以他提倡一种韧性的战斗精神。但同时,鲁迅深深知道,要彻底摧毁那个"黑色的染缸"一样的旧社会,仅仅有枣树一样的一心制敌人死命的韧性战斗品格是不够的,还必须有对革命道路坚忍不拔的探索精神,就如《过客》中的过客一样。这位过客行色匆匆、衣衫褴褛,他从有着杂树和瓦砾的地方走来,又走向荒凉破败的地方。从他有记忆的时候,他就这么一个劲儿地直往前走,鞋烂了,又饥又渴,但仍不忘咬着牙前行,任凭老者的劝说挽留,过客也毫不松懈,只觉得有一个声音在催促和叫唤着他,使他不能停息,即使明知道终点是"坟",他也义无反顾,连小女孩送给他包扎伤口的布片也谢绝了。因此,通过《过客》很明显地看到鲁迅的思想完全超脱了中国的世俗观念,他的作品从不设置一条光明的尾巴,他笔下的人物也不是奔着希望而去,却往往是明知前途渺茫而仍向前走去,明知是绝望的深渊而仍向绝望作坚决的抗争。过客所走的也正是这条路。正如鲁迅在回答读者的提问时所说:"《过客》的意思不过如来信所说那样,即是虽然明知前路是坟而偏要走,就是反抗绝望,因为我以为绝望而反抗者难,比因希望而战斗者更勇猛,更悲壮。但这种反抗,每容易蹉跌在'爱'——感激也在内——里,所以那过客得了小女孩的一片破布的布施也几乎不能前进了。"[②]过客这个象征性形象带上了20年代对生活道路和革命理想进行探索的知识分子的鲜明色彩:不畏困难,不怕伤痛,义无反顾,勇往直前。这种形象深深打着鲁迅自己心境的

① 鲁迅:《坟·娜拉走后怎样》,《鲁迅全集》第1卷,人民文学出版社1981年版,第164页。

② 鲁迅:《书信·250411致赵其文》,《鲁迅全集》第11卷,人民文学出版社1981年版,第442页。

烙印，无疑闪烁着鲁迅自己与旧的世界彻底决裂，不顾一切地求索革命道路的精神光辉，因此过客几乎可以视为鲁迅自己的化身。

如果说《秋夜》和《过客》里的在黑暗中搏击和探索的战士形象还更多的带着象征的色彩，那么到了《这样的战士》和《淡淡的血痕中》就完全是对现实斗争中坚韧不屈的战士的热烈讴歌了。《这样的战士》成功地刻画了一个头脑清醒、韧性战斗的叛逆者形象，他面对的敌人狡猾而虚伪，这些敌人对他均“一式点头”，而这“点头”，比那些张牙舞爪者的狰狞更恐怖，这就是他们“杀人不见血”的武器。在“一式点头”的那些头上，有各种旗帜，绣出各种好名称：慈善家、学者、文士、长者、青年、雅人、君子……头下有各种外套，绣出各式好花样：学问、道德、国粹、民意、逻辑、公义、东方文明……但他举起了投枪。当敌人惨败时，他不怕担“戕害慈善家”的罪名，还是举起了投枪。这种与敌人决战到底的精神某种程度上正是鲁迅自己的写照。他在与这些文人学士们战斗时就曾说过：

> 我自己也知道，在中国，我的笔要算较为尖刻的，说话有时也不留情面。但我又知道人们怎样地用了公理正义的美名，正人君子的徽号，温良敦厚的假脸，流言公论的武器，吞吐曲折的文字，行私利己，使无刀无笔的弱者不得喘息。倘使我没有这笔，也就是被欺侮到赴诉无门的一个；我觉悟了，所以要常用，尤其是用于使麒麟皮下露出马脚。万一那些虚伪者居然觉得一点痛苦，有些省悟，知道技俩也有穷时，少装些假面目，则用了陈源教授的话来说，就是一个“教训”。①

虽然这位战士有清醒的理性头脑，有韧性的战斗精神，但他还是无法取得战斗的胜利，“他终于在无物之阵中衰老，寿终。他终于不是战士，但无物之物则是胜者”。但是即便失败，“这样的战士”依然保持着战斗意志，即使处于谁也不闻战叫声的太平境地，他仍举起了投枪，这种反抗绝望的战士才是真正具有韧性精神的战士。

《淡淡的血痕中》是对现实中涌现的“叛逆的猛士”的进一步讴歌，鲁迅在《〈野草〉英文译本序》中说：“段祺瑞政府枪击徒手民众后，作《淡淡的血痕中》。”②这就是说，该文是因“三一八”惨案而作。鲁迅把他目睹的青年们的英

---

① 鲁迅：《华盖集续编 · 我还不能“带住”》，《鲁迅全集》第 3 卷，人民文学出版社 1981 年版，第 244 页。

② 鲁迅：《二心集 · 〈野草〉英文译本序》，《鲁迅全集》第 4 卷，人民文学出版社 1981 年版，第 356 页。

勇行为化作了叛逆猛士的诗意的形象，他向这叛逆的猛士唱出了心中最热烈的讴歌：

> 叛逆的猛士出于人间；他屹立着，洞见一切已改和现有的废墟和荒坟，记得一切深广和久远的苦痛，正视一切重叠淤积的凝血，深知一切已死，方生，将生和未生。他看透了造化的把戏；他将要起来使人类苏生，或者使人类灭尽，这些造物主的良民们。①

这个叛逆的猛士依然保存着“这样的战士”具有的那种清醒而坚韧的思想特点，但又拂去了由于只身奋战而带有的寂寞、绝望的色彩。这是扎根于现实斗争土壤上的新的叛逆者形象，他所显示的沉毅、勇猛和必胜的斗争气概，倾注了鲁迅对觉醒而斗争的青年的深情赞美。在这个叛逆的猛士身上，鲁迅所一贯歌颂的韧性战斗精神被赋予了新的思想光辉。

二、心灵自我解剖的记录

由于写作《野草》之时，正值鲁迅通过长期探索将要发生思想飞跃的前夜，巨大的思想裂变必然伴随着深刻的思想矛盾。他在叙述自己这个时期思想变化的历程时说：“我的确时时解剖别人，然而更多的是更无情面地解剖我自己。”②为了摆脱前进中的思想负累，鲁迅坚持在思想战线上向敌人冲锋陷阵的同时，对自己思想中存在的矛盾进行了严肃的自我解剖，《野草》中有不少篇章就是鲁迅这种内心自我解剖的记录。这类文字表现较为曲折而晦涩，但作者的心灵剖视精细入微。《影的告别》是《野草》中最早出现的解剖自己内心阴影的一篇作品，在写这篇作品的同一天夜里，鲁迅在给一位青年的信中这样写道：

> 我自己总觉得我的灵魂里有毒气和鬼气，我极憎恶他，想除去他，而不能。我虽然竭力遮蔽着，总还恐怕传染给别人，我之所以对于和我往来较多的人有时不免觉到悲哀者以此。③

《影的告别》就是作者要除去自己灵魂里的“毒气和鬼气”的一篇形象的自白。散文诗中的“影”是鲁迅上述内心思想矛盾的化身，它因为思想的歧异而不

---

① 鲁迅：《野草·淡淡的血痕中》，《鲁迅全集》第2卷，人民文学出版社1981年版，第221～222页。

② 鲁迅：《坟·写在〈坟〉后面》，《鲁迅全集》第1卷，人民文学出版社1981年版，第284页。

③ 鲁迅：《书信·240924致李秉中》，《鲁迅全集》第11卷，人民文学出版社1981年版，第431页。

愿随着人的脚步前进了，但是它也清醒地知道，它别人而去之后的境遇是怎样的。或者为黑暗所吞没，或者为光明所消失，只有彷徨于光明与黑暗之间才是它存在的命运，然而它不甘心于此，宁愿在黑暗里沉默，也不愿彷徨于明暗之间，这个“影”的心境是孤寂的、空虚的，它清楚自己所赠予别人的只有“黑暗和虚空”，它决心在黑暗与虚空中作绝望的抗争，决不让它再去占别人的心地，它知道那黑暗世界的强大，却只要自己被黑暗吞没。这种“影”向人所作的告别的话语，明显反映了鲁迅这个时期的思想意绪，他在给许广平的信中说：“我的作品，太黑暗了，因为我常觉得惟‘黑暗与虚无’乃是‘实有’，却偏要向这些作绝望的抗战，所以很多着偏激的声音。”①这种向“黑暗与虚无”所作的绝望抗战的声音也回旋在《野草》的部分篇章中，如之前的《秋夜》，那笼罩一切的严冷的夜空与枣树顽强的反抗；如之后的《过客》，那“坟墓”象征的前途与过客坚韧的跋涉，都可以听到《影的告别》中这两种思想交战的心声。而在这篇散文诗中，这声音充满了凄楚和愤激，同时又充满了一种对于黑暗、空虚的决绝情绪，对于真正光明的白天的渴望！因此，鲁迅所精心创造的这种影子向人告别的艺术幻想本身，应该说就是以剖白的形式对思想矛盾所进行的斗争，正是从这个意义上可以说，散文诗写的是“影”向人的“告别”，实际上是鲁迅向“影”所代表的消极思想的决裂。这种埋葬思想阴影的剖白在《墓碣文》中也体现得很明显。这是《野草》中格调最低沉、绝望，虚无思想最为浓烈的一篇，也是这本散文诗集中最难解的文字。墓碣文刻于墓碣阳、阴两面，阳面文字的大意是：每当热情浩歌时，总感到周围万般冷冽；在被描绘得如天堂一般的世界中看到了人间地狱般的深渊；在似乎存在于别人的眼里的一切事物中看到了任何事物都是不存在的一种“无所有”的虚无；在无所希望的绝望之中，由死亡而得到了超脱人间尘世的痛苦。这些想法久久萦绕心间，游魂般地化为一条有毒牙的长蛇，但这毒蛇的毒牙不咬他人，只咬自身，直至死去。在《呐喊·自序》中，鲁迅在自述当时内心精神世界的特征时也曾用过类似的比喻：“这寂寞又一天一天的长大起来，如大毒蛇，缠住了我的灵魂了。”“这于我太痛苦。我于是用了种种法，来麻醉自己的灵魂……甘心使他们和我的脑一同消灭在泥土里。”②因此这阳面碑文明显展示了鲁迅自身难以摆脱的心灵痛苦。而墓碣后面，从坟墓缺口则可看见尸体“胸腹俱破，中无心肝”，可见死者遭遇极为悲惨，而他的脸上，却绝不显出悲哀或欢乐之状，只是蒙蒙然的，如罩上一层烟雾的样子。这里的“不显哀乐之状”也是鲁迅屡屡讲过的不愿意给反对自己的敌人看到，使他们快意于自己的痛苦。如果说，墓碣的前面有关

① 鲁迅：《两地书·第一集 北京》，《鲁迅全集》第11卷，人民文学出版社1981年版，第20~21页。

② 鲁迅：《呐喊·自序》，《鲁迅全集》第1卷，人民文学出版社1981年版，第417~418页。

“游魂”化成毒蛇自啮，是暗示与象征鲁迅的严于解剖自己的话，那么墓碣阴面的文字，就是象征鲁迅进行自我解剖时，在他的精神世界中所可能产生的极端的痛苦和在严峻的灵魂拷问中产生的矛盾感觉，因为在“抉心自食”的过程中，那种创痛太酷烈了，在超越生命极限的痛苦之中，有什么方法能够知道心的“本味”呢？在痛定之后，再慢慢地去“自食”它，然而这个心已经陈旧，“本味”又从哪里能够知道呢？与阳面文字一样，最后死者告诫生者，倘不能正确解答这些人生难题，就“离开”！鲁迅深知自己思想中的“毒气和鬼气”是对一个人的勇猛前行不利的，他愿在自我解剖中得到消解，他“总还怕传染给别人”。然而，“我”欲离去，死者急忙坐起，他“口唇不动”，却说出这样一句更加扑朔迷离、更为近似谜语的话：待到尸体成尘，化为虚无，便有胜利的微笑。这里再一次表现了鲁迅思想中虚无的一面。但是，“我”深感死者的这种思想十分可怕，疾步离开墓地，表现了鲁迅与这种消极、虚无思想尽快决绝的态度。他创作《墓碣文》，不仅袒露了自己的心境，更是为了彻底埋葬消极、绝望、虚无的旧我。

在解剖自己内心阴影的过程中，鲁迅也把自己关注的焦点集中在“身外的青春”——青年——上。鲁迅一向关心青年，在进化论的影响下，曾经不加分析地将希望寄予青年。然而五四运动高潮过去之后，政治气候低潮下的青年普遍陷入了消沉的状态，正如沈雁冰对当时的青年加以批评时说：“悲观，这两个字，近来是很时髦的，差不多不把悲观两字挂在嘴头，便不足以表现他是一个忧时悯世而且有远见的志士，如果你说‘我觉得没有什么觉得悲观’，便常常被人笑为麻木不灵，眼眶里没有眼珠，看不到远处。”①鲁迅曾在《〈野草〉英文译本序》里说：“又因为惊异于青年之消沉，作《希望》。”②在《希望》中，鲁迅不是客观地谈青年令人绝望或希望，而是连同自己的心灵一道加以透视。从清代末年的反抗斗争，经过辛亥革命的热烈与失望，一直到北洋军阀统治下的生存搏斗，鲁迅都是以一个热诚的改革者的身份参加的。开始他也曾满怀热情和希望，也即文中所谓的“充满过血腥的歌声”，而后来他因为失望变得空虚，虽然有时用自欺的“希望”的盾去抗拒那空虚中暗夜的袭来，也就是进行绝望的抗战，但是这样慢慢耗尽了自己的青春。他并不悲观，而将希望寄予“身外的青春”，并以此来充实自己。然而，令他惊异的是连“身外的青春也都逝去”了，痛苦的绝望中，作者开始独自进行抗战，“我只得由我来肉薄这空虚中的暗夜了”。鲁迅在孤独的作战中慢慢悲观了，“我放下了希望之盾”，他先引用诗人的四句诗否认了“希望”，继而又引诗人另一句诗否定了“绝望”：“绝望之为虚妄，正与希望相同。”既然希

① 沈雁冰：《杂感》，《文学旬刊》1936 年 6 月 2 日，第 75 页。

② 鲁迅：《二心集·〈野草〉英文译本序》，《鲁迅全集》第 4 卷，人民文学出版社 1981 年版，第 356 页。

望被否定了，随之而来的无疑是绝望。然而，绝望也被否定了，岂不又有希望？鲁迅在这篇散文诗中引用裴多菲的这一诗句，某种程度上也有鼓励青年不要“绝望”的意思。

一年之后，在经历了“五卅”和“三一八”两起惨案后，鲁迅又写了《一觉》。他说：

> 是的，青年的魂灵屹立在我眼前，他们已经粗暴了，或者将要粗暴了，然而我爱这些流血和隐痛的魂灵，因为他使我觉得是在人间，是在人间活着。①

这一段话道出了鲁迅内心的欣喜和快慰，也道出了由于青年的觉醒在鲁迅思想中激起的感情波涛，粗暴的灵魂进一步激起了灵魂的风暴，青年的精神光辉给了鲁迅以希望和力量，促使鲁迅更加执着地在充满黑暗的人间社会里生活和战斗，这也就是鲁迅所说的“使我觉得是在人间，是在人间活着”的意思。一个伟大的精神界战士，给青年以巨大的温暖与鼓励，又从青年身上汲取继续战斗的精神力量。因此，鲁迅的惊喜不仅是为这批文学青年，而且也是为自己，惊喜于近年来自己告别和埋葬了绝望、虚无的阴影，继续战斗。

事实上，鲁迅的心灵并非全是阴暗的，除了“毒气和鬼气”，更多的是积极和美好的情操。《雪》是一篇以景托情的象征性质很浓的散文诗，作者把自己深邃的哲理完全隐藏在自然景物的图景中，其中滋润、美艳的“南方的雪”寄托了鲁迅对美好理想的炽热追求，而那旋转飞腾的“朔方的雪”则蓄积了鲁迅反抗冷酷的现实社会的斗争品格。在这两幅鲜明对立的图景中，贯穿着一个共同的哲理：要用战斗来创造一个春天一般美好的世界。这种对美好理想的希望与渴望到了《好的故事》中表现得更明显了，前者以现实中的落雪景象寄托诗情，后者以梦幻中的山水风物抒发深意，从中都可以听到鲁迅渴求美好生活理想的动人心声。

三、针砭社会痼弊的投枪

翻开《野草》，我们会发现鲁迅在歌颂韧性战斗和自我解剖精神光辉的同时，也喷射着批判社会黑暗与封建精神文明的猛烈火焰。他曾说：“中国大约太老了，社会上事无大小，都恶劣不堪，像一只黑色的染缸，无论加进什么新东西去，都变成漆黑。”②不过，他并未失去信心，他说：“但我总还想对于根深蒂固的

---

① 鲁迅：《野草·一觉》，《鲁迅全集》第2卷，人民文学出版社1981年版，第224页。

② 鲁迅：《两地书·第一集　北京》，《鲁迅全集》第11卷，人民文学出版社1981年版，第20页。

所谓旧文明，施行袭击，令其动摇，冀于将来有万一之希望。”[①]鲁迅对旧社会、旧文明的袭击主要体现在杂文和小说里，但《野草》中几乎也有一半篇幅表现着这种批判精神。这种批判着重在抨击精神麻木的看客，讽刺奴才哲学以及“正人君子”的虚伪等方面。

鲁迅在自述弃医从文的原因时说：“凡是愚弱的国民，即使体格如何健全，如何茁壮，也只能做毫无意义的示众的材料和看客，病死多少是不必以为不幸的。所以我们的第一要著，是在改变他们的精神。”[②]正是那些麻木的“示众的材料和看客”，促使他拿起文艺这个医治精神病苦的武器，所以他对这种麻木的看客一向是深恶痛绝的，并一再通过艺术形象对这一典型的精神现象进行鞭挞和批判。如1921年，鲁迅在《阿Q正传》中已经极其沉痛地描写了路上那些“喝彩的人们”鉴赏阿Q游街示众时的情景。1922年，他在《呐喊·自序》中痛苦地忆述了多年前同胞被杀头时那些“赏鉴这示众的盛举”的人们。1923年，鲁迅在《娜拉走后怎样》里愤激地说：“群众，——尤其是中国的，——永远是戏剧的看客。牺牲上场，如果显得慷慨，他们就看了悲壮剧；如果显得觳觫，他们就看了滑稽剧。”[③]对于这样的群众没有办法，只好使他们无戏可看倒是疗救。1924年，在《祝福》里批判地描写了周围那些男女怎样咀嚼、鉴赏祥林嫂的痛苦与悲哀。1925年，在小说《示众》中更进一步用形象揭示那些麻木的群众既是“示众”的材料的无聊的看客，同时也是无聊的被“示众”的材料本身。而1924年年底写的散文诗《复仇》《复仇（其二）》就集中凝聚了多年来鲁迅对“戏剧的看客”精神麻木的深刻认识和憎恶感情。鲁迅说：“因为憎恶社会上旁观者之多，作《复仇》第一篇。”[④]篇中写一男一女裸着全身，持刀相立于广漠的旷野之上，他们两人将要拥抱，将要杀戮。无数的路人从四面八方奔来，而且伸长颈子，准备鉴赏这拥抱或杀戮，“他们已经豫觉着事后的自己的舌上的汗或血的鲜味”。然而他们两人持刃于旷野上，既不拥抱，也不杀戮，而且连这样做的意思也没有，直到干枯死去。无聊的路人便觉得更加无聊，以至“干枯到失去生趣”，也在无聊中死去。这时，干枯而立于旷野的男女则反过来赏鉴路人的干枯与死亡，而且因生命的飞扬而大喜。事实上，诗篇表现的复仇并非是“会稽乃报仇雪耻之乡”中的“复仇”的意思，而是用无戏可看的办法对麻木群众敲起惊醒的钟声，目的仍是为了“揭出病苦，以引起疗救的注意”。另一篇散文诗《复仇（其二）》，无论从鲁迅写作的

---

① 鲁迅：《两地书·第一集　北京》，《鲁迅全集》第11卷，人民文学出版社1981年版，第32页。

② 鲁迅：《呐喊·自序》，《鲁迅全集》第1卷，人民文学出版社1981年版，第417页。

③ 鲁迅：《坟·娜拉走后怎样》，《鲁迅全集》第1卷，人民文学出版社1981年版，第163页。

④ 鲁迅：《二心集·〈野草〉英文译本序》，《鲁迅全集》第4卷，人民文学出版社1981年版，第356页。

心境,还是从作品的批判锋芒来看,都可以说是《复仇》的续篇。它描写的是《圣经》中耶稣被那些充满敌意的同胞所杀,被害的耶稣是为这些同胞而死的,而这些得到恩惠的同胞却用辱骂、戏弄来鉴赏他的痛苦,牺牲的先觉者与不觉醒的群众之间的关系这种新的抒情结构内容,给这篇散文诗对"戏剧的看客"的批判带来了更加深刻的思想意义和悲剧性质。

除了对无聊的看客的批判外,鲁迅对中庸主义和奴才哲学也施以猛烈的抨击,因为中庸主义和奴才哲学是与鲁迅一向所赞扬并励行的彻底的、不妥协的斗争精神水火不相容的人生态度。在《立论》中这种中庸主义受到了有力的批判,《立论》由老师指导学生作文如何立论谈起,说一个孩子满月,三个客人的不同说辞得到了不同的回应。虚伪奉承孩子将来定要发财的,得到一番感谢;说孩子将来要做官的,收回几句恭维;实话实说,讲孩子将来是要死的,遭到一顿痛打。三种说法,大体属于两类,第一类就是前两种人说的恭维性的谎话,另一类是后一种人说的人的生命发展必然过程的真话,也就是人生的终点是死亡。但是在那个被"瞒"和"骗"的毒气所充斥的社会里,结果只能如此,没有别的可能。那么,要"既不谎人,也不遭打"应该怎么办呢?那只能说:"啊呀!这孩子呵!您瞧!多么……。"这样等于什么话也没说了。鲁迅借此鞭挞现实生活中那种"今天天气,哈哈哈"式的"骑墙派"和市侩的圆滑作风,同时也批判了以谎言为真实的畸形社会。在写了《立论》以后,鲁迅又在那篇著名的《论睁了眼看》的杂文中,尖锐地批判了以"瞒和骗"为特征的"怯弱"而又"巧滑"的国民性:"中国人的不敢正视各方面,用瞒和骗,造出奇妙的逃路来,而自以为正路。"①由此号召人们"取下假面",正视现实,"大胆地看取人生"。鲁迅经过长期的观察和思索,把现实斗争中存在的这种怯弱而又巧滑的中庸主义哲学熔铸在《立论》的艺术形象中。

除了中庸主义,奴才哲学也是鲁迅着力攻击的对象。在《聪明人和傻子和奴才》中,奴才诉苦,聪明人深表同情并给予安慰:"我想,你总会好起来……。"这等同于鲁迅一直批判的《炭画》中那位牧师对老妇人所说的空话一样的安慰,奴才听后却觉得"舒坦得不少"。傻子骂他"混帐",并帮他砸墙开窗,改善生活条件,然而奴才丝毫不理解傻子的行动对于改变他痛苦命运的意义,反而呼喊"强盗在毁咱们的屋子了",结果得到了主人的"夸奖",这是怎样一种令人痛心的现实的悲剧!在这篇散文诗写作之后,鲁迅在《写在〈坟〉后面》里说:"然而世界却正由愚人造成,聪明人决不能支持世界,尤其是中国的聪明人。"这种聪明人,不仅不能支持世界,而且实际上扮演了主人的帮凶的角色,那个正直和倔强

① 鲁迅:《坟·论睁了眼看》,《鲁迅全集》第1卷,人民文学出版社1981年版,第240页。

的傻子，则是革命叛逆者的象征，他有敢于“毁坏铁屋子”的斗争性格，又带着孤身奋战的思想弱点。那个奴才，是一个集中了全部奴才思想的精神典型，在他的身上概括了古今中外一切处于悲惨命运而又安于悲惨地位的奴才思想的普遍特征。鲁迅辛辣地剥露了聪明人的伪善和欺骗，歌颂了傻子的执着和反抗，而对奴才的驯服和麻木给予了无情的嘲讽和鞭挞。这种思想在《求乞者》中也明显地表达了出来，文中所写的孩子是屈服于奴隶命运、向黑暗社会乞怜的人生态度的象征。鲁迅一向对此深恶痛绝，他渴望人们的觉醒与反抗，而憎恶这种乞怜和哀呼，因此，“我不布施，我无布施心，我但居布施者之上，给与烦腻，疑心，憎恶”。这句话正是鲁迅对奴才“怒其不争”的愤激情绪的一种诗意流露。他认为，只有用不屈的斗争才能争得社会的光明的人间的温暖，这就是鲁迅在这篇散文诗中所要传达的战斗诗情。

除此之外，鲁迅对虚伪的所谓“正人君子”也施以猛烈的攻击。他曾在一篇短小杂感中慨叹道：“古今君子，每以禽兽斥人，殊不知便是昆虫，值得师法的地方也多着哪。”①这种标新立异的思想，使鲁迅与“古今君子”的声道古法针锋相对，不是“以禽兽斥人”，而是以为禽兽也有“胜人”的地方。鲁迅在《狗的驳诘》中描写的狗对人的反驳，明显是沿着这一思路而产生的艺术构思。文章描写“我”在梦中与狗的论辩，狗自愧不如人，因为它不能像人那样分辨铜和银、布和绸、官和民、主和奴，并由此来决定自己待人接物的态度。在写这篇散文诗的时候，许广平在给鲁迅的信中描写当时教育界的黑暗与势利时说：“在买者蝇营狗苟，凡足以固位恋栈的无所不用其极，有洞皆钻，无门不入，被买者也廉耻丧尽，人格破产，似此情形，出于清洁之教育界人物，有同猪仔行径！”②因此这篇《狗的驳诘》成了对那些自以为是人的“正人君子”的辛辣嘲笑。鲁迅从目睹辛亥革命失败到同“现代评论派”的“正人君子”们的斗争，他认清了依附于帝国主义、军阀势力的文人政客的本质，他们虽然打着“道德”“文明”的旗号，顶着“君子”“学者”的头衔，而依仗权势反对进步文化的伪善、凶恶确实并不比富人家豢养的狗高明多少。鲁迅通过狗对人的驳诘，把正人君子的伪善面目鲜明地揭示了出来。

在对社会痼弊的批判中，《失掉的好地狱》是不得不提的一篇佳作。这不仅是因为这篇散文诗揭露社会黑暗的深刻性质，更重要的还是由于它在新颖的艺术构思里表现了鲁迅对于社会政治斗争清醒的洞察和卓越的预见。鲁迅在《〈野草〉英文译本序》中谈及《野草》和这篇散文诗时说：

---

① 鲁迅：《华盖集·夏三虫》，《鲁迅全集》第 3 卷，人民文学出版社 1981 年版，第 41 页。

② 鲁迅、景宋：《鲁迅景宋通信集——〈两地书〉的原信》，湖南人民出版社 1984 年版，第 1 页。

> 所以，这也可以说，大半是废弛的地狱边沿的惨白色小花，当然不会美丽。但这地狱也必须失掉。这是由几个有雄辩和辣手，而那时还未得志的英雄们的脸色和语气所告诉我的。我于是作《失掉的好地狱》。①

在这篇文章中可以看到，地狱的统治权经过神、魔、人的几次更换，但被统治的鬼魂们的命运日益不幸。“人类”的成功乃是“鬼魂”的不幸，通过魔鬼的嘴里说出的这个真理，是鲁迅洞察历史和现实中权势者与野心家们无数次的争权夺利斗争所得出的无情的历史哲学。因为，无论他们是哪一伙人，口里都是“仗义执言”，但争夺的都是地狱的统治权，而不是为着鬼魂们的解放。新的野心家争得统治权之后，他们的手段与方法会更加残酷与血腥，对于被统治的鬼魂来说，地狱永远是地狱。在这篇散文中，所谓的“好地狱”既是对旧社会的统称，又实指北洋军阀统治下的社会。这里的“魔”与“神”指旧时代的统治者，而“人”则指那些即将成为统治者的野心家，这是一部历史的象征性缩影，也正是作者亲身经历的一段历史的缩影。改朝换代，兴，百姓苦；亡，百姓也苦，甚至一代不如一代。以暴易暴，前一个凶恶的统治者去了，新来的统治者更凶恶，老百姓只好怀恋以往的好地狱——在原来的已废弛的“好地狱”里，还能看到惨白色的小花，虽然极细小可怜。鲁迅不愧是一个伟大的思想家。他这种惊人的预见，在国民党反动派代替了北洋军阀对中国的统治之后，已经变成了活生生的现实，因此《失掉的好地狱》这篇具有历史预言性质的散文诗在整个《野草》中就具有了特别值得重视的意义和价值。

第三节　生命中难以忘却的纪念

在生命难以忘却的纪念中，着重是记人，鲁迅散文中记人的文章虽然少，却是其著作中珍贵的部分。我们说这些文章难得，并不单单是因为它们数量少，还因为作者写其中一些文章时的那种心情，它们是不得不写的，并非如他在《朝花夕拾 · 小引》中说的，回忆都是百无聊赖时才有的。

一、惯于长夜，吟罢低眉

在这种难以忘却的纪念中，最令人感动的是《记念刘和珍君》和《为了忘却

① 鲁迅：《二心集 · 〈野草〉英文译本序》，《鲁迅全集》第 4 卷，人民文学出版社 1981 年版，第 356 页。

的记念》，从中可以深刻地体会到鲁迅对于青年的那种诚挚的感情。鲁迅在作于 1925 年元旦的《希望》中曾说：“然而现在何以如此寂寞？难道连身外的青春也都逝去，世上的青年也多衰老了么？我只得由我来肉薄这空虚中的暗夜了。”而 1926 年发生的“三一八”惨案则给了作者一个明确的回答：青年并没有逝去，他们在奋然前行。因此，作于惨案发生两周后的《记念刘和珍君》即是对《希望》遗留问题的有力回应。作者说：

> 四十多个青年的血，洋溢在我的周围，使我艰于呼吸视听，那里还能有什么言语？长歌当哭，是必须在痛定之后的。而此后几个所谓学者文人的阴险的论调，尤使我觉得悲哀。我已经出离愤怒了。我将深味这非人间的浓黑的悲凉；以我的最大哀痛显示于非人间，使它们快意于我的苦痛，就将这作为后死者的菲薄的祭品，奉献于逝者的灵前。①

鲁迅并通过该文表达了对英勇献身的烈士的无限哀悼，其中桀骜不驯的刘和珍君、殒身不恤的杨德群君给作者上了生动而痛切的一课，因此，鲁迅向来认为刘和珍是自己的学生，“现在却觉得有些踌躇了”，因为她们那种干练坚决、百折不回，弹雨中互相救助的气概让正在失望的深渊中挣扎的鲁迅看到了希望——中国的青年们还在。与《记念刘和珍君》类似，《为了忘却的记念》是为纪念被国民党暗杀的五位“左联”作家而写的。所不同的是，《记念刘和珍君》更多义愤，后一篇则是过了许多年后，他在悲愤中更加沉静，没有先前那么激动了，因为他看见的青年的血太多了。因此，这篇文章中抒情激愤的语言少，平直叙述这几位青年与自己交往的文字多，其中尤以柔石居多。写他忠厚亲信，总将理想的头碰在现实的大钉子上，只好自认倒霉，拼命工作，弥补亏空；写他友爱而羞涩，总做些损己利人的事；写他们老少二人同行，这个担心那个被车撞，那个却担心这个近视眼不方便，仓皇失措苦愁一路，十分有趣。然而这样努力从事新文学建设的青年，这样善良的人，竟惨遭杀害，让鲁迅悲愤不已，因此他明言写这篇文章的目的就是为了要尽快忘掉这几位年轻朋友。他难以忍受悲愤的时时袭击，他要获得轻松，因为还有许多事要做。所以在这两篇文章中可以很深切地感受到鲁迅对青年的那种诚挚的爱，但同时也感觉到鲁迅在表达这种爱时的压抑甚至羞怯，他不感伤，他有泪不轻弹。晚年他在悼念一位死者时说过，孩子死了母亲，并不是坏事，而在悼念柔石等青年作家时，他也想起伟大的近于盲目的母爱，想

① 鲁迅：《华盖集续编·记念刘和珍君》，《鲁迅全集》第 3 卷，人民文学出版社 1981 年版，第 273～274 页。

起德国版画家那幅凄凉哀婉的《牺牲》,可以看出爱在他思想上引起的矛盾。爱之深转而畏惧于爱,最终逃避爱。因此他常常需要冷却,需要淡化他那浓烈的感情,回忆造成一种距离感,让他平静、轻松,可以使他摆脱爱的重压。这种重压能从《过客》里体会到,在他的书信及其他文章中都有表露,所以在回忆的时候,他要加上一种调色剂,在爱的血红色里掺入忘却的冷漠的灰白,这种杂色构成鲁迅这类散文的奇特的美:爱与恨,过去与未来,希望与失望在这里交融在一起。由此可以看到,作为一位战士,鲁迅将那真纯的爱化作了悲哀,如果在战斗中负了伤,他就在草丛中舔干伤口,继续出击;如果战友倒下了,他也不悲观,因为他对孤独有顽强的忍耐力,埋葬了牺牲者,毫不迟疑地前进。

二、文坛挚友,志同道合

除此之外,还有一些纪念文章表达的是鲁迅对自少年时代起所结识的人的怀念。如《忆韦素园君》《忆刘半农君》等,在这类文章中,看不到追悼会挽联一样的溢美之词,而是一篇篇写实的素描,不是耳食之言,而是亲身经历。人物都是与自己有亲密关系的,都是平常的人,他常常不忌讳写他们的缺点,写他们的软弱和动摇,他将自己与他们的关系、对他们的评价如实地写出来,供读者评判,而决不愿意写虚假谎言,不愿写文章去捧场。他在《忆韦素园君》的结尾写道:

> 一瞑之后,言行两亡,于是无聊之徒,谬托知己,是非蜂起,既以自衒,又以卖钱,连死尸也成了他们的沽名获利之具,这倒是值得悲哀的。现在我以这几千字纪念我所熟识的素园,但愿还没有营私肥己的处所,此外也别无话说了。①

因此,在这篇文章中鲁迅平实地塑造了 一个活生生的,性格上有矛盾,命运悲苦的韦素园。他貌似沉静,实际上很激烈,能切切实实地为未名社做一些事情。鲁迅对他的评价也极为中肯、恰当,把他比作楼下一块石材,园中一撮泥土,是实实在在的建设者,中国正需要大批这样的人。在《忆刘半农君》中鲁迅充分肯定了刘半农的功绩,而且赞赏他的人品,用生动的比喻和比较,将陈独秀的豪放、胡适之的谨慎与半农的清纯相比,说半农使人亲近,但同时作者也较客观地评价了半农后几年的不足,如"从报章上看见他禁称'蜜斯'之类,却很起了反感:我以为这些事情是不必半农来做的。从去年来,又看见他不断的做打油诗,弄烂古文,回想先前的交情,也往往不免长叹"。平实写来,毫无矫揉造作。刘

① 鲁迅:《且介亭杂文·忆韦素园君》,《鲁迅全集》第6卷,人民文学出版社1981年版,第68页。

半农去世，必然有“五四”时代的许多战友为文悼念，自然不乏夸张的鼓吹捧场，但是，鲁迅在这篇文章中如实写了自己的感受，他说：

> 我爱十年前的半农，而憎恶他的近几年。这憎恶是朋友的憎恶，因为我希望他常是十年前的半农，他的为战士，即使“浅”罢，却于中国更为有益。我愿以愤火照出他的战绩，免使一群陷沙鬼将他先前的光荣和死尸一同拖入烂泥的深渊。①

事实上，在这类怀念友人的文章中，写的都是作者与他们的私交，其内容多半是一些小事。正如鲁迅在《忆韦素园君》中说，回忆“零落得很”，“像被刀刮过了的鱼鳞，有些还留在身体上，有些是掉在水里了，将水一搅，有几片还会翻腾，闪烁，然而中间混着血丝”。虽然是一些芜杂、断续的回忆，平实写来却仍然从中体会到鲁迅对友人的深切怀念。

事实上，在这类纪念文章中始终洋溢着作者的一腔感情，不管是悲愤的控诉还是平实的书写，都让我们从中体会到作者与被纪念人之间的那种情思，因此显得弥足珍贵。

第四节　鲁迅散文精品举隅

在对鲁迅的散文集《朝花夕拾》《野草》进行总的分析之后，有必要对其中的几篇经典文章进行重点分析，以期对鲁迅的散文有更详细的了解。

一、《从百草园到三味书屋》

《从百草园到三味书屋》无疑是《朝花夕拾》中的精品，它至今仍是初中生必学的经典篇目。

（一）主题思想

这篇文章写于 1926 年 9 月 18 日，其时鲁迅已经从论战中心的北京来到了僻处海隅的厦门，其供职的厦门大学当时死气沉沉的教育制度和那些争权夺利的“无聊人”使鲁迅至为失望，用其自身的话来说，是生命中“只剩下了回忆”之时，才在纷扰中寻出一点闲静来，着手写《从百草园到三味书屋》等回忆散文，这

① 鲁迅：《且介亭杂文 · 忆刘半农君》，《鲁迅全集》第 6 卷，人民文学出版社 1981 年版，第 73 页。

一点他在《朝花夕拾·小引》中曾有明确的说明：

> 我有一时，曾经屡次忆起儿时在故乡所吃的蔬果：菱角，罗汉豆，茭白，香瓜。凡这些，都是极其鲜美可口的；都曾是使我思乡的蛊惑。后来，我在久别之后尝到了，也不过如此；惟独在记忆上，还有旧来的意味留存。①

事实上，到过绍兴鲁迅故居的人都知道，所谓百草园者，只不过是住宅后面一个极普通的小园子，既无亭台楼阁，亦非曲径通幽，所有的只是几畦蔬菜和一些野草，在文章中却被鲁迅写得极富情趣，这就是感情的作用。中年寓居厦门的鲁迅，其时"已经是被学者们挤出集团之后了"，离开了战斗的环境，心情自然有些不同，回忆性的描写和叙述就多了起来，儿时的生活在鲁迅的记忆中就变得格外美好。文中所写之物，无论是碧绿的菜畦、光滑的石井栏、高大的皂荚树、紫红的桑椹，或者是鸣蝉、黄蜂、云雀、油蛉、蟋蟀、斑蝥、何首乌、木莲、覆盆子，都是江南常见之物，并无稀罕之处，真是拆碎开来不成片段。但经感情的熔铸和黏合，就成了一座美丽的七宝楼台。再加上夏夜纳凉时听美女传说的恐怖，冬天积雪时张筛捕雀的快乐，真是情趣无穷。王国维说，"有我之境，以我观物，故物皆著我之色彩"②，何况鲁迅在这里是以童年的视角来观物，故处处皆充满童趣，其笔调也显得轻松活泼。

而事实上，作者越是极力渲染百草园之乐趣，就越反衬出了日后在三味书屋中读书生活之乏味。据说三味书屋是全城中最严厉的书塾，所以他一开始就有点畏惧，以为是做错了什么事："也许是因为拔何首乌毁了泥墙罢，也许是因为将砖头抛到间壁的梁家去了罢，也许是因为站在石井栏上跳下来罢……"成年人一望而知都不是真正的理由，但鲁迅在这里是以一种儿童的心理来猜测的，故显得自然有趣。虽然三味书屋是全城最严厉的书塾，所学还是封建典籍等老一套东西，陈规陋习也很多，老师也只允许学生们终日读书、习字、对课，但在这种枯燥乏味的生活中，儿童不可压抑的天性还是充分地显现了出来，文中写道：

> 三味书屋后面也有一个园，虽然小，但在那里也可以爬上花坛去折蜡梅花，在地上或桂花树上寻蝉蜕。最好的工作是捉了苍蝇喂蚂蚁，静悄悄地没

---

① 鲁迅：《朝花夕拾·小引》，《鲁迅全集》第2卷，人民文学出版社1981年版，第229～230页。

② 王国维：《人间词话》，上海古籍出版社1998年版，第2页。

有声音。①

这里像百草园一样留下了作者妙趣横生的童年往事，除此而外，那最乏味的课堂在鲁迅的记忆中也被写得颇有童趣，一群少年在人声鼎沸中放开嗓门“笑人齿缺曰狗窦大开”等乱读一气，读累了再看着严厉的先生难得的笑脸，摇头晃脑醉眼陶然地吟诵：“铁如意，指挥倜傥，一座皆惊呢～～～；金叵罗，颠倒淋漓噫，千杯未醉嗬～～～……。”对于一个少年来说，这与在碧绿的菜畦间听鸣蝉、在树叶里长吟同样让其感到新鲜和好奇，更何况，在先生读书入神时还可以用纸糊的盔甲套在指甲上做游戏，用荆川纸蒙在小说的绣像上画图。这些儿童们在枯燥的书塾生活中的乐趣，虽然只能偷偷地进行，但在当时历尽了人世的沧桑，饱尝了人情冷暖的中年鲁迅的回忆中显得极其美好，这为其在现实斗争中搏斗得伤痕累累、精疲力竭的身心找到了慰藉，通过回忆，重新体验那一件件难得的往事，在幸福而忧伤的回味中消解内心的苦闷，以便抵住那接踵而至的无奈和挫折。

（二）艺术特色

这篇散文文字素朴隽美，每次读它都仿佛在听一个天真烂漫的孩童向伙伴们讲述自己的故事。听着那一声声的夸赞炫耀，看见了那眉飞色舞的神态，感受时而兴奋、时而低落的情绪和由好奇到失望转而高兴起来又陷入深沉回忆的心理变化，充满了童趣，读后让人回味无穷。

1. 具体生动的景物描写

在百草园的景物描写上，几乎全是白描，然而神态逼真，勾画出一幅色彩斑斓、生机勃勃的图景。“不必说碧绿的菜畦，光滑的石井栏，高大的皂荚树，紫红的桑椹；也不必说鸣蝉在树叶里长吟，肥胖的黄蜂伏在菜花上，轻捷的叫天子（云雀）忽然从草间直窜向云霄里去了。单是周围的短短的泥墙根一带，就有无限趣味。油蛉在这里低唱，蟋蟀们在这里弹琴。”在这里，“碧绿的菜畦”给我们描绘了水汪汪、绿茵茵，被整治成方块的菜园；“光滑的石井栏”让我们仿佛看见孩子们爬在上面远眺，从上往下滑跳的情景；用“高大”修饰皂荚树，使人立刻想到那枝叶繁茂、垂吊皂角的树形；而那有红有紫或者红里泛紫的桑椹让人垂涎欲滴，这种描写把桑椹的色、香、味都带给了读者；另外，还有伏在菜花上的黄蜂，轻捷的叫天子，一个“伏”字就把黄蜂肥胖的形状形象化了，“直窜”二字让叫天子的轻捷如在目前；而在声音方面，用“低唱”描述油蛉的鸣声弱，用“弹琴”显示蟋蟀的叫声强，使人读后有如见其物、如闻其声之感。

---

① 鲁迅：《朝花夕拾·从百草园到三味书屋》，《鲁迅全集》第2卷，人民文学出版社1981年版，第281页。

2. 简洁传神的语言特色

在描写三味书屋时，作者写道："三味书屋后面也有一个园，虽然小，但在那里也可以爬上花坛去折蜡梅花，在地上或桂花树上寻蝉蜕。最好的工作是捉了苍蝇喂蚂蚁，静悄悄地没有声音。"其中的"爬""折""寻""捉""喂"等一连串动词的使用不仅具体生动、简洁传神地写出了孩子们在三味书屋中寻到的乐趣，而且形象地表现了孩子们好奇、爱动的天真活泼的性格。其中的两个"也"字用得也十分巧妙，前一个"也"极其自然地将写三味书屋的部分与前文所写的百草园衔接了起来，而后一个"也"则说明这个园虽不如百草园那么多彩有趣，但孩子们照样玩得有滋有味，从而凸显了儿童纯真活泼的天性，也从一个侧面暗示了作品的主题并非是批判腐朽的教育制度，而是苦闷彷徨中的鲁迅以少有的忧郁、抒情的笔调深情款款地诉说着童年在百草园和三味书屋的往事，以为此时精疲力竭的身心找到慰藉。类似的语言描写还有冬天积雪时张筛捕雀的情形："扫开一块雪，露出地面，用一枝短棒支起一面大的竹筛来，下面撒些秕谷，棒上系一条长绳，人远远地牵着，看鸟雀下来啄食，走到竹筛底下的时候，将绳子一拉，便罩住了。"其中准确贴切的动词既生动地写出了捕鸟的全过程，又突出了"我"在捕鸟时的兴奋、惊喜之情。

二、《求乞者》

《求乞者》只有400多字，是《野草》中较隐晦难懂的一篇。

（一）主题思想

《求乞者》作于1924年9月24日，涵义深刻，将它与屠格涅夫的两篇散文诗《乞丐》与《施舍》加以比较，也许就更容易看出它的底蕴来。屠格涅夫的《乞丐》写的是："我在街上走着……一个乞丐——一个衰弱的老人挡住了我。""他向我伸出一只红肿，肮脏的手……他呻吟着，哀求施舍。"但"我"随身什么也没带，于是感到惘然无措，就紧紧地握了握这只肮脏的手，要求他原谅。那乞丐笑了笑，"哪儿的话，兄弟，这已经是很可感激的了"。《施舍》则写的是一个曾经健康而富有的人，因为把财产都分给了别人，自己变得一片面包也没有了，于是大家就把他抛弃了，一个陌生人对他说："你去吧，伸出你的手去吧，你也应该让别的好心人有可能用行动来证明他们的善心。"这个老人照办了，他用别人施舍的几个半戈比铜币给自己买了面包："他觉得乞讨来的一块面包香甜可口，他心里并不觉得羞愧了，恰恰相反——他脸上浮现出恬静的快乐。"鲁迅的《求乞者》在构思上颇受上述二文的影响，但命意截然相反。屠格涅夫对求乞者充满了怜悯与同情，他在这两篇散文诗里赞美施舍精神，既提倡施舍给别人，也鼓励接受别人的施舍，这与他接受的基督教思想有关。但鲁迅对求乞加以抗拒，他厌恶布施，这一点从原文中明显地反映了出来：

> 一个孩子向我求乞，也穿着夹衣，也不见得悲戚，而拦着磕头，追着哀呼。
>
> 我厌恶他的声调，态度。我憎恶他并不悲哀，近于儿戏；我烦厌他这追着哀呼。
>
> ……
>
> 一个孩子向我求乞，也穿着夹衣，也不见得悲戚，但是哑的，摊开手，装着手势。
>
> 我就憎恶他这手势。而且，他或者并不哑，这不过是一种求乞的法子。
>
> 我不布施，我无布施心，我但居布施者之上，给与烦腻，疑心，憎恶。①

显然，这里的“求乞”与“布施”是带有象征性的，可以把“布施”理解为温暖、同情、怜悯、慈爱的象征，人们总是祈求着别人对自己的同情与慈爱，也给予别人以同情和慈爱，如屠格涅夫的《乞丐》与《施舍》中所表现的，这似乎是人的一种本能，但鲁迅投以质疑的眼光：他要看看这背后隐藏着什么。这在《过客》里面有所说明，《过客》中小女孩出于对过客的同情，送给他一个小布片，这自然也是温暖、同情、爱的象征。过客开始很高兴地接受了，作为孤独的精神界战士，他显然渴望着爱、温暖和同情；但想了想之后，又断然拒绝，并且表示要诅咒这样的布施者。鲁迅为此说，因为一切爱与同情，一切加之于己的布施，却会成为感情上的重负，就“容易受别人的牵连，不能超然独往”。所以他说：“反抗，每容易蹉跌在‘爱’——感激也在内——里，所以那过客得了小女孩的一片破布的布施也几乎不能前进了。”②

这就是说，作为一个孤独的精神界战士，要保持思想和行动的绝对独立和自由，就必须割断一切感情上的牵连，包括温暖和爱，既不向人求乞，同时也拒绝一切布施。更何况，现实中的求乞常常是虚假的——鲁迅对于不幸中的人们不得不求乞，本是有一种感同身受的理解与同情的，他自己就有过从小康坠入困顿的痛苦经历，饱尝过被迫“求乞”的屈辱，但问题在于中国的“求乞者”或者自身并不真正需要求助，或者身处不幸却并无自觉因而并不悲哀，近于儿戏地追着哀呼，以至装哑作求乞的法子。同时，鲁迅在求乞的背后又发现了虚伪与做戏，既不知悲哀又要表演悲哀，正是这双重的扭曲，激起了鲁迅巨大的情感波澜，他要

---

① 鲁迅：《野草·求乞者》，《鲁迅全集》第2卷，人民文学出版社1981年版，第167页。

② 鲁迅：《书信·250411致赵其文》，《鲁迅全集》第11卷，人民文学出版社1981年版，第442页。

给与烦腻，疑心，憎恶！于是就又有了鲁迅式的拒绝，他选择了“无”：

> 我将用无所为和沉默求乞……
> 我至少将得到虚无。①

“无所为”指求乞的姿态，“沉默”指求乞的声音，这种求乞即等于不求乞，得不到所谓的布施，但至少可以得到一个更真实的存在——“虚无”。将可能导致内心软弱的心理欲求，如布施、同情、怜悯之类的情感联系通通排除、割断，铸造一颗冰冷的铁石之心，以加倍的恶对抗恶，以加倍的黑暗对抗黑暗，在拒绝一切中，在与对手同归于尽中得到“复仇”的快意。这让我们不由自主地想起了《孤独者》中的魏连殳以及《铸剑》里的“黑色人”。

（二）艺术特色

1. 现实主义与象征主义的统一

散文诗的开头，作者即描绘了一个象征性很强的社会现实生活的图景：“我顺着剥落的高墙走路，踏着松的灰土。另外有几个人，各自走路。微风起来，露在墙头的高树的枝条带着还未干枯的叶子在我头上摇动。微风起来，四面都是灰土。”这是北京街头的自然与社会风物景象的真实写照，但蕴含着很深的象征意义。“剥落的高墙”暗示鲁迅生活的环境是怎样地衰败与没落，满路“松的灰土”明显给人以阴沉灰暗的感觉，人们生活在“高墙”之中，相互没有爱的温暖，没有真情的关心，没有理解和同情，更没有不满和愤懑之意，人们都于冷漠中“各自走路”。接下来出现了孩子求乞的画面，这也是出现于街头的日常生活现象，但被鲁迅赋予了深刻的内涵。鲁迅曾在《狂人日记》的结尾发出了“救救孩子”的呼声，但在这里对拦着磕头的求乞的孩子表示了憎恶与烦厌，这种截然不同的态度反映了“孩子”这一符号象征的两种不同的人生哲学的存在。鲁迅痛心地看到人们屈服于现实的高压之下，安于自己奴隶般的现实处境，正如文中求乞的孩子一样无悲哀、无忧戚，相反他们却哀呼、磕头、取巧、撒谎，以一种奴性的态度乞求社会的或他人的布施与恩赐。对于这种乞怜的生活方式，鲁迅总是予以猛烈的否定和批判，而且从来都是坚定的，不遗余力的，唯有哀其不幸、怒其不争的情感趋向。

2. 重复手法的运用

《求乞者》中，最突出的意象是鲁迅“四面都是灰土”“灰土，灰土”的自我感觉，它以一种夸张的形态被渲染着。“微风起来，四面都是灰土”在文中一共重

---

① 鲁迅：《野草·求乞者》，《鲁迅全集》第2卷，人民文学出版社1981年版，第168页。

复了四次，这种诗歌中常用的回环反复的形式自然地将诗篇预置为四个情绪段落或情绪节奏，形成了诗人排遣不去、郁闷窒息的心境。不仅如此，文章的结尾又以“灰土，灰土，……/………………/灰土…… ”收束，灰暗的情绪趋向再次被强化，以至于淹没了诗人的整个身心。

因此，《求乞者》就是这样以诗的语言和既是写实又是象征的手法创造了生动可感的画面，再以“灰土，灰土，……”反复咏叹的旋律，再现了“无声的中国”的冷漠，表达了对求乞哀怜的愤懑，以及自己决不向黑暗、冷漠的社会求乞，渴望以抗争而求得摆脱灰暗社会的意绪。全文在表面的灰冷下，蕴藏着内心的炽热，这正是该文的抒情特色。

三、《希望》

这篇散文诗曾被认为是《野草》中“写得最为美丽、最为动人”[①]的一篇。

（一）主题思想

《希望》写于 1925 年 1 月 1 日，最初发表于 1925 年 1 月 19 日出版的《语丝》周刊第 10 期。实际上，鲁迅在新的一年到来时写下的这篇《希望》，已经远远超出了一般对青年人消沉的不满和批评，而蕴含了更深沉的思想和心境。在这篇散文诗里，不仅可以听到由于对青年希望的幻灭带给鲁迅更大的寂寞和痛苦的心声，也可以看到鲁迅对于自己内心深处存在的希望与绝望矛盾的深刻探索。他首先是从自己对生命存在的感受、体验说起：

> 我的心分外地寂寞。
>
> 然而我的心很平安：没有爱憎，没有哀乐，也没有颜色和声音。
>
> 我大概老了。我的头发已经苍白，不是很明白的事么？我的手颤抖着，不是很明白的事么？那么，我的魂灵的手一定也颤抖着，头发也一定苍白了。[②]

这里讲的是生命的“平安”状态。在《野草》里，鲁迅多处提到“太平”，也即平安状态。《失掉的好地狱》一开始就写到地狱的“太平”：“一切鬼魂们的叫唤无不低微，然有秩序。”《这样的战士》里也提到了“谁也不闻战叫：太平”。“太平”是一种宁静的、有秩序的状态，借用鲁迅杂文《论睁了眼看》里的说法，就是

① 雪苇：《鲁迅散论》（增订本），上海新文化出版社 1952 年版，第 88 页。

② 鲁迅：《野草·希望》，《鲁迅全集》第 2 卷，人民文学出版社 1981 年版，第 177 页。

“无问题，无缺陷，无不平，也就无解决，无改革，无反抗”①。在鲁迅看来，这不过是“暂时做稳了奴隶的时代”，虚假的、表面的太平掩盖了地底下真实的矛盾与痛苦，于是受压制的鬼魂的叫唤、呻吟也变得低微。鲁迅说他“憎恶这以野草作装饰的地面”，他更憎恶这地面的“太平”，在他看来，这样的不闻战叫的太平，最可怕之处，是造成人的心灵的“平安”：没有爱憎，没有哀乐，没有颜色和声音，这是对生命的另一种窒息与磨耗。于是，鲁迅感到了生命的“老”化：这不仅是生理的（鲁迅这时才 43 岁），“我的魂灵的手一定也颤抖着，头发也一定苍白了”，这平安中魂灵的苍老，是一个惊心动魄的命题，是鲁迅的发现，更是鲁迅所要拒绝的，于是开始了历史的追索：

> 这以前，我的心也曾充满过血腥的歌声：血和铁，火焰和毒，恢复和报仇。②

但忽而这些都空虚了，于是只得用自欺的希望的盾，“抗拒那空虚中的暗夜的袭来，虽然盾后面也依然是空虚中的暗夜”，并因此“陆续地耗尽了我的青春”，但又暂存着对“身外的青春”的希望，那是：

> 星，月光，僵坠的胡蝶，暗中的花，猫头鹰的不祥之言，杜鹃的啼血，笑的渺茫，爱的翔舞……。③

尽管悲凉缥缈，然而究竟是青春。现在却突然发现四围的寂寞：

> 难道连身外的青春也都逝去，世上的青年也多衰老了么？④

这几乎是步步紧逼：这是一个“希望”逐渐被剥离、逐渐被掏空的过程。因此他说，面对那空虚中的暗夜，“我放下了希望之盾”，于是，听到裴多菲的“希望”之歌：

> 希望是甚么？是娼妓：

---

① 鲁迅：《坟·论睁了眼看》，《鲁迅全集》第 1 卷，人民文学出版社 1981 年版，第 238 页。
② 鲁迅：《野草·希望》，《鲁迅全集》第 2 卷，人民文学出版社 1981 年版，第 177 页。
③ 鲁迅：《野草·希望》，《鲁迅全集》第 2 卷，人民文学出版社 1981 年版，第 177 页。
④ 鲁迅：《野草·希望》，《鲁迅全集》第 2 卷，人民文学出版社 1981 年版，第 177 页。

她对谁都蛊惑，将一切都献给；
待你牺牲了极多的宝贝——
你的青春——她就弃掉你。[1]

这首《希望》之歌，很明显地表达了自己被希望欺骗的痛苦心境，既然“希望”是一种“虚妄”，那么与它对立的“绝望”又是怎样一种存在呢？清醒的现实主义者鲁迅用裴多菲的诗否定了欺骗人心的“希望”，接着又用裴多菲的另一句诗进一步说明了“绝望”的“虚妄”性：“绝望之为虚妄，正与希望相同。”然而鲁迅心中交织着的绝望与希望的矛盾，并没有因为裴多菲的箴言而得到消解，既然绝望与希望一样是一种“虚妄”，那么自身就只能在这不明不暗的“虚妄”的偷生中，努力在身外去寻找“那逝去的悲凉漂渺的青春”，这是鲁迅所寄予的最大希望者。由此可以想见，青年的反抗与进取，已经成为鲁迅生命存在中不可分割的一部分，然而实际情况是：

我只得由我来肉薄这空虚中的暗夜了，纵使寻不到身外的青春，也总得自己来一掷我身中的迟暮。但暗夜又在那里呢？现在没有星，没有月光以至笑的渺茫和爱的翔舞；青年们很平安，而我的面前又竟至于并且没有真的暗夜。[2]

现在既然没有与暗夜抗争的青年，那么“我”一掷“身中的迟暮”已势所必然，但是真正的“暗夜”又在哪里呢？也即在鲁迅看来，敌人的阵营中没有真正的对手，这一点在《这样的战士》中就有清晰的揭示：

他在无物之阵中大踏步走，再见一式的点头，各种的旗帜，各样的外套……。

但他举起了投枪。

他终于在无物之阵中老衰，寿终。他终于不是战士，但无物之物则是胜者。

在这样的境地里，谁也不闻战叫：太平。

太平……。[3]

---

① 鲁迅：《野草·希望》，《鲁迅全集》第2卷，人民文学出版社1981年版，第178页。
② 鲁迅：《野草·希望》，《鲁迅全集》第2卷，人民文学出版社1981年版，第178页。
③ 鲁迅：《野草·这样的战士》，《鲁迅全集》第2卷，人民文学出版社1981年版，第215页。

这种没有反抗对手的虚空和寂寞，让鲁迅重新陷入一种更深、更痛苦的绝望之中，文章结尾，“绝望之为虚妄，正与希望相同”再一次出现，可见对于绝望和希望同样地感到“虚妄”成了此时鲁迅的主导情感。孤独的生命存在的沉思在转了一圈后又回到了生命沉思的孤独上来，这注定是所有先驱者的命运。

（二）艺术特色

《希望》是一篇诗意极浓的抒情散文，作者以富于象征和暗喻性的语言，创造出诗情浓郁的境界，并使整篇散文呈现出一种内在的韵美。

1．充满诗情的语言美

鲁迅在战斗中耗尽了自己的青春，于是把希望寄托在身外的青春——青年的身上，但他没有进行抽象的议论，而是用象征性的意象来传达自己的复杂情绪，说他们是黑夜中闪亮的星星和月光，是寒夜中冻僵的蝴蝶，是暗夜中绽开的花朵，像猫头鹰鸣叫和杜鹃啼血一样，敢于向黑暗发出反叛吼声，他们敢于笑，敢于爱，用自己的青春去冲破封建礼教的束缚……这些意象可以说是青年的生命及其对于社会的存在形态的象征，鲁迅选择这些意象来表现自己原来对青年的希望和幻想，然后再发出身外青春逝去和衰老的感慨，就使得感情表现得含蓄深沉，又洋溢着一股动人的诗情美。

2．内在韵美

在这篇散文诗的开头，作者写道：“我的心分外地寂寞”，接下来作者以转折的语气写了寂寞的心境：“然而我的心很平安：没有爱憎，没有哀乐，也没有颜色和声音。”在这种寂寞的心境下，作者写了寂寞的原因，“我大概老了”，然后再笔锋一转，“然而这是许多年前的事了”，他回忆起了自己的过去：“这以前，我的心也曾充满过血腥的歌声：血和铁，火焰和毒，恢复和报仇。而忽而这些都空虚了。”既然自己的青春已经逝去，便只能把希望寄托在身外的青春上，接着又是一个转折：“然而现在何以如此寂寞？难道连身外的青春也都逝去，世上的青年也多衰老了么？”整篇散文充溢了作者这种希望与绝望的矛盾心境，这种矛盾的情感一共用了八个“然而”、五个“但”来表现，虽然没有整齐的节奏与铿锵的韵脚，然而作者的情感一张一弛，时起时落，委婉跌宕，曲折多变，就仿佛音乐的起伏，使人读后有一种回肠荡气的内在韵美。

第七章　鲁迅诗歌创作的新与旧

纵观鲁迅的全部创作，诗歌是其中极小的也是最"不正式"的一部分。鲁迅说过，他既不喜欢作旧诗，也不喜欢作新诗，"我以为一切好诗，到唐已被做完，此后倘非能翻出如来掌心之'齐天太圣'，大可不必动手，然而言行不能一致，有时也诌几句，自省殊亦可笑"①。尽管他无意成为一个诗人，但是他对中华民族命运的关注，对国民劣根性的批判，对人民的爱，使他的诗表现出独立的自我人格；而扎实的古典文学功底、渊博的文化知识和开阔的精神视野，又使他的诗具有了深厚的艺术品位。郭沫若曾这样评价："鲁迅先生无心做诗人，偶有所作，每臻绝唱。或则犀角烛怪，或则肝胆照人。如'横眉冷对千夫指，俯首甘为孺子牛'。虽寥寥十四字，对方生与垂死之力量，爱憎分明；将团结与斗争之精神，表现具足。此真可谓前无古人，后启来者。"②所以，即使是鲁迅偶尔为之的诗歌创作，也具有独特的思想艺术价值，并随着社会的发展逐渐得到人们的普遍认可。

第一节　鲁迅诗歌创作的线索

从目前所见到的资料来看，鲁迅共作有诗歌 79 首（散文诗集《野草》由于独特蕴藉的内涵和集中编撰的方式而被学者单独加以研究，本章未列入讨论范围），就诗体来说大致可分为旧体诗、新诗两种。③ 鲁迅称自己写旧体诗是"积习"，就是说他本无意作这些旧体诗，只不过是由于习惯才及时把一些感受写下来。这些诗有的最早记载在周作人的日记里，有的夹写在他的小说和杂文中，更

① 鲁迅：《书信 · 341220 致杨霁云》，《鲁迅全集》第 12 卷，人民文学出版社 1981 年版，第 612 页。

② 郭沫若：《鲁迅诗稿 · 序》，《鲁迅与郭沫若》，徐州师范学院学报编辑部 1979 年版，第 218 ~ 219 页。

③ 以往鲁迅的诗歌体裁的分类存在争议，新时期以来一般认为"新体讽刺诗""歌谣体诗"都属于新诗的范畴，本书采用此分类方法。可参考江锡铨：《新时期鲁迅诗歌研究述略》，《江苏教育学院学报》1996 年第 2 期。

多的则是朋友间的应酬之作。鲁迅说:“我平常并不做诗,只在有人要我写字时,胡诌几句塞责,并不存稿。”[①]所以这些诗通常存于朋友手中。鲁迅说自己之所以写新诗,“只因为那时诗坛寂寞,所以打打边鼓,凑些热闹;待到称为诗人的一出现,就洗手不作了”[②]。到了20世纪30年代,出于形势的需要,鲁迅又作了为数不多的带有杂文意味的民歌体讽刺诗。他所作的这些新诗都有着明确的现实针对性,是有意而作,大多在当时的报刊上发表过。

鲁迅的文学创作始于诗歌,从1900年春写《别诸弟三首(庚子二月)》到1935年年底写《亥年残秋偶作》,诗歌创作几乎贯穿了他的一生。鲁迅的诗歌创作有一个明显的发展过程,从时间上看,大致可分为早期、中期和后期三个阶段。

一、早期(1900—1909):南京求学和留学日本时期

这一阶段的诗作均为旧体诗,受古诗影响较深,主要是抒写早年的感时愤世之情或表现对高尚理想的追求,但也反映出作者涉及社会面不宽、思想缺乏深度、技巧较为稚嫩等缺点。两组《别诸弟三首》写自己背井离乡、赴外地寻求新的生活道路,虽然有离愁别绪,却并不悲悲切切,而是以“文章得失不由天”来勉励诸弟。《庚子送灶即事》和《祭书神文》二首表现了对封建迷信、偶像崇拜、世俗价值观念的讽刺以及清贫书香人家子弟的孤芳自赏。《莲蓬人》和《惜花四律》表现了诗人不与世俗同流合污的决心,以及对美好事物的爱恋和对高洁志向的追求。写于离别祖国来到异国日本之时的《自题小像》则表达了为多灾多难的故国报效终身的远大抱负,同时也标志着这一阶段鲁迅思想的升华。

二、中期(1910—1927):辛亥革命前夕至“五四”退潮期

这个阶段的诗作表现了鲁迅强烈的爱国主义和彻底的不妥协的反封建主义的斗争精神,成为激进的革命民主主义者的战歌。这一阶段偶有旧体诗作,如1912年创作的《哀范君三章》,通过对好友范爱农的追悼,表现了对现实的清醒认识和忧国忧民的情怀。在首句为“煮豆燃豆萁”的诗中,他模拟曹植《七步诗》,针对“女师大事件”中某些教师为校长杨荫榆辩护的言论,为学生辩诬,深刻揭露了御用文人迫害青年学生的恶行。

五四时期鲁迅进行了新诗的写作尝试,一共创作了《梦》《爱之神》《桃花》《他们的花园》《人与时》和《他》六首新诗。这些新诗虽然在他的整个诗作中只占极少一部分,但问世于1918—1919年新文学运动方兴之时,这对扶植当时成

---

① 鲁迅:《书信·341013致杨霁云》,《鲁迅全集》第12卷,人民文学出版社1981年版,第534页。

② 鲁迅:《集外集·序言》,《鲁迅全集》第7卷,人民文学出版社1981年版,第4页。

熟不足而稚嫩有余、正遭守旧势力围攻的新文学，无疑起了极为关键的支持作用；同时这些新诗在思想与艺术上的成就也为新诗的发展树立了光辉的典范。其中，《梦》以象征的手法形象地描绘了中国封建社会“黄昏”时期混乱的政局，极富深情地呼唤光明的到来，表达了作者作为一名忧国忧民的爱国志士对祖国光明前途的憧憬与渴求。《爱之神》则是鼓励青年反对封建包办婚姻，挣脱封建婚姻束缚，砸碎封建婚姻枷锁，追求自由爱情和幸福，表现了摆脱封建礼教羁绊、提倡个性解放的“五四”时代精神。《他》则折射出新事物在中国不仅遭封建顽固势力的压制，而且还受国民落后传统观念的束缚，寄寓了作者急切呼吁国民抛弃封建旧思想、旧习俗的呼声，表达了为新生力量在中国的发展壮大而鸣锣开道的愿望。从艺术表现上来看，这些新诗善用生动的形象，运用大量的象征手法，立意深远、耐人咀嚼，克服了当时诗坛的白话诗过于浅白的流弊。从形式上看，这些新诗完全摆脱了旧体诗的束缚，运用文句自由，不拘一格、笔势灵动，以崭新的姿态问世，并真正焕发出青春的风采，给“五四”诗坛注入了一缕缕清新宜人的气息。1935 年朱自清在为《中国新文学大系》编选诗集时，就将鲁迅的新诗选入，并且在“导言”中评之曰：“只有鲁氏兄弟全然摆脱了旧镣铐”，他认为只有鲁迅的新诗才真正是新诗。因此鲁迅的新诗与其小说、杂文一样，在中国现代文学史上具有独特的开拓意义。

三、后期（1928—1936）：大革命失败至 30 年代国民党统治时期

这一阶段是鲁迅诗歌创作的高峰期和成熟期，作品以旧体诗为主，也有部分新诗。这些诗作总体反映的是与国民党反动派艰苦卓绝的斗争，较之前两个阶段，对现实的爱憎情感更为分明，常有短兵相接之作，并且充满了辩证思想和革命乐观主义精神。例如《题〈呐喊〉》《题〈彷徨〉》《无题（烟水寻常事）》《秋夜有感》《亥年残秋偶作》等抒怀之作，表现了作者不畏艰险、勇猛前行的精神，字里行间透出无尽的孤独感、苍凉感，形象动人、技巧圆熟，把诗歌推到一个很高的境界；《无题（大野多钩棘）》等诗作愤怒地控诉了国民党反动派挑起反革命内战、实行血腥大屠杀的罪行；《好东西歌》等一组民歌体新诗辛辣地嘲讽了国民党内部的倾轧和争斗，暴露他们腐败、丑恶的内幕；《学生和玉佛》《崇实》两文中的诗鞭挞了蒋介石集团卖国、自私的行径。这类民歌体新诗虽诗味不足，难以称为好诗，但在文艺大众化的实践上具有独特价值。这一阶段的诗作题材广泛，除了上述内容以外，还有抒写自己当年创作小说时的心境，抒写与国内外朋友的友情等的诗歌。

从上述三个阶段的诗作可以看出，鲁迅诗歌的内容涉及中国现代史上从清光绪年间到抗战爆发前夕近半个世纪的沧桑变化，其间的许多重要时事，像戊戌

变法、辛亥革命、倒袁运动、五四运动、北伐战争、“四一二”政变、反对蒋介石法西斯统治以及日本帝国主义侵华战争等，在其诗作中都有所反映。从这个意义上说，鲁迅的诗歌具有“诗史”的性质。在另一方面，这些诗作又清晰而形象地记录了鲁迅心灵的历程，从中可以看到他从一个热诚的爱国青年成长到激进的革命民主主义者，最后成为坚定的左翼文化战士的心灵演进过程。从这个角度讲，鲁迅的诗歌又是诗人的“心史”，一部形象记录他上下求索的心路历程的“心史”。

第二节　鲁迅诗歌的精神华章①

鲁迅诗歌虽然数量不多，但与他的杂文、小说一样，立意高远，旨在不断提升整个民族精神文化素质，贯穿着忧国忧民的思想。他的诗歌内容丰富广博，蕴含着许多深刻的思想，不仅反映了其坚强不屈的精神、正直高洁的品格，而且还表现了诗人沉郁悲壮的灵魂和深厚诚挚的情怀。他时刻思索着中华民族的命运与前途，用生命的激情，以诗歌为载体，谱写了一曲伟大的精神华章，辐射出震撼后代读者心灵的巨大光芒。

一、“我以我血荐轩辕”——坚强不屈的精神

鲁迅的诗歌充满了强烈的英雄豪情和坚强不屈的斗争精神，内在坚强不屈的斗争精神既是其诗歌内涵的重要内容，又是他作为“真的猛士”的外在表现。鲁迅一生中，其战斗精神在不同时期体现出不同的特征。

青少年时期的鲁迅是一个热诚的爱国主义者，他关心祖国和民族的命运，献身祖国成为他一生的坚定信念。这一信念在他的《自题小像》之中有着集中的体现，这首诗虽然是以家庭生活为题材，结尾却表达了所向披靡的战斗豪情与义无反顾的献身壮志。“灵台无计逃神矢”描写的是难逃包办婚姻的个人痛苦或难逃爱国之心的内心重荷，“风雨如磐暗故园”反映的是对故土的不满与愤感，“寄意寒星荃不察”表现的是一腔热情无人理解的孤独，鲁迅最终发出的仍是“我以我血荐轩辕”的呐喊与誓言。作者在此直接抒发为国献身的情怀，爱国之情也在这里得到了升华。“我以我血荐轩辕”成为了他一生的战斗宣言，也渗透

① 本节对具体诗篇的分析主要参考王吉鹏、曹克：《一个沉重而执着前行的真实个体形象》，《牡丹江师范学院学报》（哲学社会科学版）1996年第2期；孙郁等：《走进鲁迅世界 · 诗歌卷》，北京工业大学出版社1995年版；周振甫：《鲁迅诗歌注》，浙江人民出版社1962年版。

在他其后很多诗篇之中。

在经历了辛亥革命的失败与五四运动的退潮之后，鲁迅的战斗精神在这些革命与运动中屡屡受到挫折和打击，这给原本满腔热情与豪情的他陡然浇了盆无情的冷水，他在失望之中加深了对现实的清醒认识并转而进行“绝望的抗战”。这种反抗绝望的斗争精神成了鲁迅一生所坚持的人生哲学，并在诗歌《题〈彷徨〉》中得到了充分展现：“寂寞新文苑，平安旧战场。两间余一卒，荷戟独彷徨。”这时的鲁迅尝尽了“失望”与“寂寞”的滋味，原本轰轰烈烈的新文化运动已冷冷清清，原本同封建文化进行激烈抗争的文学战场也杳然无事了，原本志同道合的战友“有的高升，有的退隐，有的前进”，只剩下鲁迅自己这么一个布不成阵的散兵游勇“依然在沙漠中走来走去”①。“我不过一个影，要别你而沉没在黑暗里了。然而黑暗又会吞并我，然而光明又会使我消失。”“我独自远行，不但没有你，并且再没有别的影在黑暗里。只有我被黑暗沉没，那世界全属于我自己。”②这时的鲁迅否定了希望的存在，揭示出其虚妄的一面，绝望之为虚妄，正与希望相同。然而，即使在鲁迅认定了“绝望”这一残酷的生存真理后，他生命意识中的英雄情结、斗争意识仍没有消沉下去，“荷戟独彷徨”，即使在心绪最低沉绝望的时刻仍不忘拿着手中战斗的武器。鲁迅表达了这样的人生哲学：“我常觉得惟‘黑暗与虚无’乃是‘实有’，却偏要向这些作绝望的抗战。”③“即是虽然明知前路是坟而偏要走，就是反抗绝望，因为我以为绝望而反抗者难，比因希望而战斗者更勇猛，更悲壮。”④在这绝望之中还包含着虚无，“寂寞新文苑，平安旧战场”，这也许是个连对手都难以找到的抗争，恰如进入了“无物之阵”，虽然他们“只有一件外套，其中无物”，“在这样的境地里，谁也不闻战叫：太平……。”然而鲁迅依然“举起了投枪”⑤。这种绝望的抗战，体现出鲁迅生命意识中迸射出的强大斗争力量，它是鲁迅对生命的珍惜及对压抑生命的罪恶力量进行的坚韧抗争，是超越了人主体能力的昂扬精神。正因为这种抗争正视了生命的荒凉与绝望，并且不为它们所压倒，而是高扬起生命的意志力量作出了无畏的抗拒，更显出了这种斗争勇猛、悲壮的色彩，这也是鲁迅一生中最具有震撼人们灵魂力量的一种斗争方式。

到了30年代，已年届半百的鲁迅在对人生与社会有了深刻、充分的体悟与感受后，对于斗争也有了更为成熟的思索，其战斗精神发展成为一种更深沉的韧

---

① 鲁迅：《南腔北调集·〈自选集〉自序》，《鲁迅全集》第4卷，人民文学出版社1981年版，第456页。

② 鲁迅：《野草·影的告别》，《鲁迅全集》第2卷，人民文学出版社1981年版，第165～166页。

③ 鲁迅：《两地书·第一集　北京》，《鲁迅全集》第11卷，人民文学出版社1981年版，第20～21页。

④ 鲁迅：《书信·250411致赵其文》，《鲁迅全集》第11卷，人民文学出版社1981年版，第442页。

⑤ 鲁迅：《野草·这样的战士》，《鲁迅全集》第2卷，人民文学出版社1981年版，第214～215页。

性的战斗精神，于是写下了“横眉冷对千夫指，俯首甘为孺子牛”这样充满战斗豪情的诗句。因为“中国多暗箭，挺身而出的勇士容易丧命”，就不能对狡诈阴险的敌人展开“拳来拳去，刀来刀当”的硬战方法，而应提倡“壕堑战”，“战士伏在壕中，有时吸烟，也唱歌，打纸牌，喝酒，也在壕内开美术展览会，但有时忽向敌人开他几枪”①。所以“横眉冷对”是一种斗争的策略，也是鲁迅目睹了诸多学生运动流血失败后总结出的战斗方法。正因伴随着这痛苦而坚定的斗争历程，鲁迅成就为一名真正的伟大斗士。

二、“好向濂溪称净植”——正直高洁的品格

诚如许广平对鲁迅的评价：“性情太特别，一有所憎，即刻不可耐，坐立不安。”②鲁迅是一个有着浓郁的诗人气质的人，他个性强烈、爱憎分明，在是非黑白之间有着坚定的立场。对于他所鄙视与憎恶的丑恶现象他会报以“怒目金刚”式的面孔，而决不会低下头作唯唯诺诺的卑躬状，表现出正直高洁的人生品格。这反映在他的诗歌中，既有自我人格的自然流露和追求，还有对庸俗人格的率然否定和批判。

鲁迅许多诗歌作品中表现了不与丑恶同流合污的清高，蔑视谄媚奴性的自尊，以及对健全人格的追求，自然流露了自我高洁的人格。1900 年创作的《莲蓬人》一诗就是这种人格精神追求的代表之作。“芰裳荇带处仙乡，风定犹闻碧玉香。鹭影不来秋瑟瑟，苇花伴宿露瀼瀼。扫除腻粉呈风骨，褪却红衣学淡妆。好向濂溪称净植，莫随残叶堕寒塘！”全诗采用象征手法，以莲蓬喻人，以绮丽的想象和青年人的纯真描绘了理想化了的莲蓬人的形象：一、二句中“芰裳荇带”写莲蓬以菱叶为裙，以荇菜为腰，勾画了莲花超凡脱俗的体态；“碧玉香”则赞扬了莲蓬内在的高雅。三、四句中以秋风萧萧、白露浓浓，莲蓬人独立于寒塘，表现了其敢于抗争的个性。五、六句中“扫除腻粉”，“褪却红衣”，刻画了莲蓬人摆脱浮艳、还其素雅本色的质朴品格。最后两句，自励同时也是告诫别人，要学习莲花保持独立，不可失足自陷寒塘。整首诗借物咏志，表现了自己要学莲蓬人独立寒秋而不与黑暗社会同流合污，反映了他对清高超俗人格的追求。

在对清高超俗人格追求的同时，鲁迅对那些毫无骨气的谄媚人给予无情嘲讽，《报载患脑炎戏作》即是这样一首诗：“横眉岂夺蛾眉冶，不料仍违众女心。诅咒而今翻异样，无如臣脑故如冰。”“横眉”，怒视的样子，表示憎恨和轻蔑，原

① 鲁迅：《两地书·第一集 北京》，《鲁迅全集》第 11 卷，人民文学出版社 1981 年版，第 16 页。

② 鲁迅：《两地书·第二集 厦门——广州》，《鲁迅全集》第 11 卷，人民文学出版社 1981 年版，第 208 页。

多指恶人,此处意为不屈的叛逆者,鲁迅以此自喻。“蛾眉”,古代指代美女,此处比喻那些善于造谣、进谗取悦主子的文人。前两句道出了文痞们惯于暗箭伤人的本性。“诅咒而今翻异样”,指对鲁迅的谣言层出不穷、花样翻新,一会儿是日本特务,一会儿拿苏联人卢布,一会儿逃到了青岛,这次又突患脑膜炎,不能再写作。而事实是“无如臣脑故如冰”,无奈“我”却头脑仍然冷静而清醒!句中的“冰”字既可以看成鲁迅有冰山一样坚持自己立场的决心,又可领会为与“一片冰心在玉壶”中的“冰心”有异曲同工之妙,展示自己冰清玉洁的心灵。鲁迅向来以“横眉”的形象出现,在他的眼中,这些文人是一群“叭儿狗”,“它却虽然是狗,又很像猫,折中,公允,调和,平正之状可掬,悠悠然摆出别个无不偏激,惟独自己得了‘中庸之道’似的脸来”[①]。他疾恶如仇、刚毅坚韧,对这些“蛾眉”“众女”向统治阶级争宠献媚、卑躬屈膝的丑态给予了无情的嘲弄,对于他们谄媚的奴性进行了猛烈的抨击。

三、“起看星斗正阑干”——沉郁悲壮的灵魂

鲁迅性格中既有高亢激进、振奋人心的一面,同时也有低沉阴暗、令人心寒的一面。作为一个敏感的人,无论是对于来自身外的社会的压力,还是对于来自内在的心灵的冲击,他都表现出超乎常人的敏锐感受,灵魂中布满了“大痛楚”“大欢喜”“大悲悯”。在他的诗歌中,字里行间时常透露出这样的情绪,突显出一个充满沉郁悲壮之美的灵魂。这种沉郁悲壮具体反映在两方面:一是对自身思想负面感受的清醒认识,二是顽强的救国使命感与责任感。

鲁迅早年经历了一系列挫折与失败,这使得他的一些作品充满了受挫感,他自己也承认思想深处存在着消极的东西:“我的作品,太黑暗了。”[②]《题〈呐喊〉》道出了鲁迅创作与斗争生活中处处碰壁、失落无奈的心态。“弄文罹文网,抗世违世情。积毁可销骨,空留纸上声。”早年鲁迅怀着美好的梦学医救国,因“幻灯事件”弃医从文,《新生》杂志却半路夭折,他一度消沉后终于重新奋起,决定拿起战斗的笔来唤醒国民、拯救社会。然而“弄文罹文网,抗世违世情”,写文章却被文网所困,作批评又为世俗所不容,鲁迅的情绪进入了一个最低落时期,他悲哀地发现世人对他的不理解,世情于他又不容,“连饮过我的血的人,也来嘲笑我的瘦弱了。……这实在使我愤怒”[③]。其思想蒙上了浓重的虚

① 鲁迅:《坟·论“费厄泼赖”应该缓行》,《鲁迅全集》第1卷,人民文学出版社1981年版,第271页。

② 鲁迅:《两地书·第一集　北京》,《鲁迅全集》第11卷,人民文学出版社1981年版,第20页。

③ 鲁迅:《两地书·第二集　厦门——广州》,《鲁迅全集》第11卷,人民文学出版社1981年版,第249页。

无阴影。“积毁可销骨,空留纸上声。”“众口铄金”,作为一名先觉者,自己的肉体随时可能被愚昧群众的无知攻击行为消灭掉,而对自己的精神遗产的命运鲁迅也产生了怀疑,“空留”道出了鲁迅对自己肉体消亡后精神产品存留人间价值的虚无感,它们能否真的被世人理解?它们对人类是否真有价值?这种追问生动表现了一个思想者内心的滔天波澜,真实反映了一个“五四”启蒙者的迷惘和彷徨。

即使有过虚无感与失败感,鲁迅并没有深陷于个体的迷惘之中,而是用强大的生命意志来抵抗生命中的阴暗,顽强的救国使命感与责任感仍是他生命中创作与斗争的最根本的动力,诚如他所言:“无穷的远方,无数的人们,都和我有关。”①这种救国的使命感与责任感主要表现为对当局者黑暗统治的批判,鲁迅创作了很多诗歌,对反动统治者的丑态给予淋漓的揭露。1931 年,得悉柔石等五位青年作家被秘密枪杀,他怀着极其悲愤的心情写下了首句为“惯于长夜过春时”的名篇。“忍看朋辈成新鬼,怒向刀丛觅小诗”,诗人不忍坐视自己的青年朋友在风华正茂之时就悲惨地死去,要愤怒地面向刽子手的刀丛,构思出正气凛然的诗篇,以愤怒的笔锋对敌人的罪恶予以严厉声讨。写于 1934 年 5 月的《无题(万家墨面没蒿莱)》则用高度凝练的笔触描绘了旧中国哀鸿遍野而又无人呼号的悲惨景象。“万家墨面没蒿莱,敢有歌吟动地哀”,数以万计的家庭离乡背井,人们衣衫褴褛、形容枯槁,颠沛在蒿莱丛生的原野;在专制残暴的独裁统治下,他们哪里还敢发出震撼大地的哀吟呢?然而诗人并不悲观,“心事浩茫连广宇,于无声处听惊雷”,他从惨相之中感悟到大众的觉醒,从万籁无声之中听到了人民内心的“惊雷”,它预告着天翻地覆的革命必将到来。由于内心深处救国救民的责任感与自觉性,尽管诗人有时有些落寞,但依然积极奋斗、奋力前行。

纵然在黑暗无比的年代,鲁迅也没有放弃对胜利的信念,每时每刻都在翘首以待,坚信光明一定会到来。他离开人世前十个月写下的最后一首诗《亥年残秋偶作》仍然表达了这样的期待。“曾惊秋肃临天下,敢遣春温上笔端。尘海苍茫沉百感,金风萧瑟走千官。老归大泽菰蒲尽,梦坠空云齿发寒。竦听荒鸡偏阒寂,起看星斗正阑干。”写这首诗时的中国正面临着内忧外患,惨状惊心。国民党在实行反革命的军事和文化“围剿”的同时,进一步推行对日不抵抗政策,“何梅协定”签订之后,国民党驻军及政府官员撤出华北,将大好河山拱手让给侵略者。对此鲁迅满腔忧愤。诗中写道,早就惊骇于国情危难,犹如肃杀深秋之遍及中国大地,此刻怎能让和煦温暖的春色流露于笔端呢?“秋肃”,既实指革命“残

① 鲁迅:《且介亭杂文末编·“这也是生活”……》,《鲁迅全集》第 6 卷,人民文学出版社 1981 年版,第 601 页。

秋”,又象征政治环境险恶,危机严重。面对着苍茫人世,诗人百感交集,但在这白色恐怖的年代,只能让它沉没于心底。就在这秋风萧瑟之时,成千文武官员竟然纷纷不战而南逃。人们老来只能归宿于那连水草也无法生长的大泽荒野,这种人生犹如坠入梦境,或如空中浮云,实在令人齿发皆寒。这里一方面继续揭露日军的侵略和国民党的横征暴敛使人民饥寒交迫、无处安身,另一方面也显示消极退让是没有出路的。尤为人们称道的是最后两句:“竦听荒鸡偏阒寂,起看星斗正阑干。”鲁迅索性披衣而起,却见天边星斗阑干、曙色隐约,黎明即将来临。这结尾两句令全诗气氛陡然一起,一种高亢振奋的情绪激荡着人心。鲁迅警觉着自己内心深处的黑暗,他决不让自己隐入颓丧绝望的深渊中,于是常常在心中燃起一团希望之火。在鲁迅的生命中,虽然布满了被离弃、被攻击、被误解的惨痛经验,虽然饱受了悲愤、寂寞、失望、虚无的折磨,但他总是最终高扬起乐观的大旗,相信正义必胜的真理,这些信念让他永不自暴自弃沉溺在“死水”里,而是“有一分热,发一分光”。因为有着这种不畏艰险、奋然前行的精神,使鲁迅的灵魂在悲寂荒凉中更增添一份壮丽与雄健,从而也使他自身所有的受苦与搏斗都蒙上了一层凝重庄严的崇高之美。

四、“无情未必真豪杰”——深厚诚挚的情怀

鲁迅是坚定的左翼文化战士,对敌一贯“横眉冷对”;但他并非是一个冷漠、尖刻之人,正如在《答客诮》中所坦言的:“无情未必真豪杰”,他的内心不仅对祖国和人民饱含着深沉的爱,而且对亲人和朋友也充满着深情。这种深情在他的诗作中也有所反映。鲁迅的早期诗歌偏重于抒发兄弟之情,他的开篇之作《别诸弟三首(庚子二月)》抒写了自己为日后谋生,无奈远赴外地求学,不得已离别兄弟之苦。“谋生无奈日奔驰,有弟偏教各别离。最是令人凄绝处,孤檠长夜雨来时。”一人在异乡,孤灯下听着凄风苦雨之声,正是思念弟弟的时刻:“还家未久又离家,日暮新愁分外加。夹道万株杨柳树,望中都化断肠花。”回家探亲来去匆匆,一路上一草一木都令人断肠相思。临别之际,作为兄长,他给弟弟们临别赠言:“文章得失不由天”,告诉他们:日后事业的成功,全在现时的发愤努力。翌年,度过寒假回到南京,鲁迅又作《别诸弟三首(辛丑二月)》,再一次抒发兄弟手足之情。“梦魂常向故乡驰,始信人间苦别离。”他以梦魂的驰向故乡来表达对弟弟的日夜思念,真切地感受到与亲人别离之苦。在途中停留之地,眼前景物令他想起在家乡与诸弟共处时的乐趣;当船行驶于水上之时,他对弟弟们的怀念也是思绪万千。这些诗作尽管诗思浅显,技法尚欠完美,但兄弟之情的抒发真挚而强烈。

鲁迅诗歌中也有抒发夫妻、父子之爱之作。鲁迅与许广平在 1925 年“女师

大”事件中互相了解，进而相爱。从许广平给鲁迅写第一封信起至1934年2月，整整十年中，两人共渡难关，既恩恩爱爱，又并肩战斗。1934年3月，鲁迅购得心爱的《芥子园画谱三集》赠许广平，并作《题〈芥子园画谱三集〉赠许广平》。诗中回顾了两人相识、相爱，“十年携手共艰危，以沫相濡亦可哀”的历程。许广平与鲁迅结婚十年，为了丈夫的事业作出了极大的牺牲与奉献，对此鲁迅心有所知、情有所感。“聊借画图怡倦眼，此中甘苦两心知。”他希望许广平疲倦的双眼能从这美丽的画册中得到难得的轻松，相信许广平与他心心相知，明白他的这番苦心。

鲁迅在48岁时才喜得爱子海婴，所以对海婴特别喜爱，以致有人不理解而讥笑他，鲁迅除在《自嘲》中以“横眉冷对千夫指，俯首甘为孺子牛”来作出回应外，还写有《答客诮》：“无情未必真豪杰，怜子如何不丈夫。知否兴风狂啸者，回眸时看小於菟。”诗人开门见山，真诚坦言：没有亲情未必就是真正的英雄豪杰，爱怜亲子为什么就不是大丈夫？知道吗？山林中兴风狂啸的猛虎，也会时时用爱怜的眼睛回顾他的小老虎呢。诗人表现出为人父必爱其子的独特自信和自豪，读来颇为感人。

鲁迅的诗歌还歌颂了志同道合的朋友间的友情。他青年时代的好友范爱农是一个追随辛亥革命的民主主义战士，因为生性刚直，不与地方复旧势力同流合污，所以为封建势力所不容，遭受排斥，以致郁郁寡欢、英年早逝。鲁迅闻其死讯而作《哀范君三章》，一方面怀念他们之间的深厚情谊，另一方面对辛亥革命以后导致范爱农过早死去的黑暗社会环境提出了悲愤的控诉。“狐狸方去穴，桃偶已登场。故里寒云恶，炎天凛夜长。”便是这种环境的真实写照。郁达夫也是鲁迅的好友之一。30年代国民党反动派对左翼文化人士大肆迫害，对郁达夫也有所恐吓，于是1933年郁达夫举家离开上海迁居杭州。然而杭州反动势力之猖獗甚于上海，对此鲁迅也颇为清楚。半年多后，正好郁达夫夫人王映霞向鲁迅求字，于是鲁迅写了一首诗，后来即题为《阻郁达夫移家杭州》。诗中指明杭州无论在政治还是自然环境方面皆不宜居留。“何似举家游旷远，风波浩荡足行吟。”鲁迅规劝郁达夫离开杭州，到风波浩荡的广阔天地去，那里足以让他尽情地如屈原那样徜徉行吟。鲁迅以诗直言相劝，对朋友的一腔关怀之情溢于言表。可惜郁达夫这次却未能听从鲁迅的劝告，结果在杭州惹来诸多事端。他后来追悔莫及，对鲁迅的情谊也更为感激。

鲁迅青年时代曾赴日留学，因此后来有较多的日本朋友，他的诗中也常常歌颂与日本友人的友谊。日本汉学家增田涉因翻译鲁迅的《中国小说史略》，于1931年特来上海，请鲁迅为他讲解此书及《呐喊》《彷徨》等作品，与鲁迅结下了深厚的友谊。1931年12月，鲁迅写有《送增田涉君归国》一诗：“扶桑正是秋光好,枫叶如丹照嫩寒。却折垂杨送归客,心随东棹忆华年。”诗人以十分愉快的心情写道:当前日本正是风和日丽的大好秋色,火红的枫叶映照着微寒的秋光,我却在此折了道旁的柳枝赠送归国的远客,此刻我的心仿佛随着东去的航船,想起了青年时代值得怀念的留日生活。鲁迅在这首诗中不仅赞美日本迷人的景色,而且歌颂了与增田涉及日本人民的深情厚谊,寄托着对自己豪情满怀的青年时代的美好回忆。

尤其值得称道的是,在日本侵略者给我国人民带来深重灾难的时候,鲁迅并没有感情用事地将日本人民与帝国主义侵略分子混为一谈。1933 年 6 月写的《题三义塔》直接抒写了中日交战以后发生的实事。“奔霆飞熛歼人子,败井颓垣剩饿鸠。偶值大心离火宅,终遗高塔念瀛洲。精禽梦觉仍衔石,斗士诚坚共抗流。度尽劫波兄弟在,相逢一笑泯恩仇。”1932 年“一·二八”事变中,上海三义里一带被日军夷为废墟,日本人西村真琴在炮火中拾得家鸽一只,带回日本喂养,鸽子却因恋旧忧郁而死。当地农民为之共建义冢安葬,并请鲁迅题诗。鲁迅这首诗表现了极高的思想境界,可谓爱国主义与国际主义的统一。他一方面愤怒谴责日本侵略者狂轰滥炸的残暴行为,另一方面又将日本人民与日本侵略者严格加以区别,歌颂了日本人民对中国人民的友好态度,并希望中日两国人民共同抵制逆流,待到战争结束,中日两国结成友邦,中日人民兄弟般地相逢之时,战争中的恩恩怨怨将会在一笑之中泯灭。一只鸽子之所以引起中日双方友好人士如此这般地大作文章,是因为鸽子象征着和平,而鸽子事件与话题恰恰来自日本侵略者轰炸上海的炮火之中。鲁迅抓住这一典型事件,“作”出了一个侵略与和平的主题、战斗与友谊的主题。诗人立意很高,这是一首反对侵略、歌颂和平的优秀诗篇。

第三节　鲁迅诗歌的艺术成就①

鲁迅的诗歌具有极高的艺术成就,与其丰厚的思想内容相得益彰。他的诗歌受到了我国古代诗歌多方面的影响,其中最为突出的还是对以屈原为代表的《楚辞》的继承。鲁迅早年就称赞屈原“抽写哀怨,郁为奇文”,“放言无惮,为前

① 本节主要参考周振甫:《鲁迅诗歌注·后记》,浙江人民出版社 1962 年版;徐战垒:《论鲁迅诗歌》,《文艺论丛》第 11 辑,上海文艺出版社 1980 年版。

人所不敢言”[①]。后来在研究中国文学史的著作中又称《离骚》“逸响伟辞，卓绝一世”；称以屈原为代表的《楚辞》“较之于《诗》，则其言甚长，其思甚幻，其文甚丽，其旨甚明，凭心而言，不遵矩度”[②]。鲁迅在充分汲取我国诗歌传统艺术营养的基础上，又融进了新的时代特色，逐步形成了自己的独特风格。

一、深厚激越的艺术风格

诗歌创作在鲁迅浩繁的全部创作中所占分量微乎其微，但作为我国现当代文学史上杰出的文学大家，他的诗歌也独有其风格。早期鲁迅的思想较为单纯，艺术上主要吸取的是旧诗的优良传统，多咏物抒怀之作，风格由柔婉趋向刚健。中期诗人成为革命民主主义者以后，思想更加深沉，风格趋于沉郁。及至后期，鲁迅成为左翼文化战士，思想成熟而深刻，态度坚定而激烈，技巧老练而圆熟，形成了深厚、激越的艺术风格。

深厚，指内容的深广、忧愤；激越，指格调的高亢、刚健。这种风格的形成有多种原因。首先，这种风格是时代赋予的，鲁迅所处的时代内忧外患交作，民生多艰，尤其是以蒋介石为首的国民党右派集团建立了独裁政权以后，更是“万家墨面”，哀鸿遍野。鲁迅的诗歌写出了这个时代的灾难，写出了人民的愤懑，所以显得特别深沉。其次，主要得力于鲁迅强烈的革命精神，面对这样的时代，他要用诗歌来战斗；而战斗的诗，应该是真实、深切的情感经过“发酵”“升华”之后的产物。他反对诗人“感得太浅太偏，走过宫人斜就做一首‘无题’，看见树丫叉就赋一篇‘有感’”[③]。他从不无病呻吟，总是严格选材、深入开掘，哪怕赋的是一张小照、一只鸽子，也蕴含着丰厚的思想和情感。所以鲁迅的诗歌传达着时代的声音，植根非常深厚。其三，鲁迅诗歌风格的形成还得益于诗人高度的文学修养。鲁迅特别钟情于魏晋文学，而沉郁、慷慨正是魏晋诗歌的特征。鲁迅汲取以魏晋诗风为代表的中国古诗营养，贯注自己的审美情操，用凝练、含蓄的笔调来抒写这个沉重的时代，以愤懑的呼声来抒发自己沉郁的感情，获得了完美的效果。

二、辛辣幽默的讽刺手段

鲁迅擅长讽刺，这种讽刺手法的运用不仅突出体现在他的小说和杂文中，同时也是他诗歌的重要艺术特色之一，不管是旧体诗还是新诗、民歌体诗，无不如

---

① 鲁迅：《坟·摩罗诗力说》，《鲁迅全集》第1卷，人民文学出版社1981年版，第69页。

② 鲁迅：《汉文学史纲要·第四篇　屈原及宋玉》，《鲁迅全集》第9卷，人民文学出版社1981年版，第370页。

③ 鲁迅：《集外集拾遗·诗歌之敌》，《鲁迅全集》第7卷，人民文学出版社1981年版，第237页。

此。诗中的讽刺笔法,其形式也是丰富多彩的。

其一,“活剥”古诗,注入今人今事。“活剥”一语,出于《文子》:“其文好者皮必剥。”后人遂称模仿别人的诗文形式为“活剥”。鲁迅在《咬文嚼字(三)》中谈到首句为“煮豆燃豆萁”的诗是“活剥”了曹植的《七步诗》,来为正义学生辩诬的。“女师大”事件中,教师汪懋祖曾发表《致全国教育界》的意见书,其中颠倒事实,称学生对校长杨荫榆家长式统治的反抗是“相煎益急”,“相煎”一语即出自曹植《七步诗》。鲁迅为了批驳汪懋祖的说法,就“以子之矛攻子之盾”地对《七步诗》来了个“活剥”:“煮豆燃豆萁,萁在釜下泣——我烬你熟了,正好办教席!”在曹植原诗中,“豆”和“萁”是兄弟关系;鲁迅所“剥”诗中二者关系转换成为“牺牲者”(“萁”,学生)和“利用者”(“豆”,校长)的关系。“活剥”之妙,全在三、四句——一语揭示了校长杨荫榆“煎煮”学生以达到不可告人之目的的居心。此处讽刺的运用既一针见血,又辛辣无比。此外,《崇实》中的诗“活剥”崔颢的《黄鹤楼》,以幽默的笔调揭露当局“不抵抗主义”的嘴脸;《头》中的诗“活剥”《三国演义》中后人感叹袁绍的一首五绝,以嘲讽梁实秋;《我的失恋》拟张衡《四愁诗》,以讽刺诗坛上那些庸俗、颓废的失恋诗。这些“活剥”的古诗,都被巧妙地注入新意,以“古今杂糅”的风致呈示了独特的讽刺力量。

其二,采用旧体,半文半白,以通俗浅显的文字,收讽刺幽默之效。例如《赠邬其山》:“廿年居上海,每日见中华。有病不求药,无聊才读书。一阔脸就变,所砍头渐多。忽而又下野,南无阿弥陀。”“邬其山”即鲁迅的日本朋友内山完造,来中国已有二十年,“内”字的日语发音如“邬其”,“山”字仍取中文读音,合起来就成了“邬其山”这个中日合璧、富有滑稽意味的名字,可见鲁迅与内山完造关系的亲密。诗歌形式是五律,但格律不严、用韵自由、亦庄亦谐,嘲讽了国民党反动集团政客的装模作样、诡计多端、一阔变脸、任意杀人等丑恶嘴脸。最后一句“南无阿弥陀”,按浙江人的口头用法,有“谢天谢地”之意,鲁迅在书写时将这五个字写得特别大,以示对那帮军阀、政客的蔑视和冷嘲。又如《教授杂咏四首》,这是游戏之作,也采用五律诗体,以通俗幽默的笔调,对当时执教于南北各大学四位有名教授的言行谬误之处加以微微的嘲讽。

其三,采用轻松活泼的民歌体,使之与严肃的内容不相协调,从而产生幽默感和讽刺性。这些诗歌又有两种类型。一类篇幅较长,类似歌行体,运用口语,刻画形象口吻毕肖,让讽刺对象丑态活现。例如《好东西歌》,用轻松的笔调描述了国民党反动政客在日寇进犯、民族危难的时刻,忙于勾心斗角、争权夺利,但又装模作样,最后说:“大家都是好东西,终于聚首一堂来吸雪茄烟。”点出他们本来都是一丘之貉。《“言词争执”歌》可以作为《好东西歌》的姊妹篇来读,全用口语,包括“吴老头子”吴稚晖的习惯用语“放屁放屁,真正岂有此理”。间或夹用一点古诗句法，雅俗相映成趣，令人忍俊不禁。《公民科歌》首句“何键将军捏刀管教育”，一笔就勾勒出一个讽刺性极强的漫画式形象——“捏刀”管“教育”，其“教育”性质不言而喻。接着用让反动派“现身说法”的讽刺口吻，历数“公民科”的内容，将法西斯奴才教育的实质揭露得淋漓尽致。另一类是短小精悍的民谣体。篇幅虽短而形象逼真，嬉笑怒骂、凝练犀利，其讽刺锋芒所向披靡。例如《南京民谣》：“大家去谒灵，强盗装正经。静默十分钟，各自想拳经。”诗人摄取国民党各派军政头目到中山陵“谒灵”的小镜头，抓住“静默十分钟”的典型瞬间，把静默、虔诚的表面之下，这伙“强盗”内心的紧张、奸诈和盘托出。一般谒灵仪式皆静默三分钟，但这里诗人故意把它拉长为“十分钟”，一方面讽刺这批伪君子竭力要装出对“国父”的“忠心”之“诚”，另一方面暗示：对这批“强盗”来说，“装正经”与“想拳经”这种虚伪、矛盾状态的时间拉得越长就越是难熬，而难熬中的内心活动也就特别微妙。鲁迅的这些诗歌大多抒写政治题材，于轻松幽默之中嬉笑怒骂，堪称我国现代文学史上出色的政治讽刺诗。

三、娴熟多样的艺术手法

鲁迅诗歌的艺术成就还表现在对许多具体手法的娴熟运用上，择其要者有以下几法：

一是对比映衬。用相反的事物或意境构成对比，从而映衬出对象的本质。例如：《湘灵歌》中以湘水之今昔为对比，以白色恐怖下的萧条寂寞与反动派诳称的“太平景象”相对比；《无题（大野多钩棘）》中以上层统治者的“几家春袅袅”与人民大众的“万籁静愔愔”对比；《自嘲》中的“横眉冷对千夫指”与“俯首甘为孺子牛”对比，等等。通过对比，将所比事物映衬得更为鲜明、强烈。

二是气氛烘托。通过浓烈的环境气氛烘托主旨。例如：首句为“惯于长夜过春时”的诗用“长夜”“变幻大王旗”“无处写”烘托当时反动统治的黑暗、混乱、封锁严密，在这样的环境气氛里，“忍看朋辈成新鬼，怒向刀丛觅小诗”的悲愤和战斗激情得到极大的强化；《无题（万家墨面没蒿莱）》用“万家墨面”“敢有歌吟”的黑暗环境来烘托“听惊雷”，强调了哪里有压迫哪里就有反抗的真理。

三是反复强调。同一意象的反复呈现，起到了很好的强调作用。例如：《送O. E. 君携兰归国》首句“椒焚桂折佳人老”，“椒焚”与“桂折”是同类意象的复沓，都指革命者的遭受残害；《赠画师》中“风生白下千林暗，雾塞苍天百卉殚”是白色恐怖摧残进步文艺的喻象之复沓，造成一片黑暗荒凉的气氛。

四是用典贴切。鲁迅反对滥用典故，但又并不绝对地反对用典，特别是写律诗，用典是免不了的。例如：《自题小像》中用罗马爱神的典故比喻自己对祖国之爱；《阻郁达夫移家杭州》用伍子胥为替父兄报仇而投奔吴国，后来反被吴王夫差沉尸江中，以及宋朝钱塘林处士一生不阿权贵、洁身自好，然亦终生寂寞等典故，说明杭州政治环境的险恶，自然风光虽好，毕竟不是久居之地，等等。用意都很贴切，联想亦极自然。

五是对仗工整。鲁迅的许多诗，尤其是律诗，善于借助丰富的联想、贴切的用语构成对仗。诗联寓意深刻、对仗工整，有很强的表现力。例如五律《无题（大野多钩棘）》、七律《亥年残秋偶作》，通篇皆用偶句，而且工整和谐、凝练含蓄，尾联以偶句作结，诗意连贯、结束有力。绝句虽然可散可对，对仗不像律诗那样严格，但第三句必须情切意深，结句才凝重有力。鲁迅的名篇《自题小像》《无题（万家墨面没蒿莱）》，结句分别为“我以我血荐轩辕”“于无声处听惊雷”，它们之所以慷慨激昂、动人心弦，就是两个前句（“寄意寒星荃不察”“心事浩茫连广宇”）引发的结果，其中亦见对仗功力。这一切都说明，鲁迅诗歌在艺术手法的运用上完全达到了“得心应手”的境界。

清代著名文艺理论家刘熙载在《艺概》中说：“诗品出于人品。”鲁迅诗歌的风格与他伟大的人格是一致的，因而他的诗具有多方面的思想性和艺术性，有的指陈时弊，有的借古讽今；有的泼辣犀利，有的细腻委婉；有的明朗晓畅，有的隐晦曲折；有的结构严谨，有的信笔所之。不同的形式，多样的写法，构成了鲁迅诗歌瑰丽多彩的风貌。因此，今天研读鲁迅诗歌，不仅能从中汲取丰富的养料和有价值的东西，而且能学习他的创作精神，对推动我国当代诗歌的发展和繁荣有一定的现实意义和深远的历史意义。

第四节　鲁迅诗歌精品举隅

一、《悼杨铨》

悼杨铨

岂有豪情似旧时，花开花落两由之。
何期泪洒江南雨，又为斯民哭健儿。

这首诗写于1933年6月21日，是鲁迅为追悼好友杨铨而作。杨铨，字杏佛，1893年生，江西清江人。早年毕业于上海中国公学，后赴美留学，回国后曾任东南大学教授、中央研究院总干事、孙中山秘书、国民党上海特别市临时政府执委会常委等职务。“九一八”事变后，为反对国民党政府非法逮捕和监禁爱国人士，他与宋庆龄、蔡元培等著名人士于1932年12月在上海发起组织中国民权保障同盟，任总干事，并组织营救了不少被关押的共产党人和爱国人士。1933年6月18日，杨杏佛在上海被国民党特务暗杀。《鲁迅日记》1933年6月20日记载："午季市来，午后同往万国殡仪馆送杨杏佛殓。"归来后，即成此诗。

（一）主题思想

"岂有豪情似旧时，花开花落两由之。""旧时"，从字面上讲是泛指过去。年轻时的鲁迅血气方刚，壮志凌云，豪情满怀，锋芒毕露。东渡留日期间他参加集会，号呼奔走，热血沸腾，不仅毅然剪了辫子，而且拍照留念，并题诗其上："我以我血荐轩辕。""三一八"惨案前后，他挺身而出，力战群雄，仍不减当年的豪情壮志！旧时豪情万丈，而现在呢？神经麻木，意志消沉，世事变幻万千，如同花开花落，且由它去吧。"旧时"的自己可绝不是这个样子啊！为什么变化如此之大？鲁迅其实早就给出了答案，在《南腔北调集·〈守常全集〉题记》中他说："单就我自己说罢，七年前为了几个人，就发过不少激昂的空论，后来听惯了电刑，枪毙，斩决，暗杀的故事，神经渐渐麻木，毫不吃惊，也无言说了。"①在《集外集拾遗·上海所感》里他也发出同样的感慨："初看见血，心里是不舒服的，不过久住在杀人的名胜之区，则即使见了挂着的头颅，也不怎么诧异。这就是因为能够习惯的缘故。"②因为自己看到了太多血，已经习惯，逐渐陷入"毫不吃惊，也无言说"的情境。鲁迅果真是放弃了反抗吗？当然不是，只不过在特定的社会环境下，诗人的满腔怒火和满腹悲哀化作了表情的淡漠和冷峻。所谓的"习惯""麻木"不仅实指诗人思想情感的深沉和认识的深化，也是对杀人如麻的刽子手们的最辛辣、最沉痛的控诉。

"何期泪洒江南雨，又为斯民哭健儿。""何期"，以为自己心已冷寂，却不料还是悲痛难忍，泪洒滂沱。"江南雨"，既是写景，也是写情，意带双关。写景是杨铨收殓那天天降大雨；写情，天上的雨水和人间的泪水交织在一起，给人的感觉是上天仿佛也充满了巨大的哀恸而哭泣，杨铨之死惊天地、泣鬼神，天地同悲、人神共哭。"斯民"即人民。"健儿"指斗士、壮士，此处指杨铨。"又"说明杨铨之死不是个案，此前很多人被害，所以"又"字深刻表达了诗人内心巨大的痛苦和愤怒。

诗歌以情贯注，以诚动人。许寿裳称道此诗："才气纵横，富于新意，无异龚自珍。"（《亡友鲁迅印象记》）许寿裳的评价是中肯的，它的确是一首感情浓郁、

① 鲁迅：《南腔北调集·〈守常全集〉题记》，《鲁迅全集》第4卷，人民文学出版社1981年版，第524页。

② 鲁迅：《集外集拾遗·上海所感》，《鲁迅全集》第7卷，人民文学出版社1981年版，第408页。

风格卓异的悼亡诗。诗歌虽然用语浅白,然而深厚凝重,它不仅委婉传达了作者复杂的心绪,而且表现了悲愤不屈的斗争精神。

(二) 艺术特色

这首诗在艺术表现方面最突出的是采用了欲扬先抑的表现手法。诗歌起句出语平淡:我哪里还有少年时的豪情,花开也罢,花落也罢,我既不伤春,也不悲秋。世间人事变幻,我早已麻木对之,绝不萦怀。后两句诗情陡转:何曾想到早已麻木的我,今天为民众无端失掉这样的战士,为世道的黑暗又一番痛哭;而痛哭的岂止是我一个人?江南的民众,一切有良心、正义的人们在同声痛哭,天地亦为之悲愤变色,泪飞顿作倾盆雨!从整体上来看,前两句冷静,后两句悲愤,可谓是一冷一热,一伏一起,前面的冷静是情绪的铺垫,后面情感发展到高潮,前后情绪形成鲜明的对照,从而使诗情产生巨大的波澜。

二、《自题小像》①

自题小像

灵台无计逃神矢,风雨如磐暗故园。
寄意寒星荃不察,我以我血荐轩辕。

这首诗1903年作于日本东京,当时鲁迅在剪辫后拍了一张照片,送给许寿裳留念,背面就题写了这首断发明志的七言诗。然而长期以来,关于这首诗的解释一直存在着很大争议,争论的焦点主要是诗的首句"灵台无计逃神矢"是否与鲁迅的婚姻有关,由此分成两派,两派之内又有若干分歧。本书认同于蒋锡金的"婚姻说"的观点。②

(一) 主题思想

"灵台无计逃神矢"。"灵台"指心,心灵,典出《庄子·庚桑楚》:"不可内(纳)于灵台。""神矢",爱神之箭,古罗马神话里的爱神丘比特箭袋中有两种箭,一种是金箭,被射中后的青年男女会燃起爱情之火;另一种是铅箭,被射中者心冷如冰。这句诗意思是:我的心无法逃脱爱神乱射的箭。鲁迅借此抱怨母亲给自己包办的不如意婚姻,可是自己又无法逃脱。

"风雨如磐暗故园"。"风雨如磐",典出《诗经·郑风·风雨》:"风雨如晦,鸡鸣不已。"唐代齐己《侠客行》:"黄昏风雨黑如磐。"清末黄遵宪《岁暮怀

---

① 本部分主要参考王福湘:《鲁迅〈自题小像〉考释》,《学术研究》2005年第5期;赵冰波:《鲁迅诗说》,河南人民出版社2003年版。

② 参见蒋锡金:《〈自题小像〉和"婚姻说"》,《新苑》1981年第3期。

人诗》:“漫山风雨黑如磐。”“风雨”,象征灾难的深重,隐喻帝国主义侵略和清朝专制。“磐”,磐石,大石头。“故园”,故乡,泛指祖国。这句诗意思是:风雨如大石压在头上,黑暗笼罩着祖国。抒发了对祖国岌岌可危的景况的担忧。

“寄意寒星荃不察”。“寄意寒星”,典出《楚辞·九辩》:“愿寄言夫流星兮,羌倏忽而难当。”星在高天之上,故曰寒星,暗寓心情。“荃”是一种香草名,原典喻指楚怀王,后以此比喻君主,此处鲁迅用“荃”比喻母亲。“荃不察”,典出屈原《离骚》:“荃不察余之中情兮,反信谗而齌怒。”此处意思是说自己劝说母亲像屈原劝说楚王一样,得不到理解。在鲁迅与朱安的婚姻方面,鲁迅母亲固执己见,不听鲁迅的意见,因而鲁迅内心极度矛盾,一方面,作为孝子,他尊重母亲,认为母命不可违抗;另一方面,对于母亲的安排又十分不满,屡次劝说不从而心生埋怨。所以这句诗的意思是:我托寒星向母亲传达心意,但母亲不体察我的衷情。以往研究者对“荃”的喻指看法不一,有的认为“荃”指人民群众,有的认为喻指当时的君主即清朝统治者,这些理解都有夸大之嫌,都不合适。

“我以我血荐轩辕”。“轩辕”,黄帝名,传说中的部落联盟领袖,中原各族的共同祖先,后人尊之为中华民族的始祖和象征。“荐”,祭祀,敬献之意。这句诗意思是:我把我的鲜血敬献给祖国,誓为中华民族的解放而牺牲。作者发出了金戈铁马般的誓言,有力地抒发了他决心献身民族解放事业的远大理想。

这首诗思想感情真实而复杂。作为鲁迅早期的诗歌,它延续了他一贯的凄婉感伤的情调,抒发了包办婚姻所带来的痛苦和无奈。但与在南京所写的几首诗相比,这首诗断发明志,照相并题诗,思想上又有了显著的变化,还表达了对祖国前途的担忧和为国献身的豪情壮志。

(二)艺术特色

首先,善用典故。诗中“灵台”“神矢”“荃”和“轩辕”等都来自中西典故,寓有深刻的含义。典故的运用,不仅在诗歌表现形式上显得言简意赅、简洁含蓄,增强了诗歌的韵味,而且还增加了诗歌的历史跨度,拓展了诗歌的表现空间,给人以厚重雄浑、苍劲深邃之感。

其次,格式特别。作品在格式上极富独创性,全诗四句,一、三句写家事抒私情,纯系婚姻、个人之事;二、四句写国事抒民族情,感时忧国之情,舍身报国之情,属于公共道德情怀。两者既非一般的承接和转折,也不是简单的并列和排比,而是由小及大,由个人到民族,由家事到国事,构成一种交替承接推进的格式。而尾句情感达到高潮,直抒胸臆,发出将个人献给祖国的宏大誓愿,二者合成一个完整的抒情结构,生动表现了作者由私而公,由家而国,即由生命个体推及民族整体性思考。

三、《梦》①

梦

很多的梦,趁黄昏起哄。
前梦才挤却大前梦时,后梦又赶走了前梦。
　去的前梦黑如墨,在的后梦墨一般黑;
　去的在的仿佛都说,"看我真好颜色。"
颜色许好,暗里不知;
而且不知道,说话的是谁?

暗里不知,身热头痛。
你来你来!明白的梦。

这首诗发表于1918年5月15日《新青年》第4卷第5号,后收入《集外集》,是鲁迅写作较早的一首新诗,抒发了诗人心灵深处的寂寞与追求。

(一)主题思想

全诗八行,分为两部分,前六行为第一层,诉说了诗人的寂寞和苦痛。"很多的梦,趁黄昏起哄。"诗人首先交代了"梦"及其产生的背景——"黄昏"。诗人在《呐喊·自序》中就说过:"我在年青时候也曾经做过许多梦",鲁迅最初的梦是学医,"我的梦很美满,预备卒业回来,救治像我父亲似的被误的病人的疾苦,战争时候便去当军医,一面又促进了国人对于维新的信仰"。接着是去东京提倡文艺运动,出版《新生》,期望改变愚弱的国民精神。回国以后的鲁迅听到武昌起义的消息,他倍感振奋。这些美好的梦想纷至沓来,所以"前梦才挤却大前梦时,后梦又赶走了前梦"。然而像"黄昏"时的梦必然破灭一样,在黑暗社会,怀着美好梦想的青年必然一次次遭受着梦想破灭的悲哀和失望。就鲁迅个人遭遇来说,因为幻灯片事件,学医的梦想破灭,他弃医从文;《新生》的结局也是"并未产生";而光复后的绍兴是换汤不换药,"内骨子是依旧的",所以尽管梦"去的在的仿佛都说,'看我真好颜色'",结局都是一样的破灭。"去的前梦黑如墨,在的后梦墨一般黑。"诗人采用反复的手法,表现了自身无可奈何的悲哀。"黑如墨""墨一般黑",比喻的运用则使得抽象的"梦"变得具象化,同时又让人感到黑暗的沉重与压抑。"颜色许好",指梦境的美好。"暗里不知"是指"黄昏"吞掉了好梦,未成事实的梦就只能用"不知"来概括了。"而且不知道,说话的是谁?"

① 本部分参考夏明钊:《鲁迅诗全笺》,江苏教育出版社1991年版。

说话的人太多，表明类似的遭际者太多，从而说明一切好梦都不见容于黑暗的现实。

后两行为第二层，表现了诗人的希望和追求。许多色彩缤纷的主义与思潮搅得鲁迅一会儿激昂，一会儿消沉，一会儿清醒，一会儿迷惘，一会儿被抛上希望的浪巅，一会儿又被重重摔入破灭的深渊，梦想的破灭使诗人感到非常痛苦，所以“身热头痛”。即使如此，他仍未完全折断希望的翅膀，而是执着于未来，渴望着新梦，所以他情不自禁地大声呼唤：“你来你来！明白的梦。”什么才是一个美好而光明的梦呢？当时的鲁迅也许恍恍惚惚，这首诗正是反映了“五四”前夕一个伟人的真实而复杂的心态。

（二）艺术特色

这首诗在艺术表现方面主要采用象征、比喻等手法，主题朦胧多义。“梦”常常作为对美好事物、闪光理想和对未来憧憬的象征或比喻。这首诗中“很多的梦”的“起哄”，以及“前梦”“后梦”皆“黑如墨”“墨一般黑”正好体现了鲁迅对自洋务运动以来，历经维新变法、辛亥革命乃至五四新文化运动等多次社会重大历史事件的深入体察。这些梦在黄昏时节纷纷登场，相互排挤争斗，都意欲把对方赶走出局，于是进行着一番滑稽、丑恶的表演。所以有些论者认为这些梦是黑色的、灰色的，是黑暗势力的象征；而与之相对的“明白的梦”是作者美丽的向往和理想的寄托，是新生者的象征，预示着一个新时代即将来临。作者借助于多种梦的描写，表现了真实的现实境遇及内在情思，同时反映出现代知识分子近乎相似的精神感受——一种寻求着精神突围而不可得的痛苦与困扰。由于象征手法的运用，多重含义蕴藏其中，就使此诗有着一种引人深思、耐人咀嚼的余味。

从新诗发展的历程来看，这首诗创作于新诗的草创阶段。这个阶段新诗打破旧诗的枷锁，蹒跚学步，对于深受旧体诗熏陶的作者来说不仅是一个艰巨的考验，而且需要非凡的创新精神。如果和早期白话诗相比，这首诗毫不逊色，纯粹是一首自由体的白话新诗，不着旧诗词的一点痕迹，给人耳目一新之感。这个阶段刘半农的《教我如何不想她》是传诵一时的名诗，把它与《梦》相比，也许《教我如何不想她》意境优美，语言清丽，句式整齐，在艺术表现方面的确胜过后者，但是后者思想深邃，诗意含蓄深远，有着前者难以企及的高度。

第八章　鲁迅的学术研究

鲁迅的知识和兴趣是多方面的，这从他的藏书中就可略窥一斑。仅就北京鲁迅博物馆现在所收集到的鲁迅藏书来看，这些书籍计 4 000 余种，13 000 多册，其中除了较多数量的文学艺术书刊外，还有许多社会科学（其中涉及历史学、哲学、美学、经济学、教育学、法学、逻辑学、伦理学、心理学、宗教学等学科），自然科学（其中涉及医学、农学、生物学、数学、化学、物理学、地质矿物学、天文学、地理学等学科）的书籍，及许多难得的善本古籍、名著和珍贵的金石拓片等。卷帙浩繁的鲁迅藏书，说明了知识海洋的浩瀚深广，也揭示了鲁迅勤奋苦学的历程和潜心治学的途径。

"五四"是一个可以同欧洲文艺复兴媲美的伟大时代，这是一个"需要巨人并且产生了巨人"①的时代，鲁迅就是这个时代产生的一位巨人。与任何一个伟大时代的开创者一样，鲁迅所涉及的领域必然也是十分广阔的，他以其巨大的思想深度和博学多才而无愧于伟大转折时代赋予他的历史任务。他不仅是伟大的思想家、革命家、文学家，而且在有关的学术研究方面也取得了可观的成就。

第一节　鲁迅的文学史研究

五四新文化运动作为一次伟大的思想解放运动，使我国学术文化的发展进入了一个崭新的历史阶段，也使我国的文学史研究取得了划时代的突破。鲁迅在这方面劳绩甚大，建树颇多，他写下的一系列文学史研究的专著和文章开辟了中国文学历史研究的新途径、新方法。

鲁迅最先从事的是中国小说史的研究。约从 1920 年起，他就多方搜集中国

① ［德］恩格斯：《〈自然辩证法〉导言》，《马克思恩格斯选集》（第 3 卷），人民出版社 1995 年版，第 262 页。

小说史料，以便编写中国小说史讲义。该年11月，他开始在北京大学讲授小说史，每周一小时。1921年始，鲁迅先后在北京高等师范学校、北京女子师范大学、北京世界语专门学校、北京大学、中国大学文科等院校讲授“中国小说史”，达五年之久。1923年12月，新潮社出版了鲁迅根据自己的授课讲义编写的《中国小说史略》(上)，1924年6月出版了《中国小说史略》(下)。《中国小说史略》初版后，很受读者欢迎。1925年9月，经过鲁迅修订，由北京书局将上、下两卷合成一册出版。至1936年10月，共印刷11次。这部著作是第一部系统地论述我国两千年小说发展历史的专著，是中国小说史研究的奠基之作。它的诞生，结束了中国小说研究长期止于零散评点或评论的状况，改变了“中国之小说自来无史”的局面。

1924年7月，鲁迅应西北大学邀请，在该校开“中国小说的历史的变迁”的讲座。9月，应西北大学出版部的要求，将该讲座的记录稿修订后，寄往西北大学出版部出版。该著使用白话文(《中国小说史略》则是文言文)，提取了《中国小说史略》的精华，并进一步加以发挥，个别论点、例证的阐释比《中国小说史略》有所充实和丰富。

1926年9月，鲁迅为厦门大学讲“中国文学史”课，开始准备编写一部中国文学史，最初定名为《中国文学史略》，一共完成了十篇，作为在厦大和广州中山大学讲授“中国文学史”课的讲义。由于鲁迅不久就辞去了厦大和中大的教职，所以《中国文学史略》只编写到自先秦至西汉前期部分而中辍下来(已编就的部分，就成了鲁迅逝世后编入《鲁迅三十年集》的《汉文学史纲要》)。此后，鲁迅仍一直想完成这部中国文学史的编写工作，在1932年6月，他还专门和瞿秋白讨论了对中国古典文学的评价问题、士族文学和平民文学的关系问题，以及关于编写中国文学史的方法、体例、分期等问题。[①] 这部文学史的具体编写提纲，鲁迅曾和他的好友许寿裳谈过，也曾和1936年特地从日本前来探望鲁迅病情的增田涉说过。他曾向增田涉表示，虽然自己的身体很不好，但仍想把唐以前的部分写出。根据许寿裳的回忆和增田涉的笔记，这部中国文学史的大纲是：

第一章　从文字到文章
第二章　“思无邪”(《诗经》)
第三章　诸子
第四章　从《离骚》到“反离骚”
第五章　酒、药、女人、佛(六朝)

① 参见瞿秋白：《瞿秋白文集·关于整理中国文学史的问题》，人民文学出版社1953年版，第968～977页。

第六章　廊庙与山林(唐)[1]

从这个大纲看,鲁迅只设想到唐代。第一章主要是想阐述文字和文学的起源,这可从《汉文学史纲要》第一篇"自文字至文章"中见其雏形;此外,鲁迅写于1934年8月的《门外文谈》中的"字是什么人造的?""字是怎么来的?""写字就是画画""古时候言文一致么?""于是文章成为奇货了""不识字的作家"等节亦可视作一种补充。第二章"思无邪"主要是论述我国第一部诗歌总集《诗经》,这也可从《汉文学史纲要》第二篇"《书》与《诗》"中知其概略。第四章"从《离骚》到'反离骚'",主要是论述从楚辞到汉赋这段文学史发展过程,这在《汉文学史纲要》第四篇"屈原及宋玉"中已见雏形。1929年12月4日,鲁迅在上海暨南大学作了《离骚与反离骚》的专题讲演,讲演稿于1930年发表在《暨南校刊》时,虽因未经鲁迅审阅而不免有所脱误,但其基本内容和观点还是能反映出鲁迅关于第四章的总体构思。第五章,主要是论述魏晋南北朝文学。1927年7月,鲁迅在广州夏期学术演讲会上作的《魏晋风度及文章与药及酒之关系》的演讲,就是中国文学史中这一章所要写的内容。第六章,鲁迅想要论述的是他所概括的唐代文学的两大倾向,即廊庙文学和山林文学。这一方面的观点,鲁迅于1932年11月在北京大学第二院所作的题为《帮忙文学与帮闲文学》的讲演中曾约略提到过。总之,鲁迅对中国文学史是作过系统研究的,虽然此书未能如愿终篇,但留下了《汉文学史纲要》以及其他有关文章,其内容也已经相当丰富了。

鲁迅对中国文学史的研究并不局限于古代,他还曾在一系列文章中论及中国近现代文学的发展,较为突出的是写于1931年的《上海文艺之一瞥》。该文大体勾勒了近现代文学发展的线索。此外,鲁迅为《中国新文学大系·小说二集》所作的序,以及他为许多现代作家、作品所作的小传、序、跋等,也可以看作他对中国现代文学的研究成果。

鲁迅已经完成的一系列文学史研究著述,为文学史研究提供了丰富翔实的材料和精彩独到的观点、见解,并将作为中国文学史研究之一大家而永载中国文学研究的史册。同样值得注意的是,鲁迅通过他自己的文学史研究的实践,为后人提供了文学史研究的一些原则和精神。

第一,在鲁迅的文学史研究中充满了革命的批判精神,这主要表现在敢于冲破以儒家正统观念为准绳的框框,广泛而深刻地批判了封建传统思想。鲁迅的文学史研究最初是从小说史研究开始的。写一部前所未有的中国小说史,这本身就是对传统文艺观和传统思想的挑战,是对儒家视小说为"小道""末流",对

---

① 许寿裳:《亡友鲁迅印象记·杂谈著作》,人民文学出版社1953年版,第50页。

传统思想视小说为“闲书”“邪书”等观念的批判。在鲁迅的文学史研究著述中，其批判的锋芒涉及哲学、宗教、伦理、文艺等许多方面，其中有对孔孟之道、封建礼教、宋明理学的批判；有对佛家因果报应和对道教、方士迷信的批判；也有对形式主义创作方法和艺术教条主义的批判。例如，在《汉文学史纲要》中，鲁迅以鲜明的态度批判了儒家的“思无邪”说和“诗教”说。他认为“思无邪”说是束缚文学发展、禁锢诗人思想情感的教条，并通过对《诗经》的分析告诉人们：从《诗经》起，其主要倾向就不是“无邪”，不是“温柔敦厚”的，其中不乏“怨愤责数”“甚激切者”。鲁迅还对“诗教”进行了批判，他嘲笑了东汉班彪、班固因为局蹐于“诗教”而贬抑《离骚》《史记》的陈腐论调，并抨击了宋元理学家提掣经训、诛锄美辞的扼杀文学生机的主张。在《汉文学史纲要》中，鲁迅的批判锋芒所向不限于儒家，而是针对整个封建文化的，因此在“老庄”一篇中，对老庄的出世哲学及其对文学的影响也有较深刻的剖析和批判。又如在《中国小说史略》中，鲁迅发扬批判精神，高度赞扬了那些敢于抨击封建礼教习俗和因果迷信等思想的作品。鲁迅之所以给《儒林外史》以较高的赞誉，就因为它“指擿时弊”，“抨击习俗”，“且洞见所谓儒者之心肝”，作者虽然“束身名教之内”，但能突破传统思想的限制，有独立的是非见解。在《中国小说史略》中，鲁迅对于那些“盛陈祸福”“专主惩劝”的作品则给予坚决的贬斥，认为它们已不足以称小说。对于一些侠义公案小说，鲁迅一针见血地指出了它们所表现的奴才思想，认为那些所谓英雄，无非是以“为王前驱”为乐，以甘为隶卒为荣的“心悦诚服”的奴才。总之，在鲁迅的文学研究中，正因为以革命的批判精神贯穿始终，才使得这种研究能以一种全新的面貌出现。

第二，在鲁迅的文学史研究中充满了现代意识。鲁迅是为了当时新文化运动的需要而从事中国文学史研究的。鲁迅意在通过研究文学史，一方面批判封建主义文化，另一方面能从对旧文化的批判中继承一些有利于新文化发展的因素。所以，鲁迅研究的虽然是历史，其中却到处闪烁着“五四”的时代精神。例如，在《汉文学史纲要》中，鲁迅评论《诗经》时，强调的是“激楚之言，奔放之词”，“怨愤责数”的“呐喊”之声。评价屈原时，强调的是屈原的“呵而问之”的“愤懑”，是他“睠怀宗国，终又宁死而不忍去”的爱国热忱和“九死未悔”的高尚气节。评论李斯，鲁迅着重的是“斯虽出荀卿之门，而不师儒者之道”，有吾爱吾师但更爱真理的反潮流勇气。评论两司马时，鲁迅特别指出司马相如不甘居于弄臣地位，“不慕官爵，亦往往托辞讽谏”，其志向不凡；强调司马迁“恨为弄臣，寄心楮墨”，“发愤著书，意旨自激”的进取精神。鲁迅认为，文学史上凡有“个人的主张，偏激的文字”者，其文章乃可流传，而鼓吹“温柔敦厚”，“禀承意旨，草檄作颂”的文章,“流传至今者偏偏少得很”[1]。从这里,基本可以清楚地看出鲁迅是怎样通过文学史的研究,努力发掘着现代所需要的精神传统;同时,也可以看到反抗一切,重新估价一切,追求真理,敢于反潮流,爱国进取,个性主义等“五四”时代精神、现代意识在他的古典文学史研究中起着核心和灵魂的作用。这在《中国小说史略》以及《魏晋风度及文章与药及酒之关系》等论著中也有较突出的体现。如在后一篇中,鲁迅就是一方面从建安文学中发掘着“五四”时代所特别需要的敢于面对现实、敢于同情下层人民疾苦、敢于解放思想等文学传统,另一方面又从这些方面给建安文学以较高的评价。正因为鲁迅以现代意识去研究中国文学史,这就使他站在一个前人所无从企及的历史高度,从而避免了使这种研究沦为食古不化。

第三,鲁迅在文学史的研究中特别注重文学发展规律的探讨,即充分显示其“史”的特点。鲁迅曾在《中国小说的历史的变迁》中讲到,他在研究中国文学的发展时,总是要尽可能地“从倒行的杂乱的作品里寻出一条进行的线索来”[2]。也就是说,他在研究中不仅注意对具体作家、作品的分析,而且注意对文学起源、文学派别、文学变迁以及种种文学现象作历史的考察,注重历史的“演进之迹”。例如,在《中国小说史略》中,鲁迅特别注重从纷纭复杂的小说历史中,从历代形形色色的小说创作中,总结小说发展的规律。他深刻而具体地向人们说明了中国小说发展过程的全貌:从神话传说、志怪小说,到唐代传奇、宋元话本,再到明清小说,其间所经历的漫长的发生、发展、成熟、兴盛的过程,以及该过程所显示的中国小说自身发生、发展的特殊规律。鲁迅一方面从一个个作家、作品、流派、现象的纵横联系里去概括小说历史的发展规律,另一方面又注重从整个文学历史发展规律的高度,去观察、评价一个个具体的作家、作品和流派,这使他的小说史研究显得特别深刻,也特别鲜明地具有“史”的特点。鲁迅曾说,“讲文学的著作,如果是所谓‘史’的,当然该以时代来区分,‘什么是文学’之类,那是文学概论的范围,万不能牵进去”[3]。这里提供了一种文学史研究的原则。《中国小说史略》的“史”的体系是很突出的。这部著作就是首先以时代的发展为顺序,即从汉、六朝、唐、宋、宋元、元明、明、清等时代一一写来,“史”的线索很分明。为了突出不同时代小说的不同特征,鲁迅特别注意选取最能代表这一时代的作品来加以论述,而不是面面俱到。例如六朝,主要讲志怪小说和《世说新语》(志人小说)等;唐突出了传奇、杂俎;宋则分为志怪、传奇、话本,其中以话本为主;宋

---

① 鲁迅:《花边文学·古人并不纯厚》,《鲁迅全集》第5卷,人民文学出版社1981年版,第448页。

② 鲁迅:《中国小说的历史的变迁》,《鲁迅全集》第9卷,人民文学出版社1981年版,第301页。

③ 鲁迅:《书信·351105致王冶秋》,《鲁迅全集》第13卷,人民文学出版社1981年版,第243页。

元讲拟话本;元明着重讲“讲史”;明代讲神魔小说、人情小说;等等。鲁迅既注意到了大的时代顺序,又从时代发展中概括出小说性质的变化和小说形式及内容的演变,从而达到了揭示小说发展规律和历史“演进之迹”的目的。又如在《汉文学史纲要》中,鲁迅也是在理出从先秦到西汉文学发展的脉络的基础上,尽可能地揭示文学起源、发展、演变的历史原因和轨迹,从而对文学的起源、文字的产生、各种文体的兴衰等作出了令人信服的解释。总之,鲁迅注重探讨规律和揭示“史”的线索,使文学研究在方法上摆脱了中国传统的评点式研究和清末以来的考据式研究的窠臼,从而结束了中国文学研究的零星分散局面,使之进入有完整科学体系的系统研究的时期。鲁迅为中国文学研究开辟了一条新的广阔的道路。

第四,鲁迅在研究中国文学时,特别注意把作家、作品和文学现象摆到特定的历史背景之下去考察,从影响文学发展的诸多时代因素中去揭示文学现象和文学作品特点形成的原因。鲁迅曾提出“我们想研究某一时代的文学,至少要知道作者的环境,经历和著作”[①]的主张。所谓环境,即时代背景,主要指当时对作者的生平、思想和创作产生过影响,以及对某一文学流派、文学现象的出现产生过影响的政治、经济、文化、思想、社会心理和风土习俗等状况。通过对这些社会状况与当时文学的关系以及它们影响文学的途径、方式等的考察,可以发现一些在纯文学研究中难以发现的关乎文学的深刻根源和规律。例如,在《中国小说史略》中,鲁迅指出六朝小说多志鬼怪,其原因在于“中国本信巫,秦汉以来,神仙之说盛行,汉末又大畅巫风,而鬼道愈炽;会小乘佛教亦入中土,渐见流传。凡此,皆张皇鬼神,称道灵异,故自晋讫隋,特多鬼神志怪之书”。魏晋小说中的清谈,除了与老庄思想有关外,还由于魏晋时期是四海骚然的篡夺时代,名士议论政事,往往遭到执政者的杀害,遂一变而谈玄理,于是有《世说新语》一类作品。宋之小说则与崇儒、并容释道、信仰巫鬼的社会风气有关,加之宋代文人害怕触犯讳忌,便设法回避,所以宋人传奇不敢触及时事。明代小说与归佛、崇道、重视方士之术的社会风气分不开,明代的几个皇帝皆重用方士,这类人物常聚致通显,因而“小说亦多神魔之谈,且每叙床笫之事”[②]。清代游民常以从军而得功名,为人们所慕,所以有侠义小说的产生和兴盛。清嘉庆以来,中国“屡挫于外敌”,有识者幡然思改革,于是有谴责小说。以上见解,至今看来仍是非常精到

① 鲁迅:《而已集·魏晋风度及文章与药及酒之关系》,《鲁迅全集》第 3 卷,人民文学出版社 1981 年版,第 501 页。

② 鲁迅:《中国小说史略·第十九篇　明之人情小说(上)》,《鲁迅全集》第 9 卷,人民文学出版社 1981 年版,第 183 页。

而深刻的。在《汉文学史纲要》和《魏晋风度及文章与药及酒之关系》中也是如此。例如在《汉文学史纲要》中，鲁迅在分析东周诗亡而散文发达的原因时指出，这与周室衰落，《诗》失去了政治上的作用有很大关系："周室既衰，聘问歌咏，不行于列国"[①]，于是"风人辍采"[②]。而在当时国家分裂、社会动荡、战乱频繁、民心不定的情况下，"志士欲救世弊，则空竭神虑，举其知闻。而诸侯又方并争，厚招游学之士；或将取合世主，起行其害，乃复力斥异家，以自所执持者为要道，骋辩腾说，著作云起矣"[③]。这使春秋战国时百家争鸣，文章代替诗歌而盛行这一现象的形成得到了令人信服的合理解释。这样精彩的分析举不胜举。正因为鲁迅注重把文学作为一种社会存在，并将之摆到各种社会存在的关系中来加以考察，所以他的分析和得出的结论常常较一般人深刻，而且也更接近历史的真实，从而使他的文学史研究真正具有了"史"的价值。

第五，鲁迅在中国文学史的研究中能以其卓越的史识正确区分中国文学的精华与糟粕，并对之作出实事求是的价值评判。鲁迅曾对郑振铎所作《中国文学史》中的小说部分作过这样的评价："郑君所作《中国文学史》，顷已在上海豫约出版，我曾于《小说月报》上见其关于小说者数章，诚哉滔滔不已，然此乃文学史资料长编，非'史'也。但倘有具史识者，资以为史，亦可用耳。"[④]这里，鲁迅提出了文学史研究必须以史识来统帅史料的问题。所谓史识，是史家对"史"的独到的真知灼见，这在文学史研究中是至关重要的。鲁迅在其一系列文学史研究著述中不囿于传统的偏见，也不受时兴理论的左右，以科学的分析的态度去区分中国古代文学中的精华与糟粕，显示了卓越的史识。我们在这些著述中所看到的不仅是丰富翔实的史料，而且是鲁迅基于对史料的科学分析所作出的种种深刻的价值评判和精到的结论。例如，在《魏晋风度及文章与药及酒之关系》中，鲁迅一反"史家成见"，肯定了曹操"至少是一个英雄"。又如在《中国小说的历史的变迁》中，鲁迅对《红楼梦》所作的价值评判，也是一个突出的例子。以《红楼梦》为"诲淫"之作，这是多少年的定论。钱玄同虽然否定了这种论调，但是缺乏令人信服的具体说明。鲁迅推翻了"诲淫"的历史旧案，通过对作品的具体分析作出了独具史识的评价："《红楼梦》的价值，可是在中国底小说中实在是不可多得的。其要点在敢于如实描写，并无讳饰，和从前的小说叙好人完全是好，坏人完全是坏的，大不相同，所以其中所叙的人物，都是真的人物。总之自有《红

① 鲁迅：《汉文学史纲要·第四篇　屈原及宋玉》，《鲁迅全集》第9卷，人民文学出版社1981年版，第373页。

② 鲁迅：《汉文学史纲要·第三篇　老庄》，《鲁迅全集》第9卷，人民文学出版社1981年版，第362页。

③ 鲁迅：《汉文学史纲要·第三篇　老庄》，《鲁迅全集》第9卷，人民文学出版社1981年版，第362页。

④ 鲁迅：《书信·320815致台静农》，《鲁迅全集》第12卷，人民文学出版社1981年版，第102～103页。

楼梦》出来以后,传统的思想和写法都打破了。"又如《中国小说史略》中对《儒林外史》的评价等,此类例子俯拾即是,不胜枚举。总之,正是由于鲁迅以他所掌握的翔实"史料"和过人的"史识"来治文学史,才使他的中国文学史研究著述至今仍不减其独特的学术价值。

鲁迅在文学史研究的实践中所提供的许多原则和精神,对于今天的文学史研究者来说,仍是应该好好学习的。

第二节　鲁迅的翻译和古籍整理

五四时期是一个新旧文化转换的伟大时代,中西文化的撞击是这种转换得以完成的必不可少的动力。鲁迅作为一个开创新的文化时代的巨人,他必须站在中西文化的交汇点上,因此他也必然面临对两种文化的利弊的批判和选择。鲁迅与"五四"文化先驱们一道,一方面努力将西方先进的思想文化介绍给中国人民;另一方面,他又以科学的、审慎的态度对待中国固有的传统文化,光大中国文化传统中有生命力的民主性精华。为此,鲁迅一生中做了大量的翻译、介绍工作和古籍整理工作。要全面了解鲁迅,不能忽略他在翻译外国文学和整理古籍方面所取得的实际成就,而从学术研究的角度来看,他在翻译和古籍整理实践中所积累的理论和经验,也有着非常重要的学术意义和学术价值。

在鲁迅一生的文学活动中,翻译、介绍外国文学始终占有十分重要的地位。早在日本求学时期,他便翻译了大量文学作品,并出版了与周作人合译的两本《域外小说集》。可以说,鲁迅的文学生涯是从译介外国文学开始的。鲁迅非常热心于翻译、介绍被压迫人民和被压迫民族的文学,"五四"以后,其重点则是俄罗斯文学及十月革命后的苏联文学。他曾译过果戈理的《死魂灵》、法捷耶夫的《毁灭》、爱罗先珂的《童话集》、普列汉诺夫的早期著作《艺术论》、卢那察尔斯基的《艺术论》及《文艺与批评》《文艺政策》等大量苏俄文学作品和理论著作。他的译作总计达300多万字。

鲁迅翻译、介绍外国文学的指导思想是很明确的,他怀着普罗米修斯"偷火给人类"似的目的,企望通过翻译的作品来唤醒和激发中国人民的斗争意识。鲁迅曾经说过,他翻译、介绍外国文学作品,"并不是从什么'艺术之宫'里伸出手来,拔了海外的奇花瑶草,来移植在华国的艺苑",而是为了"要传播被虐待者的苦痛的呼声和激发国人对于强权者的憎恶和愤怒"[①]，为了"从外国药房贩来的一帖泻药"[②]，用以狙击"中国的病痛的要害"[③]。另一方面，鲁迅还希望通过翻译、介绍外国文学的精品，来为中国新文学的发展提供借鉴。他认为，中国文学如果"没有拿来的，文艺不能自成为新文艺"，"所以我们要运用脑髓，放出眼光，自己来拿！"[④]鲁迅的大量翻译实绩，就是在这样的思想指导下取得的。

值得重视的是，鲁迅在大量翻译实践的同时，还写下了不少有关翻译理论的文章，较为详尽地阐述了自己对翻译的见解。这些文章主要有《"硬译"与"文学的阶级性"》《几条"顺"的翻译》《风马牛》《再来一条"顺"的翻译》《关于翻译的通信》《"题未定"草（一至三）》《关于翻译》《拿来主义》等。

鲁迅翻译理论的核心是"宁信而不顺"的翻译原则。对于这一原则，在翻译界至今仍存在着争议。要对之作出较为公允的评价，首先必须弄清鲁迅为什么要提出这一原则，他是基于什么样的思考来确立这一原则的。

第一，鲁迅"宁信而不顺"的翻译原则，是针对20世纪30年代翻译界出现的"宁错而务顺"的观点提出来的。30年代初，翻译界出现过一番"信""顺"的争论。梁实秋于《新月》月刊发表了一篇题为《论鲁迅先生的"硬译"》的文章，对鲁迅进行攻击，把鲁迅的译作说成是"硬译""死译"，实质上是企图以此来对翻译和传播马克思主义文艺理论及革命文学提出非议。梁实秋在该文中抛出了他们这派人的有代表性的"宁错而务顺"的主张，他说："一部书断断不会完全曲译……部分的曲译即使是错误的，究竟也还给你一个错误，这个错误也许真是害人无穷的，而你读的时候究竟还落个爽快。"所以，他主张翻译"与其信而不顺，不如顺而不信"。面对挑战，鲁迅写了《"硬译"与"文学的阶级性"》及一系列相关的文章，对梁实秋等人的主张加以驳斥，并针锋相对地提出了"宁信而不顺"的翻译主张，以"宁信"来击他们"宁错"的要害。

第二，鲁迅是本着对读者负责的认真、严肃态度而提出"宁信而不顺"的翻译主张的。他认为"宁错而务顺"的主张是翻译界的一股胡译、乱译的歪风邪气，是对读者不负责任的做法。这种翻译固然可能使人读起来感到"爽快"，但读者恰恰会在这种"爽快"中不知不觉地被愚弄和欺骗，因为"倘不对照原文，就连那'不信'在什么地方都不知道。然而用原文来对照的读者，在中国有几个

---

① 鲁迅：《坟·杂忆》，《鲁迅全集》第1卷，人民文学出版社1981年版，第224页。

② 鲁迅：《译文序跋集·〈从灵向肉和从肉向灵〉译者附记》，《鲁迅全集》第10卷，人民文学出版社1981年版，第251页。

③ 鲁迅：《译文序跋集·〈观照享乐的生活〉译者附记》，《鲁迅全集》第10卷，人民文学出版社1981年版，第250页。

④ 鲁迅：《且介亭杂文·拿来主义》，《鲁迅全集》第6卷，人民文学出版社1981年版，第40、39页。

呢"。于是"就只好胡里胡涂的装进脑子里去了"[①]。鲁迅列举了大量错而"顺"的译例来说明这一问题。他认为,如果从读者的角度来考虑,不同的翻译原则孰是孰非将是很明确的,"译得'信而不顺'的至多不过看不懂,想一想也许能懂,译得'顺而不信'的却令人迷误,怎样想也不会懂,如果好像已经懂得,那么你正是入了迷途了"[②]。

第三,鲁迅在翻译理论上把"信"放在首位,是为了强调忠实于原著的思想内容和忠实地传达原著的精髓。在"信"与"顺"的关系上,如果二者一时还不可兼得,必须有所取舍的话,鲁迅认为理所当然应选择"宁信而不顺",这样做,起码能保证不改变原著的基本意思。从忠实于原著考虑,鲁迅始终坚持"直译",即不加变通地传达出原文的意思。他说:"我自己的译法,是譬如'山背后太阳落下去了',虽然不顺,也决不改作'日落山阴',因为原意以山为主,改了就变成太阳为主了。"[③]当然,鲁迅主张的"直译"并不是"死译","宁信而不顺"之"不顺","决不是说'跪下'要译作'跪在膝之上','天河'要译作'牛奶路'的意思"[④],而是为了忠实原著,宁可容忍一些"不顺"。鲁迅自己的翻译一向是很忠实的。许寿裳称赞鲁迅"实为译界开辟一个新时代的纪念碑"[⑤]。瞿秋白在给鲁迅的论翻译的信中,也称赞鲁迅道:"你的译文,的确是非常忠实的。"[⑥]应该看到,鲁迅主张"宁信而不顺",首先考虑的是忠实于原著。

第四,鲁迅主张"宁信而不顺",还包含着他希望在译文中尽可能保存外国文学风格的目的。鲁迅认为,"凡是翻译,必须兼顾着两面,一当然力求其易解,一则保存着原作的丰姿,但这保存,却又常常和易懂相矛盾:看不惯了",这正如看不惯长着高鼻子和蓝眼睛的"洋人"一样。翻译决不能因为有人"看不惯",而去"削鼻剜眼",以求"归化",即将之完全中国化。也就是说,要保存洋气,因为那是出自外国人手笔的作品,而外国之为外国,就是因为有那么一些与中国不尽相同的地方,为了保存外国作品中的异国情调和风格特色,"有些地方,仍然宁可译得不顺口"[⑦]。

第五,鲁迅主张"宁信而不顺"的直译,也是为了向外国学习语言文法,以便

---

① 鲁迅:《二心集·几条"顺"的翻译》,《鲁迅全集》第 4 卷,人民文学出版社 1981 年版,第 342 页。

② 鲁迅:《二心集·几条"顺"的翻译》,《鲁迅全集》第 4 卷,人民文学出版社 1981 年版,第 344 页。

③ 鲁迅:《二心集·关于翻译的通信》,《鲁迅全集》第 4 卷,人民文学出版社 1981 年版,第 383 页。

④ 鲁迅:《二心集·关于翻译的通信》,《鲁迅全集》第 4 卷,人民文学出版社 1981 年版,第 382 页。

⑤ 许寿裳:《亡友鲁迅印象记》,人民文学出版社 1953 年版,第 54 页。

⑥ 鲁迅:《二心集·关于翻译的通信》,《鲁迅全集》第 4 卷,人民文学出版社 1981 年版,第 370 页。

⑦ 鲁迅:《且介亭杂文二集·"题未定"草(二)》,《鲁迅全集》第 6 卷,人民文学出版社 1981 年版,第 352～353 页。

丰富现代中国语言。他认为，翻译外国文学作品，其目的"不但在输入新的内容，也在输入新的表现法"，中国传统语言的语法有不够严密之处，"要医这病，我以为只好陆续吃一点苦，装进异样的句法去，……后来便可以据为己有"[①]。这就要求在翻译中尽可能"直译"，尽可能多保存些外国语言文法的原样，以便使读者有可供学习、借鉴的东西，进而使现代汉语在词汇、文法等方面得到丰富和发展。

鲁迅正是基于以上种种考虑，才提出了"宁信而不顺"的翻译原则。应该看到，这是鲁迅在30年代特定历史条件下，针对"宁错而务顺"的观点而提出的带有矫枉过正性质的主张，这在当时起了积极的作用，而且鲁迅对这一原则所作的种种解释，至今看来仍是基本正确的。但是，同时也应看到，鲁迅为了论战的需要，有时不免有些偏激。虽然"信"与"顺"是在翻译中常常遇到的一对矛盾，有时确实难以两全，但作为理想的译文，无疑是应该也可以达到两全其美的。离开了鲁迅所处的特定历史时代，如果今天仍一味强调"宁信而不顺"，就显得过于片面并无助于翻译事业的发展了。

鲁迅在他的一生中做了大量的整理辑录古籍工作。鲁迅辑录过古代史地著作、古典小说、类书等佚书，考证过文物，校录过古代文集、小说集，摘编过小说评论方面的资料，其整理古籍的面不可谓之不广。早在1909年，鲁迅在杭州、绍兴任中学教员期间，就辑录过亡佚的古小说和会稽的历史、地理佚书。1911年辑录唐刘恂的《岭表录异》；1912年辑成《古小说钩沉》；1913年辑录吴谢承《后汉书》、晋谢沈《后汉书》、晋虞预《晋书》，并开始校勘《嵇康集》；1914年辑成《会稽郡故书襍集》，整理了《云谷杂记》《范子计然》《魏子》《任子》《志林》《广林》；1916年整理了《寰宇贞石图》；1920年起陆续摘编《小说旧闻钞》，编校《唐宋传奇集》；1924年编成《俟堂专文杂集》。此外，鲁迅还编有《汉碑帖》《汉画像》《六朝造像目录》《六朝墓志目录》，作过许多碑记、墓志的考证。在2005年版《鲁迅全集》中收入的辑录古籍序跋集就有三十多篇。以下就鲁迅辑录古籍工作的基本特点略作介绍。

第一，以"正史"为主，兼采杂书。鲁迅辑录古籍，往往首先在"正史"中搜寻、摘引，"正史"中无记载或注有"散佚"者，再从"三通"及其他类书、杂记、笔记甚至《文选》及其注文中辑录。在鲁迅的多篇为所辑古籍而写的序与跋中，列出的辑录出处常常是自"正史"到种种杂书的一长串书目。鲁迅重视"正史"，又不唯"正史"是求，而是广搜博采。

第二，"考而后信"。古代史书繁缛而且菁芜丛杂，因此鲁迅在辑录古籍时，

① 鲁迅：《二心集·关于翻译的通信》，《鲁迅全集》第4卷，人民文学出版社1981年版，第382页。

审慎地遵奉着“考而后信”的原则，言必有据，落笔必实，常常为了一个问题要校比几十种书籍。因此，他的辑文比较翔实、可靠、完善。

第三，钩沉辑佚，细密拼补。鲁迅辑录的古籍，大多数是已经散佚的历史篇目。他常常为钩稽残文，找寻散佚的篇目，甚至是一个片断，而翻找大量的古籍，有时还要作一些拼补的工作。例如在辑录《古小说钩沉》时，有时一则小说以片断的形式散见于不同的书中，支离破碎，不易窥见全貌，鲁迅在辑校时便尽可能将它们找齐，并把这些碎片拼补起来，以恢复其旧观。正因为鲁迅下了很大的力气，所以他对古小说的辑佚规模超过了以往任何人，而且空前完备，仅作品就有36种之多。

第四，考订工作注重文、物互证。既重文献，又重实物，以二者互为补证，这是辑古考史者必须注意的。鲁迅早年拟编一部以古物（主要是古砖甓）为贯穿线的家乡文物录——《越中专录》，并曾收集到散佚于家乡的古砖甓多件。在鲁迅所辑的古砖拓本集《俟堂专文杂集》中，收有汉魏六朝文物达170件，隋2件，唐1件。[①] 可见，鲁迅在重视古籍整理的同时，也很重视古物的收集和收藏。他所写的《〈吕超墓志铭〉跋》、《吕超墓出土吴郡郑蔓镜考》（均见《集外集拾遗补编》）等文字，都是文、物互证的杰出成果。

第三节　鲁迅与语言文字改革

自新文化运动发生一直到20世纪30年代，鲁迅对中国语言文字的改革问题发表了相当多的见解，涉及面较广，概括起来，主要有这样几个方面：

第一，鲁迅从历史唯物主义的观点出发，阐述了语言文字的起源和发展，并指出了汉字改革的必然性。

鲁迅指出：“文字成就，所当绵历岁时，且由众手，全群共喻，乃得流行，谁为作者，殊难确指，归功一圣，亦凭臆之说也。”[②]他批判了“仓颉造字”的唯心史观，肯定了人民群众创造文字的历史功绩。鲁迅对文字的起源作了科学的考察，认为真正的文字是源于图画的，而原始人之图画则与劳动相关，例如他们画一头

① 鲁迅：《古籍序跋集·〈俟堂专文杂集〉题记》注[1]，《鲁迅全集》第10卷，人民文学出版社1981年版，第63页。

② 鲁迅：《汉文学史纲要·第一篇　自文字至文章》，《鲁迅全集》第9卷，人民文学出版社1981年版，第344页。

牛,“为的是关于野牛,或者是猎取野牛,禁咒野牛的事”①。这就揭示了文字起源于劳动的道理。鲁迅还分析了汉字从象形、指事、会意到谐声(形声)的变化过程,揭示了汉字由象形到表音、由繁到简的发展趋向,并进而指出由于汉字发展到现在,成了“已经并不象形的象形字,未必一定谐声的谐声字”②,因此文字的改革势在必行。

第二,鲁迅分析了汉字的繁难,以及形成汉字繁难的原因,并从“将文字交给大众”的目的出发,指出了汉字改革的必要性。

他说:“文字在人民间萌芽,后来却一定为特权者所收揽。”这些统治阶级的特权者们为了垄断文字,又“竭力的要使文字更加难起来”③,其结果是大多数人做了文盲来殉难。正是在这个意义上,鲁迅将汉字称为“方块的带病的遗产”④。他从人民群众的利益出发,提出了“将文字交给大众”的口号,而要真正将文字交给人民大众,就必须对汉字作彻底的改革。

第三,鲁迅总结了汉字改革的历史经验,一方面提倡简化文字,另一方面又提出了根本改革汉字的拉丁化方向。

他认真分析了清末以来文字改革的利弊,指出汉字改革的第一步可以先从简约汉字开始,要打破传统的“正字”观念。⑤ 同时他又指出,简化汉字不过是治标之法,“待到拉丁化的提议出现,这才抓住了解决问题的紧要关键”⑥。这里的“拉丁化”,是指“拉丁化新文字”,其重要特点是摆脱方块汉字的影响,走拼音化的道路。当然,鲁迅是把“拉丁化”作为汉字改革的最终方向提出来的,所以他同时又提出以“汉字夹用拼音”的方法,作为从方块字向拉丁化过渡的一种途径。

第四,鲁迅从纯洁和统一祖国语言的目的出发,还坚决主张发展普通话和提倡实现汉语规范化。

鲁迅认为,在人们的语言交流中,“确已有着一种好像普通话模样的东西”,它“既非‘国语’,又不是京话,各各带着乡音,乡调,却又不是方言”,它使不同地区的人们得以在语言上相互沟通。如果将这种普通话“加以整理,帮它发达”,是可以使之发展成为一种通行的语言的。鲁迅指出了中国有实行普通话的基础

---

① 鲁迅:《且介亭杂文·门外文谈》,《鲁迅全集》第6卷,人民文学出版社1981年版,第87页。

② 鲁迅:《且介亭杂文·门外文谈》,《鲁迅全集》第6卷,人民文学出版社1981年版,第91页。

③ 鲁迅:《且介亭杂文·门外文谈》,《鲁迅全集》第6卷,人民文学出版社1981年版,第91、92页。

④ 鲁迅:《花边文学·汉字和拉丁化》,《鲁迅全集》第5卷,人民文学出版社1981年版,第556页。

⑤ 参见鲁迅:《且介亭杂文二集·从“别字”说开去》,《鲁迅全集》第6卷,人民文学出版社1981年版,第283页。

⑥ 鲁迅:《且介亭杂文·中国语文的新生》,《鲁迅全集》第6卷,人民文学出版社1981年版,第115页。

和必要性,同时还进一步预见到"北方话"将会成为普通话的主力。[①] 对于汉语规范化的问题,鲁迅虽未直接用"规范化"这一术语,但在许多论述中都讲到应提炼语言,尤其是书面语应较之口语"简洁明了",勿使用"太僻的土语"[②]和已经"僵死的语言"[③]等。

我们不能孤立地看待鲁迅对语言文字改革问题的这些论述。"五四"以来,语言文字问题曾引起过普遍的兴趣,仅二三十年代,涉及语言文字问题的较大论争就有白话文与文言文之争、语言欧化问题的论争,以及汉字拉丁化问题的讨论等。"五四"时代中国文化处于全面反省的历史阶段,文化界对于语言文字问题的普遍关注,包含着一代文化先驱者对中国传统文化的全面反省。作为伟大的反封建思想革命家的鲁迅,他对语言文字问题的兴趣,其总的出发点也正是在于将语言文字作为一种文化现象,通过分析语言文字与中国传统文化的关系,进而达到揭示传统文化弊端、推动文化进步的目的。离开了这一总的前提,就不能真正了解鲁迅对语言文字问题的阐述所具有的深远历史意义,尤其是对鲁迅的一些偏激之论,诸如"汉文终当废去"[④],"汉字不灭,中国必亡"[⑤]等,很难作出准确的评价。

鲁迅是如何分析语言文字与中国传统文化的关系,并进而揭示传统文化的弊端,以推动文化进步的呢?

首先,鲁迅认为,一个民族的语言,与该民族在长期的文化历史过程中所形成的思维方式有着密切的关系。因此,鲁迅在指出中国的传统语言文字所具有的不准确、不确定的毛病的同时,还深刻地揭示出形成这一语言现象的文化根源,并从文化进步的历史要求出发,提出彻底改变中国语言文字现状的主张。

一个民族的历史文化特征中相对稳定的因素,往往集中体现在作为精神形态的思维方式和民族心理上。鲁迅在考察中国语言文字与传统文化的关系时,首先注意到了语言与思维方式的关系。鲁迅指出,作为中国传统语言文字的文言文,具有不确定、不准确的毛病,即有许多"含混的地方"。他在《中国文与中国人》一文中,曾向中国读者推荐瑞典学者高本汉的著作《中国语和中国文》。高本汉在该书中指出,中国语言有好多"含混的地方,中国人不但不因之感受了困难,反而愿意养成它";他对中国文字与外国文字的不同特点作了一个形象的

① 参见鲁迅:《且介亭杂文·门外文谈》,《鲁迅全集》第6卷,人民文学出版社1981年版,第96~98页。

② 鲁迅:《且介亭杂文·答曹聚仁先生信》,《鲁迅全集》第6卷,人民文学出版社1981年版,第77页。

③ 鲁迅:《热风·随感录五十七　现在的屠杀者》,《鲁迅全集》第1卷,人民文学出版社1981年版,第350页。

④ 鲁迅:《书信·190116致许寿裳》,《鲁迅全集》第11卷,人民文学出版社1981年版,第357页。

⑤ 转引自芬君:《鲁迅先生访问记》,《救亡情报》1936年第4期。

比喻,即“中国文字好像一个美丽可爱的贵妇,西洋文字好像一个有用而不美的贱婢”。鲁迅很赞同高本汉的这一看法和比喻,由此进而指出中国语言文字的弊端:“美丽可爱而无用的贵妇的‘绝艺’,就在于‘插诨’的含混”[①],而为了保存这种“高妙文雅”的语言文字,就只好拿牺牲文化的进步和思维的精确化发展为代价。中国语言的不精确性,一方面是本民族长期文化历史进程中形成的思维方式所决定的;另一方面,它又确实成了思维进步的障碍。作为现代科学思维必要条件的演绎推论是以概念的精确为前提的。鲁迅正是从文化的进步,从中国传统语言所标示的思维方式与现代科学发展趋势不相适应的状况,来看待中国语言的弱点。正是基于这样的认识,使得鲁迅对改变中国语言文字现状的见解高于当时一般的仅仅局限于从语言自身去看问题的语言学家们。鲁迅注意到了中国文言文在达意上的不严密性,提出“我们要说现代的,自己的话;用活着的白话,将自己的思想,感情直白地说出来”[②];同时,他又未仅仅停留在语言的“达意”这一层次,而是进一步注意到了作为思维载体的符号系统,语言文字对民族思维的发展、智力水平的提高所具有的制约作用。思维的进步取决于符号系统的效能,当这种符号系统的效能低下,以至于阻碍思维发展时,打破这种语言符号系统,改革和创造新的语言符号系统,就成了关系到文化进步的历史大任务。如果从这个角度去评价鲁迅反对文言文、提倡白话文的有关见解,乃至评价整个“五四”时期的白话文运动的历史功绩,我们就不会仅仅把它们看作是一种语言形式上的革命,而会看到一个时代的文化觉醒。在30年代展开的有关大众化问题的讨论中,有人认为“五四”以来形成的白话文中有“欧化”倾向,因此白话文是非大众化的,应在被取缔之列。鲁迅认为,大众语应力求浅豁,但也需要吸收外国语文的词汇和语法,使之丰富和精密。鲁迅在一片反对“欧化”的声浪中,明确提出了仍应支持“欧化”文法的主张。他认为,“讲话倘要精密,中国原有的语法是不够的,而中国的大众语文,也决不会永久含胡下去”[③]。建立大众语,“到大众中去学习,采用方言;以至要大众自己来写作”,都不失为好的方法,但仍“要支持欧化式的文章”,只要不是“故意胡闹”,而是“为了立论的精密”[④]。鲁迅是把使大众能看懂、学会语言文字,与同时培养中国大众严密的思维联系起来考虑的。这里足以显示鲁迅看问题的历史深度。

总之,鲁迅通过语言现象对中国民族的思维方式所作的反省是非常深刻的。

---

① 鲁迅:《准风月谈·中国文与中国人》,《鲁迅全集》第5卷,人民文学出版社1981年版,第364页。

② 鲁迅:《三闲集·无声的中国》,《鲁迅全集》第4卷,人民文学出版社1981年版,第15页。

③ 鲁迅:《且介亭杂文·答曹聚仁先生信》,《鲁迅全集》第6卷,人民文学出版社1981年版,第77页。

④ 鲁迅:《书信·340729致曹聚仁》,《鲁迅全集》第12卷,人民文学出版社1981年版,第496页。

“五四”以后发展起来的现代汉语实际上是“欧化”了的白话文,这种语言不仅在一定程度上接近了口语,更重要的是它经过吸收“欧化”文法、概念而形成了一个新的规范的语法系统,从而大大加强了语言思维的逻辑力量和表达的准确性、严密性,淡化了中国传统语言固有的含混、感性化、不严密的缺点,使之能够在较大程度上适应现代科学的思维要求。中国文化的这一巨大进步,正是鲁迅等一代先驱者们努力的结果。

其次,鲁迅还对中国语言文字与中国民族心理的关系作了考察,从而通过一些语言现象揭示和批判了落后的民族心理素质。

语言从本质上看是心理现象,民族语言正是民族心理的积淀。鲁迅对语言文字改革的论述多数是在考察了中国语言与中国民族心理的关系后作出的,他也常常通过一些语言现象来挖掘其背后的落后的民族心理素质。例如,他曾多次分析中国语言中的“国骂”——“他妈的”。鲁迅认为,在这“国骂”的背后,隐藏着的是一种“精神胜利”的自欺心态。有时,对“依赖门第”“倚仗祖宗”的不满发泄为“他妈的”,其攻击矛头自然是指向“高门大族”的,然而其“战略”却“真可谓奇谲”——“瞄准他的血统”,于是在精神上便自以为作了“高门大族”的“祖宗”。鲁迅还指出,在中国,这种“国骂”远不止被用于攻击“高门大族”,而且几乎可以出现在一切场合。“我曾在家乡看见乡农父子一同午饭,儿子指一碗菜向他父亲说:‘这不坏,妈的你尝尝看!’那父亲回答道:‘我不要吃。妈的你吃去罢!’”这里“他妈的”“简直已经醇化为现在时行的‘我的亲爱的’的意思了”①。这个词被如此普遍地运用着,“有时骂骂,有时佩服,有时赞叹,因为他说不出别样的话来”②。鲁迅认为“国骂”之盛行,一方面说明了语言的贫乏,另一方面,在这种语言贫乏的现象背后还掩藏着中国人的凡事不求精确表达的“笼统”心理。每个民族都有一套自己特有的无法翻译的道德用语,“他妈的”便是这种无法译成外文的中国式语汇,在德文中只能译作“我使用过你的妈”,日文中只能译作“你的妈是我的母狗”,纵然“俄国也有这类骂法”,但“究竟没有中国似的精博”③。“他妈的”这一特殊语言现象,也恰好表现出了中国人特有的一些落后的民族心理素质。要改变这种现状,还有赖于社会的根本变革,有赖于落后民族心态的彻底去除。

此外,鲁迅还对中国语言文字与文化发展的相背离,中国传统语言文字所带有的旧文化机质,以及中国语言文字与新的文化节奏的不相适应等问题作了精

---

① 鲁迅:《坟·论“他妈的!”》,《鲁迅全集》第1卷,人民文学出版社1981年版,第234页。

② 鲁迅:《且介亭杂文·答曹聚仁先生信》,《鲁迅全集》第6卷,人民文学出版社1981年版,第77页。

③ 鲁迅:《坟·论“他妈的!”》,《鲁迅全集》第1卷,人民文学出版社1981年版,第232页。

到的分析，从而使语言文字改革问题进一步在文化发展这一更为广阔的历史背景上被提出来，使之得到充分强调。

总之，鲁迅对中国语言文字改革的一系列论述，其出发点和意义绝不仅仅在于语言文字改革本身。因此，在了解鲁迅就语言文字改革本身提出的具体意见、方案的同时，还应深入理解这些论述中所包含的对中国传统文化的反省和批判。

第四节　鲁迅与自然科学

鲁迅与自然科学的关系是非常密切的。在他的一生中，从来没有间断过对自然科学问题的探索，直到他临终前几年，还一再呼吁从事文学创作的人应当学点自然科学。

由于自然科学是专业性很强的领域，所以在此不详细阐述鲁迅对自然科学具体问题所发表的种种见解，仅就他与自然科学的关系作些介绍。

鲁迅从幼年起就热爱自然科学，喜欢读自然科学的书籍。1898 年，他到南京水师学堂，第二年转入矿务铁路学堂，开始比较全面地学习近代自然科学。他学习了格致（即物理学）、算学、地学（即地质学）、金石学（即矿物学）等课程，此外还阅读了一些生理学和医学的书籍，如《全体新论》和《化学卫生论》等。1902 年，鲁迅从矿路学堂毕业，抱着科学救国的愿望去日本留学。1903 年发表了《说钼》《中国地质略论》两篇科学论文，前者是我国最早介绍法国居里夫人发现镭的经过的论文，后者论述了中国地质的发展历史和矿产的分布，向国人介绍中国的地质情况。与此同时，鲁迅还从日译本转译了法国科学幻想小说家儒勒·凡尔纳的科学幻想小说《月界旅行》和《地底旅行》，翻译了《北极探险记》，与顾琅共同编著了《中国矿产志》一书。1904 年，鲁迅进仙台医学专门学校学医，学习过骨学、血管学、神经学、解剖学等课程。1906 年，他弃医从文，把自己的主要精力倾注于文艺和其他思想文化战线，但并未完全终止与自然科学的联系，1907 年他写了《人之历史》和《科学史教篇》两篇重要论文。前者介绍了达尔文的生物进化学说及其发展史略，后者考察西方自然科学发展的历史，说明了科学的本质及其在改造自然和改造社会方面所起的作用，实为一篇出色的科学哲学论文。1909 年 8 月，鲁迅从日本回国后，曾在杭州的浙江两级师范学堂任教，讲授化学、生理学等自然科学课程，并编写了长达 11 万字的生理学讲义《人生象学》。

鲁迅的自然科学活动主要是在早期，“五四”以后，他与自然科学的关系更多地体现为在反封建的思想革命中运用科学的武器，批判种种封建迷信和落后观念。同时,他也写过像《〈进化和退化〉小引》《“蜜蜂”与“蜜”》《经验》《电的利弊》这样一些较多涉及自然科学知识的文章。

由于与自然科学有着特殊的、较为密切的关系,鲁迅一生受益甚多。他写作中国新文学史上第一篇现代白话小说《狂人日记》时,就曾“仰仗”过“一点医学上的知识”①。在新文化运动中,作为文化革命的主将,他为提倡科学、民主而大声呐喊,由于具有自然科学的功底,所以他在批判迷信、落后、守旧等封建文化现象时能达到惊人的深刻程度。自然科学知识的运用还构成了鲁迅杂文特色的一个重要方面,他常常从自然知识生发开去,从生物现象谈到社会现象,深刻、生动的取譬常达到奇特的效果,增强了杂文的批判力量和感染力量。可以说,鲁迅的杂文常常是政治、科学和文学三者的有机结合。

概括起来说,鲁迅与自然科学的关系主要体现在四个方面:第一,鲁迅早期专门从事过自然科学的学习和研究,翻译、介绍过一些外国的先进科学成就;第二,鲁迅对自然科学的某些领域曾有过一定的研究,并撰写、编著过专业性很强的科学论文和论著;第三,鲁迅一生高举科学的旗帜,自然科学构成了他的宇宙观、方法论的重要基础和内涵,他又以科学为武器,反对束缚科学发展的封建文化;第四,鲁迅以精博的自然科学知识来丰富自己的文艺创作。

了解鲁迅与自然科学的关系,将有助于我们更好地把握鲁迅的“全人”,更好地理解鲁迅的小说创作、杂文创作以至他的学术成就。

---

① 鲁迅:《南腔北调集·我怎么做起小说来》,《鲁迅全集》第4卷,人民文学出版社1981年版,第512页。

第九章　鲁迅研究百年综述

鲁迅是20世纪中国文学史上伟大的文学家、思想家，在他多年的战斗生涯中，创作达300万字，译文约250万字，显示了中国新文化运动的实绩，成为世界文学宝库的珍品。鲁迅的思想及艺术形式呈现出异常的复杂性，研究者从政治学、社会学、文化学、心理学、哲学、文学等不同的角度来解读鲁迅，是非蜂起，纷争不断，为我们认识鲁迅提供了多种尝试。由此，鲁迅及其文本成为20世纪世界文坛最具魅力的文化现象之一，鲁迅研究也成为20世纪中国文学研究的一个极为重要的分支，成为中国思想文化领域的一道独特的风景。如果从鲁迅的文学活动初见报端算起，鲁迅研究至今已有100年历史。百年来对于鲁迅这位在中国文化史上具有重要意义的文学家和思想家的解读与研究，不仅生动反映了各历史阶段文学与研究模式的变迁和更替，清晰地打着意识形态冲突的烙印，同时还折射着20世纪中国知识分子曲折坎坷的心路历程。

由于鲁迅研究方面的专著及文章数量甚巨，其中有分量、有影响的作品亦不在少数，难以一一列举，本章仅将影响更著者略举数篇，以见一斑。

第一节　鲁迅研究的萌芽期（1913—1926）

1913年4月，鲁迅以周逴的署名在《小说月报》第4卷第1号上发表了他的第一篇文言小说《怀旧》，该刊主编恽铁樵（焦木）在文后附了一篇《焦木附志》，对它大加赞赏。这大概是可见的最早评论鲁迅的文字。由于这篇文章采用的是传统评点的方式，所以学术界认为此文不能算是严格意义上的现代文学评论。

1918年5月，鲁迅发表他的第一篇白话小说《狂人日记》，由此成为中国现代文学史、思想史上的第一声惊雷，起到了振聋发聩的作用。这篇小说的发表立即引发了激烈的争论。

首先认识到这篇小说重要意义的是傅斯年，他在1919年《新潮》第1卷第2

号发表了一篇文章《〈新青年〉杂志》,以记者的署名对《狂人日记》进行了介绍。他说:"《新青年》里的好文章,……就文章而言,唐俟君的《狂人日记》用写实笔法,达寄托的(Symbolism)旨趣,诚然是中国近来第一篇好小说。"①虽寥寥数语,却点出了作品的实质与神韵。接着傅斯年又以"孟真"的署名在《新潮》第1卷第4号上发表了题为《一段疯话》的随感文字:"鲁迅先生所作《狂人日记》的狂人,对于人世间的见解,真个透彻极了;但是世人总不能不说他是狂人。哼哼!狂人,狂人!耶稣、苏格拉底在古代,托尔斯泰、尼采在近代,世人何尝不称他做狂人呢?"②可见一开始,傅斯年就敏锐地发现了"狂人"形象的精神实质和深刻内涵。其次,较早对《狂人日记》予以高度评价的是吴虞,他在《新青年》第6卷第5号发表了《吃人与礼教》一文,文中说:"我觉得他这《日记》,把吃人的内容和仁义道德的表面看得清清楚楚。那些戴着礼教假面具吃人的滑头伎俩,都被他把黑幕揭破了。"③吴虞点明了《狂人日记》的主题,认为封建礼教的本质在于"吃人",所以从某种意义上来说这篇文章就是《狂人日记》很好的注解。

如果说早期的这些评论还是比较简单的、浮光掠影式的,那么随着鲁迅创作的"一发而不可收拾",评论也变得更为具体。1921年8月10日《小说月报》刊登了郎损(沈雁冰)的《评四五六月的创作》一文,文章虽然不是专门论述鲁迅,但对鲁迅的《风波》和《故乡》的题材、主题和艺术表现给予了恰如其分的评价。作为中国现代文学史上著名的文学批评家,茅盾的感觉敏锐,眼光深刻而独特。1922年2月《阿Q正传》尚未连载结束时,他就说它"实是一部杰作",阿Q是"中国人品性的结晶"④。到了1923年《呐喊》出版后,他又写了《读〈呐喊〉》一文,成为第一篇分析《呐喊》的重要论文。文章重点从分析《狂人日记》入手,从两方面概括论述了《呐喊》的特色:一方面是《呐喊》的思想倾向,茅盾认为这些作品对旧社会灰色人生的写照,形象反映了辛亥革命的失败。另一方面是小说的艺术表现形式,他说:"在中国新文坛上,鲁迅君常常是创造'新形式'的先锋;《呐喊》里的十多篇小说几乎一篇有一篇新形式,而这些新形式又莫不给青年作者以极大的影响,必然有多数人跟上去试验。"⑤大力肯定了鲁迅在艺术表现方面的独创性。此外,文章还对阿Q的典型性进行了深入的阐述,认为阿Q"写出

---

① 傅斯年:《〈新青年〉杂志》,《新潮》第1卷第2号,《鲁迅研究学术论著资料汇编》第1卷,中国文联出版公司1985年版,第8页。

② 傅斯年:《一段疯话》,《新潮》第1卷第4号,《鲁迅研究学术论著资料汇编》第1卷,中国文联出版公司1985年版,第10页。

③ 吴虞:《吃人与礼教》,《吴虞集》,四川人民出版社1985年版,第167页。

④ 雁冰:《通信》,《小说月报》1922年第13卷第2号。

⑤ 茅盾:《读〈呐喊〉》,《茅盾论创作》,上海文艺出版社1980年版,第109页。

了人性的普遍弱点”，由此也成为后来研究者时常引用的论据。

1922年，周作人以仲密的笔名发表了《〈阿Q正传〉》，这是鲁迅研究史上第一篇关于《阿Q正传》的专题性质的论文。作为鲁迅的弟弟，周作人对于鲁迅的文艺思想非常了解，这一点使得这篇文章更贴近鲁迅创作的现实，也更具有说服力。周作人在文中主要论述了三个问题：(1)《阿Q正传》是一种独特类型的讽刺小说，“在中国历代文学中最为少见”，多用“反语”，是“冷嘲”型的，“中国近代小说只有《镜花缘》与《儒林外史》的一部分略略有点相近，《官场现形记》与《怪现状》等多是热骂，性质很是不同”。(2)揭示了这种讽刺的“笔法来源”，“其中以俄国的果戈理与波兰的显克微支最为显著，日本的夏目漱石、森鸥外两人的著作也留下不少的影响”。这是最早见到的从比较文学的角度论述鲁迅小说的文章。(3)关于阿Q形象问题。他认为阿Q形象“承受了恶梦似的四千年来的经验所造成的一切‘谱’上的规则，包含对于生命幸福名誉道德各种意见”，而“缺乏求生意志”“不知尊重生命”是“中国人的最大病根”①。周作人这种从哲学意义上对鲁迅作品的解读，比茅盾关于阿Q是“中国人品性的结晶”的观点更为深刻、精辟。

对于鲁迅小说予以高度评价的还有张定璜，他的《鲁迅先生》一文发表在1925年《现代评论》第1卷第7、8期上。张文首先从比较的角度阐述了阅读《双枰记》等旧小说再读《狂人日记》以后的感受，“我们就譬如从薄暗的古庙的灯明底下骤然间走到夏日的炎光里来，我们由中世纪跨进了现代”，并且指出鲁迅是“新文学的第一个开拓者”，“是文学革命后我们所得了的第一个作家”，高度肯定了鲁迅在中国现代文学史上的重要地位。其次，张文准确地概括了《呐喊》的风格特征，认为鲁迅有三大特色，“第一个，冷静，第二个，还是冷静，第三个，还是冷静”，“他的作品满熏着中国的土气，他可以说是眼前我们唯一的乡土艺术家”。此外，张文还对鲁迅小说“悲凉”的基调进行了论述，从情绪感受的角度论述了这种基调的形成，“然而鲁迅先生告诉我们，偏是这些极其普通、极其平凡的人事里含有一切人的永久的悲哀”，因为鲁迅是“寂寞抚养大的”，“饱尝过寂寞的滋味”②。作为与鲁迅交往较多的友人和有着较高文化素养的批评家，张定璜的这篇文章眼界开阔，论证充分，是鲁迅研究萌芽期影响最大、分量最重的一篇文章。

当然鲁迅小说在获得广泛好评的同时也传来了否定和批判的声音，最具代表性的是陈西滢和成仿吾。

陈西滢因“女师大事件”和“三一八”惨案的论争而和鲁迅结怨，成为20年代中期鲁迅主要的论战对手，所以他在评论鲁迅作品时难免会感情用事，带上个

① 仲密(周作人)：《〈阿Q正传〉》，《小说月报》1922年第13卷第2号。

② 张定璜：《鲁迅先生》，《现代评论》1925年第1卷第7、8期。

人主义的有色眼镜。为了标榜自己的绅士风度,在评价鲁迅的《阿Q正传》时他给予了较高评价,认为阿Q形象与古典四大名著中“李逵”“鲁智深”“刘姥姥”同样生动,“将来大约会同样不朽的”[①]。但当论述到鲁迅杂文时,深受其辱的陈西滢实在难以忍受心中的恶气,对鲁迅杂文口诛笔伐,歪曲否定,大肆攻击。在《致志摩》[②]的信中,他更多是从道德角度对鲁迅的思想人格进行污蔑,完全失去了一个绅士应有的客观、理性的态度。

成仿吾是早期创造社的代表,创造社主张尊重自我,为艺术而艺术,对文学研究会采取的是抵制、唱对台戏的态度,而支持文学研究会的鲁迅自然而然成为他们排斥的对象。成仿吾1924年发表的《〈呐喊〉的评论》[③]一文,就是创造社这种态度的反映,是一篇带有强烈门户之见的批评文章。

成仿吾采用浪漫主义的理论标准,把《呐喊》里的小说分成了“再现的”和“表现的”两类,他认为文艺的价值在于“暗示”,而《呐喊》里的作品只有“描写”而无“暗示”,所以“没有价值”,“与庸俗之徒无异”。狭隘的浪漫主义理论标准使他无法深切地感受到鲁迅作品深广的内在世界,阻碍了他对鲁迅作品作出客观的评价;狂热的小宗派团体主义更加重了他恣意的情绪,导致在分析鲁迅单篇作品时,他更是意气用事。这样在他眼中《阿Q正传》是“浅薄的纪实的传记”,《孔乙己》《明天》“皆未免庸俗”,《一件小事》成了“拙劣的随笔”,《故乡》《风波》也“不外是事实的记录”,整个《呐喊》只有历史小说《不周山》有资格进入“纯文艺的宫廷”,其他一无是处。因此,成仿吾的这篇文章态度偏激,缺少理性、客观的分析,对鲁迅研究没有实质意义的贡献。

这个时期的鲁迅研究比较简单,方法单一,往往还停留在即兴式的批评阶段,批评家表现直观的印象和感受,缺少分析的系统性和理论的高度。这也许是因为批评者与作品处于同一历史时期,缺少审美距离与张力的缘故,尽管如此,这个时期的研究为下一阶段研究的深入奠定了坚实的基础。

第二节　鲁迅研究的发展深化期(1927—1948)

如果说第一阶段的鲁迅研究比较简单,大致分为“认同”与“反对”两大类

---

① 陈西滢:《闲话》,《现代评论》1926年第3卷第71期。

② 陈西滢:《致志摩》,《京报副刊》1926年2月10日。

③ 成仿吾:《〈呐喊〉的评论》,《创造》1924年第2卷第2期。

的话,那么到了第二阶段,随着研究的深化,"认同"与"反对"的简单模式已经很难再适用了。20 世纪三四十年代纷繁复杂的政治因素逐渐渗透到了文坛,使得文坛分化成不同政治背景的文化社团,而鲁迅研究也就成为一种载体,不同派别的批评家站在不同的政治立场上,借助鲁迅研究来表达他们各自的政治思想和主张。其中影响最大的当属马列主义派的鲁迅研究。

一、马列主义派的鲁迅研究

马列主义派的鲁迅研究成果卓著,派系不一,评价亦不统一,概言之有以下五类。

(一) 创造社、太阳社的鲁迅研究

成仿吾是创造社、太阳社批判鲁迅的急先锋,1927 年他发表了《完成我们的文学革命》一文,先把鲁迅定性为"以趣味为中心的作家"[①],随后到了 1928 年,他又把鲁迅说成是一个"人道主义者",并说"人道主义者不论在什么阶级支配下都很得意的,因为他有意识或无意识地总是支配阶级的走狗"[②]。由此揭开了创造社攻击鲁迅的序幕。

冯乃超 1928 年发表了《艺术与社会生活》,列举了对鲁迅的种种不屑:跟不上时代的"落伍者","追怀没落的封建情绪",虚无的"人道主义者","隐遁主义"。[③] 在鲁迅写了《"醉眼"中的朦胧》进行反击后,创造社群起而攻之,1928 年 4 月 10 日的《文化批判》第 4 期就完全成了鲁迅批判的专号,刊登了李初梨、冯乃超、彭康等人的文章,对鲁迅大肆挖苦讽刺,进行人身攻击。其中最有代表性的是杜荃(郭沫若)的《文艺战线上的封建余孽》一文,把鲁迅说成是"二重的反革命","不得志的法西斯谛",使得批判达到了高潮。

与此同时,太阳社也对创造社的鲁迅批判进行了积极的响应和支持,钱杏邨的《死去了的阿 Q 时代》《死去了的鲁迅》和《"朦胧"以后——三论鲁迅》便是这方面的代表。尤其《死去了的阿 Q 时代》一文分析具体,从鲁迅与时代的关系、阶级属性、思想、作品乃至性格为人等多方面论述了鲁迅,产生了较大影响。文章部分肯定了《阿 Q 正传》的意义,认为作品里"藏着过去了的中国的病态的国民性",不过这种肯定更多只是一种欲扬先抑的手法,文章的主体思想仍是批判,结论是"阿 Q 的时代早已死去了",鲁迅是"完全变成落伍者,没有阶级的认

① 成仿吾:《完成我们的文学革命》,《洪水》1927 年第 3 卷第 25 期。

② 成仿吾(石厚生):《毕竟是"醉眼陶然"罢了》,《创造月刊》1928 年第 1 卷第 11 期。

③ 冯乃超:《艺术与社会生活》,《文化批判》1928 年创刊号。

识,也没有革命的情绪"[①],从而彻底否定了鲁迅作品的现实意义。

创造社、太阳社的鲁迅批判多运用僵化的教条主义理论,充满了个人主义的偏激,一直到筹备成立左联时,在中国共产党一些负责人的干预下,创造社和太阳社对鲁迅的攻击才渐渐平息。

(二)冯雪峰、瞿秋白的鲁迅研究

在创造社和太阳社对鲁迅大肆攻击的同时,同样作为革命者的冯雪峰、瞿秋白却力排众议,以公正的态度对鲁迅进行了较为客观的评价。

1928 年,冯雪峰撰写了《革命和智识阶级》一文,准确而深刻地阐述了鲁迅及其作品对于中国知识分子和革命的独特意义。冯雪峰认为,鲁迅是一个"冷酷的感伤主义者",一个"理性主义者""人道主义者"。他坦率地承认了鲁迅和革命者的不同,但并没有因此而党同伐异,抹杀鲁迅在文化战线上的卓越贡献,而是认为"在文艺批判方面,鲁迅不遗余力地攻击传统的思想——在'五四''五卅'期间,智识阶级中,以个人论,做工做得最好是鲁迅……"[②]正是站在一个客观立场上心平气和地分析说理,所以冯雪峰对创造社和太阳社的偏激毫不留情地进行了批评,表现出非凡的勇气和深刻的眼光。1930 年他发表的《讽刺文学与社会改革》也正是延续了这样的思路,文章分析了讽刺文学产生的时代背景,认为鲁迅杂文是"产生于封建势力(以及'资本家的走狗'们)积极地阻挡着新起的势力的现代社会"[③],较早对鲁迅杂文的社会价值作出了评判。

瞿秋白是中国共产党早期的领导者,也是一个才艺双全的作家和学者,他的《鲁迅杂感选集·序言》写得热烈酣畅,饱含激情,在理论上全面、系统地阐述了鲁迅杂文的思想意义,把鲁迅研究推向了一个新的高度。

文章首先概括了鲁迅杂文的性质、产生原因及社会意义,认为它是"一种'社会论文'——战斗的'阜利通(feuilleton)'",是"文艺性的论文的代名词","反映着'五四'以来中国的思想斗争的历史"。其次,瞿文深入揭示了鲁迅杂文的艺术底蕴,认为这些杂文具有"幽默才能","猛烈的攻击阶级统治的火焰","讽刺的锋芒"。第三,概括了鲁迅思想的基本特征(最清醒的现实主义;"韧"性战斗;反自由主义;反虚伪主义)。第四,描绘了鲁迅思想发展的轨迹,得出了"鲁迅从进化论到阶级论,从绅士阶级的逆子贰臣进化到无产阶级和劳动群众的真正友人,以至于战士……"[④]的结论。虽然瞿秋白在论述方面不够严谨,如

① 钱杏邨:《死去了的阿 Q 时代》,《太阳月刊》1928 年 3 月号。

② 冯雪峰:《革命和智识阶级》,《无轨列车》1928 年第 2 期。

③ 冯雪峰:《讽刺文学与社会改革》,《萌芽月刊》1930 年第 1 卷第 5 期。

④ 瞿秋白:《鲁迅杂感选集·序言》,青光书局 1933 年版。

“进化论”和“阶级论”并非同一范畴的概念，但这篇文章把鲁迅定位为一个独立的思想家的身份，充分肯定了鲁迅在思想文化史上的重要地位，因此在鲁迅研究中具有里程碑的意义。

冯雪峰、瞿秋白两人文章虽然风格不同，一为客观评价见长，一为热情洋溢取胜，但两者的共通之处在于提供了一个新的视角。这个视角就是他们都不是以马克思主义的理论标准从外部去衡量鲁迅的意义，而是把鲁迅放在中国思想文化历史发展过程中考察他实际的历史地位，纠正了创造社、太阳社粗暴的、极端个性化的评价方式，为鲁迅研究作出了杰出贡献。

（三）毛泽东及延安鲁迅研究

1937 年 10 月 19 日，毛泽东应邀参加陕北公学鲁迅逝世周年纪念大会，会上发表了讲演，这就是有名的毛泽东《论鲁迅》。在这篇讲演中，毛泽东说：“鲁迅在中国的价值，据我看要算是中国的第一等圣人。孔夫子是封建社会的圣人，鲁迅则是现代中国的圣人。”①毛泽东高度评价了鲁迅在中国文化历史上的至高无上的地位。接着在《新民主主义论》一文中，毛泽东更为明确地指出：“鲁迅是中国文化革命的主将，他不但是伟大的文学家，而且是伟大的思想家和伟大的革命家。鲁迅的骨头是最硬的，他没有丝毫的奴颜和媚骨，这是殖民地半殖民地人民最可宝贵的性格。鲁迅是在文化战线上，代表全民族的大多数，向着敌人冲锋陷阵的最正确、最勇敢、最坚决、最忠实、最热忱的空前的民族英雄。鲁迅的方向，就是中华民族新文化的方向。”②可见毛泽东的鲁迅论把鲁迅提升到至高无上的境界，成为后来鲁迅研究的长期宗旨。如何看待毛泽东的鲁迅研究也成为新世纪鲁迅研究的热点话题，张梦阳认为毛泽东的鲁迅研究具有正负两方面的作用，正面意义在于“毛泽东不仅从整个中国历史新旧精神文化转型的大视域中进行鸟瞰，而且从中国在整个世界的格局中审视鲁迅的性格”，“对鲁迅的审视不仅具有历史的纵深度，而且大大拓展了鲁迅的价值领域”；负面作用在于“许多学者只能仰望着毛泽东对鲁迅所作的结论兴叹不已，反复诠释，不敢逾雷池一步，使得鲁迅研究止步不前，原地踏步，难于有所突破”，同时“使不了解鲁迅及其所处时代的人们看不到毛泽东鲁迅论的真理性一面，从而产生了鲁迅不过是毛泽东实现政治功利工具的‘误读’”③。

延安鲁迅研究比较具有代表性的作品还有周扬的长篇论文《一个伟大的民主主义现实主义者的路——纪念鲁迅逝世二周年》，文章主要从创作方法入手，

---

① 毛泽东：《论鲁迅》（亦称为《鲁迅论》），《七月》1938 年第 3 期。

② 毛泽东：《新民主主义论》，《毛泽东选集》（第 2 卷），人民出版社 1991 年版，第 698 页。

③ 张梦阳：《鲁迅学：在中国，在东亚》，广东教育出版社 2007 年版，第 74～77 页。

论述了鲁迅小说的现实主义特征,认为“他的现实主义的这种批判性质,并不如十九世纪西欧的批判的现实主义一样,和悲观主义相联系”①,鲁迅的现实主义有一个发展过程,在他早期创作中,现实主义和积极浪漫主义就和谐地结合在一起。

艾思奇则是从哲学角度探讨了鲁迅的思想,1937 年他撰写了《民族的思想上的战士——鲁迅先生》②,在精确分析了鲁迅思想发展变化的基础上,揭示了鲁迅思想所蕴含的辩证法的因素。1941 年创作的《鲁迅先生早期对于哲学的贡献》③则详细分析了鲁迅早期论文中所包含的辩证法思想和唯物论观点,文章视野开阔,论述严密酣畅,是一篇少见的力作。

延安鲁迅研究还有一件大事就是 1941 年萧军主编的《鲁迅研究丛刊》第 1 辑的出版。《鲁迅研究丛刊》第 1 辑刊登了多篇有影响的文章,除上文提到的艾思奇的《鲁迅先生早期对于哲学的贡献》,另外还有何干之的《中国和中国人的镜子》、须旅的《辛亥的女儿》和《一出悲壮剧》、正义的《鲁迅语言理论的初步研究》等文章,从多侧面对鲁迅进行了研究,由此也反映出延安评论家对鲁迅研究的热情和重视。可惜由于抗战物质匮乏等环境因素的影响,第 2 辑编好却未能付印。

(四)陈独秀的鲁迅研究

作为五四运动时期的战友,曾经是中国共产党总书记的陈独秀一直对鲁迅抱有亲近之情,在革命文学论争过程中,他就曾为鲁迅打抱不平。但是到了左联成立后,当大家把鲁迅评价得很高时,陈独秀对此现象非常反感。他说:“同是那一班无知妄人,忽然把他抬到三十三层天上,仿佛鲁迅先生从前是个狗,后来是个神。我却以为真实的鲁迅并不是神,也不是狗,而是个人。”④不管这种评价的价值如何,至少坚持学理精神和独立精神在当时是难能可贵的。

(五)胡风的鲁迅研究

胡风是本阶段最重要的鲁迅研究专家,他在 30 年代与鲁迅过从甚密,很受鲁迅的器重。胡风写过很多鲁迅研究的文章,1936 年发表《典型论的混乱》,针对周扬所说阿 Q 是“一般中国农民”提出不同见解,认为阿 Q 是“落后的带流浪人性的贫农的共同性格被个性化了的典型”⑤。1937 年撰写了《关于鲁迅精神

---

① 周扬:《一个伟大的民主主义现实主义者的路——纪念鲁迅逝世二周年》,《解放》(周刊)1938 年第 56 期。

② 见夏征农编:《鲁迅研究》,生活书店 1937 年版。

③ 艾思奇:《鲁迅先生早期对于哲学的贡献》,《鲁迅研究丛刊》第 1 辑,延安解放社 1941 年版。

④ 陈独秀:《我对于鲁迅的认识》,《宇宙风》1937 年第 52 期。

⑤ 胡风:《典型论的混乱》,《作家》1936 年第 1 卷第 1 期。

的二三基点》一文，认为鲁迅“不是一个新思想的介绍者或解说者，而是用新思想做武器，向‘旧垒’‘反戈’的一刀一血的战士”，鲁迅作品“之所以能够那样在读者心里发生力量，就不外是他的笔尖底墨滴里面渗和着他的血液的原故”[①]。由此对鲁迅精神作出了新的深刻的阐述。1941 年胡风撰写了《民族战争与新文艺传统》[②]一文，其中特别强调了鲁迅的作品，认为鲁迅的创作明显超越了一般的批判现实主义的作品，具有划时代的意义。1948 年他创作的长文《论现实主义的路》[③]中，又提出了文学表现人民“精神奴役的创伤”的命题，批判了文学创作中的主观公式主义和客观主义，捍卫了鲁迅开创的现实主义的新文学传统。

胡风的鲁迅研究视野开阔，立论新颖，论述深入，而且这些文章表述形象生动，没有陈词滥调和僵化的教条主义气息，堪称是一位独树一帜的鲁迅研究者。

二、其他派别的鲁迅研究

（一）李长之的《鲁迅批判》

李长之从 1929 年就开始关注鲁迅研究，写了一系列文章探讨鲁迅的思想与创作。1935 年 5 月 29 日起，他的《鲁迅批判》[④]开始在《益世报 · 文艺副刊》和《国闻周报》上连载，后结集出版，成为鲁迅研究史上第一部专著。

这部专著主要有三个特色：

一是采取严肃认真的科学态度。在“序言”中，李长之说：“我的用意是简单的，只在尽力之所能，写出我一点自信的负责的观察，像科学上的研究似的，报告一个求真的结果而已，我信这是批评者的惟一的态度。”[⑤]的确如此，《鲁迅批判》的结论都是建立在对具体作品的细致分析的基础上，表现了作者独立思考、独立分析的科学态度，开辟了鲁迅研究领域的学理化道路。

二是系统性。全书分为五章，分别为：导言——鲁迅之思想性格与环境；鲁迅之生活及其精神进展上的几个阶段；鲁迅作品之艺术的考察；鲁迅之杂感文；总结。五部分首尾一贯，对鲁迅作品的总体论述相当完整、系统，形成了严密的框架。

三是艺术感悟细致，思想深刻。主要体现在他对《呐喊》和鲁迅杂文的分析上。李长之能抓住每篇作品的精髓，分析精辟，提出了很多令人深思的学术见

---

① 胡风：《关于鲁迅精神的二三基点》，《胡风全集》第 2 卷，湖北人民出版社 1999 年版，第 501 ~ 502 页。

② 胡风：《民族战争与新文艺传统》，《胡风全集》第 2 卷，湖北人民出版社 1999 年版。

③ 胡风：《论现实主义的路》，《胡风全集》第 3 卷，湖北人民出版社 1999 年版。

④ 李长之：《鲁迅批判》，北新书局 1935 年版。

⑤ 李长之：《鲁迅批判 · 序言》，北新书局 1935 年版，第 1 页。

解,表现了一个批评家的真知灼见。

作为当时清华大学哲学系的一个学生,作者血气方刚,既不迷信权威,又不囿于旧说,大胆而直率地表现自己的观点,这是难能可贵的,但后来也因此被批判成“武断”“狂傲”,《鲁迅批判》这部书也成为褒贬最多的鲁迅研究书籍。不管褒贬如何,它在鲁迅研究学史上的里程碑式的意义是不可抹杀的。

(二)苏雪林的鲁迅研究

苏雪林也是鲁迅研究中一个比较独特的人物,她在1934年发表了《〈阿Q正传〉和鲁迅创作的艺术》,对阿Q的性格特征进行了细致的分析,把揭示的民族劣根性概括为:悲切、精神胜利法、善于投机、夸大狂与自尊癖等四个方面,准确地把握了阿Q性格的固有特征。此外作者还论述了小说的“创作艺术”,认为鲁迅小说的艺术特色为:“第一是用笔的深刻冷峻,第二是句法的简洁峭拔,第三是体裁的新颖独创。”[①]整篇文章既具有细致、严密的逻辑性,又充满敏锐的艺术感受力,通过对历史和现实的反思观照,突显出鲁迅小说深厚的艺术意蕴,是当时最有分量的评论文章之一。但是在鲁迅逝世后,苏雪林则一反常态,写了《与蔡孑民先生论鲁迅书》《〈理水〉和〈出关〉》《说妒》《富贵神仙》《论偶像》《论诬蔑》《论鲁迅的杂感文》等一系列文章,[②]说鲁迅是“俨然一位无冕帝王”,中国文坛最大的“刽子手”,在中国一手造成了“刀笔文化”,对鲁迅进行了人格的丑化和人身的攻击,这对后来的鲁迅研究也产生了较大的消极影响。

(三)施蛰存的鲁迅研究

40年代鲁迅小说研究取得了新进展,出现了一批采用新方法、新视角的鲁迅研究的作品,其中具有代表意义的就是施蛰存的《鲁迅的〈明天〉》。这篇文章运用弗洛伊德心理学说分析了《明天》中单四嫂子和其他人物形象的“性心理活动”,认为:“在这篇小说里,作者描写了单四嫂子的两种欲望:母爱和性爱。一个女人的生活力,就维系在这两种欲望或任何一种上。母爱是浮在单四嫂子的上意识上的,所以作者描写得明白,性爱是伏在单四嫂子的下意识里的,所以作者描写得隐约。”[③]施蛰存这篇文章一经发表马上引起很多的争论,先后有海银的《读了施蛰存解说〈鲁迅的《明天》〉以后》、罗荪的《关于鲁迅的〈明天〉》、陈西

---

① 苏雪林:《〈阿Q正传〉和鲁迅创作的艺术》,《国闻周报》1934年第11卷第44期。

② 分别刊载于:《奔涛》(半月刊)1937年第1卷第2期;《文艺月刊》1937年第10卷第3期;《宇宙风》1936年第33期;《奔涛》(半月刊)1937年第1卷第2期;《黄埔》1940年第5卷第6期;《黄埔》1940年第5卷第11期;《文艺》1937年第4卷第3期。

③ 施蛰存:《鲁迅的〈明天〉》,《国文月刊》1940年第1卷第1期。

滢的《〈明天〉解说的商榷》等文章,[1]对施蛰存的观点提出异议和驳斥,而施蛰存也发表文章《关于〈明天〉》[2],结合鲁迅小说创作的时间和文化背景,重申了自己的观点并加以辩解。今天来看,施蛰存采用新方法和新思路来研究鲁迅,这种尝试无疑具有开拓性的积极意义。

三、此阶段的鲁迅研究专著、重要资料以及文学史评价

(一) 鲁迅研究专著

1940 年 10 月,巴人的《论鲁迅的杂文》由上海远东书店出版,这是中国现当代文学史上第一部鲁迅杂文研究的专著。该书在中国近代思想发展史的背景中分析了鲁迅杂文出现的历史文化渊源,并着重对鲁迅杂文的思想内涵、艺术风格等方面进行了系统阐述。

1941 年 3 月,平心的专著《论鲁迅的思想》由上海长风书店出版。该书是在 1938 年鲁迅座谈会讨论成果的基础上形成文字的,最初写成几篇文章,1941 年结集出版时题名为《论鲁迅的思想》,1946 年再版时更名为《人民文豪鲁迅》。这本书是中国现当代文学史上第一部专门研究鲁迅思想的专著,作者把鲁迅放在国际环境的大格局中进行考察,认为鲁迅是第一个中国化的世界思想家,并从马克思主义的理论高度论述了鲁迅解剖与批判国民性、担负民族自我批判任务的重大意义,肯定了鲁迅为了中国新生和赶上世界发展大趋势而进行民族的自我批判的巨大价值。另外,何干之的《鲁迅思想研究》[3]也是一部值得关注的专著,该书相当全面地综述了鲁迅的思想,涉及文艺观、历史观、社会观、人生观等诸多方面,重在勾勒和描画,但在理论分析方面不够深入。

传记写作方面最具代表性的是 1948 年由香港文艺出版社出版的王士菁的《鲁迅传》,该书在充分掌握鲁迅生平资料的基础上,全面而真实地介绍了文化巨匠的生活轨迹、思想发展与创作风貌,成为国内第一部《鲁迅传》,为鲁迅传记的写作起到了开拓性的作用。另外需要一提的是欧阳凡海的专著《鲁迅的书》[4],在这本专著中论述范围包括有关鲁迅的各个方面,基本上以鲁迅的生平为经,作品为纬,重点对鲁迅的小说创作的规律和特色进行了探讨。作者原来的意图是写一本鲁迅评传,但由于作者的不幸病逝而仅仅完成了上半册。

---

① 分别刊载于《学习生活》1940 年第 1 卷第 6 期;《抗战文艺》1940 年第 6 卷第 4 期;《国文月刊》1941 年第 1 卷第 5 期。

② 施蛰存:《关于〈明天〉》,《国文月刊》1941 年第 1 卷第 11 期。

③ 何干之:《鲁迅思想研究》,张家口新华书店 1946 年版。

④ 欧阳凡海:《鲁迅的书》,桂林文献出版社 1942 年版。

(二) 重要资料

1930 年李何林编《鲁迅论》[①],这是较早收集有关鲁迅研究资料规模较大的一本合集。

1937 年复社出版《鲁迅全集》,全书 600 万字,标志着鲁迅研究走上了新的台阶,对鲁迅研究的广泛开展具有重要意义。

1943 年田仲济所编《杂文的艺术和修养》[②]出版,该书是第一部鲁迅杂文研究论文合集,探讨了鲁迅杂文的主要特征以及鲁迅杂文在中国现代杂文史上的独特意义,对于鲁迅杂文研究的深入开展具有不可或缺的作用。

在鲁迅生平事迹的考证方面,用力最勤、成就最大的当属林辰,他从 1942 年起先后写成十余篇考证文章,后结集为《鲁迅事迹考》,1948 年 7 月由开明书店出版。该书以细致的材料论证辨伪求真,以事实材料解答了鲁迅研究中的一些疑问,表现了作者严谨认真的治学态度。

(三) 文学史评价

随着鲁迅研究的深入开展,在文学史和学术史上也相继出现了研究鲁迅的专章、专节。主要有谭正璧编著的《中国文学史大纲》(1925 年 9 月光明书局)、赵景深的《中国文学小史》(1928 年 1 月光华书局)、胡适的《白话文学史》(1928 年 6 月上海新月书店)、李素伯的《小品文研究》(1932 年 1 月上海新中国书局)、胡云翼的《新著中国文学史》(1932 年 4 月北新书局)、陈子展的《中国近代文学史纲要》(1933 年 4 月新兴文学会)、谭丕模的《中国文学史纲》(1933 年 8 月北新书局)、王哲甫的《中国新文学运动史》(1933 年 9 月北京自印)、钱基博的《现代中国文学史》(1933 年 9 月世界书局)等,在这些文学史和学术史著作中一致给予鲁迅公正、客观的评价,肯定了鲁迅在中国现代文学史上的重要地位,同时也进一步推进了鲁迅研究的发展。

第三节　政治意识形态化的鲁迅研究(1949—1975)

从 1949 年中华人民共和国成立到“文化大革命”结束,鲁迅研究呈现出政治意识形态占据主导地位的特征。由于中国共产党成了执政党,并以马列主义和毛泽东思想作为自己的指导思想,因此这时期有关鲁迅的一切阅读、解释与阐

① 李何林编:《鲁迅论》,北新书局 1930 年版。

② 田仲济编:《杂文的艺术和修养》,重庆东方书店 1943 年版。

述都必须纳入这一整体的意识形态框架之中，使得这个阶段的鲁迅研究或多或少留下了“左”的印记。但是由于对马列主义和鲁迅著作的理解不同以及政治地位、阐释目的的不同，在统一的意识形态表象背后隐伏着许多分歧、冲突和差异。尤其政治方面极左思想的影响，某些时候的鲁迅研究偏离了正常的学术研究的轨道，成为一种政治的工具。

一、主要研究专家

这一时期主要的鲁迅研究专家有冯雪峰、陈涌、唐弢、李长之、林辰、李何林等。

（一）冯雪峰

冯雪峰于1949年10月发表《鲁迅创作的独立特色和他受俄罗斯文学的影响》[①]一文，从世界文学的大格局中考察了鲁迅文学上的外来渊源及其独立特色，揭示了鲁迅精神文化的社会经济背景——以农业为主的东方封建社会。1950年，他又发表了《思想的才能和文学的才能》[②]一文，从思想的才能和文学的才能相互统一的结合点上对鲁迅的才能特质进行了概括。1951年发表《鲁迅生平及其思想发展的梗概》[③]一文，对鲁迅思想发展的道路作了细致的描述。而1952年发表的《鲁迅与果戈里》[④]则是一篇运用比较文学方法研究鲁迅的文章，为鲁迅研究提供了一种新的角度。1955年写的《论〈野草〉》[⑤]是一篇全面系统研究《野草》的长篇论文，在分类上具有启示意义。除此之外，他还写了一系列鲁迅作品的单篇解读，如《论〈阿Q正传〉》[⑥]等。

《回忆鲁迅》[⑦]是本阶段冯雪峰鲁迅研究的重要专著，全书没有简单停留在鲁迅日常生活琐事的记录上，而是记录、分析了鲁迅晚年的一些重要谈话。在写法上全书夹叙夹议，以议见长，对于鲁迅后期的思想研究具有重要的学术价值。

（二）陈涌

陈涌是50年代产生巨大影响的理论家和鲁迅研究专家，早在50年代初期，他就写了论文《鲁迅文艺思想的几个重要方面》[⑧]，表现出独特而精辟的见解。

---

① 冯雪峰：《鲁迅创作的独立特色和他受俄罗斯文学的影响》，《人民文学》1949年第1期。

② 冯雪峰：《思想的才能和文学的才能》，《人民日报》1950年10月22日。

③ 冯雪峰：《鲁迅生平及其思想发展的梗概》，《文艺报》1951年第4卷第11、12期。

④ 冯雪峰：《鲁迅与果戈里》，《人民日报》1952年3月4日。

⑤ 冯雪峰：《论〈野草〉》，《文艺报》1955年第19、20期。

⑥ 冯雪峰：《论〈阿Q正传〉》，《人民文学》1951年第6期。

⑦ 冯雪峰：《回忆鲁迅》，人民文学出版社1952年版。

⑧ 陈涌：《鲁迅文艺思想的几个重要方面》，《人民文学》1951年第6期。

1954 年,他发表了《论鲁迅小说的现实主义——〈呐喊〉与〈彷徨〉研究之一》[①]一文,文章概括了鲁迅小说所反映的历史时代,分析了鲁迅小说价值产生的根本原因,比以往的鲁迅小说综合研究具有更高的思想理论水平和更深的历史穿透力。其中关于鲁迅小说悲剧性质原因的分析和鲁迅是“中国第一个要求从根本上推翻封建主义在中国的统治的作家”的论断,无不显示了作者深刻卓越的见解。1956 年,他又发表了长篇论文《为文学艺术的现实主义而斗争的鲁迅》[②],这篇文章不仅具有理论深度和力量,体现出敏锐的艺术感悟能力,而且行文细密严谨,层层深入,说理透彻,逻辑性强。张梦阳曾这样评价这篇文章:“不仅在中国鲁迅学史上堪称绝品,就是在 20 世纪中国文论中也是稀有的佳作。”[③]1962 年,在政治气氛稍微宽松时,他又发表了《鲁迅小说的思想力量和艺术力量》[④],独具慧眼地指出鲁迅小说的思想和艺术魅力之所在,道人之所未道,论述方法也颇具特色。

此外,“文化大革命”结束后,陈涌又连续发表了《关于鲁迅的思想发展问题》《鲁迅与“五四”文学运动的现实主义问题》《鲁迅与无产阶级文学问题》《阿 Q 与文学的典型问题》《鲁迅与现实主义和浪漫主义问题》等一系列文章,[⑤]表现了自己严肃认真的独立思考和学术探索上的新追求。

(三)唐弢

唐弢是一位致力于鲁迅研究并取得丰硕成果的学者,他早在新中国成立之前就写了《鲁迅思想与鲁迅精神》等研究鲁迅的文章,产生较大影响。他于 1956 年撰写的《鲁迅杂文的艺术特征》是鲁迅杂文研究的名篇。文章的中心论题是“鲁迅杂文是尖锐、泼辣、生动,具有独特的战斗的风格,在艺术创造上完成了时代的特征”[⑥],围绕这个中心论题,作者从鲁迅杂文的文体特征、逻辑思维、形象思维三方面展开了论述,最后对鲁迅杂文的艺术特征进行了概括。他于 1961 年撰写的论文《论鲁迅的美学思想》[⑦]也是其鲁迅研究的代表性著作。这篇文章抓住“美和真”与“善和美”两组矛盾,论述了鲁迅美学思想的基本特点及其发展,认为一件完美的艺术品应是“天物(客观生活)”“思理(思想熔

---

① 陈涌:《论鲁迅小说的现实主义——〈呐喊〉与〈彷徨〉研究之一》,《人民文学》1954 年第 11 期。

② 陈涌:《为文学艺术的现实主义而斗争的鲁迅》,《人民文学》1956 年第 10 期。

③ 张梦阳:《鲁迅学:在中国,在东亚》,广东教育出版社 2007 年版,第 101 页。

④ 陈涌:《鲁迅小说的思想力量和艺术力量》,《甘肃文艺》1962 年第 1 期。

⑤ 分别刊载于《文学评论》1978 年第 5 期;《文学评论》1979 年第 3 期;《文学评论》1982 年第 2 期;《鲁迅研究》1981 年第 3 辑;《人民文学》1981 年第 10 期。

⑥ 唐弢:《鲁迅杂文的艺术特征》,《解放日报》1956 年 10 月 19 日。

⑦ 唐弢:《论鲁迅的美学思想》,《文学评论》1961 年第 5 期。

铸)""美化(艺术加工)"三者的有机统一,为后来者对鲁迅美学思想的研究奠定了基础。

(四)李长之

1956年8月,为纪念鲁迅逝世20周年,李长之作了一篇长篇论文《文学史家的鲁迅》,发表在《人民文学》1956年第11期上。这篇文章全面论述了作为文学史家的鲁迅在中国文学史研究和著述中的成就、方法、观点以及历史地位和缺点。文章不仅史料丰厚,而且具有很强的哲学色彩和方法论意义,显示了作者深厚的哲学根底和理论修养以及过人的才气。1957年,他创作的《鲁迅美学思想初探》①则论述了鲁迅对美术的爱好、早期的美学思想、战斗的美以及典型和构成美的对象的范围问题等多个方面,开拓了鲁迅研究的新领域。

(五)林辰

林辰在新中国成立前就开始了鲁迅研究,并且在鲁迅生平事迹的考证方面取得了一定成绩。在这个阶段,他延续了自己熟悉的方法,集中精力对《古小说钩沉》进行了研究和考证,先后发表了《关于〈古小说钩沉〉的辑录年代》《〈古小说钩沉〉所收各书及其作者考略》《鲁迅计划中〈古小说钩沉〉的原貌》《鲁迅辑录〈古小说钩沉〉的成就及其特色》四篇论文,②察疑辨伪,见微知著,显示了详赡精确的考证功夫,至今无人企及。

(六)李何林

李何林是"文化大革命"期间鲁迅研究方面贡献最大的专家,他先后出版了《鲁迅的生平及杂文》《北京市中学语文课本中十五篇鲁迅作品的问题试答》《〈阿Q正传〉的历史意义和现实意义》和《鲁迅〈野草〉注释》四部专著。③ 李何林重视鲁迅著作的普及工作,坚持基础性的研究,在险恶的政治环境中能坚持自己的原则立场,不说假话,表现出实事求是的精神。

二、主要研究专著

本阶段鲁迅研究的专著主要有以下几种。

许杰的《鲁迅小说讲话》④:该书对鲁迅的《药》《狂人日记》等7篇短篇小说进行了分析,与一般作品论不同的是,由于具有较高的理论素养和一定的文学创

---

① 李长之:《鲁迅美学思想初探》,《前哨》1957年第3期。

② 分别刊载于《人民文学》1950年第2期;《光明日报·文学遗产》1956年10月21日、28日;《光明日报·文学遗产》1960年10月30日;《文学评论》1962年第6期。

③ 分别由1973年陕西人民出版社出版;1974年北京人民出版社出版;《鸡西日报》1973年印行;1973年陕西人民出版社出版,1975年修订再版。

④ 许杰:《鲁迅小说讲话》,泥土社1951年版。

作经验,在对作品进行艺术分析的时候,作者常常能发表一些精辟的见解,给人以深刻而有益的启迪。

朱彤的《鲁迅作品的分析》[①]和《鲁迅创作的艺术技巧》[②]:前者以严谨的治学态度对鲁迅作品进行了较详细的分析,同时花了较大篇幅阐述鲁迅思想的发展道路,作品分析和理论阐述相结合使得全书具有丰富的立体感。后者则着重探讨了鲁迅的艺术技巧理论和创作实践,尤其在人物形象塑造和语言运用方面取得的成就,行文简洁生动。

李桑牧的《鲁迅小说论集》[③]和《心灵的历程》[④]:《鲁迅小说论集》目的在于"较有系统地解释鲁迅的小说","尝试把作品的思想分析和艺术分析结合起来"(作者序言)。其中作者认为《故事新编》不能归入历史小说而应归入讽刺作品的观点曾引发巨大争议,促进了该问题的深入讨论。《心灵的历程》选题新颖,把鲁迅笔下的新型知识分子放在一起进行了详细的专题讨论,在众多鲁迅研究专著中显得别具一格。

许钦文的《〈呐喊〉分析》[⑤]和《〈彷徨〉分析》[⑥]:两部作品对鲁迅的《呐喊》和《彷徨》逐一进行了分析和介绍,在写作方法上近似于读书札记和随感,在普及鲁迅著作方面起了较好作用。

刘泮溪、孙昌熙、韩长经的《鲁迅研究》[⑦]:该书内容丰富,既包括鲁迅生平思想、各种体裁乃至书信的研究,还对鲁迅与中国文化的民族形式、大众化、现实主义道路、文艺统一战线等多个问题进行了探讨,是一部兼有思想和作品研究的专著。

除了上述著作以外,本阶段鲁迅研究的专著还有:何家槐的《〈故事新编〉及其它》(中国青年出版社 1957 年版)和《鲁迅作品讲话》(长江文艺出版社 1959 年版)、张向天的《鲁迅旧诗笺注》(广东人民出版社 1959 年版)、周振甫的《鲁迅诗歌注》(浙江人民出版社 1962 年版)、卫俊秀的《鲁迅〈野草〉探索》(泥土社 1954 年版)、徐中玉的《关于鲁迅的小说、杂文及其他》(新文艺出版社 1957 年版)、王西彦的《论阿 Q 和他的悲剧》(新文艺出版社 1957 年版)等。

---

① 朱彤:《鲁迅作品的分析》(3 卷本),东方书店 1953、1954 年版。

② 朱彤:《鲁迅创作的艺术技巧》,新文艺出版社 1958 年版。

③ 李桑牧:《鲁迅小说论集》,长江文艺出版社 1956 年版。

④ 李桑牧:《心灵的历程》,长江文艺出版社 1959 年版。

⑤ 许钦文:《〈呐喊〉分析》,中国青年出版社 1956 年版。

⑥ 许钦文:《〈彷徨〉分析》,中国青年出版社 1958 年版。

⑦ 刘泮溪、孙昌熙、韩长经:《鲁迅研究》,作家出版社 1957 年版。

三、主要研究论文

本阶段有关鲁迅研究的有一定影响的单篇论文数量较多,篇幅所限,仅列举数篇,以作代表。

何其芳的《论阿 Q》[①]:文章针对阿 Q 研究中简单把人物划分阶级和把典型性与阶级性等同的做法提出了不同看法,对阿 Q 这个复杂典型的阶级性和典型性的关系进行了解释,认为性格上的特点可以在不同阶级的人物身上见到,在剥削阶级和人民的落后部分中间都可以产生阿 Q 精神。

王瑶的《论鲁迅作品与中国古典文学的历史联系》[②]:文章从具体的文学实例入手,由小处分析鲁迅作品与中国古典文学的内在联系,如以嵇康为代表的魏晋文章与鲁迅杂文的历史渊源、鲁迅小说对于《儒林外史》讽刺手法的借鉴等,都是通过比较考证得出令人信服的结论。由于具有深厚、广博的古典文学修养,王瑶的鲁迅研究善于考察鲁迅作品与中国古典文学的联系,从历史和文学相结合的角度对鲁迅作品进行解读,这也是他对鲁迅研究的重要贡献。

巴人的《论鲁迅小说的艺术特点》[③]:文章在对鲁迅多篇小说分析的基础上,将鲁迅小说的艺术风格概括为"行文简练,思想精辟与表现含蓄",并且认为"鲁迅小说的艺术特点,显示了深广的生活感受同深刻的思想力量两者之交融一体的结合"。把艺术特点和思想价值放在一起讨论,很大程度上是受到当时社会时代背景的影响。

钱谷融的《鲁迅杂文的艺术特色》[④]:文章认为鲁迅杂文形式方面的特点是:叙述与议论的形象化;严谨而又活泼生动的逻辑结构;简练隽永的、充满机智与幽默感的语言;独特的、巧妙的讽刺与夸张手法。文章还对鲁迅杂文提出了一些令人称道的新见解。

刘绶松的《鲁迅杂文的艺术特色》[⑤]:文章认为鲁迅杂文的最大特色在于"把政治倾向的一致性与题材、形式、风格的多样性统一起来",并从把心交给读者,形象的鲜明和完整,语言上善于运用比喻、偶句和对比手法等方面,具体论述了鲁迅杂文的艺术特色。

陈鸣树的《论鲁迅小说的艺术方法及其演变》[⑥]:文章在对作品进行分析的

① 何其芳:《论阿 Q》,《人民日报》1956 年 10 月 16 日。

② 王瑶:《论鲁迅作品与中国古典文学的历史联系》,《文艺报》1956 年 10 月 15 日、30 日。

③ 巴人:《论鲁迅小说的艺术特点》,《文艺报》1956 年第 19 期。

④ 钱谷融:《鲁迅杂文的艺术特色》,《上海文学》1961 年第 9 期。

⑤ 刘绶松:《鲁迅杂文的艺术特色》,《文学评论》1961 年第 5 期。

⑥ 陈鸣树:《论鲁迅小说的艺术方法及其演变》,《上海文学》1961 年第 9、10、11 期。

基础上,强调了鲁迅小说具有革命现实主义和革命浪漫主义相结合的特征,突破了以往研究中只注重鲁迅小说现实主义思想精神与创作方法的倾向,拓宽了鲁迅小说研究的思维空间。

卜林扉(林非)的《论〈狂人日记〉》[①]:文章首次提出狂人是一个“实实在在的狂人”,他既是一个被迫害狂,又是一个封建制度的叛逆者。另外,文章还提出狂人作为一个艺术形象,他的思想和鲁迅思想既有相一致的一面,又存在着差异性。该文分析客观科学,克服了当时研究片面性和简单化的倾向。

林志浩的《论鲁迅前期思想的个性主义和进化论思想》[②]:文章肯定鲁迅前期个性主义思想的积极意义,并指出鲁迅当时思想与尼采哲学思想的不同之处。在60年代初期能提出这样的观点,表现了作者非凡的勇气。

四、主要研究史料

这个阶段鲁迅研究的史料工作主要表现在有关鲁迅的回忆录的创作方面取得了丰硕成果。

《鲁迅全集》的编辑和出版。《鲁迅全集》的编辑开始于1950年,由冯雪峰任主编,1956年10月至1958年10月全部出齐,全集共10卷。这个版本专收鲁迅的创作、评论和文学史著作,增补了以前未经结集的零篇文字,特别是增加了5 800多条约54万字的注释。该书的出版是鲁迅学史和中国文化史上的一件大事。然而受当时政治环境的影响,所搜集到的鲁迅书信只是有条件地选用了很少的一部分,这不能不说是一个遗憾。

许广平的《欣慰的纪念》[③]和《关于鲁迅的生活》[④],两本书是作者三四十年代文章的结集,追叙了鲁迅的生活,基本上保持了历史的原貌,对于了解鲁迅的生活、性格、思想等方面提供了宝贵的一手资料。《鲁迅回忆录》[⑤]一书写于特殊的年代,受到较多的时代环境的影响和政治的干扰,所以不可避免地带有明显的“左”的偏颇。朱正在1979年的《鲁迅回忆录正误》中对多处地方进行了纠正。

周作人的《鲁迅的青年时代》[⑥]《鲁迅小说里的人物》[⑦]《鲁迅的故家》[⑧]。作

① 卜林扉(林非):《论〈狂人日记〉》,《文学评论》1962年第1期。

② 林志浩:《论鲁迅前期思想的个性主义和进化论思想》,《北京日报》1961年9月21日。

③ 许广平:《欣慰的纪念》,人民文学出版社1951年版。

④ 许广平:《关于鲁迅的生活》,人民文学出版社1954年版。

⑤ 许广平:《鲁迅回忆录》,作家出版社1961年版。

⑥ 周作人(署名周启明):《鲁迅的青年时代》,中国青年出版社1957年版。

⑦ 周作人(署名周遐寿):《鲁迅小说里的人物》,人民文学出版社1957年版。

⑧ 周作人(署名周遐寿):《鲁迅的故家》,人民文学出版社1957年版。

为共同生活在一起多年的兄弟，周作人对鲁迅比较了解，所以这些著作材料翔实可靠，具有很高的史料价值，为研究鲁迅的家世和早期思想提供了很好的参考。另外周建人的《略讲关于鲁迅的事情》[①]具有同样的特点。

冯雪峰的《回忆鲁迅》[②]主要真实记述了 1929 年作者见到鲁迅的情景和鲁迅在“左联”时期与 1936 年前的思想动向、革命业绩，对鲁迅后期的思想作了深刻的评析，是一部思想评论式的回忆录。缺点是客观事实的细节记录欠缺，主观色彩较重。

此外，本阶段有关鲁迅研究的史料著作还有：许寿裳的《我所认识的鲁迅》（人民文学出版社 1952 年版）、朱正的《鲁迅传略》（作家出版社 1957 年版）、王士菁的《鲁迅传》（中国青年出版社 1959 年版，是香港文艺出版社 1948 年版的改写）、徐懋庸的《鲁迅——伟大的思想家和伟大的革命家》（中南人民出版社 1951 年版）、华岗的《鲁迅思想的逻辑发展》（新文艺出版社 1953 年版）、姚文元的《鲁迅——中国文化革命的巨人》（上海文艺出版社 1959 年版）、以群的《鲁迅的文艺思想》（新文艺出版社 1957 年版）等。

第四节　启蒙光环下的鲁迅研究（1976—1989）

1976 年 10 月，“文革”的十年浩劫终于结束。经过两年的徘徊期直到真理标准问题大讨论尤其是鲁迅百年诞辰纪念之后，学院派知识分子的思想获得了极大解放，启蒙之光重新降临，学理精神得以重振。长期以来支配鲁迅研究的瞿秋白阐释模式、陈涌阐释体系受到质疑和颠覆，取得了王富仁的思想文化革命分析范式、钱理群的个体精神心理研究范式的重大理论突破。在几乎整个 80 年代，中国鲁迅研究界启蒙的内在理路风生水起，鲁迅文本被奉为“正典”，鲁迅研究成为“显学”，这种状况一直延续到八九十年代之交。

一、1976—1980 年前后过渡期的鲁迅研究

这一过渡期，鲁迅研究虽然取得了一些初步成果，但又时时难以冲破“左”倾教条思想的牢笼。在对新时期以来鲁迅研究状况进行描述前，还是有必要先回顾这一较短历史时间段的研究状况。

---

① 周建人（署名乔峰）：《略讲关于鲁迅的事情》，人民文学出版社 1954 年版。

② 冯雪峰：《回忆鲁迅》，人民文学出版社 1952 年版。

(一) 鲁迅思想发展道路问题的研究

唐弢的《关于鲁迅思想发展的问题》[①]一文认为要对鲁迅前期思想进行充分的估价:“进化论是不能概括鲁迅前期的思想的”,“如果讲鲁迅早期是个革命民主主义者,后期是个共产主义者,比讲从进化论到阶级论似乎更准确一些、清楚一些,也更符合实际一些”。王瑶在《鲁迅研究的准绳和指针——学习毛主席关于鲁迅的光辉论述》[②]中发表了和唐弢大致相同的见解。唐弢、王瑶质疑了瞿秋白“从进化论进到阶级论”这一鲁迅思想发展的“经典”提法,并概括出“从革命民主主义到共产主义”的新观点,这在当时来说无疑是一种新认识。

陈涌在《关于鲁迅思想发展问题》[③]中指出瞿秋白的《〈鲁迅杂感选集〉序言》没有将鲁迅思想发展问题“纳入哲学的两条路线——唯心主义和唯物主义路线问题的范围内”,尽管如此,“从进化论进到阶级论”的观点,“直到现在还没有失掉它对于文艺批评研究的方法论的意义”。林非的《鲁迅前期思想发展史略》[④]把鲁迅思想放在中国近代思想史的历史背景下与同时代人梁启超、康有为、严复、孙中山、陈独秀、吴虞等的比较分析中,论证鲁迅前期思想中唯心史观的因素逐步得到克服,唯物史观的因素不断得到发展的全部历程。陈、林两著落入用毛泽东《新民主主义论》为理论蓝本的阶级论的阐释体系的藩篱之中,带有时代的局限性。

李泽厚的《略论鲁迅思想的发展》[⑤]亦自成一说:“从早年起,进化论就并不能概括或代表鲁迅思想的全体。”“早年的革命浪漫主义,前期的批判现实主义,后期的马克思主义,鲁迅的思想和作品,经历了重要的发展。”该文还对鲁迅作品的美学风格和鲁迅对中国知识分子的道路和性格问题的分析进行了较为到位的论述。

(二) 鲁迅“改造国民性”思想问题的研究

这一时期对鲁迅“改造国民性”思想的研究亦是一大热点。

孙玉石的《鲁迅改造国民性思想问题的考察》[⑥]一文指出,“国民性”即“民族性”,以进化论为理论基础的对国民性问题的关注和研究是20世纪初中国在寻求富强的征途中产生的进步社会思潮。鲁迅“改造国民性”思想则更加丰富

---

① 唐弢:《关于鲁迅思想发展的问题》,《福建师范大学学报》(哲学社会科学版)1977年第3期。

② 王瑶:《鲁迅研究的准绳和指针——学习毛主席关于鲁迅的光辉论述》,《鲁迅研究集刊》第1辑,上海文艺出版社1979年版。

③ 陈涌:《关于鲁迅思想发展问题》,《文学评论》1978年第5期。

④ 林非:《鲁迅前期思想发展史略》,上海文艺出版社1978年版。

⑤ 李泽厚:《略论鲁迅思想的发展》,《鲁迅研究集刊》第1辑,上海文艺出版社1979年版。

⑥ 孙玉石:《鲁迅改造国民性思想问题的考察》,《鲁迅研究集刊》第1辑,上海文艺出版社1979年版。

和深刻：第一，“唯一的救济方法是革命”；第二，“首在立人”。该文接着认为，如因此而夸大“改造国民性”思想在鲁迅五四时期小说创作中的影响，实际上就贬低了鲁迅创作的意义和价值。后期鲁迅抛却了“改造国民性”的思想理念，代之以阶级分析，得出了完全符合马克思主义的结论。文章在新时期一开始就重提对鲁迅“改造国民性”的评价问题，这无疑具有一定的积极意义，但不可避免带有时代的思想局限。

与此同时，王敬文的《〈阿 Q 正传〉与国民性》[①]一文指出：“‘国民’一词在‘五四’前后相当流行。在当时的历史条件下，‘国民’是有它确切的含义的，它是指除封建统治阶级等阶级敌人以外的人民大众，而并非指全国所有的人。”国民性意指“人民大众的一种精神状态或心理状态，并非指的是什么抽象的人性”。冯天瑜则在《“国民性”的一面秋毫毕现的镜子——读鲁迅书随笔》[②]中予以反驳：“鲁迅改造‘国民性’的努力，不止于解剖民族的传统心理，而且他还致力于揭示形成那些传统心理的社会历史原因。”“劳动者与剥削者彼此的阶级意识是对立的，……与此同时，劳动者身上的某些精神弱点，又与剥削者的思想体系存在着千丝万缕的联系。……所以他们具有的某些与统治者相近的精神病态，是统治阶级的压迫、奴役给民众的灵魂造成的严重扭曲，是统治阶级腐朽思想的病菌，在民众中引起的精神溃伤。”文章最后认定：鲁迅“在严肃地批评群众身上落后面的同时，也竭尽全力赞扬群众的革命美德。这是一个问题的两个侧面，它们共同构成鲁迅改造‘国民性’思想的统一整体”。

关于鲁迅“改造国民性”思想问题的讨论一直持续到 80 年代初，鲁迅研究界于 1981 年 5 月下旬在天津召开了学术讨论会，并出版《鲁迅“国民性思想”讨论集》（天津人民出版社 1982 年版）集纳了这次讨论的成果。

值得特别指出的是，阿 Q 的革命问题也引起了研究者深入的思考，最有代表性的是支克坚的《关于阿 Q 的“革命”问题》[③]。该文论点大致是：“鲁迅……根据自己对生活、对文艺的社会使命的独有的认识，集中描写了阿 Q 的落后和不觉悟，对阿 Q 的思想性格作了彻底的批判和否定——既批判和否定阿 Q 的不革命，又批判和否定阿 Q 的‘革命’。”“阿 Q 的‘革命’，不过是他的‘精神胜利法’在客观环境发生变化后换了一种表现的形式而已；鲁迅写阿 Q 的‘革命’，如同他写阿 Q 的‘精神胜利法’一样，是为了对阿 Q 的思想性格进行批判和否

---

① 王敬文：《〈阿 Q 正传〉与国民性》，《武汉师范学院学报》（哲学社会科学版）1979 年第 2 期。

② 冯天瑜：《“国民性”的一面秋毫毕现的镜子——读鲁迅书随笔》，《武汉师范学院学报》（哲学社会科学版）1979 年第 4 期。

③ 支克坚：《关于阿 Q 的“革命”问题》，《文学评论丛刊》第 4 辑，中国社会科学出版社 1979 年版。

定。"文章认识到阿Q这种"不革命"和"革命"的精神现象其实并无本质区别,但没有提点出鲁迅"国民性批判"的旨归所在。

(三)其他代表性专著、论文和有关专业刊物

唐弢的《鲁迅:文化新军的旗手——论鲁迅在五四时期和左联时期的文学活动》[①]一书凡八篇:《生平和思想发展》《〈呐喊〉和〈彷徨〉》《阿Q正传》《前期的杂感和散文》《从〈而已集〉到〈花边文学〉》《〈且介亭杂文〉、二集及末编》《故事新编》《在文艺理论上的贡献》,可作参考。吴中杰、高云的《论鲁迅的小说创作》[②],此书的"代序论"《鲁迅思想的发展道路》,概述了鲁迅一生的思想发展轨迹;前四章分别论述了《狂人日记》、鲁迅小说对于农民问题和知识分子道路的探索以及《故事新编》;后四章分别论述了鲁迅小说的民族风格、艺术特色、结构艺术和创作过程。

郭预衡的《关于鲁迅治学方法的探讨》[③]一文从方法论的角度来考量鲁迅的小说史研究,指出鲁迅治学的理念在于治史,并对"鲁迅小说史学"的学术渊源进行了细密的梳理,总结出由清初学者的"经世致用"之学、乾嘉学者的"语必征实"之学到唯物辩证法这一鲁迅学术思想的谱系。该文不限于对鲁迅与清儒学术关系的简单梳理,而是突出鲁迅对各种学术资源的创造性利用和发展,揭示出"鲁迅小说史学"独特的学术史地位及其现代意义。文章对学术研究的规范和方法问题有颇多创见,对"小说史家鲁迅的研究"极具建设性。许怀中的《鲁迅与中国古典小说》[④]一书对鲁迅与中国古典小说之间从整理考据到审美继承与革新的关系作了较为系统、全面的研究。

另外,70年代中后期创办的三种鲁迅研究专业刊物为鲁迅研究的开展提供了重要的平台和载体。分别是:北京鲁迅博物馆鲁迅研究室李何林主编、文物出版社出版的《鲁迅研究资料》,西北大学鲁迅研究室阎愈新主编的《鲁迅研究年刊》,黑龙江省爱辉县教师进修学校王世家主编的内部刊物《读点鲁迅丛刊》(共出3辑)。[⑤]

二、1980年前后—1989年的鲁迅研究

真理标准问题大讨论后,官方意识形态对学术研究的直接影响逐步减少。

① 唐弢:《鲁迅:文化新军的旗手——论鲁迅在五四时期和左联时期的文学活动》,湖南人民出版社1979年版。

② 吴中杰、高云:《论鲁迅的小说创作》,上海文艺出版社1978年版。

③ 郭预衡:《关于鲁迅治学方法的探讨》,《北京师范大学学报》(哲学社会科学版)1979年第1期。

④ 许怀中:《鲁迅与中国古典小说》,陕西人民出版社1982年版。

⑤ 参见纪维周等编:《鲁迅研究书录》,书目文献出版社1987年版。

1979 年 5 月，中国鲁迅研究学会成立，中国社会科学院文学研究所鲁迅研究室也得以设立。1981 年 9 月，纪念鲁迅诞生一百周年学术讨论会在北京举行，并出版了论文选[①]。人民文学出版社同年出版了 16 卷本《鲁迅全集》，为鲁迅研究奠定了坚实的文献基础。超越阶级论的价值定位、恢复鲁迅自身的独立性以及研究者的独立思考的品格成为当时的风尚，鲁迅研究也重新具备了学理的意义。

（一）思想研究

刘再复的《鲁迅美学思想论稿》[②]第一次全面、系统地从中国近代美学思想发展史的视角阐释了鲁迅美学思想的特征、内涵及其历史地位，并以鲁迅的美学思想对沿袭多年的“左”倾教条主义文艺思想进行了有力的冲决和深刻的批判。

王得后的《致力于改造中国人及其社会的伟大思想家》[③]一文第一次把鲁迅的思想提炼、概括为“以‘立人’为目的和中心；以实践为基础；以批判‘根深蒂固的所谓旧文明’为手段的关于现代中国人的哲学，或者说是关于现代中国人及其社会如何改造的思想体系。鲁迅著作的精华是对于现代中国各主要阶级和阶层的社会心理的精确描绘。这是一部无与伦比的现代中国民情和民心的科学史”。把握住“立人”这一点，就把握住了鲁迅思想的核心。到了 90 年代中后期，研究界对鲁迅“立人”思想的重要意义大加阐释，足见王得后此文当时的前瞻性价值。

金宏达的《鲁迅文化思想探索》全面研究了鲁迅与中外文化的关系，特别在“代结语”中从发生学和接受史的角度论述了鲁迅与传统文化的关系。他说：“鲁迅早年所受的文化教育，使他与本国文化传统建立了多方面的联系，对他以后的思想与事业具有相当长远的影响。”并具体分析了“正统”和“非正统”文化对鲁迅的影响，认为鲁迅处理传统文化的态度是成熟的，即使在“五四”时期也是这样，“前期他固然发出一些‘偏激的声音’，但并不能说对传统作简单的全盘否定。他在理论上针对的是封建主义传统，而实践上则对传统是有抛弃，有择取的”[④]。

另外，王瑶的《鲁迅思想的一个重要特点——清醒的现实主义》[⑤]论述了鲁迅从实际出发，面向现实，绝不回避矛盾的清醒的现实主义精神，并分析了鲁迅

① 即《纪念鲁迅诞生一百周年学术讨论会论文选》，湖南人民出版社 1983 年版。

② 刘再复：《鲁迅美学思想论稿》，中国社会科学出版社 1981 年版。

③ 王得后：《致力于改造中国人及其社会的伟大思想家》，《鲁迅研究》第 5 辑，中国社会科学出版社 1981 年版。

④ 金宏达：《鲁迅文化思想探索》，北京师范大学出版社 1986 年版，第 417 页。

⑤ 王瑶：《鲁迅思想的一个重要特点——清醒的现实主义》，《北京大学学报》（哲学社会科学版）1981 年第 4 期。

这种精神的由来及嬗变,此文对于理解鲁迅思想不无启迪。

(二)小说研究

1.《呐喊》《彷徨》研究

80年代是鲁迅小说研究真正走向成熟与繁荣的时期,陆续涌现出大批量的著述,不仅增大了鲁迅研究的深度和力度,而且扩展了学术视野,持续地开拓出一系列新的学术生长点,以致出现从未有过的景观。

比较有代表性的专著有:林非的《鲁迅小说论稿》(天津人民出版社1979年版)、陈鸣树的《鲁迅小说论稿》(上海文艺出版社1981年版)、李希凡的《〈呐喊〉〈彷徨〉的思想与艺术》(上海文艺出版社1981年版)、杨义的《鲁迅小说综论》(陕西人民出版社1984年版)、王富仁的《中国反封建思想革命的一面镜子——〈呐喊〉〈彷徨〉综论》(北京师范大学出版社1986年版)、钱理群的《心灵的探寻》(上海文艺出版社1988年版)、冯光廉的《鲁迅小说研究》(天津人民出版社1989年版)等。

王富仁的专著是对当时的鲁迅小说先在的"政治意识"决定论、反映论的研究范式适时而坚实的反拨和突破,称得上是拨乱反正的扛鼎之作。全书共分四章:第一章可看作是《呐喊》和《彷徨》的本体论。该章考察了"《呐喊》和《彷徨》的作品本身所表现出来的实际意义",从而论证了"《呐喊》、《彷徨》不是从中国社会政治革命的角度,而是从中国反封建思想革命的角度来反映现实和描写生活的,它们首先是中国反封建思想革命的一面镜子,中国社会政治革命的一系列问题是在这个反封建思想革命的镜子中被折射出来的"①。第二章可看作是《呐喊》和《彷徨》的抽象本质论。该章探讨了"鲁迅当时是以怎样的观念意识观察现实和反映现实的",说明"《呐喊》和《彷徨》所体现出来的鲁迅思想意识,与他在杂文中较为明确地表现出来的思想观念在整体上是一致的,这个思想观念深刻体现了中国现代社会思想意识的根本特征,是中国反封建思想革命的锐利武器"②;并进一步指出:"鲁迅前期以进化论、个性主义、人道主义……形成的独立思想观念,是与中国传统封建意识在各主要方面尖锐对立的现代中国的观念意识,否认这个思想的先进性和深刻性,必将导致对《呐喊》、《彷徨》杰出思想意义的否定。"③第三章是《呐喊》和《彷徨》的艺术方法论。该章分析了"鲁迅《呐喊》

① 王富仁:《中国反封建思想革命的一面镜子——〈呐喊〉〈彷徨〉综论》,北京师范大学出版社1986年版,第7页。

② 王富仁:《中国反封建思想革命的一面镜子——〈呐喊〉〈彷徨〉综论》,北京师范大学出版社1986年版,第7页。

③ 王富仁:《中国反封建思想革命的一面镜子——〈呐喊〉〈彷徨〉综论》,北京师范大学出版社1986年版,第8页。

和《彷徨》创作方法的特征与它们的反封建思想内容的内在联系”，说明了现实主义、浪漫主义、象征主义三种创作方法是“怎样结合在一起的”，“关系如何”，“各自与鲁迅的何种思想需要联系着”，“各建立在鲁迅当时的何种思想观念的本质上”。第四章是《呐喊》和《彷徨》的艺术特征论。该章分别从环境展现与人物塑造，情节和结构，悲剧、喜剧和悲剧因素与喜剧因素的结合等三个主要侧面分析了《呐喊》和《彷徨》的艺术特征是“怎样在反映中国反封建思想革命的具体思想需要中发展起来的”，从而论证了《呐喊》和《彷徨》的艺术特征与反封建思想主题的有机联系。王富仁摆脱了官方意识形态的限定，响亮地提出“回到鲁迅那里去”的口号，把重塑鲁迅现代中国启蒙思想家形象当作自己的学术追求。这部专著最大的特点在于：以价值立场批评视角质疑了鲁迅研究中长期以来依据毛泽东的政治判断的权威话语阐释体系，构建了新的思想革命分析范式。现在来看，这种“镜子说”仍是传统的反映论的体现，没有从整体上来把握鲁迅的精神体系，也没有呈现出鲁迅精神结构的复杂性和矛盾性，但在当时极大地开拓了鲁迅小说思想研究以及艺术个性研究的新局面，产生了相当重要和深远的影响。

钱理群的《心灵的探寻》抛却先验的观念预设，从研究者个人的现实人生感受与体认出发，系统地研究了鲁迅个体精神心理深层结构，致力于对鲁迅作为一个个体生命的情感、性格、心态和思维方式的把握，把《呐喊》《彷徨》的小说文本融入到鲁迅的整个创作活动中进行诗性的整体考察，更真实地逼近了鲁迅丰富而复杂的精神世界。该著开始了鲁迅研究由外向内的视角转移，是新时期鲁迅研究又一重大创获。

冯光廉的《鲁迅小说研究》开拓性地论证了鲁迅小说创作的不平衡性，认为从《呐喊》到《彷徨》，格调上“由较为热烈变为冷峻，由较为乐观变为沉郁，由较为昂奋变为愤激，但这只是作品思想表现形态的变化，并不是思想意义的减弱”。从总体上看，“《彷徨》的思想深度是超过《呐喊》的”①。

比较有代表性的论文有：唐弢的《论鲁迅小说的现实主义——纪念鲁迅诞辰一百周年》②、鲍昌的《鲁迅小说中的几个美学特点》③、王富仁的《中国反封建思想革命的镜子——论〈呐喊〉〈彷徨〉的思想意义》④、汪晖的《历史的“中间物”

① 冯光廉：《鲁迅小说研究》，天津人民出版社1989年版，第2、3页。

② 唐弢：《论鲁迅小说的现实主义——纪念鲁迅诞辰一百周年》，《文学评论》1982年第1期。

③ 鲍昌：《鲁迅小说中的几个美学特点》，《鲁迅研究》第6辑，中国社会科学出版社1982年版。

④ 王富仁：《中国反封建思想革命的镜子——论〈呐喊〉〈彷徨〉的思想意义》，《中国现代文学研究丛刊》1983年第1辑。

与鲁迅小说的精神特征》和《"反抗绝望"的人生哲学与鲁迅小说的精神特征》[①]、朱寿桐的《略论鲁迅小说的审美价值体系》[②]等。

唐弢此文力图通过文本研究各种思潮流派、创作方法对鲁迅的影响。第一节论证了《狂人日记》是鲁迅第一篇现实主义小说。第二节认定鲁迅继《狂人日记》后重新钻研说部,终于"脱离了外国作家的影响",显示了鲁迅现实主义的稳定特色。第三节说明鲁迅小说"是以多样的形式为我们留下了生活的画幅,真实的生活的画幅"。第四节指出"鲁迅小说的现实主义的另一个独特的内容,是它的抒情性"。最后在结束语中总结:"既不随意修改'自然',也不一味服从'自然',鲁迅根据这一原则找寻小说的现实主义的道路,善于将别人的理论和自己的经验结合起来,以丰富和发展这一创作方法。"

汪晖上述两篇长文对鲁迅的主体精神的复杂性进行了阐释和界定,第一次把"历史中间物"和"反抗绝望"两者勾连起来,共同完成对鲁迅精神世界深刻的理解和考量。汪晖1988年以此思路写就并答辩通过的博士论文直到1991年才正式出版,因此本书将汪晖这一重大突破性成果置于下一个时间段予以述评。

这一阶段的《呐喊》《彷徨》研究中还有一个亮点:研究方法的革新。采用比较文学方法的专著有:韩长经的《鲁迅与俄罗斯古典文学》(上海文艺出版社1981年版)、王富仁的《鲁迅前期小说与俄罗斯文学》(陕西人民出版社1983年版)、刘柏青的《鲁迅与日本文学》(吉林大学出版社1985年版)、李春林的《鲁迅与陀思妥耶夫斯基》(安徽文艺出版社1986年版);论文有杨义的《论鲁迅小说及其与外国文学的关系》[③]等。采用心理学研究方法的有吕俊华的专著《论阿Q精神胜利法的哲理和心理内涵》[④],把阿Q的精神胜利法作为变态心理现象来研究,揭示了这一典型形象的哲理、心理内涵,但忽视了人物活动的时代语境,不免暴露出纯粹心理研究的弊病。此外,林兴宅的论文《论阿Q性格系统》[⑤]运用系统论,从自然质、功能质、系统质三个层面对阿Q性格弱点进行阐释,但模仿的痕迹过于明显,存在机械搬用系统方法的缺陷。叙事学研究方法也开始运用于鲁迅研究,如吴晓东的《鲁迅小说的第一人称叙事视角》[⑥]。

2.《故事新编》研究

新时期以来的《故事新编》研究一改过去随感性的评论,或者借助新民主主

① 分别刊载在《文学评论》1986年第5期,《鲁迅研究月刊》1988年第9、10期。

② 朱寿桐:《略论鲁迅小说的审美价值体系》,《鲁迅研究动态》1989年第3期。

③ 杨义:《论鲁迅小说及其与外国文学的关系》,《鲁迅研究》第3辑,中国社会科学出版社1981年版。

④ 吕俊华:《论阿Q精神胜利法的哲理和心理内涵》,陕西人民出版社1982年版。

⑤ 见《中国现代文学研究丛刊》1985年第2期摘要。

⑥ 吴晓东:《鲁迅小说的第一人称叙事视角》,《鲁迅研究动态》1989年第1期。

义理论体系来阐释和发掘的治学理路，历史性地转向到了思想文化视角。这一阶段有代表性的是王瑶、钱理群的研究成果。

王瑶的《〈故事新编〉散论》①将《故事新编》定性为历史小说："对主要人物的描写是完全遵循历史真实性的原则的，其中的某些虚构成分也是为了不'把古人写得更死'，是可能发生的情节。"对"油滑"问题，王瑶解释说："所谓'油滑'，即指它具有类似戏剧中丑角那样的插科打诨性质，也即具有喜剧性。""关于穿插性的喜剧人物的写法，就是鲁迅吸取了戏曲的历史经验而作出的一种新的尝试和创造。它除了能对现实发生讽刺和批判的作用以外，并没有使小说整体蒙受损害，反而使作者所要着重写出的主要人物和故事更'活'了。"王瑶还认为鲁迅继承和发扬了中国古典小说的写法与特点："鲁迅把《故事新编》说成是'神话，传说及史实的演义'，这是具有深意的。'演义'本来是中国传统对历史小说的称呼，……鲁迅沿用了这一名称，正说明了他对中国古典历史小说的写法是经过考察和总结的；而且认为它的某些处理古代题材的方法仍然是值得肯定和继承的。"此外，在对《理水》的文本解读中，详尽分析了鲁迅与故乡文化的关系，深化了对《故事新编》的思想文化蕴涵的认识，对后来的学者提炼"鲁迅与浙东文化"颇有启发。

钱理群的《心灵的探寻》中"人 · 神 · 鬼"一章从鲁迅与历史文化、故乡文化的关系着手，对《故事新编》各篇逐一进行分析。他认为："鲁迅自己在创作中运用中国神话题材时，自觉地继承与发展中国神话的传统，将神话英雄充分地人化，而且是充分地个性化了。……而《故事新编》、《彷徨》中的诸篇是通过对现实人生的刻划（《彷徨》）、传统神话的再造（《故事新编》）折射鲁迅的内心世界。这样，就决定了鲁迅笔下的神话世界，不仅由惊心动魄的创世纪的英雄业绩所构成，更充满了惊心动魄的内心矛盾与冲突，其中正灌注了鲁迅自身的精神历程。……在鲁迅独特的神话世界里，一端展开的是鲁迅内心的某些侧面，一端已展现着经过鲁迅主观心灵筛选的传统。"②钱理群对《故事新编》作品的分析，尤其在对《铸剑》的复仇精神的分析中特别阐明了这种复仇与鲁迅故乡文化性格及浙东民间文化传统的关系。"对于鲁迅来说，复仇反抗精神的发扬更具有一种特殊的意义：这正是哺育了他的故乡的土地——浙东地理历史文化传统的精髓所在。"

（三）《野草》研究

80 年代的《野草》研究转向了文化价值和意义维度，尤其是把视野自觉纳入

① 王瑶：《〈故事新编〉散论》，《鲁迅研究》第 6 辑，中国社会科学出版社 1982 年版。

② 钱理群：《心灵的探寻》，上海文艺出版社 1988 年版，第 273 ~ 274 页。

到世界文学与文化潮流中,用比较文学、比较文化的视角来观照和揭示。

乐黛云的《尼采与中国现代文学》[①]从宏观上考察尼采对中国现代文学的影响,文章说:“在鲁迅这一时期的某些作品,特别是《野草》中,无论是意境、构思、形象,往往都若隐若现地闪烁着尼采的《查拉图斯特拉如是说》的影子。”吴小美的《论〈野草〉》[②]一文主张要总体把握其精神实质,从以下八个方面进行了概括和分析:“光明和黑暗的激烈搏斗”,“不计成败得失的上下求索”,“更无情面的解剖自己”,“孤独的改革者的愤激”,“对畸形社会现象的批判”,“明艳闪光的回忆与冷峻直面的评价”,“暴风雨即将来临的预兆”,“诗的总结与心的誓词”。该文对《野草》各篇作了阐释,对长期以来的流行观念进行了有力反拨。随后,吴小美、封新成联袂书写的论文《“北京的苦闷”与“巴黎的忧郁”——鲁迅与波特莱尔散文诗的比较研究》[③]从比较文学的角度探讨了鲁迅与波特莱尔两人散文诗的异同,这种对艺术深层世界的比较“并不拘泥于两者的渊源关系”,却深刻论证了“鲁迅和波特莱尔两位大师在同样独立地位上各自伟大的创造”的客观真实。王吉鹏的《〈野草〉论稿》[④]梳理了《野草》与厨川白村的《出了象牙之塔》《苦闷的象征》等文的关系,并纵向比较了《野草》与中国传统文化的精神联系。由于研究视野的扩大,《野草》与东西方文化的关系得到了全面、清晰的揭示,这是新时期《野草》研究取得的重要进展。

此外,李希凡的《一个伟大寻求者的心声》[⑤]从诗情、哲理、意境三个方面概括《野草》的艺术特色,认为“它的艺术形象的整体创造——深邃的思想哲理,瑰丽多彩的形象,辽阔深远的意境,独创而丰富的隐喻、象征的手法,以及富于音乐美和色彩美的语言艺术”,使《野草》成了中国现代文学史上散文诗的最杰出的代表。

关于《野草》的创作方法是历来研究者意见较为分歧的一个课题。在这一阶段,《野草》象征主义方法的主导作用得到了普遍且较为明确的确认。曾华鹏、李关元的《论〈野草〉的象征手法》明确提出了《野草》象征手法的命题:“《野草》集的许多篇章,是鲁迅大量采用象征主义的表现手法写成的。作者喜欢借用各种有物质感的形象,通过暗示和自由联想,来表现他的某些抽象的哲理思考和复杂的内心活动,并且十分注意艺术结构上的凝练和浓缩。这种象征主义表

① 乐黛云:《尼采与中国现代文学》,《北京大学学报》(哲学社会科学版)1981 年第 3 期。

② 载《纪念鲁迅诞生一百周年学术讨论会论文选》,湖南人民出版社 1983 年版。

③ 吴小美、封新成:《“北京的苦闷”与“巴黎的忧郁”——鲁迅与波特莱尔散文诗的比较研究》,《文学评论》1986 年第 5 期。

④ 王吉鹏:《〈野草〉论稿》,春风文艺出版社 1986 年版。

⑤ 李希凡:《一个伟大寻求者的心声》,上海文艺出版社 1982 年版。

现手法的大胆运用,为《野草》拓展了一个别开生面的、奇幻神妙的艺术境界。”[①]孙玉石的《〈野草〉研究》[②]、邱文治的《〈野草〉的创作方法与西方象征主义》[③]也持相同的观点。

关于《野草》的艺术成就,许杰的《〈野草〉诠释》打破了研究中长期以来存在的重思想内容轻艺术、美学分析的弊端,该书第二章“论《野草》的艺术特色”对《野草》的艺术特征进行了细致入微的分析:“我们首先接触到的是《野草》的句法的峭拔和奇警,其次是句法的雕镂、刻划的细致与精密,再进一步,则是它的生动的写生与富有神韵的传神,这就慢慢把人们带入诗的意境当中。”[④]孙玉石的《〈野草〉研究》也用了相当篇幅对《野草》的艺术构思和语言艺术进行了探讨,书中强调:“我们不能用逻辑的思理来推断诗歌语言的曲折。同样,我们也不能用哲学的清晰来衡量诗歌语言的韵致。”“鉴赏高度的艺术作品必须要有高度的美学眼光。”[⑤]这就推动了《野草》研究从思想研究转到美学研究。

值得特别注意的是,这一阶段真正把《野草》研究推向高峰的是钱理群。《心灵的探寻》尽管不是《野草》研究专著,却是由《野草》为切入口来探寻鲁迅的精神世界的,文体结构也大都借助于《野草》的意象、语言。作者认为《野草》“是鲁迅最个性化、最具有独创性的精神创造物……它最充分地显示了鲁迅式的思维方式,鲁迅式的心理特质,鲁迅式的情感方式,以及鲁迅式的美学品格”[⑥]。该书的前四章从辩证思维的角度论述了《野草》的人生哲学特征,深刻而又犀利。

(四) 杂文研究

新时期以来的鲁迅杂文研究,随着政治上的拨乱反正,也呈现出前所未有的繁荣发展态势。研究者的研究重心主要体现在如下几个方面。

1. 有关鲁迅“杂文”的概念

宋学知的《鲁迅“杂文”名称考——鲁迅杂文艺术形式研究之一》[⑦]考察了鲁迅对自己杂文集的文体分类,指出:“鲁迅一般并不把‘杂文’作为文体名称使用;只是在 1933 年以后,人们把鲁迅式‘短评’或‘杂感’又称之为‘杂文’时(其

---

① 载《纪念鲁迅诞生一百周年学术讨论会论文选》,湖南人民出版社 1983 年版,第 120 页。

② 孙玉石:《〈野草〉研究》,中国社会科学出版社 1982 年版。

③ 邱文治:《〈野草〉的创作方法与西方象征主义》,《鲁迅研究》第 12 辑,中国社会科学出版社 1988 年版。

④ 许杰:《〈野草〉诠释》,百花文艺出版社 1981 年版,第 74 页。

⑤ 孙玉石:《〈野草〉研究》,中国社会科学出版社 1982 年版,第 175、344 页。

⑥ 钱理群:《心灵的探寻》,上海文艺出版社 1988 年版,第 21 页。

⑦ 宋学知:《鲁迅“杂文”名称考——鲁迅杂文艺术形式研究之一》,《锦州师范学院学报》(哲学社会科学版)1981 年第 4 期。

中既有肯定者,也有攻击者),他才有意也以‘杂文’来代‘短评’或‘杂感’。”彭定安在《鲁迅杂文学概论》一书中肯定了当年锡金在《鲁迅的杂文》中的“鲁迅以杂文名‘编’而不是以杂文名‘篇’的观点是有根据的,正确的”相关论述,认为宋学知的杂文观较之锡金更进一步,并指出“需要对鲁迅编年杂文集中所收的各类文章进行一个必要的分类,……这样才能更准确地分析鲁迅杂文的特征”[①]。彭定安的观点基本上理清了鲁迅杂文的概念。

2. 鲁迅杂文的艺术特质

阎庆生的《鲁迅杂文的艺术特质》[②]是较早的一部鲁迅杂文艺术特质研究专著,该书综合了以往有关鲁迅杂文文体特征的观点,从逻辑思维、形象化、结构、语言、风格等方面展示了鲁迅杂文的艺术特质。王献永的《鲁迅杂文艺术论》[③]论证了鲁迅杂文的诗性与美学特征。李国涛的《Stylist——鲁迅研究的新课题》[④]从艺术技巧和影响研究的角度概括了鲁迅杂文的文体特征,把鲁迅的文体与周作人、瞿秋白做了比较,并把渊源追溯到了严复和章太炎处。

3. 鲁迅杂文的渊源和文学史地位与意义

郭预衡的《鲁迅杂文——一代诗史》[⑤]以中国散文发展史为考察背景,从“锋利的社会批评和文明批评”“生动的历史记事”“形象的历史人物”“深刻的历史经验”等方面探讨了鲁迅杂文的“诗史”特质、文学史价值和地位,同时指出桐城派古文、梁启超“新文体”、严复和章太炎佶屈聱牙的文字已经不能适应时代发展要求,鲁迅杂文应运而生。胡从经的《蕊珠如火一时开——试论鲁迅杂文的渊源及与中国现代杂文运动的关系》[⑥]指出鲁迅杂文既继承与借鉴了庄子散文的艺术手法与形式,又汲取了尼采的说理方式与风格。

(五)《朝花夕拾》研究

这一阶段的研究主要集中在思想意义、艺术价值、文献价值等方面。

王瑶的《论鲁迅的〈朝花夕拾〉》[⑦]的第二部分探索的着眼点是以儿童的视角、成人的心态追忆童年往事背后的思想性,即“提供了一个关于风俗、琐事和人物的丑美的价值观念”。但尚未深入到对鲁迅个体心理的考察,因而也就不

---

① 彭定安:《鲁迅杂文学概论》,辽宁教育出版社 1988 年版,第 172、175 页。

② 阎庆生:《鲁迅杂文的艺术特质》,陕西人民出版社 1983 年版。

③ 王献永:《鲁迅杂文艺术论》,知识出版社 1986 年版。

④ 李国涛:《Stylist——鲁迅研究的新课题》,陕西人民出版社 1986 年版。

⑤ 郭预衡:《鲁迅杂文——一代诗史》,《鲁迅研究》1981 年第 2 期。

⑥ 胡从经:《蕊珠如火一时开——试论鲁迅杂文的渊源及与中国现代杂文运动的关系》,《学术研究》1981 年第 10 期。

⑦ 王瑶:《论鲁迅的〈朝花夕拾〉》,《北京大学学报》(哲学社会科学版)1984 年第 1 期。

能探究更深的思想内涵。

黄侯兴的《〈朝花夕拾〉艺术特色初探》[①]指出《朝花夕拾》“以独特的、富有至情和风趣的艺术风格,为‘五四’以来中国现代散文的开拓和发展所作出的重大贡献”,“是我们研究鲁迅早期思想和生活以及当时的社会风貌的重要资料”。同时,“在议论中表现鲁迅的强烈的爱憎和分明的是非”,是一个显著的艺术特点。王晓明的《伟大人格的投影——读〈朝花夕拾〉》[②]在文本细读的基础上探求作家的精神状态和内心世界。温儒敏的《雍容·幽默·简单味——〈朝花夕拾〉风格论》[③]指出《朝花夕拾》的艺术风格是“雍容”“幽默”“简单味”,“为现代散文创作开拓了前进的道路,也为正确对待中外文化遗产树立了典范”。

钟敬文的《谈〈朝花夕拾〉》[④]提到了传记史料价值和清末民初时期的社会史料价值。朱文华的《论〈朝花夕拾〉的文献价值》[⑤]加深了对江南水乡民俗文化的理解,此外,还提及了《朝花夕拾》对于中国教育史上有关新式学堂、留学东瀛方面的文献价值,别有新意。

(六) 史料、生平研究

这一阶段的史料研究可用“正误”与“求真”来简要概括,即朱正的《鲁迅回忆录正误》[⑥]、陈漱渝的《鲁迅史实求真录》[⑦]。朱著对历年出版的鲁迅回忆录尤其是鲁迅遗孀许广平的回忆性文字中涉及的一些重要史实进行了严格的考订,纠正了不少纰漏。陈著考异篇中对“毛泽东到八道湾会见鲁迅”一说的四篇驳难,通过翔实、可靠的资料证实鲁迅当年与毛泽东并未直接接触过。

生平研究方面,在鲁迅诞生一百周年纪念前后,鲁迅传记的出版呈现“井喷”状态,内地陆续出版了七种新版鲁迅传。分别是:曾庆瑞的《鲁迅评传》(四川人民出版社 1981 年版)、吴中杰的《鲁迅传略》(上海文艺出版社 1981 年版)、林志浩的《鲁迅传》(北京出版社 1981 年版)、林非与刘再复的《鲁迅传》(中国社会科学出版社 1981 年版)、彭定安的《鲁迅评传》(湖南人民出版社 1982 年版)、朱正的《鲁迅传略》(人民文学出版社 1982 年版,修订版)、陈漱渝的《民族魂》(浙江文艺出版社 1983 年版)。80 年代末期,经过几年的积淀和沉思,林贤治的《人间鲁迅》的前两部《探索者》、《爱与复仇》(花城出版社 1989 年版,第三

① 黄侯兴:《〈朝花夕拾〉艺术特色初探》,《文史哲》1981 年第 4 期。

② 王晓明:《伟大人格的投影——读〈朝花夕拾〉》,《名作欣赏》1982 年第 6 期。

③ 温儒敏:《雍容·幽默·简单味——〈朝花夕拾〉风格论》,《鲁迅研究月刊》1989 年第 12 期。

④ 钟敬文:《谈〈朝花夕拾〉》,《中学语文教学》1980 年第 3 期。

⑤ 朱文华:《论〈朝花夕拾〉的文献价值》,《新疆大学学报》(哲学人文社会科学版)1986 年第 4 期。

⑥ 朱正:《鲁迅回忆录正误》,湖南人民出版社 1979 年版。

⑦ 陈漱渝:《鲁迅史实求真录》,湖南文艺出版社 1987 年版。

部《横站的士兵》于1990年出版)可谓这一阶段鲁迅传记的收官之作。该著以散文的笔法,富有诗意地描绘了作为“人之子”的鲁迅在创作、社交、婚恋、友谊等诸多层面的心路历程。

第五节　多维视野中的鲁迅研究(1990—1999)

20世纪90年代,中国经历了一系列艰巨、痛苦的历史巨变和社会转型,市场经济体制的强调与推行又加速了中国世俗化的进程。对于中国学术理论界来说,启蒙话语已然全线崩盘,进入了启蒙后时代。鲁迅研究失去了“显学”的轰动,开始低调地在精神、文化等为主打的多维视野中深化研究,学理性和规范化也进一步凸显,涌现出一批颇有分量的著述。限于篇幅,本部分仅对代表性专著予以考察和述评。需要特别说明的是,这一时间段前后有三次围绕鲁迅的思想论争,即关于道德理想主义、自由主义、解构主义的论争,学院内和体制外的知识分子在世俗化的、新的时代语境下对鲁迅及其思想这一稀缺资源的象征性符号作出了自己的理解与阐释,但本综述侧重点在于梳理学界的鲁迅研究的历史与现状,故有关鲁迅论争这部分内容不在考察的范围之内。

一、个体精神心理研究范式的勃兴及其深化

在中国鲁迅研究史上,“文革”结束后的第一个十年,钱理群对鲁迅的个体心理深层结构进行了系统研究,走近了鲁迅的精神世界。钱理群的创新成果承上启下,可谓“历史的中间物”。随后的1990—1999年,汪晖深具突破性的博士学位论文得以出版并引起学界广泛关注,个体精神心理研究范式从此勃兴。王乾坤、王晓明、吴俊、徐麟等人的成果对这一研究范式进行了深化。

汪晖的《反抗绝望——鲁迅的精神结构与〈呐喊〉〈彷徨〉研究》[①]从鲁迅悖论式的精神张力结构出发来探寻鲁迅“历史中间物”意识的复杂性和小说创作。全书共分三编。第一编“鲁迅的精神结构:文化哲学、文化心理结构及其与文学的关系”,从两个层面描述鲁迅的精神结构:其一,鲁迅面对现代中国的实际状况和20世纪人类文化发展所作的自觉的文化哲学理论的建构,为后来的发展提供了文化和思维的背景。其二,鲁迅在东西文化交汇的特殊语境下的“中间物”历史地位和由此所规定的个体的文化—心理结构;对于鲁迅而言,这种文化—心

① 汪晖:《反抗绝望——鲁迅的精神结构与〈呐喊〉〈彷徨〉研究》,上海人民出版社1991年版。

理结构是一种先定的或非自觉达成的存在，但在鲁迅精神发展过程尤其是对自身的深刻反省中，越发突显出重要意义。第二编“鲁迅小说的精神特征”下分三章，第一章“历史的‘中间物’与鲁迅小说的精神特征”试图通过对“中间物”意识的剖析，从创作主体的文化—心理结构及其在小说创作中的体现这一视角来认识鲁迅小说的心理过程和语言特征。第二章“自由意识的发展与鲁迅小说的精神特征”主要从鲁迅的文化哲学与启蒙主义的内在关联着手，分析鲁迅小说的理性主义、否定性特征和悲剧感。第三章“‘反抗绝望’的人生哲学与鲁迅小说的精神特征”主要从鲁迅人生哲学与现代人文主义思潮的内在关联着手，分析鲁迅小说对个体生存的探讨以及个体面对“绝望”的精神特点。第三编“主体精神历史与艺术世界的客观性：鲁迅小说的叙事原则与叙事方法”分析鲁迅小说如何处理主体精神及其内在矛盾性与客观描述两者之间的关系。汪晖这部专著最大的特点和贡献就是这一从鲁迅话语中提取出的“历史中间物”概念，标志着鲁迅研究重心历史性地内转到主体、心理层面；同时，终结了圣化鲁迅的进程。毫无疑问，汪晖这一专著是继王富仁的《中国反封建思想革命的一面镜子——〈呐喊〉〈彷徨〉综论》之后鲁迅小说研究的另一力作。诚如王乾坤所说，“‘中间物’概念的提出，是中国鲁迅研究思路的一个转变”[①]，“用‘中间物’三个字作为借代，用以‘标示……鲁迅个人的客观的历史地位’和‘深刻的自我意识’，用以概括鲁迅的‘一种把握世界的具体感受世界观’，是汪晖对鲁迅研究的贡献”；但“没有明确把‘中间物’作为鲁迅世界的原点来肯认，来规定，因而也没有将这个命题辐射到该达到的角落和领域”[②]。

王乾坤的《由中间寻找无限——鲁迅的文化价值观》[③]从世界的本体认识、思维方式、价值观念等方面对鲁迅做了“整体结构性的把握”和阐发：“中间物”是鲁迅思想的核心概念和生命哲学的本体。在《鲁迅的生命哲学》[④]一书中，以“历史中间物”为基点并对这一核心概念进行了提升和发展，在“终极的消解与眷注”、“古今中西之间”、“自由与他由”、“自律与他律”、生与死、“苦难与爱”、“毁灭中的大欢喜”、光明与黑暗的张力场中，对鲁迅作为一个人生论、人性论思想家的生命哲学内涵做了形而上的总体阐释，深化了对鲁迅精神结构的影响。

这一时间段采用主体意识研究范式深入、细致地挖掘鲁迅的主体意识的还有王晓明、吴俊、徐麟、张梦阳、王家平等学者。王晓明的《潜流与漩涡——论二

---

① 王乾坤：《鲁迅的生命哲学》，人民文学出版社 1999 年版，第 9 页。

② 王乾坤：《鲁迅的生命哲学》，人民文学出版社 1999 年版，第 7 ~ 8 页。

③ 王乾坤：《由中间寻找无限——鲁迅的文化价值观》，陕西人民教育出版社 1996 年版。

④ 王乾坤：《鲁迅的生命哲学》，人民文学出版社 1999 年版。

十世纪中国小说家的创作心理障碍》[①]从创作深层文化心理这一独特角度切入,读出了鲁迅思想的深邃和复杂。第一章提出鲁迅是“本世纪最痛苦的灵魂”的观点。第二章就鲁迅从事文学创作的动机和在高峰期放弃文学创作这两个问题作出自己的理解:“无论鲁迅是否自觉,他心头积盈的那份悲哀,迟早会将他送上文学创作的道路”,即“借小说来抒遣内心苦闷”,“恢复精神的平衡”;后来由于对启蒙主义产生怀疑,致使无法排遣的苦闷和“狭隘的社会启蒙的意识”这一双驾马车最终倾覆。传记《无法直面的人生——鲁迅传》[②]用散文语言书写鲁迅一生,“凸现他精神危机和内心痛苦”,在青年读者中产生很大影响。吴俊的《鲁迅个性心理研究》[③]依托现代精神分析学说,对鲁迅的负罪感、虚无心态、被虐/攻击的心理冲突、爱情心理以及暮年的疾病与死亡意识等个性心态特征进行了系统探讨,论证了鲁迅心理的“消极阴暗面”正是他作为现代中国最伟大的文化巨人所必须付出的沉重的代价,也正是经由这种代价,鲁迅才树立了一种现代的、崭新的文化人格形象。另一部专著《鲁迅评传》力图从心理学视角考察鲁迅学术选择的个性心理因素:“鲁迅的学术研究工作实际上是一种最具有个性特征的心灵活动,因此,我们不应该、也不可能离开鲁迅这个活生生的人及他的具体遭遇、生活、感情和精神等等,去分析和评价他的学术研究成果及其贡献。”[④]此书对鲁迅治学的文化心理剖析颇为独到。徐麟的《鲁迅中期思想研究》[⑤]本是作者 90 年代早期的博士学位论文,但因故推迟成书。该书旨在给鲁迅中期的整个精神状态——思想和心态——描绘出一个基本的轮廓。所谓“中期”的概念,作者意指鲁迅文学生涯中最辉煌同时也是精神最痛苦、思想最复杂的时期,即 1918—1927 年。这一时期,鲁迅不仅创作了小说和散文诗,而且内容深含了一种极其独特的文化和哲学意蕴。了解鲁迅中期的思想和心态,不仅能把握她该时期的作品,而且也能把握鲁迅的思想发展乃至人格。徐麟还在《鲁迅:在言说与生存的边缘》[⑥]中揭示了“鲁迅现象”作为一种个体人格现象在语言生存论上的悲剧性,及其个性、思想、哲学与文化心理内涵,并探讨了在中国民族现代心灵史和言说史上的价值和意义。张梦阳的《阿 Q 新论——阿 Q 与世界文学中的精

---

① 王晓明:《潜流与漩涡——论二十世纪中国小说家的创作心理障碍》,中国社会科学出版社 1991 年版。

② 王晓明:《无法直面的人生——鲁迅传》,上海文艺出版社 1993 年版。

③ 吴俊:《鲁迅个性心理研究》,华东师范大学出版社 1992 年版。

④ 吴俊:《鲁迅评传》,百花洲文艺出版社 1992 年版,第 82 页。

⑤ 徐麟:《鲁迅中期思想研究》,湖南师范大学出版社 1997 年版。

⑥ 徐麟:《鲁迅:在言说与生存的边缘》,山东文艺出版社 1997 年版。

神典型问题》[①]从精神现象学的深层视角出发，对阿 Q 与堂吉诃德、哈姆雷特、奥勃洛莫夫以及陀思妥耶夫斯基笔下人物进行跨文化的比较研究，提出了阿 Q 这类文学现象属于偏重反映人类精神现象的变异性艺术典型这一独立见解，对阿 Q 典型研究有所推进。王家平的《鲁迅精神世界凝望》[②]分“悲剧性体认”“心灵的阴影”“存在的关系”“终极性追思”四章，以翔实的史料作为佐证，描述了鲁迅所经历的各种生存体验。

二、文化的研究路向

自 80 年代中期文化热后，文化学视角一直是鲁迅研究的一个重要路向，改变了过去那种思想/艺术二元论的狭小空间。

朱晓进的《历史转换期文化启示录——文化视角与鲁迅研究》[③]选取鲁迅作为“五四”文化转换期的重要文化现象，进行文化史的个案研究。该论著上编从“鲁迅的文化哲学思想和文化反省的方法特性”、语言文艺观、“文艺活动的文化目的”、对传统文化的文化性思考、伦理文化批判、宗教文化观、民俗文化诸多方面探讨了“鲁迅的文化观及其对传统文化的反省”，尤其对鲁迅的语言文化观、宗教文化观的把握颇显功力。下编把鲁迅及其创作看作中国现代文化史上的一种重要文化现象，从分析“鲁迅式思维”的主要特征、心理结构、知识体系等方面试图破译鲁迅成为历史转型期的文化巨人的“密码”。朱晓进的另一本专著《鲁迅文学观综论》[④]从鲁迅独特的功能意识、文体意识和个性意识等角度去揭示鲁迅文学观的独特意义与地位，同样颇具学术参考价值。

此外，彭晓丰、舒建华的《“S 会馆”与五四新文学的起源》指出，中国现代文化的崛起，除了西方现代文化的启迪外，另一个重要原因在于中国文化内部有一个与之相互呼应的召唤结构的自身萌动。这一召唤结构就是始终与中原腹地的农业—官僚文化异质的东南沿海的海洋—工商文化。而这一召唤结构内部焦点由粤、吴文化向越文化的位移，则标志着中国现代文学的历史转型。也就是说“以鲁迅、周作人为首的两浙作家群的艰难崛起，真正标志着中国新文学的源起”[⑤]。陈方竞也在《鲁迅与浙东文化》[⑥]中论证了“五四新文学发生的浙东背

---

① 张梦阳：《阿 Q 新论——阿 Q 与世界文学中的精神典型问题》，陕西人民教育出版社 1996 年版。

② 王家平：《鲁迅精神世界凝望》，首都师范大学出版社 1999 年版。

③ 朱晓进：《历史转换期文化启示录——文化视角与鲁迅研究》，辽宁教育出版社 1992 年版。

④ 朱晓进：《鲁迅文学观综论》，陕西人民教育出版社 1996 年版。

⑤ 彭晓丰、舒建华：《“S 会馆”与五四新文学的起源》，湖南教育出版社 1995 年版，第 26 页。

⑥ 陈方竞：《鲁迅与浙东文化》，吉林大学出版社 1999 年版。

景”。郑欣淼的《鲁迅与宗教文化》①以“宗教”为基点,论述了鲁迅对佛教、基督教、伊斯兰教三大世界性宗教和中国本土道教的研究,填补了鲁迅宗教思想文化研究这一长期空白。皇甫积庆的《情结·文本——鲁迅的世界》②吸收文化人类学和原型批评的新成果,对鲁迅的心理情结及其文本的基本原型做了阐释。张福贵的《惯性的终结——鲁迅文化选择的历史价值》③对当时鲁迅研究界面临的文化保守主义思潮的严峻挑战作出了有学术分量的回应。该著再现了中国文化第三次转型中的具体历史情境之后,提出“两个世界”的命题:“现实的世界”“意义的世界”;按照“两个世界”的思路理解鲁迅文化选择的历史价值和现实意义并借此发现鲁迅小说中的人物正是鲁迅文化选择的艺术转化形态。解志熙的《生的执着——存在主义与中国现代文学》④对《野草》与存在主义的关系作了有说服力的论证。从鲁迅接受尼采和克尔凯郭尔这两位存在主义先驱的影响入手,认为鲁迅作品中许多与现代存在主义观点的不谋而合不是偶然的巧合,而是鲁迅与现代存在主义者在共同的精神先驱的启发下,站在同样的思想起点,进行了同步思考的结果。

三、比较文学的研究路向

80 年代以来兴起的比较文学的研究路向,在 90 年代表现出强劲的发展态势。比较有代表性的专著有:程麻的《沟通与更新——鲁迅与日本文学关系发微》⑤探讨了夏目漱石、厨川白村、白桦派作家、日本随笔和普罗文学对鲁迅思想和创作的深层影响。高旭东的《鲁迅与英国文学》⑥颇有眼光地论证了英国文学对鲁迅精神结构和审美理想的影响及其在创作中的表现,指出鲁迅早年极力推崇拜伦式“恶魔的美”以及“恶”的文学观与英国的渊源,这些都是对中国传统善的、“无邪”的文学的否定。

四、文体、叙事学的形式研究路向

从文体的维度多侧面地探讨鲁迅作品的特征、价值和意义主要集中在鲁迅杂文研究这一块。叶世祥的《鲁迅小说的形式意义》⑦从话语形式、叙述方式、时

---

① 郑欣淼:《鲁迅与宗教文化》,陕西人民教育出版社 1996 年版。
② 皇甫积庆:《情结·文本——鲁迅的世界》,长江文艺出版社 1997 年版。
③ 张福贵:《惯性的终结——鲁迅文化选择的历史价值》,吉林大学出版社 1999 年版。
④ 解志熙:《生的执着——存在主义与中国现代文学》,人民文学出版社 1999 年版。
⑤ 程麻:《沟通与更新——鲁迅与日本文学关系发微》,中国社会科学出版社 1990 年版。
⑥ 高旭东:《鲁迅与英国文学》,陕西人民教育出版社 1996 年版。
⑦ 叶世祥:《鲁迅小说的形式意义》,作家出版社 1999 年版。

空形式、形态风貌、修辞形式五方面梳理和发掘鲁迅小说的形式意义,以把握鲁迅艺术世界的本体意义。李德尧的《新文化先驱的文体选择:论鲁迅杂文的文体精神》①把鲁迅杂文的文体精神看作独立、完整的艺术实体,以对鲁迅杂文文体的历时性演变和不同时期具有的文体特征与诗学意义的概念、范畴的重新发掘来勾勒出鲁迅杂文文体发展的轮廓与特征,从而对鲁迅杂文的艺术本质、文体精神、诗学意义都有新的阐发和论述。这种探讨对重新认识鲁迅杂文的文学本质属性很有启发意义。王嘉良的《诗情传达与审美构造——鲁迅杂文的诗学意义阐释》②从情感和形象反映方式的角度来探讨鲁迅杂感文学的文学本质属性和艺术思维特征,显示出对鲁迅杂文文学本质属性辨析的理论深度和宏观眼光。

汪晖的《反抗绝望——鲁迅的精神结构与〈呐喊〉〈彷徨〉研究》第三编专门论述了鲁迅小说的叙事方式,以研究鲁迅的内在精神结构及其人生哲学。汪晖对鲁迅小说中的不同叙事人称做了分类:以第一人称叙事的小说有三种叙事方式,即"双重第一人称独白""第一人称非独白性叙述""第一人称非虚构小说";以第三人称叙事的小说也有三种叙事形式,即"戏剧式"叙述、"心理分析式"叙述、"人称与非人称叙事"。在上述叙事学分析的基础上,对鲁迅如何处理主体精神及其内在矛盾性与客观描述两者之间的关系做了思辨性阐释。

第六节 "文化研究"中的鲁迅研究(2000 年至今)

进入 21 世纪,文学研究发生全球性的文化转向,鲁迅研究也纳入了文化研究的范畴。随着研究者主体意识的强化和理性思维的深入,对鲁迅思想的再阐释、对鲁迅文本的再解读等方面,又有了新的拓展。杨洪承在《鲁迅世界的体验与认知——新世纪鲁迅文化研究的断想》③中从研究现状出发,引出如何深入鲁迅文化研究的思考,强调文化研究必须具备与鲁迅世界切实联系的理性自觉。这一点,在方法论上很值得研究者深思。

一、叙事学、巴赫金复调理论研究路径

叙事学理论自 80 年代中后期开始实践运用以来,已经逐步发展成为鲁迅研

① 李德尧:《新文化先驱的文体选择:论鲁迅杂文的文体精神》,武汉大学出版社 1994 年版。

② 王嘉良:《诗情传达与审美构造——鲁迅杂文的诗学意义阐释》,天津人民出版社 1997 年版。

③ 杨洪承:《鲁迅世界的体验与认知——新世纪鲁迅文化研究的断想》,《鲁迅研究月刊》2001 年第 8 期。

究领域中第一个源自西方的、较完备的艺术分析框架。在"文革"后的第三个十年中,王富仁、朱寿桐、谭君强等人在叙事学理论与鲁迅研究方面又有新的探索。王富仁的《中国文化的守夜人——鲁迅》[①]中收录的《鲁迅小说的叙事艺术》将西方叙事学理论与社会学、文化学理论结合起来,从外部关系、叙述视角、隐喻模式、时空结构、叙事顺序、节奏韵律等不同角度对鲁迅的小说文本进行重新解读,来"感受鲁迅小说的独立的叙事艺术"和"文化批评的意义"。这种研究方法既摆脱了西方叙事学理论只重文本分析、忽视社会内涵分析的局限,又切合鲁迅小说的创作实际,可以说是西方叙事学理论的中国化运用。朱寿桐的《〈呐喊〉:叙事的变焦》[②]将《呐喊》的叙事方式分为"宏观叙事""中观叙事""微观叙事"三种,并认定厘清鲁迅小说叙事的变焦,可以更深入地理解《呐喊》的"表现的深切"和其内部结构。谭君强的《叙述的力量——鲁迅小说叙事研究》[③]大概是国内学界首部专门从叙事学角度探索鲁迅小说的专著,该书对鲁迅小说的叙事模式、叙述者形态以及鲁迅在中国小说叙事转换中的意义和作用等都进行了比较深入的阐发。

巴赫金理论的引入和借鉴在这一时间段也是鲁迅研究的一大热点。严家炎的《复调小说:鲁迅的突出贡献》[④]运用巴赫金的复调理论,发现鲁迅小说有着多声部的复调形式,正是这种形式赋予作品以丰富、多义的审美意蕴,这种阐释为鲁迅小说研究提供了一种思路。叶世祥的《文化转型与鲁迅的小说创作》[⑤]认为鲁迅在小说创作中对语言的表现与处理,从最表层的意义来说,是以"戏拟"为最基本的策略来实现的。同时,鲁迅小说还具备丰富的对话性。运用巴赫金理论的还有逄增玉、孙晓萍的《鲁迅小说中的非对话性与失语现象》[⑥]、吴晓东的《鲁迅第一人称小说的复调问题》[⑦]等。但值得特别注意的是,综观这些阐释性成果,一个总体感觉就是叙事学理论运用得并不那么自然、贴切。如何在西方理论和本土资源之间保持一种张力的动态平衡,如何去完成本土自身文学理论的原创性建构,将始终是包括鲁迅研究者在内的中国理论工作者一项长期的任务。

① 王富仁:《中国文化的守夜人——鲁迅》,人民文学出版社2002年版。
② 朱寿桐:《〈呐喊〉:叙事的变焦》,《鲁迅研究月刊》2001年第6期。
③ 谭君强:《叙述的力量——鲁迅小说叙事研究》,云南大学出版社2000年版。
④ 严家炎:《复调小说:鲁迅的突出贡献》,《中国现代文学研究丛刊》2001年第3期。
⑤ 叶世祥:《文化转型与鲁迅的小说创作》,《社会科学战线》2002年第12期。
⑥ 逄增玉、孙晓萍:《鲁迅小说中的非对话性与失语现象》,《鲁迅研究月刊》2003年第8期。
⑦ 吴晓东:《鲁迅第一人称小说的复调问题》,《文学评论》2004年第4期。

二、比较文学、文化诗学研究路径

郑家建的《被照亮的世界——〈故事新编〉诗学研究》①一书和其系列论文摆脱了传统研究中仅仅破译历史与现实的隐喻套路，而是凸现了“多重文化视野中的小说文本”这一主旨，既细致地解读文本的戏拟、隐喻、文体、现代技巧等形式意味，又能在多元文化视域中综合辨析，将《故事新编》研究提高到一个新的水平。彭定安的《鲁迅学导论》②将鲁迅杂文置于“鲁迅艺术世界”的总体构架中考察，在第七章中多侧面探讨了鲁迅杂文的诗学本质及其特征，从整体上把握鲁迅杂文的文学本质特征，使鲁迅杂文的文学本质得以立体化地展示。李春林主编的《鲁迅与外国文学关系研究》③分两编：上编“鲁迅与外国文学研究论纲”从宏观角度对与鲁迅有过重要关联的外国文学作家、流派进行比较研究，下编侧重对鲁迅与66位外国作家之间文学影响关系的梳理与研究。张箭飞的《鲁迅诗化小说研究》依据诗歌的文体特征，以细读的方法“把鲁迅诗化小说的‘丰盈的诗意’还原为三个层次（思想的层次、意象的层次和音乐的层次）”，发现和证实了鲁迅诗化小说与西方诗化小说的风格亲缘性、鲁迅的风格意识和表现方式，从而“深入解析鲁迅诗化小说的风格构成及其表现形态”④。李继凯的《文体史视域中的鲁迅文体》⑤针对鲁迅杂文的具体文本样式，认为应从更为广阔的文化视野来认识鲁迅杂文的价值：“鲁迅的杂文在总体上看来是具有‘诗性’的批评性、议论性文字，是独特的文体样式。其中有较大部分的文字文学意味很浓，诗性很强，是可以被视为文学的。但并不是可以将鲁迅所有杂文都作如是观。”这种对鲁迅杂文创作的细化分析，无疑有着更大的开掘空间。

三、文化、启蒙思想研究路径

张福贵曾撰文就鲁迅研究的不同范式和价值选择指出，在学术逻辑回归与学术民间性凸显的态势下，鲁迅研究的立场和价值评价出现了明显分野。作为一种被过度阐释的显学，鲁迅研究形成了以史料挖掘为主的历史性研究、以知识阐释和审美评价为主的学问化研究、以追求思想的当下意义与价值为主的当代性研究这三种基本范式。每一种研究范式都是对鲁迅丰富、复杂的精神世界的

---

① 郑家建：《被照亮的世界——〈故事新编〉诗学研究》，福建教育出版社2001年版。

② 彭定安：《鲁迅学导论》，中国社会科学出版社2001年版。

③ 李春林主编：《鲁迅与外国文学关系研究》，吉林人民出版社2003年版。

④ 张箭飞：《鲁迅诗化小说研究》，广西教育出版社2004年版，第42～43页。

⑤ 李继凯：《文体史视域中的鲁迅文体》，《鲁迅研究月刊》2000年第9、10期。

开掘和理解,同时又都存在着某种程度的悖论和不同的价值功能。① 依据此说考察新世纪以来鲁迅研究的历史与现状,叙事学、巴赫金复调理论研究路径和比较文学、文化诗学研究路径这种“学问化研究”尽管时出新意,史料挖掘与整理这种“历史性研究”②偶尔有所突破,文化、启蒙思想的研究路径始终占据着鲁迅研究的绝对主流。

杨义的长篇论文《鲁迅诸子观的多维空间》③由现代反观传统,论证鲁迅的诸子观,论文的核心思想如下:要解开鲁迅思想最深处的情结,必须从其诸子观入手。鲁迅复合型的诸子观展现为四个维度:启蒙思想是鲁迅诸子观敞开或开放的大门,通向鲁迅的各个时期、各种文体;文学和文化史研究是鲁迅诸子观的基础,给其诸子评述输入丰沛的元气;小说想象和杂文神思,则是鲁迅表现其诸子观的两座回廊。它们共同组合成鲁迅的“诸子观博物馆”。鲁迅诸子观之四个维度的差异性,统一于鲁迅进行文化革新的“现在性”。文化是一个过程,不能以凝止的“现在性”代替“过程性”,应在新的现代性高度上沟通鲁迅与先秦诸子多种多样的智慧形态,将之各得其所地转化和重组到一个充满创造活力的现代大国文化总体结构之中。这显然是鲁迅研究的一次理性回归。

在鲁迅思想与文学的整体研究方面,《武汉大学学报》2011 年第 5 期上的一组论文值得高度关注。张福贵认为,面对当下中国社会和文化转型态势以及对于鲁迅思想意义的质疑,强化鲁迅思想和鲁迅研究的大众化就具有了特殊的意义。只有完成这种双向的大众化,才能实现“普及鲁迅”的目的。鲁迅同时具有“爱民众”的道德立场与“反民众”的思想立场,对民众从关爱到批判的复杂过程,体现出他对中国民众生存变革和精神变革两步走的思考。鲁迅思想的价值不仅在于对历史文化和民族国家的“宏大叙事”,也在于对大众凡俗人生的哲理性启示。④ 李怡认定鲁迅“痛感”的生命体验和鲁迅现代思想的内在关联:在失

---

① 张福贵:《鲁迅研究的三种范式与当下的价值选择》,《中国社会科学》2013 年第 11 期。

② 这段时间尤其是 2011 年鲁迅诞辰 130 周年纪念前初版和再版了诸多鲁迅传记,如孙郁与刘小和主编的《鲁迅:1881—1936》(河南文艺出版社 2008 年版)、许广平的《鲁迅回忆录》(周海婴主编,长江文艺出版社 2010 年版)、许寿裳的《鲁迅传》(国际文化出版公司 2010 年版)、林非与刘再复的《鲁迅传》(福建教育出版社 2010 年版)、朱正的《鲁迅三兄弟》(复旦大学出版社 2010 年版)、陈漱渝的《鲁迅正传》(江苏文艺出版社 2010 年版)、林贤治的《人间鲁迅》(人民文学出版社 2010 年版)、吴俊的《鲁迅评传》(百花洲文艺出版社 2010 年版)、缪君奇的《旧影寻踪——鲁迅在上海》(上海文化出版社 2010 年版)、北京鲁迅博物馆编的《英文鲁迅画传》(河南文艺出版社 2010 年版),皆可参照对读,或可发现鲁迅生平研究中的诸多未能尽识之处。

③ 杨义:《鲁迅诸子观的多维空间》,《中国社会科学》2012 年第 2 期。

④ 张福贵:《鲁迅思想的民众本位与鲁迅研究的大众化价值》,《武汉大学学报》(人文科学版)2011 年第 5 期。

落了“痛感”的“瞒和骗”的知识分子传统中，鲁迅的意义便在于通过对早年创伤体验的“痛感”的发掘，重新恢复了一位知识者对世界的敏感和反抗。从创伤中获得“痛感”，因“痛感”而“求真”，而“立人”，这是鲁迅作为现代知识分子的情感逻辑与思想走向，也是整个中国现代思想的坚实的起点。[①] 宋剑华则抓住“悲哀”与“绝望”这两个关键词来还原鲁迅在五四新文化运动期间的真实精神状态：“亢奋”与“颓唐”的二元对立。鲁迅分别以其杂文的“呐喊”和小说的“彷徨”，深刻地表达了他对中国传统文化爱恨交织的复杂情怀。鲁迅“悲哀”而“苍凉”的创作格调，寓意着他对启蒙对象与启蒙主体的双重“绝望”。“绝望”既是真实鲁迅的“五四”姿态，同时也揭示出现代知识精英的人格矛盾：面对“国民性”历史积淀的强大惰性，“反抗”只能加速“绝望”的窘迫心境。[②] 陈国恩从消费时代的社会背景下去评价鲁迅和鲁迅研究：从 20 世纪末开始，中国告别了激进革命的传统，社会价值趋向多元，原来决定鲁迅成为一个卡里斯玛典型的文学环境已不再存在。于是，鲁迅遭遇了寂寞，鲁迅研究只是研究者的一项个人志业。但鲁迅又是超越时代的，鲁迅研究应该有别样的意义。我们要把鲁迅放在一个符合其自身特点的历史位置上，来发掘其精神内涵，把研究工作推向深入。[③] 上述四篇论文无疑代表着鲁迅研究的一种新高度。

在论及鲁迅传统/资源的流变和实质等方面，有两篇论文可谓新论。一是高旭东的《鲁迅传统的形成及其当代命运》[④]。该文认为，鲁迅的理论倡导与文学创作共同造就了一种不同于传统文学的新传统，这种传统后来被乡土文学、社会批判文学乃至关注个人命运与内在精神的文学等几个不同流派的作家共同承传着，但是这一文学传统在大抬鲁迅文化地位的语境中被悬置，那些试图延续鲁迅传统的作家、批评家如胡风、冯雪峰、萧军等无一例外地遭受批判或批评。到了 80 年代，鲁迅的文学传统才得以延续。鲁迅作为一个解构大师在 90 年代却遭到了解构思潮的颠覆，而这些颠覆鲁迅的人往往比那些吹捧鲁迅的人更多地传承了鲁迅文学的传统。二是张冀的《浅议“鲁迅的方向”的精神实质》[⑤]。这篇短文就“鲁迅的方向”的历史形成和实际内涵作出自己言之成理的个性解读：作为中共战时的统战需要，毛泽东借助“鲁迅的方向”以感召、吸纳更多知识精英

---

① 李怡：《痛感：鲁迅现代思想的催化剂》，《武汉大学学报》（人文科学版）2011 年第 5 期。

② 宋剑华：《“悲哀”与“绝望”：一个真实鲁迅的五四姿态》，《武汉大学学报》（人文科学版）2011 年第 5 期。

③ 陈国恩：《寂寞中的守望——消费时代的鲁迅和鲁迅研究》，《武汉大学学报》（人文科学版）2011 年第 5 期。

④ 高旭东：《鲁迅传统的形成及其当代命运》，《社会科学战线》2008 年第 4 期。

⑤ 张冀：《浅议“鲁迅的方向”的精神实质》，《新文学评论》2013 年第 3 期。

奔赴延安(因为谁抓住了鲁迅,承认了五四新文化运动的思想正统,谁就抓住了知识精英的民心向背);与此同时,暗含着对知识精英作家工农大众化的身份期许。此外,李新宇近年来一直致力于鲁迅与当代中国的研究,发表的论文主要有:《1949:进入新时代的鲁迅》《鲁迅的遗产与胡风的悲剧》《1955:胡风案中的鲁迅》《1961:周扬与难产的电影〈鲁迅传〉》《1978:“拨乱反正”中围绕鲁迅的纷争》[①]。李新宇认为,就鲁迅的思想遗产而言,其实并不完全符合1949年后主流意识形态的要求。因为鲁迅无法认同文学为政治服务这一理念。鲁迅一生致力于化大众,但又无法完全认可文学大众化的道路。他与新时代文坛掌控者如郭沫若、周扬等人的历史恩怨也是他进入新时代必然要面临的障碍。鲁迅之所以被新时代接纳,主要是由于毛泽东对他的推崇。但领袖的推崇并不能在深层次上解决鲁迅的思想实际与新时代意识形态要求之间的矛盾。因此,进入新时代之后,鲁迅必然要面对一个复杂而微妙的环境,其形象必然要被有选择地改造。其中最为重要的有两项:一是努力把鲁迅与革命拉近,二是努力使鲁迅思想与毛泽东思想完全一致。谭桂林则对佛教界相关历史资料进行整理归类,总结民国时期佛教界对鲁迅的印象以及佛教界对鲁迅精神资源的利用,大致划分为三种类型:一是鉴于鲁迅在新文化运动中的威望,佛教界把鲁迅对佛教的亲近态度当作佛教界的荣誉;二是佛教界人士随机随缘,在一些场合谈论到了鲁迅;三是佛教界人士在自己的文章中引用或者化用鲁迅的观点、形象和意象。谭桂林提出,第三种类型更有价值也更为重要,因为佛教文学“开始呈现出与现代新文学渐渐合流的发展趋向”[②]。此文认定民国时期佛教界对鲁迅的印象以及对鲁迅精神价值资源的利用值得现代文学界予以深入的研究,颇具前瞻意识,开阔了鲁迅研究的新视野。

在《呐喊》《彷徨》的整体研究方面,王富仁、钱理群这一时期的研究成果依旧可圈可点。王富仁的专著《中国文化的守夜人——鲁迅》在共时与历时的坐标上,用主要篇幅来研究鲁迅与中国的儒家、道家、法家、墨家以及中国化了的佛教文化之间的复杂关系,最后认定鲁迅表现出与中国传统文化的差异性:“鲁迅绝不是一个民族虚无主义者,而是中国传统文化所有具有生命活力的因素的拯救者和阐扬者。”[③]钱理群的《“为人生”的文学——关于〈呐喊〉和

① 分别见《齐鲁学刊》2007年第3期、《齐鲁学刊》2008年第3期、《文史哲》2009年第1期、《东岳论丛》2009年第3期、《东岳论丛》2010年第10期。

② 谭桂林:《现代佛教界的鲁迅印象与鲁迅资源利用》,《鲁迅研究月刊》2012年第8期。

③ 王富仁:《中国文化的守夜人——鲁迅》,人民文学出版社2002年版,第130页。

〈彷徨〉的写作》[①]认为鲁迅的小说创作一开始就与以"娱乐、消闲"为主要目的和追求的通俗小说、大众文化区别开来。严肃的"为人生"的小说正是鲁迅所开创的"五四"新小说的最本质的特征。鲁迅所提倡并身体力行的"为人生的文学",着重揭示病态社会的人的精神病态,是对现代中国人的灵魂的伟大拷问,最终指向绝望的反抗。作为一个无限丰富却又充满本体性的困惑的灵魂,鲁迅是在真实与说谎的矛盾的张力中来进行创作的。此外,宋剑华、常琳的《困惑的启蒙:鲁迅小说与思想的另一种解读》[②]高屋建瓴地指出:"鲁迅所从事的思想启蒙工作,集中反映着中国现代知识分子对于西方人文主义的理解程度。然而,由于语言交流上的巨大障碍,鲁迅与他同时代的启蒙精英,都在儒家文化的背景下,对西方现代文明所固有的本质产生了严重的主观'误读'。基于实用功利主义文学观的导向作用,中国现代文学的价值取向虽然倾向于西方,但最终还是回归到了传统,并使传统的儒学价值理念,借助于'西化'意识的外在表现形态,得到合理的继承和延续。"文章通过文本解读认定:"鲁迅从其第一部作品开始,就明显呈现出一种张扬'西化'而又游离于'西学'的深刻思想矛盾。""从《呐喊》与《彷徨》这两部小说集的命名来看,鲁迅对于启蒙理性的思想困惑,生动地揭示了'五四'文化精英对于他们所主张的'个人主义'人生观,始终是缺乏坚定自信的明确目的性。"吴康则重在将思维基点回置到鲁迅本己的生存"视域"上来,认为鲁迅将本己的生存情态与存在之思逐层开敞,由此建构属于自己的小说世界。[③] 他的另一本专著《书写沉默——鲁迅存在的意义》[④]立足于鲁迅各个时期的作品,将鲁迅与存在主义巧妙地融为一体,从而使鲁迅作品得到如其所是的完整展现。许祖华近年来一直致力于鲁迅小说与音乐、美术、戏剧等的跨艺术研究,[⑤]试图呈现鲁迅小说与音乐、美术、戏剧深层契合的美学特质和深厚魅力。

在《呐喊》《彷徨》单篇小说研究方面,也有一些论文具有相当的学术分量。如吴康认为《狂人日记》以文学或诗的书写印证了海德格尔关于"怕"与"畏"的

---

① 钱理群:《"为人生"的文学——关于〈呐喊〉和〈彷徨〉的写作》,《海南师范学院学报》(社会科学版)2002 年第 6 期,2003 年第 1、2 期。

② 宋剑华、常琳:《困惑的启蒙:鲁迅小说与思想的另一种解读》,《西南民族大学学报》(人文社会科学版)2006 年第 4 期。

③ 吴康:《鲁迅小说叙事方式的存在论视域》,《文学评论》2008 年第 6 期。

④ 吴康:《书写沉默——鲁迅存在的意义》,人民出版社 2010 年版。

⑤ 代表性论文如《鲁迅小说的基本幻象与音乐》(《文学评论》2010 年第 4 期)、《追求生命的另一种意义——鲁迅绘画活动的特点与意义》(《中国现代文学研究丛刊》2011 年第 8 期)、《鲁迅小说与戏剧》(《华中师范大学学报》2012 年第 3 期)、《鲁迅小说的语言与音乐》(《厦门大学学报》2011 年第 1 期)等。

思考。小说始于狂人生存的莫名的“怕”,就“怕”展开生存之思,思及世人的“吃人”心思,思及一部民族仁义道德遮蔽之下的“吃人”历史,思及这部历史残忍的“吃人”方式。这样就使狂人深陷于“无”的存在境遇中,亦使狂人于“无”中看到了“有”,看到了“真的人”,从而发出他朝向现代的“呐喊”来。这正是海德格尔所说的“畏”的展开状态。[①] 宋剑华对《药》的解读亦是思力深刻、阐释到位:《药》“以革命者夏瑜肉体被‘杀’和精神被‘吃’的双重悲剧,深刻地反映了鲁迅对于思想启蒙的巨大困惑。作品主题不是肯定‘启蒙’而是怀疑‘启蒙’,‘人物符号’、‘人血馒头’以及‘枯草意象’所构成的逻辑辩证关系,将鲁迅本人的精神苦闷与绝望情绪,表现得淋漓尽致一览无余”。文章强调“当鲁迅将启蒙者统统都推向‘死路’时,其内心世界中正在汇聚着另外一种强大动能——从1925年开始,否定文学启蒙的现实可行性,提倡‘弃文尚武’的‘暴力’意识,几乎成为鲁迅思考中国前途命运的最主要想法”。因此,“《药》之所以为‘药’,就是要‘救治’社会精英的启蒙幻想,进而去寻找解决问题的其他途径。这既符合作品文本的故事情节以及鲁迅思想的真实原意,也符合当时‘东洋派’与‘西洋派’留学生的言论之争与观念分歧”[②]。逄增玉认为《故乡》中两个乡村世界的悖论共存,体现出鲁迅精神世界中现代性的启蒙主义和守成性的文化民族主义同时存在。[③] 这对于如何理解小说《故乡》、如何深度进入鲁迅的精神世界,都有着不同寻常的学理意义。袁红涛则借鉴社会史研究视野来认识小说《离婚》中的人物关系,爱姑与七大人其实处于乡土社会的“民—绅”关系格局中。围绕爱姑的婚姻纠纷调解事件,小说生动地展现了中国传统社会形态,尤其是绅权的基础、特征与运作的过程。由此可见,对于鲁迅小说中“士绅”这一人物类型及其嬗变尚有待系统研究。[④]

《野草》研究方面,杨剑龙、陈卫炉的观点具有一定突破性:《野草》富有独创性地以其词语的悖反、母题的悖论等超乎日常语言的“陌生化”含蓄而形象地显示出鲁迅在“五四”时期悖论式的思想,增加了鲁迅散文诗的艺术张力。[⑤] 对《野

---

① 吴康:《“怕”与“畏”的思与诗——〈狂人日记〉的海德格尔式思考》,《湖南师范大学社会科学学报》2011年第2期。

② 宋剑华:《启蒙无效论与鲁迅〈药〉的文本释义》,《天津社会科学》2008年第5期。

③ 逄增玉:《启蒙主义与民族主义的诉求及其悖论——以鲁迅的〈故乡〉为中心》,《文艺研究》2009年第8期。

④ 袁红涛:《绅权与中国乡土社会:鲁迅〈离婚〉的一种解读》,《浙江社会科学》2011年第5期。

⑤ 杨剑龙、陈卫炉:《论鲁迅〈野草〉的词语悖反、母题悖论及其艺术张力》,《学术月刊》2010年第4期。

草》研究有所推进的还有孙玉石[①]、吴康[②]、王彬彬[③]、吴翔宇[④]等老中青学者的相关著述。

杂文研究方面，张旭东撰文集中讨论的是鲁迅处于“过渡期”的杂文集：《华盖集》《华盖集续编》和《而已集》。论文认为1925—1926年是鲁迅的另一个精神苦闷期，《华盖集》《华盖集续编》和《而已集》是在没有一个明确的观念、信仰、运动和组织的依靠和支撑的情况下孤军奋战的记录。在写作上，鲁迅以《华盖集》为标志，走上了自觉的杂文写作道路。鲁迅的杂文从此具有它自身的存在理由，有它自身的本体论依据，有自己的诗学和政治学辩护，最终成为现代中国文学的一种主要文学样式。[⑤] 论者之所以选择从这个阶段入手来探讨鲁迅的杂文写作，其意在表明，随着“杂文的自觉”一同来到的是鲁迅对自己人生境遇的自觉，对自己同这个时代的对抗关系的自觉，也是对自身有限性的自觉。而这与鲁迅《新青年》时期的启蒙、批判和文学形式探索是有质的不同的。宋剑华从鲁迅早期杂文“‘听将令’：变革时代的振臂一呼”“‘华盖运’：启蒙精英的思想分野”“‘中间物’：难以摆脱的心理阴影”[⑥]三方面的精神特质看鲁迅早期思想的复杂性与矛盾性，亦是一种新思路。陈方竞、杨新天则将鲁迅杂文与《故事新编》的血缘联系作为论证对象，认定《故事新编》的“古今杂糅”之“油滑”的艺术表现方式是在杂文对此的成熟运用基础上依照“小说方式”发展起来的。[⑦] 对鲁迅杂文作出精彩解读的还有吴康的系列论文《历史同一性的现代轮回：君政复古时代——鲁迅杂文研究之一》《历史同一性的现代轮回：革命与反革命——鲁迅杂文研究之二》《民国检查制度与古代“文字狱”——鲁迅杂文研究之三》和《“火”的历史：杀戮、酷刑与监狱——鲁迅杂文研究之四》[⑧]等。

这一阶段还有冯光廉、刘增人、谭桂林主编的《多维视野中的鲁迅》[⑨]同样也

---

① 孙玉石：《现实的与哲学的——鲁迅〈野草〉重释》，北京大学出版社2010年版。

② 代表性论文有《作为希望追寻的绝望——〈野草〉解读之一》（《鲁迅研究月刊》2008年第3期）、《朝向世内生存者的绝望——〈野草〉解读之二》（《鲁迅研究月刊》2008年第7期）、《深置于自身的绝望——〈野草〉解读之三》（《鲁迅研究月刊》2008年第8期）等。

③ 王彬彬：《〈野草〉修辞艺术细说》，《中国现代文学研究丛刊》2010年第1期。

④ 吴翔宇：《〈野草〉的张力叙事与意义生成》，《浙江社会科学》2010年第8期。

⑤ 张旭东：《杂文的“自觉”——鲁迅“过渡期”写作的现代性与语言政治》，《文艺理论与批评》2009年第1、2期。

⑥ 宋剑华：《“热风”与“寒气”》，《鲁迅研究月刊》2014年第4期。

⑦ 陈方竞、杨新天：《鲁迅杂文与〈故事新编〉关系考辨》，《福建论坛》（人文社会科学版）2010年第5期。

⑧ 分别见《鲁迅研究月刊》2009年第9期、《鲁迅研究月刊》2010年第1期、《中国文学研究》2009年第1期、《华中师范大学学报》（人文社会科学版）2010年第4期。

⑨ 冯光廉、刘增人、谭桂林主编：《多维视野中的鲁迅》，山东教育出版社2001年版。

是可圈可点。该巨著突破了以往从单一方向切入的局限,从多维视角对鲁迅进行全面、立体的透视,力图全方位解读鲁迅,将鲁迅研究推向了一种综合研究的新阶段。

第七节　回顾与展望

在对历史进行了简单的回溯和脉络梳理之后,我们发现百年来围绕鲁迅的褒扬与贬抑,捍卫与颠覆,纷争不断,是非蜂起。鲁迅本身的复杂、文本的丰富内涵和时代的影响等诸多方面的因素,使得百年鲁迅研究呈现出跌宕起伏、变化万千的态势。这些研究成果不仅形象地表现了鲁迅的历史遭际,而且还深刻反映了中国社会的历史状态以及文化发展的轨迹。一方面,由于鲁迅研究文章与专著数量庞大,可谓汗牛充栋,另一方面,由于论者自身视野和能力的局限,所以试图对百年鲁迅研究做一个全面的总结,结果往往是心有余而力不足。这样我们只能退而求其次,对百年鲁迅研究做一些尝试性的总结和回顾,并对鲁迅研究的未来做一些预测和展望。

一、百年鲁迅研究回顾——视角与方法

百年鲁迅研究涌现出许多重要的理论家与评论家,产生了一系列有价值的重要成果,这些成果给我们印象最深的大概是研究视角的转变。百年鲁迅研究中主要运用了两种视角,一是政治性视角,研究者站在一定的政治立场上,对鲁迅及其作品进行政治性的、思想性的和意识形态性的解读;二是多元化视角,研究者从文学本身的角度出发,对作品进行艺术的、审美的、文化的等多方面的诠释。

在20世纪80年代以前,政治性视角一直占据着鲁迅研究的主导地位,研究者更多地把注意力集中在鲁迅文本政治价值的评判和社会历史意义的揭示上。由于鲁迅关心政治,臧否政治,在其文本中流露出鲜明的政治性和强烈的爱憎感;马克思主义政治家瞿秋白立足于当时中国革命斗争的实际需要,从当时无产阶级政党的政治利益出发认识鲁迅、评价鲁迅,开启了鲁迅研究的政治化先河;随后作为中国无产阶级的革命领袖,毛泽东独特的身份建立的话语权,使得鲁迅的政治价值得到最大程度的重视,而鲁迅个体生命的丰富复杂的内涵、他的作品的艺术魅力被逐渐地遮蔽和舍弃了。鲁迅由此和中国的革命斗争、政治斗争、党派斗争等紧密结合在一起。尤其到了1949年新中国成立之后,鲁迅研究日益被

纳入政治运动和文化批判的轨道，被拔高、肢解、歪曲、神化，乃至异化。鲁迅及其文本变得越来越单一化，越来越抽象化，越来越模式化，表现出教条主义、实用主义和庸俗社会学的倾向。到了“文革”期间，极左思想发展到登峰造极的地步，鲁迅被推上“神坛”，塑造成绝对忠诚的“遵命”者，“痛打落水狗”的革命战士，成为一些政治家恣意利用的政治工具。无须讳言，这种政治性解读偏离了鲁迅及其文本的真实性，对鲁迅研究造成了很大的消极影响。然而作为一种研究视角，在现行的政治语境中，政治性解读仍将会延续。

20 世纪 80 年代以来，鲁迅研究打破了单一的政治性解读和二元对立、非此即彼的线性思维格局，获得了独创性与多元化的发展。丰富的人学内涵和现代人文精神不断更新鲁迅研究的内容，鲁迅研究从思维方式到研究方法，从概念范畴到语言符号系统都发生了巨大变化，逐渐形成了一种多元化的视角。研究者从多维视角对鲁迅进行全面、立体的透视，从文化学、哲学、人格学、伦理学、思维学、宗教学、语言学、艺术学、编辑学、批评学、翻译学、教育学等不同角度来阐释鲁迅，运用社会学、传记学、心理学、比较学、叙事学、接受学等研究方法来解读鲁迅，将鲁迅放在文体史、文学批评史、美学史、翻译史、汉语史、学术史、文化史中来进行评估，力图从多元视角来重塑鲁迅，立体地建构鲁迅。当然，由于长期的闭关锁国造成了对西方文学研究方法的陌生，方法论的引进本身尚未得到应有的、及时的消化，所以导致一些运用西方理论的鲁迅研究作品牵强模仿的痕迹比较明显。但不容否认的是这些新方法不仅激发了革新创造的热情，促进方法论意识的觉醒，而且还开辟出新的研究领域，丰富了研究课题内容，有效地更新思路，对创作文本作出新的解读。因此多元化的视角和新方法的运用促进了鲁迅研究的不断深入。

与这两种视角发展相应的是研究的逐步深入，百年鲁迅研究基本经历了从基础研究到专题研究，再到深度研究的逐步深化的过程。

由于文学作品是作者对生活感受的潜在印证，是作家主观心境的外化，也是读者和评论家了解、把握一个作家最直接的渠道，因此一般学术研究往往从作品赏析这样的基础研究入手。鲁迅研究也不例外，研究界从一开始就将注意力放在了对鲁迅文本的沉潜之中，这些基础研究从作品的细读开始，包括最初的印象式批评，逐渐过渡到作品的赏析、作品背景的考证等，在普及的基础上积累和深化，不断融入新的理解和研究成果，形成了朴素而扎实的研究传统。在基础研究积累了一定的成果后，鲁迅研究逐渐走上了专题研究的道路，在研究内容上进行了全面而细致的挖掘，形成了鲁迅生平及创作道路研究、思想文化研究、小说研究、杂文研究、《野草》和其他散文研究等专题。研究者从不同的角度切入，从不同的层面思考，从周边向中心推进，既全面开花，同时又重点、亮点突出。20 世纪80年代以来,鲁迅研究逐渐走向多元和文化心理的深度研究,这表现在:一方面,研究者将鲁迅的个体纳入更宏大的世界文化体系中,在“回到鲁迅那里去”的口号下,从文化学、社会学、心理学、人类学等角度对鲁迅进行研究;另一方面,研究者又深入到鲁迅的微观精神心理深处,探索和认知了鲁迅内在的丰富性、复杂性,取得了显著的学术成就。在文化心理层面的研究中,80年代的一批学者显示了更为宽广的视野和宏观的胸怀。如果说王得后的《致力于改造中国人及其社会的伟大思想家》是鲁迅研究视角向人的精神领域转移的开始,王富仁的《中国反封建思想革命的一面镜子——〈呐喊〉〈彷徨〉综论》和钱理群的《心灵的探寻》继续了这种精神领域的挖掘,那么林非的《鲁迅和中国文化》[①]则进一步深化了这一精神文化视角。这些研究生动反映了鲁迅精神结构的复杂性,显示了研究者独特的、深广的思考和非常锐利的思辨性,为鲁迅研究作出了重要贡献。

二、百年鲁迅研究展望——可能与趋向

阿诺德·汤因比在《历史研究》序言中这样说过:“变形恰恰是历史的本质,因为历史的本质正在于不断地增添自身……每一次的增添都改变了历史的整体,因为整个过去都由于我们新的生活经验而显得有所不同。”[②]韦勒克也有相似的表述:“文学史并不是恰当的历史,因为它是关于现存的、无所不在的和永恒存在的事物的知识。”[③]在他们看来,文学作品的文本具有开放性,在前人研究经验的基础上,它会随着时代的发展、新观念的观照和新方法的运用而不断生发新的意义,提供给人们新的阐述的潜能。而更具有丰富内涵的经典,也就会具有更多阐发的可能性。因此尽管世纪末有人喊出“打倒鲁迅”的口号,但在经过世纪末短暂的沉寂之后,事实上鲁迅并没有被打倒,鲁迅研究也没有走到穷途末路。相反,随着“多维视野中的鲁迅”、大众的“网络鲁迅”以及“鲁迅学”等一批新颖成果的出现,鲁迅研究又呈现出柳暗花明、欣欣向荣的态势。正如王富仁所说:“鲁迅研究没有走到尽头,在中国的鲁迅研究面前还有漫长的道路。”[④]孙玉石也说:“走近鲁迅,认识鲁迅,研究和诠释鲁迅的精神和作品,将是一个长期的永远未完成的运动过程。”[⑤]大多数学者都认为鲁迅已经成为中国文化中不可缺少的重要组成部分,鲁迅研究仍然具有可以挖掘的巨大空间和旺盛的学术生

① 林非:《鲁迅和中国文化》,学苑出版社1990年版。

② [英]阿诺德·汤因比:《历史研究·序言》,刘北成、郭小凌译,上海人民出版社2000年版,第3页。

③ [美]韦勒克、沃伦:《文学理论》,刘象愚等译,生活·读书·新知三联书店1984年版,第293页。

④ 王富仁:《中国鲁迅研究的历史和现状》,福建教育出版社2006年版,第226页。

⑤ 孙玉石:《鲁迅:深化研究与自我调整》,《学术研究》2001年第9期。

长力。

首先,把鲁迅研究纳入整体文化关系、文化本体的考察将是鲁迅研究今后的重要走向之一。

新世纪以来全球性文学研究的文化转向中,一批学者将新视角、广阔的文化背景与鲁迅个性、思想发展相联系,使得对鲁迅文化人格、精神形态的认识趋于丰富和完整。鲁迅文化研究逐渐进入更为接近作家自身文化思想的深层,并且从方法论转变为本体论。在当下文化语境中,文化研究更加注重与鲁迅精神世界的密切联系,必然促进鲁迅文化研究的深入。从鲁迅与中国传统文化的角度来考察,鲁迅生长在传统文化环境之中,深受传统文化的影响,对于传统文化的态度非常复杂。我们如何跳出就鲁迅而论鲁迅的局限,将鲁迅置于整个中国现代思想学术史以至整个精神史的宏观构架中来进行考察,从而深刻地认识鲁迅及其“立人”思想在中国的渊源与价值?另外,鲁迅与金石学也是一个研究的空白,这方面的研究将有助于我们更深入地体悟鲁迅的精神气质和创作方法。鲁迅与中国民俗文化的关系方面的研究已经取得了可观的成效,尤其在鲁迅与越文化关系的研究方面,绍兴文理学院人文学院和浙江省鲁迅研究会编的《越文化视野中的鲁迅》和寿永明、裘士雄主编的《鲁迅与社戏》便是代表性成果。而鲁迅与中国其他地域文化关系的研究,比如他后期一直生活在上海,海派文化给他创作与思维方式上带来了哪些影响?他是如何看待海派文化的?这些方面的研究基本上也是空白,同时也充分说明了鲁迅与中国民俗文化关系研究具有广阔前景。至于鲁迅与外国文化关系的研究,是一个更为艰难的课题。王吉鹏、李春林主编的《鲁迅与外国文学关系研究》可以称作是鲁迅与外国文学关系研究的小百科全书,标志着鲁迅与外国文化关系研究的重要收获。然而在全球化的今天,鲁迅研究需要具有从世界视野观察问题的眼光,要从全球文化流向的视角追溯鲁迅的文化源流,考察鲁迅思想形成的本源。因此从这个意义上来说,鲁迅与外国文化关系的研究尚有极多的领域需要开拓。

其次,中西比较文学分析系统是 20 世纪 80 年代以来鲁迅研究中一个重要的组成部分,并且已经取得了较丰硕的成果,但仍有许多研究不够充分的地方,这也将是今后鲁迅研究继续开掘的重要方向。

从区域来看,鲁迅与日本文学、俄国文学的关系一直是研究者关注的重点,这部分内容论述得比较深入。但是鲁迅与西欧文学的关系,尤其对于鲁迅曾经产生重大影响的东欧文学的研究还是显得非常欠缺,只有为数不多的论文。从国别来看,鲁迅既从其他国家接受了外来文学的影响,同时又对某些国家的文学创作产生了一定影响。以往研究更注重前者而忽视了后者,随着中外文化交流的日益频繁,相信在后者研究方面将有所进展。另外,从鲁迅与国外个别作家的关系研究来看，王元化的《鲁迅与尼采》、李春林的《鲁迅与陀思妥耶夫斯基》已树立了典范，但在鲁迅与波特莱尔、安德烈耶夫、阿尔志跋绥夫等现代主义作家的关系研究上，虽偶有涉及，还不够深入和充分。翻译研究本是比较研究中的重要门类之一，翻译文学对中国现代文学影响巨大，鲁迅对翻译事业倾注了大量心血，其思想、创作与翻译有着密切的关联。但是长期以来，鲁迅的翻译活动与成就一直未受到足够的重视，而有关鲁迅翻译研究中的有分量的论文却寥若晨星，今后应该从翻译理论研究、翻译实践研究和翻译史研究三方面对鲁迅的翻译活动展开深入而细致的研究。

第三，大众层次接受鲁迅的状况。在当今这个时代，不管承认与否，事实上网络已经逐渐取代传统书籍的地位，成为人们认识世界的重要载体。由此网络文化传播中的鲁迅研究，标志着鲁迅研究开始进入一个真正意义上的民间化、大众化的阶段。网络本身所具有的虚拟性、实时性、互动性、隐蔽性和开放性等特征，不仅给大众对鲁迅的再认知、再定位、再塑造带来新的挑战，同时也为进入新世纪的鲁迅研究提出了新课题。在充分关注、认真梳理的基础上，通过网络文化传播中的鲁迅现象来研究大众层次接受鲁迅的状况，必将会成为鲁迅研究中的一个新的学术生长点。

三、鲁迅研究的永恒意义

子曰："夷狄之有君，不如诸夏之亡也。"[①]孔子认为落后地区的现存政权不如已经灭亡的夏朝，因为夏朝虽亡，但其精神与文化则得到了流传，孔子以此强调了文化精神建设的重要意义。英国人自豪地说"研究莎士比亚的书可以装备一个图书馆"，这种自豪正是源自英国人对本土文化的认同和坚守。在经济日益全球化的今天，各国努力保持自己民族的文化特色和文化个性，避免在全球化的浪潮中迷失了自我，已经成为一种共识。鲁迅研究的意义也正是在此，鲁迅不仅仅是中国现代文学史上的一个个体作家，他已经成为中国现代文化史上的一个重要的象征，一个重要的文化符号。通过鲁迅研究，不仅要深入理解鲁迅的深刻性，全面阐述他那些振聋发聩的超越时代的主张，准确描述出他在中华民族文化史上的地位，更重要的是要概括、凝练出鲁迅的精神，深刻认识到鲁迅精神在推动社会进步、鼓舞民气、明辨是非、树立正确价值取向上的巨大作用。我们相信，作为中华民族精神的一个重要组成部分，鲁迅思想精神将彰显出我们民族的文化身份和独特个性，必将成为我们民族生生不息的文化底蕴。

---

① 《论语·八佾》。

后记

这部《鲁迅研究教程》是在朱晓进等编写的教材《鲁迅概论》的基础上修订而成的。《鲁迅概论》教材自 20 世纪 90 年代末出版以来,一直作为大学本科阶段汉语言文学专业及其他相关专业的选修课程的教材。该教材在内容上既注重对现代文学巨匠鲁迅的生平、思想及其创作的系统介绍,又兼顾到对鲁迅文学与文化精神的揭示。作为一门选修课的教材,作为课程目的,就是要做到能够让学习者从作家鲁迅的个案研究中获得对中国现代文学发展的相关知识的更多了解,能够让学习者在文学、文化、历史等理论的积累和研究能力的提高等方面都有较大的收益。教材在实际使用中曾受到读者们的欢迎,特别是后来被列为江苏省高等教育自学考试汉语言文学专业本科阶段选修课程教材,使得该书在学校之外有了更为广大的读者群。

十多年过去了,学术界在鲁迅研究方面又有了长足的发展,尤其是在对鲁迅的思想和创作的认知上有了更为开阔的视阈。作为大学本科教材,必须与时俱进。为了满足读者不断对教材内容提出的新的要求和期盼,我们对该教材进行了重新编写。本次编写依然遵循原教材的编写原则,即"尽可能吸收该学科的最新研究成果,但在观点的取舍上还是力求稳妥,尽量采用少有争议的、能被学界多数人认可的既成定说,内容也力求深入浅出,以便于学生学习"。这次重新编写中,我们对教材的第一章、第四章、第五章、第六章、第七章(在原教材中为第二章、第五章、第六章、第七章、第八章)另起炉灶;对绪论、第二章、第三章、第八章(在原教材中为第一章、第三章、第四章、第九章)也进行了全面的修订;同时,增加了第九章"鲁迅研究百年综述",该章特别加强了对最新研究成果和有关史料信息的介绍,为学生的拓展学习提供了方便。

这次教材的编写工作由朱晓进、杨洪承教授策划设计。朱晓进教授具体编写了绪论、第二章、第三章、第八章;杨洪承教授组织编写队伍重新编写了第一章、第四章、第五章、第六章、第七章、第九章,具体参加这几章编写工作的还有顾金春(第五章、第七章、第九章第一 ~ 三节)、赵普光(第一章、第四章第四 ~ 五节)、赵光亚(第四章第二 ~ 三节)、张冀(第四章第一节、第九章第四 ~ 七节)、金凤(第六章)等。本教材的编写中大量运用了前人的鲁迅研究成果,由于教材的行文要求,对部分相关研究成果出处的注释可能有所遗漏,在此一并向有关作者致谢,并请谅解。受学识水平所囿,难免编写有粗疏讹误之处,还恳请方家和读者批评指正。

编 者

2015 年元月